KB238796

오디세이의 노래

The Rake

by Mary Jo putney

The Rake

오딧세이의 노래

메리 조 푸트니 · 김은영 옮김

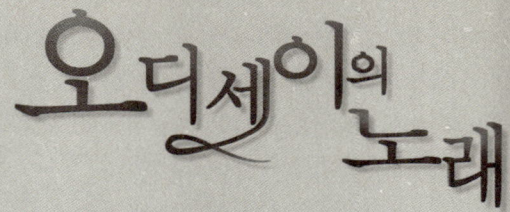

MARY JO
PUTNEY

현대문화센타

Dear Reader—

I'm delighted that so many of my books are being published in Korea. It confirms my belief that even though we live on opposite sides of the world, issues of love and caring are vital to us all.

Of all my books, THE RAKE is closest to my heart because it draws on some of the most difficult, powerful experiences of my life. What makes it special is the realism of Reggie's problems combined with the hopefulness of the fact that he is able to overcome his past and his weaknesses to build a loving future with a woman who is his perfect mate— and who needs his love and understanding as much as he needs hers. To me, this is the essence of romance: imperfect people with the strength to build a better future, and to open themselves to love.

Happy reading—

Mary Jo Putney

한국의 독자 여러분들에게 드리는 글

앞으로 한국에서 저의 작품이 여러 권 출간된다는 소식을 듣어 반갑습니다. 비록 지구의 맞은편에 살고 있어도, 사랑과 보살핌에 관한 이야기는 우리들 모두에게 절대적인 중요성을 갖는 문제이구나 하는 믿음을 확인시켜주는 것 같습니다.

저의 책들 가운데에서도 '오디세이의 노래'는 제 마음에 가장 사무치게 와 닿는 작품입니다. 제 인생에 있어 가장 힘들고 가장 강렬한 인상을 남겼던 경험을 바탕으로 쓰여진 글이기 때문이죠(작가는 오랜 시간 알코올 중독자와 가까이에서 살면서 그 힘든 투쟁과 극복과정을 지켜보았다고 합니다). 이 책의 특징은 주인공 레저널드가 겪는 현실적인 문제들이, 그 자신의 과거와 약점을 극복하고 그의 완벽한 반쪽 —레저널드가 그녀를 필요로 하듯 그녀 역시 그의 사랑과 이해심을 필요로 하죠— 을 만나 아름다운 미래를 만들어갈 수 있다는 희망적인 사실과 얽혀 있다는 것입니다. 보다 나은 미래를 건설하고 사랑 앞에 자신을 열어 보일 수 있는 강인함을 지닌 불완전한 사람들, 바로 그들이 로맨스를 이루는 핵심이 아닌가 생각합니다.

즐거운 책읽기가 되시기를 바라며,

메리 조 푸트니

1

　가까운 혈연 관계인 두 신사가 만났을 때에는 서로에게 형식적인 호칭을 쓰지 않는 것이 보통이었다. 그러나 지금 대면한 두 신사의 경우는 그럴 수도, 안 그럴 수도 없는 어색한 사이였다. 어느 날 아닌 밤중에 홍두깨처럼 나타난 조카에게, 상속받기로 되어 있던 작위와 막대한 재산을 모두 빼앗겨버린 오촌 아저씨와 조카 사이였으니 그럴 수밖에 없었다. 게다가 두 사람을 둘러싼 상속 문제가 공식적으로 발표되기 직전에 그들은 칼을 맞대고 서로 죽일 듯이 싸우기까지 했었다.

　두 사람의 관계가 원수지간이 되지 않은 것만도 다행이었다.

　파락호, 도박꾼, 탕아로 악명이 높아 상류층 사람들 사이에서 '대번포트 가문의 수치'라고 불리는 레저널드 대번포트는 오촌 조카에게 짧고 무뚝뚝한 인사말을 던졌다.

　「날씨가 좋군, 워그레이브.」

　워그레이브 백작은 육중한 호두목 책상을 사이에 두고 일어서서 악수를 청했다.

　「그렇군요. 시간 내주셔서 감사합니다.」

짧은 악수를 끝낸 후 레저널드는 책상 앞에 놓인 의자에 털썩 주저앉아 긴 다리를 쭉 내뻗었다.

「우리 가문의 수장께서 호출하시면 열 일을 제쳐놓고라도 얼굴을 내밀어야 도리지. 내게 두둑한 생활비까지 대주는 분이신데…….」

워그레이브 백작은 입술을 굳게 다물고 자리에 다시 앉았고, 레저널드는 거기서 묘한 만족감을 느꼈다. 뭐 하나 레저널드의 마음에 드는 구석이라고는 없는 백작이었으나 그 침착하고 선한 성질은 특히 혐오스러웠다. 정중한 태도 역시 그에 못지않게 혐오스러웠다. 사실 백작이 레저널드를 호출한 것도 아니었다. 레저널드에게 시간과 장소를 정할 선택권을 주었고, 그것은 아저씨뻘인 레저널드가 원한다면 싸구려 선술집에서라도 가정사를 논의할 용의가 있다는 뜻을 암시한 것이었다. 워그레이브의 그러한 아량에 보답이라도 하려는 듯이, 레저널드는 다른 조건을 달지 않고 조용히, 종가라 할 수 있는 하프 문 스트리트 저택에 나타났다. 거기에는 저택의 주인이 바뀐 후 어떤 변화가 있었는지 살펴보겠다는 계산도 깔려 있었다. 인정하고 싶지는 않지만, 저택은 전보다 훨씬 나은 모습으로 변해 있었다. 레저널드의 큰아버지가 이 저택의 주인이던 시절의 서재는 어둡고 비좁아 마치 방문객들을 위협하는 듯한 분위기였다. 그러나 지금 그 서재는 밝고 시원하며 남성답지만 요란하지 않은 분위기에 안락하고 호화로운 가죽 의자가 사람의 마음을 편안하게 해주었다. 서재는 새 주인의 빼어난 안목을 확연히 보여주었다.

아무리 주변을 둘러보아도 트집 잡을 거리를 발견하지 못한 레저널드는 결국 주인을 향해 예리한 시선을 돌렸다. 자주 있는 기회는 아니었지만, 젊은 워그레이브 백작을 만날 때마다 레저널드는 그에게서 살이 찌고 있다거나 거만해졌다거나, 번쩍거리는 황금 시계줄로 휘감았다거나, 타락의 기미, 또는 천박해진 인상을 발견할 수 있기를 은근히 기대했다. 그러나 그의 기대는 항상 실망으로 끝났다. 리처드 대번포트는 언제나 점잖고 신중한 옷차림에 신사다운 언행을 잃지 않았으며 아직도 군인다운 절제된 태도를 간직하고 있었다. 그리고 위로는 왕자에서부터 아래로는 허드렛일을 하는 하녀에 이르기까지 누구에게나 똑같이 정중한 태도로 대했다.

뿐만 아니라 백작은 웬만해서는 노여움을 타지도 않았다. 레저널드는 백작의 성질을 건드려보려고 무던히도 애썼으나 몇 번 짜증난 표정을 지어 보인 것이 전부였다. 그래서 레저널드는 조카가 정말 대번포트 가문의 자손일까 의심하기까지 했다. 외모만 보아도 그랬다. 레저널드는 대번포트 가문의 전형적인 특징을 고루 갖춘 인물이었다. 웬만한 사람들은 다 코 아래로 내려다볼 정도로 훤칠한 키, 검은 머리카락, 차갑게 빛나는 푸른 눈동자, 그리고 미소보다는 냉소가 더 어울리는 긴 얼굴.

반면에 조카인 워그레이브 백작은 보통 키에 짙지도 옅지도 않은 갈색 머리카락, 담갈색 눈동자, 그리고 솔직하고 여유 있어 보이는 얼굴이었다. 하지만 이 젊은 백작이 칼솜씨라면 누구에게도 뒤지지 않는 사람이라는 것을 레저널드는 잘 알고 있었다. 사실 레저널드의 기억 속에 백작이 가장 마음에 들었던 순간은 무서울 정도의 침착함과 자제력을 잃고 그 멋진 칼솜씨로 그를 거의 죽일 뻔했던 때였다.

백작의 목소리가 혼자 생각에 빠져 있는 레저널드를 깨웠다.

「제가 아저씨를 뵙자고 한 것은, 아저씨께 가고 있는 생활비를 포함해 몇 가지 문제를 상의할까 해서입니다.」

드디어 식충이 같은 오촌 아저씨를 잘라버리고 잔돈푼을 아끼겠다는 수작이군. 그래, 뭐 전혀 예측하지 못했던 일도 아니지.

레저널드는 도박으로 벌어들이는 돈이 시원치 않으면 이제 어디서 수입을 보충해 체면을 유지할까 생각했다. 귀족 가문에 이름만 걸치고 있는 한량들 중에는 라이 항 총독(Warden of the Port of Rye, 라이 항은 중세 시대 왕실에 필요한 선박과 인력을 제공하기 위해 결성된 잉글랜드 남동부 항구 연합체 중의 하나였으나 16세기 이후에는 중요한 항구로서의 기능을 상실했기 때문에 19세기의 '라이 항 총독'이라는 자리는 명칭만 그럴듯한 한직)이나 뉴캐슬 우체국장 같은 한직에 의지해 생계를 유지하는 사람도 많았다. 그러나 그런 시답잖은 한직일지라도 제정신을 가진 사람이라면 레저널드에게 맡길 리 없었다. 아무리 하잘 것 없는 정부 관료라 할지라도 제각각 적임자를 정하는 기준은 있기 마련이었다.

차라리 맨튼처럼 실내 사격장을 하나 차리거나 아니면…… 지금처럼 공짜로 여자들을 즐겁게 해주는 대신 그 대가로 돈을 뜯어내는 방법도 있다는 생각을 하며 레저널드는 슬며시 미소를 지었다. 싸늘한 목소리로 그가 물었다.

「또 다른 건?」

「케럴라인이 아기를 가졌습니다. 11월에 출산한답니다.」

「축하할 일이군.」

레저널드는 얼굴에 어떠한 감정도 내비치지 않으려고 조심했다. 여러 사람을 건너 소문으로 듣게 하는 것보다 상속자를 직접 불러다 놓고 소식을 전달하는 것은 워그레이브 백작다운 방식이었다. 백작이 전한 아기 소식은 놀랄 일이 아니었다. 지금은 비록 레저널드가 리처드의 잠정적인 상속자로 내세워져 있었지만, 부부 모두 건강하고 행복한 결혼 생활을 유지하고 있는데다가 레저널드보다 여덟 살이나 어린 젊은 백작에게 아기가 생긴 것은 당연한 일이었다. 레저널드는 정중한 목소리로 덧붙였다.

「백작부인도 안녕하시겠지?」

워그레이브 백작의 얼굴이 따뜻한 미소로 빛났다.

「요즈음 아내의 기분은 최상입니다. 매일 피아노 연주를 하는 통에 아기가 손바닥에 악보를 그려 가지고 나오지 않을까 걱정될 정도니까요.」

백작의 얼굴은 다시 정색이 되었다.

「하지만, 진짜 말씀드릴 용건은 그게 아닙니다.」

「아, 얘기가 또 샛길로 빠지기 전에 내 생활비 중단 건에 대한 이야기를 마무리지어야겠지.」

레저널드의 목소리가 전보다 훨씬 더 느려졌다. 아무리 가문의 수장이 되었다지만 조카뻘인 리처드에게 생활비를 구걸하는 것은 차마 못할 짓이었다.

「아저씨께 일년에 네 번 가고 있는 생활비를 중단하는 것은 제가 세운 계획의 일부일 뿐입니다.」

워그레이브는 책상 서랍을 열고 서류 한 장을 꺼냈다

「아저씨께 뭔가 다른 방도를 찾아드려야 한다는 생각을 갖고 있었습니다. 그 동안은 임시로 할아버지께서 정해놓으신 대로 생활비를 보내드렸지만, 제 생각엔……」

적당한 단어를 찾기 위해 고심하듯 백작의 말이 중간에 끊겼다.

「성인이 된 남자가 다른 사람의 호의에만 의존해 생활을 유지한다는 것은 적절치 못한 일이 아닐까 싶었습니다.」

「그리 드문 일도 아닌데 뭐.」

레저널드는 짐짓 태연한 표정을 지으며 그게 무슨 대수냐는 듯한 목소리로 말했다. 사실 레저널드는 서로 칼을 겨누며 상대방을 죽일 작정까지 했던 마당에 노백작이 돌아가신 후에도 변함없이 생활비를 보내주는 리처드가 놀라웠다. 하지만 워그레이브 백작에게는 자신의 상속자를 먹여 살릴 책임이 있었다. 어쨌거나 아직까지 레저널드는 그의 합법적인 상속자였으니까. 그러나 이제 그에게 친자식이 생길 예정이니 레저널드는 더 이상 백작이 책임져야 할 대상이 아니었다.

「저는 런던처럼 복잡하고 빡빡한 세상에서 자라지 않아 선문답은 할 줄 모릅니다. 제가 자란 다소 고상하지 못한 세상에서는 성인 남자라면 누구나 자기 인생을 책임질 수 있어야 한다고 배웠습니다.」

백작은 손가락으로 책상 위에 놓인 서류들을 톡톡 두드렸다.

「워그레이브 백작에게 상속이 한정되어 있지 않은 대번포트 가문의 영지 가운데 하나를 아저씨께 양도하고자 하는 것도 바로 그런 이유 때문입니다. 이 영지에 설정되어 있는 모든 저당권을 말소했습니다. 제대로 관리하시기만 하면, 앞으로는 지금까지 아저씨께 가던 생활비의 두 배 이상의 수입이 생길 것입니다.」

레저널드는 자기도 모르게 허리를 세우고 앉았다. 마치 백작이 황동 촛대를 들어 자기 머리를 한 대 내려친 것 같은 기분이었다. 생활비를 더 이상 주지 않겠다는 소식이었다면 이리 놀라지는 않았을 것이다. 예상했던 소식이었으니 말이다. 백작의 말은 계속되었다.

「그 영지의 경영 상태가 호전된 것은 그곳의 집사 덕입니다. 웨스턴이라는 사람인데, 그곳에서 일한 지 몇 년 됩니다. 한번 만날 기회가 있었지만, 마침 제가 갔을 때 친척 중의 누군가가 병상에 있다고 해서 병문안을 가고 없는 바람에 만나지 못했습니다. 어쨌든 일을 꽤 잘하고 있는 것만은 분명합니다. 과거 경력도 흠잡을 데가 없고, 지금 그곳에서도 생산성을 크게 높였습니다. 웨스턴은 정직하고 능력이 있는 사람이기 때문에 영지를 직접 경영하는 데 관심이 없으시면, 그곳 일은 그 사람에게 맡겨두시고 지금처럼 런던에서 생활하신다고 해도 무리는 없을 겁니다.」

백작이 표정을 딱딱하게 바꾸며 말을 이었다.

「아니면 영지를 팔아 그 돈으로 도박을 하시든지요. 어떻게 처분하시든 상관없지만, 이것이 대번포트 가문의 영지에서 아저씨 몫으로 가져가실 수 있는 마지막 유산이라는 것만 명심해주십시오. 만약 지금 안고 계신 심각한 부채가 있다면, 새출발을 하실 수 있도록 제가 깨끗하게 해결해드리겠습니다. 하지만 이후로는 모든 것을 아저씨 힘으로 해결하셔야 합니다. 제 뜻을 아시겠습니까?」

「두말하면 잔소리지. 말솜씨가 훌륭하시군, 조카님.」

뭔가 혼란스러울 때 그것을 감추기 위해 나오곤 하는 레저널드의 오만한 말투는 거의 본능적인 반응에 가까웠다.

「다행히도 최근에는 행운의 여신이 날 도우셨는지, 조카에게 구걸해서 갚아야 할 만한 큰 빚은 없다네.」

저으기 놀란 마음을 진정시키고 평정을 되찾으려 안간힘을 쓰고 있는 본심을 감추며 그가 물었다.

「그런데, 어떤 영지를 내게 주겠다는 거지?」

「도싯에 있는 스트릭런드입니다.」

오, 스트릭런드! 대번포트 가문의 영지 중에서 워그레이브 백작의 작위와 함께 상속되도록 한정되어 있지 않은 유산은 한두 곳밖에 없다는 것을 알고 있기 때문에 스트릭런드를 준다고 해도 사실 그다지 놀랄 일은 아니었다. 그러나 레저널드는 마치 명치를 한 대 걷어차인 느낌이었다.

「하필 그걸 내주는 특별한 이유라도?」

「몇 가지 있습니다. 우선, 그곳이라면 아저씨의 입장에서 볼 때 가장 무난한 영지라고 생각했습니다. 그리고 제가 알기로는 아저씨가 어린 시절을 보내신 곳이기 때문에 아저씨께 친숙한 곳일 테구요.」

백작은 깃털 펜을 손가락 사이에 끼운 채 이맛살을 찌푸리며 조심스럽게 말했다.

「아저씨 표정을 보니 그게 아닌 것 같다는 생각도 듭니다만…….」

레저널드의 얼굴이 굳어졌다. 그가 이상적인 신사의 범주에 들지 못하는 여러 이유 중의 하나가 바로 감정을 너무 쉽게 얼굴에 드러낸다는 점이었다. 진정한 신사라면 분개하거나 분노하거나, 심지어는 기쁨의 감정조차도 표정에 드러내서는 안될 일이었다. 그러나 레저널드는 정신을 잠깐만 집중하지 않으면 여지없이 속내를 드러내곤 했다. 필요한 경우라면 무표정한 얼굴을 하는 것은 어렵지 않았으나 감정을 노골적으로 드러내는 일이 너무나 많았다. 스트릭런드가 그의 마음속에 일으키고 있는 복잡한 감정의 소용돌이를 숨겨야 할 시점인 지금 같은 순간에도 그의 얼굴은 여전히 속내를 그대로 드러내고 있었다.

「이유는 한가지 더 있습니다. 솔직히 말씀드리자면, 스트릭런드의 영지를 아저씨께 양도해야만 한다고 생각한 건 바로 이 이유 때문입니다. 스트릭런드는 처음부터 아저씨의 소유였습니다.」

레저널드는 숨을 깊이 들이쉬었다. 하루아침에 당하는 것치고는 너무나 큰 충격의 연속이었고, 두 가지 소식 모두 마음에 들지 않았다.

「그게 내 소유라고 말하는 근거는?」

「스트릭런드에 있는 저택과 주변 토지는 작은할머님 가문 소유였습니다. 대번포트 가문의 소유가 아니었다는 뜻입니다. 아저씨는 그분의 유일한 상속자이시니, 스트릭런드의 영지에 대한 모든 권리는 처음부터 법적으로 아저씨께 있었습니다.」

「이런, 제기랄!」

「고문 변호사의 말에 의하면, 작은할아버님과 작은할머님께서 만나시게 된 계기가 아저씨의 외조부께서 스트릭런드에 연접해 있는 작은 토지를 매입하라고 대번포트 가문에 권하시면서였다고 합니다. 그 일로 작은할아버님께서 할아버님을 대신해 의논차 도싯에 가셨다가 작은할머님을 만나셨고, 그후로 그곳에 머무르시게 되었다는 겁니다. 대번포트 가문은 문제의 토지를 매입했고, 작은할아버님과 작은할머님은 그 토지와 스트릭런드를 하나의 영지처럼 관리하시면서 그곳에서 사셨습니다. 두 분이 결혼하실 때 정리된 상속 영지에 관한 계약에 따르면, 스트릭런드는 작은할아버님이 아니라 작은할머님의 상속자에게 상속되도록 되어 있었습니다.」

레저널드는 상소리가 튀어나오려는 것을 억지로 참았다. 늙은 백작은 그 동안 교묘하고 불법적인 방법으로 스트릭런드를 조카의 손에서 빼앗아 쥐고 살았던 것이다. 그러나 그것은 평생에 걸친 전쟁, 그 전쟁에서 그가 쓴 술책 중의 하나에 불과했다.

「나는 전혀 몰랐어. 만약 그런 사실을 알고 있었다면 그 늙은 마귀가 내 손에서 그 영지를 가로채가도록 놓아두지는 않았을 거야.」

참을 수 없는 분노를 느끼며 레저널드는 이를 악물고 말했다. 그 오랜 세월 동안, 버젓이 그의 몫이었던 영지를 뒤에 숨겨놓고도 레저널드에게는 쥐꼬리만한 생활비를 내주면서 백부는 마치 커다란 은혜를 베푸는 것처럼 군림했던 것이다. 노백작이 아직 이승 사람이었다면 아마도 내일 아침부터는 동쪽에서 솟아오르는 찬란한 태양을 볼 수 없었으리라. 백부가 저승 사람이라는 것이, 이승의 정의가 미치지 못하는 세상의 사람이 되었다는 것이 레저널드는 너무나 한스러웠다.

「할아버님께서는 아마도 작위를 비롯해서 대번포트의 영지 대부분이 결국은 아저씨께 상속되리라는 생각에 스트릭런드의 영지를 다른 영지와 별도로 분리하지 않으셨던가 봅니다. 어쨌든 아저씨는 할아버님의 상속자로 지내셨으니까요.」

워그레이브는 어느 편에 대한 동정도 담겨 있지 않은 목소리로 말했다. 레저널드의 목소리는 얼음처럼 싸늘했다.

「조카가 그리 너그럽게 말할 수 있는 건 그 양반을 잘 모르기 때문이야. 그 양반은 처음부터 불순한 의도를 가지고 스트릭런드를 감추고 있었다는 걸 내 장담하지. 그 영지가 내 것이라는 사실을 처음부터 확실히 해두었다면 내가 그 양반에게 신세를 질 필요가 없었겠지. 아마 그게 싫었던 걸 꺼야.」

도싯에서 상당한 유산을 상속받을 귀족 처녀와 결혼해 정착한 동생을 노백작이 평생토록 미워한 것도 필경 그 때문이었을 것이다. 나중에, 어린 나이에 고아가 된 조카를 대했던 그의 태도만 보아도 충분히 미루어 짐작할 수 있었다. 워그레이브의 그물에서 용케 빠져 달아난 동생에 대한 복수를 죄 없는 조카에게 했던 것이다.

워그레이브는 어색한 순간을 모면하기 위해 일부러 깃털 펜의 끝을 뾰족하게 깎아 잉크병에서 잉크를 찍어냈다.

「할아버지에 대해 들으면 들을수록, 제 아버님이 그분과 같은 땅에서 사시길 거부하셨던 이유를 알 것 같습니다.」

「영국땅을 떠난 건 줄리어스가 한 일 중에서 가장 똑똑한 행동이었지.」

레저널드도 백작의 생각에 동감했다. 입밖에 낸 적은 없었지만, 그도 줄리어스처럼 영국을 떠나는 것이 차라리 낫지 않을까 생각한 적이 한두 번이 아니었다. 영국땅에 남아 상대도 되지 않는 무기를 들고 백부의 폭압에 맞서 싸우느니 차라리 그의 무쇠 같은 손길이 미치지 않는 곳으로 달아나는 편이 더 나은 일이었다. 하지만 노백작은 죽음으로써 이미 영원한 승리를 얻은 셈이었고, 레저널드도 마지막 커튼이 내려진 후에야 무대에 등장한 조카를 상대로 더 이상 쓰린 속내를 드러내고 싶지 않았다.

워그레이브가 고개를 쳐들었다.

「혹시 다른 영지를 염두에 두고 계시다면…… 제 생각이나 현재 사정상 스트릭런드가 가장 적합한 영지이긴 합니다만, 정히 다른 영지를 원하시면 달리 조치할 수도 있습니다.」

「그럴 필요 없어. 스트릭런드면 충분해.」

레저널드는 퉁명스럽게 대답했다. 워그레이브도 그로부터 감격에 찬 감사의 인사를 기대하지는 않았던 것이 분명했다. 몇 군데 서명을 하고 젖은 잉크가 마르기를 기다렸다가 레저널드에게 서류를 밀어주었다.

「여기에 서명만 하시면 스트릭런드는 아저씨의 소유가 됩니다.」

분기가 머리끝까지 차올라 있는 와중에도 레저널드는 서류를 꼼꼼히 살폈다. 다행히도 모든 것이 합법적으로, 빠짐없이 정리되어 있었다. 마지막 서명을 마치는 순간에 가벼운 발자국소리가 들려 그는 고개를 들었다. 체구가 작고 고상하게 생긴 금발의 귀부인이 서재로 들어섰다. 늘 꿈꾸는 듯한 표정을 하고 있는 워그레이브 백작부인 케럴라인은 보통을 뛰어넘는 작곡 솜씨를 가진 여인이었다.

두 남자는 모두 자리에서 일어서 백작부인을 맞이했고, 백작 부부의 눈길이 서로 마주치는 순간 레저널드는 아픔에 가까울 정도로 날카로운 갈망을 느꼈다. 그는 조카가 막대한 부와 워그레이브 백작이라는 작위를 상속한 것도 부러웠지만, 백작과 그의 부인 사이에 흐르는 따뜻한 정은 더욱 더 부러웠다. 대번포트 가문의 절망이라고 불리는 그를 저런 시선으로 보아줄 여인은 세상 어디에도 없었다.

남편과 짧은 침묵의 인사를 나눈 후, 워그레이브 백작부인은 레저널드에게 돌아서 손을 내밀었다. 지난번에 두 사람이 만났을 때 레저널드는 인사불성으로 취한 나머지 백작부인에게 몹시 불경스러운 행동을 했고, 그 때문에 백작은 그를 거의 죽일 뻔했었다. 온갖 낯뜨거운 소문과 평판에도 불구하고, 수줍고 겁 많은 정숙한 여인을 대하는 것만은 레저널드도 능숙하지 못했던 탓이었다. 백작부인의 손에 고개를 숙여 키스를 하는 동작이 그에게는 너무나 낯설었다. 최대한 점잖게 보이려고 안간힘을 쓰면서 그는 고개를 들고 말했다.

「행복한 소식이 들리더군요. 축하드립니다, 백작부인.」

「감사합니다. 저희도 몹시 기뻐하고 있어요.」

백작부인의 미소에는 조용한 자신감이 배어 있었다. 그녀에게는 결혼생활이 매우 잘 맞는 것 같았다.

「보내주신 결혼 선물에 감사하다는 인사도 제대로 드리지 못했습니다. 대체 어디서 헨델의 육필 악보를 구하셨어요? 그 악보를 볼 때마다 그분이 직접 그 음표 하나 하나를 그리고 가사를 썼다는 사실에 경외감을 느낀답니다.」

백작과의 만남 자체가 불편했던 레저널드가 이 저택에 발을 들여놓은 후 처음으로 미소를 지었다. 젊은 백작부인은 이미 그 선물에 대한 감사의 편지를 보낸 적이 있었으므로, 몸소 그를 만나러 서재에 나타난 것은 지난번의 불경스러운 실수를 용서하겠다는 무언의 메시지였다. 하지만 사실 그 실수는 그가 저지른 다른 죄악에 비하면 아무 것도 아니었다.

「몇 해 전에 한 서점에서 우연히 발견했습니다. 언젠가 그 악보의 주인을 만나게 되리라고 생각했습니다.」

「그보다 더 저를 기쁘게 할 선물은 없었을 거예요. 두 분 말씀 도중에 끼어들어서 죄송합니다. 그럼 말씀들 나누세요.」

「저도 막 일어서려던 참이었습니다. 워그레이브, 더 할말 있나?」

백작이 고개를 저었다.

「아닙니다. 더는 없습니다.」

레저널드는 백작에게 고맙다는 인사를 해야 한다는 생각에 잠시 망설였다. 어떤 남자라도 백작이라는 지위에 서고 보면 선대의 백작이 저지른 죄악을 정직하게 보상하기는 쉽지 않은 법이었다. 그러나 레저널드는 우아한 작별인사를 하기에는 아직도 백부의 이중적인 위선에 너무나 화가 나 있는 상태였다. 그는 무뚝뚝하게 고개를 끄덕여 인사를 대신하고는 배웅하는 집사도 본체만체 하며 저택을 나섰다.

본채 밖으로 나선 레저널드는 그의 말들에게 산책을 시켜주고 있던 하인에게 동전 몇 닢을 던져주고 마차에 올라탔다. 말 두 마리가 끄는 사륜마차였다. 직접 고삐를 쥔 그는 빨리 달리고 싶어서 고개를 쳐들고 히힝거리는 말들을 진정시켰다.

스트릭런드라. 스트릭런드…….

그가 가장 행복했던 시절과 가장 슬펐던 순간이 함께 묻혀 있는 곳이었다. 그곳이 자신의 소유가 된 지금 기뻐해야 할지 슬퍼해야 할지 레저널드는 종잡을 수가 없었다.

입술을 꽉 다물고 고삐를 내리치자 마차는 부드럽게 차로로 나섰다. 한 잔 생각이 간절했다.

아니, 한 잔이 아니라 한 드럼이라도 충분치 않았다.

케럴라인 대번포트는 커튼을 한쪽으로 젖히고 레저널드가 떠나는 모습을 지켜보았다. 그가 움켜쥔 고삐가 팽팽하게 당겨져 있는 것이 그녀에게까지 보였다. 커튼을 도로 닫으면서 남편을 향해 물었다.

「그 말씀을 듣고 뭐라시던가요?」

「처음부터 고맙다는 인사를 기대하지 않은 게 다행이었어. 고맙다는 말은 아예 한마디도 않으시더군. 레저널드 아저씨는 놀라운 일을 별로 반기지 않는 분이셔. 단순히 생활비만 중단하겠다고 말했다면 그게 오히려 아저씨로서는 받아들이기 수월하셨을 거야.」

리처드는 느릿느릿한 걸음걸이로 창가로 다가가 두 팔로 아내의 허리를 감아 안았다.

「우리 교활하신 할아버지께서 아저씨 몫의 재산을 교묘하게 빼돌리려 했다는 대목에서는 살기가 느껴지더군. 나라도 그랬을 거야.」

남편에게 기대면서 케럴라인이 말했다.

「자기 재산을 갖는다면 좀 달라지실까요?」

리처드는 어깨를 들썩였다.

「그 점은 나도 의심스러워. 아저씨를 망쳐놓은 원인은 바로 할아버지였으니까. 군대에 입대하고 싶었는데 할아버지가 끝내 허락하지 않으시는 바람에 뜻을 이루지 못했다는 말씀을 아저씨로부터 직접 들은 적이 있어. 군에 입대하지 않는다는 조건으로 작은 빚을 대신 갚아주셨지만, 덕분에 아저씨는 할아버지의 속박에서 벗어날 수 없게 되셨던 거야. 생활비는 대주셨지만 그걸로는 아저씨가 완전히 자유롭게 사실 수는 없었지.」

「당신 할아버지라는 분, 정말 무서운 분이군요.」

「맞는 말이야. 하지만 레저널드 아저씨도 자신의 현재 상황에 대해서 아무런 책임이 없다고 할 수는 없어. 아저씨는 굉장히 명석한 두뇌를 가지셨고, 사람에 대한 판단력이 소름끼칠 정도로 정확한 분이시거든. 탕아라는 소리를 듣게 된 건 결국 아저씨가 선택하신 거나 마찬가지지.」

케럴라인은 남편의 목소리에서 깊은 동정과 연민을 느낄 수 있었다. 남편은 매우 심각하게 자신의 책임을 다하려고 노력했고, 뛰어난 장교였던 그는 레저널드 대번포트가 스스로의 잠재력과 재능을 낭비하고 있는 것을 안타까워하고 있었다. 다른 어떤 이유보다도 레저널드는 리처드에게 남은 가장 가까운 친척이었으므로 백작은 어떻게 해서든 아저씨와 원만한 관계를 유지하고 싶어했다. 그러나 그의 소망은 쉽게 이루어질 것 같지 않았다.

「생활 방식을 바꾸기에는 아저씨 나이가 좀 많다고 생각하지 않아요?」

「서른 일곱이신데다가 온갖 부도덕하고 탈법적인 행동에 젖어 계시니 그런 걱정도 없지는 않아. 하지만 탕아라는 손가락질을 받던 사람들 중에도 개과천선해서 새로운 삶을 사는 사람들이 많아. 다만 술주정뱅이들은 그 버릇을 죽을 때까지 못 버리더군. 군대 시절에 그런 군인들을 많이 겪었지. 술주정뱅이들은 십중팔구 총알을 맞고 죽거나 아니면 술독에 빠져서 죽지. 아저씨도 결국은 그렇게 되지 않을까 걱정이야.」

　케럴라인은 남편의 어깨에 머리를 기댔다. 레저널드 대번포트가 한때는 그녀를 두렵게 했었지만, 오늘 술 취하지 않은 맑은 정신에 정중한 태도를 가진 그의 모습을 보니 놀라울 정도로 매력적인 남자였다. 그의 모습에서 그녀는 선한 한 남자의 모습을 발견할 수 있었고, 그래서 남편이 상대하기 고약한 아저씨를 어떻게든 도와보려고 노력하는 것을 이해할 수 있었다. 하지만 결국은 실패로 끝나기가 쉬운 일이었다. 그렇더라도…….

「기적이라는 것도 있잖아요. 아마 기적이 일어날 거예요.」

「레저널드 아저씨가 정말로 원하기만 한다면 얼마든지 변할 수 있는 분이라고 나는 생각해. 하지만 아저씨가 일단 시도를 할지 그게 걱정이야.」

　리처드는 비관적인 목소리로 말했다. 그는 아내의 가녀린 몸을 더욱 바짝 끌어당겨 안으면서 생을 낭비하고 있는 아저씨에 대한 생각을 멀찍이 밀어냈다.

　그는 자신이 할 수 있는 모든 것을 한 셈이었다. 그 동안의 경험을 통해 그는 한 남자가 다른 한 남자를 위해 해줄 수 있는 일에는 엄연히 한계가 있다는 것을 알고 있었다.

2

　악몽을 꾸는 날이면 언제나 그랬듯이, 오늘은 눈도 뜨기 전부터 기분 나쁜 하루였다. 벌써 몇 시간째 그녀는 기분이 좋지 않았다. 그래도 이런 날이 일년에 두세 번 정도뿐이라는 것이 다행이라면 다행이었다.

　그 악몽 속에서 그녀는 늘 프렌치 도어 밖에 선 채 음흉한 간계를 꾸미고 있는 듯 느릿느릿한 목소리를 엿들었다.

　「도대체 저런 멋대가리 없는 키다리와 결혼하겠다는 이유가 뭐야? 열 자가 넘는 키에 온몸에 뼈다귀만 삐걱거리는데. 잠자리에서 남자를 뜨겁게 녹여줄 여자는 절대로 아니라구. 게다가 사람 다루는 폼을 좀 봐. 결혼하고 나면 너까지 고양이 앞의 쥐처럼 설설 기게 만들걸.」

　잠시 후 그녀가 사랑하던 남자가 대답했다. 그의 말속에는 그녀를 위한 변명이나 그녀의 면전에서 장황하게 늘어놓던 사랑의 말은 한마디도 들어 있지 않았다.

　「돈 때문이지 다른 이유가 뭐 있겠어? 아내로서는 괜찮은 여자야. 일단 저 여자가 덤으로 가져올 재산에 대한 권리만 내 손에 넘어오고 나면, 너도 내가 저 암탉을 어떻게 다루는지 보게 될 거야.」

그 말과 함께 낯익은 구역질이 치밀고 온몸이 갈가리 찢어지는 듯한 아픔을 느끼면서 앨리즈는 그 동안 알고 있었던 유일한 삶의 터전으로부터 도망쳤다. 하지만 오늘 아침은 다행이었다. 그녀가 비참의 구렁텅이 맨 밑바닥으로 떨어지기 전에 뭔가가 코끝을 간질였던 것이다. 사람들이 잠의 끝자락을 놓으려 할 때 흔히 그러는 것처럼, 앨리즈는 코로 옅은 신음을 내쉬었다.

무거운 눈꺼풀을 억지로 들어올리듯이 눈을 뜬 앨리즈는 밝은 새벽 여신의 광채를 보았다. 침대 모서리에 걸치고 앉아 있는 황홀한 존재는 순황금색 곱슬머리에 흠잡을 데 없이 완벽한 계란형 얼굴, 그리고 해맑은 푸른 눈동자를 반짝이고 있었다. 메리디스 스펜서는 아무리 화난 사람의 마음도 금세 풀어지게 하는 재주를 가진 아가씨였다. 앨리즈는 어떤 일에도 쉽게 실망하거나 우울해하지 않는 성격이었지만, 오늘 아침 같은 이런 시간에만은 마음이 무겁게 가라앉는 것을 어쩔 수 없었다. 이렇게 이른 아침에 티없이 맑고 발랄한 처녀의 얼굴을 보는 것으로도 그녀의 마음은 가벼워지지 않았다.

침울한 표정으로 메리디스와 눈길을 마주하기 전에 부드러운 털이 복슬복슬한 작은 동물의 꼬리가 그녀의 얼굴에 와 닿았다. 앨리즈는 다시 코를 킁킁거렸다.

「아이, 이게 뭐야……?」

앨리즈는 천천히 일어나 앉았다.

「어틸러, 또 너로구나. 경고하겠는데, 또 꼬리로 내 얼굴을 때려서 깨우면 그땐 네 녀석을 강아지 먹이로 줄 거야, 알았지?」

앨리즈는 찡그린 얼굴을 감추며 자꾸 얼굴을 간질이는 고양이의 꼬리를 치웠다. 악몽을 꾸느라 심하게 몸부림을 쳤는지 잠자리에 들기 전에 땋아두었던 머리칼은 온통 풀어헤쳐져 어깨 주변에 헝클어져 있었다. 머리를 다시 빗어 정리하려면 최소한 5분은 더 소비해야 했다.

「어틸러를 먹게 될 강아지에게 행운을 빌어야겠군요.」

빙긋이 웃으면서 메리가 하얀 김이 모락모락 피어오르는 머그잔을 내밀었다.

「여기요, 레이디 앨리즈. 평소 좋아하시는 대로 크림과 설탕을 듬뿍 넣었어요.」

긴 손가락으로 잔을 감싸 쥐면서 앨리즈는 베개를 세워 등을 기대고 커피를 달게 마셨다.

「후우…….」

뜨거운 액체가 목을 타고 흘러내려 가며 온몸의 기운을 되살려주는 것 같았다. 머리가 맑아지는 것을 느끼면서 앨리즈가 물었다.

「왜 이렇게 일찍 깨웠어?」

메리디스는 도자기 인형 같은 얼굴로 생긋 웃으며 대답했다.

「오늘부터 파종을 시작하신다고 평소보다 일찍 깨워달라셨잖아요.」

「아, 그랬지……. 」

앨리즈는 커피를 한모금 더 들이마셨다.

「깨워줘서 고맙다. 너도 키워놓으니 쓸 데가 있구나. 쫓아내면 안 되겠어.」

메리디스가 당연하다는 듯한 얼굴로 대꾸했다.

「당연하죠. 어쨌든 저랑 동생들을 길러주겠다고 선생님 스스로 동의하신 거잖아요. 그리고 지금은 우리랑 떨어져서 사실 수 없을 걸요? 어떤 얼빠진 남자라도 나타나서 저를 선생님 손에서 채가기 전까지는요.」

앨리즈는 피식 웃었다. 커피 덕분에 평소의 기분으로 돌아온 모양이었다.

「네 주변에 모여드는 녀석들이야 하나같이 짝사랑에 빠진 얼간이들뿐이지. 녀석들을 너한테서 안전한 거리만큼 떨어뜨려 놓는 게 나한테는 유일한 골칫거리다.」

앨리즈는 다정스런 눈길로 메리디스를 타라보았다. 메리디스는 앨리즈가 어린 시절 그토록 원했던 그런 예쁜 얼굴을 가지고 있었다. 메리디스의 성품이라도 그토록 착하고 해맑지만 않았다면 이따금씩 미워할 수도 있으련만. 게다가 그 아이는 열 아홉이라는 나이가 믿어지지 않을 만큼 영리하고 지혜로웠다. 앨리즈에게 있어서 메리디스는 딸이자 친구였고, 때로는 도대체 누가 누구를 기르고 있는지 의심스러울 정도였다.

앨리즈의 얼굴에 생기가 도는 것을 보면서 메리디스가 말했다.

「어떤 농장 총각이 선생님께 편지를 보냈어요. 물론 수신인은 레이디 앨리스, A-l-i-c-e라고 적혀 있구요.」

「내 이름 잘못 썼다고 호통치기에는 아직 너무 이른 시간 아니니? 어차피 철자를 바로 쓰면 발음을 제대로 못 할 텐데 뭘. 그래, 뭐라고 써 있든?」

「닭에 관한 일인가봐요.」

「그렇담 발로우 씨겠구나. 나가는 길에 그 사람 집에 들러야겠다.」

남은 커피를 마신 후 앨리즈는 침대 가장자리로 나와 앉으며 발을 더듬어 슬리퍼를 찾아 신었다.

「얼른 침대에서 나와야지, 또 드러눕기 전에. 그 버릇없는 고양이 좀 데려다가 먹을 것 좀 주련?」

메리디스는 생글생글 웃으며 털도 길고 덩치도 큰 점박이 고양이를 침대에서 안아 올렸다. 지금 모습을 보면 앨리즈가 물에 빠져 익사하기 직전에 건져냈던 당시의 빼빼 마르고 지저분했던 모습은 상상이 되지 않았다. 요즈음 들어서는 타고난 본성을 드러내는지, 제게 밥을 주는 사람들을 제외한 다른 사람들을 무시하는 오만한 태도를 보이기도 했다. 메리디스가 안고 앨리즈의 침실 밖으로 나가자 녀석은 야속하다는 듯이 앨리즈를 향해 야옹거렸다.

앨리즈는 침대 가장자리에 앉은 채로 두 손에 얼굴을 파묻었다. 갑자기 악몽이 되살아나며 기분이 도로 착 가라앉는 것 같았다. 잠시 후 크게 한숨을 토해내면서 그녀는 침대에서 일어서 다 낡은 붉은색 가운을 걸치고 화장대 앞에 앉았다. 땋았던 머리카락을 손가락으로 풀어내면서 거울에 비친 자기 모습을 들여다보았다. 악몽을 꾼 날 아침이면 그녀는 거울을 유심히 들여다보는 버릇이 있었다.

남자들을 사로잡을 만한 외모는 아니었지만, 앨리즈도 못생긴 얼굴은 아니었다. 피부는 약간 검은 편이었지만 살이 찌거나 지나치게 마른 체형은 아니었다. 만약 여자가 아니라 남자였다면 아주 보기 좋은 몸집이었다. 구두를 신지 않고도 174센티미터나 되는 키는 스트릭런드의 남자들 거의 대부분을 내려다보거나 비슷한 눈높이로 마주볼 수 있을 정도였다.

꼬인 머리를 다 푼 후 그녀는 빗질을 시작했다. 그녀가 상속할 막대한 재산이 위선자들의 관심을 끌던 시절에는 그녀의 숱진 머리카락을 사람들은 금갈색이라고 말했다. 그러나 스스로 벌지 않으면 살 수 없게 된 지금, 그녀의 머리카락은 그저 갈색 머리칼일 뿐이었다. 하지만 아직도 앨리즈는 머리카락을 자신의 몸에서 가장 소중한 부분으로 생각하고 있었다. 홧김에 싹둑싹둑 잘라버린 이후에 다시 자란 머리카락은 전보다 더 탄력 있고 더 길게 자라 있었다. 햇빛이 비칠 때면 그 머리카락은 금갈색으로 반짝거렸다. 그래도 그녀의 머리카락은 그저 갈색 머리칼일 뿐이었다.

정수리 한가운데 가르마를 타서 머리카락을 양쪽으로 가른 앨리즈는 한쪽부터 땋아 내려갔다. 양쪽 머리카락을 다 땋은 후에는 잘 틀어올려 고정하고 그 위에 수수하고 단정한 코로넷(coronet, 여자들의 머리장식의 일종)을 썼다. 밝은 아침 햇살을 받으니 그녀의 신체 중에서 가장 어색하고 특이한 부분이 두드러지게 눈에 띄었다. 오른쪽 눈동자는 회녹색이었지만 왼쪽 눈동자는 따뜻한 갈색이었던 것이다. 앨리즈는 자신처럼 특이한 눈동자를 가진 사람을 본 적이 없었다. 기형적으로 큰 키도 감추기 어려운 판국에 눈동자 색까지 짝짝이라니, 지나치게 가혹한 조합이었다.

그런 생각을 하자니 앨리즈는 자기도 모르게 피식 자조에 가까운 웃음이 나왔다. 그러자 그녀가 달가워하지 않는 또 하나의 특징이 나타났다. 보통 때는 그게 있다는 걸 잊고 있었지만 웃거나 미소지을 때면 어김없이 나타나는 보조개였다. 말만큼이나 키가 큰 자기 얼굴에 보조개가 패는 것을 남들이 보면 속으로 보조개가 불쌍하다고 흉을 볼 거라고 그녀는 생각했다. 인형 같이 앙증맞은 메리디스의 얼굴에 이 보조개가 있었다면 얼마나 완벽하게 아름다웠으랴. 아무리 생각해도 인생이란 불공평하기 짝이 없었다. 만약 이 보조개를 메리디스의 얼굴에 옮겨줄 수만 있다면 앨리즈는 기꺼이 그렇게 해주고 싶었다.

인상을 쓰면 보조개가 사라진다는 것을 아는 앨리즈는 얼른 미소를 지우고 인상을 써보았다. 앨리즈의 짙은 눈썹은 그녀가 웃을 때조차 사람들을 두렵게 만들곤 했다. 따라서 앨리즈가 짐짓 인상을 쓰면 정말 무서운 얼굴이 되었다.

악몽을 꾼 날이면 늘 그랬듯이, 자신의 몰골이 그렇게 흉측스럽게 보이지 않는다는 것을 몇 번이고 확인한 후에야 앨리즈는 화장대에서 일어섰다. 파종 작업을 감독해야 하기 때문에 오늘은 바지와 셔츠, 그리고 남자들이 입는 코트를 걸쳐야 했다. 보통 때 입는 짙은 색 드레스는 그녀의 몸매를 잘 감춰주었지만, 일할 때면 때때로 어쩔 수 없이 입어야 하는 남자들의 옷은 몸매를 더욱 뚜렷이 드러내주었다. 키가 워낙 크다보니 그 효과는 정말 심각했다. 키가 그렇게 커도 모든 남자들이 앨리즈를 외면해버리는 건 아니었다. 어떤 남자들은 저 꺽다리와 잠자리를 함께 하면 어떨까 하는 음흉한 호기심이 다 들여다 보이는 곁눈질로 슬금슬금 훔쳐보곤 한다는 것을 앨리즈도 알고 있었다.

면전에서는 '레이디 앨리즈'라고 불리지만 등뒤에서는 온갖 상스러운 별명으로 불리는 서른 살의 노처녀 앨리즈 웨스턴, 그녀는 도싯 카운티(주를 말함)의 스트릭런드를 관리하는 매우 성공한 집사였다. 검은색 모자를 눌러쓰고 그녀는 길고 긴 하루의 작업을 감독하기 위해 밭으로 나갔다.

그날 하루는 각오했던 것보다 훨씬 더 피곤한 하루였다. 앨리즈가 구입한 조파기(고랑을 쳐서 씨를 뿌리고 흙까지 덮어주는 파종기계)가 말썽이었다. 바보 같은 기계가 무슨 소용이 있겠느냐고 비아냥거리던 일꾼들은 드러내놓고 쾌재를 부르며 앨리즈의 성질을 돋구었다. 앨리즈가 기계 밑으로 들어가 축축한 땅바닥에 누워서 거의 한 시간이나 진땀을 흘리며 손을 본 후에야 그놈의 기계가 제대로 말을 들었다.

그후로도 하루 종일 그녀는 진흙을 뒤집어쓴 채 점심 먹을 시간도 없이 바삐 돌아다녔다. 다행히도 메리디스가 치즈와 맥주, 그리고 앨리즈가 좋아하는 빵을 몇 가지 챙겨서 밭으로 보내주었다. 그나마도 앨리즈는 말을 탄 채 풀을 뜯고 있는 양들 사이를 돌아다니며 먹어야 했다. 혹시 병에 걸린 놈은 없는지, 아픈 새끼양은 없는지 살펴야 했기 때문이었다.

그날 일이 끝날 무렵에야 조파기를 보고 코방귀를 뀌던 일꾼들도 그 기계 덕분에 많은 일을 훨씬 빨리 할 수 있었다는 것을 인정했다. 하지만 그놈의 기계가 제대로 작동된다는 것이 그들에게는 더 큰 미움거리였다. 앨리즈는 욕이 튀어나오려는 것을 가까스로 눌러 참았다. 벙어리 같이 입을 다물고 있는 남자 일꾼들이 새로운 명령이나 지시를 들어먹게 만드는 것은 끊임없는 전쟁을 치르는 것과 다를 바가 없었다. 앨리즈의 현대적인 기술이나 방법들이 제대로 먹혀들고 더 나은 결과를 가져다준다는 걸 벌써 4년 동안이나 충분히 입증했음에도 불구하고 그들이 새로운 방법으로 고분고분 일하게 만들려면 여전히 한바탕 전투를 치러야 했다.

도대체 마음에 드는 구석이 없어! 앨리즈는 말을 타고 집으로 돌아오며 투덜거렸다. 이른봄의 햇살이 기울자 공기는 금방 싸늘해졌다. 도싯에서 스트릭런드만큼 효율적으로 관리되고 있는 영지는 달리 찾을 수 없었다. 또 어떤 지주나 집사도 일자리를 잃은 노동자들에게 앨리즈만큼 관대하지 못했다. 때때로 앨리즈는 자신이 왜 이런 대접을 받아야하는지 억울하기까지 했다.

집사의 거처인 로즈 홀로 돌아오니 메리디스는 응접실에 앉아 말없이 수를 놓고 있었다. 메리디스의 남동생들은 아직 학교에서 돌아오기 전이었다. 앨리즈는 샤워를 마치고 늘 입던 짙은 푸른색 드레스로 갈아입었다. 그리고는 메리디스와 함께 셰리주를 마시면서 우편물들을 살폈다. 조파기가 말썽을 부리는 바람에 곤경을 겪은 이야기를 들으면서 메리디스는 깔깔대고 웃었다. 우편물을 뒤적거리다가 앨리즈는 워그레이브 백작이 직접 보낸 편지를 찾아냈다.

이맛살을 찌푸리면서 앨리즈는 편지 봉투를 뜯었다. 지금까지 그녀에게 영지와 관련해서 편지를 보낸 사람은 백작이 아니라 고문 변호사인 첼름스퍼드 씨였다. 물론 두 사람 다 아직 한번도 직접 만난 적은 없었다. 두 신사 양반 중의 한 사람이라도 웨스턴이 남자가 아니라 여자라는 사실을 아는 날이면, 앨리즈는 당장 일자리를 잃을 것이 불 보듯 뻔했다.

먼젓번 주인이었던 노백작은 글라스터셔의 주거지를 벗어난 적이 없었지만 신중하고 양심적인 젊은 백작은 활동적인 사람이었다. 언젠가는 예고 없이 들이닥칠 것만 같아 앨리즈는 내심 걱정이 컸다. 다행히도 지난번에 스트릭런드에 왔을 때는 미리 예고를 하는 바람에 친척이 아파서 문병을 간다는 메시지만 남겨놓고 세 아이들까지 데리고 잠시 피신할 여유가 있었다. 스트릭런드의 모든 사람들에게 자신이 여자라는 사실을 함구하도록 단단히 입막음을 한 것은 물론이었다.

라임 리지스의 해변 마을에서 일주일을 노심초사하며 지내고 돌아온 앨리즈는 다행히 아무도 자신을 배신하지 않았다는 사실에 마음을 놓을 수 있었다. 백작은 스트릭런드 영지의 회계장부를 꼼꼼히 살펴본 후 몇 가지 제안 사항을 남겼다. 그리고 그녀의 노고를 치하하는 칭찬의 말까지 남겼다. 오랜 군대 생활을 한 사람이었지만 머리가 굳은 사람은 결코 아니었다. 그렇게 한번 다녀간 후로 백작은 스트릭런드의 경영을 완전히 그녀에게 맡긴 듯했다. 앨리즈에겐 지금 같은 상태가 가장 이상적이었고, 이런 상황이 영원히 변치 않기를 바랐다.

하지만 그런 바람은 어디까지나 바람일 뿐이었다. 앨리즈는 편지를 읽으며 자기도 모르게 깊은 한숨을 내쉬었다. 메리디스는 수를 놓다 말고 의아한 표정으로 앨리즈를 올려다보았다.

「왜 그러세요?」

앨리즈는 쓸쓸한 미소를 지어 보였다.

「차라리 오늘 아침에 잠이나 더 자둘 걸 그랬다.」

메리디스는 수틀을 내려놓고 앨리즈의 곁으로 다가와 앉았다.

「무슨 일인데요?」

앨리즈는 말없이 편지를 메리디스에게 넘겨주었다. 워그레이브 백작은, 스트릭런드 영지를 당숙인 레저널드 대번포트에게 양도하기로 한 사실을 웨스턴 씨에게 알리고 싶다고 썼다. 새 주인이 영지를 어떻게 할지에 대해서는 아직 아는 바가 없지만, 웨스턴 씨의 능력에 대해서는 깊은 감명을 받았으므로 만약 새 주인과 조건이 맞지 않아 더 이상 스트릭런드를 맡을 수 없게 되면 다른 일자리를 찾아주겠노라고, 아니면 워그레이브 파크를 맡길 수도 있다고 쓰여 있었다. 그리고 갑자기 이런 일이 생겨 미안하다는 인사말도 있었다.

「세상에, 어쩌죠…… 문제가 복잡하게 됐네요.」

메리디스가 조용히 말했다.

「이 일이 그렇게 숙녀다운 조신한 말 한마디로 넘어갈 수 있는 일이면 좋겠다.」

앨리즈는 벌떡 일어서 성큼성큼 방안을 오가며 생각에 잠겼다.

「아마 별일 없을 거예요. 신문에선가 대번포트 씨에 대해 읽었는데, 노는 걸 좋아하는 남자 같았어요. 그런 사람이라면 런던에서 살고 싶어하지 않겠어요? 여기야 가끔씩 소작료와 임대료나 걷으러 오겠죠.」

메리디스는 애써 희망이 섞인 목소리로 말했다.

「워그레이브 백작은 관리해야 할 영지며 재산이 한두 가지가 아니었으니까 여기까지 오지 않고 지냈지만 대번포트는 달라. 그 사람한테는 재산이라곤 스트릭런드뿐이니까. 틀림없이 자주 나타날 거야. 휴가철에도 그렇고, 친구들을 불러서 파티를 열거나 사냥도 하러 오겠지. 어쩌면 일년 중 몇 달은 여기서 지내겠다고 작심하고 있을지도 모르는 일이야.」

앨리즈는 벽난로 앞에 멈춰서 이글거리는 황금빛 불꽃을 쏘아보았다.

「그 사람이 나타날 때마다 아픈 친척을 핑계삼아 자리를 비울 수도 없는 일이고…….」

「하지만, 계약서가 있잖아요.」

앨리즈는 불쏘시개를 집어들며 어깨를 들썩였다.

「계약서가 무슨 소용이야. 지킬 의사가 없으면 헌 종잇장만도 못하지. 대번포트는 상상하기도 싫을 만큼 내 인생을 비참하게 구겨놓을 수도 있어.」

「그분이 선생님을 그냥 여기 있게 할 가능성은 전혀 없나요? 선생님은 이 영지를 잘 이끌어오셨잖아요. 다들 감탄하고 있는데…….」

「힘든 건 지금까지였지, 지금부터는 누가 와서 돌본다 해도 지금만큼의 수익은 올릴 수 있어. 정신만 올바로 박힌 집사라면 말이야.」

앨리즈는 불쏘시개로 죄 없는 석탄만 뒤적였다.

「대번포트 씨라 해도 선생님보다 능력 있는 사람을 찾을 수는 없을 거예요. 선생님보다 정직한 사람도 없을 거구요.」

「그건 네 말이 맞을 거야. 하지만 그렇다고 그 사람이 날 해고하지 않을 이유는 되지 못해.」

앨리즈도 레저널드 대번포트에 대해서는 익히 듣고 있었고, 그 소문의 대부분은 메리디스 같은 어린 처녀에게 들려줄 만한 이야기가 아니었다. 게다가 그런 탕아라면 여자의 능력을 인정해주는 앞선 사고방식을 가졌을 리 만무했다.

세상은 너무나 불공평했다! 불끈 쥔 두 주먹에 힘이 들어가는 것을 느끼면서 앨리즈는 억지로 자신을 진정시켰다.

그래도 미련을 버리지 못한 메리디스가 조심스럽게 말을 꺼냈다.

「대번포트 씨가 끝내 선생님을 해고한다면, 백작님께 다른 일자리를 부탁하면 안 될까요? 워그레이브 파크도 좋은 곳인데…….」

「내가 여자라는 것을 알고도 백작님이 자기 말에 책임을 질 것 같니?」

앨리즈는 비참한 심정으로 대꾸하면서 또다시 주먹을 불끈 쥐었다.

「남자로 변장하면 어때요? 선생님은 웬만한 남자보다 키가 더 크잖아요!」

메리디스의 눈동자가 반짝거렸다. 앨리즈는 메리디스의 머리를 쥐어박아서라도 지금 농담할 기분이 아니라는 것을 알려주고 싶은 심정이었다. 씁쓸하게 억지미소를 지으며 앨리즈가 대꾸했다.

「그런 가면놀이가 얼마나 오래 먹혀들 것 같니?」

「글쎄요…… 불빛이 어두운 곳이라면 한 90초 정도?」

앨리즈의 입에서 킬킬거리는 웃음소리가 새어나왔다.

「불을 온통 꺼두어야겠구나. 남자와 여자는 열 두 살만 넘기면 몸매가 확실히 달라지는 거야.」

「맞아요. 그리고 선생님 몸매는 얼마나 멋진데요. 선생님이 아무리 감추려고 해도 어쩔 수 없어요, 그건.」

앨리즈는 코방귀를 뀌었다. 메리디스는 앨리즈가 매력적인 여인이라는 주장을 굽히지 않았다. 하지만 그렇게 생각하는 건 이성적인 판단에 의한 것이라기보다는 워낙 선하게 타고난 성품 탓이었다. 메리디스가 하는 말들은 지금 당장 앨리즈의 생각을 다른 데로 돌려서라도 기분을 풀어주려는 목적이 깔려 있었지만 앨리즈는 그럴 여유가 없었다.

「백 보를 양보해서 워그레이브 백작이 나를 다른 영지에 고용한다고 해도 도자기 공장을 여기 두고 갈 수는 없어. 아직 감독해야 할 일이 많아. 그렇다고 글라스터셔까지 공장을 짊어지고 갈 수도 없고. 그리고 네 동생들도 이제 겨우 학교에 적응해서 잘 지내고 있는데 또 학교를 옮기면 되겠니?」

이번에는 메리디스도 고개를 떨구고 말았다.

「선생님이 보잘것없는 땅에서 얼마나 많은 것들을 일구어내셨는지 저는 알아요. 대번포트 씨도 한동안은 여기 오지 않을지도 몰라요. 나타난다고 해도 자기가 할 일을 덜어주는데 선생님을 그대로 붙들어두고 싶지 않겠어요? 너무 걱정하시지 말고 일단 그냥 기다려봐요.」

앨리즈는 메리디스의 낙천적인 성격이 부러웠다. 메리디스를 돌아다 보면서 그녀는 새 주인과 그의 여자들에 대한 소문들을 다시금 떠올렸다. 갑자기 커다란 걱정이 밀려왔다. 그 바람둥이 탕아가 저 요정 같은 메리디스를 가만히 둘까? 제아무리 곧은 성품과 단정한 행동거지를 갖추고 있다고 해도 메리디스는 아직 순진한 어린아이였다. 냉소적이고 부도덕한 탕아에게는 결코 어울리지 않는 상대였다. 그것이 또 하나의 걱정이었고, 다른 어떤 걱정보다도 심각했다.

앨리즈는 다시 벽난로 속의 불길을 응시하며 입술을 굳게 다물었다. 여자의 몸으로 홀로 서기 위해 지금껏 십 수년을 관습과 편견에 맞서 싸워서 이제야 겨우 생산적이고 안락한 생활을 꾸릴 수 있게 된 참이었다. 그런데 이제 와서, 전혀 그녀의 탓이 아닌 문제로 인해 하루아침에 모든 것을 잃을 위기에 처하게 된 것이었다.

일면식도 없는 사이였지만, 앨리즈는 벌써부터 레저널드 대번포트를 증오하기 시작했다.

3

'대번포트 가문의 수치'는 끙끙 신음소리를 내며 몸을 꼼지락거렸다. 지난밤에 벌였던 술판이 얼마나 질펀했던가를 생각한다면, 아주 작은 움직임에도 느껴지는 구토증이나 지독하게 불쾌한 뒤끝은 당연한 결과였다.

레저널드는 눈을 꼭 감은 채 가만히 누워 있었다. 경험상 이런 날 아침을 무사히 시작하는 비결은 가능한 한 천천히 움직이는 것이었다. 물론 지금이 아침인지 저녁인지 확실하지는 않지만……. 지난밤의 기억은 조각조각 잘려서 어떤 조각은 남아 있고 어떤 조각은 사라져버렸기 때문에 그 동안 시간이 얼마나 흘렀는지 감을 잡을 수가 없었다.

쿡쿡 쑤시는 머리가 어느 정도 가라앉는 기미를 보이자 그는 한쪽 눈만 빠끔히 떠보았다. 천장의 모습이 낯익은 것으로 보아 아마도 집인 모양이었다. 좀더 정신을 가다듬어보니 누워 있는 장소가 소파보다 넓고 푹신한 것으로 보아 응접실이 아니라 침실에 누워 있는 것 같았다.

궁금한 것은 어떻게 여기까지 왔느냐 하는 것이었다. 그때 어디선가 규칙적이고 고른 사람의 숨소리가 들려왔다. 아주 천천히, 한번에 손톱 끝 만큼씩 고개를 움직여보니 소파 위에 아무렇게나 드러누운 줄리언 마크엄의 모습이 눈에 들어왔다.

극도로 조심스럽게 꼼지락거리면서 레저널드는 덮고 있던 퀼트 담요를 한쪽으로 밀어냈다. 천천히 일어나 앉았지만 숨이 턱 막힐 정도의 날카로운 통증에 그만 다시 침대 위로 쓰러지고 말았다. 곤드레만드레 취해서 보낸 다음날 아침의 후유증이라면 종류대로 안 겪어본 증상이 없는 그였지만, 이렇게 갈비뼈가 산산이 조각이라도 난 것 같은 아픔은 처음이었다. 만신창이가 된 몸이 통증과 힘겨운 싸움을 벌이는 동안, 그는 전날 밤 무슨 일이 있었는지 기억해내려고 안간힘을 썼다. 그러나 소득은 전혀 없었다.

무슨 짓을 저질렀는지는 모르지만 이제 그 죄값을 치러야 할 때라고 결론을 짓고 다시 한 번 조심스럽게 일어난 그는 침대 가장자리에 다리를 걸치고 앉았다. 부츠가 방바닥을 치는 순간 온몸의 신경이 한꺼번에 울리는 것 같았다. 레저널드는 머리가 웬만큼 맑아지기를 기다리며 꼼짝도 하지 않았다.

어디에 어떤 상처가 났는지 간단히 살펴본 후에야 그는 오른쪽 팔이 심하게 멍들고 양 손등의 살갗이 벗겨지긴 했지만 뼈가 부러진 곳은 없다는 것을 깨달았다. 누군가와 주먹다짐을 한 모양이었다. 옷은 외출할 때 입었던 차림 그대로였지만, 외투와 바지는 깐깐한 그의 하인을 화나게 만들기에 충분할 정도로 형편없이 구겨져 있었다. 하지만 다행히도 맥 쿠퍼는 성질은 깐깐해도 매우 진득한 사람이었다. 진득한 성격이 아니었다면 여태껏 레저널드의 하인 노릇을 견디고 있을 리가 만무했다.

맥은 이번에도 더할 나위 없이 절실한 순간에 주인의 침실에 들어섬으로써 하인으로서의 뛰어난 감각과 능력을 증명했다. 그의 한 손에는 오렌지색의 액체가 담긴 술잔이, 다른 손에는 세숫대야와 김이 모락모락 피어오르는 뜨거운 물수건이 들려 있었다. 맥은 말없이 뜨거운 물

수건을 주인에게 내밀었다. 레저널드는 수건을 펼쳐서 얼굴을 파묻었다. 따뜻하고 촉촉한 수증기가 온몸의 피곤을 싹 녹여주는 것 같았다.

얼굴과 목, 그리고 양손을 물수건으로 닦고 나서 맥이 들고 있던 술잔의 오렌지색 액체를 한번에 절반이 넘게 들이마셨다. 오렌지 주스와 약간의 위스키, 신선한 과일, 그리고 레저널드로서는 별로 알고 싶지 않은 재료들을 섞어 만든 그 액체는 맥의 가치를 드높여주는 장기 중의 하나였다.

두세 번 고개를 이리저리 돌려보고 나서야 레저널드는 고개를 돌려도 속이 울렁거리거나 메스껍지 않다는 것을 확인하고 안심했다. 이번에는 천천히 남은 액체를 들이마셨다. 잔을 남김없이 비운 후에야 그는 맥의 얼굴을 정면으로 마주보았다.

「지금 몇 시나 됐지?」

「오후 두 시입니다, 주인님.」

뒷골목에서 싸움질깨나 했을 법한 건달기 흐르는 다부진 체격에 얼굴에는 싸움질 끝에 생긴 듯한 으스스한 상처까지 있었지만, 귀족 양반의 콧대높은 하인 흉내를 내는 것이 맥에겐 커다란 즐거움이었다. 사실 그는 단순히 '하인'이라고 표현하기엔 너무도 공사가 다망한 사람이었다. 그는 레저널드의 마부였고, 집사였으며, 요리사이기도 했다.

하품을 하면서 레저널드가 물었다.

「내가 몇 시에 집에 들어왔는지 아나?」

「새벽 다섯 시경입니다, 주인님.」

「그렇다면 자네 밤잠까지 설치게 만들지는 않았겠군.」

「마크엄 씨께서 주인님을 이층까지 옮기는 데 도와달라고 요청하셨을 뿐입니다.」

레저널드는 한쪽 손으로 헝클어진 머리카락을 빗어넘겼다.

「내가 어떻게 침실까지 들어왔는지 이제야 알겠군.」

소파에 잠들어 있던 젊은 친구를 곁눈질로 슬쩍 돌아보니 그도 잠에서 깨어나는 눈치였다.

「커피나 한 주전자 만들어다주게. 줄리언도 마셔야 할 거고, 나도 좀 마시고 싶으니까.」

「알겠습니다, 주인님. 가벼운 요깃거리라도 함께 올릴까요?」

「아니! 그냥 커피면 돼.」

음식 생각만 해도 레저널드는 속이 울렁거렸다.

맥이 방에서 나가자 레저널드는 넥타이를 풀었다. 언젠가는 이놈의 넥타이를 매고 자다가 목이 졸려 죽을 거야, 제기랄. 맥이 가져다놓은 더운물에 세수를 하고 줄리언이 누워 있는 소파와 직각으로 놓인 윙체어에 주저앉은 그는 긴 다리를 쭉 폈다. 세수를 하고 똑바로 일어나 앉았는데도 여전히 덜그럭대며 움직이는 나무토막 같은 기분은 가시지 않았다. 아기 천사같이 통통하고 순진해 뵈는 줄리언의 얼굴을 물끄러미 내려다보고 있는데 그가 눈을 떴다. 줄리언은 눈을 뜨자마자 벌떡 일어나 앉았다.

「잘 잤어요, 레저널드 형님? 어젯밤은 정말 대단했죠?」

줄리언의 목소리는 밝고 활기가 넘쳤다.

「모르겠어. 무슨 일이 있었는데?」

반면에 레저널드의 목소리는 무뚝뚝하고 퉁명스러웠다. 레저널드의 퉁명스러움에도 아랑곳하지 않고 줄리언은 씩 웃었다. 줄리언은 미남형 얼굴에 금발을 가진 청년이었다. 거기다 막대한 유산과 작위를 상속받을 상속자였으니 금상첨화였다. 그래서 혼기가 찬 딸을 둔 사교계 마나님들과 그 딸들은 너나 할 것 없이 군침을 흘렸다.

「블레이크포드한테서 오백 파운드나 땄잖아요, 기억 안 나요?」

맥이 커피를 들고 들어왔다. 펄펄 끓는 커피를 커다란 머그잔에 따르고 설탕을 잔뜩 넣어서 저은 후, 레저널드는 다리를 꼬고 앉은 채 젊은 친구의 발랄한 목소리와 의기양양한 표정을 침울한 얼굴로 바라보았다. 열 두 살이나 어린 친구, 고주망태가 되도록 마시고도 다음날 아침이면 공기가 빵빵하게 들어간 고무공처럼 탄력 있게 되살아나는 친구를 벗삼아 돌아다닌 것이 차라리 실수였다는 기분이 들었다. 그

나이 또래에는 레저널드도 줄리언 못지않은 정력을 자랑했었지만 지금의 그로서는 꿈같은 일이었다.

혓바닥을 데일 정도로 뜨거운 커피를 한모금 입에 문 그는 앗 뜨거라 싶으면서도 점잖게 넘겼다.

「워티어네 가게에 갔던 것까지는 기억이 나. 그 다음에 무슨 일이 있었지?」

「블레이크포드가 자기 집으로 끌고 가서 저녁을 먹고 휘스트(Whist, 네 명이 두 명씩 짝을 지어 두 패로 나뉘어서 하는 카드 게임으로 브리지의 일종)를 했어요. 제 생각엔 아무래도 블레이크포드가 새로 들인 정부를 자랑하고 싶었던 것 같아요. 이름이 스텔라라나……. 사내들 녹이는 재주 하나는 끝내주게 생겼더라구요. 형님한테 마음이 있는 것처럼 보이던데요, 그 여자?」

줄리언이 머그잔에 커피를 따르며 말했다.

레저널드는 인상을 찌푸렸다. 이제서야 어렴풋이 기억이 났다. 워그레이브 백작의 집에서 나선 후에 곧바로 선술집으로 달려가 혼자서 낮술을 마셨다. 그 다음에 워티어네 가게에서 줄리언을 만난 것까지는 기억이 나는데, 그 다음부터가 깜깜했다.

「스텔라? 빨간 머리에 눈동자를 이상하게 굴리는 그 매춘부?」

「맞아요. 기억나시나보네. 꼭 암내 피우는 암캐처럼 코를 킁킁거리면서 형님 꽁무니를 졸졸 따라다니던데요? 블레이크포드는 안 그래도 돈을 왕창 잃고 열을 바짝 받았는데 형님이 갑자기 사라져서 반시간이 넘도록 안 나타나는데다가 자기 정부까지 함께 없어진 걸 눈치채고는 거의 폭발하기 일보직전이었어요. 혹시 그 여자가 어디 숨어 있다가 형님을 덮치기라도 한 거 아니에요?」

레저널드는 눈을 감고 머리를 의자 등받이에 기댔다.

「그런 것 같기도 하고…… 아닌 것 같기도 하고…….」

평소 같았으면 선정적이고 도발적인 몸매에 천박한 품행이 딱 맞아떨어지는 스텔라 같은 여자는 레저널드로서도 기피대상이었다. 그러나 나름대로 시간을 잘 계산해서 완벽한 순간을 포착한 스텔라 앞에서 레저널드도 두 손을 들고 말았다. 날카로운 판단력을 유지하기에는 너무 많이 마셨고, 그 짓을 못 하기에는 아직 덜 마신 탓이었다.

눈을 감은 채 커피를 한모금 더 들이키자 그 장면들이 떠올랐다. 싸구려 창녀나 다름없는 그 여자는 레저널드가 잠시 볼일을 보러갔다가 카드를 치던 방으로 돌아가는 길목에서 기다리고 있었다. 뜨거운 입술과 잽싸게 움직이는 손놀림은 그 여자가 원하는 것이 무엇인지, 아무리 술에 취한 레저널드로서도 똑똑히 알 수 있게 해주었다. 도덕이라든가 예의 같은 것을 모르는 그의 몸뚱이는 의리 없게도 여자의 손짓에 지체없이 반응했다. 열정적이고 탐욕스러운 손짓과 몸짓이 두 사람 사이에 허겁지겁 오갔다. 그것도 여자의 기둥서방, 남자의 친구들이 카드를 치고 있는 방과 벽 하나를 사이에 둔 곳에서. 자신의 기둥서방이 바로 옆방에 있다는 사실에 더 짜릿한 스릴을 느꼈는지, 스텔라는 손톱을 바짝 세워서 레저널드의 등줄기를 후벼팠다. 여자의 신음소리는 이내 헐떡거리는 숨가쁜 소리로 바뀌었다.

카드를 치는 패거리들이 워낙 소란스럽게 왁자지껄한 덕분에 여자의 마지막 비명소리가 벽 너머까지 들리지 않은 것이 천만다행이었다. 지금 생각해보면 아무래도 정신이 나갔던 것 같았다.

아니, 그저 정신이 나갔기 때문은 아니었다. 술, 술 때문이었다.

줄리언의 주저주저하는 목소리가 레저널드의 기억을 끊어놓았다.

「이런 말, 해야 하는지 모르겠지만…… 조심하시는 게 좋을 것 같아요. 블레이크포드가 그 여자 때문에 반쯤 미쳐 있어요. 뭐, 질투 때문이겠죠. 돈 잃고 첩까지 도둑맞았다고 생각하고 있으니, 형님한테 결투라도 신청할지 모르는 일이에요.」

「네 말이 맞다. 안 하는 게 더 나은 말이었어.」

레저널드는 눈을 반쯤만 뜬 채 피곤한 목소리로 말했다. 관자놀이 주변에 갑자기 날카로운 통증이 느껴졌다. 하고많은 사람들 중에 왜 하필이면 블레이크포드람? 놈은 뱃댕이 소갈머리에 언제 무슨 짓을 할지 종잡을 수 없는 음침한 인간이었다. 그래서 레저널드는 가능한 한 그와 마주치는 일을 피하고 있었다.

「그 창녀가 꼬리를 칠 때마다 결투를 신청한다면, 아마 런던에서 그 놈과 결투를 하지 않을 남자는 불구자밖에 없을 걸?」

줄리언이 킥킥거리며 고개를 끄덕였다.

「블레이크포드의 집에서 나온 다음에는 피커딜리에 새로 생긴 도박장에 갔었어요.」

「우리가?」

레저널드의 눈이 둥그렇게 떠졌다. 거기서는 또 무슨 일이 있었는지 기억해내려고 애썼지만, 그곳에 갔었다는 사실조차 기억이 나지 않았다.

「혹시, 내가 알아야 할 만한 일이라도 있었나?」

「저는 백 파운드 정도 잃었고, 형님은…… 싸웠어요.」

「경사났군! 누구랑, 왜? 누가 이겼지?」

「앨버트 핸리와. 형님이 사기를 친다고 했기 때문에. 물론 형님이 이겼구요.」

「핸리가 뭐라고 했다구?」

레저널드는 갑자기 벌떡 일어나 똑바로 앉으며 소리를 질렀다. 그 바람에 머리가 다시 빙빙 돌기 시작했다. 화증이 치솟아 오르는 것을 가까스로 눌러 참으며 레저널드는 천천히 다시 등을 기댄 자세로 돌아갔다.

「그 녀석이 맞을 짓을 했군.」

레저널드는 갖가지 죄목으로 악명을 날렸고 대부분 근거가 있는 소문들이었지만 도박에 있어서만은 언제나 정직했다. 그와 도박판을 벌인 사람들도 그의 정직성에 대해서만은 의혹을 품지 않았다. 줄리언이 신이 나서 떠들기 시작했다.

「핸리의 코가 납작해졌죠, 뭐. 몸무게로 따지면야 핸리가 형님보다 스무 댓 근은 너끈히 더 나가는데다 주먹도 꽤 씀직한데 형님한테는

주먹 한번 못 대더군요. 눈 깜짝할 사이에 형님이 핸리의 턱을 박살냈
거든요. 하지만 지켜봤던 사람들은 모두 부서진 가구 값을 핸리가 물
어야 한다고 이구동성으로 말하던데요? 핸리가 헛소리를 해서 싸움을
걸었으니까요.」

「그래서, 핸리는 뭐래? 제 놈이 물겠대?」

「모르겠어요. 턱이 부서진 바람에 무슨 말을 하는지 통 알아들을 수
가 없었어요.」

레저널드는 여기저기 긁히고 살갗이 벗겨진 주먹을 살펴보았다.

「내가 그렇게 한 주먹에 녀석을 요절냈다면 내 갈비뼈는 왜 이렇게
쑤시고 아픈 거지?」

「그건, 맥과 제가 형님을 침실로 옮기는 도중에 형님이 계단에서 굴
러 떨어졌기 때문일 거예요. 맨 아래 칸 기둥에 된통 부딪치면서 멈췄
거든요. 저도 처음에 무척 걱정했는데 맥이 그러더군요. 특별히 큰 부
상은 없다구.」

「또, 그밖에 내가 알아야 할 일은?」

레저널드의 목소리는 위협적으로 느껴질 만큼 갑자기 부드러워졌다.

「저……, 사실은…….」

줄리언이 헛기침을 하더니 불편한 목소리로 말을 이었다.

「워티어네 술집에서 우리 아버지와 마주쳤는데……, 아버지가 형님
을 노골적으로 무시했어요.」

레저널드는 아무 일도 아니라는 듯이 어깨를 들썩였다.

「네가 미안해 할 필요는 없어. 그 양반이 나한테 그러신 게 어디 한
두 번이냐?」

마크엄 자작은 레저널드가 자기 아들을 타락의 길로 끌어들였다고
확신하고 있었다. 그러나 아이러니컬하게도 그 순진한 청년을 런던의
위험한 놀이터에서 구해낸 사람은 바로 레저널드였다. 런던의 한다하
는 남정네들 사이에서 '바람난 과부'라는 별명으로 알려진 한 매춘부의
손아귀에서 줄리언을 구해낸 것도 레저널드였다. 그 매춘부는 자신을

짓누르고 있는 빚더미를 치워줄 해결책으로 줄리언을 점찍은 것이었다.

하지만 상관없었다. 레저널드가 줄리언을 구해낸 것은 줄리언을 위해서였지 그의 아버지를 위해서 한 일은 아니었으니까.

줄리언은 겸연쩍은 순간에서 벗어나기 위해 핸리와의 주먹다짐으로 이야기를 다시 돌렸지만 레저널드의 생각은 벌써 다른 곳으로 가 있었다. 레저널드는 양쪽 무릎에 팔꿈치를 괴고 두 손에 얼굴을 파묻은 채 마치 깊은 우울증에 빠진 사람처럼 앉아 있었다.

그렇지 않아도 형편없는 인생인데 그 중에서도 최악의 사건들이 일어난 순간은 언제나 그가 취중에 있을 때였다. 그래도 과거에는 자신의 행동은 낱낱이 기억하고 있었다. 그는 고묘하게, 정상적인 사회의 규범에서 살짝살짝 엇나가는 행동을 취하며 살아왔고, 그 행동들이 가져오는 결과라면 언제나 흔쾌히 감수했다. 기억이 드문드문 사라져버리기 시작한 일년 전까지만 하더라도 괜찮은 인생이었다. 한 달이 흘러갈 때마다 사라지는 기억의 조각은 점점 더 많아지고 그 조각들이 돌아오는 데에는 더 긴 시간이 걸렸다.

이제는 무슨 짓을 했는지, 왜 그런 짓을 했는지조차 기억이 나지 않았고 자신을 통제할 수 없다는 사실이 공포스러워지기까지 했다. 이런 현상을 피하는 방법은 단순하고 명확했다. 술을 줄여야 했다. 그래서 그는 음주습관을 고쳐보려고 마음을 먹었다. 그러나 언제나 첫잔이 목을 타고 몸 안으로 흘러드는 순간 그의 결심은 여지없이 무너졌다.

'이렇게 살다간 제 명대로 못 살아.' 조용한 남자의 목소리가 그의 머릿속 어디에선가 분명하게 그렇게 말했다. 그 남자의 목소리가 들린 것은 이번이 처음이 아니었다. 언젠가 두 노상강도가 그를 공격해왔을 때에도 바로 그 직전에 그 목소리가 들려온 덕에 위기를 모면할 수 있었다. 강도가 휘두른 서슬 퍼런 칼날은 레저널드의 등을 간발의 차이로 빗겨 지나갔다. 또 언젠가는 친구들과 어울려 요트를 타려는데 그 목소리가 들려왔다. 레저널드는 어설픈 핑계를 대고 요트에 탄 친구들과 작별인사를 했다. 그런데 스콜(squall, 단시간의 국지적 돌풍)이 일어난 바람에 요트는 침몰했고 생존자는 한 사람도 없었다.

'이렇게 살다간 제 명대로 못 살아.' 손가락에 힘을 잔뜩 들여가며 머리통을 짓눌렀다. 송곳으로 찔러대는 것 같은 통증과 살아 있는 기억의 조각들, 그리고 죽어버린 기억의 조각들을 한꺼번에 몰아내고픈 심정이었다. 그는 언제나 위태롭게 살아왔다. 위험을 불러들이고, 인습이 허락하는 한계선상에서 불안한 춤을 추었다. 워그레이브 백작의 작위가 그의 손아귀에서 달아난 후로 몇 달간 그는 부쩍 더 거칠어졌고, 이성은 마비상태에 가까워졌다. 도박과 경마, 그리고 음주에 그 어떤 때보다도 탐닉했다.

우습게도 그후로 행운의 여신은 전에 없이 그의 편을 들어주었다. 손을 대는 판마다 경이적인 승리를 거두었다. 아마도 더 이상 잃을 것이 없다는 무모한 대담성이 그를 이기게 한 원동력이었던 것 같았다. 그는 이기고 또 이기고, 계속해서 승리의 행진을 이어갔다. 레저널드는 드디어 모든 빚을 청산했고 그 어떤 때보다 많은 현금을 은행에 보관하고 있었다.

그렇지만 이게 다 무슨 소용이란 말인가?

'이렇게 살다간 제 명대로 못 살아.' 마치 어떤 대답이라도 기다리는 것처럼 사내의 목소리는 지루하게 반복되었다. 그러나 레저널드는 간단한 대답도 할 수 없을 정도로 기력이 완전히 쇠진한 상태였다. 죽음에 이를 것처럼 피곤했다. 끊임없는 도박과 음주, 스텔라 같은 천박한 매춘부, 아무런 명분도 없는 주먹질, 그리고 그 다음에 찾아오는 오늘 같은 소름끼치는 아침……

이제 겨우 스물 다섯, 줄리언은 젊은 혈기를 주체하지 못할 나이였다. 레저널드도 대학을 갓 졸업했던 무렵에는 줄리언과 똑같았다. 그후로 16년을 줄곧 달려왔지만 그는 여전히 같은 자리에 서 있었다.

그로부터 오는 정신적인 압박감은 쓰디쓰고 어두운 것이었다. 블레이크포드나 핸리 같은 사람이 갑자기 머리가 돌아버리던가 분노를 참을 수 없는 지경이 되어서 그의 몸에 총알이라도 박아, 이 끈질기게 소모적인 삶을 끝내주었으면 하는 바람까지 생겨날 정도로 레저널드는 몸과 마음이 모두 피폐해져 있었다.

하지만 왜 누군가 다른 사람이 그 일을 해줄 때까지 기다리는 거지? 너도 책상 서랍 안에 권총이 있잖아?

갑자기 떠오른 그 생각에 마음속에서 잠시 유혹의 불꽃이 반짝거렸지만, 레저널드는 곧 마음을 가다듬었다. 정말 그 정도로 삶이 막다른 골목에 다다른 걸까? 줄리언의 목소리가 아주 먼 곳에서 들려오는 것처럼 아련한 가운데 레저널드의 마음은 공포로 옥죄고 있었다.

그때 갑자기 가슴속 그 남자의 목소리가 다시 들려왔다.

'스트릭런드.'

스트릭런드. 한때 그가 살았던 곳. 이제는 영원히 자기 손에서 떠났다고 포기했었는데, 잘난 조카가 그에게 돌려준 것이었다. 그가 태어났고, 그가 사랑했던 모든 사람들이 삶을 등진 곳, 스트릭런드.

비록 이제 그의 보금자리가 될 수는 없을지 몰라도 온전히 그의 소유로 되돌아왔다.

별다른 생각 없이 그는 결정을 내렸다. 드디어 눈을 뜬 레저널드는 줄리언이 열심히 떠드는 도중에 끼어들었다.

「경마 때문에 베드포드로 가려던 계획을 취소해야겠어. 영지를 돌아보러 도싯에 가야거든.」

「뭘 돌아봐요?」

줄리언이 무슨 영문인지 모르겠다는 듯이 눈을 깜빡거리며 되물었다.

「내 영지, 스트릭런드. 내게도 이제 재산이 생겼다구.」

레저널드는 어리둥절한 표정의 줄리언을 외면하며 장황한 설명을 생략한 채 자리에서 일어섰다.

벽난로 장식 위에 놓인 거울 속에 언뜻 그의 얼굴이 비쳤다. 보통 때와 다름없는 얼굴이었다. 아무렇게나 입은 옷, '너나 잘 해'라고 말하는 듯한 오만한 눈빛은 줄리언이 배우려고 안달하고 있는 중이었다.

하지만 이젠 레저널드도 속마음은 연약한 늙은이가 되어가고 있었다.

그는 느릿느릿 창가로 다가가 몰튼 스트리트를 내려다보았다. 메이페어 한 귀퉁이, 이 집에서 살기 시작한 것도 벌써 꽤 오래된 일이었다. 독신인 그가 거처하기에는 불편이 없는 편안한 집이었다. 하지만 레저널드는 이 집을 자신의 '집'이라고 생각해본 적이 없었다. 등뒤에서 줄리언의 목소리가 들려왔다.

「그럼 런던에는 언제 돌아오실 거죠?」

「모르겠어. 어쩌면 그냥 도싯에 눌러앉아서 시골 지주 행세나 하면서 살지도 모르지. 얼굴을 까무잡잡하게 태우고, 사냥개나 몇 마리 몰고 다니면서 말이야.」

줄리언은 레저널드의 말을 농담으로만 받아들였는지 킬킬대며 웃었다. 그러나 레저널드로서는 적어도 반은 진담이었다. 자기 주장이 강한 존슨 박사는 런던에 염증이 난 사람은 인생 자체에 염증을 느끼는 사람이라고 말했었다. 그의 말이 옳았다. 레저널드는 지금 런던과 인생, 둘 다에 지독히 염증을 느끼고 있는 중이었다.

어쩌면 스트릭런드는 그에게 삶의 이유를 되돌려줄지도 몰랐다. 과연 그럴지 매우 의심스러운 일이긴 했지만……

산허리를 달려 내려와 널리 퍼져나간 초원과 울창한 숲이 우거진 도싯의 풍경은 여덟 살 어린 나이에 그곳을 떠났던 레저널드에게 잊을 수 없는 낯익은 그림이었다. 높은 언덕 비탈진 초원을 빽빽이 메우고 있던 히스 무리도 기억이 났다. 겉으로 보기에는 척박해 보여도 스트릭런드는 영국에서 가장 물산이 풍부한 농업지역 중의 하나였다.

런던을 떠나기로 결심한 레저널드가 간단히 짐을 꾸리는 동안, 줄리언 마크엄은 소파에 앉아 도대체 속을 알 수 없다는 듯한 표정으로 연거푸 질문을 해댔다. 맥은 얼마나 오래 집을 떠나 있을지 모르는 주인을 위해 옷가지를 넉넉히 꾸려서 쌍두마차를 끌고 뒤따라오기로 정해졌다. 레저널드가 혼자 말을 타고 가겠다고 고집을 부렸기 때문이었다.

런던을 떠난 후 그날 밤은 윈체스터에서 보냈다. 다음날 이른 오후, 그는 고향이자 미래의 집이 될 스트릭런드의 초입에 당도했다.

런던에서부터 먼길을 내내 달려오다시피 했건만, 막상 스트릭런드가 눈에 들어오자 그는 말의 걸음을 늦추고 저택으로 들어가는 진입로를 따라 천천히 다가갔다. 진입로 양편에는 366그루의 너도밤나무가 심어져 있었다. 윤년의 날 수를 의미하는 숫자였다. 한참 가다보니 한 자리가 비어 있었다. 벼락을 맞아 타죽은 듯한 시커먼 나무등걸 옆에는 어린 묘목이 용감하게 자라고 있었다.

레저널드는 그 묘목을 내려다보면서 누가 이 진입로의 가로수에 담긴 뜻을 이해하고 그 전통을 따라 저 어린 나무를 심었을까 생각해보았다. 그 모범적인 집사 웨스턴? 그 사람보다는 마을 주민 중의 누군가일 가능성이 더 높았다. 대번포트 가문 사람들은 오기도 하고 가기도 했지만 마을의 소작인들은 누대에 걸쳐 이 땅에 뿌리를 내리고 살았다.

완만하게 굴곡이 진 진입로의 끝에 이르자 저택이 한눈에 들어왔다. 자기도 모르게 긴장하며 몸을 곧추세운 레저널드는 마치 한 상 걸게 차려진 식탁을 바라보는 굶주린 사람처럼 허겁지겁 저택의 전면을 훑어보았다. 스트릭런드는 보통 농가보다는 훨씬 크지만 화려한 귀족의 저택보다는 규모가 작은 영지 영주의 저택이었다. 가까운 지역의 햄힐 채석장에서 날라온 빛깔 고운 석재로 지은 이 저택은 영국의 곳곳에 지어진 지방 지주나 토호들의 저택과 별반 다를 것이 없었다.

어린 시절, 레저널드의 꿈은 스트릭런드의 주인이 되는 것이었다. 맏아들이 영지를 상속받게 된다는 것을 아주 어린 시절부터 알고 있었던 그로서는 오직 아버지처럼 훌륭한 주인이 되는 것이 꿈이었다. 아버지처럼 토지를 관리하고 모든 소작인들의 이름을 다정히 불러주고, 마주치는 모든 어린아이들을 따뜻하게 대해주는 그런 영주가 되고 싶었다. 어디서나 공포나 두려움이 아닌 존경과 사랑을 받는 영주가 되고 싶었다. 그리고 언젠가는 남편이 방에 들어설 때마다 얼굴에 환한 웃음꽃을 피우는, 자신의 어머니 같은 아내를 맞이하고 싶었다.

그러나 끔찍한 사고로 모든 것이 단숨에 변해버렸다. 큰아버지의 비서가 나타나 고아가 된 그를 워그레이브 파크로 데려가겠다고 알려왔을 때, 마음속으로는 가고 싶지 않았지만 어른의 권위에 복종해야 한다는 생각 때문에 아무런 저항도 하지 않고 순순히 따라갔다. 매정한 큰아버지가 스트릭런드는 이제 너의 재산이 아니며 영원히 너의 것이 될 수 없다고 선언하던 날까지도 레저널드는 스트릭런드로 돌아갈 날만을 꿈꾸며 살았었다.

그러나 그날 이후로 레저널드는 스트릭런드를 더 이상 꿈꾸지 않았다. 스트릭런드에 대해서는 일체 생각하지 않기로 했다. 큰아버지의 뒤를 이어 워그레이브 백작이 되리라고 믿었던 때만 해도 스트릭런드는 큰아버지에게서 물려받을 여러 영지 중의 하나였기 때문에 꼭 스트릭런드로 돌아가 정착하겠다는 마음은 없었다.

그러나 결국 다시 출발점에 선 오늘, 그에게 남은 것은 오직 스트릭런드뿐이었다. 그의 위대한 유산은 물거품처럼 사라졌고 가문 좋은 망나니일 뿐이라는 오명과, 젊음이 사라진 피곤한 몸뚱이뿐이었다.

그러나 평생 처음으로 그는 이제 지주가 되었고, 영국이라는 나라에서 토지야말로 모든 힘의 근원이자 부의 출발점이었다. 만약 그가 스스로 존재의 의미를 찾고자 하는 희망을 갖고 있다면 응당 여기서부터 찾아야 할 것이었다. 그것조차 힘들 정도로 너무 지쳐 있지 않기만을 스스로 바랄 뿐이었다.

위험한 자기 연민에 빠져들고 있다는 생각에 레저널드는 입술을 굳게 다물었다. 고삐를 쥔 손에 힘을 주면서, 그는 외가 쪽에 관해 자신이 알고 있던 것들을 기억해보려고 애썼다. 어머니의 결혼 전 성은 스탠턴이었다. 그러나 그것 외에 그의 기억 속에 남아 있는 외가의 흔적은 아무 것도 없었다.

어린아이들은 어른을 지치게 만들 정도로 호기심이 많으면서, 때로는 아무런 의문 없이 주어진 환경과 주변의 사실들을 받아들이기도 한다는 것은 참 이상한 일이었다. 레저널드도 그랬다. 그는 스트릭런드가 어머니의 소유일지도 모른다는 의문을 가져본 적이 없었다. 외가는 실한 재산을 갖춘, 지방의 유력 지주 가문이었다. 그러나 런던의 귀족 출신인 대번포트 가문이 어린 레저널드의 양육을 맡은 이후로 그는 스탠턴 가문에 대한 모든 기억을 멀리 치워버렸다.

스트릭런드는 튜더 시대(1485~1603, 헨리 7세에서 엘리자베스 1세에 이르는 튜더 왕조의 통치 시기를 말함)에 지어진 건물로, 넉넉한 대지에 자리잡은 이층짜리 저택이었다. 아름다운 박공지붕과 멋들어진 장살대가 세워진 퇴창, 대담한 팔각형 굴뚝이 특색이었다. 하루 종일 볕이 잘 드는 남향으로, 뒷뜨락에는 아담한 정원과 호수가 있고 아름다운 전원 풍경을 구경할 수 있었다.

전형적인 시골 지주의 저택이었지만, 그렇다고 해서 아름답지 않다고 말할 수는 없었다.

레저널드가 스트릭런드를 다시 본 순간 가장 놀랐던 것은 오랜 세월이 흘렀음에도 불구하고 변한 것이 거의 없다는 점이었다. 마당은 손질이 잘 되어 있었고, 저택의 본채도 마치 주인이 정성스러운 손길로 보살핀 듯 잘 가꾸어져 있었다. 하지만 어딘가 모르게 느껴지는 빈 집 같은 공허함이 그의 부모나 남동생, 누이동생이 그를 반갑게 맞아줄 수 없다는 것을 쓸쓸히 되씹게 만들었다.

자기도 모르게 가늘게 몸을 떨면서 레저널드는 고삐를 힘껏 잡아당겼다. 갑자기 당겨진 고삐가 불편했는지 말은 고개를 자꾸 갸웃거렸다. 마음을 편히 하자고 자신을 타이르면서, 레저널드는 말에서 내려서 계단 아래에 말을 매두었다. 그는 한번에 두 계단씩 올라가며 기대감과 불안감이 교차된 묘한 감정을 느꼈다.

사자의 입에 물린 고리 모양을 한 묵직한 노커 앞에서 그의 손길이 잠시 머뭇거렸다. 언제쯤이면 이 노커를 탁탁 두드릴 수 있을 만큼 키가 클까 생각하곤 했던 어린 시절의 순간들이 떠올랐다. 레저널드는 그 기억을 애써 눌러두고 노커를 탁탁 두드렸다. 금방 대답이 나오지 않자 그는 슬쩍 문고리를 돌려보았다. 어쨌든 이제 그는 이 집의 주인 이었다. 이 집을 찾아온 것도 스트릭런드의 주인으로서 해야 할 일이 무엇인지 둘러보기 위해서였다. 하인이 달려나오지 않아도 문을 열어 본들 그를 탓할 사람은 아무도 없었다.

문고리가 돌아가는 듯하더니 육중한 문이 안쪽으로 열렸다. 문이 열리자 아름다운 조각 장식과 징두리가 오크목으로 둘러진 널찍한 현관 홀이 나타났다. 응접실을 가로질러 가던 그는 문득 걸음을 멈추었다. 목덜미에 소름이 끼치는 느낌이 들었다. 여러 가지 기대감에 차 있었지만, 이토록 아무 것도 변한 것이 없는 모습은 기대하지 못했기 때문이었다.

약간의 무기력이 느껴지는 것 외에는 모든 것이 깔끔하고 단정했다. 휘장, 커튼, 그리고 표백하지 않은 삼베포로 덮어 씌워 희미하게 그 형체가 드러난 가구들도 모두 낯이 익었다. 하나도 변한 것이 없었다. 물론 빛은 좀 바랬겠지만 옛날의 그 모습보다 누추하거나 초라해 뵈지는 않았다. 모든 것이 어린 시절 그의 세상을 정의했던 그대로였다. 마호가니 카드 테이블을 가운데 두고 서로 정답게 웃고 있는 부모님들의 모습이 유령처럼 어른거렸다.

카드 테이블에서 휙 돌아선 레저널드는 방을 가로질러 반대편 복도로 나갔다. 이 집에는 아무도 없나? 누군가 있어야 했다. 그렇지 않다면 현관문을 열어둔 채 집을 비운 사유에 대해 누군가 그럴싸한 설명을 해야만 했다.

복도에서 오른쪽으로 방향을 돌린 그는 가족실로 발길을 옮겼다. 포동포동하니 살이 찐 한 여자가 가구를 덮고 있는 천들을 벗겨내고 있었다. 레저널드가 들어서자 여자는 무척 놀란 얼굴로 앞치마에 황급히 손을 닦으며 머리를 깊이 숙여 절을 했다.

「대번포트 나리! 좀 놀랐습니다. 예상보다 무척 빨리 도착하셨군요. 오실 거라는 말씀을 방금 전에야 들었는데, 그래서 아직 아무 것도 제대로 준비하지 못한 상탭니다.」

레저널드는 이 여자가 자신이 올 거라는 사실을 어떻게 미리 알았는지 의아했지만, 생각해보니 이만한 저택의 주인이 바뀌었다면 새 주인이 집을 돌아보러 들르는 것은 당연한 일이겠다 싶은 생각이 들었다.

「나를 알고 있소? 그쪽은······?」

나이는 마흔 줄에 장밋빛 뺨을 가진, 예절은 바르나 아첨은 할 줄 모를 것 같은 시골 아낙네였다.

「저는 헤럴드의 안사람입니다. 주인님은 기억 못하시겠지만, 주인님께서 어리실 적에 이 집의 하녀였습니다. 그대는 메이 발로우라고 불렀었지요.」

여자가 고개를 들어 레저널드를 아래위로 훑어보더니 감격스러운 목소리로 말을 이었다.

「키가 무척 크시군요. 아버님처럼요······.」

기억을 불러오느라 애를 쓰는 듯, 레저널드의 눈이 가늘어졌다.

「농장을 일구는 소작인 중에 헤럴드라는 사람이 있었지.」

「네, 맞아요. 로비 헤럴드가 제 남편입니다. 저희는 지금 힐 목장을 일구고 있습니다.」

「집을 잘 관리했군.」

레저널드는 가족실을 빙 둘러보며 혼잣말처럼 내뱉었다. 그리 넓지도 좁지도 않은 적당한 실내의 양쪽 벽에는 커다란 장살대를 세운 창문이 있었다. 어머니는 그 창문들을 특별히 좋아했다.

「네. 한동안 퇴역 해군대령이 세를 들어 있었는데, 대령님도 집을 잘 관리하셨어요. 아무 것도 바꾸거나 고치지 않으셨죠. 노백작님께서 돌아가신 후에는 쭉 비어 있었습니다. 그 동안 제가 틈틈이 돌보면서 물이 새는 곳이나 곰팡이가 핀 곳이 있으면 영지의 목수에게 부탁해서 수리를 하게 했습니다.」

「일을 아주 잘 해온 것 같군.」

오랜 세월, 레저널드는 칭찬이나 감사의 달이 얼마나 큰 가치를 가지고 있는지 몸으로 체험한 바 있었다. 그리고 헤럴드 부인은 새 주인의 칭찬에 금방 얼굴이 환히 빛났다.

「그렇게 생각해주시니 저도 기쁩니다, 주인님. 저희 모두 최선을 다해왔지요.」

잠시 멈칫거리던 헤럴드 부인이 말을 이었다.

「스탠턴 가문의 후손이 다시 영지로 돌아오시게 된 것을 모두들 기뻐하고 있습니다. 지금껏 워그레이브 백작 가문에서 이곳을 그토록 버려둔 것은 정말 온당치 못한 처사였어요. 노백작은 한번도 다녀가신 적이 없었고, 그저 소작료와 임대료만 챙겨갔을 뿐, 아무 것도 되돌려주신 것이 없었습니다.」

자신이 폄하하고 있는 노백작은 다름 아닌 새 주인의 큰아버지이자 후견인이었다는 것을 깨닫고 그녀는 얼굴을 붉혔다. 하지만 레저널드는 그 부분에 대해서는 아무렇지도 않다는 듯이 말했다.

「나는 스탠턴이 아니고 대번포트요.」

「하지만 모친께서는 스탠턴이셨습니다. 도싯에서는 바로 그 점이 가장 중요하답니다.」

헤럴드 부인은 크게 고개를 주억거리며 말했다.

「스트릭런드에는 언제나 스탠턴 가문의 사람들이 있어왔지요.」

여자의 말투는 마치 판결을 내리는 판사의 어조 같았다. 잠시 생각을 한 후에야 레저널드가 물었다.

「내 말이 바보같이 들릴지도 모르겠지만, 혹시 이곳에 사는 스탠턴 가문 사람들 중에 내 친척이 있소?」

「가장 가까운 분은 펜턴 홀의 제러미 스탠턴 씨일 겁니다. 모친과는 사촌이셨고, 아버님과도 절친한 사이셨으니까요. 이제 연세가 높으시지만 아주 좋은 신사분이십니다.」

헤럴드 부인은 매우 유감스럽다는 듯이 고개를 가로저었다.

「모친이신 앤 아씨는 그저 순진한 어린 양이셨습니다. 모친의 대에서 자손이 끊긴 것이 안타까울 뿐이지요. 가까운 친척이 있었다면 노백작이 주인님을 그렇게…….」

더 이상은 말하지 않는 것이 좋겠다고 판단했는지, 헤럴드 부인은 말을 바꾸었다.

「스탠턴 가문은 항상 자손을 스스로 돌보았습니다.」

아마 가문의 대가 끊긴 건 바로 그 때문일지도 모르지, 레저널드는 말은 안 했지만 내심 냉소적으로 생각했다. 스탠턴 가문을 대변하는 듯한 헤럴드 부인의 자부심을 짓밟는 것은 차마 도리가 아닐 것 같았다. 대신에 짐짓 큰 목소리로 딴소리를 했다.

「내 하인이 내일이나 모레쯤 내 짐을 가지고 올 거요. 지금은 나 혼자요.」

「그럼, 부모님께서 쓰시던 침실에 짐들을 넣어둘까요?」

부모님의 침실이 갑자기 눈앞에 생생하게 펼쳐졌다. 다른 부부들과는 달리 레저널드의 부모는 각방을 쓰지 않고 침실을 함께 썼다. 조각된 오크목 기둥이 네 귀퉁이에 서 있는 커다란 침대가 방 한가운데 있었다. 그 침대를 쓴다는 건 왠지 마음이 내키지 않았다.

「아니, 이 방 바로 위에 있는 방을 쓰겠소. 내 기억엔 '블루 룸'이라고 불렀던 것 같은데.」

「맞습니다, 주인님. 참, 뭘 좀 드시지 않으시겠어요? 집안은 온통 난장판이지만 제 올케인 말리 발로우가 주방을 쓸고 닦고, 수납장마다 식료품을 정리해놓았답니다. 간단한 식사는 금방 올릴 수 있습니다.」

「나중에 먹도록 하지. 먼저 집사 웨스턴 씨를 만나고 싶소. 영지의 집사 사무실에 있소, 아니면 밖에 일을 보러 나갔소?」

웬일인지 말많던 헤럴드 부인의 입이 갑자기 닫혀버렸다. 잠시 말이 끊긴 후에야 부인의 입이 열렸다.

「그건 제가 정확히 말씀드리기가 곤란합니다. 집사란 항상 여기저기 돌아다닐 일이 많으니까요. 하지만 어딘가에 계시겠죠.」

「웨스턴 씨의 수완이 아주 탁월하다고 들었소.」

「네, 맞습니다, 주인님. 그분보다 훌륭한 집사는 어디서도 구하실 수 없을 겁니다.」

말은 그렇게 하지만 아낙의 말투에서는 어딘가 모르게 뭔가를 숨기고 있는 듯한 느낌이 들었다. 레저널드는 웨스턴이라는 이름이 부인을 위축시키는 이유가 뭔지 궁금해졌다. 혹시 이 하녀가 집사와 불륜의 관계를 맺고 있는 건 아닐까? 워낙 시골이다보니 그런 불륜도 용납되지 않는 걸까? 그렇다면 도싯은 정말로 지루한 곳인 셈이었다.

레저널드는 가족실을 나섰다. 집안을 둘러보는 동안 두 명의 어린 하녀가 마룻바닥에 윤을 내거나 물청소를 하고 있는 것을 보았다. 소녀들은 호기심을 감추지 못한 눈초리를 서로 주고받으며 수줍은 듯이 킥킥거렸다. 레저널드가 두 소녀를 마주보고 고개를 끄덕여주자 소녀들도 가볍게 목례를 했다. 한 영지의 영주가 되었다는 것이 실감이 나기도 했지만, 그에겐 너무나 낯설고 묘한 기분이었다.

옆문을 나서니 자갈이 깔린 너른 마당이 나타났다. 마당을 가운데 두고 본채와 똑같이 황금빛 섞인 회색 돌로 지어진 건물들이 서 있었다. 너무나 낯익은 모습들이었다. 한 건물의 지붕을 올려다본 순간, 그 집의 지붕을 수리하러 왔던 사람이 세워두고 간 사다리를 타고 몰래 지붕 위로 올라갔던 일이 생각났다. 레저널드는 지붕 위에서 혼자 뛰놀며 즐거운 시간을 보냈다. 그러나 결국은 어머니가 나타나 '당장' 내려오라고 불호령을 내렸다. 자갈 마당에 떨어지면 목숨이 어찌된다는 위험성에 대한 개념이 없을 정도로 어린 나이였던 그는 어머니의 불호령에 화들짝 놀라 허겁지겁 사다리를 타고 내려왔다.

그때에는 레저널드도 순종적인 어린아이였다. '순종'은 그가 스트릭런드를 떠난 후로 잃어버린 많은 것들 중의 하나였다.

별다른 생각 없이 그는 마당을 가로질러 집사의 사무실로 걸어갔다. 문이 조용히 열렸다. 문을 들어서니 늦은 오후의 햇살이 유일한 빛인 방안은 어둠침침하게 느껴졌다. 책상 뒤 서가 앞에 한 남자가 서서 책을 찾고 있었다. 남자는 문이 열리는 소리를 듣지 못했는지 레저널드에게 등을 돌린 채 책 찾기에 바빴다. 덕분에 레저널드는 그 남자를 유심히 관찰할 여유가 있었다. 여윈 듯한 몸집에 매우 꼿꼿한 자세, 짙은 갈색 반바지에 갈색 윗도리, 꽤 낡아 보이는 부츠, 농촌 사내들이 흔히 입는 편안한 옷차림이었다.

어둠에 차츰 눈이 익숙해지자 레저널드는 자신이 남자라고 생각했던 사람이 남자가 아니라는 것을, 자신이 관찰하고 있는 상대는 남자의 옷을 입은 여자라는 충격적인 사실을 깨달았다. 도대체 이 여자는 누굴까 생각하면서 그의 시선은 여자의 길고 늘씬한 다리에 가 머물렀다. 헤럴드의 또 다른 가족일까? 하지만 보수적이기 비할 데 없는 헤럴드네 식구 중에 저렇게 파격적인 옷차림을 할 여자는 있을 것 같지 않았다. 드디어 레저널드는 헛기침으로 자신의 존재를 알리며 물었다.

「집사 웨스턴 씨가 어디 있는지 아시오?」

펄쩍 뛸 듯이 놀라며 돌아선 그녀는 그야말로 놀란 토끼눈을 하고 그를 마주보았다. 지금까지 레저널드가 보아온 여자들 중에서 이렇게 키가 큰 여자는 없었다. 커다란 눈에 강인한 인상을 느끼게 하는, 이목구비가 반듯한 얼굴이었다. 코로넷 안에 가두어 넣은 갈색 머리타래가 석양빛을 받아 황금빛으로 빛났다. 무척 놀라고 있음에도 불구하고 여자에게서는 귀족적인 기품과 당당함이 느껴졌다.

여자의 얼굴을 정면으로 보고 나니, 레저널드는 이 여자를 남자로 착각했던 자신이 어리석게 여겨졌다. 완벽한 남장 차림에도 불구하고 여자는 완벽하게 여성적인 곡선미를 가지고 있었다. 오히려 남자 옷이 여자의 곡선미를 더욱 노골적으로 드러내는 것 같았다.

갑자기 구미가 당기기 시작했다. 아무래도 도싯은 그가 기대했던 것보다 훨씬 흥미진진한 구석이 있는 것 같았다. 여자의 나이는 이십대 중반으로 보였고, 아무리 보아도 순진한 처녀는 아닌 듯했다. 여자의 표정은 너무나 강해서, 거의 호전적이라고까지 느껴졌다. 아무 말도 하지 않고 있는 것이 오히려 그런 인상을 더 부추겼다. 레저널드가 다시 물었다.

「집사 웨스턴 씨가 어디 있는지 혹시 알고 있소?」

다시금 절대적인 침묵이 흘렀다. 여자가 셔츠 밑으로 가슴이 들썩일

정도로 깊이 숨을 들이쉬더니 마치 전쟁터에 나온 병사 같은 말투로
대답했다.
　「제가 웨스턴입니다.」

4

앨리즈는 대리석상처럼 뻣뻣하게 굳은 얼굴로 생전 처음 보는 사내와 마주섰다. 재수가 없다없다 한들, 어떻게 이럴 수가! 대번포트가 이렇게 일찍 나타나리라고는 생각도 못했던 일이었다. 이 사내가 바로 그 대번포트라는 것은 물어보지 않아도 뻔했다. 사내에게서는 주인으로서의 당당함과 자신감이 흘러 넘치고 있었으니까.

비록 런던이라는 세계에서 도망쳐나온 사람이기는 했어도, 앨리즈는 주기적으로 신문을 통해 런던이 돌아가는 형편을 엿보고 있었다. 레저널드 대번포트라는 이름은 뉴스의 단골 메뉴였다. 그 소식들에 의하면 이 사내는 유한계급의 전형적인 인물이었다. 방탕하고 사치스러운 생활, 경마에 질편한 술판, 숱한 여자들과의 추문까지⋯⋯. 바로 눈앞에 나타난 사내의 행색은 앨리즈가 가장 우려하던 모습 그대로였다.

교만하게 솟아오른 코가 싸움판에서 부러져 비뚤게 놓이지만 않았더라면 상당히 잘생긴 얼굴이라고 보아줄 만했다. 하지만 갸름하게 생긴 얼굴에는 피곤한 세월의 자취가 역력하게 남아 있었다. 강인함이 돋보이는 운동선수 같은 체격에도 불구하고 초췌하게 보이는 피부색 아래로 어딘가 병자의 혈색이 느껴졌다. 긴 세월 저지른 죄악의 대가가 분명했다.

앨리즈가 만족할 만한 유일한 사실은 대번포트도 그녀 못지않게 충격을 받은 모습이라는 점이었다. 대번포트가 자기 귀를 의심하는 듯한 표정으로 재차 물었다.

「당신이 A. E. 웨스턴? 스트릭런드의 집사란 말이오?」

「네.」

짤막한 그녀의 대답은 퉁명스럽기 그지없었다. 묘하게 꼬인 이런 상황을 오히려 즐기는 듯한 심상찮은 표정을 하고, 대번포트는 어슬렁거리는 발걸음으로 방을 가로질러 집사에게 다가왔다. 그의 무례하고 오만한 시선은 앨리즈를 샅샅이 탐색했고, 가슴과 엉덩이에 이르러서는 마치 시선을 잡아놓는 접착제라도 붙은 듯 떨어지지 않았다. 대번포트의 눈동자는 신비로울 정도로 아름다웠다. 밝고 투명하게 빛나는 푸른 눈동자는 마치 푸른 바닷물결을 보는 것 같았다. 사내다움을 과시하는 듯한 거들먹거리는 걸음걸이였지만, 그의 동작은 앨리즈로 하여금 힘찬 종마를 연상케 하는 아름다움이 있었다.

키도 앨리즈보다 반 머리 정도는 더 컸는데, 앨리즈는 그 점이 오히려 마음에 들지 않았다. 웬만한 남자는 모두 내려다보거나 기껏해야 같은 눈높이에서 마주보던 그녀로서는 남자를 올려다보아야 한다는 사실이 왠지 내키지 않았다.

서가를 등지고 선 앨리즈는 대번포트가 점점 가까이 올수록 온몸이 뻣뻣하게 굳고 얼굴은 홍당무처럼 빨갛게 달아오르는 것이 느껴졌다. 마치 뭔가를 꿰뚫어보고 있는 듯한 그의 시선 때문에 앨리즈는 입고 있는 옷이 남김없이 벗겨지고 알몸으로 서 있는 것 같았다. 여자를 벗겨놓는 일이라면 대번포트는 세상에서 둘째가라면 서러워할 사내라는 걸 그녀도 알고 있었다.

팔을 뻗으면 서로 닿을 만큼 가까운 거리에 와서야 대번포트는 걸음을 멈추었다. 실내보다는 야외에서 보낸 시간이 많은 듯, 사내는 햇살에 그을리고 거칠어진 얼굴이었다. 느릿느릿 발음을 길게 빼는 말투로 그가 물었다.

「틀림없이 여자로군.」

갑자기 울화가 울컥 치민 앨리즈는, 대번포트가 했던 것과 똑같은 시선으로 그를 샅샅이 살펴보며 앙갚음을 해버렸다. 군살 없이 날씬한 몸집을 앨리즈의 날카로운 시선이 훑어 내려갔다. 힘이 느껴지는 어깨에서부터 돈 꽤나 주고 샀을 법한 승마용 부츠까지, 그리고 근육질의 허벅지를 감싸고 있는 사슴가죽 반바지에서는 특히 오랜 시간 시선이 머물렀다. 눈초리만큼이나 날카로운 목소리로 그녀가 말했다.

「여자 남자를 구분하는 건 어려운 일이 아닙니다.」

대번포트가 넉살좋은 표정으로 웃음을 흘리며 말했다.

「꼭 그렇다고만 볼 수는 없지. 사물을 제대로 분간할 수 없는 어두운 방에서는 눈으로만 봐선 확실히 알 수가 없거든. 좀더 확실한 방법을 써야지.」

그가 말하는 '좀더 확실한 방법'에 담긴 의미는 앨리즈에게 모욕을 주자는 뜻이 분명했다. 만약 사람이 눈빛만으로 사람을 죽일 수 있었다면 레저널드 대번포트는 이미 죽은목숨이었다. 앨리즈는 자신은 남자들이 품에 품고 싶어할 만한 여자가 아니라는 것을 익히 알고 있었다. 만약 그런 남자가 있다면 그 남자는 치마 두른 물건이라면 뭐든 쫓아다닐 수탉 같은 인간밖에 없었다. 앨리즈는 감정 솟는 대로 한마디 해주려고 입을 열었다. 벌써 몇 년간을 거칠고 반항적인 일꾼들을 상대하며 보내다보니 그녀는 세 치 혀를 채찍처럼 휘두르는 법을 훌륭하게 터득하고 있었다.

그러나 마지막 순간에 이르러서 이 사내를 적으로 만들 것이 아니라 잘 구슬려 자기편으로 만들어야 한다는 자신의 형편이 생각났다. 앨리즈는 도로 입을 꾹 다물고 말았다. 목줄기와 턱 언저리까지 얼얼하게 아파올 정도로 이를 악물었다. 한참이 지나서야 앨리즈는 잠잠한 목소리로 말할 수 있었다.

「회계장부를 먼저 보시겠습니까, 아니면 영지를 먼저 둘러보시겠습니까?」

대번포트의 시선은 아직도 앨리즈의 얼굴에서 떠나지 않고 있었다.

「사실은 술이나 한잔 마시면서 이야기나 좀 하고 싶은데……. 뭐 마실 것 좀 있소?」

앨리즈는 아무 말 없이 캐비닛에서 위스키 병과 술잔 두 개를 꺼내 각각 손가락 두 마디 정도 술을 따랐다. 앨리즈는 술을 즐기지 않는 편이었지만, 이런저런 일로 그녀를 찾아오는 손님들은 한모금씩 목을 축이고 가길 좋아했다. 어쩌면 이 한모금의 술이 대번포트를 구슬리는 데 도움이 될지도 모른다는 것이 그녀의 희망이었다.

차디찬 앨리즈의 손에서 술잔을 넘겨받은 대번포트는 의자에 주저앉아 다리를 앞으로 쭉 뻗었다.

「죽은 백작은 당신이 여자라는 걸 몰랐겠군. 알았다면 절대로 여기 두지 않았을 테니까. 새 백작은 알고 있소?」

대번포트가 가볍게 잔을 기울여 술을 마셨다. 앨리즈도 책상 뒤로 돌아가 자기 자리에 앉았다.

「아닙니다. 백작님은 여기 꼭 한번 다녀가셨는데, 그때는 제가 핑계를 만들어 자리를 피했었습니다.」

앨리즈는 자기 술잔을 들어 술을 마셨다. 술기운이 필요했다. 너무나 긴장을 한 나머지, 앨리즈는 평정을 잃고 성급하게 물었다.

「여자라는 걸 아셨으니, 이제 절 해고하실 건가요?」

차가운 시선이 앨리즈의 온몸 위로 끼얹어졌다.

「쓸데없이 위험한 생각을 내 머릿속에 집어넣진 마시오. 당신을 해고하라는 건 아주 강한 유혹이거든.」

「여자라고 해서 이 일을 못 할 거라고 생각하시나요?」

싸움이 시작되기도 전에 지고 말 것 같다는 불안이 앨리즈의 가슴속을 꽉 채웠다. 대번포트는 마치 자신과는 상관없는 일이라는 듯 어깨를 들썩였다.

「그 대답이야 당신이 이미 보여주지 않았소? 비록 여자가 집사 노릇을 한다는 이야기는 들어보지 못했지만, 부모에게서 물려받은 재산을 훌륭하게 관리하는 여자들 이야기는 드물지 않거든.」

「그렇다면 저를 해고하고 싶다는 유혹을 느끼시는 이유는 뭡니까?」

대번포트는 잔을 비우고 술을 더 따르기 위해 술병을 기울였다. 앨리즈의 질문에 대한 답을 피한 채 그가 물었다.

「미혼이오? 기혼? 아니면 미망인? 어느 쪽이오?」

「미혼입니다. 그게 무슨 상관이죠?」

「우선, 여자라는 점을 고려한다 하더라도 이런 일을 하기엔 너무 젊어 보이고, 둘째, 당신도 미혼인데 영지의 새 주인마저 독신이라면 좋지 않은 소문이 나기엔 딱 좋은 일이지.」

앨리즈는 놀란 눈으로 대번포트를 바라보았다.

「당신 같은 탕아가 소문을 걱정한단 말입니까?」

대번포트는 앨리즈의 놀란 눈과 충격이 가득한 목소리에 유쾌하게 웃었다. 웃음이 그의 얼굴을 부드럽게 녹여주었다.

「발 없는 말이 천 리를 간다더니, 그 말이 틀리진 않는군. 나에 대해 그렇게 잘 아는 걸 보니. 하지만 탕아라고 해서 점잖은 행동을 해서는 안 된다는 법이라도 있소?」

앨리즈의 얼굴이 사정없이 화끈거렸다. 대번포트의 면전에서 그를 탕아라고 부른 것은 용서받을 수 없는 무례한 짓이었다. 대번포트가 그 말을 모욕으로 받아들이지 않고 농담으로 넘겨준 것은 다행스럽고 고마운 일이 아닐 수 없었다. 이번에는 조심스럽게 입을 열었다.

「제가 여자라고 해서 누구도 눈을 부라릴 이유는 없다고 생각합니다. 제 나이도 이제 서른이고, 이 정도면 소녀는 훨씬 전에 면한 나이입니다. 게다가 벌써 4년째 스트릭런드의 집사로 일해왔구요. 이 지역 사람들이라면 누구 한 사람 저와 낯익지 않은 사람이 없습니다.」

「난 당신과 낯익은 사람이 아니오. 말하는 투를 보니 뭇 사람들에게 존경받을 만큼 품행이 단정한 여자인 것 같은데, 그런 여자는 나하고는 잘 어울리지 않는 부류지. 이 자리를 계속 지키고 싶다면, 일의 성격상 당신과 나는 조석으로 마주쳐야 할 상황인데, 나는 당신 앞이라고 해서 내 말투를 바꿀 생각은 추호도 없소.」

이번에는 앨리즈가 어깨를 들썩였다.

「가지각색인 일꾼들과 4년 세월을 보내고 나니 저도 웬만한 일에는 놀라지 않습니다. 저를 남자들과 똑같이 대해주세요. 그 편이 서로에게 안전할 겁니다.」

대번포트의 입술이 한일자로 다물어졌다.

「당신 말을 듣자하니……, 마치 내가 치마 두른 여자라면 앞뒤를 가리지 않고 무조건 달려들 거라고 생각하는 것 같군?」

앨리즈의 두 눈이 도전적으로 빛났다.

「아닌가요?」

「맨 정신일 때는 내 눈도 미추를 구별할 줄 안다오.」

앨리즈는 대화가 묘한 방향으로 흐른다는 것을 깨달았다. 이래서는 안 되는데. 앨리즈의 생각을 읽기라도 한 듯, 대번포트가 먼저 화제를 바꾸었다.

「어쩌다 집사가 되었는지 말해주겠소, 미스 웨스턴?」

앨리즈는 양손으로 마주잡고 있던 술잔을 내려다보았다.

「가까운 곳에 있는 지주 가정의 가정교사로 일했었습니다. 주인은 스펜서 부인이셨는데, 집사가 문제를 일으키는 바람에……. 저는 농장에서 자랐기 때문에 부인께 몇 가지 조언을 해드릴 수 있었습니다. 부인께서는 저를 믿고 집사를 해고하셨죠. 그리고 제게 집사일까지 맡기셨구요.」

「그랬군.」

잔을 들어 위스키를 마시면서도 대번포트는 앨리즈에게서 눈을 떼지 않았다.

「스트릭런드에는 어떻게 왔소?」

앨리즈는 어떻게 말을 해야 할지 조심스러웠다.

「스펜서 부인은 원래 지병이 있으셨는데 자신이 살 날이 멀지 않았다는 것을 느끼셨던 모양입니다. 불행히도 토지는 남편의 조카에게 상속되기로 되어 있었는데, 그 조카분이 저를 집사로 그냥 두지 않을 거라는 걸 아시고 제 앞날까지 걱정하셨죠. 스트릭런드의 집사가 해고되었다는 소식을 들으시고 제게 그 자리에 도전해보라고 권하셨습니다. 저를 위해 과분한 추천장을 써주시고, 근방의 유지 분들께도 같은 추천장을 써달라고 부탁까지 하셨습니다. 그분들은 모두 그것이 워그레이브 백작을 놀림감으로 만들 절호의 기회라고 생각하셨던 겁니다. 백작은 부재지주인데다가 이곳 주민들은 그분에 대해 좋지 않은 감정을 가지고 있었으니까요. 어쨌든 그 추천장 덕분에 워그레이브 백작의 대리인은 면접도 하지 않고 저를 채용했습니다. 영지는 제가 맡은 이후로 계속 번창했고, 아무런 문제도 발생하지 않았기 때문에 지금까지도 제 비밀이 탄로 나지 않을 수 있었던 겁니다.」

앨리즈가 스트릭런드의 집사가 되도록 도와주면서 스펜서 부인은 한 가지 조건을 내세웠었다. 어린 세 조카들의 후견인이 되어달라는 것이었다. 앨리즈로서도 가정교사로서 가르치던 저자들의 미래에 무관심할 수는 없었다. 그러나 앨리즈는 그 부분에 대해서는 새 주인에게 굳이 말할 필요가 없다고 생각했다. 지금 이 상황, 웨스턴이 남자가 아니라 여자라는 것만으로도 상황은 충분히 복잡했다.

대번포트는 구두코를 내려다보며 앨리즈의 미래를 저울질했다. 앨리즈는 그의 표정에서 뭔가를 읽어내려고 애썼으나 그가 무슨 생각을 하고 있는지 도무지 종잡을 수가 없었다. 두 사람 사이의 침묵은 마부가 방문을 열고 들어오면서 겨우 깨졌다.

「무슨 일이지, 베이츠?」

「죄송합니다, 레이디 앨리즈. 밭을 가는 말 한 마리가 발목을 삔 것 같습니다.」

말은 앨리즈를 향해 하면서도 마부의 노골적인 시선은 영지의 새 주인에게 가 꽂혔다. 앨리즈가 성가시다는 듯이 대답했다.

「찬물로 찜질을 좀 해줘. 조금 있다가 내가 가서 볼 테니. 더 할말 있어?」

베이츠라는 마부는 잠시 생각하는 눈치이더니 마지못해 대답했다.

「아닙니다.」

사내는 아쉽다는 표정으로 방에서 나갔다.

「영지에서 일어나는 모든 일에 시시콜콜 다 참견하시오?」

대번포트가 눈썹을 치켜세우며 물었다.

「그렇지는 않습니다. 베이츠가 찾아온 건 제 참견이 아쉬워서가 아니라 새로 나타난 주인을 염탐하려는 거죠. 어찌됐든 영지에서 일하는 사람들이야 주인의 말 한마디에 목이 붙었다 떨어졌다 하는 거 아닙니까?」

앨리즈는 자신의 말에 대번포트가 보일 듯 말 듯 동요하고 있다는 것을 깨닫고 은근한 즐거움을 느꼈다. 좋아, 이 남자가 영주로서의 책임감을 느끼면 느낄수록 나한테는 도움이 될 테니까. 아무리 보아도 대번포트는 이제껏 아랫사람이 권하는 대로 고개만 끄덕이면 되는 정도 이상의 책임을 져본 적이 없는 것 같았다.

냉소가 가득 담긴 눈길로 대번포트가 말을 받았다.

「레이디 앨리즈라고? 그런 호칭에 어울릴 만한 어떤 귀족 가문의 따님이신가?」

「그저 별명일 뿐입니다. 누구인지는 모르지만, 한 사람이 저를 그렇게 부른 것이 시초가 되어서 이제는 누구나 저를 그렇게 부릅니다. 아마도 항상 명령조로 말하는 저를 비꼬려는 거겠죠.」

앨리즈는 대번포트의 따가운 시선에도 기죽지 않고 할말을 모두 마쳤다. 그는 앨리즈의 설명에 싱긋 미소를 지었다.

「레이디 앨리즈라…… . 당신에게 딱 어울리는 별명이군. 나도 그렇게 불러드릴까, 아니면 그냥 미스 웨스턴이라고 불러도 될까?」

「좋으실 대로 하십시오, 대번포트 씨.」

뱃속은 온통 뒤집혀서 사흘 전에 먹은 머핀까지 도로 튀어나올 것 같았지만, 최대한 공손한 목소리로 고분고분 말 잘 듣는 하인처럼 대답했다. 앨리즈는 속을 가라앉히는 데 도움이 되기를 바라면서 위스키를 한모금 더 들이마셨다.

두 사람은 침묵 속에서 서로의 술잔을 기울였다. 앨리즈가 더 이상 참을 수 없는 지경에 이르러 먼저 입을 열 때까지 대번포트는 인상을 잔뜩 찡그린 채 술만 마셨다.

「결정하셨나요?」

대번포트가 그녀를 바라보았다.

「뭘 말이오?」

자신의 말이 무슨 뜻인지 모른 척 하는 건지, 정말 모르는 건지 답답하다는 생각에 앨리즈는 턱을 치켜들고 따지듯이 물었다.

「저를 해고하실 겁니까?」

「여기 도착하기 전에 한가지 결심한 것이 있었소. 내가 이 영지의 상황에 익숙해질 때까지는 어떤 것도 변화시키지 말자는 거였지. 집사가 여자라는 것을 알기 전에 한 결심이라 나 자신도 약간 혼란스럽기는 하지만, 이곳 사람들은 한결같이 당신을 잘 따르고 있는 것 같군. 지금까지도 잘 해왔으니, 당신 탓도 아니고 당신이 임무를 수행하는 데 방해가 되지도 않는 문제를 걸어서 당신을 해고하는 건 바보 같은 짓이라는 생각이 드는군.」

앨리즈는 겨우 안도의 한숨을 내쉬었다. 마음 같아서는 환호성이라도 지르고 싶었다. 레저널드 대번포트 같은 탕아가 이렇게 열린 생각을 가지고 있을 줄은 기대도 하지 못했던 일이었다. 그녀의 마음을 속속들이 읽어낸 듯 대번포트는 굵은 눈썹을 찡그린 채 말을 이어나갔다.

「당분간은 당신을 그 자리에 그냥 두겠소. 하지만 몇 가지 분명히 해두어야겠소. 첫째, 당신의 충고를 받아들여서 난 당신을 남자처럼 대접하겠소. 따라서 나의 무례하고 거친 언행에 대해 노처녀 같은 잔소리는 일체 하지 마시오.」

앨리즈가 긍정의 뜻으로 고개를 끄덕인 후에야 대번포트는 다음 말을 꺼냈다.

「둘째, 지금까지 4년간 당신은 누구에게 어떤 일이든 요구할 수 있는 권한을 가지고, 오직 한번도 방문한 일이 없는 런던의 변호사에게만 보고하면서 스트릭런드를 관리해왔소. 실제로는 영지의 영주와 다름없는 위치였단 말이지. 그러나 지금부터 스트릭런드의 주인은 나요. 내가 목초지에 오렌지 나무를 심으라고 명령하면 당신은 군말 없이 그대로 해야 하오. 그리고 내가 양들을 모두 분홍색으로 칠하라고 요구하면 당신은 물감을 주문하면 되는 거요.」

대번포트는 책상 위에 술잔을 내려놓더니, 마치 다음이 가장 중요한 부분이라는 듯이 엄한 얼굴을 하고 앨리즈를 바라보며 말했다.

「영지에 관련된 일이라면 당신이 나보다는 경험이 풍부하니 당신의 조언을 참고하도록 하겠소. 그러나 일단 내가 결정한 일에 대해서는 두말하지 말고 실행에 옮기시오. 당신의 의견이 나의 의견을 초월할 수 없다는 걸 분명히 알아두라는 거요. 당신이 가진 권한은 모두 나에게서 비롯되는 것이오. 당신으로서는 갑자기 행동에 제약을 받게 되어 달갑지 않으리라는 건 인정하지. 그렇지만 현실은 현실로 받아들이고 문명인다운 태도로 협조해주기 바라겠소. 그게 불가능하다면 지금 당장 떠나도 좋소.」

앨리즈는 차가운 바닷물빛을 닮은 그의 두 눈을 빤히 들여다보았다. 그리고 도저히 이 남자와는 가까워질 수도, 좋아할 수도 없으리라는 불안감이 들었다. 어제까지는 새 주인으로부터 해고당할 것이냐 살아남을 것이냐를 걱정했었다. 오늘, 스트릭런드의 집사 자리는 보존할 수 있게 되었지만 앞으로의 시간들을 견디는 것이 얼마나 힘들지 새롭게 걱정스러워지기 시작했다.

오늘 나타난 새 영주는 섬뜩할 정도의 감각으로 그녀가 어떤 궁지에 몰려 있는지를 훤히 꿰뚫고 있었다. 몇 년 동안 앨리즈는 스트릭런드를 마치 봉건 시대의 영주처럼 다스려왔다. 집사라는 위치, 비록 전제적이기는 하지만 매우 개화된 사상을 가진 여자라는 점 때문에 모든 사람들은 결국 어떤 일이든 그녀가 이끄는 방향대로 따라왔고, 그로 인해 지금까지 많은 것을 이루어왔다는 것은 그녀의 자랑이었다. 그러나 오늘 나타난 새 영주는 더 이상 고삐가 그녀의 손에 쥐어져 있지 않음을 분명히 한 것이었다. 이제 앨리즈는 신참 일꾼들과 다름없는 한낱 고용인에 불과한 신세였다.

권한은 집사라는 직위와 함께 자연히 앨리즈에게 주어진 것이었지만, 복종은 거저 얻은 것이 아니었다. 하지만 지금 그녀에겐 다른 선택이 있을 수 없었다. 다른 어떤 곳에서도 이만한 일자리는 구할 수 없을 테니까. 침묵이 길어지자 이번에는 대번포트가 물었다.

「결정했소?」

앨리즈는 끓어오르는 분노를 억지로 눌러 참으면서 겨우 냉정하게 대답했다.

「받아들이겠습니다, 대번포트 씨.」

그는 지금까지의 태도와는 다른 나른하고 느끼한 표정으로 미소를 지었다.

「다행이군. 하지만 각오를 단단히 하는 게 좋을 거요.」

자리에서 일어선 대번포트는 앨리즈를 내려다보았다.

「당신이 할 일을 제대로 하는 한, 나에 대해 어떤 생각을 갖고 있든 그런 건 상관하지 않겠소. 됐소?」

앨리즈도 자리에서 일어섰다. 잠시 망설인 후에야 그녀는 새 영주에 대한 예의로 내키지 않는 악수를 청했다.

「좋습니다.」

그의 손은 단단하고 힘이 있었다. 부드럽고 연약한 런던 남자들의 손과는 달랐다. 내일 아침 일찍 만나 영지를 둘러보자는 말을 끝으로, 그는 지난 6년간 영지를 관리한 회계장부들을 검토하기 위해 본채로 가지고 갔다.

그가 방에서 나간 후, 앨리즈는 한숨을 푹 내쉬며 의자에 풀썩 주저앉았다. 최소한 당분간은 일자리를 보존할 수 있게 된 셈이었다. 남은 문제는, 살아 있는 레저널드 대번포트와 좋은 관계를 유지하면서 지낼 수 있느냐 하는 것이었다. 그에 대한 혐오감이 지금보다 조금만 더 심해진다면 그를 죽여버리고 싶은 마음이 들지도 모를 일이기 때문이었다.

새 영주와의 힘겨운 담판을 가까스로 넘기고 밤이 되어 집으로 돌아간 앨리즈는 저녁 식사가 끝난 후에야 남매들에게 새로운 사실을 알렸다.

「대번포트 씨가 오늘 런던에서 도착하셨다.」

세 남매는 이구동성으로 놀라움의 탄성을 질렀다. 메리디스는 금발을 찰랑이며 야속하다는 듯이 말했다.

「레이디 앨리즈, 왜 이제서야 그걸 알려주시는 거예요!」

「얼마나 오래 여기 머문대요?」

열 다섯 살 난 메리디스의 남동생 피터도 크나큰 관심을 가지고 물었다.

막내인 일곱 살배기 윌리엄은 입에 물고 있던 푸딩을 꿀꺽 소리가 날 정도로 황급히 삼키고 물었다.

「어떤 말을 타고 오셨어요?」

앨리즈는 자신에게 모든 것을 의지하고 있는 세 마리 어린양을 정겨운 미소가 담긴 얼굴로 내려다보았다. 스펜서 삼 남매는 한결같이 호기심이 가득한 눈동자를 동그랗게 뜨고 그녀를 바라보고 있었다. 고양이 어틸러까지도 물끄러미 그녀를 바라보았다.

「그 사람이 나타났다는 이야기를 하고 나면 너희들이 모두 아우성일 테니, 일부러 저녁들 다 먹을 때까지 기다렸다. 피터, 네 질문에 답하자면, 솔직히 말해서 나도 그분이 얼마나 여기 머물지는 모르겠구나. 하지만 금방 떠나실 것 같지는 않았어. 윌리엄, 그분은 보기에도 아주 근사한 검은색 종마를 타고 오셨단다. 그분이 가지고 계시는 마차와 사냥용 말 몇 마리는 곧 뒤따라 온다는구나. 그 말들이 오늘 타고 온 종마의 반만 따라간다면, 우리 윌리엄은 곧 말의 천국을 구경하게 될 거야.」

누이의 금발과 낙천적이고 따뜻한 성격을 닮은 윌리엄은 환희에 찬 탄성을 질렀다. 앨리즈가 무엇을 걱정하고 있는지 잘 알고 있는 메리디스는 걱정스러운 표정으로 물었다.

「집사가 여자라도 괜찮대요?」

어둡고 냉소적이던 그의 얼굴이 생각나 앨리즈는 잠시 대답을 머뭇거렸다.

「물론 괜찮지는 않지. 하지만 당분간은 내가 중대한 실수를 저지를 때까지 기다리겠다는구나.」

피터는 기대감에 가득 찬 목소리로 말했다.

「그분을 빨리 만나보고 싶어요. 정말 도싯 바깥에서 온 이방인을 보는 건 처음이야.」

앨리즈는 피터를 가만히 내려다보았다. 나란히 금발에 현실적인 감각이 뛰어난 다른 두 남매들과는 달리, 갈색 머리를 가진 피터는 다분히 몽상적이고 학자적인 기질을 가진 아이였다. 꿈은 목사가 되는 것이었지만, 런던이라는 환상적인 세계에서 일어나는 일에도 관심이 많았다. 누이나 동생과 마찬가지로, 어린 나이에 고아가 된 아이치고는 상당히 안정적이고 행복한 삶을 누리고 있었지만, 피터는 이제 아버지의 훈육이 필요한 나이였다. 앨리즈는 자신이 그 아이의 아버지 몫까지 해줄 수 없다는 것이 안타까웠다.

어떻게 해서든 대번포트에 대한 아이들의 환상을 잠재워야겠다고 생각하면서도 앨리즈는 풀죽은 목소리로 말했다.

「그분은 런던에서도 이방인이었단다. 하지만 오늘 보니 여느 시골 양반과 다름없이 생겼더구나.」

앨리즈의 말이 무슨 뜻인지 가늠하지도 못한 채 피터가 열띤 목소리로 대꾸했다.

「대번포트 씨는 마차 경주 달인인데다, 사람들이 그러는데, 영국에서 제일 뛰어난 권투선수래요. 아마 마음만 먹었으면 챔피언도 땄을 거래요.」

앨리즈는 한숨을 푹 내쉬었다. 친부모를 대신해 세 아이를 양육하는 후견인으로서 지난 4년간 배운 게 있다면, 어린아이들의 생각은 방향을 바꾸어놓기가 불가능할 때도 있다는 것이었다. 피터에게 레저널드 대번포트는 이미 영웅으로 자리잡은 것이 분명했다.

「잘생겼어요?」

이것은 물론 메리디스의 질문이었다. 지금까지 그녀에게 손을 뻗어온 시골의 양반 자제들이야 충분히 주무를 수 있었지만, 대번포트라면 사정이 달랐다. 앨리즈는 어떻게 해야 메리디스와 대번포트가 서로 마주치지 않고 지내게 할 수 있을까 궁리했지만, 그러기엔 스트릭런드는 너무 좁은 세상이었다.

「특별히 잘생긴 사람은 아니란다. 아마 너희 아버지뻘은 될 걸?」

그 말은 사실 과장이 심하다는 것을 앨리즈도 알고 있었다. 대번포트가 비록 미소년의 전형인 아도니스 같은 미남은 아닐지라도 수많은 여성들을 매혹시키거나 두렵게 만들 만큼의 성적인 매력은 가진 남자라는 것을 그녀도 부인할 수는 없었다. 메리디스는 식탁 위에 팔을 괴고 턱을 받치며 말했다.

「그 큰 집에 혼자 지내시려면 얼마나 외로우실까. 우리가 저녁 식사 초대라도 해야 하지 않을까요?」

「이 지역 유지들이 대번포트 씨가 내려온 걸 알게 되면 날이면 날마다 파티가 벌어질 거다. 근방에서 이보다 더 큰 재산을 가진 사람이 누가 있겠니. 아마 특별히 위험한 짓만 하지 않는다면, 딸 가진 부모들은 너도나도 환심을 사려고 난리를 떨 거야.」

앨리즈의 말투는 사뭇 빈정대는 투였다.

「게다가 너도 알다시피, 대번포트 씨는 나를 고용한 고용주인데, 내가 그 사람을 저녁 식사에 초대한다는 건 적절치 못한 짓이야.」

메리디스는 감춰진 뜻을 다 안다는 표정으로 슬며시 미소를 지었다.

「선생님은 보통 집사가 아니잖아요.」

「그야 그렇지만. 그렇다고 해서 대번포트 씨와 우리가 사교적인 자리를 마련해도 좋다는 뜻은 아니잖니? 적절치 못할 뿐만 아니라 불편한 자리가 될 거야.」

피터와 똑같이 앨리즈의 말에 담긴 뜻은 완전히 무시하면서 메리디스는 꿈꾸는 듯한 표정으로 말을 받았다.

「난 탕아라고 불리는 남자는 어떤 남자들일까 항상 궁금했어요.」

「메리디스, 그런 점잖지 못한 말은 더 이상 듣고 싶지 않구나!」

앨리즈는 엄한 목소리로 꾸짖었다.

「난 너희들 중 누구도 대번포트 씨 근처에서 얼쩡거리는 꼴은 보고 싶지 않다. 그분이 어떤 말을 타든, 어디로 사냥을 다니든, 누구와 파티를 벌이든 그건 우리와는 상관없는 일이야. 내 말 알아듣겠지?」

하지만 말을 마친 앨리즈는 차라리 입을 다물고 있는 편이 나았으리라는 후회가 밀려들었다. 스트릭런드처럼 조용하고 한적한 시골에서, 어느 날 갑자기 등장한 이방인이라면 응당 사람들의 호기심과 이목을 끌기 마련이었다. 앨리즈에게는 대번포트가 피터와 윌리엄 같이 어린 소년들을 물들일 만큼 참을성이 있어 보이지 않았다는 것이 유일한 위안거리였다. 자기밖에 생각할 줄 모르는 사람에게 어린아이들은 귀찮은 존재일 뿐이었다.

그러나 메리디스의 문제는 두 사내아이들의 문제와는 사뭇 달랐다. 말벌이 꿀항아리라면 앞뒤를 가리지 않고 달려들 듯이, 메리디스 정도의 미모라면 앞뒤를 가릴 남자가 달리 없었다. 근방의 청년들이야 부끄러움을 가릴 줄 아는 남자들이었지만, 대번포트가 살던 세상은 스트릭런드와는 전혀 달랐다. 은근한 뜻을 가지고 접근하는 남자들을 다루는 메리디스의 솜씨는 앨리즈가 놀랄 만큼 뛰어난 것이었다. 하지만 문제는, 갖고 노는 불꽃이 너무 뜨거워져 살을 데일 때까지 자신이 가지고 노는 것이 뭔지를 잘 분간하지 못한다는 데 있었다. 결국 그것은 앨리즈가 메리디스를 대번포트로부터 멀찍이 떼어놓아야 한다는 뜻이었고, 동시에 집사로서 그를 만족시켜야 했으니, 그녀는 이중의 부담을 안은 셈이었다.

레저널드는 그날 저녁 내내 책상 위에 영지의 회계장부를 펼쳐놓고 검토하며 보냈다. 장부를 덮었을 때는 자정이 가까운 시간이었다. 자리에서 일어서 기지개를 켠 그는 브랜디 잔을 들고 프렌치 도어 앞을 거닐었다. 그날 낮에 손질을 하지 않았는지 정원은 약간 흐트러진 모습이었지만, 창백하고 차가운 우유빛 달빛 아래 그런대로 운치가 있었다. 정원 풍경이 어렴풋이 낯익은 기분이 들었다.

하지만 레저널드는 왠지 하루 종일 초조하고 불안한 마음이었다. 집은 그를 반겨 맞아주었지만, 모퉁이를 돌 때마다 동생이나 부모님과 마주칠 것만 같은 기분이 들었고, 가족들에 대한 추억은 마치 떠도는 유령처럼 그를 스산하게 만들었다. 시간이 흐르면 이런 기분은 곧 사라지겠지…… . 그렇지 않다면 그는 이 집에서 살 수 없을 터였다.

레저널드는 브랜디를 크게 한모금 들이마셨다. 어쩌면 스트릭런드에서의 생활은 그에겐 견딜 수 없는 것일지도 몰랐다. 이 정도의 지루함만으로도 그는 반쯤 미치광이가 될 것 같은데, 이게 계속된다면 그는 자살하지 않고 견딜 수 있을지 의문스러웠다.

과거의 방탕한 생활에도 불구하고, 왠지 이제는 그 생활로 돌아갈 수 없을 것 같다는 생각이 희미하게나마 그의 가슴속에서 싹트고 있었다. 이곳으로 내려오면서 그는 과거와의 정신적인 연결고리를 끊어버렸는지도 몰랐다. 그의 삶은 한가운데가 텅 비어 있었다. 이제 그에게 남겨진 유일한 숙제는 그 텅 빈 중심의 공간을 무엇으로 채우느냐 하는 것이었다.

그 공간을 브랜디만으로 채울 수 없다는 것만은 확실했다.

양초가 꽂힌 촛대를 들고, 그는 일층을 느릿느릿 거닐었다. 음악실에서 거실로 통하는 문이 열려 있었다. 음악실에는 낡은 피아노가 외로이 자리를 지키고 있었다. 반짝반짝 윤이 나는 마호가니 뚜껑 위에 촛대를 가만히 내려놓고, 그는 의자를 당겨 앉으며 손가락으로 건반 몇 개를 두들겨보았다. 마치 물결 같은 피아노 음이 공기를 타고 흘렀다. 몇 개의 건반은 음이 맞지 않았다. 피아노 조율을 한 지가 꽤 오래된 듯 싶었다. 가까운 시일 내에 조율사를 불러 손을 보게 해야지, 그는 생각했다.

오랫동안 피아노를 치지 않은 탓에 손가락이 굳어 있었다. 피아노를 쳐본 게 언제였더라? 몇 년이 지났는지 기억이 가물가물했다. 바로 이 피아노로 어머니에게서 음악을 배웠다. 어머니의 음악 수업은 가장 즐 거운 시간 중의 하나였다. 언젠가 어머니는, 레저널드가 계속 피아노를 배우고 열심히 연습한다면 훗날 훌륭한 피아니스트가 될 수 있을 거라 고 말한 적도 있었다.

그러나 그 꿈은 그가 스트릭런드를 떠날 때 다른 여러 가지 꿈들과 함께 사라져버렸다. 스트릭런드를 떠난 후 레슨을 받지 않았지만 피아 노가 근처에 있고 그 주변에 아무도 없을 때는 혼자서 피아노를 치곤 했었다. 하지만 언제부턴가 그것마저도 그만두고 말았다. 3년쯤 전이었 던가? 아니면 5년 전? 기억이 끊어지는 현상이 시작되기 전이었다. 그 는 왜 그토록 중요한 것들이 하나둘 자신의 곁에서 달아나는 것을 가 만히 보고만 있었을까?

피아노 의자의 뚜껑을 열어 맨 위에 있는 악보를 꺼냈다. 베토벤의 소나타였다. 아마 30년 전에 그의 손으로 넣어둔 악보일 터였다. 세 들 어 살았다던 퇴역 해군대령이 아무 것도 손대지 않았다는 사실이 새삼 고맙게 느껴졌다.

울적한 기분과 음이 맞지 않는 건반을 애써 무시하면서, 그는 소나 타를 연주하기 시작했다. 음악을 다시 공부하는 것도 그 빈 공간을 채 우는 방법 중의 하나가 될 것 같았다. 반시간도 채 지나지 않아 그의 손가락은 정신이 잊고 있던 것들을 기억해내기 시작했다.

연주가 끝나자 피아노를 덮고 그는 촛대를 다시 집어들었다. 천천히 일층을 배회하던 그는 가족실에 이르자 문득 걸음을 멈추었다. 햇살이 잘 드는 이 방은 이 집에서 가장 즐거운 장소였다. 어머니가 특히 좋아하던 곳이었지만, 레저널드는 이 방을 별로 편안하게 느낀 적이 없었다. 밤인데다 어머니의 존재가 없다는 사실이 방문 앞에 선 그의 목덜미를 쭈뼛하게 만들었다.

레저널드는 서재로 돌아가 아버지가 좋아하던 커다란 윙체어에 파묻히듯 주저앉았다. 아버지와 거의 비슷한 체격의 어른이 된 그에게 의자는 마치 맞춤인 양 꼭 들어맞았다. 책상 위에 놓아두었던 브랜디 잔을 들고 그는 오늘 하루 자신이 해낸 일들에 대해 곰곰이 생각해보았다.

가끔씩 둘러보면서 집을 정갈하게 관리해온 솜씨나 공을 보아서 헤럴드 부인에게 하녀장으로 일하지 않겠느냐고 제의했다. 레저널드가 그녀에게 이 집에 들어와서 살아야 한다는 조건을 붙이지 않았기 때문에 그녀는 흔쾌히 그 제안에 응했다. 헤럴드 부인은 하녀로 고용할 만한 마을 처녀 두엇과 주방에서 일을 시킬 만한 여자들을 추천해주기까지 했다. 추천된 여자들은 모두 헤럴드 부인과 인척관계일 거라고 짐작했지만, 여자들의 일솜씨만 괜찮다면 그 정도의 족벌체제는 눈감아줄 수 있었다.

헤럴드 부인의 올케 말리 발로우는 이제 사십 줄에 든 통통한 과부였는데, 음식솜씨가 제법 괜찮았다. 레저널드는 그녀에게도 주방장을 맡아달라고 제안했고, 그 제안 역시 흔쾌히 수락되었다. 말리 발로우는 이틀 안에 두 아들을 데리고 이 집의 하인들 숙소로 이사를 오겠노라고 약속했다. 레저널드는 그녀를 유심히 살폈지만, 아무래도 자기 하녀를 침실로 끌어들이는 건 좋은 일이 아니라는 판단을 내렸다. 차라리 도체스터에 다른 방법을 마련해두는 게 나을 것 같았다.

아니면 체시를 당분간 내려오라고 하든가. 도싯 사람들이 그녀와 자신을 어떻게 받아들일까 생각하니 레저널드는 자기도 모르게 웃음이 나왔다. 체시는 런던에서 손꼽히는 매춘굴의 주인이었으니, 아무리 시골이라 한들 이 동네에도 그녀를 알아볼 만한 남정네 한둘쯤은 있을 법도 했다. 체시를 불러들이는 날이면 물정 모르는 이 지역 양반네들이 사윗감으로 점찍고 성가시게 달려들 위험은 한꺼번에 사라질 테니 그로서는 일거양득이었다.

레저널드는 피곤한 손가락으로 검은 머리칼을 빗어 넘기며 낮에 만났던 집사를 다시 떠올렸다. 여자 집사라니, 세상에 이런 일도 있구나 싶었다. 자신의 무례한 언행이 앨리즈의 성질을 돋굴까봐 겁나는 건 아니었다. 진짜 걱정은 그 여자에게 손을 대지 않고 지낼 자신이 없다는 것이었다. 다양한 여자들을 섭렵한 끝에 그가 얻은 결론 중의 하나는, 키 크고 다리가 길면서 여성적인 곡선미까지 갖춘 여자들은 머리가 비었더라 하는 것이었다. 오늘 낮에 만난 그 여자의 옷차림은 길쭉한 두 다리를 여지없이 드러내주었다. 게다가 그 몸매도 사뭇 유혹적이었다.

상황이 달랐더라면 이게 웬 횡재냐 싶었겠지만, 이성적으로 대화를 나누는 사이에 레저널드는 자신이 숱한 경험 끝에 내렸다는 그 결론 역시 한낱 선입견에 불과하다는 것을 깨달았다. 여자는 부끄러움을 타거나 수줍어하지는 않았지만 분명 처녀였다. 관습을 깨는 과감한 옷차림에 쉽게 믿을 수 없는 직업을 가졌다는 것 외에도 그녀에게서는 여류 지성인다운 고고한 영혼의 힘이 느껴졌다. 갑자기 나타난 새 주인에 대한 배타적인 감정과 분노가 얼굴에 그대로 드러나 있기도 했다. 그가 그 여자에게 어떤 흠을 잡았기 때문이 아니었다. 만약 레저널드 자신이 이곳을 수년간 관리해왔다 하더라도 느닷없이 해고당한다면 화가 솟을 것이 당연했다. 게다가 그녀가 느끼는 분노의 원인은, 레저널드 대번포트가 그녀의 영혼이 도저히 수용할 수 없는 인간형이라는 데 있었다.

그 여자를 해고하는 건 어려운 일이 아니었다. 하지만 왠지 그녀를 내쫓고 싶지 않았다. 그 여자가 지금의 자리를 잡을 수 있었던 건 순전히 요행이었다. 다시 같은 자리를 잡을 가능성은 거의 없었다. 그렇게 된다면 그것은 불행인 동시에 불공평한 일이었다. 그간의 회계장부를 검토한 결과 영지를 관리하는 앨리즈의 수완은 천재들에게나 허락될 법한 탁월한 것이라는 감동을 받았기 때문이었다.

레저널드는 숫자 뒤에 가려진 이야기들을 캐내는 방법을 터득한 지이미 오래였고, 암호가 가득한 회계장부가 말하는 것들을 잘 풀어서이해하는 재주를 가지고 있었다. 레이디 앨리즈보다 앞서 일하던 집사가 워그레이브 가문의 재산 관리인에 의해 해고당한 사유는 횡령이었다. 웨스턴이 집사 자리를 물려받은 후로는 회계장부를 정직하게 작성하는 것만으로도 수익이 크게 개선되었다는 것이 보였다.

그러나 그후의 이야기들이 더 흥미진진했다. 레이디 앨리즈가 전권을 위임받은 후 처음 2년간 수입은 증가했지만 큰 액수의 자본이 투자되는 바람에 수익은 그다지 많이 나지 않았다. 그 다음 2년간은 먼젓번에 투자한 결실이 있어 수입이 껑충 뛰었다. 장부에 기입된 대부분의 지출은 명확하게 알 수 있는 것들이었지만, 몇 가지는 좀 애매한구석이 있었다. 레저널드는 다음에 그녀에게 꼭 물어보아야겠다고 기억을 해두었다.

레저널드는 술잔을 또 채웠다. 술잔을 들고 다시 윙체어에 주저앉은그는 그 멋진 몸매가 노처녀로 썩어가고 있다는 사실에 안타까움을 느꼈다. 얼굴만큼 몸도 젊다면, 레저널드는 그녀가 맛보지 못한 즐거움을가르쳐줄 자신이 있었다. 그러나 마치 군인 같은 엄격한 처녀성을 간직한 채 이미 서른의 나이를 넘겼다면 이제 와서 그녀의 태도에 어떤변화를 일으키기란 힘든 일이었다.

레저널드는 한숨을 내쉬면서 의자에 머리를 기댔다. 술을 마시지 않은 맨 정신이라면 아무리 동물적인 본능이라도 충분히 자제할 수 있었다. 그러나 반쯤이라도 술이 취한 상태에서 그 멋진 몸매가 눈앞에 왔다갔다한다면 무슨 짓을 저지를지 장담할 수 없었다. 이제 더 이상 자신을 저주할 짓은 하고 싶지 않았다.

글쎄, 낮 시간에야 술을 입에 대지 않을 테니 집사와 노닥거릴 가능성이 거의 없었다. 그렇다면 그녀의 고고한 자태에 흠이 갈 일도 없는 셈이다. 그러나 만약 브랜디 몇 잔이 들어간 후에 레이디 앨리즈가 나타난다면, 비록 명색뿐이지만 자신도 시골 사람들은 까맣게 올려다보는 거창한 가문의 후손이라는 사실조차 망각하고 불손한 행동을 저지를지도 몰랐다. 그렇게 되면 그 여자는 상대의 고하를 막론하고 뺨을 올려붙일 게 뻔했고, 그 다음에 레저널드 대번포트가 할 일은 새 집사를 구하는 일이었다.

레저널드는 킬킬 웃음을 흘리며 브랜디 병을 들고 침실로 향했다. 지금 같은 기분에서는 그 여자가 자신의 뺨을 올려붙이지 않는다면 어떻게 될까 상상하는 편이 훨씬 행복했다.

5

　레저널드는 익숙한 두통과 함께 잠에서 깼다. 브랜디에 취해 잠든 다음날 아침이면 여지없이 찾아오는, 광대뼈까지 욱신거리는 두통이었다. 그래도 혼자 힘으로 침대까지 와서 누워 잠든 걸 보니 런던에서의 마지막 밤보다는 나은 편이었다. 그렇지만 두통은 결코 덜하지 않았다. 침대 머리맡 탁자 위에 놓인 시계를 손으로 더듬어 들여다보니 아침 일곱 시 삼십 분이었다. 영지를 둘러보기 위해 레이디 앨리즈를 만나기까지는 아직 정신을 가다듬을 시간이 좀 있었다.

　끄응하는 신음소리를 내면서 그는 한바퀴 몸을 굴러 침대 가장자리에 일어나 앉았다. 두 손에 머리를 파묻은 그는 맥 쿠퍼가 오늘은 꼭 스트릭런드에 당도해주기를 간절히 빌었다. 그가 만들어주는 신비의 음료가 절실하게 필요했다.

　레저널드는 조심조심 일어섰다. 브랜디 병이 텅 빈 것을 보니 이 정도 두통은 당연했다. 오늘 안으로 술 창고를 채우도록 지시하지 않으면 얼마 안 가 술 창고마저 텅 빌 것 같았다.

　오늘 아침은 눅눅하고 흐린 날씨였다. 애마인 부스팔러스에게 안장을 얹으면서 생각해보니 아침 일찍 영지를 둘러보자고 약속을 한 것이 후회막급이었다. 다른 사람과 함께 말을 타고 영지를 둘러보자고 한 것은 얼떨결에 한 말은 아니었다. 혼자서 돌아다니면 자기도 모르게 눈물을 흘리게 될지도 모른다는 생각에서였다. 하지만 레이디 앨리즈의 가시 돋힌 시선을 마주하기에는 너무 이른 아침이었다.

말끔한 승마복 차림의 집사가 마구간에 들어섰을 때까지도 그의 기분은 나아지지 않았다. 그의 정신을 아찔하게 만들었던 다리는 감추어졌지만, 승마복 차림이라고 해서 그 매혹적인 몸매가 감추어지지는 않았다. 뒷머리에 단정하게 올려붙인, 윤기가 흐르는 두툼한 머리타래에 레저널드의 눈이 갔다. 저 머리를 풀어헤치면 허리까지는 닿을 것 같았다. 그저 아까운 세월을 낭비하고 있는 것은 그녀의 육체만이 아니었다. 남자의 혼을 빼놓는 재주로 말한다면 그녀의 화사한 얼굴도 메두사에게 지지 않을 것 같았다.

「안녕하세요, 대번포트 씨. 특별히 먼저 보고 싶으신 장소라도 있으신가요?」

앨리즈의 조급증은 거의 심술에 가까웠다. 그러나 그녀를 기다리고 있는 험난한 하루를 생각한다면 도저히 차분하게 기다릴 수가 없었다. 자신이 이제껏 이루어놓은 개혁적인 조치들 중에서 최소한 몇 가지 정도는 대번포트의 마음에 들지 않을 것이 분명했고, 어쩌면 당분간이지만 그녀를 제자리에 두겠다던 결심마저 흔들릴지도 몰랐다.

앨리즈가 여자들이 말을 탈 때 쓰는 곁안장을 가지러가는 것을 보며 대번포트도 퉁명스러운 아침인사를 건넸다. 마치 충치를 앓고 있는 곰처럼 뿌루퉁한 얼굴을 하고 있던 그가 그녀의 손이 닿기도 전에 곁안장을 벗겨가자 앨리즈는 깜짝 놀랐다. 대번포트는 그 안장을 직접 앨리즈의 말에 얹어주었다.

「남자처럼 대해주시겠다고 하셨잖아요?」

안장 끈을 단단히 묶으면서 대번포트가 곁눈으로 앨리즈를 쏘아보았다.

「그 말은 여자 복장을 하고 때엔 해당 없소.」

마치 피부를 콕콕 찌르는 듯한 그의 시선이 불편해진 앨리즈는 얼른 말머리를 돌렸다.

「대번포트 씨, 오늘 보시게 될 것들 중에는……, 평소에 보지 못하셨던 것들도 있을 겁니다. 하지만 제가 한 일에는 모두 그럴 만한 이유가 있었습니다. 화를 내거나 의심을 하시기 전에 먼저 제게 설명할 수 있는 시간을 주셨으면 합니다.」

대번포트가 안장을 다 매고 그녀를 향해 돌아섰다. 앨리즈는 그가 얼마나 키가 큰 남자인지를 새삼 깨달으며 불편함을 느꼈다.

「새롭게 생기는 질문들은 이미 기억해둔 질문 사항에 추가해두겠소.」

그가 무뚝뚝하게 대답했다. 앨리즈는 아무래도 징조가 좋지 않다는 기분이 들었다.

두 사람은 말을 끌고 마구간 밖으로 나왔다. 왠지 모르게 대번포트와 옷자락 스치는 것마저도 꺼림칙했던 앨리즈는 그가 도와주겠다고 나서기 전에 서둘러 말에 올라탔다. 곁안장에 올라앉아 두 발을 한쪽으로 모으고 긴 치맛자락을 걸리지 않도록 단속하면서, 앨리즈는 대번포트의 시선이 그저 불쾌하지만은 않다는 묘한 기분을 느꼈다.

「멋진 암말이군.」

대번포트는 여전히 무뚝뚝한 목소리로 툭 던지듯 내뱉고는 훌쩍 뛰어 말안장에 올라앉았다.

「이 말은 제가 개인적으로 산 말입니다. 영지의 소유가 아니구요. 믿지 못하시겠다면 제가 이 말값을 치르고 받은 영수증을 보여드리겠습니다.」

방어적인 목소리로 앨리즈가 설명했다. 대번포트는 천천히 말을 앞으로 몰아갔다.

「내가 언제 당신을 의심하는 눈치를 보였소?」

「아뇨.」

앨리즈는 차라리 혀를 깨물어버리고 싶은 심정이었다. 당혹스러움을 감추기 위해 그녀는 서둘러 다음 말을 꺼내놓았다.

「마구간에 매어 있는 말들은 대부분 마차를 몰거나 쟁기를 가는 데 쓰고 있습니다. 영지 소유의 마차가 두 대 있지만 별로 쓸 만한 물건은 못 됩니다. 제 말을 이 마구간에 매둔 이유는, 집사의 거처에는 따로 마구간이 없기 때문이었습니다.」

마치 시비를 거는 듯한 앨리즈의 말에 코대답도 않은 채, 대번포트는 말의 걸음을 재촉했다. 그는 전혀 힘도 들이지 않고 우아한 자태로 말을 탔다. 앨리즈는 인정하고 싶지 않았지만, 말을 탄 그의 모습은 마치 켄타우루스(반인반마의 괴물) 같았다.

두 사람은 곡식을 재배하는 밭에 이르렀다. 어떤 밭에는 벌써 파종을 끝냈고, 어떤 밭은 이제 막 갈아놓은 상태였다. 두 사람은 마른나무 울타리로 정갈하게 경계를 쳐놓은 들 앞에서 말을 멈추었다.

「내 기억에 스트릭런드는 367만 평 가웃한 면적에 절반은 소작을 주고, 절반은 직영농장에 농장지기를 두고 땅을 일구었던 것 같은데, 당신이 사들인 종자의 양으로 보아서는 그 동안 버려져 있던 상당한 면적의 땅을 훌륭하게 개간한 것 같더군. 지금까지 몇 에이커나 개간했소?」

「244만 평 가까이 됩니다. 그 비슷한 면적의 땅은 목초지로 가꾸었구요.」

대번포트가 고개를 끄덕였다.

「수양 한 마리와 암양을 스무 마리 들여놓았더군. 어떤 품종이오?」

「사우스다운 종이고, 서섹스의 엘만에서 들여왔습니다.」

「보는 안목이 있으시군. 잉글랜드에서 가장 좋은 품종이지.」

대번포트의 날카로운 눈이 두 사람의 앞에 높인 너른 들판을 찬찬히 훑어보았다.

「일년에 4모작을 하고 있소?」

앨리즈는 혹시 이 남자가 자신 앞에서 아는 척을 하고 있는 게 아닐까 의심이 들기 시작했다. 평생을 술집과 도박장에서 보냈다고 알려진 남자치고는 현대적인 농경법에 대해 아는 것이 지나치게 많았다.

「그렇습니다. 대부분 밀 대신 호밀을 심고, 호밀 수확이 끝난 다음에는 순무, 클로버, 세인포인(콩과에 속하는 사료용 목초)을 심습니다. 다행히 작황이 좋아서 가축 두 수를 늘일 수 있었습니다.」

대번포트는 다시 한 번 고개를 끄덕인 후, 천천히 말을 움직여가면서 다음 질문을 이어나갔다. 그의 질문은 오전 내내 계속되었다. 파종 기계에 대해서도 그는 큰 관심을 보였다. 앨리즈가 사들인 탈곡기, 육우의 육질을 좋게 하기 위해서 먹이는 고체 지방, 젖소의 품종, 그리고 그녀가 소작인들에게 권장하기 전에 직영농장에서 해보고 있는 각종 실험들에 관해서도 꼼꼼하게 질문을 던졌다. 하지만 앨리즈의 세세한 대답을 듣고도 무표정한 그의 얼굴에는 감탄도 비난도 나타나지 않았다.

정오가 가까워지자 앨리즈는 골치가 지끈지끈 아프기 시작했고, 새 주인의 해박한 지식에 그녀는 내심 혀를 내둘렀다. 말머리를 나란히 하고 직영농장을 향해 가면서, 앨리즈는 대번포트의 농경 지식에 대한 놀라움을 솔직히 털어놓았다. 대번포트는 어깨를 들썩하며 말했다.

「나도 한때는 워그레이브 백작이 될 날을 기다리던 사람이었소. 큰 아버지는 내가 당신 재산에 한쪽 발도 들여놓지 못하게 했었지만, 언젠가는 내가 워그레이브 백작의 모든 것을 물려받을 거라고 믿고 있었기 때문에, 영농법이 어떻게 발전하고 있는지를 늘 어깨너머로 살피고 있었지.」

앨리즈는 그를 새로운 눈으로 바라보았다. 대번포트가 가지고 있는 지식은 그저 '어깨너머로' 본 수준이 아니었다. 아주 오랜 세월을, 영농과 토지 경영에 관해 열심히 공부한 것이 틀림없었다. 술판이다 도박판이다 해가며 그토록 나쁜 소문을 몰고 다닐 정도로 방탕하게 살아오면서 어떻게 그럴 틈이 있었을까? 앨리즈는 갑자기 대번포트를 향한 동정심이 파도처럼 밀려왔다. 그는 결코 자신에게 주어지지 않을 자리에 적합한 인물이 되기 위해 평생토록 노력해온 것이었다. 그 모든 노력이 수포로 돌아갔을 때 그의 마음은 어땠을까? 그 분노를 가라앉히기 위해서는 아마도 성인군자와 같은 인내심이 필요했으리라.

두 사람은 저택 가까이 있는 아름다운 호숫가에 이르렀다. 대번포트는 말을 세우고 땅으로 내려섰다.

「잠깐, 좀 보고 싶은 게 있소」

말을 가까운 나무에 매어두고 그는 호숫가의 잡목 숲 사이로 사라졌다. 호기심이 발동한 앨리즈도 따라 내려서 말을 매어두고 그가 걸어간 길을 뒤따랐다. 양손으로 들어올렸지만 긴 드레스 자락은 덤불에 자꾸 걸리며 앨리즈의 발걸음을 더디게 했다. 자꾸 가지에 걸리는 드레스 자락을 낚아채며 앨리즈는 중얼중얼 불평을 내뱉었다. 그렇게 몇 번을 가다서다 하다보니 갑자기 눈앞에 작은 공터가 나타났다. 호숫가 덤불 숲 사이에 이런 공터가 있었다는 걸 그녀는 처음 알았다.

그곳의 경치는 앨리즈의 숨을 멈추게 할 정도로 아름다웠다. 청청한 잔디가 두터운 카펫처럼 깔려 있고, 아름드리 나무의 발치에 무리를 지어 핀 블루벨(종 모양의 남색 꽃이 피는 풀)은 연분홍빛 앵초꽃과 섞여 연한 보라색 구름처럼 깔려 있었다. 마치 동화 속의 한 장면 같은 그곳에는 개똥지빠귀가 지절거리는 소리와 나뭇잎 사이로 울려오는 바람의 속삭임만이 있었다. 게다가 저택에서는 도저히 볼 수 없는, 누군가 비밀의 장소로 남겨두기에 딱 좋은 곳이었다.

대번포트는 호숫가에 서서 잔잔한 수면을 내려다보고 있었다. 그의 손가락 사이에는 블루벨 한 송이가 들려 있었다. 앨리즈는 그의 모습을 보면서 마치 한 편의 풍경화를 보는 것 같았다. 대번포트는 그녀가 열 여덟 살 때 만나서 혼을 빼앗겨버렸던 랜달프처럼 완벽한 외모가 빛난다거나 단정하고 예의바른 신사는 아니었다. 대번포트는 랜달프보다 키가 크고 몸매가 호리호리했다. 그러나 미동도 않고 있을 때조차 곧 폭발할 것만 같은 힘이 느껴지는 긴장감을 풍겼다.

거기다 여자들의 머리를 어지럽게 만들 정도로 남성적인 매력이 있었다. 앨리즈는 그를 볼 때마다 왠지 안절부절, 마음이 편안하지 못한 이유가 바로 그의 억센 사내다움 때문이라는 것을 인정하지 않을 수 없었다. 앨리즈는 문득 자신의 생각이 옳지 않은 방향으로 흘러가고 있는 것을 느끼고, 침묵을 깨기 위해 생각나는 대로 질문을 던졌다.

「여기에 이런 곳이 있다는 건 어떻게 아셨어요? 저는 여기서 4년이나 살았지만 여기에 이런 곳이 있는 줄은 몰랐어요.」

대번포트는 그녀를 돌아다보지도 않고 대답했다.

「스트릭런드는 내가 태어난 곳이오, 미스 웨스턴. 모르고 있었소?」

앨리즈의 눈썹이 날카롭게 치켜 올라갔다.

「네, 몰랐는데요.」

「후후…… 시골의 입소문이 이렇게 느려졌다니, 놀랍군.」

대번포트의 목소리는 좀전보다 훨씬 메말라 있었다. 앨리즈는 공터를 가로질러 그의 옆에서 멈추어 섰다.

「소리소문도 없이 당도하셨으니까요. 이 영지의 주인이 바뀌었다는 소식을 들은 것이 그저께고, 대번포트 씨가 도착하신 게 겨우 어제 아닙니까. 마을 사람들도 미처 소문을 퍼뜨릴 시간이 없었을 겁니다.」

「곧 그렇게 될 거요. 소문은 항상 나보다 먼저 당도해서 나를 기다리고 있더군.」

「그렇지 않다고 해도 기분 나빠하실 이유는 없지 않나요?」

대번포트의 입가가 슬쩍 치켜 올라갔다.

「글쎄.」

「스트릭런드에서 떠나실 때 몇 살이셨나요?」

대번포트의 얼굴에서 희미하게 떠오르던 미소가 일시에 사라져버렸다.

「여덟 살.」

「왜 떠나게 된 거죠?」

「가족이 모두 죽었소.」

부모님이 아니라 가족이 모두…… 누이나 동생도 모두. 죽은 그의 형제와 남매는 몇이나 되었을까? 앨리즈는 갑자기 목이 메어왔다. 어떤 비극의 유령이 차가운 손가락으로 그녀의 목덜미를 할퀴고 지나가는 것 같았다. 여덟 살이라면 고아가 되어 집과 고향을 떠나기엔 너무 어린 나이였다. 앨리즈가 나직한 목소리로 말했다.

「참 슬픈 일이군요.」

「그렇지.」

대번포트의 낮은 목소리에는 형언할 수 없는 황량함이 묻어 있었다. 한참 동안이나 두 사람은 아무 말도 없이 서 있었다. 들고 있던 블루벨을 호수에 던져버리고 돌아선 그의 얼굴에는 이미 슬픔이나 연민은 사라지고 없었다.

「조카가 이틀 전에 스트릭런드의 소유권을 내게 돌려주기 전까지는 이 영지가 어머님의 소유였고, 당연히 내게 돌아왔어야 할 몫이었다는 것도 몰랐소. 우습지 않소? 나의 그 훌륭하신 후견인께서는 스트릭런드도 엄연한 워그레이브 백작 재산의 일부라고 말씀하셨기 때문에 나는 이 땅이 나의 것이라고는 꿈도 꾸지 못했소.」

「세상에! 그렇담 노백작이 의도적으로 소유권을 가로채려 했단 말씀인가요? 어떻게 그런 비열한 짓을!」

속이 훤히 들여다보이는 노백작의 거짓말에 앨리즈는 떨 듯이 놀랐다.

「비열한 짓이라……. 큰아버지에게 아주 걸맞는 표현이군. 하지만 젊은 워그레이브 백작은 그보다는 훨씬 나은 사람이라오.」

「그럼 조카뻘 되시는 백작께서 스트릭런드를 돌려주신 겁니까?」

「질문이 많으시군, 레이디 앨리즈.」

앨리즈의 별명을 부르는 대번포트의 목소리는 어딘지 모르게 비꼬는 것 같은 기분을 느끼게 했다. 앨리즈는 얼른 입술을 깨물었다.

「죄송합니다. 호기심은 제가 아직도 고치지 못하고 있는 나쁜 버릇이라서요.」

대번포트가 희미하게 웃었다.

「나쁜 버릇이 한가지뿐이라니, 감탄스럽군. 내 걸 따지자면 두 손가락을 가득 채우고도 남을 텐데.」

「물론 저도 한가지만 갖고 있는 건 아닙니다.」

앨리즈가 약간 불편한 기색으로 대꾸하자 대번포트는 오히려 더 흥미가 간다는 듯한 표정으로 물었다.

「그럼 다른 나쁜 버릇은 또 어떤 게 있소? 일요일 예배 중에 조는 버릇? 이웃의 좋은 말을 탐하는 버릇?」

정말 화가 난 앨리즈는 콕 쏘듯이 대꾸했다.

「저도 그보다는 나은 사람입니다.」

대번포트는 유쾌하게 웃었다.

「언젠가는 당신의 나쁜 버릇이 어떤 것들인지 나에게 다 말하게 될 거요, 미스 웨스턴. 기대하고 있겠소.」

앨리즈는 대번포트의 푸른 눈이 밝게 빛나며 환한 웃음을 지을 때 자신도 모르게 따라 웃게 된다는 사실을 깨닫고 내심 크게 놀랐다. 경계심을 되찾은 앨리즈는 얼른 미소를 거두어버렸다.

앨리즈의 복잡한 속내를 아는지 모르는지, 대번포트는 여전히 미소를 띤 얼굴로 그녀의 팔꿈치를 가볍게 잡아끌며 말들이 매어져 있는 곳으로 안내했다. 아무런 의미도 담겨 있지 않은 무의식적인 제스처였지만, 앨리즈는 그의 손길이 닿은 자리가 콕콕 쑤시는 것 같은 느낌이 들었다. 자기도 모르게 앨리즈의 걸음은 점점 빨라졌다. 두 마리 말 앞에 선 대번포트는 앨리즈가 말에 올라타는 것을 도와주려고 그녀와 마주서 내려다보았다.

「레이디 앨리즈! 양쪽 눈동자가 색깔이 다르군.」

「그래요? 전 처음 듣는 소린데요.」

앨리즈는 짐짓 쌀쌀맞은 목소리로 대답했다.

「실내에서 봤을 때는 회녹색, 아니면 갈색이 약간 섞인 줄 알았는데, 햇빛 아래서 보니 차이가 분명하게 드러나는군. 참 특이한 눈동자요. 하긴, 당신 자체가 아주 특이한 여자지.」

앨리즈의 가시 돋친 대꾸를 무시한 채 대번포트는 느물거리는 목소리로 할말을 다 마쳤다.

「칭찬인가요, 욕인가요?」

까딱하면 말싸움이라도 벌일 기세로 앨리즈가 물었다.

「둘 다 아니오. 그저 사실을 말했을 뿐이지.」

대번포트는 양손을 깍지 껴서 앨리즈가 밟고 말에 올라탈 수 있도록 발 아래 대어주며 담담한 목소리로 말했다. 앨리즈가 말에 오르자 대번포트는 마치 장애물 넘기를 하듯 수월하게 말에 올라탔다.

「스트릭런드를 관리한 당신의 성과는 아주 탁월했소. 워털루 전쟁 이후 농산물 가격이 폭락했음에도 불구하고 수익이 증가했더군. 토지의 상태도 양호하고 소작인들도 성실한 것 같았소.」

대번포트의 말이 칭찬으로 들리고, 그 칭찬에 기분이 좋아지는 자신을 앨리즈는 이해할 수 없었다.

두 사람은 저택을 빙 돌아서 스트릭런드로 향했다. 그러나 마을에 미처 도착하기도 전에 대번포트가 고삐를 당겨 말을 세웠다. 멀리 언덕 위에 높이 솟아 있는 벽돌 굴뚝을 보자마자 그의 눈썹이 갈짓자를 그렸다.

「여기에 어째서 저런 공장이 서 있는 거지?」

대번포트는 무슨 일인지 알아볼 작정인 양 굳은 표정으로 말을 몰아 나갔다. 앨리즈는 가슴을 졸이며 그의 뒤를 따라 언덕을 올라갔다. 이제 스트릭런드의 새 주인은 자신의 영토 안에 세워진 또 하나의 괴상한 '물건'을 보게 된 것이었다.

공장 전체가 한눈에 보이는 언덕 위에 도착해서 그는 말을 다시 멈추었다. 둥근 병을 세워놓은 것 같은 가마에 높은 굴뚝이 세워져 있는 것으로 보아 도기 공장이 분명했다. 말을 돌리거나 화난 목소리를 감추지 않고 직설적으로 대번포트가 물었다.

「스트릭런드 땅에 도자기 가마가 웬일이오? 이것도 소작인들에게 내준 농장이오?」

「이 공장의 부지는 스트릭런드로부터 임대를 받은 것이고, 상당한 수입을 올리고 있습니다.」

제발 대번포트가 더 이상은 묻지 않기를 바라는 마음으로 앨리즈가 대답했다. 그러나 여기서 끝날 일이 아니라는 것은 그녀가 더 잘 알고 있었다. 대번포트의 눈이 차갑게 빛났다.

「내가 물은 건 그게 아니오. 이 공장이 왜 여기에 있으며, 주인이 누구냔 말이오!」

신중하게 단어를 선택하면서 앨리즈가 대답했다.

「이 공장은 세 명의 미성년자가 공동으로 소유하고 있습니다.」

「세 명의 미성년자?」

대번포트의 아주 간단한 대꾸는 다른 어떤 말보다도 강력하게 더 자세한 설명을 요구했다.

「이 자리는 원래 소작 농장 중에서 가장 면적이 작은 농장이었습니다. 그래서 이 농장의 소작을 원하는 소작인들이 거의 없었습니다. 이곳을 소작하던 소작인이 갖고 있던 농기구며 모든 것을 팔고 소작료도 지불하지 않은 채 야반도주를 했을 때 우리 모두 차라리 잘된 일이라고 생각할 정도였습니다. 그후에 제가 힐 목장의 농부들과 합세해서 땅을 갈았고 로비 헤럴드는 자기 농기구를 직접 가지고 와서 농사를 지었습니다. 건물은 제가 도자기 공장으로 임대를 했습니다.」

아직도 만족하지 못한 대번포트의 엄하고 냉정한 표정을 보며 앨리즈는 더 자세히 설명할 수밖에 없었다. 그녀의 목소리는 점점 방어적이 되어갔다.

「이 도자기 공장은 성공적인 투자였습니다. 공장은 고용을 창출했고, 스트릭런드에는 높은 임대수입을 가져다주고 있으니, 장기적으로 본다면 영지의 주인에게도 수지가 맞는 투자죠. 지주들은 대부분 자기 땅에 어떤 형태든 공장이 서는 것을 싫어한다는 것은 저도 잘 알고 있습니다. 그러나 대번포트 씨가 저 공장이 마음에 들지 않으신다 해도 지금은 폐쇄하실 수 없습니다. 임대계약이 아직 2년 남았으니까요.」

앨리즈가 뭐라고 더 말을 하기 전에 대번포트의 손이 그녀가 타고 있는 암말의 갈기를 움켜잡았다. 암말은 낯선 사내의 손을 뿌리치려고 고개를 쳐들었으나 대번포트의 억센 손을 이겨내지 못했다. 앨리즈를 향해 고개를 돌린 그는 딱딱하고 강력한 어조로 경고하듯 말했다.

「어제는 당신에게 스스로를 증명할 수 있는 기회를 주겠다고 말했었소. 그렇다면 당신도 나에게 비슷한 예의를 표해야 하지 않겠소?」

앨리즈는 얼굴은 물론이고 목 언저리까지 벌겋게 달아올랐다. 공장을 발견한 대번포트의 궁금증은 당연한 것이었다. 그런데도 불구하고 그녀는 지레 겁을 먹고 마치 고슴도치를 건드린 강아지마냥 혼자서 팔딱거린 꼴이었다. 어제 아침 첫 대면 이후 처음으로, 앨리즈는 그를 정면으로 마주보았다. 분탕질, 난봉질로 이름높은 탕아, 재난을 몰고 올 영지의 새 주인 레저널드 대번포트가 아니라 한 인간으로서. 공중에서 맞부딪친 두 사람의 시선은 한참 동안이나 끊어질 줄 모르고 이어졌다.

긴가민가하는 사이에 앨리즈는 스트릭런드의 새 주인이 소문으로만 듣던 것보다는 훨씬 괜찮은 사람이라는 것을 깨달았다. 겉모습은 세상을 모두 귀찮아하고 심각한 모든 것을 등한시하는 것처럼 보이지만, 그 내면에는 누구도 쫓아갈 수 없는 인내심과 지성이 감추어져 있는 사람이었다. 그리고 그의 두 눈동자는 앨리즈가 이제껏 보아온 어떤 눈동자보다도 지치고 피곤해 보였다.

「죄송합니다.」

죄송하다는 한마디로는 부족하게 느껴졌다. 앨리즈는 고개를 숙이고 사죄의 말을 이어갔다.

「항상 제 자신이 편견과 관습에 가려 희생당하고 있다고 불평하면서 저도 당신에게 똑같은 짓을 했군요.」

그제서야 대번포트는 암말의 갈기를 놓아주었다.

「내가 그 유명한 악명을 쌓기 위해 노력한 세월이 몇 년인데, 당신이 나를 추한 인간으로 속단하지 않았다면 나로서는 그게 오히려 섭섭한 일이지.」

앨리즈가 슬며시 미소를 지었다.

「이제서야 당신이 얼마나 기만적인 사람인지 알겠어요, 대번포트 씨.」

「그렇소? 어떤 면이 그렇게 기만적이라는 거지?」

짙은 눈썹을 치켜올리며 그가 물었다. 앨리즈도 이제는 꿈틀거리며 치켜 올라가는 그 검은 눈썹에 담긴 냉소를 읽을 수 있을 것 같았다.

「세상이 말하는 것처럼 당신이 그렇게 자기만 알고 남이야 어떻게 되든 상관하지 않는 사람이 아니라는 거 말입니다.」

「아주 관대한 평이시군, 미스 웨스턴.」

대번포트의 목소리는 여전히 덤덤했다. 고삐를 다시 모아 쥐며 그가 말했다.

「이제 슬슬 식사를 할 때가 된 것 같은데. 샤프츠버리 거리에 음식 맛이 좋은 술집이 있었던 걸로 기억하고 있는데, 지금도 있소?」

「아직 있습니다. 음식 맛도 여전히 좋구요.」

앨리즈는 대번포트가 정말로 자신을 그런 선술집으로 데려갈까 궁금해졌다. 하긴, 젊은 독신녀인 자신을 사람들의 출입이 뜸한 저택으로 데려가 식사를 하는 것보다는 보는 사람들이 많은 술집에서 값싼 음식으로 끼니를 때우는 편이 쓸데없는 소문을 만들지 않는 길이 될 거라는 생각도 들었다. 그녀를 남자와 다름없이 대우하겠다는 선언에도 불구하고, 대번포트는 불필요한 추문을 만들지 않으려고 세심하게 배려를 하고 있는 것 같았다.

30분 후, 두 사람은 오랜 세월 사람들의 편안한 식사 자리가 되어주느라 반질반질 윤이 나버린 허름한 나무 식탁을 가운데 두고 마주 앉았다. 천장에 들보가 훤히 드러나 있는 선술집 안에는 시간이 시간인지라 꽤 많은 손님들이 있었고, 그들은 하나같이 꺽다리 노처녀 집사와 낯선 사내의 움직임을 곁눈질로 주시했다. 손님들은 너나 할 것 없이 스트릭런드 근방 사람들이었기 때문에 별스런 레이디 웨스턴에 대해서는 모르는 사람들이 없었다. 그리고 그녀와 함께 등장한 낯선 사내가 누군지도 금방 알아보았다. 사람들은 스트릭런드의 새 주인이 편안하게 식사를 할 수 있도록 일정한 공간을 확보해주는 것으로 존경심을 표시했다.

대번포트는 쇠고기와 양파를 넣어 만든 파이의 마지막 조각을 삼킨 후 맥주잔을 다시 채웠다.

「아까 그 도자기 공장에 대해서 낱낱이 이야기해보시오. 아니면 앞으로 당신이 기분 내킬 때마다 조금씩 털어놓기를 기다려야 하나?」

앨리즈도 자기 몫의 파이를 모두 먹었으니 이제 공장에 대해 이야기할 차례였다. 그의 기분이 더 나빠지기 전에 숨겨둔 이야기를 모두 털어놓는 것이 안전할 것 같았다.

「전쟁이 끝난 후 한꺼번에 많은 병사들이 돌아오는 바람에 여러 가지 문제가 발생했었습니다. 무엇보다도 일자리가 턱없이 부족했어요. 설상가상으로 새로운 기계들이 등장하면서 일자리는 오히려 더 줄어들고 말았습니다.」

대번포트가 인정한다는 듯이 고개를 끄덕였다.

「스트릭런드에서도 전쟁으로 장정들이 마을을 떠나 있던 시기에 신식 탈곡기가 없었다면 수확기에 제때 수확을 하지 못했을 겁니다. 하지만 전쟁이 끝나고 장정들은 돌아왔지만 한번 기계의 편리함에 익숙해진 사람들은 다시 사람의 힘에만 의존하는 더디고 힘든 농사법으로 되돌아가기 싫어졌던 거죠. 그렇게 구식 농사법으로 돌아간다고 해도 임금은 형편없이 떨어져버렸구요. 그러다 보니 다른 방법을 찾을 수밖에 없었습니다.」

앨리즈의 눈빛에는 간절한 호소가 담겨 있었다.

「젊은이들에게 할 일이 없다는 것도 문제였지만, 더욱 참을 수 없었던 것은 나폴레옹을 무찌르고 돌아온 용사들이 굶주리고 있다는 것이었습니다. 그건 스트릭런드를 위해서도 결코 옳지 않은 일이었습니다.」

맥주를 한모금 길게 들이키고 잔을 내려놓으며 대번포트가 말했다.

「그래서?」

「일자리를 만들어내기 위해서 여러 가지 사업을 벌이도록 주민들을 설득했습니다. 스트릭런드에는 여덟 사람을 고용한 목재상과 다섯 사람을 고용한 벽돌 공장도 있어요. 가까운 곳에 질 좋은 점토가 많이 있기 때문에 스트릭런드에 도자기 공장을 세우는 것도 손해볼 것은 없다고 생각했습니다. 공장에서는 보통사람들도 충분히 사서 쓸 수 있는 질 좋고 저렴한 도자기를 만들고 있습니다. 그런 물건을 만드는 공장은 흔치 않아서 수익이 꽤 좋은 편이고, 현재 열 두 명에게 일자리를 제공하고 있습니다.」

「경영은 누가 하고 있소?」

앨리즈는 깊이 숨을 들이쉰 후에야 겨우 대답했다.

「제가 합니다.」

순식간에 대번포트의 검은 눈썹이 치켜 올라갔다.

「영지를 관리하는 것도 모자라 공장 경영까지? 그럴 시간이 있소?」

「중요한 결정을 내리거나 회계장부를 관리하는 것은 제가 하지만, 매일 매일의 작업은 공장장이 감독합니다. 영지의 회계장부를 보시면 아시겠지만, 공장일 때문에 제가 영지의 일을 소홀히 한 적은……..」

대번포트는 한 손을 쳐들어 그녀의 말을 막았다.

「더 이야기하기 전에 먼저 묻겠소. 그 공장의 실제 소유주라던 그 세 명의 미성년자는 누구요? 이 지역 아이들이오?」

앨리즈는 그 질문에 답하기에 앞서 맥주잔을 채웠다.

「제가 모셨던 스펜서 부인의 조카들입니다.」

「점점 흥미로워지는군. 아이들은 지금 어디서 살고 있소?」

속으로는 한숨을 푹푹 쉬면서도 어차피 알게 될 일, 차라리 지금 털어놓는 것이 나을지 모른다고 위안하면서 앨리즈가 입을 열었다.

「저와 함께 살고 있습니다.」

「당신이 그 아이들의 후견인이란 말이오?」

놀란 목소리로 대번포트가 물었다. 맥주를 한모금 들이마신 앨리즈는 눈을 내리깔고 말했다.

「스펜서 부인은 조카들을 믿고 맡길 만한 가까운 친척들이 없었습니다. 그래서 제게 스트릭런드의 집사 자리를 소개해주시는 대신 세 아이들을 맡아달라고 부탁하셨던 거죠.」

「아하, 왜 사람들이 당신을 레이디 앨리즈라고 부르는지 알겠군. 영지 관리에, 사업 경영, 게다가 세 아이의 후견인 노릇까지……. 정말 대단한 여장부시군.」

대번포트의 목소리에서는 장난기가 느껴졌다.

「여자들은 누구나 다 여장부예요, 남자들이 인정하지 않고 있을 뿐입니다.」

앨리즈가 날카롭게 받아쳤다. 그러나 말이 채 끝나기도 전에 그녀는 혀를 깨물고 싶은 심정이 되고 말았다. 자꾸만 성질을 건드리는 대번포트의 화술에 말려들어 자신의 운명이 그의 손에 들려 있다는 것을 깜빡 잊었다는 생각이 들었기 때문이었다. 누구 못지않은 자제력을 자랑하던 그녀였건만, 웬일인지 대번포트 앞에서만은 그 자제력이 힘을 잃는 것이었다. 대번포트가 껄껄 웃었고, 다시금 그의 매력이 드러났다.

「까딱하다간 지구의 절반을 차지한 남자들이 몽땅 인간쓰레기로 전락하겠군. 하지만 가축을 기르는 사람으로서, 다음 세대를 이어가자면 여자 못지않게 남자도 필요하다는 걸 당신도 부정하진 못할 거요.」

대번포트의 말에 은근하고 음란한 조롱이 담겨 있다는 것을 앨리즈가 모를 리 없었다. 울화가 치미는 것을 간신히 눌러 참으면서, 앨리즈는 맥주 피처를 향해 손을 뻗었다.

「남자도 때로는 쓸모가 있다는 것조차 부정하지는 않아요, 대번포트 씨.」

「듣던 중 다행이군. 그래, 어디에 쓸모가 있다고 생각하시오?」

묘하게도 앨리즈와 거의 동시에 피처 손잡이에 대번포트의 손이 와 닿는 바람에 두 사람의 손이 슬쩍 스쳐 지나갔다. 앨리즈는 가슴속에서 쿵하고 커다란 돌멩이가 떨어지는 소리가 들리는 것 같았다. 앨리즈는 재빨리 시선을 거두며 대번포트의 눈길을 피했다. 그의 손은 남자의 손이라고는 믿어지지 않을 정도로 아름다웠다. 날씬하고 우아한 긴 손가락. 대번포트에게서는 사람을 유혹하는 전류가 흐르고 있다고 앨리즈는 생각했다. 앨리즈는 차라리 그 전류에 감전되어 스르르 녹아들고 싶다는 충동에 휩싸였다. 그의 손길을 느껴보고 싶었고, 그리고 그에게 손길을 되돌려주고 싶었……

「맥주가 다 떨어졌네요. 피처를 하나 더 시킬까요, 아니면 영지를 더 둘러보시겠어요?」

앨리즈는 자신의 목소리가 아주 낯설게 들려왔다.

「맥주를 더 마시지.」

대번포트가 덤덤한 목소리로 말했다.

「아직 물어보고 싶은 것들이 몇 가지 더 있소. 학교 선생과 책, 그리고 교재 구입비로 매년 60파운드를 지출한 건…….」

대번포트가 주인을 향해 피처를 하나 더 달라는 손짓을 보냈다. 주인이 맥주 거품이 찰랑거리는 피처를 가져오자 그는 자기 잔을 먼저 채웠다. 앨리즈는 아직 대번포트보다 넉 잔이나 적게 마셨지만 정신을 바짝 차려야지 싶었다. 혹시 짓궂게도 그녀의 주량을 실험해볼 생각이거나 아예 곤드레만드레 취하게 만들어서 굴복시킬 심산인지도 모른다는 생각 때문이었다.

네가 술에 쓰러진다 한들, 저 남자가 널 데리고 뭘 하겠어? 어떤 심술궂은 목소리가 그녀를 향해 그렇게 말하는 것 같았다. 물론 아무 것도 할 게 없지. 사실 앨리즈에게는 그게 더 큰 비극이었다.

마음속 밑바닥에서 소리 없이 혀를 날름거리는 음란한 생각을 멀리 치워버리면서 앨리즈가 말을 받았다.

「학교는 부부 교사가 맡아 운영하고 있습니다. 남편이 남자아이들을 가르치고, 부인이 여자아이들을 가르치고 있죠. 영지의 경계 안에 사는 열 두 살 이하의 아이들은 모두 학교에 다녀야 한다는 것이 제 생각입니다.」

「부모들은 아이들이 일을 해서 돈을 벌어오기를 원할 텐데?」

「그렇습니다. 하지만 제가 강력히 주장했습니다. 짧게 보아도 아이들을 위해서 좋은 일일뿐만 아니라, 길게 본다면 영지에 양질의 노동자를 공급해 줄 테니 좋은 일 아닙니까?」

「미스 웨스턴, 당신 혹시 퀘이커 교도이거나 전도사 가정에서 자랐소?」

대번포트가 눈썹을 치켜올리며 물었다. 앨리즈는 눈을 깜빡거렸다.

「사실은, 거의 비슷합니다.」

「대단하군. 환상적이오.」

맥주잔을 기울이며 대번포트가 중얼거렸다. 부글부글 끓는 속을 가까스로 진정시키며 앨리즈가 대답했다.

「대단하거나 환상적인 게 아니라, 전 다만 현실을 중요시하는 개혁주의자일 뿐입니다. 지난 4년간 스트릭런드가 어떻게 개선되었는지 보셨다면 잘 아실 겁니다. 어떤 조치가 어떤 결과를 가져왔는지 일일이 대비해서 설명드리기는 곤란하지만, 전반적으로 보았을 때 만족 이상의 성과가 있었다고 자부합니다. 영지는 계속 번창하고 있고, 이 영지에서 일하는 사람들의 경제적인 여유도 늘어나고 있습니다.」

「나도 그 점을 계속해서 나 자신에게 상기시키고 있는 중이오, 미스 웨스턴. 당신은 지금 나를 아는 친구들은 절대로 믿지 않을 열린 마음과 인내로 대접받고 있다는 사실을 명심해주기 바라오.」

대번포트는 고개를 절레절레 흔들더니 혼잣말처럼 다시 말했다.

「여자 집사에다, 개혁주의자라니!」

「영지의 수입은 곧 주인의 수입입니다, 대번포트 씨. 만약 지금까지 있었던 변화를 이제서 모두 옛날처럼 돌려놓는다면, 수익은 크게 떨어지고 말 거예요.」

앨리즈가 얼음장처럼 차가운 목소리로 경고했다.

「그 점 역시 계속해서 상기하려고 노력하고 있는 중이오.」

대번포트는 마지막 남은 맥주를 자기 잔에 따랐다. 두 개의 피처를 거의 다 그가 마신 셈이었다.

「이민자에게 준 돈은 계산이 어떻게 되는 거요?」

앨리즈는 길게 한숨을 내쉬면서 테이블에 떨어진 두어 방울의 맥주를 가지고 손가락으로 동그라미를 그렸다. 이 사나이가 그 돈에 대해 모르고 넘어가거나 눈감아주리라는 기대를 가졌던 게 애초부터 실수였다. 대번포트는 아무리 사소한 것도 놓치지 않고 있었다.

「워털루 전쟁에서 돌아온 군인 중에서 세 사람이 가족들을 모두 이끌고 미국으로 이민을 가고 싶어했어요. 하지만 삯이며 이국 땅에서 새 출발을 하기에 충분한 돈을 가지고 있지 않았습니다.」

「그래서, 덥석 돈을 집어주었단 말이오?」

대번포트가 의자 등받이에 편안하게 등을 기대며 물었다. 목소리는 느른하게 풀어진 것 같았지만 눈초리는 여전히 빈틈이 없었다.

「이론적으로 말씀드리자면, 빌려준 돈입니다. 하지만 그들이 그 돈을 갚지 못할 수도 있다는 건 미리 예상하고 있었습니다.」

앨리즈도 인정했다.

「외국으로 나간 사람으로부터 돈을 돌려받을 가능성은 거의 제로요. 여기서 자선사업이라도 할 생각이었소?」

「장부를 보셨으면 아시겠지만, 그 세 가족에게 빌려준 돈은 200파운드도 채 안 됩니다. 세 가족 모두 스트릭런드를 위해 충성을 다했던 사람들이구요. 그 중 한 아낙은 밭에서 일을 하다가 첫 애를 낳았습니다.」

대번포트의 냉소적인 시선을 보면서 앨리즈는 이런 남자가 여자들의 세상을 어떻게 안다고 그런 말을 했는지 자신이 우습게 느껴졌다. 차라리 좀더 현실적인 문제로 설득하는 것이 낫겠다 싶었다.

「그 사람들이 떠날 수 있도록 돕는 것이 스트릭런드가 가진 자원을 더 효율적으로 쓸 수 있는 방법이었습니다. 만들어야 할 일자리를 줄이고, 먹여 살려야 할 입을 덜었으니까요.」

「영지의 노동자들이 모두 이민을 원한다면, 그들 모두에게 그렇게 돈을 만들어 줄 생각이오?」

대번포트는 사뭇 흥미롭다는 목소리로 물었다. 앨리즈는 말도 안 되는 소리 말라는 듯이 손을 흔들었다.

「자기 고향을 떠나 낯선 나라로 가겠다고 나설 사람이 몇이나 되겠습니까? 스트릭런드의 소작인들은 대부분 여기서 태어났고, 이민을 가느니 차라리 여기에 뼈를 묻기를 택할 사람들입니다.」

그 말을 하면서 앨리즈는 자기도 모르게 가슴이 쩡한 아픔을 느꼈다. 그녀에게도 고향이 있었다. 이제는 영영 돌아갈 수 없는 고향. 미국으로 떠난 세 가족과 마찬가지로 그녀도 순전히 자신의 의사에 따라 고향을 떠나왔었다. 앨리즈는 대번포트의 예리한 시선이 자신을 살펴보고 있다는 것을 생각하며 혹시 속마음을 들키지는 않았을까 걱정스러웠다.

「틀린 말은 아니군. 어쨌든 노백작도 당신이 베풀고 있는 이상한 자선사업에 대해 모르고 있었던 것 같더군.」

앨리즈는 대번포트의 목소리나 눈빛에서 그가 묘한 즐거움을 암시하고 있다는 느낌을 받았다. 노백작이 그 일을 모르고 있었다는 사실을 즐거워하고 있다는 데 안도감을 느낀 앨리즈는 그에게 확실하게 자신했다.

「노백작은 알 리가 없었습니다. 그분의 회계사는 알았을지 몰라도, 전반적으로 다 잘 풀리고 있었으니까 그 부분에 대해서는 눈감아주었을 겁니다.」

「달리 말하자면, 당신이 훔친 돈은 전임자가 훔친 것에 비하면 약소했다, 이건가?」

앨리즈는 입귀를 삐쭉거리며 미소를 지었다.

「그렇게 생각해보지는 않았지만, 틀린 말씀은 아니군요.」

잠깐 망설였지만, 호기심을 억누르지 못하고 앨리즈가 물었다.

「이제 스트릭런드의 경영 상태를 다 보셨으니, 혹시 하실 말씀은 없으신가요?」

그는 잠시 생각하는 듯하더니 잔을 만지작거리며 입을 열었다.

「당신이 이미 지적했듯이, 결과가 모든 것을 입증하고 있군. 당신의 방법이 옳았다는 거 말이오. 당신이 지금까지 알려준 것들은 모두 과거의 일이오. 그러니 나로서는 이미 벌어진 일에 대해 왈가왈부하고 싶지는 않소. 또 당신의 결정을 비난하고 싶지도 않고. 문제는 앞으로의 일이오.」

잔을 기울여 맥주를 다 비운 대번포트는 테이블 위에 잔을 탁 내려놓으며 눈을 가늘게 뜨고 앨리즈의 표정을 살폈다.

「여기서부터는 이야기가 달라지지. 몇 가지 변화가 필요하다고 생각하지만, 급하게 서둘지는 않을 생각이오.」

앨리즈가 완전히 만족할 만한 말은 아니었지만, 최소한 급히 서둘지는 않겠다니 다행이었다. 앨리즈가 자리에서 일어서려고 하자 대번포트가 손을 들어 만류하며 말을 이었다.

「한가지 질문이 더 있소. 진정한 개혁주의자시라니 묻겠소만, 영지에 속해 있는 모든 사람들에게 천연두 예방접종은 했소?」

앨리즈는 깜짝 놀랐다.

「아뇨. 천연두 예방주사를 맞으라고 종용하긴 했었지만, 사람들은 '예방접종'이라는 말이 아직 낯선데다……, 어쨌든 절반 정도만 제 말에 찬성했어요. 저로서도 사람들에게 억지로 주사를 놓을 권한은 없어서…….」

사실 앨리즈가 '종용'만으로 끝낸 것은 아니었다. 사정하고, 매달리고, 애원하다시피 했었다. 그러나 그들의 고집스러운 우둔함은 어쩔 수 없었다.

「그렇다면, 내 첫 번째 명령을 잘 들으시오.」

대번포트의 눈이 차갑게 빛났다.

「아직 천연두 예방접종을 하지 않은 사람은 다음달까지 모두 접종하도록 하고, 이번에도 접종을 거부하는 사람들은 모두 영지에서 내보내시오. 한 사람도 예외는 없소.」

「하지만······.」

앨리즈는 할말을 잃었다. 대번포트의 결정은 환영하지만 그의 신속한 결단에는 놀랄 따름이었다.

「'하지만'이라는 말은 하지 마시오, 미스 웨스턴. 내가 내린 결정이나 내 권한에 대해서도 이의를 달지 마시오.」

대번포트는 자리에서 일어서 앨리즈를 내려다보았다. 차가운 눈빛이었다.

「경비는 일체 영지의 예산에서 지출하시오. 다시 한 번 말하지만, 예외는 없소.」

앨리즈는 그가 왜 위험인물로 낙인찍혀야 했는지 서서히 알 것 같았다. 그녀 역시 조금만 더 나이가 어렸거나 순진했다면, 저 차가운 눈길을 피해 테이블 밑으로 숨어들었을 것 같았다. 이번에는 약간의 조롱이 섞인 듯한 목소리로 그가 말했다.

「혹시 사람들에게 말하기 두렵다면, 내가 직접 하겠소.」

그 말이 앨리즈의 자존심을 건드렸다. 앨리즈는 천천히 일어서 그의 눈을 마주 쏘아보며 말했다.

「사람들에게 말하는 건 두렵지 않아요, 대번포트 씨. 제가 하겠어요. 다시 둘러보실 준비는 다 되셨나요?」

「됐소.」

대번포트는 테이블 위에 동전 몇 닢을 꺼내놓고 긴 다리로 앞장서서 뚜벅뚜벅 걸어나갔다. 그의 뒤를 따라 나가면서 앨리즈는 오늘 저녁 집에 돌아가 새 주인에 대해 숱한 질문을 받게 될 순간을 떠올렸다.

그녀는 그 질문에 어떻게 대답해야 할지 갈피가 잡히지 않았다.

6

앨리즈는 새 주인에게 헛간과 곡물창고, 그리고 그 외의 각종 농장 건물들을 보여주면서 오후를 보냈다. 그 다음에는 마을의 공방들과 작은 점포들을 돌아보았다. 대번포트의 질문은 끝이 없었지만, 앨리즈의 대답에 대해서는 어떻게 생각하는지 일언반구도 없었다.

대번포트가 이곳에서 태어났다는 말을 들은 탓인지, 주민들이 그를 알아보는 것 같은 눈치가 느껴졌다. 주민들은 앨리즈에게는 그토록 오래 마음의 문을 닫고 있었음에도 불구하고 대번포트에게는 벌써 완전히 마음의 문을 열 자세가 되어 있는 것 같았다. 그것도 아주 공손하고 정중하게.

물론 그렇겠지, 이 사람은 남자니까. 앨리즈는 쓰린 속을 달래며 혼자 생각했다. 그녀가 아무리 노력한다고 해도, 아무리 오랜 세월이 흐른다 해도 스트릭런드의 사람들은 앨리즈가 영지의 집사로서는 적당치 않다는 고정관념을 완전히 벗어 던질 수 없는 사람들이었다. 앨리즈가 여자이기 때문에.

영지에서 소용되는 사과를 재배하는 7천 평 정도 면적의 과수원을 지나자마자 작은 구역으로 나뉘어진 너른 채소밭이 나타났다. 대번포트가 말을 세우고 물었다.

「이건 뭐요?」

「일꾼들이 기거하는 오두막에는 거의 대부분이 아주 작은 텃밭밖에 딸려 있지 않기 때문에 놀고 있는 땅에 채소를 재배할 수 있도록 원하는 사람들에게 나누어주었습니다. 남보다 조금 더 의욕을 가진 일꾼이나 소작인들은 집에서 먹을 채소 정도만 기르는 게 아니라 샤프츠버리 시장에 내다 팔 수도 있을 만큼 많은 양을 재배하고 있습니다.」

밭에서 일하고 있던 한 젊은 아낙네가 두 사람을 올려다보았다. 잠깐 머뭇거리던 아낙은 대번포트에게 머리를 조아리며 정중하게 인사를 했다. 그리고는 채소밭 가장자리에 깔아놓은 담요 위에서 자고 있던 아기를 안아 올려 앨리즈에게 보여주었다. 대번포트의 마뜩찮은 시선에는 아랑곳하지 않고, 앨리즈는 아기의 뺨을 어루만져주며 이제 막 나기 시작한 젖니를 보고 기쁜 표정으로 아기 엄마와 몇 마디 말을 주고받았다.

다시 말을 몰아 길을 가면서 대번포트가 앨리즈에게 먼저 말을 걸었다.

「여기 일꾼들이나 소작인들은 모두 영양상태가 양호한 것 같군.」

「잘 보셨습니다. 잘 먹는 것이야말로 만족스런 생활의 첫 번째 조건이죠. 채소밭에서 각자 원하는 만큼 채소 농사를 지을 수 있게 해준 것 외에도 따로 장소를 마련해 토끼를 대규모로 사육하고 있습니다. 모든 주민들이 최소한 일주일에 두세 번은 신선한 고기를 먹을 수 있도록, 누구나 살 수 있는 싼 가격에 팔고 있습니다. 토끼를 사육해서 주민들에게 공급하기 시작한 후부터는 밀렵도 거의 사라졌고, 토끼가 워낙 번식력이 좋다보니 주민들에게 팔고 남은 토끼는 시장에 내다 팔아서 사육에 드는 비용은 자체적으로 충당할 수 있게 되었습니다.」

대번포트는 아무 말도 하지 않았지만 고개를 끄덕이는 것으로 보아 앨리즈는 앞의 두 가지 일에 관한 한 그의 허락을 얻었다고 생각했다.

두 사람은 드디어 마지막 일정인 도자기 공장에 이르렀다. 그들이 말에서 내리는 사이에 공장장이 나와 반갑게 맞이했다. 제이미 파머는 거인이라는 표현이 아깝지 않은 거구의 사내였다. 그러나 심성은 매우 유순했고 앨리즈의 가장 오랜 친구이자 동지였다.

대번포트는 제이미가 내심 자신을 저울질하고 있다는 것을 느꼈고, 앨리즈는 대번포트의 생각을 읽고서 그가 은근히 불쾌해하고 있다는 것을 눈치챘다. 어색하고 긴장된 분위기를 누그러뜨리기 위해 앨리즈는 재빨리 두 사람을 소개시키고 나서 제이미에게 부탁했다.

「제이미, 공장을 좀 보여주겠어요? 대번포트 씨께서 도자기가 만들어지는 과정에 관심이 많으시대요.」

「그러죠, 레이디 앨리즈.」

제이미가 두 사람을 안으로 안내해 들어가는 동안 대번포트는 앨리즈에게 불쾌한 표정을 감추지 않았다. 그러나 점토를 준비하는 과정, 물레를 돌리는 과정, 주물로 그릇을 만드는 과정을 조용히 지켜보았다. 앨리즈는 그의 뒤를 따라다녔다. 메리디스도 일주일에 며칠씩 오전에만 나와서 새로운 디자인을 만들어내는 일을 하고 있었다. 하지만 오늘은 메리디스가 도자기 공장에 나오지 않는 날이었다. 그렇지 않았다면 앨리즈는 어떻게든 도자기 공장 시찰은 다른 날로 미루었을 터였다. 대번포트와 메리디스의 만남은 미루면 미룰수록 이로웠다.

자기 땅에 도자기 공장을 둔다는 데 대해서는 마땅치 않다는 듯한 반응을 보였던 대번포트는, 청자가 차곡차곡 쌓여 있는 원형 가마나 깨지기 쉬운 도자기를 시장까지 운반하는 데 쓰이는 버드나무 상자를 보고는 많은 질문을 던졌다. 앨리즈는 그러한 관심이 이 공장을 이곳에 그대로 머무르게 하겠다는 의지이기를 간절히 바랐다.

도자기 공장 시찰은 완성된 제품들이 진열되어 있는 사무실에서 마무리지어졌다. 앨리즈는 대번포트에게 유약을 발라 반짝반짝하게 구운 갈색 찻주전자를 보여주었다.

「이 공장에서 가장 많이 팔리는 물건입니다. 우리는 대규모 공장과는 경쟁상대가 되지 않기 때문에 수입이 그다지 많지 않은 가정에서도 사서 쓸 수 있는 물건을 만들자고 제안했죠. 좋은 물건을 사고 싶지만 웨지우드나 스포드 같은 고급 도자기는 살 여유가 없는 사람들 말입니다.」

다른 곳에서도 그랬지만, 대번포트는 도자기 공장의 모든 것을 잘 이해했다. 그러나 저택으로 돌아가는 길에 오르기까지 그는 도자기 공장에 대해 아무 말도 하지 않았다.

「당신은 계속해서 나를 감동시키는군, 레이디 앨리즈. 당신이 만약 남자로 태어났더라면 어떤 일을 선택했어도 성공했을 거요. 스트릭런드에 당신 같은 사람이 있다는 건 다행스러운 일이오.」

앨리즈는 칭찬에 얼굴이 붉어졌다. 그저 별난 사람이 아니라 재능 있는 사람으로 인정받는 것은 기분 좋은 일이었다.

저택에 있는 사무실로 돌아오자, 피곤함 속에서도 앨리즈는 또 한차례 질문 세례를 받을 준비를 했다. 그러나 뜻밖에도 대번포트는 다른 것을 물었다.

「올해 양 목욕시키기는 끝났소?」

앨리즈는 고개를 저었다.

「양을 목욕시키는 일은 모레로 잡혀 있습니다.」

대번포트의 두 눈이 반짝 빛났다.

「잘됐군. 어릴 적에 나도 양을 목욕시키는 일에 끼어보고 싶었소. 하지만 너무 어리다고 번번이 퇴짜를 맞았어. 설마 아직도 막지는 않겠지?」

「정말 양을 목욕시키는 일을 해보고 싶으세요?」

앨리즈는 놀란 표정을 감추지 못하고 물었다. 양을 목욕시키는 일은 시간도 많이 걸리고 힘도 많이 드는데다가 더러운 것도 참아야 하는 고된 일이었다. 어쩔 수 없어서 할 뿐, 그 일을 하고 싶다고 나서서 하는 사람은 본 적이 없었다. 하지만 대번포트의 눈은 더욱 반짝거렸다.

「내가 어렸을 적부터 하고 싶었던 일인데, 못하게 할 생각이오?」

「그건 물론 제가 하라마라 할 일은 아닙니다. 하지만 서툰 사람이 나서면 일이 늦어지는데다…… 또…….」

앨리즈가 말꼬리를 흐렸다.

「또 뭐가 있소?」

「강가에서 양을 붙들고 씨름하시다보면 체면이 구겨지실 텐데요.」

대번포트가 조롱이 섞인 미소를 지었다.

「영지의 관리에 관한 충고라면 얼마든지 고맙게 듣겠지만, 내 체면에 대한 충고라면 듣고 싶지 않소」

앨리즈는 고용된 몸으로서 할 필요 없는 주제넘은 말을 했다는 생각에 얼른 입을 다물었다.

두 사람 사이의 어색한 침묵은 늦은 오후 햇살에 금발을 찰랑거리며 천사같이 순진한 표정을 한 메리디스의 출현으로 깨졌다.

「레이디 앨리즈, 여쭤볼 게 있는데요…….」

메리디스는 깜찍한 표정으로 머뭇거리며 말을 멈추었다.

「죄송합니다. 손님이 계신 줄 몰랐어요.」

앨리즈는 메리디스를 향해 눈을 부릅떴다. 그녀의 속뜻이 무엇인지 훤히 알고 있기 때문이었다. 메리디스는 하루 종일 집사의 사무실을 기웃거리면서 스트릭런드의 새 주인 얼굴을 훔쳐볼 기회를 엿본 것이 틀림없었다.

메리디스의 갑작스러운 출현에 대한 대번포트의 반응은 여느 남자들의 반응이나 다름이 없었다. 눈을 번쩍 뜨며 감탄하는 표정. 메리디스가 나타난 것은 우연이 아님을 그쪽에서도 눈치챈 것이 틀림없었지만, 그렇다고 해서 대번포트가 예기치 못한 아리따운 방문객을 바라보는 즐거움을 거부할 이유는 없었다. 푸른색의 잔무늬가 예쁜, 하얀색 머슬린 드레스를 입은 메리디스의 모습은 무척 아름다웠다. 어깨를 감싸며 찰랑거리는 밝은 금발의 곱슬머리는 마치 천사가 주고 간 선물 같았다.

앨리즈는 마지못해 두 사람을 소개했다.

「대번포트 씨, 이쪽은 제가 보호하고 있는 미스 메리디스 스펜서입니다. 메리디스, 이 분이 누구신지는 너도 잘 알겠지?」

앨리즈의 말에 돋친 가시를 메리디스가 눈치채지 못했을 리 없지만, 그녀는 앨리즈의 시선을 외면한 채 대번포트를 향해 돌아섰다.

「정말 뜻밖이에요.」

「어찌됐건, 이 탕아가 쓸 만한 충고를 하나 해드리자면, 하루 빨리 저 아가씨에게 쓸 만한 남편감을 찾아주라는 거요.」

대번포트가 침착하게 그녀의 말을 받았다. 대번포트는 민감한 화제를 아무렇지도 않게 건드리는 데 탁월한 재주가 있는 남자였다. 메리디스에게 좋은 남편감을 찾아주어야겠다는 생각은 앨리즈도 이미 오래 전부터 하고 있었다.

「저도 그러고 싶지만, 저 아이를 시집보낼 만한 상대로 눈에 드는 사람이 없답니다. 이 근방에서 혼기에 든 남자들은 예외 없이 메리디스에게 군침을 흘리고 있지만, 다른 게 마음에 드는가 싶으면 아직 뺨에 솜털도 안 가신 애송이고, 나이가 찼나 싶으면 죽은 마누라가 남긴 애들을 돌봐줄 후처를 찾는 홀아비들이니…… 우리 메리디스를 그런 집으로 보낼 수는 없죠. 그런 남자들보다는 훨씬 나은 남자를 만날 자격이 충분한 아이예요.」

앨리즈는 잠시 말을 멈추고 한숨을 쉬었다

「저 애를 런던으로 보낼 수만 있다면……. 런던으로 가기만 한다면 순식간에 유망한 청년들 사이에서 가장 인기 있는 숙녀가 될 텐데…….」

대번포트도 앨리즈의 말에 수긍했다.

「진흙 속에 감춰져 있는 진주 같은 아가씨요. 하지만 저 아름다운 용모에 걸맞는 신분과 재산이 있느냐가 문제 아니오?」

「그것도 문제는 문제죠. 아주 큰 재산은 아니지만 메리디스도 물려받은 유산은 꽤 있습니다. 그리고 아버지는 런던에서 상업을 하시던 분이었답니다. 하지만 지금 당장은 저 애를 사교계에 진출시켜 줄 아무런 연줄도 없다는 게 문젭니다.」

「하지만 여기서 남편감을 찾는 것이 저 아가씨에겐 더 나은 일일지도 모르오. 런던은 순진한 아가씨에게는 너무나 위험한 곳이거든.」

대번포트는 그쯤에서 메리디스에 대한 이야기를 접고 화제를 돌렸다.

「어쩌다가 세 아이를 한꺼번에 책임지게 되었소? 저 아가씨도 적지 않은 골칫거리겠소만, 남자아이들은 또 다른 문제를 일으킬 텐데. 세 아이를 한꺼번에 맡는다는 건 누구도 섣불리 나설 수 없는 일이라는 생각이 드는군. 게다가 피 한 방울 섞이지 않은 남이라면서.」

그거야 대번포트와는 완전히 상관없는 문제였지만, 웬일인지 그의 질문은 그저 남의 속 이야기나 캐고자 하는 호기심에서 나온 것이 아니라 진정한 관심의 표현이라는 느낌이 들었다. 앨리즈는 책상에 한쪽 팔꿈치를 괴고 턱을 받치면서 대답했다.

「표면상의 이유는, 스펜서 부인께는 달리 믿을 만한 사람이 없었다는 거죠. 슬하에 자식이 없던 부인은 저 아이들의 숙모였어요. 따지자면 부인도 저 아이들과는 피 한 방울 섞이지 않은 사이죠. 하지만 부인은 아이들을 끔찍이 아꼈고, 사랑했습니다. 그래서 당신이 세상을 떠난 후, 누군가 아이들을 맡아줄 믿을 만한 사람을 원하셨죠.」

「표면상의 이유는 그렇다 치고, 그러면 진짜 이유는 뭐요?」

「아이들은 제가 가르치던 학생들이었어요. 저도 저 아이들을 좋아했습니다. 윌리엄은 기저귀도 떼지 못한 아깃적부터 곁에서 보아왔죠.」

앨리즈의 입가에 희미한 미소가 떠올랐다.

「게다가 이게 제 손으로 아이를 길러볼 수 있는 유일한 기회라고 생각했어요.」

앨리즈는 갑자기 입을 다물었다. 남들에게 결코 드러낸 적이 없는 이런 깊고 가슴 아픈 이야기까지 털어놓게 된 이유가 뭔지 아리송했다.

점점 민감한 부분에 다가선 듯한 느낌이 들자 대번포트는 더 이상 캐묻고 싶은 것을 참으며 노련하게 후퇴를 결정했다.

「그 아이들이 당신을 만난 것을 다행스럽게 여기고 있길 바라오, 미스 웨스턴.」

앨리즈는 자기도 이해할 수 없는 이상한 기분을 떨쳐내며 웃는 얼굴로 대답했다.

「메리디스는 그렇게 생각할지도 모르지만, 두 사내녀석들은 저를 필요악으로 생각한답니다. 날이면 날마다 얼굴만 마주치면 공부해라, 예절을 지켜라, 나쁜 평판을 듣지 않게 조심해라 하고 잔소리를 해대니까요.」

앨리즈가 환하게 웃자 대번포트는 의자에서 일어서 앞으로 몸을 숙이며 그녀의 얼굴을 찬찬히 뜯어보았다.

「레이디 앨리즈, 보조개가 있는 걸 몰랐소.」

앨리즈는 얼굴을 붉히며 웃음을 멈추었다.

「죄송합니다. 하지만 이건 제 탓이 아니거든요. 아마도 하느님께서 다른 사람에게 주려고 점찍어두셨던 걸 실수로 제 얼굴에 만들어주신 거라고 생각하고 있어요.」

「그걸로 죄송하달 것까진 없소. 아주 잘 어울리는데. 보조개는 비너스의 흉터라는 말도 있잖소.」

대번포트가 나른한 미소를 지어 보였다. 정숙한 여인들조차도 지켜야 할 도리를 잊게 만들 만큼 파괴적인 미소였다. 앨리즈는 자기도 모르게 그를 바라보며 마주 웃었다.

대번포트는 한 손으로 그녀의 뺨을, 보조개가 있는 바로 그 자리를 슬쩍 어루만졌다. 어떤 여자들은 질색을 하며 뒤로 물러서겠지만, 또 어떤 여자들은 넋을 잃게 만들 만한 손길이었다. 그리고 앨리즈는 자신도 그 후자에 속한다는 것을 인정해야 했다. 그의 손길은 따뜻했고, 앨리즈의 피부는 그의 손끝에 소용돌이 무늬를 그리고 있는 거친 지문까지도 낱낱이 느껴질 정도로 민감해져 있었다. 마치 키스처럼 에로틱한 손길이었고, 앨리즈는 발가락 끝까지 그 손길에 반응하고 있었다.

대번포트는 손을 내리며 뒤로 물러섰다. 앨리즈의 속마음을 아는지 모르는지, 그의 얼굴은 다시금 냉정하고 초연한 표정으로 돌아가 있었다.

「내가 저녁 초대에 응하는 것이 정 못마땅하다면, 적당한 이유를 붙여서 미안하다는 인사말을 메리디스에게 전하겠소. 근무 시간 이후에까지 보기 싫은 얼굴을 억지로 마주하라고 당신에게 강요할 수는 없지.」

앨리즈는 얼떨결에 꿀꺽 소리가 날 정도로 마른침을 삼켰다.

「괜찮으시다면, 오늘밤 와주셨으면 합니다. 오늘밤에 안 오시면 메리디스가 내일은 또 어떤 잔꾀를 쓸지 두렵거든요.」

「그게 진심이라면, 여섯 시 반에 로즈 홀로 건너가겠소. 내 집보다는 당신 집이 훨씬 사람 사는 곳 같겠지.」

대번포트는 고개를 끄덕이며 사무실을 나섰다. 그의 정수리가 문의 상인방(上引枋)을 스치며 나갔다. 그의 뒷모습을 보며 앨리즈는 갑자기 소름이 끼쳤다. 저 남자의 손에서 보호해야 할 사람은 메리디스가 아니라 바로 자신이라는 것을 깨달았기 때문이었다.

그날 도착한 우편물들을 대충 훑어본 후에 앨리즈는 집으로 돌아가 목욕을 하고 옷을 갈아입었다. 아직 대번포트가 도착하려면 시간이 남았기에 그녀는 잠깐 이야기를 나눌 생각으로 메리디스의 방에 들렀다.

메리디스는 화장대 앞에 앉아 머리 치장에 정성을 들이고 있는 중이었다. 그녀는 의자에 앉은 채 앨리즈를 돌아다보며 장난기 가득한 미소를 지었다.

「제 연극 괜찮았죠? 동생들도 대번포트 씨를 만난다고 얼마나 들떠 있는지 몰라요.」

앨리즈는 속으로 한숨을 푹푹 내쉬며 침대 모서리에 걸터앉았다. 그 깜찍한 연극을 저렇게 자랑하고 있다니…….

「메리디스, 오늘 너의 행동에 난 무척 화가 났다. 그런 연극은 아주 위험한 행동이었어.」

메리디스는 깔깔 웃으며 금발을 정수리로 끌어올렸다. 앨리즈에게 등을 돌리고 거울을 바라보며 새 헤어스타일이 어떤지 궁리하느라 바빴다.

「그게 왜 위험하다는 거죠?」

「메리디스, 그 머리카락 좀 내려놓고 날 봐. 난 지금 심각하단다.」

앨리즈가 이런 말을 할 정도면 누구나 고분고분해지는 것이 예사였다. 메리디스도 예외는 아니어서, 얌전히 손을 내려놓고 그녀를 향해 다시 돌아앉았다.

「레저널드 대번포트는 네가 지금껏 보아온 이 시골의 젊은이들과는 달라. 네가 속이 뻔히 들여다보이는 청을 한다 해도 절대로 거절할 사람이 아니다.」

「전 그저 장난 삼아서…… 그분도 그 정도 장난은 점잖게 받아주실 분인 것 같아서 한번 해봤을 뿐이에요. 제가 보기엔 저를 겁탈하려들거나 할 분 같지는 않던데요, 뭘.」

겁 없이 내뱉는 메리디스의 말에 앨리즈는 그만 기가 막혔다.

「겁탈 당하는 건 단순히 위험하다고만 말할 일이 아니다. 대번포트 씨는 여자관계가 복잡하고 추하기로 악명 높은 남자야. 아무리 철없는 장난질이었더라도, 그런 남자를 상대로 했다면 그것만으로도 네 평판이 땅에 떨어질 일이다. 겉으로 보기에만 근사한 그 사람의 매력에 넘어가는 건 더 한심한 일이지. 그 사람을 사랑하게 된다면, 네 마음만 천 갈래 만 갈래 찢어지게 될 게 뻔하다. 내가 이보다 더 자세히 설명해야 하겠니?」

메리디스가 숨이 넘어갈 듯이 깔깔대며 웃었다.

「세상에, 선생님! 선생님은 어떻게 제가 아버지뻘이나 되는 사람을 사랑하게 될지도 모른다는 걱정을 하실 수가 있어요? 더구나 잘생긴 얼굴도 아니시던데…….」

앨리즈는 어안이 벙벙해져 말문이 막혀버렸다. 그렇다면 메리디스는 대번포트의 그 황홀한 남성미에 전혀 영향을 받지 않았다는 뜻일까?

앨리즈는 얼른 자신이 메리디스의 또래였을 적에 이상형으로 생각했던 남성상이 어떤 것이었는지 돌이켜보려고 애썼다. 하지만 그녀가 지금 열 아홉 살이라 하더라도 레저널드 대번포트 같은 남자라면 결코 무관심할 수는 없을 것 같았다. 그런데도 메리디스는 대번포트 같은 남자에게는 전혀 관심이 없다는 듯한 태도가 아닌가. 그래도 여전히 심각한 표정을 풀지 않은 채 앨리즈가 말했다.

「언제 어디서든, 대번포트 씨와 함께 있을 때는 신중하게 행동하겠다고 약속해주겠니? 네가 뭐라고 생각한들 그래도 세상은 너보단 내가 더 잘 안다. 내 장담한다만, 남자들은 한결같이 골칫거리들이란다.」

메리디스는 의자에서 일어서더니 앨리즈에게 다가와 사랑스럽게 그녀를 포옹했다.

「불쌍한 우리 선생님. 우리 때문에 삶이 고달프시죠? 윌리엄은 시도 때도 없이 마구간에 숨어들지를 않나, 피터는 무조건 마차 모는 법부터 배우려고 하지를 않나. 절 쫓아다니는 한량들은 또 어떻구요. 우리를 돌봐주겠다고 하신 약속이 너무나 후회되실 거예요.」

하지만 그것은 자신이 사랑받고 있음을 잘 아는 장난꾸러기의 자신감에 찬 아양이었다. 앨리즈는 자기도 모르게 슬며시 웃음이 나왔다.

「그래, 너희 세 녀석들 때문에 인생이 참 고달프다는 걸 느끼는 때가 종종 있다는 건 솔직히 인정하마. 하지만 너희들이 없었다면 내 인생은 껍데기만 남았을 거야.」

메리디스는 세상을 모두 이해하는 듯한 포근하고 따뜻한 미소를 지어 보였다. 이럴 때의 메리디스는 세월을 훌쩍 뛰어넘어 아이를 품에 안은 엄마 같은 얼굴이었다.

「저를 망칠 일은 절대로 하지 않겠다고 맹세할게요. 하지만 가끔씩 장난치는 것까지 하지 않겠다고는 장담할 수 없어요. 대번포트 씨는 제가 사랑하고 싶은 이상형과는 거리가 멀지만, 그래도 귀여운 남자인 것 같아요.」

앨리즈는 '진흙 속에 감춰진 진주'가 자신을 '귀여운 남자'라고 말했다는 것을 알면 대번포트가 어떤 얼굴이 될까 상상해보았다. 터져나오려는 웃음을 참으며 앨리즈가 물었다.

「그럼 네가 사랑하고 싶은 이상형은 어떤 남자니? 그 문제에 대해서는 너나 나나 아직 이야기해본 적이 없는 것 같은데…….」

메리디스는 앨리즈의 말에 이맛살부터 찡그렸다.

「저도 확실히는 모르겠어요. 아직 그런 남자를 못 만났거든요. 하지만 우아하고 매력적인 남자였으면 좋겠어요. 이성적이고, 지적이고…….하지만 너무 학문이 깊은 학자나 성인군자 같은 사람은 싫어요. 저를 경박한 여자라고 거들떠보지도 않을 테니까요. 음…… 외모는 잘생긴 편이 좋겠지만 쳐다보는 여자마다 침을 흘릴 정도면 그것도 곤란해요. 그리고 너무 사치스럽고 허영이 심한 남자는 질색이에요.」

앨리즈는 침대 모서리에 세워진 기둥에 등을 대고 앉아 양팔을 앞으로 해서 팔짱을 꼈다.

「그 남자가 돈도 많고, 작위도 하나쯤 가졌으면 더 좋겠지?」

「글쎄요……. 돈이 많은 게 나쁠 건 없겠죠. 가난한 게 기쁘고 행복한 건 아니니까요. 작위가 있는 것도 싫지는 않아요. 하지만 꼭 필요한 건 아니에요. 만약 제가 정말 작위를 가진 남자를 만난다면 말이에요, 그 남자는 아마 큰 부자도 아니고 가문이 훌륭한 것도 아닌 저 같은 여자와 결혼해주는 것만으로도 큰 은혜를 베푸는 것처럼 위세를 떨 거라는 생각이 들거든요. 저는 차라리 제가 선택해주는 것만으로도 감사하는 마음을 가질 선한 시골 양반과 결혼하고 싶어요.」

「이런 얌체 같으니라구!」

말은 이렇게 했지만 앨리즈는 속으로 감탄하고 있었다. 메리디스가 정말 혼자서 이만한 생각을 가질 만큼 성숙했는지는 몰라도, 그 나이 또래 처녀들의 내숭 이상의 자기 주장을 가진 것만은 분명한 듯했다.

「우리 메리디스는 남편한테 금이야 옥이야 사랑받으며 살게 될 거야.」

메리디스는 손을 꼼지락거리며 눈을 내리깔았다.

「정말 제 짝이다 싶은 남자를 만난다면, 전 제 남편이 저를 선택한데 대해서 절대로 후회하지 않게 해줄 거예요. 정말 좋은 아내가 되어주고 싶어요.」

메리디스의 목소리는 어느새 비장감이 감돌 정도로 심각해져 있었다. 앨리즈는 그제야 이 깜찍한 처녀의 성숙한 속마음이 훤히 들여다보이는 것 같았다. 어린 나이에 부모를 잃고, 열 다섯 살 때 양어머니마저 잃은 메리디스의 꿈은 화려한 신분 상승이나 열정적인 사랑이 아니었다. 이 아이가 원하는 건 든든한 울타리가 있는 안락한 보금자리였다. 이런 현실적이고 소박한 꿈을 가진 처녀라면 겉만 화려한 바람둥이 미남에게 속절없이 넘어갈 걱정은 없을 것 같았다. 내심 한시름 놓으면서 앨리즈는 일어섰다.

「손님이 곧 도착하실 시간이구나. 넌 여기서 기다렸다가 우아하게 입장할 계획이겠지?」

「물론이죠!」

메리디스는 어느새 심각한 표정을 벗어버리고 장난기 가득한 사춘기 소녀의 얼굴로 돌아가 있었다.

「지척에 새로운 남자가 등장했는데, 이런 재미있는 기회를 놓칠 순 없죠. 아무리 쭈그렁이라도!」

메리디스의 말이 아무리 농담이라도 앨리즈는 그녀의 표현에 놀라지 않을 수 없었다. 쭈그렁이라니! 대번포트는 도싯에서는 도저히 따라갈 남자가 없을 정도의 승마 실력에 싸움질이나 바람둥이 기질 역시 견줄 사람이 없는 남자임이 분명했다.

앨리즈는 그가 자신의 능력을 증명해 보이겠다고 나서는 불상사가 생기지 않기만을 바랄 뿐이었다.

7

레저널드는 영지의 집사가 거처하는 로즈 홀의 문을 두드리려고 손을 들었지만 잠시 망설였다. 메리디스의 초대를 받아들였을 때의 생각으로는 어디서 식사를 해도 텅 빈 큰 집에서 혼자 먹는 것보다 나으리라 싶었지만 지금 와서 생각해보니 꼭 그런 것만도 아니었다. 어린 사내아이 둘에다 철부지 사춘기 소녀, 게다가 그를 포함해 모든 남성을 혐오하는 것이 분명한 아마존의 여왕 같은 노처녀와의 저녁 식사라면 질탕한 주연에서 거친 행동을 일삼던 독신자가 감당하기엔 벅찬 식탁임이 분명했다.

그러나 후퇴하기엔 너무 늦은 일이었다. 그는 노커를 잡고 문을 탁탁 두드렸다. 기억은 희미하지만 헤럴드 집안 사람으로 보이는 자그마한 체구의 하녀가 나와서 문을 열어주었다. 고개를 숙여 인사를 한 하녀는 말없이 그를 거실로 안내했다. 고작해야 침실 너덧 개가 있을까 말까 한 크지 않은 집이었지만 안락하고 깔끔하게 정돈되어 있었다. 어린 시절, 레저널드는 수시로 주방을 들락거렸었다. 맛있는 쿠키와 파이를 잘 만들어주던 요리사가 있었기 때문이었다. 예닐곱 또래의 사내

아이들이 다 그렇듯이, 레저널드도 훔쳐먹는 파이 맛의 유혹을 뿌리치기 어려웠다.

앨리즈는 거실에서 그를 기다리고 있었다. 그날의 주빈이 들어서자 그녀는 일어서서 손님을 맞이했다. 큰 키와 몸에 밴 우아함은 아주 수수하고 보수적인 갈색 드레스를 입었을 뿐인데도 그녀를 마치 여왕처럼 보이게 했다. 레저널드는 잠시 앨리즈가 빨간색 집시 드레스를 입고 저 탐스러운 금발을 어깨까지 풀어헤치면 어떨까 상상해보았다. 그의 취향에 딱 맞는 근사한 여인의 모습이 눈앞에 그려졌다. 머리를 숙여 그녀에게 인사를 하면서 그는 혼자 미소를 지었다.

미소와 함께 앨리즈가 인사를 건넸다.

「아이들이 내려오기 전에 잠시 편히 앉으시죠. 셰리주가 좀 있는데, 드시겠어요?」

평소에는 셰리주를 즐기지 않던 그였지만, 그거라도 없는 것보다는 낫다는 생각에 레저널드는 고개를 끄덕였다. 앨리즈가 커다란 술잔에 술을 따르는 것을 보다가 레저널드는 갑자기 정강이 부근에 뭔가 묵직한 것이 느껴진다는 사실을 깨달았다. 바닥을 내려다보니 털이 북슬북슬한 커다란 고양이 한 마리가 그의 발목 근처에 너부죽이 엎드려 있었다. 깜짝 놀라 한 발 물러서니 고양이는 낯선 사내의 발을 따라왔다. 친구가 되고 싶은 모양이었다. 레저널드의 표정과 동작을 보고 앨리즈는 그가 고양이를 좋아하지 않는다는 것을 알 수 있었다.

「죄송합니다. 어틸러가 여기까지 찾아올 줄은 몰랐어요. 어디 안전한 곳에 가 있을 줄 알았는데. 아마 소파 밑에 숨어 있었나봐요.」

레저널드에게 술잔을 건네준 앨리즈는 고양이를 안아 올렸다.

「고양이를 별로 좋아하시지 않나봐요?」

앨리즈처럼 체구가 큰 사람 품에서도 고양이는 애완동물로 보기에는 너무 크게 보였다. 하얀 바탕에 검은 얼룩이 점점이 박힌 녀석은 수염을 흔들며 자신을 거부한 낯선 사내에게 경멸의 시선을 보내고 있었다.

「별로. 고양이는 비열하고 믿을 수 없는 이기적인 동물이라서.」

「맞는 말씀이에요. 하지만 다른 좋은 점들도 많은 동물이랍니다.」

「어쩌면 나를 너무 많이 닮은 짐승이라 싫은 건지도 모르겠소.」

레저널드가 씩 웃으며 응수했다. 앨리즈도 미소를 지으며 고양이를 문밖에 내려놓았다. 고양이는 주인의 품에서 떨어지지 않으려고 매달렸다.

「주방으로 가봐, 어틸러. 네 마음에 드는 게 있을 거야.」

앨리즈는 고양이가 다시 들이닥치기 전에 재빨리 문을 닫고 손님을 향해 돌아섰다.

「그럼 자신이 비열하고 믿을 수 없는 이기적인 사람이라는 걸 고백하시는 건가요?」

「아, 그건 의심할 바 없이 명백한 사실이오. 물론 다른 좋은 점들도 많은 인간이긴 하지만.」

레저널드가 셰리주를 한모금 마시며 말했다. 이번에는 예쁜 커버가 씌워진 소파에 앉은 앨리즈의 양쪽 뺨에 깊이 보조개가 패였다.

「그럼 다른 좋은 점들은 어떤 건지 듣고 싶은데요?」

앨리즈는 문득 뭔가 생각난 듯 정색을 하고 방금 한 말을 사과했다.

「죄송합니다. 쓸데없는 질문을 했군요.」

「내 사생활을 파고드는 게 미안한 거요, 아니면 내가 정말 좋은 점을 가진 인간이라는 걸 알게 될까봐 두려운 거요?」

레저널드가 앨리즈의 맞은편 의자에 앉으며 응수했다.

「물론 후자죠.」

앨리즈는 흥겨운 듯 웃는 낯에 가벼운 목소리로 대답했다. 그리고는 또다시 혀를 깨물며 자신의 실언을 후회했다. 앨리즈의 당황스러워하는 얼굴에 연민의 정을 느끼며 레저널드가 말했다.

「지금은 근무중이 아니니까 내게 지나치게 격식을 차릴 건 없소. 찡그린 얼굴로 경멸하는 표정을 짓는 걸 보느니 차라리 약간의 모욕을 감수하는 편이 나도 편하겠소.」

「어쩜……, 제가 하루 종일 그렇게 불편하게 해드렸나요?」

「그랬소.」

레저널드는 딱 잘라 대답했다.

「그건 아마 제 눈썹 때문이었을 거예요. 좋은 기분일 때도 사람들은 제 눈썹을 보고 제가 무척 화가 나 있을 거라고 지레 겁을 먹곤 한대요.」

「그럼, 진짜 나쁜 기분일 때는 어떻소?」

「아, 그땐 제 눈썹이 사방으로 날아다닌답니다.」

「오호! 당신이 여기서 해놓은 일들을 보건대, 남 보기에 무섭게 보이는 게 무척 쓸모 있는 무기였을 거라는 생각이 드는군. 여기 일꾼들이나 소작인들이 당신 명령을 받아들이도록 만드는 게 쉽지 않았을 테니 말이오.」

「물론 문제가 없지는 않았죠. 하나의 전선에서 승리가 결정되는 전쟁처럼 간단한 문제가 아니니까요. 제가 이 영지의 실질적인 주인이었다면 좀더 쉬웠겠죠. 하지만 여자 집사를 받아들인다는 게 사람들도 쉽지는 않았을 거예요. 벌써 4년이나 흘렀지만, 아직도 소작인들이나 저나 그저 참을 만한 수준으로 서로를 이해하고 있을 뿐입니다.」

「사람들의 기분은 나도 이해할 것 같소. 나 역시도 당신을 완전히 인정하고 있지 못하니까.」

앨리즈가 뭐라고 반박을 하려고 고개를 쳐들자 레저널드가 손을 들어 말을 막았다.

「물론 개인적으로 당신을 인정하지 못한다는 건 아니오. 하지만 A. E. 웨스턴이라는 이름의 A가 앨버트나 앵거스 같은 이름이 아니라는 것을 안 순간 나도 혼란스럽고 유쾌하지 못했던 건 사실이오. 당신이 정말 집사로서 능력을 인정받고 싶다면, 다른 사람들의 입장도 충분히 고려하는 지혜가 필요할 거요.」

레저널드는 신중한 목소리로 말을 맺었다. 앨리즈는 술잔을 입으로 가져가다 말고 중간에 손을 멈춘 채 얼어붙은 듯한 표정으로 그의 말을 들었다. 레저널드의 말이 끝나자 앨리즈는 술잔을 내려놓고 창백한 얼굴로 물었다.

「결국 저를 해고하시겠다는 건가요?」

「아니, 아니, 그게 아니오. 그저 충고 한마디 한 것뿐이오.」

앨리즈의 얼어붙은 듯한 표정에 레저널드는 마치 그녀를 주먹으로 친 것처럼 죄스럽고 미안함을 느꼈다. 아직도 긴장을 풀지 못한 채 다소 안도하는 목소리로 앨리즈가 말을 받았다.

「그러시다면 제 평판은 걱정 마시고 자신의 체면이나 잘 지키시는 게 어떨까요?」

「당신이 나를 위해서 일하는 동안만큼은 당신의 평판이 곧 내 평판이오. 당신 자신이 아무리 잘못이 없다고 주장한들, 내가 처녀 집사를 두고 있다는 소릴 들으면 사람들은 필경 당신이 내 정부 정도나 될 거라고 지레 짐작을 하고 뒤에 서서 손가락질을 할 거요. 게다가 당신이 젊고 아름다운 여자라는 걸 알게 되면 더 이상 말할 것도 없지.」

앨리즈는 당혹감에 얼굴이 붉어지며 눈길을 내리깔았다. 레저널드는 앨리즈가 정부 운운하는 말에 화가 난 건지 아름답다는 칭찬에 부끄러워하는 건지 궁금했다. 아마도 후자일 거라고 짐작할 뿐이었다. 아름답다거나 매력적이라는 뜻만 비추어도 앨리즈는 금방 당황해하곤 했다. 잠시 후 앨리즈가 굳은 표정으로 고개를 들었다.

「저는 이미 그런 소문을 낼 만큼 어린 나이가 아닙니다. 또 제가 갑자기 모든 도리도 잊고 타락할 사람은 아니라는 걸 이곳 사람들도 다 알고 있습니다.」

「당신은 그렇게 자신의 평판에 자신이 있는지 모르겠지만 난 그렇지 않소. 당신이 믿어도 좋고 안 믿어도 그만이지만, 나도 이곳에서만큼은 조신하게 지내고 싶소. 스트릭런드는 내 고향이니까. 오래 떠나 있었지만 난 단 하루도 이곳을 잊은 적이 없었소. 언제나 이곳은 내 고향이었지.」

아직 술이 남았다는 것이 신기한 듯이 그는 거의 비어 있는 술잔을 내려다보았다.

레저널드는 잠깐 사이에 지난 며칠간 희미하게 자리잡고 있던 생각들이 갑자기 투명한 구슬처럼 확실하게 다가오는 것 같았다. 이제 늘 그리던 그 기름진 땅을 찾았으니 메마른 뿌리를 다시 이 땅에 깊이 박아야 할 때였다. 무료한 시간을 도박과 술, 그리고 여자로 채우는 짓도 그만할 때가 된 것이었다. 다시 말해 이제는 어른이 되어야 했다. 너무 늦기 전에.

　고개를 들어보니 앨리즈가 그를 빤히 응시하고 있었다. 그의 말 한마디 한마디가 그냥 지나쳐가는 말이 아니라는 것을 느낀 것 같았다. 그리고 레저널드의 그러한 생각과 말이 자신에겐 어떤 영향을 미칠지 곰곰이 생각하는 것 같았다. 한쪽은 갈색이고 다른 한쪽은 회녹색인 그녀의 눈은 매우 개성적이고 매력적이었다. 눈동자의 색이 그렇게 제각각이라는 건 매우 특이한 일이었지만, 웬일인지 앨리즈에겐 그게 더 어울려 보였다. 게다가 그녀의 속눈썹은 레저널드가 이제껏 보지 못한 길고 풍부한 속눈썹이었다. 앨리즈는 보통 여자들과는 확실히 다른 데가 있었다.

　남의 이목을 생각해서 앨리즈에게 일종의 경고를 준 셈이었지만, 그녀가 스트릭런드를 떠날 생각이 전혀 없다는 것을 알고 나니 왠지 기분이 좋았다. 앨리즈가 여자라는 점이 상황을 복잡하게 만든 면도 없지 않았으나 그녀의 능력과 진실성에 감탄했고, 또 때때로 그녀의 가시 돋친 독설을 받는 것이 은근히 즐겁기까지 했다. 게다가 앨리즈는 레저널드가 만난 어떤 집사보다도 눈을 즐겁게 하는 집사였다.

　침묵이 길어지자 앨리즈가 먼저 조용히 말을 꺼냈다.

　「타락이나 방탕한 생활은 한번 해보고 나면 곧 지루해지는 거라고 생각해요. 반면에 사람들로부터 존경을 얻기 위해서는 끊임없이 새로운 도전을 겪어야 하죠.」

　「그런 재미가 있는 것도 사실이지. 내 험담을 지껄이는 걸 낙으로 삼던 위인들에게는 참 안 된 일이지만, 세상에는 언제나 새로운 스캔들을 일으키는 망나니들이 있기 마련이니까 내가 그 대열에서 빠진다

해도 곧 섭섭한 마음을 잊게들 될 거요.」

「마치 이제껏 다른 사람들을 즐겁게 해주려고 망나니짓을 해오셨다는 것처럼 들리는군요.」

「바로 그거였소. 덕이 칭송을 받으려면 악이 뚜렷한 대조를 이뤄줘야 하거든.」

레저널드는 음흉하게 이를 드러내며 웃어 보였다. 어떻게 하면 앨리즈의 마음을 흔들어놓을 수 있을지 궁금해졌다. 앨리즈는 잠깐씩 마음의 평정이 흔들려 품위를 깜빡 잊을 때가 더 아름다웠다.

「신과 악마는 서로 의존적인 존재요. 아무리 선한 신이라 할지라도 때로는 단 한번도 타락의 길을 걷지 않은 천사들보다 오히려 악마 루시퍼가 필요한 경우가 있지.」

앨리즈는 혀를 차며 허공을 바라보았다.

「그 말씀이 그저 한번 해보시는 변설이신지 아니면 확고한 철학이신지 궁금하군요.」

「그게 무슨 차이요? 변설이란 아직 증명되지 않았을 뿐, 철학의 일종인데.」

레저널드는 다소 도발적인 어조로 말했다. 그는 자신이 생각했던 것보다 앨리즈가 훨씬 더 개방적이고 유연한 사고의 소유자라는 것을 떠올렸다.

두 사람의 철학 논쟁이 더 뜨거워지기 전에, 다행히도 메리디스가 문을 열고 미끄러지듯이 들어섰다. 레저널드는 숙녀를 맞이하기 위해 자리에서 일어섰다. 그가 보기에도 메리디스는 사랑스럽고 아름다운 아가씨였다. 메리디스가 내민 손에 고개를 숙여 입을 맞추면서 레저널드는 줄리언 마크엄이 메리디스를 본다면 어떤 표정을 지을까 궁금해졌다. 어서 그를 스트릭런드에 초대하고 싶었다.

앨리즈는 메리디스에게도 셰리주를 한 잔 따라주고, 레저널드의 빈 잔도 다시 채워주었다. 세 사람이 가벼운 대화를 나누기 시작한 지 몇 분 지나지 않아 곧 두 소년이 거실에 들어섰다. 두 소년의 눈도 역시 똑같은 호기심으로 빛나고 있었다. 레저널드는 자리에서 일어나 어린 신사들과 인사를 나누었다. 공들여 세수를 하고 단장한 얼굴이 발그레 상기된 것을 보면서, 레저널드는 이런 시골의 생활이 얼마나 조용하고 단순한 것인지 다시 한 번 실감했다. 새로운 사람이 한 사람 등장하는 것만으로도 그들의 하루가 얼마나 새로워지는지 알 것 같았다. 앞으로 스트릭런드에 뿌리를 내리자면 끊임없는 변화로 채워졌던 런던 생활을 하루 빨리 잊고 단조로운 이곳 생활에 적응해야 했다.

피터는 아주 잘생긴 소년이었다. 다른 두 남매의 금발과는 달리 이 소년의 머리카락은 은은한 갈색이었다. 빳빳하게 풀을 먹여 높이 세운 셔츠깃이나 복잡하게 접어서 묶은 스카프형 넥타이로 보아 멋을 즐길 줄 아는 소년인 것 같았지만, 푸른빛이 감도는 회색 눈동자에서는 유머와 지성이 함께 빛나고 있었다. 레저널드가 내민 손을 마주잡고 악수를 하면서 소년이 인사했다.

「뵙게 되어서 영광입니다, 대번포트 씨. 유명한 분이시죠?」

그 말이 무슨 뜻일까 궁금해하고 있는데, 잔뜩 흥분해 있던 일곱 살 짜리 윌리엄이 먼저 해야 할 인사말을 건너뛴 채 툭 끼어들어 물었다.

「타고 오신 종마는 최고 품종이죠?」

「부스팔러스는 내가 본 말 중에서 최고란다. 속도도 빠르고, 몸매도 좋고, 게다가 언제나 정력이 넘치지.」

레저널드는 꼬마의 질문에 친절하게 대답을 해주면서 악수를 청했다. 꼬마의 손은 얼굴만큼 공들여서 씻지 않은 것 같았다.

「하지만 성격이 좀 괄괄하지. 내가 함께 있을 때는 괜찮지만 그렇지 않을 때는 멀찍이 떨어져 있거라. 저놈한테 반한 어떤 사람은 너무 가까이 갔다가 팔이 부러졌거든. 나 말고는 아무도 등에 태우지 않는단다.」

그때 하녀가 들어와 저녁 식사 준비가 되었음을 알렸고, 모두들 식당으로 자리를 옮기느라 소년들과 레저널드의 대화는 거기서 일단 중단되었다.

저녁 식사의 분위기는 이제껏 레저널드가 접해오던 식탁의 분위기와 완전히 다른 것이었지만, 나름대로 즐거운 식사였다. 식탁에서의 대화는 모든 사람들에게 개방되어 있어서 심지어 일곱 살배기 윌리엄조차도 열심히 듣고 때때로 거들었다. 화제는 여러 가지였다. 주변 지역에서 있었던 여러 가지 소소한 사건들, 최근에 읽은 책 이야기, 두 꼬마 신사들이 요즘에 하는 공부 이야기. 독신남에게는 괴로운 시간이 될지도 모른다던 앨리즈의 경고와는 반대로 스펜서 집안의 두 꼬마 신사들은 아주 즐거운 대화 상대들이었다.

레저널드는 간소하지만 맛깔스럽게 차린 음식을 마음껏 즐겼고, 식탁에 둘러앉은 가족들의 화기애애한 분위기도 한껏 즐겼다. 비록 혈육은 아니었으나 그들은 한 가족과 다름없는 정을 나누고 있었다. 앨리즈는 세 남매가 그리는 작은 원의 중심에 서서 그들의 대화를 즐거우면서도 품위 있게 이끌어갔다. 윌리엄에게는 식탁 예절에 대해 한소리하기도 하고, 또 다른 두 아이가 각기 자기 이야기를 할 땐 온전히 귀를 기울여 들어주기도 했다. 앨리즈 같은 후견인을 만나 스펜서 집안 삼 남매는 정말 행운아들이었다. 레저널드의 가슴속에는 다시 한 번 앨리즈에 대한 존경심이 자라났다.

저녁 식사와 대화는 즐겁게 이어져갔고, 그 사이 레저널드와 친숙해진 피터는 처음 인사를 나눌 때보다 한결 부드럽고 덜 긴장된 말투로 물었다.

「말을 타고 256킬로미터를 열 다섯 시간에 달리면서 그 사이에 들꿩을 40마리나 잡을 수 있다는 데 천 기니나 걸었다는 게 사실이세요?」

짐짓 놀란 표정을 지으며 레저널드가 대답했다.

「이런! 그 소문이 여기까지 퍼졌나? 그 내기는 몇 년 전에 스코틀랜드에서 했던 내기였는데.」

「그럼 정말 그 내기를 하셨단 말씀이세요?」

피터의 얼굴은 호기심과 존경심으로 금방 상기되었다.

「좀 별스런 내기이기는 하지만, 아주 터무니없는 내기는 아니었지.

그 내기의 원래 조건은 256킬로미터를 24시간 안에 달리는 거였거든. 도망다니는 들꿩을 잡느라 허비한 시간을 충분히 만회할 수 있는 조건이었어.」

그 이야기만으로는 아직 레저널드에 대한 궁금증이 풀리지 않았다는 듯이, 피터는 더욱 열띤 목소리로 물었다.

「자정에 브라이튼에서 마차 경주를 한 적도 있었다면서요?」

「출발을 자정에 했을 뿐이지. 브라이튼에 도착한 건 새벽 네 시였단다.」

레저널드가 대수롭지 않다는 듯한 표정으로 대답했다. 피터의 궁금증은 거기서 끝나지 않았다.

「가장 강력한 우승 예상마를 제치고 다른 말에 정부를 걸었다가 경마에서 이긴 적도 있었다면서요?」

레저널드는 곤란한 듯 식탁에 둘러앉은 다른 식구들의 얼굴을 살피며 한풀 꺾인 목소리로 대답했다.

「내 젊은 날의 실수담을 늘어놓기에는 적당한 자리가 아닌 것 같구나.」

피터는 레저널드의 말이 점잖은 꾸지람이라는 것을 알고 있었으나 그가 자신에게 남자 대 남자로서, 숙녀들과 어린아이 앞에서 예절을 지키자는 뜻임을 눈치채고는 오히려 한껏 기분이 고조되었다. 앨리즈도 피터에게 한소리하려고 이맛살을 찌푸리며 입술을 달싹였으나 더 이상 아무 말도 하지 말라는 레저널드의 눈짓을 보고 그만 입을 다물었다. 레저널드의 눈빛은 꼬마 신사의 자존심이 얼마나 쉽게 망가지는지 말하고 있었다.

대신 부드럽게 미소를 지으며 자리에서 일어선 앨리즈는 이제 윌리엄이 잠자리에 들 시간이라고 말했다. 윌리엄은 조금이라도 더 식탁에 머무르려고 떼를 썼으나 결국은 자기 방으로 올라갔고, 나머지 식구들은 거실로 자리를 옮겼다. 레저널드는 여자들과 섞여 식후의 잡담을 즐기는 데는 별로 취미가 없었지만, 텅 빈 식탁에 홀로 앉아 술을 마시는 것도 그다지 즐거운 일은 아니었다.

식사만 끝내고 곧 돌아가리라던 애초의 생각과는 달리, 왠지 이 집에서 선뜻 나가고 싶은 마음이 생기질 않았다. 화목한 가족들의 정겨운 분위기를 구경한 것도 너무나 오랜만의 일이었다. 그리고 자신도 그러한 분위기를 즐겁게 받아들이고 있다는 사실을 그는 처음으로 깨달았다. 아름다운 외모에 좌중을 즐겁게 하는 기지, 쾌활한 성격을 가진 메리디스가 만약 런던에 나타난다면, 런던의 사교계가 금방 떠들썩해질 것이 틀림없다고 그는 내심 생각했다. 메리디스가 이토록 한미한 집안의 출생이라는 것이 안쓰러울 뿐이었다. 제대로 된 가문의 배경만 있었다면 런던의 어떤 남자도 발아래 엎드리게 할 수 있는 아가씨였다.

피터는 앨리즈에게 메리디스와는 또 다른 걱정거리임이 분명했다. 그 아이는 이제 곧 성인기에 접어들 나이인데다 아직 자신에 대한 확신이 없는 상태에서 자신이 그리고 있는 영웅을 무작정 숭배하려는 기질을 가지고 있었다. 오늘 저녁 식사에 초대된 한 손님의 좌충우돌 인생살이에 감명을 받은 것이 분명했다. 피터는 대체 그 많은 이야기들을 어디서 들었는지, 이제는 레저널드의 기억 속에서조차 가물가물한 이야기들을 끊임없이 물어댔다.

마치 과거를 조사하는 듯한 피터의 질문 공세는 자못 곤혹스러운 것이었으나 레저널드는 잠시나마 행복한 이 아이의 기분을 망가뜨리고 싶지 않았다. 레저널드 자신도 아버지 없이 자라는 아들의 신세를 너무나 잘 알고 있기 때문이었다.

그리고 세상에 태어난 후 처음으로 자기 자신의 아이를 갖는다면 어떤 기분일까 궁금해지기 시작했다.

메리디스의 피아노 소나타 연주가 거의 끝날 무렵, 하녀가 목사인 듯 보이는 풍채 좋은 신사 한 사람을 거실로 안내해왔다. 앨리즈는 공교롭게 된 상황을 피할 방책도 없이 새 손님을 맞을 수밖에 없었다. 주니어스 하퍼가 들를지도 모른다는 것을 충분히 예상했어야 했다. 하퍼 목사가 로즈 홀에서 저녁 식사를 하는 날이 목사관에서 저녁을 먹는 날보다 훨씬 더 많았기 때문이었다. 그는 높은 교육도 받았고, 자기 교구의 신자들을 성심 성의껏 돌보는 신망 있는 목사였다. 앨리즈가 개혁적인 조치들을 취하는 데 있어서 다시없는 후원자이기도 했다. 하지만 한가지 흠이 있다면 때때로 지나치게 독선적이라는 것이었다.

「안녕하세요, 목사님. 레저널드 대번포트 씨를 처음 만나시죠? 스트릭런드의 새 주인이시랍니다. 대번포트 씨, 주니어스 하퍼 목사님을 소개하겠습니다. 벌써 4년째 이곳 교구를 이끌고 계신 목사님이십니다.」

실제 나이는 30대 초반이었으나 위엄 있는 몸가짐이나 당당한 풍채 덕분에 그보다 훨씬 나이가 들어 보이는 사내였다. 일개 목사가 아니라 그보다 훨씬 높은 성직에 있다 해도 믿어질 만한 외모였다. 앨리즈와 메리디스에게는 정중한 인사를, 그리고 피터에게는 간단한 목례를 한 목사는 드디어 스트릭런드의 새 주인을 향해 돌아섰다. 대번포트는 의자에서 일어서 악수를 청하는 의미로 손을 내밀었다.

그러나 악수를 청하는 손을 거부한 채 주니어스는 뭔가 불길한 느낌을 주는 어조로 물었다.

「선생이 바로 그 레저널드 대번포트 씨요?」

「아마 그럴 거요. 다른 레저널드 대번포트는 나도 알지 못하니까.」

레저널드는 유쾌한 목소리로 대답했다. 아직 손을 내민 채였다. 달덩이 같이 훤한 얼굴에 극도의 불쾌함을 떠올리며 목사는 얼음장 같이 차디차게 내뱉었다.

「선생의 악명은 익히 들어서 알고 있소. 스트릭런드엔 당신 같은 사람은 필요 없소.」

대번포트는 손을 거두어들였다. 그의 표정도 싸늘하게 식어 있었다. 정이 담뿍 담긴 시선으로 윌리엄과 피터를 바라보던 따뜻하고 기지 넘치는 신사는 순식간에 사라져버리고 어느새 냉소가 가득 담긴 탕아의 표정으로 돌아가 마치 권투 시합에 나선 선수 같은 자세로 버티고 선 것이었다.

「지금 나를 내 땅에서 쫓아내겠다는 뜻이오?」

「할 수만 있다면 내 기꺼이 그렇게 하겠소.」

하퍼 목사는 숨을 씩씩 몰아쉬며 말했다. 갈색 눈동자가 이글거렸다.

「영국의 법이 도덕을 바로 세우는 경지에까지 이르지 못한 게 한이오. 하지만 내 장담하지. 도싯에서 올바른 정신을 가진 사람이라면 당신의 방탕한 사생활이나 결투를 빙자한 살인극을 묵인할 사람은 아무도 없다는 걸 말이오. 여긴 선생 같은 사람이 머물 곳이 아니오. 사흘도 못 가서 주민들로부터 추방당할 거요. 스트릭런드는 미스 웨스턴이나 내게 맡겨두고 선생은 당장 런던으로 돌아가시오.」

「주니어스, 나까지 끌어넣지는 말아줘요.」

앨리즈가 깜짝 놀라 끼어들었다. 이제 겨우 말이 통하기 시작한 영지의 새 주인으로부터, 하퍼 목사의 무례한 선입견에 자기도 동조하고 있다는 의심을 사고 싶지는 않았다. 대번포트가 파란 불꽃이 뚝뚝 떨어질 듯이 눈을 번쩍이며 냉소적으로 답했다.

「이 교구의 선량한 신자들이 재산과 돈과 영향력을 가진 한 탕아를 기꺼이 그의 땅에서 추방할 거라고 믿고 있다면, 하퍼 목사, 당신이 세상을 너무 모르고 있는 거지.」

목사의 눈이 더욱 가늘어졌다.

「당신의 그 방탕하고 추잡한 뒷이야기들이 속속들이 알려진다면, 아무리 많은 돈과 재산을 들이댄다 해도 내 교구민들로부터 호감을 살수는 없을 거요.」

「이런, 이런…… 나의 그 방탕하고 추잡한 뒷이야기들을 다 알고 계시는 듯한데, 그러자면 내 이야기를 듣느라 꽤 많은 시간을 탕진했겠소. 신심 깊은 신의 종께는 어울리지 않는 소일거리였을 텐데?」

목사는 대번포트의 교묘한 놀림에 더욱 분개했다. 앨리즈는 금방이라도 두 사내가 자기 눈앞에서 주먹질을 하지나 않을까 조마조마했다. 목사가 다시 입을 열었을 때 그의 목소리는 매끄러웠으나 그 안에 담긴 지독한 멸시와 혐오감에 앨리즈마저 소름이 끼쳤다.

「내 친척 중에는 사회적으로 큰 영향력을 가진 사람들이 많소. 그분들을 통해 듣자니 당신의 이름은 온갖 추잡한 사건에 연루되지 않은 적이 없더군. 오입질에 도박에……」

대번포트는 짐짓 충격을 받은 듯한 목소리로 그의 말을 끊었다.

「아니, 이런! 목사님, 이 자리에는 숙녀분들이 계십니다.」

메리디스와 피터는 각자 두 사내들로부터 멀찍이 떨어진 자리에 앉아 넋을 놓고 대화에 귀를 기울이고 있는 중이었다. 목사가 대번포트를 향해 꼴에 어울리지 않는 예절을 찾는다는 듯한 표정으로 잠시 머뭇거리자 앨리즈는 얼른 두 남매를 향해 말했다.

「어서 너희들 방으로 올라가거라.」

감히 반항할 수 없는 어조였다. 메리디스와 피터는 마지못해 일어나 거실 문을 나섰다. 그러나 둘 다 귀를 문에 갖다 붙이고 방안의 대화를 엿들으리라는 것을 알면서도 앨리즈가 할 수 있는 것은 거기까지였다. 자기가 잠시라도 자리를 비우면 금방이라도 두 사내가 엉겨붙어 거실 바닥에 뒹구는 불상사가 생길 것 같아 도저히 자리를 비울 수가 없었던 것이다.

게다가 두 사내의 대화가 어떻게 매듭지어질지도 직접 보고 싶었다. 고결한 성직자와 타락한 악인의 대결이라니, 불구경이나 마차 사고보다 훨씬 볼 만한 구경이었다. 일부러 목청을 돋구며 앨리즈가 물었다.

「포도주라도 한잔씩 하시겠어요?」

대답을 기다릴 필요도 없이 잔 세 개를 가득 채운 그녀는 두 사내의 손에 각각 떠맡기다시피 술잔을 쥐어주고, 자신도 잔 하나를 든 채 소파로 돌아가 앉았다. 두 사내 사이에 딱 버티어 서고 싶었지만, 자칫하다가는 두 마리 개 사이에서 오락가락하는 뼈다귀 신세가 될 것 같아 겨우 진정하고 있는 중이었다.

대번포트는 천천히 포도주를 마셨다. 목사의 노기가 끓어오르면 끓어오를수록 대번포트는 점점 더 여유로워지고 냉정해지는 것 같았다.

「듣자하니 내 과거의 비행에 대해 조목조목 기억하고 계신 듯한데,

혹시 내가 잊거나 목사가 빠뜨리고 있는 것은 없는지 들어봅시다. 기억력이 부족하거나 상상력이 메마른 사람들 때문에 내 기록이 훼손되는 건 참을 수가 없어서.」

화중이 솟을 대로 솟은 목사가 내뱉듯이 대답했다.

「나를 놀릴 수 있을지는 몰라도 당신이 하느님까지 놀릴 순 없는 일이오. 당신이 결투를 빙자해 목숨을 빼앗은 세 사람의 망령이 꿈에 보이지도 않는단 말이오?」

대번포트는 고개를 한쪽으로 갸웃하며 이상하다는 듯이 말했다.

「아니……, 틀림없이 셋이 넘는 걸로 알고 있는데.」

그는 잠시 생각하는 척 하다가 이제야 알았다는 듯이 말을 이었다.

「아하, 아마 작년에 파리에서 죽은 놈 이야기는 아직 못 들으신 모양이군. 목사, 최신 정보에는 눈이 어두우신가 봅니다. 우리 탕아들은 한 순간의 승리에 만족하지 못한다오, 목사. 악명을 유지하는 데는 끊임없는 노력이 필요하거든.」

앨리즈는 터져나오려는 웃음을 가까스로 눌러 참고 있었다. 난잡하고 방탕하다는 오명을 가진 스트릭런드의 시 주인은 너무나 침착하고 논리적인데 비해서 매사에 빈틈없고 도덕적이라는 평판을 듣는 목사는 거의 폭발하기 일보직전이었다. 빠드득, 이를 가는 소리가 앨리즈에게까지 들릴 정도였다.

「결투를 빙자해 살인을 서슴지 않다니, 당신이야말로 교수형을 당해 마땅해!」

「설사 내가 결투에서 내각의 장관들을 몰살시켰다 한들, 내게 유죄 판결을 내릴 사람은 아무도 없소. 더구나 나는 죽어도 마땅한 인물이 아니면 함부로 결투를 받아주지도 않아.」

더 이상 대꾸할 말을 찾지 못한 목사는 화제를 다른 곳으로 돌렸다.

「런던에 창녀굴까지 가지고 있다면서, 참 낯도 두껍소.」

목사의 세세한 정보에 놀랐다는 듯 짙은 눈썹을 치켜올리며 대번포트가 대답했다.

「정말 정보에 밝으시군, 목사. 하지만 나는 그 매춘업소 주인의 파트너일 뿐이야. 정확히 말하자면……, 잠자리 파트너라고나 할까…….」

대번포트는 사악한 눈빛으로 씨익 음흉한 미소까지 지었다. 목사는 대번포트의 노골적인 비아냥거림에 치를 떨었다.

「순진한 시골 처녀들을 꼬여서 그 매음굴의 창녀로 보낼 생각은 꿈도 꾸지 마시오. 우리 교구 처녀들을 겁탈해서 수치심 때문에 집을 떠나도록 만든다면, 내 결단코 가만히 두지 않을 것이오.」

「나도 그렇게 나쁜 놈은 아니오, 목사.」

포도주 잔을 기울여 반 넘어 마신 대번포트의 목소리는 여전히 침착했다. 그러나 포도주 잔을 쥔 손에는 바짝 힘이 들어가 있었다.

「내가 기억하는 한, 난 나를 원치 않는 여인을 겁탈한 적이 없소. 물론 가끔씩 술에 취해 기억하지 못하는 일들도 있기는 하지만, 기억이 사라질 정도로 술에 취했을 때 여자를 겁탈한다는 건 불가능한 일이 아니겠소?」

더 이상 참지 못한 목사가 악을 쓰기 시작했다.

「대번포트, 당신은 영원히 지옥불에 태워질 거야. 그래도 그렇게 태연할 수 있나?」

「난 사실 천국과 지옥이 존재한다는 사실조차 믿을 수가 없어. 만약 존재한다 해도 난 천국에서 편안히 노닐기보다는 지옥에서 불에 태워지는 쪽을 택할 거야. 내 친구들은 모두 거기 있을 테니까. 게다가 사철 눅눅한 영국 날씨에서 평생을 보냈으니 저승에서의 삶은 불지옥에서 보내는 것도 나쁘지 않지.」

「도저히 상종을 못 할 인간이군!」

목사가 고개를 절레절레 흔들었다.

「경멸스러운 인간! 창녀 장사, 새빨간 거짓말쟁이, 사기…….」

그러나 목사는 그 다음 말을 이을 수가 없었다. 대번포트의 오른손이 날아가 목사의 목덜미를 움켜쥐었기 때문이었다. 그의 다섯 손가락이 교묘하게 힘을 조절해 목사의 숨통을 조이고 있었다.

마주 싸울 엄두도 낼 수 없을 정도로 놀란 믁사는 숨이 막혀 컥컥대기 시작했지만 대번포트의 싸늘한 시선은 적의 눈을 날카롭게 쏘아보고 있었다.

「난 누구에게도 사기 친 적이 없어. 거짓말을 한 적도 없어. 지금까지 내 손에 많은 사람의 피를 묻혔지만 목사만은 건드린 적이 없었어. 하지만 계속해서 내 이름을 함부로 더럽힌다면, 나도 예외를 만들 수밖에 없지. 내 말 알아들어?」

목사의 공포에 질린 표정에서 만족할 만한 답을 얻었는지, 대번포트는 그를 놓아주었다. 대번포트의 표정에는 역겨움이 가시지 않았다. 아직 잔에 남은 포도주를 마저 비운 후 앨리즈를 돌아다보며 정중하게 작별인사를 건넸다. 마치 시끄러운 소란은 전혀 구경도 못했다는 듯한 행동이었다.

「그만 가야겠소. 즐거운 저녁 식사에 끼워주어서 정말 고마웠소. 괜찮다면 내일 아침 아홉 시에 당신 사무실에서 봅시다.」

어안이 벙벙한 채 아무 말도 못한 앨리즈가 겨우 고개를 끄덕여 알아들었다는 표시를 하자, 그는 술잔을 내려놓고 허리 숙여 인사를 했다. 한번은 조롱이 가득한 미소를 띠고 목사를 향해, 다시 한 번은 정중한 얼굴로 앨리즈를 향해. 대번포트가 고개를 드는 순간 그의 푸른 눈동자가 앨리즈의 눈과 마주쳤다. 그의 눈이 무엇을 말하고 있는지 앨리즈는 확실히 알 수 없었다. 혹시 하퍼 목사에 대한 분노를 자신에게까지 전달하고 있는 것은 아닐까? 앨리즈는 제발 그게 아니길 빌었다.

대번포트는 뚜벅뚜벅 걸어나갔고, 목사의 멍한 시선이 그의 뒤를 따랐다. 먼저 정신을 차린 앨리즈가 두 개의 술잔에 브랜디를 따랐다. 술잔 하나를 목사의 손에 쥐어주고서 그녀는 의자를 가리켰다.

브랜디를 한모금 들이켜고 나서야 목사의 안색에 혈기가 돌았다. 목사가 눈을 들어 앨리즈를 마주보았다.

「뻔뻔스러운 무뢰배 같으니! 하느님의 종에게 무엄한 말을 지껄이고,

폭력까지 쓰다니…….」

목사는 고개를 가로저으며 브랜디를 한모금 더 들이마셨다. 앨리즈는 목사가 악마와의 대결에서 살아남은 것을 내심 다행으로 여기며 자기 의자에 가 앉았다.

「목사님 쪽에서 먼저 저 사람을 화나게 만들었잖아요. 목사님이 나타나서 호통치기 전까지만 해도 완벽한 신사처럼 행동하셨다구요.」

「모르는 소리 말아요. 탕아는 백 번을 죽었다 깨어나도 신사가 될 수 없어요. 저런 무뢰배를 잠시나마 미스 스펜서와 한 지붕 아래 있게 했다니…….」

목사는 자신의 속을 들켰다는 것을 깨닫고 얼른 입술을 깨물었다가 보다 온건한 어조로 다시 말을 시작했다.

「미안해요. 당신을 탓하려는 건 아니었어요, 레이디 앨리즈. 하느님께 충실하고 고결한 여인이 어떻게 저런 악인의 뒷이야기를 알겠습니까.」

「전 순진한 시골 처녀가 아닙니다, 목사님. 저도 대번포트 씨에 대한 좋지 않은 소문들은 들어서 알고 있어요. 하지만 어쩌겠어요. 이 영지의 새 주인이신걸. 제가 그분을 위해 일할 수밖에 없다는 걸 아시잖아요. 한가지만 말씀드릴게요. 예수님께서 말씀하시길, '심판 받기 싫은 자, 남을 심판하지도 말지어다' 하셨어요. 우리 중에 누가 먼저 돌을 던질 수 있겠어요? 저는 확실히 아니라구요.」

어쩌다 보니 인용이 뒤섞인 감이 있었지만, 앨리즈의 충고는 충분히 효과가 있었다. 충격을 받은 듯 잠시 멍한 표정이던 목사가 조용한 목소리로 말했다.

「당신의 영혼이 얼마나 고결한지, 그 따뜻한 마음이 얼마나 아름다운지 새삼 느껴지는군요, 레이디 앨리즈. 이번에도 당신 말이 옳아요. 또 제가 엄청난 잘못을 저질렀군요. 예수님의 눈으로 보면 우리는 다 똑같은 죄인인 걸 말입니다.」

목사는 잠시 자신의 죄를 참회하는 것 같았다. 그러나 그의 참회는 오래 가지 못했다.

「하지만 예수님께서도 죄의 경중은 가리실 겁니다. 대번포트는 최악의 죄인이 분명하다구요.」

「하지만 그분도 이젠 새로운 삶을 시작하려 하고 계세요. 그렇다면 그분에게 용기를 북돋워드리는 것이 진정한 크리스천의 의무가 아니겠어요?」

앨리즈가 진지하게 물었다. 목사는 앨리즈의 말을 믿을 수 없다는 듯한 표정이더니 자기 술잔만 묵묵히 내려다보았다. 만약 윌리엄이 목사처럼 행동했다면 그 속 좁은 언행을 나무랐겠지만, 상대가 목사이고 보니 앨리즈는 달리 어찌할 방도가 없었다.

학교를 세우는 일은 물론이고 몇 푼 되지 않는 교구 자금이나마 자신의 주머니를 채우는 데 쓰지 않고 도움이 필요한 사람들을 찾아 한 푼이라도 더 보태주려고 애쓰는 목사라는 것을 앨리즈도 알고 있었다. 하퍼 목사는 스트릭런드를 조금이라도 더 살기 좋은 공동체로 만들고자 불철주야 애쓰는 사람이었다. 스트릭런드에 처음 부임했을 때는 목사도 이 지역에서 가장 영향력 있는 사람이 남자가 아니라 여자라는 사실에 당황했고, 그 여자를 자신과 동등한 인격체로 받아들이는 데 어려움을 겪었던 것도 사실이었다.

때때로 지나치게 독선적이라는 흠은 있었지만, 하퍼 목사와 앨리즈는 항상 뜻이 잘 맞는 동지였다. 너무나 뜻이 잘 맞는 나머지 때로는 앨리즈도 목사가 더 가까운 관계로 발전하기를 은근히 바라는 것이 아닌가 하는 의심을 가질 정도였다. 그러나 앨리즈는 그런 의구심을 일축했다. 일점 흠 없이 살기를 원하는 남자와 평생을 같이 한다는 것이 자신에게는 버거운 일이라는 것은 둘째로 치고라도, 만약 목사가 앨리즈의 진짜 모습을 알게 된다면 결코 받아들이지 않으리라는 것을 잘 알기 때문이었다.

게다가 하퍼 목사가 입으로는 앨리즈에게 하느님을 두려워하는 한 여성으로서 성직자의 평생 반려자가 되기에 부족함이 없는 사람이라고 말하면서도 눈으로는 기회가 있을 때마다 메리디스를 뒤쫓아 다닌다는 것을 모를 리 없었다. 앨리즈가 옛날에 알고 지냈던 모든 남자들과 마찬가지로, 하퍼 목사 역시 고결한 인격과 저속한 욕망을 하나로 다스리기엔 아직 모자라는 남자였다.

목사가 길게 이어지던 침묵을 깨고 먼저 말문을 열었다.

「대번포트는 자기 정부의 남편을 결투로 죽인 사람이에요. 남편을 죽이고도 결혼해달라는 정부의 청은 끝내 마다했답니다. 자기 아이를 가진 여자였는데 말이죠.」

앨리즈는 그 말에 너무나 놀라 숨을 멈추었다.

「여자가 대번포트 씨의 아이를 가졌는데, 그 남편을 죽이고도 끝내 결혼은 하지 않았단 말씀이에요?」

도저히 믿을 수 없다는 말투였다. 목사는 이제야 자신이 왜 그토록 대번포트를 혐오하는지 알았느냐는 듯한 표정으로 고개를 끄덕였다.

「당신이 '신사'라고 두둔해준 사내는 바로 그런 자였어요. 그 여인의 인생은 물론 완전히 망가져버렸죠. 대번포트도 상류사회에서 추방당하기는 했지만, 자신이 한 사악한 행동에 대한 진짜 벌다운 벌은 아직 받지 않았다구요.」

앨리즈는 이미 오래 전부터 어떤 일이든 개입된 사람들의 입장은 두 갈래로 갈라져 있고, 그 상반된 두 의견을 모두 들어보아야 균형 잡힌 판단을 할 수 있다는 것을 깨닫고 있었지만, 이번 일 만큼은 대번포트의 무정함을 탓하지 않을 수 없었다. 앨리즈가 부드러운 목소리로 말을 받았다.

「하지만 목사님, 대번포트 씨는 여기서 떠나지 않을 거예요. 매사를 최악의 상황만 생각할 게 아니라 최선의 상황을 바라보고 좋게 생각하는 게 더 현명하지 않을까요?」

시무룩한 표정으로 마지못해 목사가 고개를 끄덕였다.

「역시 현명하시군요, 레이디 앨리즈. 막강한 영향력을 가진 탕아를 어떻게 하면 선한 양으로 개선시킬 수 있을지, 우리 교구민들의 선한 영혼에 맡겨야겠죠.」

　아직도 목사는 앨리즈의 말을 대번포트와 화해하라는 뜻이 아니라 교구민들이 알아서 그를 몰아내거나 교화시킬 때까지 기다리자는 뜻으로만 들은 것 같았다. 앨리즈는 목사가 교구민들의 '선한 영혼'을 들먹이는 것도 더 이상 참을 수가 없었다. 아무리 선한 영혼을 가졌더라도 교구민들은 각자 자기 입장이 있고 주장이 있는 사람들이었다. 선한 영혼을 가졌다고 해서 반드시 목사와 똑같은 결론을 내리라는 법은 없었다. 목사의 주변에 사람이 모일 수는 있겠지만, 목동의 휘파람소리에 따라 이리 몰려다니고 저리 몰려다니는 양떼가 되기를 기대할 수는 없었다. 그러나 지금은 목사에게 설교를 하기엔 적당한 때가 아니었다. 앨리즈는 다른 생각을 접고 오늘은 목사의 상한 자존심과 위엄을 되찾아주는 데 최선을 다하기로 작정했다.

　목사의 생각이야 어떻든, 앨리즈는 대번포트가 한꺼번에 너무 많이 변하지 않기를 바랐다. 과거가 아무리 추악하다 해도 그녀는 지금과 같은 모습의 대번포트가 마음에 들었다. 오늘 목사에게 한 행동은 비난받아 마땅한 것이었지만, 또한 남자로서 매력적인 행동이었다는 것도 부인할 수 없었다. 만약 앨리즈가 목사의 생각처럼 '신을 두려워하는' 올바른 여자였다면, 목사에게 험한 말과 폭력으로 맞선 대번포트를 두고 이런 생각을 가져서는 안될 일이었다.

　잠시 후 목사도 로즈 홀을 떠났다. 출입문이 모두 잠겼는지 둘러보고 피터와 메리디스도 각자 잠자리에 든 것을 확인한 후, 앨리즈는 오늘은 자신도 일찍 잠자리에 들어야겠다고 생각했다. 봄은 일년 중 가장 바쁜 계절이었다. 내일은 일꾼들을 동원해 스트릭런드에서 가장 중요한 농작물 중의 하나인 토마토를 심기 시작하는 날이었다.

　일찍 잠자리에 누웠지만 잠은 쉽사리 오지 않았다. 커튼 사이로 빗겨드는 달빛을 바라보며 앨리즈는 계속해서 뒤척였다. 남자들의 눈길을 끌기엔 키도 너무 크고 억세게 생긴 앨리즈 웨스턴이 남자들과 더 가까이 지낸다는 사실은 생각할수록 우스운 일이었다. 그녀는 남자들과 이야기를 나누는 것도 좋았고, 여자들과는 다른 성격이나 사고방식을 발견하는 것도 즐거웠다. 또한 자신의 명령에 따라 일하는 남자 일꾼들의 힘이 넘치는 육체를 몰래 훔쳐보는 것도 은밀한 즐거움을 가져다주었다.

가끔씩 지금 같은 때, 앨리즈는 남자의 팔을 베고 한 침대에 눕는다는 게 어떤 느낌일까 하고 상상하는 자신을 발견하고는 당혹스러워하기도 했다. 그걸 깨달을 때마다 마치 숲 속을 거침없이 배회하는 한 마리 야생동물이 된 기분이었다. 만약 그녀의 은밀한 갈망을 목사도 안다면, 아무리 정숙한 여자라도 때로는 이토록 수치심을 잊을 수 있다는 사실에 뼛속까지 뒤흔들리는 충격을 받을 것이 뻔했다.

그러나 사실 앨리즈는 그런 척 할 뿐, 스스로 그다지 정숙한 여자라고 생각하지는 않았다. 욕망이란 덧없고 상스러운 것이기는 했지만, 그런 감정이 자신의 내면에도 존재한다는 사실을 그녀는 부인할 수 없다. 만약 메리디스의 반만큼만 아름다운 용모를 타고났어도 필시 대단한 요부가 되었을 거라고 스스로 생각한 적이 한두 번이 아니었다.

아니, 꼭 요부가 되길 원하는 것은 아니었다. 앨리즈의 가슴 깊은 곳에 숨겨진 진짜 바람은 단 한 사람의 남자, 그녀를 사랑하고 그녀 또한 사랑할 수 있는 그런 남자였다. 오직 그녀만을 소중하게 아껴줄 그런 남자. 만약 그런 남자를 만난다면 앨리즈는 마음과 영혼, 정신과 육체를 온전히 그에게 줄 수 있었다. 다른 어떤 것보다도 그에게 육체를 맡기고 싶은 마음은 확실했다.

철부지 여학생들처럼, 하퍼 목사가 경멸해 마지않는 그런 연애소설을 읽었다는 사실을 인정하기는 쑥스러웠지만 자신에게만큼은 솔직하고 싶었다. 대책 없이 낭만적이기만 한 그런 삼류소설을 읽지만 않았어도, 랜달프의 생각 없는 말 한마디가 그토록 절망스럽지는 않았을 터였다. 그 말 한마디에 앨리즈는 자신에게 약속된 모든 유산으로부터 등을 돌렸던 것이다.

그러나 그만큼 낭만적이고 상처 입기 쉬운 사람이었기 때문에 자신이 알고 있었던 유일한 세계로부터 도망칠 수 있었다. 그후로 십 수년 간, 앨리즈는 엄격한 예의범절 속에 모든 열정을 감추고 살아왔다. 마음속에 요부 기질을 품고 있다는 것만으로도 괴로운 일인데, 세상 사람들의 눈에 가소로운 존재로 비치는 것은 더욱 참을 수 없었다. 겉늙은 망아지 같은 앨리즈 웨스턴도 아리따운 처녀들과 다름없이 남자들의 관심을 끌고 싶어하는 마음을 가지고 있다는 것을 알면 세상 사람들에겐 더할 나위 없이 반가운 입놀림감이 될 것이 분명했다.

오늘밤, 레저널드 대번포트가 눈앞에 자꾸만 어른거리는 건 당연한 거라고 앨리즈는 자신을 위로했다. 순전히 동물적인 수준에서 말하자면, 대번포트는 그녀가 이제껏 본 남자들 중에서 최상이었다. 늘씬하고 힘이 넘치는 그의 육체는 성적인 매력을 마음껏 발산하고 있었다. 검게 그을린 피부는 희미하게 이국적인 매력을 풍겼다. 집시나 아니면 해적? 그리고 그 맑고 푸른 눈도 마음에 들었다. 아버지처럼 따뜻하게 빛나다가 일시에 얼음장 같이 차가운 조롱을 암시하기도 하는 변화무쌍한 눈동자였다.

다 꺼져버려! 자신에 대한 역겨움이 솟구쳐오르는 것을 느끼며 앨리즈는 아직도 생생하게 떠오르는 대번포트의 모습을 애써 지워버렸다. 그의 강렬한 남성미도 자주 접하다보면 차츰 덤덤해지겠지. 앨리즈는 어서 그렇게 되기를 바랐다. 그에 대한 환상을 갖는 것조차 그녀에겐 위험하기 짝이 없는 일이었다. 대번포트도 따뜻한 마음씨를 가진 남자라는 것을 느낄 수 있었지만, 그렇더라도 그는 한 여자의 남편을 죽인 사람이었고, 언제 어떻게 변할지 종잡을 수 없는 사내였다. 대번포트에게 있어서 자신은 겨우 하녀 신세를 면한 피고용인의 신분이라는 것이 다행스럽게 느껴지기도 했다. 대번포트는 그녀를 여자로 보는 것 같지도 않았다.

하지만 생각이 거기에 미치자 다행스럽게 여겨지기는커녕 마음은 오히려 더 우울해졌다. 앨리즈는 몸을 돌려 배를 바닥에 대고 엎드렸다. 이불이 둘둘 휘말려 배 밑에서 딱딱하게 느껴졌다. 갑자기 분노가 치밀어 앨리즈는 주먹을 불끈 쥐고 베개를 두들겼다. 이건 불공평해. 너무 불공평해. 어떻게 말해야 할지는 모르겠지만, 하늘을 향해 마음껏 저주라도 퍼붓고 싶은 심정이었다.

대여섯 번 베개를 두들기고 나니 분노는 차츰 가라앉았지만, 우울한 마음은 가시지 않았고 온몸에 힘이 다 빠져나간 기분이었다. 지위와 재산을 모두 내던지고 돌아섰음에도 불구하고 지금은 혼자 힘으로 살 수 있을 만큼 안정된 일자리를 가지고 있으니, 생각해보면 그녀는 다른 사람들에 비해 운이 좋은 편이었다. 가까운 사람들로부터 존경받고 있었고, 양육을 맡은 세 아이들로부터 사랑도 받고 있었다. 사실 아이들에게 주는 것에 비해 앨리즈가 받는 사랑은 훨씬 더 큰 것이었다. 지금 누리고 있는 이런 축복들을 생각한다면, 남자들의 관심을 끌 만한 육체를 만들어주시지 않았다고 해서 신을 원망할 처지는 아니란 생각도 들었다.

길게 한숨을 토해내며 옆으로 돌아누운 앨리즈는, 가슴속의 텅 빈 공간을 채우려는 듯 베개를 꼭 끌어안았다. 든든한 남자의 몸을 대신하기엔 너무나 보잘것없는 베개였지만, 안타깝게도 지금으로선 그녀가 선택할 수 있는 최선의 대안이었다.

8

  로즈 홀을 나서는 레저널드의 기분은 지독히 불쾌했다. 누구와의 싸움이든 언제나 기꺼이 받아주었던 것을 생각하면 방금 있었던 일이 이토록 불쾌한 것은 오히려 이상한 일이었다. 최악의 평판을 듣고 살아오긴 했지만, 숙녀들과 어린아이가 있는 자리에서 그렇게 볼썽사나운 장면을 연출한 것은 처음이었다. 주니어스 하퍼 같은 신망 있는 인물이 아니었다면 차라리 이렇게 절망스럽지는 않았을 것이었다.

  기분도 엉망인데 저택 안에 남아 있는 술조차도 셰리주뿐이었다. 셰리주는 평소 레저널드가 입에 대지도 않는 술이었다. 그나마도 목사와의 한판 대결이 남긴 불쾌한 기분을 씻어내기에는 턱없이 부족한 양이었다. 속으로 부아를 끓이면서 그는 내일 아침 눈을 뜨자마자 헤럴드부인에게 포도주 창고를 꽉꽉 채워놓으라고 지시해야겠다고 생각했다.

  술병은 금방 바닥이 드러났다. 집을 나서서 술집이라도 찾아볼까 생각했지만, 이런 시골에서 이렇게 늦은 시간까지 손님을 받아줄 술집은 없었다. 술생각도 간절하긴 했지만 술집을 찾아 도싯을 뒤지고 다니는 자신의 모습을 상상하니 술생각이 사라졌다.

새벽 세 시, 아직도 그는 분이 풀리지 않아 잠을 이루지 못하고 있었다. 체면이고 이목이고 다 무시하고 아무 술집이나 찾아들고 싶은 마음이 다시 한 번 간절해졌다. 텅 빈집을 휘도는 바람은 빈방과 복도마다 공허한 울림소리를 내며 돌아다녔다. 내일 맥 쿠퍼가 도착하면 뭔가 달라지겠지. 새로 고용한 다른 하인들도 사나흘 안으로 도착할 예정이었다. 레저널드는 맥 쿠퍼가 못내 아쉬웠다.

다음날 아침, 앨리즈의 사무실에서 그녀를 만났을 때도 그의 기분은 전혀 나아지지 않았다. 앨리즈는 책상 앞에 서서 찡그린 얼굴로 그날 해야 할 일들을 적은 종이를 내려다보고 있는 중이었다. 몸에 잘 맞는 담갈색의 바지 차림이었다. 비록 바지 속에 가려져 있지만 앨리즈의 늘씬한 다리를 보는 것만으로도 레저널드는 한결 기분이 나아지는 것 같았다. 게다가 오늘 아침에는 황금빛으로 빛나는 머리칼도 한 가닥으로 굵게 땋아 내리고 있었다. 간단히 아침인사를 나눈 후 레저널드가 말했다.

「일을 방해해서 미안하오. 얼마 걸리지 않을 거요.」

앨리즈는 책상 모서리에 엉덩이를 걸치고 앉아 땋은 머리카락을 앞으로 잡아당겨 끝머리를 만지작거렸다. 그녀는 차마 레저널드와 눈길을 마주치지 못했다.

「어젯밤 일은 정말 죄송했습니다. 하퍼 목사님은 사실 굉장히 존경할 만한 분입니다. 다만…….」

앨리즈는 마땅한 단어를 찾을 수 없어 말꼬리를 흐렸다.

「다만 남의 일에 나서기를 좋아한다, 그 말이오?」

「이상주의자이신데다 완벽주의자이시기 때문에 보통사람으로서는 뜻을 맞추기가 어렵다고 말씀드리고 싶군요.」

「절묘한 표현이로군. 완벽주의자다운 행동이 목사의 이상이 높기 때문이라고 생각하시오? 아니면 아직 유혹에 빠진 적이 없기 때문이라고 보시오?」

앨리즈는 자기도 모르게 슬쩍 미소를 지었다. 얼른 미소를 감추면서 그녀는 땋은 머리채를 어깨 뒤로 넘겼다.

「목사님도 유혹으로부터 완전히 자유로우실 수는 없죠. 메리디스가 주변에서 얼쩡거리기만 해도…… 눈길이 얼마나 바빠지시는데요. 하지만 전 목사님은 보통사람들이 흔히 보이는 부도덕한 행위들과는 거리가 먼 분이라고 생각합니다.」

「화살이 다시 내게 향하는 것 같군.」

레저널드는 책장에 꽂혀 있던 책을 한 권 꺼내서 스르르 책장을 넘겨보았다. 말을 기르는 사람이라면 누구나 교과서처럼 가지고 있는 책이었다.

「그런 게 아니라……, 어쨌든 목사님은 교구민들에게는 성심 성의를 다하고 계세요. 지금까지 부임했던 어떤 목사님들보다도 책임감이 강한 분이죠.」

「그 책임감에는 신앙심 없는 나 같은 사악한 인간을 단죄하는 것도 포함되어 있겠지.」

레저널드는 책을 도로 책장에 꽂고 돌아서서 그 억센 어깨를 책장에 기대고 섰다. 그의 목소리는 잔뜩 비틀려 있었다. 앨리즈는 거의 똑같은 눈높이에서 레저널드의 눈을 한참이나 마주보았다.

「제가 보기에는, 대번포트 씨의 가장 사악한 단점은 그 말투인 것 같군요. 충분히 비난받을 만하죠.」

「부인하지는 않겠소. 참견하기 좋아하는 둔재들은 항상 내게서 최악의 단점을 잘도 끄집어내지. 당신이 존경해 마지않는다는 하퍼 목사는 그 둔재의 전형적인 인간이오. 이 교구민의 삶의 수단을 장악하고 있는 사람이 바로 나라는 사실을 그 목사가 알고나 있는지 의심스럽소. 목사 입장에서는 내게 정중한 태도를 보이는 것이 정치적으로 훨씬 이로울 텐데…….」

레저널드는 악의에서 비롯된 만족감이 깃들인 목소리로 말을 맺었다. 앨리즈의 눈이 휘둥그레졌다.

「아……, 저도 그 생각은 미처 못했군요, 아마 목사님도 거기까진 생각하지 못하셨을 거예요. 사실 목사님이 이곳 교구에 부임하신 것도 조부가 돌아가신 노백작과 친분이 있었던 덕이라고 들었거든요.」

레저널드의 미소는 악마의 웃음에 가까웠다.

「옛말에 용서는 최고의 복수요 무시는 최고의 모욕이라는 말이 있지. 하퍼 목사를 삶의 터전에서 내쫓는 것보다는 여기 그대로 두고 무시하는 것이 훨씬 더 잔인한 복수라는 생각이 드는군. 내가 보기에 목사는 순교할 기회만 있다면 기꺼이 그 기회를 놓치지 않을 사람인 것 같던데.」

앨리즈는 잠시 말문이 막혀 레저널드를 빤히 바라보았다. 레저널드가 하는 말들을 곧이곧대로 믿을 수가 없기 때문이었다. 그러나 잠시 후 앨리즈는 그가 들어선 후로 참고 참았던 웃음을 한꺼번에 터뜨렸다. 한바탕 웃고 난 후에 겨우 숨을 가다듬고 그녀가 말했다.

「정말 구제불능이시군요. 대번포트 씨의 말씀이 맞습니다. 목사님이 여기서 쫓겨나신다 해도 목사님의 영향력 있는 친척들이 가만히 있지 않겠죠. 어디선가 또 다른 자리를 찾을 거고, 목사님은 영영 정의를 위해 순교할 기회를 못 찾으실 테니까요.」

웃음 끝에 속을 털어놓던 앨리즈는 문득 입을 다물었다가 한층 가라앉은 목소리로 덧붙였다.

「죄송합니다. 제가 왈가왈부할 화제가 아니었던 것 같군요.」

「진실을 이야기하는 것은 사과할 일이 아니오, 아가씨. 나는 정말 구제불능이니까.」

레저널드의 눈이 냉소적으로 빛났다. 그는 책상 앞에 놓인 의자에 가서 앉아 다리를 앞으로 쭉 뻗으며 느릿느릿 여유 있는 몸짓으로 발목을 서로 겹치고 앉았다.

앨리즈는 레저널드의 유연하고 우아한 몸동작에 잠시 넋을 잃었다. 갑자기 간밤에 떠올랐던 레저널드에 대한 상상의 장면들이 되살아나 얼굴까지 빨갛게 상기되었다. 다른 사람들의 생각을 훤히 읽어내는 대번포트의 예리한 통찰력이 자신에게만은 제대로 먹혀들지 않기를 바라면서, 앨리즈는 책상을 빙 돌아 자기 의자에 가 앉았다.

「집사에게 아가씨라는 호칭은 어울리지 않는다는 생각이 드는군요.」

「하지만 '미스 웨스턴'은 너무 딱딱하고, '레이디 앨리즈'는 너무 위협적이니……, 그럼 뭐라고 불러드릴까?」

「뭐가 어울릴지는 모르겠지만, 어쨌든 '아가씨'는 아닌 것 같아요. 저를 그렇게 부르셨다가는 대번포트 씨가 염려하시는 바로 그런 추문이 떠돌게 될 겁니다. 제 생각엔 그저 앨리즈라고 부르시는 게 가장 좋을 것 같군요.」

「'앨리'는 어떻겠소?」

「앨리즈의 애칭으로 말인가요? 나쁘지는 않군요.」

레저널드가 이를 드러내며 싱긋 웃었다.

「사실은 '도둑 고양이(alley cat)'에서 따온 말이오. 당신은 고양이처럼 사람의 속을 잘 할퀴니까.」

웃음을 참느라 억지로 인상을 찡그리며 최대한 차가운 목소리로 앨리즈가 말했다.

「대번포트 씨, 정말 구제불능이시군요.」

「내가 바라는 바요. 그렇게 되려고 열심히 노력하고 있는 중이지.」

대번포트의 미소에 앨리즈도 따라 웃고 말았다.

「나를 부를 땐 그냥 '레지'라고 불러요. 레지라는 이름에는 '나쁜 놈'이란 뜻도 있고, '얼빠진 놈'이라는 뜻도 있지.」

「둘 중 어느 쪽이 더 마음에 드시나요?」

「물론 '나쁜 놈'이 더 좋지. 당신도 그 쪽이 더 마음에 들지 않소?」

레저널드가 눈썹을 치켜올리며 물었다.

「저도 그런 것 같군요.」

더 이상 웃음을 참기를 포기하고 앨리즈는 크게 웃어버렸다.

「흠 없이 착한 사람들만 상대한 제 경험으르는 대번포트 씨 같은 분은 정말 처음입니다. 혹시 제가 제대로 대응하지 못한 점 있더라도 양해하십시오. 경험이 부족한 때문이니까.」

「내게 제대로 대응하는 방법은 간단하오. 항상 진실만을 말하는 거지. 그 진실이 아무리 두려운 것일지라도 말이오.」

레저널드의 목소리는 쾌활하고 밝았으나 그 바닥에는 진지함이 숨어 있었다.

「그리고 한가지 더, 웃음이 없는 삶은 살 가치가 없소.」

그의 마지막 말은 앨리즈에겐 큰 충격이었다. 그녀도 유머감각이라면 남 못지않은 사람이었다. 농담도 잘 하고, 메리디스를 비롯한 삼 남매와 함께 있을 때도 잘 웃는 편이었다. 하지만 오랫동안 언제나 큰 노력을 들여야 웃음을 즐길 수 있었던 것도 사실이었다. 웃음은 그녀에게 있어서 삶의 일부가 아니라 고된 노동의 보상이었던 것이다.

「제가 그렇게 무뚝뚝하게 보였나요?」

「그렇다고 할 수 있지. 하지만 전혀 희망이 없는 정도는 아니오. 아, 내가 오늘 당신을 찾은 이유는, 앞으로 스트릭런드를 어떻게 개선시키고 싶은지 당신 생각을 듣고 싶어서요. 장비, 건물, 가축, 어떤 것이라도 상관없소. 내게도 따로 생각이 있지만 우선 당신 생각을 듣고 싶으니까.」

레저널드의 파란 눈이 따뜻하게 빛났다.

「그럼, 수입을 계속해서 재투자하시겠다는 말씀이신가요?」

앨리즈가 놀란 얼굴로 물었다.

「그럼 내가 수입을 몽땅 가져다가 도박판에 퍼부을 줄 알았소?」

레저널드의 목소리는 침착했다. 솔직한 대답을 망설이다가 앨리즈는 언제나 진실만을 말하라던 그의 충고가 생각나 용기를 냈다.

「당연히 그러실 줄 알았습니다. 유명한 도박꾼이시니까.」

「내가 도박을 한 건 돈이 필요해서였소, 앨리즈. 이제 사는 데 불편이 없을 수입원이 있으니 더 이상 도박판을 기웃거릴 이유가 없소.」

「저는 도박꾼이라면 늘 돈을 잃는 사람이라고 생각했었어요. 하긴,

잃는 사람이 있으면 따는 사람도 있어야 하겠군요.」

「맞는 말씀. 나는 늘 따는 편에 속했지. 물론 한동안 계속 돈을 잃는 바람에 심각한 위기에 휘말리기도 했었지만. 몇 번 잃다보니 이성을 잃었거나 술기운에 정신이 없었던 탓일 거요. 하지만 20년 동안 도박판에서 살면서 잃은 돈보다는 딴 돈이 천 파운드쯤 많을 거요. 들어오는 수입과 내 생활을 유지하기 위한 지출 사이의 격차를 메우는 데 아주 유용한 돈이었소. 명성도 그렇지만, 악명도 거저 얻어지는 게 아니오.」

「어떻게 그렇게 자주 이길 수가 있죠?」

「궁금하면 알려드릴까? 그 비결은 정직하게 하는 거요.」

「정직이라구요?」

「연전연승이다보니 사람들로부터 내 정직성을 의심받은 적도 한두 번이 아니었지. 도박에서 이기는 비결은 지나치게 위험한 게임을 피하는 거요. 기술보다는 요행수에만 의존하는 도박을 가능한 한 피하는 것이 도박판에서 살아남을 수 있는 방법이오. 기술을 연마하는 한 지지 않으니까.」

「재미있는 이론이군요. 계속하세요.」

레저널드는 잠시 생각을 한 후 말을 이었다.

「해저드 게임을 예로 들어봅시다. 주사위를 굴리는 게임인데, 일정한 숫자의 조합이 나오도록 해야 해요. 확률상 어떤 수의 조합은 다른 수의 조합보다 나오기가 쉽기 때문에, 수학적인 확률을 따져서 위험이 분산되도록 판돈을 걸면 머리 잘 굴리는 쪽이 이기게 되어 있소.」

잠시 앨리즈가 어안이 벙벙한 표정을 짓자 레저널드가 물었다.

「내 말이 너무 어려웠소? 아마 당신은 도박꾼이라면 한결같이 명확한 판단력이 없거나 확률 계산도 못하는 무식한 한량들이라고 생각했나본데, 꼭 그렇지는 않지. 카드 게임처럼 이미 나온 패를 속속들이 기억해놓으면 이길 확률이 높아지는 게임도 있소. 헌데 난 굉장히 좋은 기억력을 가지고 있거든.」

그뿐일까, 칼날 같은 판단력에 강철같은 배짱도 가지고 있겠지. 앨리즈는 홀로 생각했다. 남자들만의 세계를 잠시 엿보는 듯한 기분으로 앨리즈가 또 물었다.

「그럼 경마는 어떤가요?」

레저널드는 고개를 저었다.

「그건 우연이 너무 많이 작용하지. 말에 대해서 아무리 많이 안다고 해도 변수가 너무 많아. 말도 그렇고 기수도 그렇고. 내가 직접 말을 모는 경우가 아니면 경마에는 별로 관심을 두지 않는 편이오. 그러니까 경마에서 지는 경우에는 결국 내가 혼자 책임을 지는 거지.」

「물론 지는 경우는 별로 없으시겠죠.」

이건 질문이 아니라 앨리즈의 단정이었다.

「도박이든 경마든, 게임에서 진다는 건 따분한 일이오. 난 세상 어떤 일보다도 따분한 걸 가장 싫어하거든.」

레저널드는 자리에서 일어섰다. 앨리즈를 내려다보는 그의 키는 마치 거인 같았다.

「이제 그만 놓아줄 테니 일 보시오. 요즘에도 너도밤나무 숲가에 있는 그 개울에서 양을 목욕시키오?」

앨리즈가 고개를 끄덕였다.

「벌써 백 년이 넘는 역사를 가진 곳이라더군요. 도싯에서는 뭐든 변화하는 속도가 매우 느리니까요.」

「땅은 그럴지 모르지만 사람은 그렇지 않을 거요. 내 기억으로는 정오 경에 시작되는 걸로 아는데. 그 시간에 그 장소로 가겠소.」

레저널드가 모자를 집어쓰고 모자챙에 손가락을 살짝 갖다대며 인사를 하고는 방에서 나갔다. 그의 뒷모습을 보며 앨리즈는 생각에 잠겼다. 할 일을 적은 종이를 내려다보기는 했지만 내용은 하나도 눈에 들어오지 않았다. 바람둥이 탕아라면 육체적인 매력을 풍기는 것은 당연하다고 치자. 그렇지 않다면 여자를 홀릴 수 없을 테니까.

• 하지만 함께 있는 것 자체가 이토록 즐거운 탕아가 또 있을까?

저택으로 돌아온 레저널드는 하녀장을 찾아 다른 어떤 일은 소홀히 하는 일이 있더라도 술 창고를 채워두는 것만은 게을리 하지 말라고 단단히 일렀다. 그리고는 서재에 들어앉아 계획을 세우기 시작했다.

아주 오래 전부터 그가 하고 싶었던 일 중의 하나가 바로 말을 기르는 일이었다. 여러 종류의 말 중에서도 장애물 경주에 가장 적합한 헌터 종을 기르고 싶었다. 실행에 옮길 만한 여유가 없어 지금껏 시작도 못 하고 있었지만, 이제는 충분한 여유가 생긴 셈이었다. 부스팔러스가 그 기반이 되어줄 것이었다. 부스팔러스는 믿을 수 없을 정도로 강한 지구력에 도약도 좋고, 웬만한 경마용 말보다 달리는 속도도 빠른, 혈통 좋은 종마였다. 확률 계산을 전혀 할 줄 모르는 어떤 백작과의 해저드 게임에서 딴 말이었다.

지금의 마구간을 손보는 것은 금방 할 수 있는 일이었지만, 말을 훈련시키기 위한 작은 목장을 만드는 일은 시간이 좀 걸리는 일이었다. 그리고 여유가 되는 대로 부스팔러스의 혈통을 이어줄 좋은 암말도 구해야 했다. 그리고 장기적으로는…… 레저널드의 펜은 춤을 추듯 종이 위를 미끄러져나갔다. 경비를 계산하고, 스스로 의문이 나는 의문점을 몇 가지 적어두고, 그리고 필요한 작업을 대략적으로 적어나갔다.

완전히 일에 몰두한 그는 시간이 얼마나 흘렀는지도 느끼지 못했다. 정오가 지나고 오후가 되도록 그는 그 일에 파묻혀 있었다. 그때 이제 막 피어오르는 장미 봉오리 같은 하녀 길리가 서재로 들어왔다. 다른 하녀들과 마찬가지로 길리는 혹시 주인이 자신에게 손이라도 대지 않을까 하는, 반은 두려워하고 반은 기대하는 듯한 표정으로 문간에 서 있었다.

「죄송합니다, 주인님. 손님이 찾아오셨습니다.」

길리가 명함을 한 장 내밀었다. 제러미 스탠턴, 주소는 펜턴 홀이라고 적혀 있었다. 헤럴드 부인이 레저널드의 가장 가까운 외가 쪽 친척이라고 귀띔해주었던 사람이었다. 자리에서 일어난 레저널드는 성큼성큼 걸어 아래층으로 내려갔다.

　체구가 가냘픈 은발의 노신사가 회색빛 눈동자 가득 환한 미소를 머금고 일층 홀에 서 있었다.

　「나를 기억할지 모르겠소, 대번포트 씨. 나는 당신이 아주 어렸을 때부터 당신을 잘 알던 사람이오. 고향으로 돌아온 것을 환영하오.」

　레저널드는 잠시 미간을 찌푸렸으나 곧 몇 가지 장면들이 기억 속에서 되살아났다.

　「아! 제러미 아저씨! 아저씨가 계신다는 걸 까맣게 잊고 있었습니다. 잘 지내셨어요?」

　레저널드가 악수를 청했다. 스탠턴은 반갑게 그 손을 마주잡았다.

　「나를 기억하는군. 가까운 친척은 아니지만……, 난 자네 모친과는 사촌간이고 자네의 대부라네.」

　「촌수야 어떻든 아저씨를 다시 뵙게 되어 정말 반갑습니다. 어서 이리 들어오시죠. 차를 내오라고 시키겠습니다.」

　레저널드가 노신사를 거실로 안내하며 말했다. 거실에 들어서자마자 스탠턴은 추억에 잠긴 듯한 눈빛으로 의자에 앉았다.

　「여길 마지막으로 들어와본 것이 벌써 30년 전이군. 이 집에 세 들었던 신사분은 방문객을 전혀 들이지 않았거든.」

　차를 가져오라고 시킨 후, 레저널드는 브랜디를 두 잔 따랐다. 술을 따르는 동안 또 한 편의 싸늘한 기억이 또렷이 떠올랐다. 바로 이 방이었다. 검은 상복을 입거나 검은 상장을 두른 어른들이 방에 가득했다. 장례식이었다. 검은 정장을 입은 어린 레저널드는 무릎이 후들거리고 머리가 빙빙 돌았다. 창가에 한 줄로 나란히 관이 놓여 있었다. 스탠턴이 그를 안아 올려 침실로 데려갔을 땐 거의 실신하기 일보직전이었다. 스탠턴은 어린 레저널드를 무릎에 안고, 울다 지쳐 잠들 때까지 부드러운 목소리로 다독여주었다.

　술병 뚜껑을 닫는 레저널드의 손에 불끈 힘이 들어갔다. 그 음울한 기억을 떨쳐버리며 그는 손님에게로 다가갔다. 제러미 스탠턴은 머리가 명석하고 사방 소식에 밝은 사람이었다. 노신사와의 대화는 즐겁게 이어졌지만, 레저널드는 이 노신사가 자신을 누군가에게 빗대어 평가하고 있다는 것을 느낄 수 있었다. 아버지와 비교하는 걸까? 아니면 스탠턴 가문의 남자들과? 어쨌든 이 노신사의 평가는 무시해서는 안될 것 같은 느낌이 들었다.

반시간 정도 대화를 나눈 후에야 노신사는 레저널드에 대한 평가를 끝낸 것 같았다.

「도싯에서 얼마나 오래 있을 생각인가?」

「여기서 눌러 살 생각을 하고 오긴 했지만, 아직 도착한 지 며칠 되지 않아 확실히 말씀드릴 자신은 없습니다.」

「이곳의 치안판사가 지금 공석중일세.」

무언가를 암시하는 듯한 목소리로 노신사가 말했다. 레저널드는 스탠턴을 물끄러미 바라보았다.

「설마 저더러 치안판사직을 맡으라는 말씀은 아니시겠죠? 저는 그 자리에 어울리는 인물이 못 됩니다. 사람들이 들으면 아마 고양이에게 생선을 맡기는 격이라고 비웃을 겁니다.」

노신사도 그 말에 빙긋 미소를 지었다.

「자네의 과거가 다소 이채로운 것이 사실이네만, 자네는 치안판사직을 수행하기에 충분한 재목일세. 도싯에서 가장 큰 땅을 가진 지주이고, 근방에서 가장 유서 깊은 가문의 후손이 아니신가. 치안판사의 일이란 가장 상식적인 선에서 공정함을 구하는 것일세. 나는 자네라면 충분히 해낼 수 있을 거라고 믿고 있네.」

레저널드가 할말을 잃는 경우는 거의 없었는데 지금이 바로 그런 순간이었다. 갑자기 나타난 외가 친척의 제안에 감동해야 할지 자랑스러워해야 할지 갈피가 잡히지 않았다. 그러나 솔직히 말해 치안판사 자리가 탐나지 않는 것은 아니었다. 치안판사란 구빈법의 시행을 비롯해 범죄자를 벌주는 일은 물론이고 길을 놓거나 수리하는 일에 이르기까지 지방 도시에서 가장 실질적인 권한을 행사할 수 있는 자리였다. 재미도 있을 것 같았다. 하지만 아직 뭐라고 말할 처지가 아니라, 레저널드는 그저 겸손하게 대답했다.

「주지사는 저를 그 자리에 앉히는 데 찬성하지 않을 겁니다.

「주지사는 내가 천거하는 인물이라면 누구든 반대하지 않을 걸세. 도싯은 런던에서 너무 멀리 떨어진 지방이라 항상 인물이 부족하거든. 젊은 치안판사감을 하나 구해달라고 벌써 오래 전부터 내게 매달리고 있었네. 주지사에게 자네를 추천하겠어. 한두 주 안으로 공식적인 발표가 나올 걸세.」

레저널드는 눈썹을 꿈틀거리며 한껏 조롱하듯 물었다.

「너무 경솔하신 것 아닐까요?」

다른 상대 같았으면 레저널드의 말을 불쾌하게 받아들였겠지만, 스탠턴은 그렇지 않았다. 오히려 기꺼운 미소를 지으며 되물었다.

「그러면 좀 어떤가?」

레저널드는 더 신랄한 말을 한마디하려다가 입을 다물었다. 이제 생활에 변화를 가져와야 한다고 스스로도 생각하지 않았던가. 치안판사가 된다는 것은 분명히 커다란 변화였다. 또한 충분히 치안판사로서의 임무를 수행할 만한 자신도 있었다.

「물론 상관없죠.」

「그러게나 말일세.」

노신사는 유쾌하게 웃었다. 그리고는 천천히 말을 이었다.

「자네가 좀더 일찍 도싯으로 돌아오지 않아서 나는 내심 의아하게 생각하고 있었다네. 자네가 이제는 영영 돌아오지 않으려나보다 하고 거의 포기하고 있었지.」

「그렇게까지 저를 생각하고 계신 줄은 몰랐습니다.」

레저널드는 스탠턴이 자신을 그토록 기다리고 있었다는 사실에 놀랍기도 하고 가슴이 찡하기도 했다. 여덟 살짜리 꼬마와의 이별을 가슴 아파하고 재회의 날을 손꼽아 기다려준 사람이 있었다는 건 상상도 하지 못한 일이었다.

「당연한 일이지. 자네 모친, 앤은 내 사촌이었고 부친은 내 절친한 친구였어. 그리고 스트릭런드야말로 자네가 있어야 할 곳이었어.」

스탠턴의 말은 더 이상 반론의 여지가 없을 정도로 단호했다. 레저 널드는 그 말을 곰곰이 되씹었다. 스탠턴의 말대로 그가 있어야 할 곳 은 바로 여기였는지도 몰랐다. 사실 다른 어떤 곳도 그가 있을 만한 곳은 없었다.

「어린 시절은 거의 기억에 남아 있는 게 없습니다. 네 살…… 이전 의 기억은 전혀 없어요. 그후의 일들만 그것도 조각조각 단편적으로만 기억이 납니다.」

지금 생각해보니 그것도 이상한 일이었다. 기억력이라면 누구에게도 뒤지지 않는 레저널드였다. 그런데도 불구하고 어린 시절만은 마치 짙 은 안개에 싸인 것처럼 불명확했다. 스탠턴의 눈이 갑자기 가늘어졌다.

「네 살 이전의 일은 기억이 나지 않는단 말인가? 전혀? 참 기이한 일이군.」

「그 시기에 중요한 일이 있었습니까?」

노신사는 뭔가 대답하려는 눈치였으나 얼른 말꼬리를 돌렸다.

「글쎄, 중요한 일이 있었다면 언젠가는 기억이 나겠지.」

스탠턴은 슬며시 화제를 바꾸었다.

「자네에게서 답장이 없어서 섭섭하긴 했지만, 사실 별로 놀라지는 않았네. 그 어린 나이에 그토록 큰 일을 겪었느니……. 하긴 내 아들녀 석들은 아직도 편지에 답장하는 법을 몰라.」

노신사가 희미한 미소를 지었다.

「답장이라니요? 전 누구한테서도 편지를 받은 일이 없었는데요.」

레저널드가 인상을 찡그리며 물었다. 스탠턴도 깜짝 놀란 눈치였다.

「자네가 워그레이브 파크로 들어간 후에 한두 해 동안은 매달 한번 씩 편지를 보냈다네. 자네 백부의 주소로 말일세. 내 편지를 한번도 못 받았단 말인가?」

레저널드는 다시 한 번 큰아버지에 대한 원망과 분노가 끓어올랐다.

레저널드는 큰아버지가 자신을 스트릭런드로부터 떼어놓기 위해 썼던 갖가지 수작들에 대해 대략적으로 설명을 했다. 스탠턴도 놀란 얼굴이었고, 레저널드만큼이나 분노했다.

「저런, 저런! 워그레이브 백작이 그렇게 교묘하게 자네를 고향과 단절시키고 외가의 재산을 빼돌리려고 수작을 부린다는 걸 내가 진작 낌새라도 챘다면 당장 자네를 도로 데려왔을 걸세. 난 자네의 대부이긴 했지만, 워그레이브 백작은 자네 혈육이니 자네를 데려가겠다고 사람을 보냈을 때 반대할 명분이 없었네. 자네 부친이 세상을 떠나기 전에 지나가는 말로 자신과 앤에게 무슨 일이라도 생기면 자네를 맡아달라고 부탁한 적은 있었네만, 그걸 유언장으로 만들어두질 못했던 게 한일세.」

레저널드는 스탠턴의 단호한 말에 놀라지 않을 수 없었다.

「워그레이브 백작에게서 저를 도로 데려오셨을 거라구요?」

「내가 백작의 속셈을 알기만 했더라면 말일세. 그랬다면 당연히 이리로 도로 데려왔지. 우린 한 가족이 아닌가.」

스탠턴은 레저널드가 그렇게 묻는 것이 오히려 놀랍다는 듯이 대답했다.

「가족이란 말씀은…… 저한테는 너무나 생소한 말이군요.」

레저널드의 목소리는 쓸쓸하게 들릴 정도로 무뚝뚝했다.

「워그레이브 백작 같은 후견인 밑에서 자랐으니 가족이나 친척이 어떤 건지 알지 못하고 자란 것도 놀랄 일은 아니지. 자네에게서 왜 그토록 답장이 없는지 내 좀더 캐봤어야 했어. 자네는 항상 생각이 깊은 아이였지. 자네 부친도 자네가 얼마나 책임감이 강한 아인지 늘 자랑스러워했다네. 자네와 연락이 끊기지 않도록 내가 좀더 노력을 했어야 했어.」

스탠턴의 목소리에는 짙은 슬픔과 회한이 배어 있었다.

「자책하지 마십시오. 큰아버지가 조카를 그렇게 고립시키려 하리라는 걸 누군들 상상이나 했겠습니까?」

레저널드는 더 이상 분노와 아픔으로 얼룩진 과거를 들먹이고 싶지 않다는 듯이, 자리에서 일어서 작별의 악수를 청했다.

「어쨌든 아저씨께서 저를 위해 애쓰셨던 걸 이렇게 늦게나마 감사드립니다. 아저씨의 가족들을 돌보기에도 바쁘셨을 텐데 말입니다. 가깝지도 않은 친척에게 할 수 있는 일이란 많지 않으니까요.」

「아니야. 내가 좀더 노력했어야 했어. 하지만 이제서 이렇게 말해봐야 다 소 잃고 외양간 고치자는 격이지.」

노신사도 일어나서 레저널드의 손을 잡았다. 마주잡은 노신사의 손은 은발의 노인이라는 사실이 믿기지 않을 만큼 힘이 넘쳤다.

「안사람이 자네를 금요일 저녁에 초대하고 싶어하네. 시간을 낼 수 있겠나?」

또 다른 사람의 얼굴이 기억 속에서 튀어나왔다. 분주한 가족들 속에서 웃음을 머금고 있는 동그란 얼굴.

「당연히 가야죠. 엘리자베스 아주머니도 안녕하시죠?」

「집사람은 요즈음 류머티즘에 걸려 고생이라네. 통증이 심할 땐 힘들어하기도 하지만, 그렇지 않을 땐 대부분 잘 지낸다네. 자네가 와주면 무척 반가워할 거야. 집사람도 자네를 듬쩍이 아끼지 않았던가. 한 가지 미리 일러둘 게 있는데, 혹시 그날 아리따운 숙녀분들이 한둘 합석하게 되더라도 너무 놀라진 말게.」

노신사가 한쪽 눈을 꿈쩍하며 장난스런 목소리로 말했다. 레저널드도 멋쩍은 듯 웃었다.

「정말 그렇게 된다면 전 갑자기 몸이 불편해져서 식사도 못 하고 돌아오게 될지도 모른다고 아주머니께 말씀드려 주십시오.」

스탠턴이 껄껄 웃었다.

「이번에는 내가 자네 대신 집사람을 단속해보겠네만, 이번 한번뿐이야. 앞으로는 자네가 직접 감당하게.」

노신사는 흡족한 시선으로 저택 안을 다시 한 번 둘러보았다. 오랜 세월, 레저널드 대번포트에 대해서는 나쁜 소문만 무성했다. 그 소문의 절반만 사실이라 하더라도 노신사에게는 충분히 걱정스러운 일이었다. 스탠턴은 혹시라도 자신의 기억 속에 남아 있는 명석하고 천성 착한 그 소년의 모습이 완전히 사라진 것은 아닐까, 오랜 세월 타락과 방탕의 습관이 아까운 청년을 완전히 망가뜨린 것은 아닐까 심히 걱정하고 있었다.

그러나 이제 레저널드를 직접 만나고 나니 아직도 그의 가슴속에는 어린 시절의 그 빛나는 총명함과 따뜻한 심성이 남아 있다는 것을 느낄 수 있었다. 불행한 사고와 사악한 후견인의 방해공작에도 불구하고 앤의 아들은 아직 살아 있었던 것이다.

'레저널드가 해서는 안 될 짓들을 한 것은 돌이킬 수 없는 사실이라 하더라도, 그 아이가 그럴 수밖에 없었던 것은 가족들에게 닥친 불행의 고통을 이길 수 없었기 때문일 게야. 하지만 이 아이에게는 아직도 명예를 소중히 아는 정신과 지성, 그리고 따뜻한 가슴이 살아 있어. 이 아이를 지역의 유지로 빨리 자리잡게 하고 서둘러서 제 짝도 찾아줘야지……'

갑자기 마음이 분주해지기 시작한 스탠턴은 말에 올라타 고삐를 감아쥐었다. 어서 집으로 돌아가 자신이 얻은 결론을 엘리자베스에게 들려주고 싶어 좀이 쑤실 지경이었다.

노신사가 떠난 후 레저널드는 다시 일이 손에 잡히지 않았다. 대부의 출현으로 갑자기 과거의 기억들이 한꺼번에 떠올랐기 때문이었다. 그 기억들의 대부분은 행복하고 즐거운 것들이었다. 스탠턴 집안과 대번포트 집안은 오래 전부터 서로 격의 없이 지내던 사이였다. 스탠턴 집안의 막내아들 제임스는 레저널드의 또래 친구였다. 그 아버지의 말에 의하면 제임스는 지금 인도에서 잘 지내고 있다고 했다.

과거를 돌아보니, 자신이 왜 그토록 어린 시절의 기억들을 애써 외면하고 지내려 했는지 레저널드는 깨달을 수 있었다. 큰아버지에게 맡겨진 후로 레저널드는 곧바로 기숙학교로 보내졌다. 이튼 스쿨의 엄격한 생활 속에서 이제 다시는 돌이킬 수 없는 행복했던 지난날을 회상하는 것은 그의 의지를 점점 약하게 만들 뿐이었다. 그래서 레저널드는 돌이킬 수 없는 것들은 포기하기로, 더 이상 생각하지 않기로 결심해버린 것이었다. 하지만 대부가 다녀간 후로도 아주 어린 시절의 기억은 거의 떠오르지 않는 걸 보면, 레저널드는 그 결심을 너무나 잘 지켰던 모양이었다.

기다리던 하인 맥 쿠퍼가 도착하는 바람에 레저널드는 과거의 회상에서 빠져나왔다. 맥은 뽀얀 먼지를 뒤집어쓰고 있었지만, 그 오만함은 여전했다.

「드디어 왔군!」

레저널드는 벌떡 일어서서 브랜디 병부터 찾았다. 대개의 경우 하인과 주인은 함께 술잔을 기울이지 않는 것이 관례였지만, 이 두 남자는 관습을 뛰어넘는 관계였다.

「여행길에 별탈은 없었나?」

「차축이 부러졌어요.」

맥은 간단하게 대답하고 브랜디 잔을 받았다. 그리고는 깐깐하고 강인해 보이는 얼굴에 만족스러운 표정을 지으며 의자에 앉았다.

「휴우……. 썩 괜찮은 집이군요. 여기서 오래 계실 겁니까?」

「아주 눌러앉을 작정이야.」

맥의 눈썹이 홱 치켜 올라갔다.

「예? 런던을 버리구요?」

맥은 도저히 주인의 결정을 믿을 수 없다는 듯한 반응이었다.

「가끔씩 런던에 갈 일은 있겠지만, 여기를 내 본거지로 삼을 생각이야. 자네는 번화한 도시를 좋아한다는 걸 나도 알아. 만약 전원 생활이 마음에 내키지 않는다면, 굳이 자네를 붙잡지 않겠네.」

맥의 얼굴에 금방 불만스러운 표정이 떠올랐다.

「누가 싫다고 했습니까?」

「아직 그렇게 말하지는 않았지만, 그거야 모를 일이지.」

「뭐, 여자와 위스키만 충분하다면 도싯도 그럭저럭 살 만하겠습니다.」

「아하, 그 두 가지야 넘쳐나지. 나는 여기서 정말 특이한 여자를 만났거든.」

「어떤 면에서 특이하단 말씀입니까?」

맥이 제법 흥미가 끌린다는 듯이 물었다.

「여러 가지 면에서. 이름은 앨리즈 웨스턴이고, 이 영지의 집사로 일하고 있지.」

맥은 깜짝 놀라 삼키려던 브랜디가 목에 걸리고 말았다.

「뭘 한다구요?」

목석 같은 맥이 이토록 놀라는 것은 레저널드도 처음 보는 일이었다. 레저널드는 신이 나서, 앨리즈가 지금의 위치에 오기까지에 대해 자신이 알고 있는 사실들을 간략하게 설명해주었다. 맥은 놀라움으로 고개를 절레절레 흔들었다.

「아직 목이 달려 있는 걸 보면 일은 잘 하나보군요. 하지만, 생기긴 여자답게 생겼습니까?」

그 순간 레저널드는 앨리즈의 절제된 몸매, 큰 키와 우아한 몸놀림, 마지못해 드러나던 보조개를 떠올렸다.

「여자답게 생긴 정도가 아니야. 그저 예쁘다고 말하기에는 부족할 정도로 흥미가 당기는 여자야.」

9

양떼를 목욕시키는 행사는 한 지역에서 양을 기르는 모든 목장이 한꺼번에 참여하는 일종의 지역 행사였다. 따라서 스트릭런드의 양떼만이 아니라 근방의 크고 작은 목장에서 기르는 양떼들이 모두 모여 있었다. 레저널드는 정오 무렵에 말을 타고 흐스가 무성한 들판을 달려갔다. 먼발치서 물에 들어가기 싫어 낑낑거리는 양의 울음소리와 양떼가 대오에서 이탈하지 못하도록 으르렁거리는 양몰이 개의 짖는 소리가 들려왔다.

강둑으로 이어진 비탈길에 이르자 양떼가 목욕을 하고 있는 물웅덩이가 나타났다. 동쪽 강둑에는 7천 마리에 이르는 양떼들이 잘 훈련된 양몰이 개들의 감시를 받으며 몰려서 있었다. 더 가까이 다가가니 불안에 떠는 양떼가 내지르는 비명의 불협화음에 귀가 멍할 지경이었다.

물웅덩이 주변에는 열 두어 명의 남자들이 분주하게 움직이고 있었고, 그들에 비해 가냘픈 몸매의 앨리즈가 눈에 띄었다. 레저널드는 단숨에 말에서 내려 터벅터벅 걸어가 일꾼들 사이에 끼었다. 배가 불룩한 목동과 이야기를 나누던 앨리즈가 그를 발견하고 말을 건넸다.

「대번포트 씨, 이쪽은 영지의 목동 대장 게이브리얼 밋퍼드입니다.」

레저널드는 어깨가 넓적한 근육질의 사내를 믿기지 않는다는 듯한 눈초리로 바라보았다. 악수를 청하러 손을 내민 그의 얼굴에 천천히 미소가 번졌다.

「초면이 아니군.」

밋포드도 슬며시 웃으며 고개를 끄덕이고는 힘주어 그 손을 잡았다.

「기억하시는군요. 전 아직도 레슬링이라면 자신 있습니다.」

레저널드는 호쾌하게 웃으며 한 손으로 목동의 어깨를 툭 쳤다.

「너무 자신하지 말게, 게이브리얼. 저 수천 마리 양을 다 씻기고도 기운이 남는다면, 이따가 한 판 해볼까?」

「양떼 목욕을 자원한 사람이 있다길래 웬 천치인가 했습니다.」

목동이 은근히 비아냥거리는 목소리로 말했지만, 그의 두 눈은 반가움과 애정으로 빛나고 있었다.

「내가 천치 소리를 듣는 게 어디 한두 번이겠나.」

레저널드도 유쾌하게 응수했다. 두 사나이를 지켜보던 앨리즈 웨스턴도 소리내어 웃고 말았다. 얼른 웃음을 감추며 한 일꾼에게 할 일을 지시하려는 찰나, 양몰이 개 한 마리가 입에 막대기를 하나 물고 달려와서는 레저널드의 발치에 조용히 내려놓았다. 발 부분과 허리 부분에 하얀 띠가 둘러진 얼룩무늬 암캐였다. 레저널드는 반가운 듯 꼬리를 치는 개를 즐거운 눈길로 내려다보았다.

「이런, 양몰이 개가 막대 물어오기를 하자는군?」

게이브리얼은 암캐를 향해 못마땅한 시선을 던졌다.

「멍청한 녀석이죠. 양몰이로 훈련을 시켜보려고 무던히도 애썼습니다만, 아마 양몰이에 관심이 없는 콜리 종 개는 세상에 저놈 한 마리밖에 없을 겁니다. 오리 한 마리 쫓아낼 줄 모른다니까요.」

주인이야 불평을 하거나 말거나 암캐는 배를 뒤집고 누워 레저널드를 향해 앞발을 흔들며 아양을 떨었다.

「내쫓든지 내버리든지 해야지, 원.」

자신에게 사형선고나 다름없는 말을 내뱉는 주인이 밉살스러웠던지, 암캐는 벌떡 일어나 레저널드의 손등을 핥기 시작했다. 레저널드는 암캐의 머리를 쓰다듬어주며 미소를 지었다.

「누가 애완견으로라도 기르지 그러나? 귀엽게 구는데.」

「이곳 사람들은 제 할 일을 하지 못하는 동물에겐 관심 없습니다.」

게이브리얼이 암캐에게 저리 가라는 시늉을 해 보였다. 암캐는 귀를 축 늘어뜨린 채 양몰이 개들이 서 있는 곳으로 돌아갔다.

앨리즈는 잠시 일손을 쉬고 있는 일꾼들에게 다시 일을 시작하라는 신호를 보냈다. 레저널드는 코트와 구두를 벗어두고 게이브리얼과 심스라는 목동이 열심히 양을 씻기고 있는 차가운 물웅덩이 속으로 들어갔다.

한 목동이 개들의 도움을 받으며 한번에 두세 마리씩 양을 무리에서 내보냈다. 앨리즈는 또 다른 목동과 함께 양들을 한 마리씩 검진했다. 머리, 입, 귀를 한 차례씩 들여다보고 이상이 있는 녀석들은 다른 무리로 보냈다.

검진을 끝낸 양은 세 명의 청년들이 억지로 물웅덩이로 끌고 들어왔다. 양들이 필사적으로 반항을 하기 때문에 물웅덩이로 집어넣기까지가 가장 힘든 과정이었다. 물 속에 들어가기를 마치 도살장에 끌려가는 것처럼 알고 울부짖으며 발길질을 하기가 예사였다.

그러나 일단 물 속에 집어넣기만 하면 훨씬 얌전해졌다. 레저널드는 자기 앞에 날라져 온 첫 번째 양을 붙들었다. 그의 기준으로 본다면 양은 지독히도 우둔한 동물이었지만, 양을 싫어하지는 않았다. 어린 시절 처음으로 새끼양을 안아보았을 때 그는 이미 양이라는 동물에 대해 상당히 실망했었다. 보기에는 포근하고 따뜻한 털이었지만 실제로 만져보니 서로 엉켜서 손가락도 제대로 들어가지 않는데다 먼지와 흙투성이였기 때문이었다.

필사적으로 발버둥치는 양을 단번에 뒤집어 배를 씻기는 데에는 기술이 필요했다. 레저널드는 본인이 직접 해보기 전에 게이브리얼과 심스가 하는 것을 유심히 관찰했다. 성난 암양의 발길질에 갈비뼈를 한 대 얻어맞긴 했지만, 레저널드는 양을 익사시키지 않고 무사히 씻기고 털을 움켜쥐어 물과 먼지, 기름때를 짜낸 후 반대편 강둑 쪽으로 보냈다. 걷어차인 갈비뼈 부근이 심하게 멍든 것도 전혀 느껴지지 않았다. 반대편 강둑 쪽의 또 다른 물웅덩이를 헤엄쳐가는 동안 양들의 몸은 충분히 헹구어졌다.

반대편 강둑에 무사히 도착한 양은 상으로 건초를 한 움큼 받아먹었다. 그리고 나서는 무리 속에 섞여 봄 햇볕에 털을 말리면 끝이었다. 해가 질 무렵이면 어린 양들은 더 이상 어미의 냄새를 찾지 못하게 되기 때문에 자연스레 어미젖을 떼게 되기 마련이었다.

숙련된 목동은 한 시간에 백 마리 가량의 양을 씻길 수 있었다. 게이브리얼과 심스의 솜씨는 거의 일류급이었다. 레저널드는 기술을 익히는 데 다소 시간이 걸리기는 했지만, 곧 두 목동의 솜씨를 따라잡고 놀라운 속도로 양을 씻겨나갔다.

물 속에 들어간 지 몇 분만에 목욕하는 양들과 거의 비슷한 수준으로 물에 젖은 그는, 지금 이 모습을 보고 자신을 알아볼 런던 친구들이 몇이나 있을까 생각하며 혼자 킬킬 웃었다. 하지만 누가 알아보든 말든 상관없었다. 자신이 즐겁게 이 일을 하고 있다는 사실이 중요했다. 육체적인 노동은 즐거운 경험이었다. 그리고 자신의 노력으로 깨끗하게 씻겨진 양을 보는 것만으로도 그 노동의 보상은 충분했다.

일꾼들은 말도 별로 없이 열심히 일했다. 반시간마다, 물 속에서 차가워진 몸을 덥히기 위해 더운물을 탄 위스키가 돌려졌다. 그 술을 한 모금씩 마시고 나면 뼛속까지 떨리던 추위도 어느 정도 가라앉는 것 같았다. 어느덧 세 사내는 스스럼없이 말을 주고받는 사이가 되었다.

두 번째로 위스키가 날려져왔을 때 레저널드는 심스로부터 큼지막한 양은 술잔을 넘겨받아 열 손가락으로 그 온기를 느낄 수 있도록 양손으로 술잔을 쥐고 따뜻한 위스키를 들이켰다. 술잔을 게이브리얼에게 넘겨주며 물었다.

「집사로서 미스 웨스턴을 어떻게 생각하나?」

「잘 하고 있습니다.」

몸집 좋은 목동은 고개를 뒤로 젖히며 마지막 한 방울까지 들이마시고는 술잔을 강둑으로 던졌다.

「양을 아주 좋아해요.」

레저널드가 기억하는 게이브리얼은 남을 칭찬하는 일이 드물었다. 하지만 앨리즈를 매우 높이 평가하고 있는 것이 틀림없었다. 물론 그녀의 판단을 믿지 않았다면 그녀 밑에서 일할 사람도 아니었다.

레저널드는 다시 한 번 강둑을 바라보았다. 앨리즈는 익숙한 손놀림과 진지한 표정으로 다 자란 양들을 차례차례 검진하고 있었다. 남자들에게도 벅찬 일을 불평 없이 해내면서도 매력적인 여성의 몸매를 가지고 있다는 것이 그로서는 감탄할 만한 일이었다. 바지를 입은 그녀의 뒷모습은 드레스를 입었을 때보다 훨씬 더 매력적이었다.

씨익 혼자서 미소를 지으며 레저널드는 발버둥치는 암양을 한 마리 붙들고 천천히 찬 물 속에 집어넣었다.

힘들고 고단한 오후였다. 그러나 앨리즈는 대번포트가 다른 일꾼들과 한마음으로 열심히 양떼를 씻기는 모습에 감동을 받았다. 고집 센 암양들의 발길질과 박치기를 마다하지 않으면서 함께 발버둥치고, 그런 암양을 놓치지 않으려다 자기가 물 속에 처박히는 지경에 처하면서도 다른 일꾼들의 웃음소리에 함께 웃어주는 그의 모습은 함께 있었던 모든 사람들을 감동시키기에 부족함이 없었다.

다른 일꾼들과 똑같은 조건 속에서 힘든 일을 같이 하려는 그의 노력은 주변 사람들의 경계심과 혹시나 하는 의심들을 금방 녹여주었다. 대번포트가 과연 그런 효과를 의도적으로 노린 것이었을까, 아니면 그의 말대로 어린 시절부터 하고 싶었던 일을 한번 해본 것뿐이었을까? 속사정이야 어쨌든 그날 노동의 효과는 대단한 것이었다.

오후가 저물어갈 무렵, 레저널드나 게이브리얼보다 체구가 작은 심스는 그들보다 훨씬 술을 적게 마셨음에도 불구하고 평화로운 미소와 함께 물 속에 주저앉아버렸다. 레저널드와 게이브리얼이 깜짝 놀라 물 밖으로 꺼내 강둑에 지펴놓은 화롯불 가에 눕혀놓았더니, 심스는 그대로 코를 골며 잠들어버렸다. 강둑에서 양을 끌어다주는 임무를 맡았던 어린 목동 하나가 심스를 대신해 마지막까지 양떼를 씻겨주었다.

전통적으로 양떼 목욕이 끝나면 푸짐한 저녁 식사가 마련되었다. 앨리즈도 맛깔스럽게 마련된 넉넉한 음식들을 현장으로 날라오게 했다. 훈제로 만든 돼지고기와 갓 따온 토마토로 만든 소스, 따끈따끈하고 향긋한 향기가 나는 빵, 그리고 목줄기를 시원하게 훑어 내려가는 맥주. 와자하니 웃고 떠들며 식사를 마치고 나니 어느 한 사람 즐거운 기분이 아닌 사람이 없었다.

앨리즈도 무사히 연례행사를 치른 즐거움으로 거푸 맥주를 마신 까닭에 얼굴이 발그레 상기되어 있었다. 양떼 목욕뿐 아니라 농사를 짓다보면 종종 함께 하게 되는 지역 전체의 행사에 앨리즈는 언제나 즐겁게 참여해왔지만, 오늘은 특별히 더 즐거운 하루였다. 스트릭런드의 새로운 주인, 레저널드 대번포트가 그 이유라는 것은 말할 나위가 없었다. 식사를 마칠 무렵에는 레저널드와 친숙해지지 않은 일꾼이 없었고, 그가 함께 있는 것을 모두들 즐거워하게 되었다.

작업 현장에 말을 타고 온 사람은 앨리즈와 대번포트뿐이었다. 땅거미가 내릴 무렵, 두 사람은 각자 말을 타고 저택으로 향했다. 물에 젖은 옷을 그대로 입고 있으니 이가 딱딱 부딪칠 정도로 추울 만도 하건만, 레저널드는 전혀 불편한 기색이 없었다. 어쩌면 양껏 마신 술과 흥취 때문일지도 모른다고 앨리즈는 생각했다. 그렇게 많은 양의 술을 마시고도 아직 곯아떨어지지 않은 것이 신기할 정도였다.

집으로 돌아가는 먼길에 두 사람은 말이 없었다. 언뜻 앨리즈가 뒤를 돌아다보니 게이브리얼이 쓸모 없다 핀잔하던 그 암캐가 까만 꼬리를 높이 들고 뒤를 따라오고 있었다.

「저 녀석이 아마 마음에 드는 주인을 찾았나보군요.」

대번포트도 뒤를 돌아다보았다.

「그게 아니라 게이브리얼이 저 녀석을 치워버리려고 일부러 우리 뒤에 딸려보낸 것 같은데?」

송곳니를 드러내고 익살스럽게 미소를 지으며 개는 더욱 신이 나서 대번포트의 말과 보조를 맞추었다. 대번포트라면 종에 상관없이 어떤 암컷이든 그의 품에 달려들고 싶어하는 게 분명하다고 앨리즈는 내심 생각했다. 그런 생각을 떠올린다는 것조차 불경스러운 짓이었지만, 그게 사실인 것만은 분명했다.

제풀에 멋쩍어진 앨리즈는 속마음을 들키지 않으려고 얼른 화제를 바꾸었다.

「게이브리얼 밋퍼드와는 어린 시절 친구 사이였나요?」

「물장구도 치고, 씨름도 하고, 언덕 위를 함께 쏘다녔소. 별로 말은 없는 친구였지만, 숲 속의 지리며 그곳에서 일어나는 일들은 마치 손금을 들여다보듯이 훤히 꿰뚫어보는 친구였지. 목동 대장이라니, 그 친구에게 딱 맞는 일이오. 평생 친구로 삼아도 좋을 만한, 생각 깊은 친구지.」

나머지 길을 두 사람은 다시 침묵 속에서 말을 몰았다. 저택에 도착해 말을 마구간에 넣어두는 동안에도 무능한 양몰이 개는 대번포트의 곁을 맴돌며 떨어질 줄을 몰랐다. 이제서야 자신의 보금자리를 찾은 듯한 모양이었다.

마부도 벌써 집으로 돌아가고 마구간 안은 이따금씩 말들이 발굽을 툭툭 치는 소리와 히힝대는 소리만 들려올 뿐 사방이 조용했다. 건초 냄새와 가죽냄새, 그리고 건강한 말들의 체취가 느껴졌다. 앨리즈는 말 등에서 안장을 내렸다. 레저널드가 옷 입은 상태에 따라 대접을 달리하겠다던 말이 생각났다. 드레스를 입었을 때는 숙녀처럼 대접하던 그였지만, 바지를 입고 부츠를 신은 오늘은 남자로 대접하는지, 안장을 내리는 것이나 말을 마방에 넣는 것도 도와주지 않고 있었다. 그녀에겐 남자들이 하는 일도 얼마든지 할 능력이 있다는 것을 알아주는 것 같아 기분이 나쁘지는 않았다.

말갈기를 빗으로 꼼꼼히 빗어준 후 앨리즈는 마방에서 나오다가 좌우를 살피지 않고 대번포트에게 달려가던 양몰이 개에게 부딪쳐 넘어질 뻔했다. 녀석이 그대로 돌진하자 대번포트도 균형을 잃고 다음날 말에게 먹이려고 쌓아둔 건초더미에 쓰러질 듯 비틀거렸다.

「앉아!」

대번포트가 엄한 목소리로 명령했다. 양몰이 개는 새 주인으로 받들기로 한 신사의 말을 고분고분 들었다. 넙죽 엎드린 개는 꼬리를 달싹달싹 흔들며 주인의 다음 명령을 기다렸다. 대번포트가 측은하다는 듯한 목소리로 말했다.

「왜 이 개가 나를 따라가고 싶어한다는 느낌이 들지?」

「그게 아마 녀석이 원하는 건가보죠. 저 불쌍한 갈색 눈동자를 뿌리칠 수 있으시겠어요?」

앨리즈는 허리를 굽히고 양몰이 개의 귀를 살살 쓰다듬어주었다. 개가 꼬리를 흔들며 흡족한 듯 킁킁거리자 앨리즈는 잠시, 이 개도 로즈홀로 데려가면 어떨까 생각해보았다. 하지만 곧 그 생각을 접었다. 어틸러가 이 개와 한 집에서 사이좋게 살아줄 리 만무했다.

허리를 세우고 일어선 앨리즈는 자신이 대번포트와 얼마나 가까이 서 있는지 불현듯 깨달았다. 팔만 뻗으면 닿을 만한 위치였다. 그렇게 가까이 서 있으니 그가 얼마나 몸집이 크고 남성적인 힘이 느껴지는 사내인지 다시금 느껴졌다.

가까이서 보니 대번포트가 그녀의 생각보다 훨씬 취해 있었다는 것도 느껴졌다. 뭔가 몽롱한 듯한, 지금까지 느껴보지 못했던 불안한 기운이 느껴졌다. 술기운 때문인지 그 파란 눈동자는 더욱 따뜻하게 빛났다.

앨리즈는 문득 그와의 거리를 더욱 좁혀보고 싶은 기분이 들었다. 그의 얼굴에 드러나 있는 그 욕망이 진짜 그의 가슴속에도 들어 있는지 알아보고 싶었다. 하지만 앨리즈는 얼른 그와의 거리를 더 벌리기 위해 뒤로 한걸음 물러섰다.

바로 그 순간 건초더미 속에서 뭔가 이상한 냄새를 맡은 듯 킁킁거리던 양몰이 개가 갑자기 짖어대기 시작했다. 그와 거의 동시에 잔뜩 독이 오른 어틸러가 건초더미 뒤에서 발톱을 앙칼지게 세우고 튀어나왔다.

깜짝 놀란 개가 공중으로 튀어오르며 고양이를 잡으러 뒤쫓기 시작했다. 야옹야옹, 으르렁 컹컹, 눈 깜짝할 사이에 두 마리 동물의 쫓고 쫓기는 추격전이 벌어진 것이었다. 출입문과 양몰이 개 사이에 서 있던 앨리즈는 개가 달려드는 바람에 대번포트를 향해 쓰러지고 말았다.

말짱한 정신이었다면 물론 대번포트도 그녀와 함께 쓰러지지는 않았을 것이었다. 그러나 술이 취한 지금, 그는 자기 몸을 가누기도 힘든 상황이었다. 씩씩거리는 고양이와 으르렁거리는 개가 밖으로 튀어나가 어둠 속으로 사라지는 동안 앨리즈와 레저널드는 함께 건초더미 위로 뒹굴고 말았다.

앨리즈는 자신의 몸과 레저널드의 몸이 완전히 하나로 포개져 그의 몸이 자기 아래 깔려 있다는 사실에 어쩔 줄 몰라 하며 아래를 내려다보았다. 레저널드의 얼굴이 바로 코앞에 와 있었다.

깜짝 놀란 것도 잠시, 레저널드의 입가에 즐거운 미소가 번지기 시작했다. 앨리즈의 평생에 이토록 거부하기 힘든 미소는 처음이었다. 숨을 들이쉬며 정신을 차려보려고 애썼지만 어떤 말로 사과를 해야 할지, 어떻게 이 복잡한 마음을 정리해야 할지 그저 어안이 벙벙할 따름이었다. 앨리즈가 몸을 일으키려는 순간, 대번포트가 한 손으로 그녀의 뒤통수를 누르며 얼굴을 가까이 끌어당겼다.

앨리즈의 머릿속에서는 변명의 말도 사과의 말도 모두 한 순간에 달아나버렸다. 약혼자였던 랜달프와 키스를 전혀 안 해본 것은 아니었다. 그러나 그는 언제나 정중했고, 한치도 예의에서 벗어나는 짓은 하지 않았다. 때로는 아무런 정열도 느껴지지 않는, 약혼자와 약혼녀 사이의 인사에 불과한 키스였다.

그러나 레저널드의 키스는 달랐다. 사랑을 갈구하는 한 처녀가 상상하던 키스와 약혼자로서의 정중한 예절을 지키던 한 신사의 키스 사이에 커다랗게 뚫려 있던 빈자리를 단숨에 메꿔주는 키스였다. 그의 키스는 깊고, 강렬하고, 그리고 말할 수 없이 짜릿했다. 레저널드가 천천히 그녀의 입술을 음미하는 동안, 앨리즈는 아무 생각도 하지 못하고 몸을 떨 뿐이었다. 거침없는 그의 손길이 코트 안으로 밀고 들어와 등과 엉덩이를 어루만졌다. 축축하게 젖은 그의 옷자락이 두 사람 사이에서 뜨겁게 달구어지고 있었다.

비록 아무런 기교는 없었으나 앨리즈는 레저널드에게 뒤지지 않는 열정으로 그의 키스에 응수했다. 랜달프와의 사이에서는 꿈도 꿀 수 없는 행동이었다. 강렬한 욕망의 파도가 휩쓸고 지나갔고, 그의 입술이 닿은 자리는 불이 붙은 듯 뜨거웠다.

힘이 넘치는 레저널드의 두 팔이 그녀의 허리를 단단히 끌어안고 건초 위를 굴러 두 사람의 위치가 바뀌는 순간, 앨리즈의 가슴은 다시 한번 출렁거렸다. 유난히 키가 큰 사내의 강인한 육체가 그녀를 꼼짝없이 속박하고 있었다. 상큼한 건초 향기가 더욱 두 사람의 감각을 일으켜 세우는 것 같았다.

레저널드의 뜨거운 입술이 귓불에 닿는 순간, 앨리즈의 입에서는 나지막한 탄성이 터져나왔다. 앨리즈의 손은 레저널드의 몸에서 발산되는 팽팽한 남성적인 긴장을 탐닉하며 그의 어깨를 휘어 감았다. 그의 커다란 손이 그녀의 젖가슴을 움켜쥐었다.

「오, 앨리즈…….」

마음속 아주 깊은 곳에서부터 작은 목소리가 들려왔다. 평생토록 가꾸어왔던 흠 없는 평판을 이제 내던지려 하느냐고. 그러나 앨리즈는 그 목소리를 무시했다. 지금 이 순간과 바꿀 수 있는 것은 아무 것도 없었다. 앨리즈는 뜨겁고 깊게 그의 키스를 받아들였다.

레저널드의 손이 앨리즈의 셔츠 단추를 푸는 순간, 누군가의 헛기침 소리가 마치 두터운 얼음장이 깨지는 소리처럼 날카롭게 들려왔다. 앨리즈는 온몸이 얼어붙는 것만 같았다. 바람난 하녀처럼 외간 남자와 마구간 건초더미 위에서 뒹굴다가 들켰다는 수치심과 이 황홀한 순간을 방해당했다는 분노가 한꺼번에 뒤엉켜 치밀어올랐다.

레저널드도 온몸이 뻣뻣하게 굳어버리긴 마찬가지였다. 안타까움인지 분노인지 알 수 없는 한숨을 길게 토해낸 그는 천천히 일어서서 앨리즈에게 손을 내밀었다. 그녀를 일으켜준 그 따뜻한 손으로도 그녀가 잃은 것을 보상할 수는 없었다.

천천히 일어선 앨리즈의 눈앞에는 런던에서 온 듯한 옷차림의 사내가 서 있었다. 조심스럽게 무표정을 가장하고 있었지만, 앨리즈는 그 사내가 내심 얼마나 못마땅하게 생각하고 있는지 소름이 끼칠 정도로 분명하게 느껴졌다. 앨리즈의 얼굴은 낯선 사내에게 창녀 같은 짓을 하는 장면을 들켰다는 부끄러움으로 화끈거렸다. 그러나 레저널드는 전혀 부끄러운 기색도 없이 앨리즈의 팔꿈치를 살짝 잡아당기며 말했다.

「레이디 앨리즈, 이쪽은 맥 쿠퍼요. 어제 런던에서 도착했지. 맥, 이쪽은 웨스턴 양. 사람들은 레이디 앨리즈라고 부른다네.」

앨리즈의 표정을 흘끗 살핀 그는 얼른 덧붙였다.

「걱정 마시오, 맥은 봐서는 안될 것은 보지 않는 사람이니까.」

레저널드는 앨리즈의 팔을 놓아주고 그녀의 등과 다리에 붙은 건초를 떼어주었다. 그토록 다정스럽고 열렬하게 느껴졌던 그 손길이 지금은 빼빼 마른 나뭇가지가 훑고 지나가는 것만큼이나 무정하고 차가웠다. 앨리즈는 레저널드의 말을 다음날 아침 식탁에서 자신이 사람들의 입에 오르내리며 난도질당하지는 않으리라는 뜻으로 해석했다. 그러나 그녀 자신이 알고 대번포트가 알고, 그리고 그의 하인이 아는 일이었다. 남자 둘도 이미 너무 많은 숫자였다.

쿠퍼에게 목례도 제대로 하지 못한 채 앨리즈는 마구간에서 뛰쳐나가 어두운 밤 공기 속으로 숨어버렸다. 숨 돌릴 새도 없이 달리던 그녀는 로즈 홀에 거의 다 와서야 발걸음을 늦추었다. 식구들을 대면하기엔 아직 자신이 없었던 그녀는 가까운 나무 아래 멈춰섰다. 레저널드의 손과 입술이 닿았던 곳마다 마치 낙인을 찍은 듯 아직도 화끈거리고 따가웠다.

시원한 밤 공기가 살결을 훑고 내려가는 것을 느끼면서 앨리즈는 털썩 주저앉아 양팔로 얼굴을 감쌌다. 수치심에 견딜 수가 없었다. 대번포트가 잠시 그녀를 탐했다고 치자. 그러나 술 취한 남자에게서 무슨 분별력을 기대하겠는가. 그 장단에 춤춘 여자가 모든 손가락질을 받을 일이었다. 지금쯤 레저널드와 그 거만하게 생긴 하인은 그녀가 얼마나 쉽게 정복될 여자인지 조롱하며 웃고 떠들지도 몰랐다. 어쩌면 앨리즈 웨스턴 같은 여자도 남자의 관심을 끌고 싶어한다는 사실에 놀라고 있을지도 몰랐다.

레저널드가 자기 코트에 붙은 지푸라기를 떼어내는 것을 불만스러운 눈초리로 내려다보면서 맥이 말했다.
「제가 보기에도 웨스턴 양은 매우 독특한 여성이더군요.」
아직도 입가의 미소를 지우지 못한 레저널드가 대꾸했다.
「잘 봤어.」
「참 대단하십니다.」
맥의 목소리는 한껏 뒤틀려 있었다.
「뭐 꼭 그런 건 아니지만……, 그다지 부끄러울 것도 없는 사람이지. 그런데, 자넨 왜 그렇게 떫은 감 씹은 표정이지?」
「웨스턴은 근방에서 매우 존경받는 여성입니다. 그런 분이 주인님의 분별없는 행동 때문에 희생될 것을 생각하니 가슴이 아파서 그럽니다.」
레저널드의 얼굴이 단박에 굳어졌다.
「나는 앨리즈가 자신이 희생당했다고 생각하지는 않을 거라고 믿는데. 자네가 조금만 더 지켜보았다면 앨리즈가 훨씬 적극적이었다는 걸 알 수 있었을 거야.」

맥이 마구간 바닥에 침을 뱉었다.

「그분의 얼굴을 보시고도 그런 말씀을 하십니까? 한순간 유혹에 굴복했던 것은 사실일지 몰라도 그 때문에 자신을 혐오하던 그 얼굴을. 앨리즈 양은 그렇게라도 일이 중지된 것을 다행스럽게 생각하고 있을 겁니다.」

「절대로 그렇지 않아. 자네 말대로 그런 게 희생이라면, 희생을 자초하는 여자는 세상에 넘치고 흘러. 앨리즈도 그 중 하나고.」

「차라리 그분을 해고하시고 일을 빨리 마무리지으시는 게 어떻겠습니까? 그분도 일자리는 잃을지 몰라도 명예만은 지킬 수 있을 테니까요.」

「앨리즈는 훌륭한 집사야. 해고할 이유가 없어.」

레저널드는 거의 분노가 폭발하기 일보직전이었다.

「그분이 주인님의 정부라는 사실이 알려진 후에도 지금처럼 사람들의 존경을 받으면서 집사로서의 일을 해낼 수 있을 거라고 생각하시지는 않으시겠지요? 아마 보름도 못 갈 겁니다. 또 있습니다. 주인님이 언제부터 처녀들에게 관심을 가지셨습니까? 처녀는 골치만 아프고 따분하다고 늘 말씀하시지 않았습니까?」

레저널드는 드디어 자제력을 잃고 고함을 질렀다.

「맥, 자네가 언제부터 내게 이래라저래라하게 됐지?」

「저는 주인님의 양심이기 때문입니다.」

「내겐 양심이 없다는 걸 자네도 알 텐데?」

레저널드가 냉소가 가득한 표정으로 대꾸했다.

「술에서 깨시면 다시 되찾으실 겁니다.」

레저널드는 분을 참지 못하고 쿵쾅거리며 마구간에서 나가버렸다. 그러나 맥의 말은 그의 뇌리에서 떠나가지 않았다. 누구든 마주치기만 하면 무사히 지나치게 하지 않을 만큼 제정신이 아니라는 것을 스스로 잘 알기 때문에 레저널드는 곧바로 저택으로 가지 않고 이리저리 배회하기 시작했다. 제 주제에 감히 내 앞에서 거만을 떨다니. 제 놈을 시궁창에서 건져준 게 누군데, 이제 와선 감히 제 주인을 가르치려 들어? 앨리즈와의 사이에서 무슨 일이 있었든 그건 서로 주고받은 것이었지, 결코 레저널드 혼자만의 욕심이 아니었다.

두 사람은 서로 주고받았고, 완전히 만족스러운 시간이었다…….

냉정하고 근엄하게만 보이는 앨리즈의 내면에 그토록 열렬한 감정이 숨어 있으리라고는 상상도 하지 못했던 일이었다. 그 열렬함을 감추고 있는 한 겹 외피가 얼마나 연약하고 파괴되기 쉬운지 레저널드는 이제야 알 것 같았다. 그의 욕망에 대한 앨리즈의 반응은 결코 윤색되거나 치장되지 않은 것이었지만 그녀 역시 그가 이제껏 보아왔던 어떤 여인에게도 뒤지지 않는 정념을 가진 것이 틀림없었다.

레저널드는 뚜렷이 누구를 향한 것인지 알 수 없는 분노와 갈증을 느끼면서 호수로 향했다. 거의 꽉 찬 달이 수면 위로 은빛 가루를 뿌리고 있었다. 키 작은 관목들이 들어선 숲을 지나 비밀의 장소를 향했다. 잔가지들이 쉼 없이 얼굴을 때렸지만 레저널드는 걸음을 늦추지 않았다.

관목 숲을 빠져나와 공터에 이르니 그를 휘어잡고 있던 감정의 소용돌이는 어느새 차분히 가라앉아 있었다. 생각해보니, 그 분노의 절반은 맥의 주제넘은 충고 탓이었다. 그러나 그 나머지 절반은 순전히 '분노'일 뿐이었다. 그의 손끝에서는 아직도 앨리즈가 느껴졌다. 길들여지지 않은 솔직한 감정이 그대로 느껴지던 그녀의 반응을 생각하니 다시금 강한 욕망이 솟구쳤다.

이곳이 바로 어린 시절의 레저널드가 수영을 배운 곳이었다. 충동적으로 물이 그리워진 그는 젖은 옷을 벗어 던지고 호수 속으로 풍덩 빠져들었다.

차가운 물살이 그의 머리를 일시에 맑게 해주었다. 수면 위로 고개를 내밀고 좌우로 흔들어 흐르는 물을 떨어내면서 그는 맥의 말에도 일리가 있다는 것을 스스로 인정했다. 사실 맥의 말에는 늘 진실이 숨어 있었다. 앨리즈 웨스턴이 평생 느껴보지 못했던 감정 앞에서 잠시 판단력을 잃고 적극적으로 그를 받아들였다 하더라도 레저널드는 그녀의 그런 약점을 이용한 것이나 마찬가지였다. 남녀간의 어떠한 추문에도 정신적으로나 사회적인 피해의 위험이 있기 마련이었다. 누군가 두 사람을 보고 있다는 것을 깨달은 순간 두려움과 충격으로 가득 찼던 앨리즈의 커다란 눈을 생각하자 레저널드는 자신의 머리통이라도 쥐어박고 싶은 심정이었다.

오랜 세월 바람둥이라는 손가락질을 받으면서 살아온 경험을 통해, 여자들은 남자들과 달리 정서적으로 교감하지 않은 남자와는 정사를 벌이지 않는다는 것을 그는 깨닫고 있었다. 앨리즈도 예외가 아니었다. 열정 외에도 앨리즈에겐 자신을 아끼지 않고 베푸는 사랑이 있었다. 지금 그녀가 꾸려가고 있는 가정만 보아도 알 수 있지 않은가. 영지의 모든 사람들을 위해 지금까지 그녀가 해왔던 일을 생각해보아도 그랬다. 앨리즈는 천성적으로 받기보다는 주는 것에 익숙한 사람이었다. 가진 것보다, 줄 수 있는 것보다 훨씬 많은 것을 주지 못해 늘 안타까워하는 여자였다.

힘껏 팔을 휘저어 몸을 수면으로 떠올린 뒤 그는 자세를 바꿔 하늘을 보고 누웠다. 앨리즈 웨스턴도 육체적으로는 어떠한 애정행각을 벌여도 모자라지 않을 만큼 성숙해 있었지만, 그녀에겐 스스로 존경할 만한 남자가 어울렸다. 반면에 레저널드는 신을 두려워하는 모든 선량한 사람들이 혐오해 마지않는 인물이었다. 아무리 당연하고 인간적으로 이해할 수 있는 욕망이라고 해도 그 욕망이 레저널드를 향하는 한, 앨리즈는 레저널드뿐만이 아니라 자기 자신도 미워하게 될 것이 뻔했다. 다른 여자라면 몰라도 앨리즈에게서만은 그런 미움의 대상이 되고 싶지 않았다.

레저널드는 겨우 가라앉지 않을 정도로 느릿느릿 팔다리를 휘저으며 헤엄쳐나갔다. 앨리즈의 외모나 그 안에 감추어진 열정을 생각한다면, 그녀가 지금까지 미혼이라는 사실은 매우 이례적인 일로 느껴졌다. 그 큰 키에 호락호락하지 않은 지성이 대부분의 남성들에게는 두려운 대상이었으리라. 하지만 앨리즈 같은 여자가 홀로 늙어간다는 것은 .낭비, 지독한 낭비였다.

앨리즈에 대한 육체적인 욕망도 무시할 수 없는 것이었지만, 레저널드에겐 그녀의 내면세계를 존중하는 마음도 컸다. 앨리즈에게 어떤 식으로든 상처가 될 일은 하고 싶지 않았다. 그것은 곧 그가 더 이상 술을 입에 대서는 안 된다는 뜻이기도 했다. 일단 술이 입에 들어가는 순간부터는 레저널드 자신도 스스로를 책임질 수 없기 때문이었다. 스트릭런드에서는 사람답게 살아보자고 작정했건만, 벌써 앨리즈를 껴안고 뒹굴면서 그 결심이 무색한 행동을 하고야 말았던가.

자신의 동물적인 열정을 식히기에는 이 호수물의 차가움도 별반 도움이 되지 않는다고 생각하면서 레저널드는 씁쓸하게 웃었다. 차라리 앨리즈를 머릿속에서 지워버리고 다른 생각에 몰두하는 편이 나을 것 같았다.

그때 호숫가에서 첨벙하고 뭔가 물에 빠지는 소리가 들렸다. 이 호수 주변에는 사람에게 해를 줄 만한 동물이 살지 않는다는 것을 알면서도, 레저널드는 거의 반사적인 경계심으로 주변을 살폈다.

형체를 분명히 분간할 수는 없지만 뭔가가 그를 향해서 열심히 헤엄쳐오고 있었다. 레저널드를 발견한 그 양몰이 개는 헤엄을 치는 와중에도 반갑다고 꼬리를 흔들어대느라 하마터면 물 속에 가라앉을 뻔했다. 한 손을 물 밖으로 들어올려 녀석의 머리를 쓰다듬어주면서 레저널드가 말했다.

「아직도 날 괴롭힐 게 더 남았니?」

마치 대답이라도 하듯, 녀석의 거친 혓바닥이 그의 얼굴을 핥아댔다.

「그 따위 좀도둑 고양이를 보고 놀라다니, 창피한 줄 알아라!」

하지만 녀석은 양몰이 개로서의 체면이나 부끄러움 따위는 진작에 포기한 것 같았다. 녀석이 자꾸만 가슴 위로 기어오르려고 발버둥치자 레저널드는 녀석의 머리를 저쪽으로 밀어내버렸다.

「얼어죽거나 빠져죽기 전에 어서 나가자.」

레저널드와 양몰이 개는 나란히 헤엄쳐 들 밖으로 나왔다. 개는 온몸을 흔들어대며 물기를 적당히 털어냈고, 레저널드는 차가운 밤 공기에 부들부들 떨면서 뻣뻣하게 젖은 옷가지를 억지로 다시 끼어 입었다.

집으로 돌아가는 길에도 양몰이 개는 레저널드의 발뒤꿈치에 거의 코를 갖다대고 따라왔다. 레저널드는 며칠 런던을 다녀와야겠다고 마음먹었다. 너무 급작스레 런던을 탈출하는 바람에 마무리짓지 못하고 온 일도 있었지만, 앨리즈 웨스턴에게 마음을 정리할 시간을 줄 필요도 있었다. 그리고 솔직히 말하자면 레저널드도 앨리즈를 당장 내일 아침에 다시 만나기가 두려웠다. 어쩌면 그녀도 지금쯤 그를 미워하기 시작했을지도 모르기 때문이었다.

레저널드가 자기 침실에 도착했을 때, 맥은 런던에서 가져온 주인의 옷가지를 풀어 정리하는 중이었다. 그는 벌써 마구간에서 목격한 장면은 다 잊은 듯 덤덤한 얼굴이었다. 자신을 꾸짖던 하인의 가시 돋친 말들이 다시 생각나 레저널드는 속이 찔끔거렸다. 런던의 빈민굴에서 맥을 구해준 사람이 바로 레저널드이긴 했지만, 맥은 주인에게서 받은 것 이상으로 충성을 다한 하인이었다. 레저널드의 고약한 술버릇을 참아준 것도 보통 정성이 아니었거니와, 때때로 레저널드가 도박에서 연패를 거듭하는 바람에 몇 달씩 월급이 밀린 적도 있었다. 그러나 그는 단 한번도 그런 일로 불평을 한 적이 없었다.

고개를 든 맥은 주인의 뒤를 졸래졸래 따라다니고 있는 양몰이 개를 발견하고 눈을 가늘게 떴다.

「아시는지 모르겠지만, 개 한 마리가 주인님 뒤를 따라다니고 있습니다.」

레저널드는 코트를 벗고 셔츠 단추를 풀기 시작했다.

「알아.」

「무슨 갭니까?」

「콜리 종 양몰이 개. 하지만 양몰이에는 저주가 없다는군. 목동이 저 녀석을 처치할 궁리를 하고 있다는 걸 알고 나한테 빌붙으려고 작정을 한 모양이야. 이 집에도 애완견이 한 마리 있으면 좋지 않겠어?」

새 주인으로 정한 사내가 무슨 생각을 하고 있는지도 모른 채, 양몰이 개는 아직도 물기가 흐르는 털을 축 늘어뜨리고 바닥에 너부죽이 엎드려 행복하게 웃고 있었다. 맥은 녀석이 별로 마음에 들지 않는다는 듯한 표정으로 개를 내려다보았다. 개에 대해서는 아는 것이 없지만, 어쨌든 녀석은 벌써 이곳을 제 집으로 정한 듯한 인상이었다.

「이름은 뭡니까?」

「이름도 없어. 자네 아나? 동물에게 이름을 붙여주면 그 사람이 평생 그 동물을 책임져야 한다는 거.」

레저널드는 수건으로 온몸과 머리를 닦아내고 맥이 건네주는 마른 옷을 받았다.

「며칠 런던에 다녀올 참이야. 필요한 거 있나?」

「온전한 정신이나 찾아오십시오. 아마 그게 필요하실 것 같으니.」

레저널드는 속을 콕콕 찌르는 듯한 하인의 말에 웃지 않을 수 없었다. 지금까지 벌어진 모든 일에도 불구하고 레저널드는 그 어떤 때보다도 기분이 좋았다. 손가락으로 딱하고 소리를 내 양몰이 개를 부르면서 그가 말했다.

「일어서! 서재로 가자. 가서 우리가 새로 사온 위스키를 맛보는 거나 구경해.」

따각따각 발톱소리를 내면서 양몰이 개는 레저널드를 따라 아래층으로 내려갔다. 양몰이 개로서는 대책 없이 무능하고 머리도 우둔하지만, 녀석도 제게 유리한 제안은 이해할 줄 아는 동물이었다.

10

　아무 일도 없었던 듯 태연한 얼굴로 레저널드를 대면하기 위해 밤새 잠도 자지 못하고 용기를 짜내야 했던 앨리즈를 기다린 것은 레저널드가 남긴 간단한 메모였다. 그 메모를 보는 순간 앨리즈는 온몸에서 힘이 쭉 빠져나가는 것 같은 허탈감을 느꼈다. 무뚝뚝하고 간결하게 적힌 메모의 내용은 며칠 런던에 다니러 간다는 것이었다. 자신이 없는 동안 앨리즈가 영지를 위해 필요한 개혁이나 개선에 대해 좋은 아이디어를 생각해내라는 내용도 적혀 있었다. 그리고 호숫가의 그 비밀의 장소까지 관목 숲을 관통해 길을 낼 수 있을지 알아보라는 지시사항도 있었다.

　마치 간밤에 마구간에서의 일은 일어나지도 않았던 것 같은 투였다. 어쩌면 그는 벌써 잊었는지도 모를 일이었다. 힘있게 흘려 쓴 그의 필체를 보면서 앨리즈는 자신도 레저널드 대번포트처럼 쉽고 편하게 그런 일을 잊을 수 있는 사람이라면 얼마나 좋을까 생각했다. 하지만 아직도 그의 손길이 닿았던 곳마다 그 감각이 생생하게 살아 있고, 두 팔 안에 아직도 그의 단단한 육체가 안겨 있는 것 같은데 어떻게 그 일을 잊을 수 있단 말인가?

런던을 떠난 지 일주일도 지나지 않았기 때문에 사실 레저널드가 떠나던 날보다 런던이 더 시끄러워진 것도 아니요 더 복잡해진 것도 아니었다. 그럼에도 불구하고 그의 눈에 런던은 전보다 훨씬 소란스럽고 분주해 보였다.

레저널드가 런던에 도착한 것은 아주 이른 아침이었다. 아파트에 들러 옷을 갈아입은 후 그는 다시 일을 보러나갔다. 런던을 떠나기 전날 밤 도박판에서 조지 블레이크포드에게 오백 파운드를 땄지만 그때 블레이크포드가 현금을 가지고 있지 않았기 때문에 현금 대신 어음으로 받아둔 것이 있었다. 스트릭런드에서 할 일이 많다보니 그 돈도 요긴하게 쓸 곳이 있었다. 이렇게 이른 시간에 블레이크포드를 만나려면 화이트 바로 가는 것이 가장 빨랐다.

같은 날 밤, 레저널드와 잠시 불장난을 했던 블레이크포드의 정부가 생각났다. 만약 여자에게 구미가 당긴다면 레저널드는 공개적으로 구애를 하는 편이었다. 하지만 그날 레저널드는 전혀 그 여자에게 마음이 당기지 않았다. 그럼에도 불구하고 그 여자의 서툰 유혹에 넘어갔다는 사실이 죄스럽게 여겨지기까지 했다. 블레이크포드는 곁에 두는 기간이 짧든 길든 자기 여자에 대한 소유욕이 대단히 강한 사람이었다. 레저널드는 명분도 없이 시끄러운 일을 만들고 싶지 않았다. 더 이상 적을 만들지 않는다 해도 이미 그를 노리는 적은 너무나 많았다.

블레이크포드는 화이트 바의 늘 앉던 자리에 앉아 와인을 따르고 있었다. 레저널드는 천천히 그에게 다가갔다.

「합석해도 될까?」

블레이크포드는 별로 반갑지는 않지만 싫지도 않은 표정으로 고개만 끄덕였다. 레저널드는 테이블 맞은편에 앉아 손짓으로 와인을 더 주문했다. 블레이크포드와 레저널드는 서로 같은 물에서 노는 부류였지만 두 사람을 친구라고 할 수는 없었다. 블레이크포드는 키가 크고 몸집이 억센, 실력 좋은 권투선수 같은 인상에 늘 술기가 가시지 않은 안색의 도박꾼이었다. 런던의 상류층 신사로서 크게 뒤떨어지거나 벗어난 행동을 보인 적은 없는 사내였으나, 왠지 레저널드는 그를 가까이 하기를 꺼려 늘 거리를 두었다.

그러나 지금 레저널드의 입장에서는 그와 몇 잔 정도 술이라도 함께 나누지 않을 수 없는 처지였다. 긴 다리를 테이블 밑으로 뻗으며 레저널드가 슬며시 운을 띄웠다.

「며칠 런던을 떠나 있다가 방금 돌아왔어. 혹시 지금 사정이 괜찮다면…….」

레저널드가 하지 않은 말의 의미를 블레이크포드는 금방 알아들었다.

「다행히 며칠간 운이 좋았지. 어음은 갖고 왔나?」

레저널드는 어음을 꺼내 그에게 돌려주고 지폐 한 다발을 받았다. 블레이크포드는 오십 파운드를 걸고 동전던지기 내기를 하자고 제안했다. 동전던지기 같은 내기는 레저널드가 가장 바보스럽다고 생각하는 최하급 내기였지만 상황이 상황인지라 흔쾌히 응했다. 다행인지 불행인지 블레이크포드가 내깃돈을 땄고, 기분이 좋은지 희색이 만면이었다.

분위기가 고조되자 블레이크포드는 레저널드가 떠나 있던 동안 런던에서 있었던 소식들을 상세히 전하기 시작했고, 레저널드는 손짓으로 포도주 한 병을 더 주문했다. 레저널드는 지루한 마음이 얼굴에 드러나지 않도록 주의하며 새로 날라져온 포도주를 잔에 따랐다. 차라리 요즈음 도박판에서 가장 돈을 많이 딴 사람이 누군지 그런 이야기나 듣고 싶었다. 자기 잔에도 포도주를 채우며 블레이크포드가 말했다.

「이런 말, 꼭 해야 하는 건지도 모르겠고 그 동안 할 기회도 없었지만, 자네가 워그레이브 백작이 되지 못한 건 나도 유감일세. 웬 애송이가 나타나서 자네 자리를 꿰차고 희희낙락하는 꼴을 보자니 속이 오죽하겠나.」

레저널드는 어깨를 들썩였다. 그 이야기는 이미 한물간 것이었다.

「난 백작의 조카일 뿐이었어. 어차피 언젠가는 백부의 족보에서 잘려나갈 혹이었지.」

「나보다 훨씬 철학적인 사람이군, 자넨.」

블레이크포드의 커다란 얼굴에 수심이 가득했다.

「난 벌써 십 년이 넘도록 더웨스턴의 상속자 대리로 대접을 받아왔네. 이제 와서 진짜 상속자가 나타나 그 자리를 되찾아간다면, 난 미치고 말 거야.」

레저널드가 놀랍다는 듯이 가늘게 휘파람을 불었다.

「더웨스턴 공작의 상속자 대리? 놀라운 소리군. 전혀 몰랐는데?」

레저널드는 더웨스턴 공작에 대해 아는 사실들을 떠올려보려고 노력했으나, 이미 오래 전에 상처를 하고 잉글랜드 북부에서 칩거하고 있는 그는 런던에 나타나는 일이 극히 드물었다. 설사 공작이 런던에 나타난다 하더라도 그 노인은 레저널드와는 노는 물이 달랐다.

「더웨스턴이 정식으로 재혼이라도 해서 아들을 낳기라도 할까봐 걱정되나? 아니면, 더웨스턴 공작에게도 어딘가 숨겨둔 상속자가 따로 있단 말인가?」

「더웨스턴 공작에게는 아이가 하나 있었는데, 열 여덟 살 때 가출한 후로 행방불명이 되었어. 지금까지 무소식인 걸 보면 아마도 지금쯤은 죽은 사람이겠지. 하지만 공작은 그걸 인정하려고 하질 않는다는 게 문제지.」

블레이크포드는 지긋지긋하다는 듯이 고개를 혼들었다.

「공작에 대해 자세히 아는 것은 없지만, 막대한 재산을 가진 황소고집이라는 소문은 들었네.」

「솔직히 말하면, 그 노인네는 자기가 가진 것이 모두 나한테 상속된다는 걸 끔찍이도 싫어한다네. 촌수를 따진다면 공작과는 육촌간이지만, 그보다 가까운 친척 중에는 남자가 없기 때문에 남자에게 재산과 작위를 물려주려면 나밖에 없거든.」

레저널드는 블레이크포드에게서 동병상련의 정을 느꼈다.

「늙은 독재자가 죽을 날만 기다리며 살아야 한다는 건 참 슬픈 인생이지.」

사실 그것은 그저 '슬픈 인생'이라고만 말하기에는 부족한 것이었다. 그렇게 사는 삶은 자기 삶의 모든 것을 뒤로 미루어두고 사는 것과 다름없었다. 그리고 그 대가가 어떤 것인지 레저널드는 잘 알고 있었다.

「내가 있어야 할 자리를 다른 사람에게 빼앗기는 건 처음에는 견딜 수 없는 충격이었지만, 내 경우에는 그래도 행운이었어. 백부를 상속한 오촌 조카가 일종의 보상으로 재산을 떼어즈었거든. 행방불명된 더웨스턴의 상속자도 언젠가 나타난다면 자네에게 응분의 보상을 해줄 걸세.」

「별로 달갑지 않아. 나는 그애와도 사이가 별로 좋지 않았거든. 게다가 뭘 떼어줄지 모르지만, 그 재산과 더웨스턴 공작의 전 재산을 비교한다면 새 발의 피가 아니고 뭐겠나. 그건 그렇고, 자네에게 재산이 생겼다는 소문은 금시초문인데, 그 이야기나 해줘.」

「스트릭런드 영지일세. 샤프츠버리와 도체스터 중간쯤에 있어. 땅은 367만 평 정도 되고, 다행히 그 동안 관리를 잘 해서 그런지 아주 쓸 만해.」

「지주가 상주하지 않는 땅일 텐데 참 운이 좋았군.」

「집사를 잘 둔 덕이지.」

레저널드는 자기도 모르게 슬며시 미소를 지었다.

「여잔데, 믿을 만한 사람이지. 키는 거의 나만큼이나 크고 눈동자가 특이하게 생긴 개혁주의자야.」

「설마!」

블레이크포드는 집사가 여자라는 말을 믿을 수 없다는 듯이, 잔에 따르던 포도주 병을 도로 치켜들고 생각났다는 듯이 다시 물었다.

「그런데, 눈동자가 어떻게 특이하게 생겼는데?」

「한쪽 눈은 갈색인데 다른 쪽 눈은 회색이야. 참 특이한 경우지.」

「나도 한때 그런 여자를 알고 있었는데. 그 여잔 이름이 뭐지?」

블레이크포드가 나지막한 목소리로 천천히 물었다.

「앨리즈 웨스턴.」

블레이크포드는 왠지 떨리는 손으로 술잔에 술을 마저 채웠다.

「내가 알던 여자의 이름은 애니였는데. 키가 작고 통통한 게 천상 여자 같은 얼굴이었어. 애니는 집사가 될 만한 재주는 없지만, 다른 재주가 남달랐지.」

블레이크포드가 음흉한 얼굴로 한쪽 눈을 끔벅했다.

뭔가 블레이크포드의 말투나 행동이 부자연스럽게 느껴졌지만, 레저널드는 대수롭게 여기지 않고 흘려버렸다. 아마도 지금 스텔라에게 하듯이 그 애니라는 여자에게도 소유욕을 불태웠던 사이였겠지, 하고 레저널드는 생각했다. 그때 등뒤에서 낯익은 목소리가 들려왔다.

「레저널드! 언제 돌아왔어요?」

줄리언 마크엄의 잘생긴 얼굴이 환한 미소를 머금고 다가왔다. 레저널드가 일어서서 손을 내밀자 줄리언은 반갑게 악수를 받았다.

「저녁 식사 했어요? 아직 안 했어요? 그럼 빨리 나가서 그간 있었던 일이나 얘기해줘요.」

줄리언이 블레이크포드를 돌아다보며 물었다.

「같이 갈래요?」

블레이크포드는 고개를 저었다.

「아니. 난 다른 약속이 있어. 다음에 또 보자구.」

술집을 나서는 두 남자의 뒷모습을 보면서 블레이크포드의 머릿속에서는 광풍이 일고 있었다. 그 계집이 살아 있다니! 그런 눈을 가진 여자는 세상에 다시 있을 수 없었다.

하지만 그렇게 오랜 세월이 흘렀는데, 그 아이가 아직도 살아 있다는 걸 누가 믿을까?

화이트 바에서 나온 레저널드와 마크엄은 로스트 비프 맛이 좋기로 이름이 난 한 식당으로 자리를 옮겼다. 구석진 테이블에 자리를 잡자마자 줄리언이 말했다.

「블레이크포드가 같이 오겠다고 따라나설까봐 은근히 걱정했는데, 정말 잘됐어요. 그 사람은 항상 뭔가에 화가 나 있는 얼굴이라니까요. 왜 그렇게 마음을 편히 할 줄 모르는지 몰라.」

주문을 받으러온 오동통한 웨이트리스의 뒷모습을 흘깃거리면서 레저널드가 말을 받았다.

「나도 그렇게 생각했었는데, 오늘에야 그 작자가 늘 그렇게 귓병 앓는 곰 같은 표정으로 다니는 이유를 알았어. 더웨스턴 공작의 진짜 상속자가 나타나서 자기 자리를 뺏을까봐 전전긍긍하고 있었던 거야.」

「그건 그럴 수도 있겠네요. 그런데 더웨스턴 공작의 진짜 상속자가 여자라는 거 몰랐죠?」

「뭐야? 농담 아니야? 언제부터 여자가 공작의 작위를 물려받게 된 거야? 자작이나 남작 같은 작위도 딸에게는 잘 물려주지 않는 법인데.」

레저널드가 의아하다는 듯한 표정으로 물었다. 줄리언은 잠시 생각을 정리하는 듯 콧잔등에 잔주름을 짓더니 말했다.

「왕고모 한 분이 계신데 귀족의 족보에 대해서는 훤하시거든요. 더웨스턴 공작의 경우는 말보로 공작과 비슷한 경우죠. 아들이 없었던 존 처칠 장군이(1650~1722, 초대 말보로 공작, 앤 여왕 재위 시 국정을 이끌던 3대 요인 중 한 사람) 말보로 공작의 작위를 받자 귀족 세습법상 특별한 규정을 두어서 아들이 없을 경우 딸 중에서 장녀에게 상속할 수 있다는 예외가 생겼답니다. 그런데 문제는, 더웨스턴 공작이 자기 딸에게는 작위를 물려줄 마음이 없다는 거죠. 그러니까 제가 알기로는, 아마 그 딸이 나타난다 해도 블레이크포드가 상속권을 빼앗길 걱정은 하지 않아도 될 것 같은데요.」

「참 복잡한 일이군. 귀족 세습법에 그런 예외 규정이 있었다니. 그런데 왜 더웨스턴 공작은 굳이 자기 딸에게 작위를 물려주지 않겠다는 거지? 특별한 이유라도 있나?」

줄리언이 의미심장한 미소를 지었다.

「왕고모님이 족보보다 더 관심을 가지신 분야가 바로 그런 스캔들이죠. 더웨스턴 공작에겐 외동딸이 있었는데, 킨로스 후작의 둘째 아들과 약혼한 사이였답니다. 그런데 그 딸이 갑자기 다른 남자와 눈이 맞아 야반도주를 했다는 거 아닙니까. 더웨스턴 공작이 황소심줄보다 더한 고집에 강철같은 자존심으로 무장한 노인네였으니 망정이지, 심약한 아버지 같았으면 화병으로 세상을 떴을 일이죠. 어쨌든 그날 이후로 공작은 외동딸과 절연을 선언했고, 딸도 그 이후로 행방이 묘연하답니다. 왕고모님 말씀으로는 아마 눈이 맞아 달아난 하인놈의 아이를 낳다가 죽었을 거래요. 상전의 딸이 자기 아이를 낳다가 죽었으니 그 하인놈은 주인에게 맞아죽을 것이 두려워 나타나지 못할 거구요.」

「그럴 듯한 각본이군.」

레저널드도 맞장구를 쳤다.

식사가 날라져오자 두 남자는 갓 구운 쇠고기와 토마토 요리를 맛있게 먹었다. 접시를 모두 비운 후 느긋하게 포도주를 마시면서 레저널드는 스트릭런드에 대해 줄리언에게 자세히 들려주었다. 그러나 사실은 그보다 먼저 줄리언에게 묻고 싶은 이야기가 있었다.

대화가 거의 마무리에 이르자 레저널드가 줄리언에게 물었다.

「장자상속법이란 정말 간교한 법률이야. 봉건제도 하에서야 한 사람에게 모든 권력을 집중시켜야 다른 형제들도 살아남을 수 있었으니까 그랬다 치지만, 요즘 같은 세상에는……. 장자가 아닌 아들들은 성인이 되기 전까지 아버지가 가진 권력과 재산의 울타리 안에서 온갖 사치를 누리고 살다가 성인이 되면 갑자기 먹고 살 길이 막막해지니까 성직자가 되거나 군대에 입대해버리지. 아니면 허울만 좋은 관직에 집착하거나. 그후부터는 평생을 돈 많은 맏형 앞에서 상대적인 빈곤감에 분노를 느끼며 살고.」

「반면에 장자는 술과 도박에 빠져서 아버지가 죽을 날만 기다리는 식충이가 되는 거죠.」

줄리언의 목소리도 우울했다. 레저널드가 동정 어린 목소리로 말했다.

「부친께서 모어튼의 농장을 경영해보겠다는 제안마저 거절하시던 가?」

줄리언이 툴툴거리기 시작했다.

「전 아버지가 이번만은 승낙해주실 줄 알았어요. 어떤 작물을 경작하는 게 가장 수지가 맞을지, 사육하는 가축의 질을 높이려면 사료는 어떤 것을 쓰고, 목초는 어떻게 바꿔야 하는지……. 얼마나 세심하게 세운 계획이었는데……, 물론 형님이 도와주지 않았으면 할 수 없었겠지만, 어쨌든 아무 소용없었어요. 모어튼 농장을 맡겨주기만 하면 수익을 배로 늘일 자신이 있는데. 게다가 아버지는 날 런던에 붙잡아두기 위해 더 이상 돈을 쓰지 않아도 되니 일거양득인데, 아버지는 외눈 하나 깜빡 안 하시지 뭡니까.」

옥스포드를 졸업한 이후로, 줄리언은 자신도 가문을 위해 뭔가를 할 수 있다는 것을 증명해 보이고 싶어했다. 그리고 그런 기회를 아버지가 허락해주기를 간절히 원했다. 그러나 마크엄 자작은 모든 권력과 영향력을 움켜쥐고 한치도 내놓지 않으려고 했다. 그러므로 아들이 하고자 하는 어떤 것도 허락해줄 수가 없었다. 그러면서 한편으로는 줄리언이 가산을 탕진한다느니, 밥값도 못하는 백수라느니 험담을 했다. 사태를 해결하는 데 도움이 된다면 레저널드는 기꺼이 나서서 완고한 노자작의 좁아터진 마음을 확 바꿔놓고 싶었다. 그러나 마크엄 자작은 자기 아들을 망쳐놓은 주범이라고 굳게 믿고 있는 인물의 말이라면 듣는 시간조차 아까워할 사람이었다.

그럼에도 불구하고 줄리언은 아버지를 사랑했다. 그러나 그 아버지가 아들의 마음을 이런 식으로 계속 무시만 한다면, 아들의 사랑도 언제까지 지속될지 장담할 수 없었다. 결국 줄리언도 아버지가 죽을 날만 기다리는 식충이가 되고말 것이다. 너무 일찍 아버지를 여읜 탓에 아버지의 정에 굶주려 있던 레저널드는 줄리언이 그렇게 되는 것만은 막아보고 싶었다. 그러나 아직 어떻게 해야 좋을지 방법이 떠오르지 않았다.

안타까운 생각을 감추면서 레저널드는 또 술을 따랐다.

「늙어가는 남자가 자기 자리를 노리는 한창 나이의 젊은이를 인정한다는 건 쉬운 일이 아니지. 게다가 그 젊은이가 자기 아들일 땐 그게 더 어려운 법이야. 아마도 바로 자기 아들이기 때문에 그렇겠지.」

「하지만 전 아버지 자리를 노리는 게 아니라구요. 저는 다만 아버지가 저를 이제 어른으로 대접해주시기를 바랄 뿐이에요. 나도 이젠 사춘기 소년이 아니잖아요.」

줄리언은 한숨을 푹푹 내쉬며 등받이에 등을 기댔다.

「결혼이라도 해야 당신 아들도 이젠 어린애가 아니라는 걸 인정하시려는지…….」

「뭐, 돈 걸고 내기까지는 못하겠다만, 일리는 있는 말이야.」

레저널드는 문득 생각나는 것이 있었다.

「스트릭런드에 한번 오지 않겠어? 도싯에도 예쁜 여자들이 많다구.」

줄리언이 클클거리며 웃었다.

「그렇다면 안 가볼 수 없지요. 하지만 한 보름 정도는 시간이 없어요. 다른 일이 있거든요.」

「좋아. 나도 우선 레스터셔에 볼일이 있어서 가지만, 그때쯤이면 스트릭런드로 돌아가 있을 거야.」

줄리언이 스트릭런드에 와준다면 그보다 즐거운 일은 없을 듯싶었다. 특히 이 젊은 친구가 귀여운 메리디스를 만나면 어떤 표정을 지을지, 레저널드는 벌써부터 즐겁고 흥미로웠다.

저녁 식사를 끝낸 후 레저널드는 줄리언과 헤어져 또 다른 볼일을 보기 위해 장소를 이동했다. 이번 일은 블레이크포드와의 일보다는 훨씬 덜 긴장되는 일이었다.

메이페어(런던 하이드 파크 동쪽의 고급 주택가) 한 귀퉁이에 자리잡은 한 집 앞에 도착하자 권투선수 출신이라 해도 모자람이 없을 듯한 근육질의 사내가 환한 미소로 그를 맞이했다.

「안녕하십니까, 대번포트 씨. 오랫만이십니다.」

「그렇군. 체시를 만나러왔는데, 어디 있지?」

레저널드가 모자를 벗어 건네며 물었다.

「늘 있는 곳에 있지요. 올라가 보십시오.」

그녀가 늘 있는 곳이 어디인지는 레저널드도 잘 알고 있었다. 이층으로 올라가는 계단으로 가기 위해서는 넓은 공간을 차지하고 있는 거실을 지나야 했다. 아직 이른 시간이었지만 여자를 찾아온 남자들이 서넛 있었다. 속살이 훤히 비치는 밝은색 가운을 입은 아가씨들이 저마다 요염한 포즈로 손님을 유혹하고 있었다. 하지만 아직은 손님을 기다리는 아가씨들보다 아가씨를 찾아온 손님의 숫자가 훨씬 적었다. 아가씨들이 계단을 향해 성큼성큼 다가가는 레저널드를 넋이 나간 눈으로 바라보자 사내들은 질투심에 찬 얼굴로 못마땅한 듯 레저널드의 뒤통수를 쏘아보았다. 색기가 뚝뚝 흐르는 빨간 머리칼의 한 아가씨가 레저널드의 앞을 가로막았다.

「좋은 밤이에요. 저를 보러오셨나요, 레저널드?」

한껏 교태를 부리고 있는 아가씨의 어깨를 옆으로 밀어내면서 레저널드가 픽 웃었다.

「미안해, 낸시. 내가 여길 오는 이유는 항상 체시에게 볼일이 있기 때문이야.」

아가씨가 입귀를 실룩거렸다.

「운 좋은 계집은 항상 따로 있다니까.」

계단을 오르는 레저널드의 뒤통수에 대고 아가씨가 불만을 토해냈다.

낯익은 방문 앞에 서서 문을 두드리자 체시의 허스키한 목소리가 들려왔다. 처음 그녀를 만났을 때는 알아듣기조차 힘든 사투리였지만, 지금은 완전히 세련된 런던 표준어를 쓰는 멋진 부인이 되어 있었다.

체시의 방은 런던에서도 최상류층 부인네들만이 가질 수 있는 화려하고 멋진 실내장식으로 눈이 부셨다. 값비싼 화장품과 향수가 가득 놓인 화장대 앞에 앉아 있던 그녀는 거울 속으로 레저널드의 모습이 비치자 벌떡 일어나 그를 향해 달려왔다.

「이게 얼마 만이에요? 그 동안 어디 있었어요?」

한창 때의 그녀는 정말 절세가인이었다. 금빛으로 반짝거리던 머리칼도 윤기가 줄고 몸집도 불어 있었지만 지금도 여전히 보통 여인네들을 뛰어넘는 아름다움을 간직하고 있었다. 반가움의 포옹이 길어졌고, 레저널드는 마지못해 그녀를 놓아주었다.

「시골에. 곧 다시 내려갈 거야. 하지만 앞으로도 왔다갔다할 거니까, 영 이별하는 건 아니야.」

체시는 레저널드를 위해 특별히 보관해두었던 브랜디 병을 꺼내 두 잔을 가득히 따랐다. 적당히 자리를 잡고 앉자 레저널드는 그녀에게 스트릭런드에 관한 일들을 짤막하게 설명했다.

「이제 정말 존경받는 유명인사가 되시겠군요. 치안판사라니!」

브랜디 잔을 내려다보면서 체시는 손가락 끝으로 조용히 술잔 가장자리를 매만졌다.

「이제 자주 못 만나겠군요. 시원섭섭하네요.」

「그래? 드디어 나를 떼어버리는 게 그렇게 좋단 말인가?」

레저널드가 놀리듯이 물었다.

「그게 아니라는 거 아시면서 왜 이러세요?」

체시는 망설이는 듯 잠시 고개를 외로 꼬고 침묵을 지키다가 드디어 입을 열었다.

「그 동안 당신 걱정 많이 했어요. 근래 몇 년 동안 당신이 얼마나 변했는지 알기나 해요? 시끄럽고 낯뜨거운 사고를 치는 것도 다 당신이 좋아서 하는 일이니 어쩔 수 없겠지만, 그런 일들이 점점 더 당신을 망치고 있다는 생각이 들어요. 내일 아침이면 죽을 사람처럼 오늘밤 안으로 끝장을 보려고 드는 버릇이 생긴 것 같아요. 그런 태도를 고치지 않는다면, 정말 어느 날 아침에 죽은 채 발견되는 불상사가 생기고 말 거예요.」

「내가 내 몸 하나도 돌보지 못할 한심한 위인으로 보이나?」

부드러운 목소리였지만 체시의 걱정을 성가셔 하는 것이 분명했다.

「자기 몸도 돌보지 못할 한심한 위인이라면 차라리 낫겠어요. 당신은 자신을 돌볼 생각조차 하지 않아요. 난 여자들의 세계 못지않게 남자들의 세계도 잘 알아요. 자신을 파멸의 구렁텅이로 몰아넣는 사람들을 너무나 많이 봐왔어요. 레저널드, 제발 이제 그만둬요. 당신, 술을 너무 많이 마시고 있다구요. 여기서 술을 끊지 않으면 결국 그 술이 당신을 삼켜버리고 말 거예요. 꼭 술이 사람을 죽이는 줄 아세요? 술을 마시고 말을 타다가 떨어져서 목이 부러져 죽을 수도 있고, 술기운에 싸움을 벌이다가 재수 없으면 맞아 죽을 수도 있어요. 주먹싸움으로는 남에게 안 지던 시절도 이제 옛날 일이죠. 당신도 이제 청춘이 아니에요.」

레저널드는 브랜디 잔을 비우고 테이블 위에 탁 소리가 나도록 내려놓았다.

「내가 술이 과하다는 건 나도 알아. 영국 남자들은 누구나 그렇지. 특히 유능한 정치가가 되려면 말이야. 하룻밤에 포도주 세 병은 마실 줄 알아야지. 다섯 병, 여섯 병이면 더 좋고.」

「정치가들이 보통사람들보다 일찍 죽는 게 바로 그 때문이라구요. 하지만 진짜 문제는 양이 아니에요. 술이 당신을 어떻게 만드느냐가 더 큰 문제라구요. 술이 당신을 망치고 있어요.」

드디어 레저널드도 더 이상 참을 수가 없었다.

「내가 술을 이겨낼 힘도 없을 것 같아?」

「물론 전에는 누구보다 많이 마시고도 다음날 아침이면 거뜬하게 일어나곤 했죠. 하지만 그게 벌써 몇 년 전이에요? 이대로 가다간 필경 술이 당신을 이기고 말 거예요.」

체시는 한결 더 진지한 표정으로 자신이 가장 하고 싶은 말을 하려고 운을 뗴었다.

「벌써 말했지만, 전 남자의 세계를 잘 알아요…….」

레저널드가 날카롭게 말을 가로막았다.

「그렇겠지. 당신을 거쳐간 남가가 한둘인가? 아마 일개 사단은 넘을걸?」

체시는 수치심으로 얼굴이 빨개졌지만, 지금은 자신의 수치심이나 자존심을 따질 계제가 아니라는 생각에 그의 말을 무시해버렸다.

「우리가 처음 만났던 때를 기억해요?」

「그게 어디 잊기 쉬운 일인가. 술 취한 놈팡이들이 떼거지로 달려들어 한 여자를 윤간하려던 장면은 쉽게 잊을 수 있는 게 아니지.」

그때는 체시가 화류계에 얼굴을 내민 지 얼마 되지 않았던 때였다. 체시가 아직 얼굴에 솜털도 가시지 않은 솜사탕 같은 아가씨였을 때였다. 공포에 질려 살려달라고 비명을 질러댔지만 겁탈당하는 창녀를 도와줄 신사는 흔치 않았다.

기사도 정신에 충만했던 레저널드는 그녀를 겁탈하려던 취객들과 한바탕 싸움을 벌였고, 싸움 끝에 그는 코뼈가 부러졌다. 그러나 그의 부상은 그 술 취한 패거리들에 비하면 아무 것도 아니었다. 하지만 레저널드가 그 싸움에서 무사할 수 있었던 것은, 그들은 만취 상태였고 레저널드는 정신이 말짱한 상태였다는 차이 때문이었다. 레저널드는 바로 그 이유가 떠오르자마자 얼른 고개를 저으며 말을 바꾸었다.

「그 일이 지금 와서 무슨 상관이란 거지?」

「레저널드, 난 그날 밤 당신이 내 목숨을 구해줬다고 생각해요. 이제 그 은혜에 보답하고 싶어요.」

체시는 간절한 표정으로 양팔을 벌렸다.

「그래요, 술을 마시는 사람은 당신 혼자가 아니죠. 하지만 그게 단순한 습관 이상의 것이 되면……, 그게 병적인 음주벽이 되고 아편중독자처럼 중독 상태에 빠지면……. 그렇게 되면 아무도 스스로 술을 통제할 수 없게 되는 거예요. 그런 사람에겐 술 이외에 다른 건 아무 것도 중요하지 않게 되죠. 그래서 건강을 해치고, 속을 다 망치고, 자기 인생도 망가뜨리는 거예요. 결국은 술이 목숨까지 빼앗아갈 거예요.」

「도대체 무슨 소리를 하고 있는 거야?」

레저널드의 분노가 폭발했다.

「난 어떤 술에도 중독된 적이 없어. 난 마음만 먹으면 언제든지 술을 끊을 수 있다구!」

「끊으려고 노력은 해보셨나요?」

체시는 여전히 근심이 가득한 눈길로 그에게 물었다. 레저널드는 대답 대신 브랜디 잔을 채웠다.

「그래야 할 이유가 없었어.」

체시는 한숨을 지었다. 레저널드가 스스로 술에 중독이 되어가고 있다는 사실을 순순히 인정하지 않으리라는 것은 이미 예상했던 일이었다. 남자든 여자든, 그런 사실을 스스로 인정하는 사람은 본 일이 없었으니까. 하지만 어쨌든 시도는 해봐야 했다. 레저널드와 그녀는 그 일이 있은 후 몇 년을 함께 살았다. 헤어진 후에도 두 사람 사이에는 사업상의 친분 이상의 교감이 있었다. 근래 몇 년간 몹시 변해버린 레저널드의 모습을 생각하면 그녀는 가슴이 아팠다. 쉽게 울컥하는 나쁜 버릇은 예나 지금이나 똑같았지만, 옛날에는 그 화가 금방 풀렸고, 곧 평상심을 되찾곤 했었다.

그러나 요즈음에는 편한 날보다 오히려 우울하고 화나 있는 날이 더 많았다. 말투도 훨씬 더 날카로워졌고, 사람에게 상처줄 말만 골라 하는 것 같았다. 일개 사단 운운하던 좀전의 표현도 딱 그랬다. 체시가 과거에 알던 레저널드는 결코 친구에게 상처가 될 말은 하지 않는 사람이었다. 남자의 세계를 남자들보다 더 잘 아는 만큼, 체시는 이제 그에게 더 길게 설교하지 않는 것이 현명한 처사라는 것도 알고 있었다.

「내게 화내려고 여기까지 온 건 아니겠죠? 용건이 뭐였어요?」

그제야 레저널드는 슬며시 미소를 지으며 재킷 안주머니에서 잘 접흰 종이를 한 장 꺼내 그녀에게 내밀었다. 종이를 펴본 체시는 영문을 모르겠다는 듯이 눈썹을 치켜올리며 물었다.

「이건 우리 사업계약서잖아요? 이걸 왜…….」

레저널드는 브랜디를 홀짝이며 소파에 다시 등을 기대고 앉았다.

「이제 당신이 혼자 꾸려갈 만하잖아. 일은 당신이 거의 다 하고, 모자라는 부분은 마틴이 메워주고. 내가 아직도 이곳의 수익을 나눠가진다는 건 불공평한 일이야.」

체시는 감격스런 표정으로 계약서를 내려다보았다. 8년 전 뒤를 봐주던 정부가 결별을 선언하고 떠나버렸을 때 그녀는 살 길이 막막한 지경이었다. 이제 꽃다운 젊은 나이도 아닌데다 더 이상 이 남자 저 남자의 품을 떠돌아다니며 몸과 웃음을 팔고 살기에도 지쳐 있었다. 그때 잠시 레저널드에게 돌아가 기대어 산 적이 있었다.

레저널드는 다시 한 번 그녀를 구해주었을 뿐만 아니라 직접 업소를 하나 차려서 운영해보라고 제안하기까지 했다. 그리고는 사업을 시작하기 위한 자금까지 빌려주었다. 장사를 시작하기 위해 체시는 온갖 궂은 일도 마다하지 않고 열성적으로 매달렸고, 아가씨들에게나 고객들에게나 할 것 없이 공정하고 친절하게 대했다. 차츰 업소는 자리가 잡혔지만, 애초부터 레저널드가 없었다면 감히 시작할 엄두도 낼 수 없었던 일이었다.

체시는 그에게 다가가 애정이 담뿍 담긴 키스 세례를 퍼부었다.

「세상에 정말 신사가 있다면, 그건 다름 아닌 당신이에요, 레저널드. 여기 수익의 사 분의 일이면 적지 않은 수입일 텐데, 그 돈을 아무 조건 없이 포기할 사람은 당신밖에 없을 거예요.」

레저널드는 그저 대수롭지 않다는 듯이 씩 웃었다.

「이제 더 이상 다른 데서 수입을 찾을 필요가 없거든. 투자한 비용도 이미 오래 전에 다 회수했고.」

「혹시 내가 감사를 표시할 다른 방법은 없겠어요? 뭐든지…….」

은근한 미소와 함께 체시의 노련한 손길이 그의 몸을 더듬었다. 그 손길에 전혀 무감각했던 건 아니었지만, 레저널드는 천천히 고개를 저었다.

「아니, 아니야. 마틴이 좋아하지 않을 거야.」

「…… 그렇겠군요.」

체시도 아쉬운 표정으로 동의하며 손을 거두었다. 마틴은 좀전에 문간에서 레저널드를 맞이했던 권투선수 출신의 관리인이었다. 그는 오는 손님을 맞이하고 가는 손님을 배웅했으며, 집안의 질서를 유지하고, 주방과 포도주 창고에서 들고 나는 물건들을 감시했다. 이 업소를 총괄해서 관리하는 지배인 격이었다. 성격도 좋고, 사업 파트너로서 빠질 데는 없는 친구였으나 한가지 흠이 있다면, 블레이크포드와 마찬가지로 자기 여자에 대해서는 소유욕이 매우 강하다는 것이었다. 그 친구의 심기를 건드리는 것은 바보 같은 짓이었다. 레저널드가 떠나려고 일어서는데 체시가 장난조로 물었다.

「그래도 가끔씩 들러주실 거죠? 저명인사가 되신 후에도.」

벌써 좀전의 불편했던 감정은 다 잊고 레저널드가 밝게 웃었다.

「그럼! 당신 고객도 대부분 저명인사들이신데. 이제야 나도 본격적인 고객이 될 수 있는 기회 아니겠어?」

그는 체시의 뺨에 가볍게 입을 맞추고 방문을 나섰다. 체시는 문이 닫힌 뒤에도 오래도록 그 문을 바라보고 서 있었다. 마틴과 그녀의 사이도 나쁘지는 않았지만 레저널드 같은 남자는 다시없었다.

다음날 오전, 레저널드가 눈을 떴을 때는 이미 태양이 중천에 떠 있었다. 갑자기 움직이면 속이 한꺼번에 뒤집어진다는 것을 알기 때문에 레저널드는 고통스러울 정도로 천천히 움직여보았다. 눈을 감고 있는데도 눈꺼풀을 뚫고 들어온 듯한 강렬한 햇살 때문에 눈과 머리가 한꺼번에 지글거렸다. 그는 어제 무슨 일이 있었는지 기억하려고 안간힘을 썼다.

화이트 바에서 블레이크포드를 만났고, 다른 식당에서 줄리언을 만났고, 저녁을 먹자마자 헤어졌는데……. 눈이 너무나 따갑고 속이 쓰려 그는 몸을 옆으로 돌려 모로 누워보았다. 아, 그리고 체시를 만났지. 사업계약서를 돌려주려고. 그녀를 만났던 일은 생생하게 기억이 났다. 술을 마시지 말아야 한다고 설교를 들었는데…….

'그 설교가 틀린 말 같던가?'

마음속의 그 목소리가 다시 들려왔다. 레저널드는 끙하고 신음을 뱉어내며 베개 밑으로 머리를 파묻었다. 지금은 그 문제를 생각하고 싶지 않았다. 맥과 함께 올 걸 그랬어. 그가 만들어주는 신비의 주스가 간절한 아침이었다.

다시 잠깐 졸고 나서야 그는 완전히 잠에서 깨어났다. 다행히 물병에 물이 남아 있었고, 그 물을 세숫대야에 따라 얼굴을 적신 후에야 흐릿하던 시야가 맑아지기 시작했다.

간밤엔 집에 어떻게 찾아들어 왔는지도 기억이 나지 않았다. 문간에 놓인 요강을 보는 순간 요의를 느낀 그는 천천히 구겨진 옷가지들을 벗기 시작했다. 하지만 막상 요강 앞에 다가가보니 놀랍게도 그 안에는 지폐가 가득 들어 있었다. 이게 어떻게 된 노릇이지? 내가 간밤에 또 무슨 짓을 한 거야? 틀림없이 또 도박판에 끼어들었던 모양인데……. 지폐는 한꺼번에 셀 수 없을 정도로 많았다. 그는 돈을 세어보고 싶지도 않았다.

위스키를 한 잔 마시고 옷을 갈아입은 후에야 그는 제 정신이 돌아왔고, 그제야 요강 속에 들었던 돈을 세기 시작했다. 자그마치 천 파운드가 넘는 돈이었다. 불쾌함과 분노, 그리고 갑갑함이 뒤범벅이 된 심정으로 그는 그 지폐다발을 노려보았다. 아무리 기억을 되살리려 애써도 체시의 업소에서 나온 이후의 일은 전혀 기억나지 않았다. 누군가 정직한 증인이라도 나타나지 않는다면 지난밤의 진실은 영원히 어둠 속에 파묻힐 판국이었다.

레저널드는 대부분의 경우 위험과 도전을 즐기는 인물이었지만, 자신이 이런 위험한 상황에 처한 것은 결코 즐겁지 않았다. 기억을 잃는다는 것은 자신에 대한 통제력을 잃는다는 것과 같은 뜻이었고, 그것은 매우 위험한 상황을 가져올 수도 있는 것이었다.

은행으로 가져가기 위해 지폐다발을 가죽 가방 속에 구겨넣으면서 레저널드는 어제 저녁 체시가 했던 말들을 되새겨보았다. 그의 입술이 굳게 다물어졌다. 어쩌면 그녀의 말이 맞을지도 몰랐다. 스트릭런드에서는 런던에서보다 술을 훨씬 덜 마셨고, 기분도 훨씬 좋았다.

런던으로 돌아온 지 하루만에 그는 다시 저승사자가 팔을 벌린 채 문간에서 기다리고 있는 듯한 기분이었다. 내일이라도 당장 런던을 떠나야겠어. 레스터셔에 들러서 암말을 사고 곧장 집으로 가야지.

그가 곧장 돌아갈 집은 바로 스트릭런드였다. 스트릭런드를 집이라고 생각하는 것이 전혀 어색하게 느껴지지 않을 정도로 그는 이미 스트릭런드의 주인이 되어 있었다.

11

대번포트가 스트릭런드를 떠난 지도 일주일이 지났다. 앨리즈의 마음은 그 동안 안도에서 불안으로 바뀌었다. 비록 어색한 대면이 될지라도 대번포트가 빨리 돌아와주기를 바라는 마음으로 바뀐 것이다. 그가 비록 무례하고 타락한 탕아이고 그녀의 삶에 두통거리만 안겨줄 사람이라 해도, 그가 가까이 있는 것이 훨씬 더 삶을 즐겁게 한다는 것만은 어쩔 수 없는 사실이었다.

장부를 정리할 때마다 느끼곤 하는 거였지만, 앨리즈는 오늘도 영국의 도량형과 화폐단위는 십진법으로 개선되어야 한다는 것을 뼈저리게 느끼고 있었다. 그때 문을 두드리는 소리가 들렸다. 문을 두드린 사람이 누군지도 모르면서 그녀는 들어오라고 말했고, 누가 들어오는지 고개를 들어보지도 않았다.

발소리를 죽여 살금살금 다가온 레저널드는 팔만 뻗으면 닿을 만한 거리에 이르러서야 안녕하시오, 하고 인사를 했다. 펄쩍 뛰어오를 정도로 놀란 앨리즈는 고개를 치켜들었다. 그 바람에 펜에서 잉크가 흘러 종이에 여기저기 얼룩을 만들고 말았다. 호들갑스러운 꼴을 들켜버렸다는 민망함 속에서도 애써 침착한 마음을 되찾은 앨리즈는 내심 한숨을 쉬었다. 어색하고 당황스럽게 대면하는 것보다는 그래도 호들갑스러운 장면을 연출하는 게 백 번 나을지도 모른다는 생각이 들었던 것이다.

대번포트는 평소와 다름없는 유들유들한 인상이었지만, 두 눈은 전보다 훨씬 더 생기 있게 빛나고 있었다.

「놀라게 해서 미안하오. 하지만 난 분명히 들어오라는 허락을 받고 들어왔으니 나를 탓하지는 마시오. 내가 없는 사이 특별한 일은 없었소?」

앨리즈는 깃털 펜을 내려놓았다.

「지시하신 대로 영지에서 일하는 사람들 모두 천연두 백신을 접종했습니다.」

「빨리 끝났군. 불평하는 사람은 없었소?」

「그다지 오래 고집을 부린 사람은 없었습니다.」

앨리즈는 만족스런 목소리로 말했다. 지주의 명령이라는 말 한마디에 모두들 숨을 죽인 탓에 사실 별다른 저항은 없었다. 중요한 임무를 빠른 시간에 마무리지었다는 것이 그녀에겐 무엇보다 다행스러운 일이었다.

「일을 빨리 마무리했으니 축하해야겠군. 다른 건?」

「몇 가지 제안 사항을…… 정리했습니다.」

앨리즈가 머뭇거리며 대답했다.

「어떤 것들이오?」

「먼저, 가축의 사육 두수를 늘렸으면 합니다. 전쟁이 끝난 후로 곡물 값은 하락 안정세를 보이고 있는데, 당분간은 이런 상황이 지속될 것으로 보입니다. 곡물을 재배하던 경작지에 사탕무를 기르는 것이 좋겠습니다……. 사탕무는 가축 사료로 좋은……」

앨리즈는 대번포트가 갑자기 킥킥거리며 웃는 것을 보고 말을 멈추었다.

「아, 옛일이 생각나서. 내가 어릴 때도 누군가 아버지에게 사탕무를 기르는 게 좋겠다고 했는데 아버지가 반대하셨거든. 난 그때 사탕무라는 게 가을이면 사탕이 주렁주렁 열리는 나무인줄 알고 아버지가 그걸 반대하신 게 굉장히 서운했지.」

「그러셨군요. 어린아이라면 충분히 그렇게 생각할 수 있죠.」

「후후……. 참, 누가 그렇게 지었는지 어린아이들을 홀리기 좋은 이름이야. 그렇지 않소?」

앨리즈도 피식 웃음이 나왔다. 그 웃음이 왠지 어색하고, 이런 순간에 웃어서는 안될 것 같은 마음이 들어 앨리즈는 책상 위에 놓인 종이들을 들척거렸다. 그 중에서 몇 장의 종이를 꺼내 대번포트에게 넘겨주었다.

「새로 장만했으면 하는 기구들입니다. 유용한 것부터 순서대로 정리했어요. 가격과 간단한 설명도 붙여두었습니다.」

대번포트가 천천히 목록을 살펴보았다.

「천천히 살펴보도록 하겠소. 모두 도움이 될 만한 기구들이지만, 한꺼번에 들여놓기에는 좀 힘들겠군. 다른 할말은 없소?」

「일꾼들이 거처하는 오두막을 몇 채 새로 지어야 할 것 같아요. 지금 있는 오두막도 일부는 너무 오래되고 낡아서 도저히 사람이 살 수 없을 정도입니다. 또 대부분 한 집에 너무 많은 사람들이 살고 있구요. 필요한 경비는 미리 계산해두었습니다.」

앨리즈가 종이를 내밀자 대번포트는 마지막 줄까지 찬찬히 살폈다. 그다지 마뜩찮아 하는 듯한 표정이었다.

「비용이 만만치 않군. 오두막을 새로 짓는다고 해서 수익이 더 늘어난다고 보장할 수는 없지 않소?」

「하지만 간접적으로 많은 이점들이 있습니다. 건강하고 유쾌한 일꾼들은 그렇지 못한 일꾼들보다 생산성이 높아지니까요.」

대번포트의 눈이 냉소적으로 빛났다.

「학교를 지은 것과 같은 논리군. 맞는 말이긴 하지만, 증명할 수는 없지 않소?」

앨리즈는 마치 일전을 대비하는 전사와 같은 태도로 자리에서 일어나 대번포트와 마주섰다.

「그 비용은 최소한의 비용입니다. 오두막을 짓는 일은 일꾼들의 일손이 바쁘지 않은 철에 하면 됩니다. 자재들도 모두 이 지역에서 구할 수 있는 것들이구요.」

앨리즈가 더 자세히 설명하려 하자 대번포트가 손을 들어 막았다.

「오두막을 짓지 말라고 말하지는 않았소. 차차 생각해봅시다.」

그리고는 반쯤 웃는 얼굴로 말했다.

「나도 당장 이익이 날 일에만 욕심을 갖는 사람은 아니오. 그 증거를 보여드릴까?」

대번포트가 따라오라는 듯한 표정으로 일어서서 방을 나서자 앨리즈도 의아한 표정으로 따라나섰다. 그는 마구간으로 향했다. 마구간에 들어서니 전에는 비어 있던 칸에 세 마리의 암말이 매어져 있었다.

「사냥말을 기르시려구요?」

앨리즈가 놀랍다는 표정으로 물었다.

「말을 보는 눈이 있군.」

앨리즈는 가장 가까운 곳에 매어져 있는, 귀가 늘어지고 갈색 털과 엉덩이, 그리고 다리가 튼실해 보이는 암말에게 손을 내밀었다. 암말은 앨리즈의 손길에 기분이 좋았는지, 주둥이를 그녀의 어깨에 얹고 낮게 히힝거렸다.

「로튼 로(Rotten Row, 런던 하이드 파크 뒤의 승마도로)에 내놓기에는 적당하지 않은 녀석들이지만, 들이나 산에서는 아주 쓸모 있는 놈들이오. 그 녀석은 귀가 축 처져 있지만 세 놈 중에서 가장 똑똑한 놈인데다가 하루 종일 달려도 지치지 않을 만큼 지구력도 강한 놈이오.」

레저널드는 말을 설명하던 목소리 그대로 다시 덧붙였다.

「지난번 여기에서 있었던 일을 사과하겠소.」

앨리즈는 짧은 순간, 부끄러움이 담긴 시선으로 그를 흘끗 바라보았다. 레저널드를 다시 만나면 얼마나 어색하고 부끄러울까 일주일 내내 그녀의 뇌리에서 떠나지 않았던 그 걱정이 한꺼번에 담긴 시선이었다. 대번포트는 잘 생겼지만 약간 우울한 얼굴, 그리고 그 속을 헤아릴 수 없는 푸른 눈에 앨리즈에 대한 정중하고도 진실한 마음을 담아 말하고 있었다.

「그런 일이 있었던 것을 유감으로 생각한다면 그건 거짓말일 거요. 하지만 그 일이 당신을 당황스럽게 했다면 정말 미안하오.」

앨리즈는 다시 암말을 바라보았다. 손에 닿는 털이 마치 비단결처럼 매끄러웠다.

「저도 그 일을 유감으로 생각해야 할지 잘 모르겠어요. 하지만 다시 그런 일이 생겨서는 안 된다는 건 분명한 것 같군요.」

「그럼, 그 문제는 여기서 끝내는 거요?」

「네. 끝났어요.」

앨리즈가 대답했다. 그 일은 어찌됐든 불미스러운 일이었다. 평생동안 성숙하고 기품 있는 숙녀로서 쌓아온 자존심과 위엄을 한꺼번에 무너뜨린 일이기도 했다.

하지만 다시는 그런 일이 있어서는 안 된다는 생각이 왜 이토록 서운하게 다가오는 걸까?

스트릭런드로 돌아온 다음날, 레저널드는 스탠턴의 집을 방문했다. 갑작스레 런던으로 떠나는 바람에 어쩔 수 없이 미뤄졌던 약속이었다. 그날 저녁은 정말 즐겁고 유쾌한 시간이었다. 동그란 얼굴에 미소가 떠날 줄 모르는 엘리자베스 아주머니는 멀리 떠나보냈던 아들이 돌아온 것처럼 그를 반겼다.

근방에서 유지로 행세하는 사람들도 몇 모여 있었다. 그들도 레저널드를 친절하게 맞아주었다. 포도주를 마시면서 그들은 도싯에서 문제가 되고 있는 여러 가지 일에 대해 의견을 나누었다. 다행히 미혼 여성은 한 사람도 등장하지 않았지만, 스탠턴 부인은 과연 어떤 숙녀가 이 독신의 미남에게 잘 어울릴지를 저울질하느라 열심히 그의 일거수일투족을 관찰하기에 바빴다.

술을 줄여야겠다는 결심도 있었지만, 무엇보다도 스탠턴의 집에서 추한 꼴을 보일 수는 없다는 생각에 레저널드는 취하도록 마시지 않으려고 조심조심이었다. 스트릭런드로 돌아온 후 왠지 마음이 불안한 것은 어쩌면 마음껏 술을 마시지 못한 탓이었는지도 몰랐다.

집으로 돌아오자마자, 그는 서재로 올라가 큰 잔 가득히 위스키를 따라 단숨에 마셔버렸다. 갈색의 액체가 목줄기를 타고 내려가는 화끈화끈한 느낌이 벌써 그의 마음을 푸근하게 해주었다. 그러나 한잔의 술로는 불안한 마음을 완전히 풀어줄 수가 없었다.

대번포트는 서재를 빙 둘러보며 빨리 실내장식을 바꿔야겠다고 생각했다. 자그마치 30년 동안이나 한결같은 모습이었던 서재는 이제 우중충하고 칙칙하게 보였다. 벽지와 커튼을 바꾸면 무덤 같은 분위기도 싹 가셔지겠지…….

더 마시고 싶은 충동을 억누르고 술잔을 내려놓은 그는 산책을 하기로 마음먹었다. 이름도 없는 양몰이 개가 그의 뒤를 따랐다. 너무 가까이 쫓아다니는 통에 가끔씩 발에 걸려 서로 고생이었지만 레저널드는 차츰 녀석에게 정이 들고 있었다.

초봄의 향기가 가득한 밤 공기는 상큼하고 따뜻했다. 레저널드는 시가에 불을 붙여 물고 호수로 향했다. 좀더 조용한 곳에 홀로 있고 싶었다. 스트릭런드의 풍경은 마치 요부 같았다. 자신의 매력에 취해보라고 부드럽게 손짓하는……. 숲 속에서는 작은 동물들이 바스락 바스락 소리를 내며 움직이고, 밤하늘에는 짝을 부르는 부엉이 소리가 널리 퍼지고 있었지만, 레저널드는 너무나 외로웠다. 런던에서 그를 괴롭혔던 그런 미칠 것 같은 외로움이 아니라 약간 슬프고 우울한 외로움이었다. 가지 못한 길에 대한 미련과 낭비해버린 세월에 대한 후회 때문이었다.

아무 생각 없이 걷던 그의 발걸음은 호수를 지나쳐 로즈 홀을 향하고 있었다. 은은한 달빛 아래 로즈 홀의 지붕이 보였다. 이미 자정이 지나 있었기 때문에 불이 켜진 창문은 하나도 없었다. 그는 앨리즈도 지금의 자신처럼 이렇게 외로웠을까 생각하며 옆에 서 있는 아름드리 느릅나무에 기대섰다.

앨리즈에겐 비록 남의 자식을 데려다 이룬 가정이지만 가정이 있었고, 그녀를 필요로 하는 일이 있었다. 또 사람들은 그녀를 존경했다. 그거면 충분하지 않을까? 앨리즈는 자족(自足)의 여유를 아는 여자였다. 그러므로 그 정도면 그녀는 충분하다 여겼으리라 레저널드는 생각했다.

그는 시가를 한모금 깊숙이 빨아들였다. 시가의 끝에 매달린 불꽃이 빨갛게 빛났다. 로즈 홀 쪽에서 뭔가 부스럭거리는 소리가 들려왔다. 뭔가 희미한 형체가 로즈 홀에서 뛰어나가는 것 같이 보이기도 했다. 하지만 사방은 너무나 어두웠다.

레저널드는 얼굴을 찡긋하며 더 자세히 보려고 로즈 홀을 향해 다가갔다. 혹시 피터나 윌리엄이 어른들 몰래 밤나들이를 하는 건 아닐까? 그 두 사내아이 중의 하나라면 다행이었지만, 만약에 한창 필 나이인 메리디스라면 문제가 심각했다. 어쩌면 하녀들 중 누군가가 잠시 밤마실을 나간 거였거나, 아니면 잘못 본 것일 수도 있었다.

레저널드는 시가 꽁초를 발로 밟아 끄고 천천히, 로즈 홀을 크게 한바퀴 돌기 시작했다. 발자국소리도 내지 않으려고 조심했지만, 눈치 없는 양몰이 개가 타박타박 그의 곁에 따라붙었다.

레저널드가 본 것이 무엇이었든 간에 지금쯤은 멀리 달아났을 터였다. 그는 소리 죽여 양몰이 개에게 말했다.

「자, 너도 냄새는 맡을 수 있겠지?」

양몰이 개는 갑자기 눈을 번득이면서 로즈 홀을 향해 고개를 번쩍 치켜들었다. 고개를 갸우뚱하더니 꼬리까지 하늘을 향해 꼿꼿이 치켜드는 것이었다.

「날 실망시키지 말아라. 네 앞날이 걱정되니까.」

레저널드는 위협조로 말했다. 양몰이 개가 나지막이 으르렁거리더니 천천히 로즈 홀을 향해 걸음을 옮겼다.

「이놈, 쓸데없는 짓 하려거든 입 다물고 가만히나 있어!」

레저널드가 나지막한 목소리로 호통을 쳤다

「식구들만 다 깨워놓겠다!」

레저널드가 양몰이 개의 목덜미를 붙잡았지만, 웬일인지 개는 자꾸만 집을 향해 다가가려고 했다. 드디어 개가 컹컹 짖어대기 시작했다. 레저널드는 다급한 마음에 개를 억지로 뒤로 잡아끌었다. 바로 그때 뭔가 이상한 냄새가 나기 시작했다. 풀내음도 아니고, 향수 냄새도 아닌 뭔가 낯익으면서도 불길한 냄새……. 조용한 밤하늘에 한 줄기 연기가 피어오르는 것이 어렴풋이 보였다. 코를 콕 찌르는 듯한 냄새가 퍼져왔다.

갑작스런 긴장과 함께, 레저널드는 로즈 홀을 재빨리 살펴보았다. 유리창 너머로 일층 홀에서 불길이 솟고 있는 것이 보였다. 처음에는 작은 불씨처럼 보이더니 금세 커다란 불길로 퍼져 널름거리기 시작했다. 로즈 홀에 불이 난 것이다! 레저널드는 개의 목덜미를 놓고 현관문을 향해 내달렸다.

마치 손에 잡힐 듯한 생생한 장면을 꿈속에서 다시 보면서 앨리즈는 괴로운 숨을 몰아쉬고 있었다. 낯익은 악몽이었다. 저 꺽다리하고 결혼하는 이유가 뭐겠어? 돈 때문이지.

처절한 절망감과 수치심으로 앨리즈는 어쩔 줄 모르고 헤맸다. 그런데 오늘밤 꿈은 뭔가 달랐다. 누군가 그녀의 뒤를 쫓고 있었던 것이다. 말을 탄 사냥꾼이 점점 가까이 다가오면서 그녀의 이름을 불렀다. 몸을 피할 곳을 찾아 달리고, 넘어지고, 다시 일어서 달리면서 앨리즈는 숨이 막힐 것만 같았다.

괴로움에 헉헉대면서 차츰 정신이 들기 시작했다. 어렴풋이 정신을 차리고 보니 진짜 개 짖는 소리가 들려왔다. 그리고 거칠게 문을 두드리며 그녀의 이름을 부르는 남자의 목소리도 들려왔다. 앨리즈는 꿈과 생시를 분간할 수 없는 몽롱하고 혼란스러운 상태였다.

그때 뭔가 타는 듯한 냄새가 느껴졌다. 직감적으로 뭔가 잘못되었다는 느낌이 들자 앨리즈는 침대에서 벌떡 일어나 나왔다. 바닥이 이상하리 만치 따뜻했다. 아니 따뜻한 정도를 넘어서 뜨거웠다. 서둘러 가운을 걸쳐 입은 앨리즈는 방문을 열고 복도로 달려나가며 소리쳤다.

「메리디스! 피터! 윌리엄! 일어나라!」

메리디스의 방문을 왈칵 열어젖히자 아직 잠이 덜 깬 눈으로 메리디스가 잠자리에서 고개를 들었다.

「어서 일어나! 불이 났어. 어서 밖으로 피해라!」

메리디스는 비명을 지르며 침대에서 뛰쳐나와 한편으로는 가운을 찾아 걸치고 한편으로는 실내화를 찾아 신고 앨리즈의 뒤를 따라 복도로 나왔다. 복도 쪽은 아직 불이 붙지 않아 뜨겁지 않았지만 사방에 연기가 자욱하게 밀려들어 천장에서부터 차츰차츰 아래로 내려 덮이고 있었다. 두 사람은 매캐하니 눈이 따끔거리는 연기를 피하기 위해 자세를 낮추었다.

두 사내아이들도 방에서 뛰쳐나왔다. 윌리엄은 아직도 잠이 덜 깬 눈을 비비고 있었지만 피터는 위험을 감지했는지 잔뜩 긴장한 표정이었다.

「피터, 메리, 어서 윌리엄을 데리고 밖으로 나가라. 난 하인들을 깨워야겠다.」

피터가 뭔가 말하려고 하자 앨리즈는 고함을 쳤다.

「어서 나가!」

피터는 고개를 끄덕이며 동생의 손을 잡았다. 앨리즈는 세 아이들이 계단을 무사히 내려가는 것을 보고서야 다락방으로 향했다. 그쪽도 아직 불길이 닿지는 않아 계단은 안전했다. 계단을 달려 올라가며 앨리즈는 하인들의 이름을 불렀다. 계단을 다 오르자마자 방문이 하나 열리더니 어깨에 숄을 걸친 하버 부인이 나타났다.

「이쪽 계단은 아직 안전하니까 빨리 밖으로 나가요.」

앨리즈가 소리쳤다. 그러나 벌써 자욱한 연기가 그녀의 뒤를 따라오고 있었다. 연기가 목에 걸려 앨리즈는 심하게 기침을 했다. 하버 부인은 놀라서 눈이 동그레졌다. 그러더니 갑자기 자기 방으로 돌아가는 것이었다. 앨리즈는 하버 부인을 뒤쫓아가며 닦달질을 했다.

「다 두고 빨리 나가요! 죽고 싶어요?」

「그런 말 말아요!」

하버 부인은 고집스럽게 침대 매트리스를 뒤집더니 숨겨둔 귀중품을 챙겼다. 보다못해 앨리즈가 부인의 팔을 잡아 방문 밖으로 끌어냈다.

「빨리 나가지 못해요?」

하버 부인이 멈칫거리며 계단을 내려가기 시작하자 앨리즈는 다른 하녀의 방을 향해 뛰었다. 이제 남은 하인은 제이니 헤럴드뿐이었다. 순식간에 연기가 자욱하게 들어차서 앨리즈는 문을 제대로 찾지 못하고 벽을 더듬거렸다. 기껏 열어젖힌 문은 안 쓰는 물건을 쌓아두는 다락이었다. 그 문을 팽개치고 다시 더듬어 다른 문을 찾아 열었다. 제이니가 쓰는 싸구려 향수 냄새가 확 풍겼다. 방안으로 달려들어가며 제이니의 이름을 불렀지만 안에서는 아무런 대답도 없었다. 앨리즈는 침대까지 겨우 기듯이 다가가 더듬어보았지만 사람은 없었다.

당황스러운 중에서도 앨리즈는 이게 어떻게 된 일일까 생각했다. 아마도 마을에 있는 애인을 만나러 갔겠지. 그렇다면 다행이지만…… 앨리즈는 벌떡 일어서서 밖으로 달려나왔다. 이미 집안 구석구석까지 가득 찬 연기 때문에 사방을 분간하기가 어려웠다. 그녀의 침실은 이미 화마(火魔)에 삼켜진 다음이었다.

가운 주머니에 손수건이 있다는 것을 기억하고 손수건을 꺼낸 앨리즈는 가장 가까이 있던 피터의 방으로 달려들어가 물병에 있는 물로 수건을 적셔 코와 입을 틀어막았다. 그러고는 조금이라도 깨끗한 공기를 마시기 위해 자세를 한껏 낮추었다.

일층으로 내려가는 계단은 아직 불이 붙지 않아 다행이었지만, 언제

불길에 휩싸일지 알 수 없었다. 계단을 내려오는 동안에 벌써 왼쪽 다리에 몹시 뜨거운 열기가 느껴졌다. 그 순간, 쾅! 하고 위층에서 뭔가가 무너지는 소리가 들렸고, 그 바람에 발 밑이 흔들리기 시작했다. 간신히 일층에 발을 내려놓자마자 이번에는 사방에서 불꽃이 튀어올랐다. 가운은 금세 여기저기 불똥이 튀어 구멍이 뚫렸다. 이제는 연기가 너무 자욱해서 사방에서 날름거리는 불꽃 외에는 아무 것도 보이지 않았다.

현관문 쪽 방향을 가늠해 발을 내딛는 찰나, 옆에서 겁에 질린 작은 동물의 울음소리가 들렸다. 어틸러가 주인을 알아보고 달려와 안겼다. 황급히 고양이를 품에 안은 앨리즈는 현관문 쪽으로 가기 위해 몸을 돌렸다.

그러나 현관문까지 가기 위해 지나가야 할 거실은 간간이 빨간 불꽃이 보일 뿐, 완전히 검은 연기가 들어차 앞뒤를 분간할 수가 없었다. 뒤를 돌아다보니 이번에는 시뻘건 불꽃이 모든 것을 삼키고 있었다. 진퇴양난의 지경에 빠진 앨리즈는 드디어 공포에 휩싸였다. 완전히 불길 한가운데 갇힌 것이었다.

불길이 엄청난 공기를 삼켜버린 탓에 앨리즈는 호흡곤란으로 점점 정신이 몽롱해지기 시작했다. 이제 갈 곳이 없어진 그녀는 거의 실신 상태로 바닥에 주저앉았다. 질식할 정도에 이른 폐는 신선한 공기를 찾아 절규하다 못해 이제 따끔거리기 시작했다. 열기도 더 이상 참을 수 없을 정도였고, 숨 쉴 공기도 없었다. 앨리즈는 벌벌 떨고 있는 고양이를 힘껏 껴안았다.

점점 희미해지는 의식 속에서도 앨리즈는 희미하게 웃으며 레저널드 대번포트의 얼굴을 떠올렸다. 차라리 그 남자를 유혹할걸 그랬어…….어차피 이렇게 불 속에 타죽을 바에야 그래도 후회 없을 만큼 죄나 지어볼걸…….

로즈 홀의 현관문을 두드리며 목청이 터져라 이름을 불러도 대답이 없자, 레저널드는 코트를 벗어 팔에 두르고 가까운 유리창을 깼다. 깨진 틈으로 손을 넣어 빗장을 푼 후 창문을 넘어 들어간 곳은 거실이었다. 시끄러운 소리와 자욱한 연기로 보아 불길은 이미 상당히 번진 다음인 듯했다. 복도 쪽으로 달려가다가 스펜서 삼 남매와 마주쳤다.

「메리디스, 레이디 앨리즈는?」

피터는 윌리엄을 데리고 서둘러 밖으로 나갔고, 메리디스는 주저하며 대답했다.

「하인들을 깨우러 다락방으로 올라가셨어요.」

「어서 나가서 안전한 곳에서 기다려요.」

메리디스는 레저널드의 말에 고개를 끄덕이고 밖을 향해 달려나갔다.

레저널드는 전에 술집에서 화재를 경험한 적이 있었다. 화재를 실제로 경험해본 사람이 아니면 화마의 그 무서운 속도를 잘 알지 못했다. 앨리즈와 하인들이 지금쯤 달려나오고 있기를 바라면서 레저널드는 위층으로 올라가는 계단이 있는 복도로 뛰어갔다. 그러나 몇 걸음 가지 않아 키 작은 한 중년 부인과 마주쳤다. 부인은 가쁘게 숨을 몰아쉬며 주저앉았다. 레저널드는 부인을 안아 올려 현관문까지 옮겨놓았다.

「레이디 앨리즈는 어디 있소?」

부인이 밖으로 나서는 것을 도와주며 레저널드가 다급하게 물었다.

「집사님은…… 제이니를… 데리러가셨어요.」

한참이나 기침을 토해낸 끝에야 부인이 말을 이었다.

「지금쯤은 나오셨어야 할 텐데.」

레저널드가 다시 로즈 홀을 돌아다보았을 때에는 이미 화마가 쉬잇 쉿 호령을 토해내며 한쪽 지붕을 타고 달리고 있었다. 마당까지 그 불길로 훤하게 밝혀져 있었다. 집에서 멀찍이 떨어진 안전한 장소에 모여선 스펜서 삼 남매는 놀라움과 공포로 울상을 짓고 있었다.

멀리 소작인들의 오두막이 모여 있는 곳에서 사람들이 몰려오고 있었다. 그 중 몇몇이 수관마차(水管馬車)를 끌고 오고 있었다. 이제 와서 수관마차가 무슨 도움이 될까 싶었지만, 그나마 거기까지 생각이 미친 사람이 있는 것이 다행스러웠다.

수관마차를 본 피터가 그쪽으로 달려가는 것이 보였다. 메리디스는 어린 동생을 끌어안고 그저 못이 박힌 듯 그 자리에 서 있었다.

레저널드는 상소리를 마구 내뱉으며 로즈 홀로 다시 달려들어갔다. 지금이라도 당장 앨리즈가 저 불길 속에서 나오지 않는다면 희망은 없었다. 그는 사방에서 불꽃이 날름거리는 집안으로 뛰어들었다.

바로 코앞에서 세상을 다 집어삼킬 듯한 불꽃이 이글거리고 있었다. 그 열기 앞에서 잠시 멈칫거리던 레저널드는 이 집의 구조를 재빨리 떠올렸다. 도대체 어디가 계단이지?

그때 불길 속 어디에선가 날카로운 비명소리가 들려왔다. 앨리즈였다. 레저널드의 가슴이 쿵쾅거리기 시작했다. 저 불길 건너편에 그녀가 갇혀 있는 것이 틀림없었다.

거실에 있던 페르시아 양탄자! 레저널드는 얼른 거실 쪽으로 달렸다. 양탄자는 아직도 위풍당당한 모습으로 그 자리를 지키고 있었다. 양탄자 위에 놓인 것은 의자 하나뿐이었다. 레저널드는 한쪽 끝을 휙 잡아채서 들었다. 한 사람의 몸을 겨우 가릴 수 있는 크기였다. 그 양탄자를 두 번 접어서 들고 그는 불길에 휩싸여 있는 복도로 나왔다.

불길이 가장 약한 곳을 가늠한 그는 양탄자를 쫙 펴서 던졌다. 양탄자가 바닥에 깔리면서 잠시 통로가 열렸다. 열기와 매캐한 연기 때문에 눈이 따끔거렸지만 그는 자세를 한껏 낮추고 양탄자를 건너 불길을 뚫었다.

양탄자 건너편에 거의 의식을 잃은 앨리즈가 쓰러져 있었다. 아직 그녀의 생명이 꺼지지 않았기를 간절히 기도하면서 레저널드는 앨리즈를 안아 올렸다. 산소가 부족해 머리가 어질어질했지만 마지막 남은 힘까지 짜내 재빨리 양탄자를 건넜다. 양탄자도 벌써 반 넘어 타들어가 양쪽에서 좁혀 들어온 불길이 그의 다리를 스쳤다.

열려 있는 현관문이 간신히 눈에 들어왔다. 계단을 헛디뎌 비틀거리면서 겨우 마당에 발을 디딘 레저널드는 그제야 앨리즈가 고양이를 품에 꼭 안고 있는 것을 발견했다. 앨리즈 웨스턴은 그런 여자였다.

시원한 공기가 살갗에 닿는 것을 느끼면서 앨리즈는 차츰 생각이 돌아왔다. 지옥은 영원한 불꽃이 이글거린다더니, 불꽃이 아니라 얼음으로 차 있나봐. 앨리즈는 생각했다. 신선한 공기에 목말라하던 폐가 연기에 더럽혀지지 않은 깨끗한 공기를 있는 힘껏 빨아들이기 시작했다.

앨리즈는 천천히 정신이 들면서 자신이 누군가에 의해 옮겨지고 있다는 것을 깨달았다. 배 위에 낯익은 고양이의 다리가 느껴졌다. 누군가 고양이를 치우고 있었다.

앨리즈는 따끔거리는 눈을 가까스로 떠보았다. 자신을 바닥에 내려놓고 있는 레저널드의 얼굴이 눈에 들어왔다. 레저널드는 한쪽 무릎을 세워 앨리즈를 편히 기대게 했다. 검댕이 잔뜩 묻은 얼굴, 파란 눈동자가 바로 눈앞에 있었다.

「괜찮소?」

불꽃이 이글거리는 소리, 목재가 타들어가는 소리, 여기저기서 뭔가 무너지는 시끄러운 소음 속에서 그의 목소리가 아련히 들려왔다. 앨리즈가 겨우 고개를 끄덕이자 그가 다시 물었다.

「찾으러 갔던 하녀는? 아직도 안에 있소?」

앨리즈는 칼칼한 목으로 침을 삼켜 넘기며 간신히 대답했다.

「아닌 것 같아요.」

앨리즈가 밭은기침을 토해냈다. 대번포트는 숨을 쉬느라 꺽꺽거리는 그녀를 한쪽 팔로 부축해주었다.

「다행이군. 저 안에 있다면 살아나오기는 글렀소.」

「아마 동네 총각을 만나러 식구들 몰래 빠져나간 거겠죠. 다시 나타나기만 해봐라, 목을 비틀어놓을 테니.」

앨리즈는 자기도 모르게 험한 소리를 내뱉었다.

「당연하지. 그 하녀 때문에 당신이 죽을 뻔했소.」

앨리즈는 떨리는 손을 들어 얼굴을 만져보았다. 한 가닥으로 땋았던 머리카락은 다 풀어헤쳐져서 목을 휘감고 있었다. 머리카락을 뒤로 넘기면서 둘러보니 세 아이들의 걱정스런 얼굴이 눈에 들어왔다.

아이들의 마음을 안심시키려고 억지로 미소를 지으면서 앨리즈는 몸을 일으켜보았다. 하지만 레저널드가 그녀의 팔을 붙들고 만류했다.

「아직 혼자서 일어서는 건 무리요. 당신이 일어난다 해도 지금 할 수 있는 건 아무 것도 없소.」

앨리즈는 지난 4년간 집으로 여기고 살아왔던 곳을 바라보았다. 천둥처럼 요란한 소리와 함께 바로 그녀의 눈앞에서 지붕이 무너져내리고 있었다. 밤하늘을 향해 사방으로 빨간 불똥이 튀었다. 수관마차 펌프가 연신 물을 뿜어대고 있었지만 아무 소용도 없는 짓이었다.

제이미 파머가 허겁지겁 달려와 울상을 지으며 물었다.

「괜찮으세요, 레이디 앨리즈?」

좀더 일찍 달려와 도움을 주지 못한 것을 자책하고 있는 파머의 마음을 읽은 앨리즈는 그의 팔을 토닥이며 미소를 지어 보였다. 주변 사람들을 보호하고 배려하는 파머의 마음씨는 항상 앨리즈의 마음까지 훈훈하게 해주었다.

「다행히 사람은 다치지 않은 것 같아요.」

파머는 고개를 끄덕여 보이고 수관마차를 향해 달려갔다. 윌리엄이 앨리즈 곁에 바짝 다가와 울먹이며 물었다.

「이제…… 우린 어디서 살아요?」

앨리즈는 팔을 벌려 꼬마를 안아주었다. 앨리즈가 미처 적당한 대답을 하기도 전에 대번포트가 대신 입을 열었다.

「저택으로 들어오시오. 빈방은 많으니까, 아이들도 당신도, 하녀들도 당분간 거처하기에는 불편이 없을 거요.」

앨리즈도 미처 거기까지는 생각지 못한 일이었다. 그녀는 거기까지 배려하는 대번포트의 마음씀씀이가 고마울 뿐이었다. 저 불길 속에서 건진 거라곤 입고 있는 잠옷들뿐이었지만, 최소한 잠잘 곳은 걱정하지 않아도 되니 그나마 다행이었다.

뒤편에서 낯익은 목소리가 들려왔다.

「레이디 앨리즈, 어떻게 이런 일이? 다들 무사하신가요?」

제이니였다. 레저널드가 앨리즈를 대신해서 날카로운 목소리로 대답했다.

「웨스턴 양이 너 때문에 목숨을 잃을 뻔했어. 다음 번에 또 밤늦게 몰래 애인을 만나러 갈 땐 오늘 일을 꼭 기억해.」

마치 자기 때문에 불이 난 것처럼 죄책감을 느낀 하녀가 흐느껴 울기 시작했다. 하녀의 곁에 섰던 총각이 그녀를 끌어안았고, 하녀는 남자의 어깨에 얼굴을 파묻고 엉엉 소리내어 울었다. 앨리즈가 레저널드에게 조용히 말했다.

「그렇게까지 심하게 할 필요는 없었잖아요.」

그러자 레저널드의 눈썹이 단박에 치켜 올라갔다.

「저 하녀를 찾으려고 시간을 허비한 바람에 하마터면 저 끔찍한 불속에서 타죽을 뻔하고도 그런 말이 나온다니, 놀랍소.」

앨리즈가 한숨을 푹 내쉬었다. 지금은 말싸움을 할 기운도 없었고, 또 그럴 때도 아니었다.

「그 말도 맞네요.」

레저널드의 팔이 아직도 그녀를 부축하고 있었다. 앨리즈는 그 와중에서도 행복한 기분이 들었고, 그 기분을 망치고 싶지 않았다. 레저널드가 스펜서 삼 남매를 올려다보며 지시했다.

「여기서 더 이상 머뭇거릴 필요가 없겠어. 피터, 너는 저 나이든 하녀를 데리고 오고, 메리디스는 윌리엄을 데리고 오도록 해. 그리고 저하녀는 자기 집으로 돌아가거나 남자의 집으로 따라갈 생각이 아니라면 어서 날 따라오라고 해. 앨리즈, 걸을 수 있겠소?」

앨리즈는 고개를 끄덕이며 간신히 일어섰으나 다시 쓰러질 듯 비틀거렸다. 웬일인지 무릎이 제대로 말을 듣지 않았다. 레저널드가 얼른 그녀를 부축했다.

「이런, 신발도 신지 않았군!」

레저널드는 앨리즈의 허락을 받을 새도 없이 그녀를 안아 올리고 저택을 향해 뚜벅뚜벅 걷기 시작했다. 앨리즈의 체구는 결코 작지 않았지만 운동으로 체력이 다져진 레저널드는 별로 힘든 기색이 없었다. 아직 불길이 잡히지 않는 집의 모습이 시야에 있을 때는 미처 못 느꼈지만 저택에 거의 가까워오고 로즈 홀이 완전히 보이지 않게 되자 앨리즈는 레저널드의 품이 얼마나 넉넉하고 따뜻한지 느껴졌다. 앨리즈는 그의 어깨 위에 머리를 기대고 그 행복한 순간을 음미했다.

일행이 저택에 도착하자 한밤중의 화재 소동으로 잠이 깬 하녀장이 문을 열어주었다. 레저널드가 신속하게 각자가 쓸 방을 정해주고 필요한 조치를 취하는 사이 윌리엄에게는 우유가, 다른 식구들에게는 브랜디가 각각 한 잔씩 돌려졌다.

레저널드는 필요한 조치를 취한 후에 다시 앨리즈를 안고 손님용 침실로 올라갔다. 앨리즈는 벌써 반은 잠이 든 상태였다. 하지만 침대에 눕혀지는 순간 벌떡 일어나 앉았다.

「아이들은…….」

「아이들도 모두 무사히 잠자리에 들었소. 어서 다시 누워요.」

레저널드가 그녀의 어깨를 밀어 자리에 눕혔다. 항상 자신의 책임에 충실했던 앨리즈는 아이들이 편안히 잠자리에 들었는지 자기 눈으로 확인하고 싶었다. 유아기를 지난 후 누군가에 의해 억지로 잠자리에 눕혀지기는 처음이었다. 하지만 이상하게도 레저널드에게만은 어떤 것을 맡겨도 마음이 놓일 것 같았다. 게다가 엄청난 피로감이 몰려와 그녀는 더 이상 아무 생각도 하지 않고 그냥 드러눕고 말았다.

거의 잠에 빠져들어 비몽사몽간을 오락가락하고 있는데 누군가 스펀지를 물에 적셔 그녀의 얼굴을 닦아주었다. 레저널드였다. 앨리즈는 이 거구의 사내에게 이렇게 자상한 면이 있다는 것이 믿어지지 않았다.

앨리즈는 아무런 악몽도 꾸지 않고 편안하게 잠에 빠져들었다.

12

가늘게 뜬 눈꺼풀 사이로 침대 가장자리에 친 커튼이 눈에 들어오자 앨리즈는 순간적으로 자신이 칼레온에 있는 집, 자기 침실에 누워 있는 것으로 착각을 했다. 그러나 그 다음 순간, 칼레온은 이제 영원히 돌아갈 수 없는 곳이라는 것이 기억났다. 이제 그녀는 스트릭런드의 집사였고, 불똥에 맞아 여기저기 구멍이 난 잠옷과 가운 한 벌밖에는 가진 게 없는 빈털터리가 되었다는 것이 모두 생각났다. 참, 고양이 한 마리와 말 한 마리가 더 있었다.

햇살로 보아 벌써 꽤 시간이 늦은 것 같았다. 일어나 앉은 앨리즈는 팔을 쭉 뻗으며 기지개를 켰다. 가벼운 노크소리가 들리더니 메리디스가 금발머리를 안으로 들이밀었다.

「이제 일어나셨군요.」

메리디스가 명랑한 목소리로 말하며 김이 도락모락 오르는 커피잔과 갓 구운 빵이 담긴 접시가 올려진 쟁반을 들고 들어왔다.

「대번포트 씨는 더 주무시게 두라고 했지만, 선생님은 커피 안 드시면 제정신 못 차리신다는 걸 아는데 어떻게 가만히 있겠어요.」

앨리즈는 뜨거운 커피를 반갑게 받아들고 침대 헤드보드에 등을 기댔다.

「누가 될지 모르겠다만, 네가 시집갈 땐 내가 네 남편에게 추천장을 한 장 써주마. 사람 마음을 기가 막히게 짚어내는 재주가 있다고 말이야.」

메리디스는 호호 소리내어 웃으며 날씬하고 우아한 몸동작으로 의자를 찾아 앉았다. 헐렁한 무명 드레스를 입고 있었지만 간밤의 끔찍한 화재로 큰 상처를 입지는 않은 것 같아 다행이었다.

「꼬마들은?」

「멀쩡해요. 대번포트 씨가 마을에 내려가셔서 직접 애들한테 맞을 만한 옷을 구해다가 입히시고 학교에 데려가셨어요. 오늘 오후에 재봉사가 와서 치수를 재 갈 거래요.」

앨리즈는 레저널드의 빠른 일처리에 새삼 감탄하면서도 왠지 부담스러운 마음이 들었다. 메리디스는 쟁반을 내려놓고 빵에 마멀레이드를 발랐다.

「대번포트 씨가 선생님께 맞는 여자옷을 구하지 못해 죄송하대요. 하지만 선생님께 맞을 만한 남자옷을 찾아두셨어요. 저기…….」

메리디스가 한쪽 켠에 놓인 의자를 가리켰다. 몇 가지 옷들이 걸쳐져 있었다.

「선생님이 괜찮으실 때 아무 때나 서재로 오시면 고맙겠대요.」

메리디스가 들어오면서 문을 꼭 닫아두는 걸 잊었던지, 열린 문틈 사이로 어틸러가 기어 들어왔다. 꼬리털이 불에 타서 평소보다 한 뼘은 짧게 보였지만, 녀석은 여전히 기세가 등등했다.

「어틸러, 네가 무사한 걸 보니 정말 반갑구나.」

고양이는 침대 위로 껑충 뛰어올라 앨리즈의 손에 들린 빵에 잔뜩 눈독을 들였다.

「어틸러의 기를 꺾으려면 그 정도 화재로는 어림도 없죠. 오늘 아침엔 주방 문 앞에 떡 버티고 앉아서 먹을 걸 줄 때까지 꼼짝도 않더라구요. 세상일이야 어떻게 돌아가든 상관없는 녀석이에요. 털이 군데군데 타버렸길래 제가 좀 다듬어주었어요. 이제 말짱해 보이죠?」

「그렇구나. 먹을 만한 게 있는 곳을 찾아내는 이 녀석 솜씨야 어련하겠니.」

앨리즈가 빵과 커피잔을 한쪽으로 치우고 고양이를 무릎 위로 안아올렸다. 어틸러는 주인의 무릎에 포근히 올라앉더니 만족스러운 듯 그르렁거렸다.

어틸러의 목을 살살 쓰다듬어주던 앨리즈는 고양이의 콧수염이 거의 타버리고 없는 것을 발견했다.

「이 녀석 수염 좀 봐. 쯧쯧……, 수염이 다시 자랄 때까진 길조심 해야겠다.」

「어틸러도 십년감수했어요, 선생님. 대번포트 씨가 선생님을 안고 나오실 때 선생님은 그 고양이를 안고 계셨어요. 선생님이 안고 계시지 않았더라면 지금 천국에서 우리를 내려다보고 있었을 거예요.」

「십년감수뿐이겠니…… 난 정말, 이제 죽는구나 싶었어.」

메리디스의 표정이 자못 심각해졌다.

「저희들도 모두 그랬어요. 선생님을 잃는 줄 알았어요. 대번포트 씨도 집으로 다시 뛰어들어갈 땐……」

메리디스의 목소리가 가늘게 떨려나왔다. 어린 나이에 이미 사랑하는 사람을 너무 많이 잃어버린 그녀였다.

「내가 그렇게 쉽게 죽을 줄 알아?」

앨리즈가 어틸러를 침대 위에 내려놓고 침대 밖으로 나오다가 침대 가장자리에 다시 주저앉아 아직 그을음이 묻어 있는 발을 내려다보며 말했다.

「어서 뜨거운 물에 푹 담그고 목욕이나 했으면 좋겠다.」

「금방 목욕물을 가지고 올 거예요.」

그 말이 끝나기가 무섭게 문을 노크하는 소리가 들리더니, 정말 두 하녀가 뜨거운 물이 가득 담긴 양동이를 하나씩 들고 나타났다.

「아이고, 이런! 메리디스, 아무래도 추천장 한 장으로는 부족하겠다. 내 두 장 써주마.」

앨리즈가 싱긋 웃으며 말했다.

모두 나가고 혼자 목욕을 할 수 있게 되자, 앨리즈는 시큰거리는 발목을 뜨거운 물에 담갔다. 욱신거리던 상처가 한결 나아지는 것 같았다. 연기 냄새가 잔뜩 밴 머리를 감고 나니 기분은 상쾌해졌지만, 이제 침실 밖의 세계와 대면해야 한다는 생각이 들자 갑자기 마음 한구석이 착잡해지기 시작했다.

앨리즈는 수건으로 정성스레 물기를 닦은 머리카락을 보통 때처럼 땋아 올리고 대번포트가 준비해준 옷으로 갈아입었다. 여자의 몸매를 보는 그의 눈이 얼마나 정확한지 앨리즈는 다시 한 번 감탄하면서도 한편으로는 씁쓸한 마음을 지울 수 없었다. 바지는 엉덩이가 너무 끼는 반면에 허리는 또 너무 헐렁했다. 구두와 양말은 그녀의 치수보다 조금 컸지만 그런대로 신을 만했다.

대번포트는 서재에서 일에 열중하고 있었다. 앨리즈가 들어서자 그는 자리에서 일어나 예의를 차렸다.

「이제 좀 나아 보이는군.」

「네. 어틸러나 저나 큰 신세를 졌습니다.」

앨리즈가 의자에 앉으며 인사를 했다.

「당신은 그럴지 몰라도 그 고양이는 아니오. 내가 그 쓸모 없는 동물을 구해낸 건 순전히 우연이었으니까.」

대번포트는 다시 자리에 앉으며 미소 띤 얼굴로 응수했다. 그의 발치에 앉아 있었는지, 점박이 양몰이 개가 타박타박 걸어나왔다. 앨리즈가 녀석의 목덜미를 긁어주었다.

「쓸모 없는 동물에 대한 말씀인데요, 이 개가 살 곳을 아직 정해주지 못하셨나보군요.」

「난 어젯밤에 그 양몰이 개도 완전히 쓸모 없는 동물은 아니라는 결론을 내렸소. 그러니 내 곁에 둬도 무방할 것 같소.」

앨리즈가 궁금하다는 표정을 짓자 대번포트가 설명하기 시작했다.

「어젯밤에 산책을 나갔었는데, 녀석이 나를 따라왔지. 그런데 녀석이 먼저 연기 냄새를 맡고 그 쪽으로 내 시선을 끈 거였소. 녀석이 아니었더라면 나도 제때에 그곳에 있지 못했을 거요.」

앨리즈는 양몰이 개의 맑은 눈동자를 들여다보았다.

「고맙다, 개야.」

이번에는 대번포트를 올려다보며 물었다.

「아직 이름도 안 지어주셨나요?」

「그냥 개라고 부르면 안 될까?」

「그래도 상관은 없겠지만, 그래도 이름이 있는 편이 이 녀석도 좀더 떳떳하지 않을까요?」

레저널드의 눈동자가 반짝였다.

「개의 자존심에 대해서도 일가견이 있으시군.」

「일가견까지는 아니지만, 매사에 제 생각을 가지려고 노력하고는 있죠.」

레저널드가 껄껄 웃었다.

「좋은 일이군. 그럼, 이름을 지어야지. 네메시스(Nemesis, 복수의 여신. 원래 분배자라는 뜻으로 인간의 오만에 대한 신의 분노와 벌을 의인화한 여신)는 어떻소?」

이번에는 앨리즈가 싱긋 웃었다.

「주인의 운명과 잘 어울리는 이름이군요.」

그리고는 심각한 어조로 말했다.

「다친 데는 없으신가요? 불길 속을 헤매셨을 텐데…… 자칫했으면 큰일나실 뻔했어요.」

대번포트의 얼굴에 어색한 표정이 떠올랐다.

「날 영웅으로 만들 생각은 마시오. 앨리즈, 당신을 구하는 게 내게도 이익이 되기 때문에 당신을 구한 거니까. 일 잘하는 집사가 없으면 결국은 모든 일을 내가 해야잖소.」

「하고 싶은 만큼 하시고, 하기 싫으신 만큼 안 하시는 분 아니신가요? 제가 있거나 없거나 문제될 건 없으실 텐데요? 그런데, 그 불길 속에서 어떻게 저를 찾아내셨죠?」

대번포트는 멋쩍은 듯이 어깨를 한번 들썩였다.

「당신 비명을 들었지. 아주 가깝게 들리기에 나를 가로막은 불길 바로 반대편에 있을 거라고 생각하고 양탄자를 덮어서 잠시 길을 냈던 거요.」

앨리즈는 사방에 이글거리는 불길 속에 갇혔던 끔찍한 순간이 떠올라 일순 몸서리를 쳤다.

「그 순간에 그런 생각을 해내시다니…….」

잠시 침묵이 흘렀다. 이제 앞으로의 일을 이야기해야겠다고 생각한 앨리즈가 먼저 침묵을 깼다.

「어젯밤에는 이곳에서 묵을 수 있게 해주셔서 정말 감사했습니다. 당분간 지낼 곳을 찾자면 앞으로도 하루 이틀 더 신세를 져야할 것 같아요.」

「그런 말은 마시오. 어차피 비어 있던 방인데.」

대번포트는 페이퍼나이프를 들고 한 손으로 장난을 쳤다. 길고 아름다운 손가락이었다.

「말이 나왔으니 말인데, 문제를 해결하는 가장 간단한 방법은 당신과 식구들이 모두 여기서 묵는 거라고 생각하는데?」

앨리즈는 대번포트를 빤히 바라보았다. 왠지 그 말을 하는 대번포트의 목소리에서 그가 주저 끝에 어렵사리 꺼낸 말이라는 느낌이 들었다. 그러나 그녀가 아는 레저널드 대번포트는 어떤 것이든 주저할 사람이 아니었다. 앨리즈는 자신의 느낌을 얼른 떨쳐버렸다.

「말씀은 고맙지만, 다른 방법을 찾는 게 좋을 것 같습니다.」

「당신의 계약서에 의하면, 영지의 주인이 거처를 마련해준다고 되어 있소. 로즈 홀은 저렇게 되어버렸고, 영지에는 당신이 살기에 적당한 집이 없잖소. 소작인들에게 내주는 집들은 이미 모두 사람이 들어 있고, 하녀장에게 물어보니 가까운 곳에는 셋집으로 나와 있는 집이 없다고 하던데.」

앨리즈는 입을 다물었다. 대번포트의 말이 옳았기 때문이었다. 집사로서 그녀는 영지 가까운 곳에서 지내야 했다. 게다가 두 사내아이들의 학교 문제도 생각해야 했다. 하지만 대번포트와 한 지붕 아래 산다고 생각하니 왠지 은밀한 기대감이 생긴다는 것이 불안했다. 우습게도 그가 가까이 있다는 사실 자체가 즐겁고 언제나 그와 대화를 나눌 수 있다는 것이 기쁘게 느껴졌다.

그리고 할 수 있다면 그에게 다시 입을 맞추고 싶었다.

그런 생각들을 멀찍이 떨쳐버리며 앨리즈는 메리디스를 생각했다. 그 아이의 후견인으로서, 한창 피어나는 꽃봉오리 같은 아가씨를 소문난 바람둥이와 한 집에서 살게 두어도 괜찮은 걸까? 이번에도 앨리즈의 생각을 읽은 듯이, 대번포트가 말했다.

「사람들의 이목을 걱정할 건 없소. 당신 혼자만 여기서 지내라는 것도 아니고 온 가족이 모두 들어와 사는 거라면 아무도 이상하게 생각지는 않을 거요.」

「좀더 생각해보고, 아이들과 의논하겠습니다.」

「어떤 결정을 내리든, 그 전에 하루쯤 더 이 집에서 묵어도 별일은 없을 거라고 생각하는데?」

「네.」

앨리즈는 마지못해 대답했다. 레저널드는 앨리즈가 곤경에 처한 얼굴을 하고 있는 것이 우습게 느껴졌다. 그러나 지금은 그것을 따지고 있을 때가 아니었다.

「그럼, 이제 로즈 홀의 잔해를 보러 가도 되겠소?」

지금이든 나중이든 보아야 할 곳이었다. 앨리즈는 고개를 끄덕이며 레저널드를 따라 나섰다.

세간은 모두 불타버리고 돌로 지은 벽만 남아 있는 모습을 보니 멀쩡할 때보다 훨씬 좁아 보였다. 로즈 홀은 이제 정말 껍데기만 남아 있었다. 건질 수 있는 것은 아무 것도 없었다. 지붕과 마루바닥은 모두 지하 창고까지 내려앉아 있었고, 타다 남은 들보에서는 아직도 모락모락 김이 오르고 있었다. 간밤의 소동 중에서도 사람들의 발에 짓밟히지 않은 꽃 몇 송이가 화단에서 환히 웃고 있었다.

앨리즈는 잔해를 한바퀴 둘러보았다. 여기저기 쓰러져 있는 목재와 지붕 조각들이 자꾸 발에 걸렸다. 하마터면 지금 저 새까만 잿더미들 사이에 역시 시커멓게 탄 주검으로 남을 뻔했다는 것을 생각하니 앨리즈는 다시 한 번 몸서리가 쳐졌다. 어쩌면 앞으로 평생토록 간밤의 화재가 악몽으로 등장할지도 모른다는 생각이 들었다. 아이러니컬하게도 앨리즈는 지금까지의 악몽을 쫓을 수 있는 새로운 악몽이 나타난 게 다행으로 여겨지기까지 했다. 혼자 생각에 잠겼던 앨리즈는 대번포트의 목소리에 퍼뜩 정신을 차렸다.

「개인적인 소지품은 얼마나 잃었소?」

「그저 통상적인 것들이죠. 책, 옷가지, 생활의 흔적들⋯⋯. 귀중품은 집에 두지 않았어요. 제가 가진 돈이나 메리디스가 물려받은 보석들은 모두 샤프츠버리에 있는 은행에 보관해두었거든요. 아쉬운 게 있다면⋯⋯.」

갑자기 앨리즈가 말을 멈추었다. 그러자 대번포트가 물었다.

「그게 뭐요?」

앨리즈는 목에 메어왔다.

「어머니의 사진이 든 목걸이가 있었어요.」

「그런 걸 잃었다니⋯⋯, 참 안됐소⋯⋯.」

대번포트의 동정 어린 말 한마디에 앨리즈는 금방 눈물이 고였다. 대번포트는 일부러 화제를 바꾸었다.

「혹시 불이 난 원인에 대해 생각해보았소?」

현실적인 문제를 따지고 드는 대번포트의 질문에 앨리즈는 얼른 눈물을 거두었다.

「미처 거기까지는 생각 못 해봤어요. 계절적으로 본다면 불이 날만

한 원인이 별로 없는데. 불이 붙을 만한 곳이 있다면 주방에 쌓아둔 석탄인데……. 어쩌면 누군가 촛불을 켜둔 채 잠이 들었거나…….」

「아마 촛불은 아닐 거요. 내가 처음 이 앞에 왔을 때 분명히 집안에는 불 켜진 곳이 한 군데도 없었소. 주방은 저쪽에 있지 않았소?」

대번포트가 손가락으로 동쪽 구석을 가리켰다. 앨리즈가 고개를 끄덕이자 대번포트가 주변을 돌아보며 눈을 가늘게 떴다.

「불은 집의 서쪽 끝에서부터 시작되었소. 아마 지하 창고쯤……. 내가 도착한 직후에 불길이 번지기 시작해서 일층에 불이 붙은 것이 밖에서도 보였고…….」

「잡동사니들을 모아둔 곳에서 간혹 불이 나기도 한다는 이야기는 들었지만, 우리 집의 지하 창고는 넣어둔 것이 별로 없이 깨끗했어요. 그리고 워낙 습기가 많이 차서……. 거기서 불이 시작되었다고 볼 수는 없을 것 같은데요.」

레저널드는 반짝반짝 윤이 나게 닦은 구둣발로 검은 숯덩이를 슬슬 굴리며 물었다.

「혹시, 당신에게 원한을 가질 만한 사람이 있소?」

「아니, 그럼 간밤의 불이 방화였다고 생각하시는 건가요?」

앨리즈가 깜짝 놀라서 물었다.

「그 불이 실화는 아니었다는 예감이 들어서. 내가 이 집 앞에 왔을 때 누군가가 집에서 뛰쳐나가는 것을 본 것 같거든. 처음에는 애인을 만나러 갔다던 그 하녀가 아닐까 생각도 했었지만, 내가 본 건 검은 옷을 입은 사람이었소. 하녀는 흰색에 가까운 드레스를 입고 있더군.」

「집안에 사람들이 잠들어 있다는 걸 알면서도 불을 지르다니, 미친 사람이 아니고서야 어떻게…….」

「세상엔 미친 사람이 한둘이 아니오.」

대번포트가 굳은 표정으로 돌아섰다.

「누군가 당신 식구들 중의 한 사람을 직접 해치려는 마음을 가진 사람이 있을지도 모른다는 가능성을 전혀 배제할 수는 없소. 메리디스를 쫓아다니던 남자들 중에서 혹시 앙심을 품을 만한 사람은 없소?」

앨리즈는 잠시 골똘히 생각에 잠겼다.

「없어요. 메리디스에게 호감을 갖고 있던 남자는 많았지만, 메리디스도 항상 친절하게 대했는걸요. 그런 끔찍한 짓을 저지르게 만들 만큼 사이가 안 좋았던 남자는 없었어요.」

대번포트의 미간에 깊은 주름이 잡혔다.

「혹시, 천연두 예방접종 때문에 앙심을 품을 만한 사람은? 그 경우라면 나를 목표로 하는 게 이치상 맞는 말이지만, 내 지시를 시행한 사람이 바로 당신이니까.」

「불평하는 사람이 전혀 없었던 건 아니지만, 그 정도까지 심하게 저항한 사람은 없었어요.」

「그 말이 맞길 바라오. 내가 지시한 일 때문에 당신에게 해가 미친다면 그건 안 될 일이지.」

근심이 담긴 시선으로 그가 앨리즈를 마주보았다.

「내가 쓸데없는 걱정을 하는 건지도 모르겠소만, 어쨌든 조심하시오. 아이들에게도 꼭 그렇게 이야기해주시오.」

「네. 얘기해야지요.」

앨리즈는 오후에 차를 마시는 시간에 아이들과 모여 앉아 몇 가지 문제를 의논했다. 각자 소중히 여기던 물건들을 한꺼번에 잃고 말았지만, 아이들은 사람이 다치지 않은 것만도 감사하게 여겼다. 앨리즈는 대번포트의 말대로 간밤의 화재가 누군가의 방화에 의한 것일 수도 있다고는 했지만, 특별히 식구들 중 한 사람이 원한의 대상일 수도 있다는 것은 말하지 않았다. 대번포트의 걱정은 자신의 복잡한 과거에 기인한 노파심일 수도 있었다. 방화로 인한 살인이라니, 도싯처럼 외지고 조용한 마을에서는 있을 수 없는 일이었다. 아이들은 저택에서 머물게 되었다는 이야기를 듣자마자 환영일색이었다.

「그럼, 대번포트 씨가 우리가 여기서 살아도 좋다고 허락했단 말이에요?」

앨리즈가 고개를 끄덕이자 피터는 만족스런 표정으로 입을 다물고 곧 혼자 생각에 빠졌다. 언제쯤이면 대번포트에게 마차 모는 법을 배울 수 있을까 궁리하는 것이 분명했다. 윌리엄은 그저 마구간과 조금이라도 가까운 곳에서 살 수 있다는 것만으로도 그저 반가워했다. 메리디스도 즐거움을 감추지 못했다.

「그럼 우리도 이제 이 집의 손님이 아니라 여기서 사는 거죠?」

앨리즈는 이번에도 말없이 고개만 끄덕였다. 메리디스의 얼굴은 금방 꿈을 꾸는 듯 몽롱해졌다.

「로즈 홀에 비하면 여긴 정말 궁궐 같아요, 그렇죠?」

「그래. 대번포트 씨는 우리가 여기서도 집에서처럼 편히 지내길 바라서. 정말 자상하신 분이지?」

대번포트는 새로 맞춘 옷 값까지 자신이 지불하겠다고 나섰다. 앨리즈가 한사코 만류하자 두 사람이 반반씩 부담하는 선에서 서로 양보를 했다.

「하지만 대번포트 씨는 우리가 이 집에 들어와 살면 때때로 유쾌하지 못한 상황이 벌어질 수도 있다는 것을 아직 제대로 이해하지 못하고 계셔. 그러니까 그분을 귀찮게 하거나 성가시게 굴면 곧장 다른 곳으로 옮길 거다, 알겠지? 하지만 우선은 너희들도 이 집에서 사는 데 찬성이라니까 어디 두고보자꾸나.」

아이들은 앨리즈의 결정에 환호했다. 물론 앨리즈도 기뻤다. 그러나 자신이 기쁜 것은 어디까지나 아이들이 기뻐하기 때문이라고 그녀는 애써 스스로에게 변명하고 있었다.

피터와 윌리엄이 자리에서 일어선 후, 앨리즈는 메리디스와 조용히 이야기를 나누었다. 메리디스는 절대로 대번포트의 아저씨 같은 매력에 넘어가지 않겠다고 앨리즈 앞에서 다시 한 번 다짐을 해야 했다. 대번포트의 돌발적이고 충동적인 기질을 믿을 수 없었던 앨리즈가 믿을 거라곤 오직 메리디스의 상식과 도덕뿐이었다.

그러나 그들이 저택에서 머무르는 것을 반대하는 사람은 따로 있었다. 바로 주니어스 하퍼 목사였다. 오후 늦게 찾아온 그는 거의 입에 거품을 물고 달려들었다. 앨리즈는 마침 대번포트가 집에 없는 것을 다행으로 여기며 그를 작은 응접실로 안내했다. 목사는 앨리즈의 손을 덥석 잡으며 말문을 열었다.

「어젯밤에는 살리스베리의 주교관에서 보내고 방금 돌아온 길입니다. 로즈 홀에 화재가 났다는 소식을 듣고 얼마나 놀랐던지! 섬세하고 연약한 스펜서 양이 얼마나 놀랐을지 생각하니…….」

물론 메리디스도 많이 놀랐겠지만, 그 불길 속에서 새카맣게 탄 통닭구이가 될 뻔한 사람은 바로 앨리즈였다. 그러나 누구도 앨리즈를 섬세하고 연약한 여자라고 걱정해주는 사람은 없었다. 앨리즈는 슬며시 목사의 손에서 자기 손을 빼냈다.

「많이 놀라긴 했지만 다행히 다친 사람은 없었어요.」

자리에 앉자마자 목사의 표정이 바뀌었다.

「하지만 화재 소식보다도 더 나를 혼란스럽고 당혹스럽게 만들었던 것은……, 당신과 세 아이들이 이 집에서… 밤을 보냈다는 거였소. 어떻게 이런 추악한 집에서……!」

「추악한 집이라뇨! 말씀이 지나치시군요, 목사님! 차라리 그 불 속에서 타죽는 게 낫단 말씀인가요, 그럼?」

앨리즈의 가시 돋친 말에도 아랑곳없이 목사는 열변을 토했다.

「난 정말 큰 충격을 받았소. 이건, 충격 정도가 아니라 경악할 일이오!」

앨리즈는 목사가 이토록 앞뒤가 꽉 막힌 사람이라는 것이 믿어지지 않았다.

「이렇게 추악한 집까지 방문해주시다니, 정말 용감한 목사님이시군요.」

아직도 앨리즈의 말을 못 알아들은 목사는 여전히 딴소리였다.

「내 손길이 필요한 곳이면 어딘들 못 가겠소. 당신은 물론이고 아이들도 당장 여기서 나가야 한다고 말하고 싶소. 어젯밤에 목사관으로 오지 않은 게 놀라울 뿐이오. 내 하녀도 당신을 기꺼이 맞아들였을 것이고, 그랬다면 스펜서 양이 이 파렴치한 탕아의 집에서 밤을 보내지 않아도 되었을 것 아니오!」

목사의 안하무인격인 언사는, 과거 그의 자상하고 종교적 사명감에 넘치는 행동들을 익히 보아온 앨리즈로서도 도저히 참기 힘든 것이었다.

「어젯밤에는 다른 대안을 생각조차 할 수 없을 정도로 황망 중이었을 뿐만 아니라, 목사님께서 제게 이런 일을 강요하실 만한 권리도 없다는 것을 분명히 말씀드리고 싶군요.」

「당신의 친구일 뿐만 아니라 영적인 조언자로서 충분히 이런 충고를 할 권리가 있소!」

목사는 지지 않고 맞섰다. 목사와 맞상대를 한다는 것이 부끄럽게 여겨진 앨리즈는 태도를 바꾸어 그를 달래보기로 했다.

「목사님께서 대번포트 씨를 마음에 들어하지 않으신다는 건 저도 알지만, 그분도 알고 보면 좋은 분이십니다. 어젯밤에는 용기 있는 행동을 보여주시기도 했구요. 그분이 자신의 생명이 위태로운 것까지 감수하면서 제 생명을 구했다는 이야기는 못 들으셨어요?」

목사는 코방귀를 뀌었다.

「육체적인 용기를 자랑하는 건 그런 탕아의 특기요. 중요한 건 사람의 도덕성이오. 그자에게선 그걸 찾아볼 수 없다는 게 내가 가장 걱정하는 부분이오. 당신과 아이들이 여기를 벗어나 안전한 곳으로 거처를 옮길 때까지 난 도저히 안심할 수가 없소.」

앨리즈는 방금 전의 다짐도 잊고 다시금 분통을 터뜨렸다.

「그럼 돌아가셔서 목사님의 마음이나 안정시키도록 하세요. 대번포트 씨는 우리 가족들이 여기서 살도록 하라고 먼저 제안하셨고, 우린 그 제안을 받아들이기로 이미 결정했으니까요.」

목사의 얼굴이 잔뜩 일그러졌다.

「설마 진심은 아니겠지! 하룻밤을 여기서 보낸 것도 끔찍한 일인데, 아주 여기서 눌러 살다니! 스펜서 양의 평판을 완전히 망칠 셈이오?」

「제가 있고 동생들이 있으니 메리디스에겐 아무 일도 없을 겁니다. 게다가 우리도 어딘가에서 살아야 할 것 아닙니까. 근처엔 저희가 살 만한 마땅한 집도 없어요.」

「목사관은 집이 아니오?」

앨리즈는 기가 막혔다. 그 동안 자신이 알고 있던 주니어스 하퍼는 어디로 가고 완전히 벽창호 같은 괴물이 눈앞에 서 있는 것 같았다.

「사람들의 이목이 그렇게 중요하다면, 목사관은 안전할 것 같으세요? 거기도 어차피 독신인 남자분이 사시는 곳이잖아요!」

「레저널드 대번포트 같은 파렴치한 탕아의 집과 성직자인 나의 집을 비교하다니, 어떻게 이럴 수가 있소!」

하퍼 목사가 눈에서 불똥을 튀기면서 소리쳤다.

「물론 두 집은 다르죠. 첫째, 이 저택은 넓고 충분한 방이 있어요.」

앨리즈는 더 이상 목사와의 말싸움을 끌고 싶지 않았다.

「관대한 초대는 고맙지만, 목사님을 따라서 목사관으로 들어가서 사는 건 싫습니다. 대번포트 씨와 저와의 계약서에도 제가 살 집은 대번포트 씨가 마련한다고 되어 있습니다. 그러니 저나 제 가족이 이 집에서 사는 건 법률적으로도 문제가 없습니다.」

「그렇게도 명분이 중요하다면, 당신이 나와 결혼하면 되잖소. 그렇게 하면 아이들에게도 합당한 가정이 마련되는 것이고 당신은 저 파렴치한 탕아의 유혹에서 완전히 벗어날 수 있소.」

앨리즈는 비록 남자들이 줄을 서서 따라다닐 만한 여자는 아니었지만, 그래도 이런 식으로 청혼을 받고 싶지는 않았다. 거의 이성을 잃을 만큼 화가 난 앨리즈도 드디어 언성을 높였다.

「참, 청혼하시는 이유 한번 아름답군요. 분명히 말씀드리지만, 저를 위해서 고결하신 목사님의 인생을 희생하실 필요는 없습니다. 저와 아이들은 이 집에서 지내는 것이 편합니다. 그리고 제 고용주와 저와의 관계에 대해서 그토록 걱정이 되신다고 하니 말씀드리겠는데, 저는 아주 만족스럽게 일하고 있습니다.」

「당신이 나와 결혼하기 싫다면, 그럼 스펜서 양에게 청혼하겠소! 스펜서 양 같은 순진하고 티없는 아가씨가 대번포트 같은 자의 유혹에 빠지는 꼴은 도저히 두고볼 수 없소!」

점입가경이라더니, 불과 일 분 사이에 두 여자에게 청혼을 해? 역사에 길이 남을 목사님이었다.

「목사님, 그런 가혹한 사연으로 얽힌 결혼은 메리디스에게도 허락할 수 없습니다. 메리디스는 여기서도 아무 문제없이 지낼 겁니다. 메리디스의 순결성이나 도덕성을 의심하신다면, 그거야말로 불쾌합니다. 게다가 대번포트 씨는 시골 생활에 곧 지루함을 느끼고 런던으로 돌아가실 겁니다. 일단 돌아가시면 몇 달은 다시 오시지 않을 거구요.」

대번포트가 정말 이곳 생활에 지루함을 느끼고 있는지는 알 수 없었지만 목사의 마음을 다소라도 진정시키려면 그렇게 해서라도 둘러댈 수밖에 없었다. 목사는 내키지 않는 얼굴로 자리에서 일어섰다.

「당신의 뜻이 그토록 확고하다면 나로서도 어쩔 도리가 없군. 하지만 너무 늦기 전에 당신이 제정신을 찾게 해달라고 신께 기도하겠소.」

목사가 막 응접실을 나서려는데 대번포트가 네메시스를 앞세우고 나타났다. 앨리즈가 배웅하려던 손님의 얼굴을 알아본 그는 얼굴에 묘한 미소를 띠었다. 대번포트는 목사에게 허리를 굽혀 정중하게 인사했다.

「저를 보고 놀라시지는 않으셨겠죠, 대번포트 씨?」

목사가 비아냥거리는 어조로 물었다.

「천만의 말씀을. 웨스턴 양과 세 남매 분과 절친하신 분이신데, 언제든 환영하겠습니다.」

대번포트가 붙임성 있는 목소리로 대답했다.

「다음에 또 뵙겠습니다.」

목사는 여전히 비아냥거렸다.

「그러십시오. 하지만, 저는 합당한 이유가 있는 경우라면 호랑이 굴 앞에서도 몸을 사리지 않는 인간이라는 점을 잊지 마시기 바랍니다.」

대번포트가 눈썹을 꿈틀거리며 말했다. 앨리즈는 터져나오려는 웃음을 참느라 애를 썼고, 목사는 자신이 놀림을 당하고 있다는 사실을 아는지 모르는지, 씩씩거리며 쿵쾅거리는 발소리와 함께 사라졌다. 목사가 나가자마자 앨리즈가 말했다.

「지난번에 목사님이 큰 실례를 범했는데도 불구하고, 이 집에 드나들지 못하도록 막지 않으시니 감사합니다.」

대번포트가 멋쩍은 미소를 지었다.

「앞으로 이 집은 당신의 집이기도 한데 당신의 손님을 내 마음대로 막을 수는 없지. 솔직히 말해서, 목사가 이 집을 들락거리며 사람들을 자기 마음대로 주무르는 꼴은 보고 싶지 않지만, 내 생각엔 나를 보기 싫어서라도 자주 들락거리지는 않을 것 같소.」

앨리즈도 그의 생각에 동의했다. 하지만 그 생각이 은근히 다행스럽게 여겨지는 건 왠지 죄스러운 느낌이었다.

「제게 하실 말씀이라도 있으신가요?」

대번포트가 고개를 끄덕였다.

앨리즈가 먼저 자리에 앉았다. 그후로 두 사람은 긴 시간 동안 이런저런 이야기를 나누었다. 혼자서 외롭게 저녁 식탁에 앉는 것이 싫었던 대번포트가 저녁 식사는 모두 모여 함께 하자고 제의했으나 앨리즈는 윌리엄은 자기 방에서 먹게 하자고 했다. 하지만 단지 나이가 어리다는 이유로 혼자서 외롭게 식사를 해야 한다는 건 불공평하다는 대번포트의 설득에 앨리즈도 굴복하고 말았다. 대번포트가 그렇게 생각해 준다는 것이 앨리즈도 마음속으로는 고마웠다.

침실은 전날 밤에 쓰던 방을 계속 쓰도록 하자는 데 의견이 모아졌다. 아이들 방은 현관을 중심으로 저택의 서쪽에 몰려 있었고, 대번포트의 침실은 동쪽 끝에 있었다. 앨리즈의 방은 한가운데 있었는데, 좌우로 빈방이 몇 개 있었으므로 그녀의 사생활은 충분히 보호받을 수 있었다. 앨리즈도 입밖에 내어 말하지는 않았지만, 아이들을 감시하기엔 그 방의 위치가 안성맞춤이었다. 동쪽에서든 서쪽에서든 누군가가 한밤중에 어딜 가려면 그녀의 방 앞을 지나지 않을 수 없었다. 앨리즈는 속으로 씁쓸한 미소를 지었다. 예의범절을 지키고 남의 이목을 사지 않기 위한 노력이란 참으로 어리석은 짓이라는 생각이 들어서였다. 사실 서로 눈이 맞은 두 남녀가 마음만 먹는다면 남에게 들키지 않고 밀회를 즐길 수 있는 방법은 수도 없이 많았다.

그 다음에는 앨리즈의 하인들을 어떻게 하느냐 하는 문제였다. 그 문제도 각자에게 적당한 임무를 주기로 합의를 보고 이야기를 마치려는 순간, 응접실 문간에 어틸러가 나타났다. 어틸러는 갑자기 사냥꾼같이 도전적인 자세로 황금색 눈을 번쩍이더니 배를 양탄자 위에 낮게 깔고 꼬리를 흔들었다. 그러더니 전광석화 같은 움직임으로 주인의 발치에서 편안히 잠들어 있는 양몰이 개를 향해 돌진하는 것이었다.

네메시스도 깜짝 놀라 벌떡 일어나더니 자신을 공격한 침입자를 찾아 두리번거렸다. 앨리즈가 얼른 고양이를 안아 올리자 대번포트는 양몰이 개의 목덜미를 붙들고 녀석을 진정시켰다.

「고양이가 상당히 폭력적이군.」

재미있다는 듯이 웃으며 대번포트가 말했다.

「저도 몰랐는데, 그런 것 같네요.」

고양이가 다시 네메시스에게 달려들지 않도록 붙들고 있느라 힘을 쓰며 앨리즈가 대답했다. 네메시스가 그르렁거리기를 멈추고 잠잠해지자 대번포트가 개를 내려다보며 말했다.

「어틸러와 잘 지내야 해, 네메시스.」

그는 개를 내려다보고 싱긋 웃더니 앨리즈를 바라보며 말했다.

「고양이와 개보다는 사람들끼리가 더 쉽게 친해지는 모양이오.」

앨리즈도 빙긋이 미소를 지으며 그렇게 되기를 내심 바랐다.

13

저택에서의 생활에 적응하는 것은 순조로웠다. 곧장 흥분하곤 하던 윌리엄도 이 저택의 주인은 어린아이들에게 익숙하지 않다는 것을 인정하는지, 꼭 필요한 경우가 아니면 어른들의 관심을 요구하지 않았다.

저녁 식사는 식구들이 모두 모이는 유일한 시간이었고, 모두들 즐거워했다. 대번포트는 주로 듣는 편이었지만, 아이들이 행복한 얼굴로 웃고 떠들며 맛있게 식사하는 모습을 보는 건 아주 흐뭇한 일이었다. 식탁에 모인 식구들은 저마다 그날 하루 겪었던 재미있는 일들을 이야기했다. 피터는 용기를 내서 대번포트에게 마차 모는 법을 가르쳐달라고 청했고, 곧 노련한 선생님의 제자가 된 것을 기뻐하게 되었다. 윌리엄은 자신이 타기에 꼭 알맞은 크기의 조랑말이 마구간에 매어져 있는 것을 발견하고 뛸 듯이 기뻐했고, 메리디스는 대번포트와 서로 농담을 주고받거나 스스럼없이 비밀 이야기를 할 정도로 친해졌다.

처음에는 아이들이 대번포트와 그렇게 빨리 친해졌다는 사실에 놀라기도 했지만 앨리즈는 그것이 당연하다는 결론을 얻었다. 아버지 없이 자란 아이들이다보니 대번포트가 아버지로서 적당한 인물은 아니지만 아버지를 대신할 삼촌 정도의 인물로 느껴졌던 것이다. 대번포트는 앨리즈에게도 기본적으로는 우호적인 태도였지만, 완전히 방심하지 않도록 조심하면서 적당히 내외를 하고 있었다. 친절을 오해해서 엉뚱한 반응을 불러올까 두려운 탓일 거라고 앨리즈는 생각했다.

재봉사에게서 가족들이 입을 옷이 차례차례 배달되어 왔다. 그런데 마지막 분량이 도착되고 보니 앨리즈가 주문하지 않았던 드레스가 두어 벌 들어 있었다. 화려하고 밝은 색상에 평소 그녀가 입던 스타일보다 앞가슴이 훨씬 더 많이 패인 디자인이었다. 메리디스가 앙큼하게 웃으면서 대번포트와 둘이 작당한 일임을 자백했다. 앨리즈가 불편한 표정으로 대번포트를 돌아보자 그는 가정교사를 그만둔 지가 언젠데 언제까지 칙칙한 가정교사 옷차림을 하고 살 거냐고 물었다.

자신의 의사를 묻지도 않고 일을 꾸며버린 대번포트의 행동에 화가 나기도 했지만 한편으로는 감격하면서 앨리즈는 옷가지들을 자기 방으로 가져갔다. 한창 유행을 좇던 어린 시절에는 자신의 피부색에는 잘 어울리지도 않는 머슬린 드레스만을 고집하기도 했었다. 지금이라도 그윽한 녹색이나 적갈색, 황금색 옷을 입어보는 것도 나쁘지는 않을 것 같았다. 새로운 옷을 입어보면 전보다 훨씬 나아 보일 것 같기도 했다. 우선 아이들도 그렇게 생각해줄 것이고, 대번포트의 그 따뜻한 시선도 그녀를 새롭게 보아줄 것이다.

앨리즈와 아이들은 빠르게 평상시의 생활을 되찾아갔다. 하지만 밤은 항상 즐겁기만 한 것은 아니었다. 앨리즈는 잠자리를 옮긴 탓이라고 스스로를 타일렀지만, 진짜 이유는 자신의 마음을 온통 움켜쥐고 있는 한 남자와 같은 지붕 아래 누워 있기 때문이라는 것을 숨길 수가 없었다. 게다가 그 남자는 때때로 그녀에게 이성으로서의 관심을 표시하고 있었다.

나흘째 연속해서 불면의 밤을 보내던 앨리즈는 결국 자신이 레저널드 대번포트에게서 원하는 것이 무엇인지 스스로에게 물었다. 하룻밤의 정사? 정열의 열기에 들떠서 잠시 이성을 잃은 순간이라면 가능할지 몰라도 여성으로서의 매력도 없고 수녀처럼 근엄한 앨리즈 웨스턴이 제정신일 때는 불가능한 일이었다.

아주 솔직하게 말한다면, 대번포트의 정부가 되는 것도 짜릿하게 즐거운 일일 거라는 걸 앨리즈는 인정했다. 하지만 아이들을 생각한다면 차마 못할 짓이었다. 하룻밤의 정사라도 비밀은 오래 가지 않는 법이었다. 그런 일이 사람들에게 알려진다면 스트릭런드의 집사라는 일자리마저 위험해질 것이 뻔했다.

결국 하룻밤의 정사도 불가능했고, 이제 다른 가능성은 없었다. 대번포트가 비록 그녀와 함께 있는 것을 즐거워했고, 결코 아름다운 외모가 아니라는 것도 별로 신경 쓰지 않는 눈치였지만 그녀와 결혼까지 원하리라고는 생각할 수 없었다. 그가 결혼을 원한다면 그에게 걸맞는 신부감은 근방에도 널려 있었다. 런던에 가서 자기 마음에 드는 여자를 골라올 수도 있었다. 스트릭런드라는 무시할 수 없는 재산을 가진 그에게 이제 탕아로서의 과거는 별로 문젯거리가 되지 못했다. 앨리즈는 만약 대번포트가 결혼한다 해도 결코 좋은 남편은 되지 못할 거라고 단정지었다. 하지만 왠지 그 생각은 '여우와 신 포도'의 우화를 떠올리게 했다.

이리저리 뒤척이다가 앨리즈는 더욱 두려운 일이 무엇인지 깨달았다. 대번포트가 술기운에 이성을 잃고 그녀를 침실로 끌어 들였다가 다음날 아침 전날 밤의 일이 되풀이하고 싶지 않은 불쾌한 기억으로 떠오른다면……. 생각만 해도 정신이 아득해지는 일이었다. 고통과 상처, 그리고 수치스러운 지경을 미리 막을 수 있는 유일한 방법은 지금 이대로의 상태를 유지하는 것뿐이었다.

아무리 생각해보아도 그것이 가장 논리적인 귀결이었고, 앨리즈는 그렇게나마 답을 얻은 것이 다행스러웠다. 하지만 잠은 오지 않았다. 브랜디라도 한 잔 마시지 않으면 도저히 오늘밤은 잠들 수 없을 것 같았다. 앨리즈는 한숨을 푹 내쉬며 침대에서 일어나 가운을 찾아 입었다. 금빛 벨벳에 실을 땋아 만든 장식이 달린 아름다운 가운이었다.

브랜디를 가장 쉽게 손에 넣을 수 있는 장소는 서재였다. 이렇게 늦은 시간에 설마 서재에 남아 있는 사람은 없겠지 하는 생각으로 문을 연 앨리즈는 다리를 쭉 뻗고 의자에 앉아 있는 대번포트를 발견하고 화들짝 놀랐다. 무릎에는 책이 펼쳐져 있고, 손에는 반쯤 빈 브랜디 잔이 들려 있었다. 발치에는 네메시스가 행복한 단잠에 빠져 있었다.

앨리즈는 어정쩡하니 문을 연 상태에서 그의 얼굴을 바라보았다. 바로 옆에 켜진 등불빛이 그의 얼굴을 더욱 뚜렷이 드러내주었다. 살그머니 문을 닫고 돌아가야겠다고 마음먹는 순간, 대번포트가 그녀를 발견했다. 그의 얼굴에 유들유들한 미소가 번졌다.

「들어오지 않고 왜 그러고 있소?」

「혹시 방해가 되는 건 아닌지……, 이 시간에 아직 여기 계실 줄은 몰랐어요.」

앨리즈가 머뭇머뭇 서재 안으로 들어서며 말했다.

「방해는 무슨. 밤이 깊어가는 걸 함께 구경할 친구가 있는 것도 좋지. 브랜디나 한잔하지 그러오.」

대번포트가 손짓으로 브랜디 병을 가리켰다. 평소에는 흐트러짐 없이 말끔한 복장을 하고 지내는 그였지만, 술기운 탓인지 옷매무새가 흐트러져 있었다. 앨리즈는 아마도 자신과 아이들이 침실로 돌아간 후부터 줄곧 술을 마시고 있었나보다 생각했다. 오늘밤 그의 모습은 바람둥이, 탕아, 난봉꾼이라는 별명에 딱 걸맞는 모습이었다. 레저널드 대번포트도 때로는 허술한 면이 있는 남자라는 것을 앨리즈도 알게 된 셈이었다.

잔에 브랜디를 따르던 앨리즈는 그의 무릎에 놓인 책이 그리스어로 씌어진 것을 보았다. 레저널드 대번포트 정도의 신분과 교육을 받은 사람이라면 충분히 그럴 수 있는 일이었음에도 불구하고 앨리즈는 매우 놀랐다. 레저널드 대번포트와 한 집에서 살고, 그가 주는 월급을 받는 집사로서 일하자면 그에 대해 좀더 자세히 알아야겠다는 생각이 들었다.

대번포트의 건너편에 놓인 의자에 앉아 앨리즈는 브랜디를 한모금 들이켰다. 브랜디가 목을 타고 넘어가자마자 가슴까지 훈훈해지는 느낌이 전해졌다. 그 아늑한 느낌을 음미하면서 앨리즈가 먼저 말문을 열었다.

「말씀대로 밤이 깊어가는 걸 구경하는 것도 운치 있는 일이겠어요.」

「가끔씩, 자주, 항상 그렇지.」

마치 속삭이는 듯한 목소리로 대번포트가 대꾸했다. 오늘따라 그의 투명한 푸른 눈동자에는 늘 갑옷처럼 두르고 있던 그녀에 대한 거리감이 보이지 않았다. 앨리즈는 그의 시선에 담겨 있는 복잡한 감정의 혼류(混流)를 해석해보고 싶었다. 혹시 저 안 어딘가에 연약함도 숨어 있을까? 하지만 바로 그 순간, 밤은 너무 깊었고, 깨어 있는 것은 오직 그 두 사람뿐이라는 것을 앨리즈는 깨달았다.

「이런 늦은 시간까지 잠들지 못하고 있는 이유라도 있소, 앨리즈? 투명한 양심과 적극적인 대응으로도 해결하지 못하는 일이 있단 말이오?」

레저널드의 목소리는 부드럽고 따뜻했다.

「우리 주변에 투명한 양심을 가진 사람이 정말 있기는 할까요?」

「나는 분명히 아니지.」

레저널드는 남아 있는 브랜디를 들이켜고 술을 더 따랐다.

「아무리 관대하게 봐준다고 해도 당신이 지은 죄를 모두 합해야 내가 지은 죄 한가지를 따라오지 못할 테니까.」

앨리즈는 슬며시 미소를 지었다.

「그 동안 들은 소문의 절반만 사실이라 하더라도, 그 말씀이 맞겠네요.」

「아마 절반 정도를 사실이라고 생각하는 게 맞을 거요. 문제는 그 절반이 뭐냐 하는 거지.」

「그럼 제가 묻는 말에 솔직히 답해주시겠어요?」

앨리즈가 고개를 갸우뚱하며 질문을 던지자 굵게 땋은 외가닥 금발 머리가 어깨 앞으로 내려왔다.

「노력해보지. 나는 직접 내게 묻는 질문에는 솔직하게 대답하는 편이오. 대부분의 사람들은 너무 점잖거나 너무 겁이 많은 나머지 내게 직접 묻기를 두려워하거든. 당신이 당신 말대로 충격에 강한 인물인지 시험해볼 기회군.」

술기운 탓인지, 아니면 정말 호기심을 이기지 못한 탓인지는 모르겠지만, 앨리즈는 이 기회를 놓치고 싶지 않았다.

「정부의 남편을 결투로 죽이고, 아이까지 가진 그 여자가 보호해달라고 찾아오자 버리셨다는 게 사실인가요?」

잠시 동안 대번포트에게서는 아무 대답도 나오지 않았다.

「시작이 좋군. 그 이야기야말로 절반만 사실이니까.」

「어느 쪽이 사실이라는 거죠?」

「문제의 여인이 내게 보호해달라고 찾아왔다는 것. 내가 결투에서 그 남편을 죽였다는 것. 그리고 그 여인과 결혼하지 않았다는 것.」

그의 목소리는 침착했고, 말소리는 또박또박 분명했다. 앨리즈는 그런 참혹한 행동을 어떻게 저리 태연하게 인정할 수 있을까 소름이 끼쳤다.

「그럼 나머지 절반의 거짓은요?」

대번포트는 의자 등받이에 머리를 기대고 반쯤 눈을 감은 채 앨리즈를 건너다보았다.

「그 여인은 내 정부가 아니라는 것, 나는 그 여인을 버리지 않았다는 것.」

자기도 모르게 앨리즈의 입에서는 안도의 한숨이 나왔다.

「점점 재미있게 들리는군요. 좀더 자세히 말씀해주시겠어요?」

앨리즈는 대번포트의 얼굴에서 갑자기 긴장이 풀리는 듯한 느낌을 받았다. 그녀가 자신의 말을 믿어주지 않을 거라고 지레짐작했던 걸까?

「사라는 내 학교 동창 디오우의 동생이었소. 백부와 나는 처음부터 사이가 좋지 않았기 때문에 학교가 쉬는 날이면 나는 곧잘 디오우의 집에서 시간을 보냈지. 디오우와 가깝게 지냈던 때가 그나마 내 학창 시절 중에서는 가장 행복한 때였소. 사라는 나나 디오우보다 훨씬 어린 나이의 귀여운 아이였고, 날 잘 따랐지.」

대번포트는 잠시 말을 멈추고 브랜디를 한모금 마셨다. 그의 눈은 마치 먼 곳을 바라보는 듯했다.

「이튼을 졸업한 후에 디오우는 군에 입대했소. 나도 입대하고 싶었지만 백부의 방해로 내 뜻을 이루지 못했지. 그후에도 디오우와는 서로 연락을 주고받았지만 다른 가족들과는 연락이 끊겼지. 디오우가 군대에 있을 때 사라는 결혼을 했고, 얼마 안 가 부모님이 모두 돌아가셨소. 그런데 어느 날 밤, 사라가 내 집 앞에 나타났소. 온몸에 피범벅을 한 채 멍투성이가 되어가지고.」

대번포트의 목소리가 싸늘해졌다.

「남편이란 작자는 의처증으로 이틀이 멀다하고 사라를 때렸지. 사라가 임신을 하자 그 아이의 아버지가 누구냐고 따지면서 거의 죽을 만큼 때렸다더군. 그때 디오우는 반도전쟁으로 국외에 나가 있었기 때문에 동생을 위해 아무 것도 해줄 수가 없었지. 하지만 디오우는 늘 사라에게 문제가 생기면 나를 찾으라고 말했다더군. 그래서 사라는 결국 내게 도움을 청하러온 거였소. 오빠가 사라를 보호해줄 수 없으니 나라도 할 수밖에.」

하퍼 목사의 말과 대번포트 본인의 설명이 이렇게 다를 수가 있다니, 앨리즈는 그저 놀라울 뿐이었다. 앨리즈는 자기도 모르게 참고 있었던 숨을 한꺼번에 내쉬며 물었다.

「그래서 그 남편을 죽인 건가요?」

「당연하지. 만약 그자가 다른 여자를 그렇게 구타했다면 틀림없이 유죄판결을 받고 감옥살이를 했을 거요. 하지만 사라가 그자의 아내였기 때문에 사라가 죽지 않는 한, 아무리 심하게 때려도 그자를 말릴 방법이 없었지. 하지만 이혼은 고려의 대상이 아니었소.」

「그럼 사라의 남편이 먼저 결투를 신청했나요?」

레저널드의 입가에 썩 달갑지 않은 미소가 번졌다.

「그건 아니오. 뒷골목 깡패들을 사주해서 나를 죽이려는 음모를 꾸몄지. 다행히 내가 그 깡패들과의 싸움에서 이기고 그놈들 중 한 놈에게서 뒤에 누가 있는지 알아내 진짜 벌을 받아야 할 놈에게 결투를 신청했던 거요.」

술잔을 쥔 앨리즈의 손에 잔뜩 힘이 들어갔다.

「그래서 그 남편을 죽이셨군요.」

「아니, 난 그자를 처형한 거요. 법이 정의를 찾아줄 수 없으니 내가 직접 내 손으로 정의를 이루었지.」

「그럼 사라라는 분은 어떻게 되었나요?」

「사라를 완벽하게 보호하기 위해서라면 결혼해도 좋다는 생각에 청혼을 했지만 보기 좋게 거절당했소. 사라 말이, 자신에게 가장 끔찍한 존재는 바로 남편이라는 동물이라나. 사실 사라가 내 청혼을 거절해준 게 얼마나 고마웠는지 모르오.」

레저널드의 입가에 또다시 그 유들유들한 미소가 번졌다.

「사라가 아들을 낳자 복수를 벼르던 시집 어른들도 그 아이가 자기 아들의 어린 시절을 쏙 빼 닮았다는 걸 인정하고 그 아이를 적법한 상속자로 받아들였지. 사라는 시집으로 다시 돌아가 아들을 대신해서 시집의 재산을 관리했소. 그때도 링컨 전체를 떠들썩하게 만들었는데, 작년에는 신분도 낮고 가진 것도 별로 없는 시골 의사와 재혼하는 바람에 다시 한 번 링컨 주민들의 입과 귀를 즐겁게 해주었지. 그후로 사라가 보내온 편지들을 보면 요즘은 행복하게 사는 것 같아 나도 흐뭇하게 생각하고 있소. 물론 콧대높은 양반들이야 인정하고 싶지 않은 에피소드겠지만.」

대번포트는 그윽한 시선으로 앨리즈를 건너다보며 말을 이었다.

「그애는……, 당신과 공통점이 많았소. 의지가 아주 강하거든.」

앨리즈는 그의 마지막 말은 무시한 채 조용히 말했다.

「왜 사람들이 마음대로 생각하도록 그냥 두시는 거죠? 십중팔구 없는 이야기까지 덧붙이면서 떠들기 좋은 추문을 만드는데.」

「글쎄…….」

「……. 사람을 죽이는 건…… 어려운가요?」

처음에는 놀라는 기색이었으나 대번포트는 잠시 생각한 후에 대답했다.

「만약 내가 사람 죽이는 걸 즐기느냐고 묻는 거라면, 대답은 아니오요. 그러나 피할 수 없는 명분이 있는 경우라면 나는 조금의 가책이나 주저함 없이 할 수 있소. 사라의 남편 같은 자는 세상에 살아서 도움이 되지 않는 자였소. 만약 내가 사라가 살아 있는 동안에 손을 쓸 수 있었음에도 불구하고 알량한 도덕 때문에 그자를 어찌지 못하고 결국 사라가 먼저 죽게 되었다면, 사라가 땅에 묻히는 것을 보면서 더 큰 가책을 느꼈을 거요.」

앨리즈도 그의 생각을 완전히 이해할 것 같았다. 잠시 엿본 남자들의 세계에 매력을 느낀 앨리즈의 궁금증은 전보다 오히려 더 커졌다.

「결투는 지금까지 몇 번이나 해보셨죠?」

대번포트가 아랫입술을 삐죽이 내밀며 생각하는 듯하다가 대답했다.

「열 두 번에서 열 다섯 번쯤……. 정확한 건 아니오. 세어보지 않았으니까.」

「목사님 말씀이 사실인가요? 결투에서 죽은 상대방의 숫자…….」

「하퍼 목사가 나보다 더 잘 알더군.」

대번포트가 피식 웃으며 대답했다.

「결투에서 죽은 사람들 이야기 좀 해주세요.」

대번포트의 눈썹이 꿈틀거렸다.

「이런, 알고 보니 피에 굶주린 아가씨로군.」

「그런 게 아니라…….」

앨리즈는 얼굴을 붉혔다.

「호기심일 뿐이에요. 남자들은 명예를 앞세워서 그런 소동도 불사한

다지만, 과연 사람의 목숨을 빼앗아도 좋을 단큼 중요한 명예가 있는 건지 전 이해가 잘 안 돼요」

대번포트의 얼굴이 보일 듯 말 듯 일그러졌다.

「직접 묻는 질문에는 대답하겠다고 내 입으로 말했으니 대답을 해야 겠군. 결투에서 내 손에 죽은 자 중에 샤프 대위란 자가 있었는데, 시골에서 올라온 순진한 청년들의 돈을 우려먹는 데 도가 튼 자였지. 그 자를 아는 사람들은 누구나 한결같이 그자가 상종 못할 위인이라는 데 동감하면서도 정작 그자의 소행을 막기 위한 어떤 행동이나 조치도 하는 사람은 없었소. 한번은 내가 아는 한 청년이 전 재산을 그자에게 거의 날탕으로 빼앗기고 다음날 아침 자기 머리에 권총을 쏘아 자살했소. 그 꼴을 보고는 도저히 참을 수가 없었소」

「작년에 파리에서 있었던 일은요?」

「프랑스 놈들은 워털루 전쟁이 끝난 지가 언젠데 아직도 패배를 시인할 줄 몰라. 어떤 자들은 동맹군 병사들에게 터무니없는 시비를 걸면서 그게 복수라고 착각하지. 프랑스 사람들은 다른 나라 사람들과 결투를 할 땐 으레 총보다는 칼을 선택하는데, 그건 프랑스 장교들이 검술에 아주 뛰어나기 때문이오. 덕분에 순진한 동맹군 여럿이 목숨을 잃었지. 난 그게 마음에 들지 않았어」

「제가 듣기에는 본인의 검술도 그에 못지않게 뛰어나다는 것처럼 들리는군요」

「뭐, 그렇다고 볼 수 있지」

「그럼 다른 사람들은, 다른 사람들도 모두 지은 죄에 대한 대가로 죽음을 당한 건가요?」

이 대목에서 대번포트는 한숨을 푹 내쉬었다.

「나를 영웅 취급하지는 말아주시오. 물론 정의라는 거창한 명분을 가지고 총이나 칼을 든 경우도 없지는 않지만, 대부분의 경우는 술기운 때문이거나 울컥하면 참지 못하는 더러운 성질 때문에 일을 벌인 거였으니까. 또 때로는 도저히 내가 피할 수 없는 논쟁에 휘말려 어쩔 수 없이 결투를 하게 된 경우도 있었소. 사람의 심리란 묘한 것이어서, 누가 뭘 좀 잘한다 소문이 나면 자기가 그보다 낫다는 걸 보여주려고 온갖 수단을 마다하지 않는 인종들이 있거든. 그런 사람이 마음먹고 달려들면 도저히 피할 수가 없소. 이제 탕아의 인생에 대한 의문이 좀 풀렸소?」

「전혀요. 결투는 아주 작은 일부일 뿐일 테니까요. 지난번에 도박에 대해서도 잠깐 설명해주셨지만, 탕아의 인생을 즐겁게 하는 일들은 그게 전부가 아닐 거라는 정도는 저도 알거든요.」

대번포트의 얼굴에 미소가 번졌다.

「맞는 말이오. 나도 아직 해보지 못한 것들이 많지.」

「오……, 믿을 수 없는 말씀이군요.」

「내 인생을 그렇게 화려하게 봐주다니 부끄럽군.」

「부끄럽다는 말은 탕아의 사전에는 없는 말인 줄 알았는데요. 전 탕아가 되기 위한 첫째 조건은 부끄러움을 모르는 거라고 생각하거든요.」

대번포트가 껄껄 웃었다.

「틀렸소. 탕아가 되기 위한 첫째 조건은 남들의 생각에 신경 쓰지 않는다는 거요.」

「오……. 그렇담 타고난 탕아시로군요.」

대번포트의 얼굴에서 미소가 걷혔다.

「타고난 게 아니라 길들여졌을 뿐이오.」

그의 얼굴에 구름이 끼는 것이 민망했던 앨리즈는 재빨리 다른 것을 물었다.

「그럼, 탕아가 되기 위한 다른 조건은 또 어떤 게 있나요?」

대번포트는 짐짓 깊이 생각하는 듯한 표정을 지었다.

「여성 편력도 빼놓을 수 없는 조건이지.」

앨리즈는 그럼 그렇지 하는 표정을 지었다.

「얼마나 많은 여자들과 염문을 뿌려야 탕아의 반열에 낄 수 있죠?」

「열.」

대번포트가 짤막하게 대답했다. 앨리즈는 깔깔 소리내며 웃었다. 이런 주제의 대화가 이토록 즐겁고 유쾌할 수 있다니, 믿어지지 않는 일이었다. 그녀의 질문도 대번포트의 대답만큼이나 점점 대담해져갔다.

「겨우? 그 어마어마한 욕망을 겨우 열 명의 여자에게서 잠재울 수 있단 말인가요? 열 명의 여자와 관계를 하면 자동적으로 탕아의 반열에 들고요?」

「열 명은 최소한의 조건이지. 많으면 많을수록 좋고.」

「그렇다면…….」

앨리즈는 질문을 하려다 말고 말꼬리를 흐렸다. 대번포트의 입에서 나올 대답을 듣고 싶지 않기 때문이었다. 하지만 그는 앨리즈가 하지 않은 질문의 의미를 꿰뚫고 있었다.

「마찬가지로, 세어보지 않아 모르겠소. 사실은 너무 많아서 셀 수가 없었지.」

대번포트의 표정이 갑자기 몹시 피곤하게 보였다. 그는 자리에서 일어나 책을 들고 책꽂이를 향해 걸어갔다. 대화는 평소와 다름없이 분명하고 호쾌했지만, 걸음걸이는 술기운을 완전히 이기지 못하고 있는 것 같았다. 앨리즈는 그런 모습의 그를 보는 것이 마음에 내키지 않았다. 평소의 그와는 다른 모습이 너무나 낯설었다. 하지만 대번포트가 저 정도로 취하지 않았다면 오늘 이런 대화를 나누는 건 불가능했을지도 모르는 일이었다. 더 이상 깊이 따지지 말자 생각하며 앨리즈가 물었다.

「뭘 읽고 계셨나요?」

똑같은 푸른색 가죽장정 책들이 나란히 꽂힌 자리에 책을 꽂으면서 대번포트가 대답했다.

「오디세이.」

그의 긴 손가락이 금장으로 찍힌 제목을 더듬었다.

「바로 이 방에서 아버지한테서 그리스어를 배웠소.」

「아버님은…… 학자셨나요?」

「아니오. 하지만 여러 가지 교육을 받으셨고, 특히 고전을 좋아하셨소. 이탈리아와 그리스로 한동안 유학을 다녀오기도 하셨소. 내겐 좋은 선생님이셨지.」

햇살이 빗겨드는 창가에서 아버지와 아들이 나란히 이마를 맞대고 책을 읽는 장면이 앨리즈의 눈앞에 펼쳐졌다. 그녀도 그렇게 숫자와 셈하기를 배우며 자랐었다. 대번포트도 그녀가 아버지를 그리워하는 만큼 자기 아버지를 그리워했을까? 그의 아버지는 죽은 사람이었다. 그러나 앨리즈의 아버지는 분노와 완고한 자존심 때문에 딸을 버린 사람이었다. 분노와 완고한 자존심의 파괴력은 죽음보다 더 무서운 것이었다. 목이 메어오는 것을 느끼며 앨리즈는 얼른 화제를 바꾸었다.

「오디세이를 좋아하시나보군요. 본인과 닮아서인가요?」

대번포트가 씁쓸하게 웃었다.

「집을 찾아 돌아오기 위해 20년을 헤맨 이 건달이……? 글쎄, 나와 닮았을 수도 있겠군.」

「이 집을 찾아 돌아오시는 데는 그보다 훨씬 긴 세월이 걸리셨지만…….」

「오디세우스는 집에서 기다리는 조강지처 페넬로페가 있었잖소.」

「하지만 오디세우스도 트로이를 떠날 땐 여덟 살이었어요.」

대번포트가 쿡쿡 혼자 웃으며 대꾸를 하지 않자 앨리즈는 조금 더 밀고 나가기로 작정했다.

「그렇게 셀 수 없이 많은 여자와 관계를 맺으셨다면서 페넬로페 같은 여자는 없었나요?」

대번포트의 웃음은 냉소로 변했다.

「오, 앨리즈! 내가 사귀었던 그 많은 여자들 중에 나와 결혼하기를 원할 만큼 바보 같은 여자가 있었을지는 심히 의심스럽소. 내가 여자를 쫓아다닌 적도 있었고 그 반대인 경우도 있었지만, 어떤 경우든 서로 원하는 건 단 한가지뿐이었소. 그리고 그게 결혼이 아니었다는 건

피차 명백했고.」

앨리즈는 얼굴이 화끈거리는 것을 느끼며 엉겁결에 고개를 숙였다. 대번포트를 만난 처음 순간부터 여자들이 왜 그토록 그의 주변에서 끊어지지 않는지 단번에 알아버린 그녀였다. 하지만 레저널드 대번포트는 육체적인 매력보다 훨씬 더 큰 매력을 가진 남자였다. 그것을 발견한 여자가 자기 외엔 없다는 사실이 앨리즈는 믿어지지 않았다.

「어쩌면 결혼을 원하는 여자가 있었지만 미처 눈치채지 못하고 지나쳤는지도 모르죠.」

앨리즈는 브랜디 잔을 비웠다.

「그래도 지금까지 살아오시면서 탕아로서의 삶을 그만 접고 한 여자에게 안주하고 싶다는 생각이 한번도 안 드셨나요?」

대번포트의 표정이 뻣뻣하게 굳어졌다.

「누구나 일생에 한번쯤은 사랑에 빠질 만큼 바보가 되는 법이지. 나도 예외는 아니었소. 아주 어릴 때 있었던 일이긴 하지만.」

그것은 앨리즈도 마찬가지였다. 바보같이……. 첫사랑의 아픔은 쉽게 잊혀지지 않는 법이었다.

「어떻게 되었는데요?」

「별로 흥미로울 건 없었소. 한 여자를 만났는데, 지금은 왜 그랬는지 기억도 나지 않지만 하여튼 그 여자에게 푹 빠져버렸소. 그렇게 몇 달이 지나도 전혀 그 여자에 대한 감정이 사그라들지 않는 거야.」

「그래서요?」

「용기를 내서 사랑을 고백했더니 그 여자가 그러더군. 나 같은 남자는 잠깐 장난 삼아 불장난질 하기엔 좋은 상대지만 결혼 상대는 아니라고. 자기는 장래가 없는 남자와 결혼할 생각은 눈곱만큼도 없다더군.」

앨리즈는 속이 찡했다. 무뚝뚝한 목소리가 그가 받은 상처의 깊이를 대변해주는 것 같았다. 마치 앨리즈의 동정적인 생각을 읽은 듯이 대번포트는 한층 더 무뚝뚝한 목소리로 말했다.

「날 동정할 건 없소. 그 여자의 말이 틀린 데는 없으니까. 나 같은 인간은 결혼상대로는 부적격자지. 게다가······.」

대번포트의 입술이 냉소적으로 비틀렸다.

「나도 복수를 했으니까.」

앨리즈가 고개를 갸웃거렸다.

「설마 그 여자분과 결투를 한 건 아니겠죠?」

「결투······ 보다 훨씬 더 잔인하게 복수했지. 꼭 듣고 싶다면 말해주겠소만, 이번에는 당신도 충격받지 않고 넘어갈 수 있을지 모르겠군. 혹시 충격을 받더라도 나를 비난하지는 마시오. 그 여자가 남편감으로 낙점을 찍은 사내는 나이가 자기보다 곱절이나 많은 갑부였소. 일단 결혼을 해서 그 사내의 안주인으로 자리가 잡히자 날 찾아왔더군. 자기는 안전하게 혼외정사를 즐길 수 있다고 말이오.」

앨리즈의 눈이 호기심으로 반짝거렸다.

「그래서, 그때 거절하셨나요?」

「천만에. 난 그 여자의 제의를 받아들여서 그 여자를 단번에 만족시킬 수 있도록 성심 성의껏 봉사했지.」

거기까지 말하고 대번포트가 입을 다물자 앨리즈는 잠시 기다렸다가 도저히 더 못 기다리겠다는 듯이 조급하게 물었다.

「무슨 복수가 그래요?」

「아직도 더 듣고 싶소?」

앨리즈가 얼른 고개를 끄덕였다.

「그 여자와 나와의 재회는······, 그 여자에게 결코 경험해보지 못했던 즐거움을 주었던 게 분명하오. 다시 만나자고 몸이 달아 안달을 했으니까.」

그제야 앨리즈는 일이 어떻게 되었는지 짐작이 가기 시작했다.

「그래서, 그때서야 그 여자를 거절하셨군요.」

「그렇소. 그 여자가 얼마나 매력도 재미도 없는 고깃덩어리인지 자세히 설명해주는 것도 잊지 않았지.」

육체적인 욕망을 무기로 삼아 한 여자를 노예로 만들고, 그 다음에는 무정하게 뿌리친 그의 잔인한 복수극에 앨리즈는 입을 다물 수 없었다. 그의 복수극은 앨리즈의 악몽보다 훨씬 더 으스스했다.

「정말 잔인한 복수극이군요. 하지만 제 생각에도 지나친 복수는 아닌 것 같네요.」

「아직도 충격을 받지 않았단 말이오?」

대번포트가 놀랍다는 듯이 물었다.

「물론 조금 놀라기는 했지요. 하지만 그 복수에는 나름대로 명분이 있으니까요. 만약 제가 그와 비슷한 상황에 처했더라도 용기만 있다면 그 정도 복수는 했을 거예요.」

정말 못 말리겠다는 듯한 표정으로 대번포트는 껄껄 웃었다.

「당신의 겉모습은 가면에 불과하다는 생각이 드는군. 그 조용하고 근엄한 얼굴 밑에 그런 잔인한 영혼이 숨어 있다니.」

앨리즈는 잠시 망설이다가 대꾸했다.

「잘 보셨어요.」

두 사람의 시선이 마주쳤다. 앨리즈는 그의 투명하고 푸른 눈동자 속에서 감정적인 변화가 일어나고 있는 것을 느꼈다. 허스키한 깊은 목소리로 대번포트가 말했다.

「이리 오시오.」

앨리즈는 순간 온몸이 돌처럼 굳는 것 같았다. 이미 오래 전에 앨리즈는 사랑 없는 관계는 결코 갖지 않겠다고 결심한 바 있었다. 그러나 지금 그녀의 마음은 사랑이냐 아니냐를 따질 수 없을 정도로 격렬하고 뜨겁게 달아오르고 있었다.

앨리즈는 의자에서 일어나 천천히 그에게 다가갔다. 팔을 뻗으면 닿을 만큼 가까이 가서 서자 앨리즈는, 마치 극이 다른 두 자석 사이에서 서로 당기는 인력이 작용하듯이, 자기 짝을 찾는 동물적인 본성의 강한 인력이 느껴졌다.

두 사람은 아주 오랫동안 그렇게, 미동도 하지 않고 서로를 응시한 채 서 있었다. 천천히 대번포트가 손을 들었다. 앨리즈는 그가 자신을 잡아당겨 끌어안고 키스를 하려나보다 생각했다. 그러나 그는 손으로 앨리즈의 땋은 머리 끝단을 묶은 리본을 당겨 풀었다. 머리카락을 풀어헤친 그는 천천히 그 빛나는 금발을 손가락으로 빗어내렸다. 금빛 비단 같은 머릿결이 앨리즈의 어깨를 덮고 허리까지 치렁치렁 흘러내렸다.

「머릿결이 아주 아름답소.」

부드러운 목소리 못지않게 에로틱한 그의 손끝이 앨리즈의 뺨과 목을 어루만졌다. 그의 두 눈에 가득 담긴 욕정의 불길은 자연히 앨리즈의 몸까지 뜨겁게 달구었다. 꼭꼭 땋은 머릿단이 그의 손에 의해 풀린 것처럼, 꼭꼭 잠겼던 마음의 빗장 역시 그의 손길에 의해 풀리는 것 같았다. 앨리즈는 숨을 멈춘 채 더 깊은 어떤 것이 다가오기를 기다렸다.

대번포트가 손가락 하나로 그녀의 턱을 살짝 치켜들었다. 그의 입술이 다가왔다. 브랜디 향이 느껴지는, 깊고, 아득하고, 정신을 몽롱하게 만드는 키스였다. 앨리즈는 갑자기 온몸 구석구석에서 숨죽이고 있던 감각들이 한꺼번에 살아나는 것 같았다. 마구 쿵쾅거리는 심장의 고동 소리, 가죽과 나무 냄새, 그리고 자신의 허리를 끌어안고 있는 강인한 팔의 힘이 생생하게 느껴졌다.

두 사람 사이에 피어오른 열정의 불꽃은 강렬하고 거칠 것이 없었다. 작은 접촉이 곧 격렬한 포옹이 되었다. 사춘기 시절 이후 늘 몽상으로만 그리던 사랑의 신비를 이제 벗겨보고 싶었다. 바보가 될지라도 사랑에 빠져보고 싶었다.

앨리즈는 몸과 마음속에서 활활 타오르기 시작한 욕망의 불길을 확실하게 깨달으며 완전히 그 순간에 몰입하고 있었다. 그러나 바로 그때 대번포트가 갑자기 포옹을 풀고 뒤로 물러섰다. 마치 타오르는 장작불에 찬물을 끼얹은 것 같았다. 앨리즈는 깜짝 놀라 눈을 떴다.

「이건, 이건 아니야!」

대번포트가 횡설수설 고함을 질렀다. 그는 앨리즈가 아픔을 느낄 정도로 힘주어 그녀의 팔을 쥐고 자신에게서 밀어내려 하고 있었다.

「왜 그러세요?」

앨리즈는 대번포트의 행동을 이해할 수 없어 당황스럽고 혼란스러웠다. 어쩌면 창녀 같은 자신의 행동에 그가 지레 역겨움을 느꼈는지도 모른다는 생각이 뇌리를 스쳐갔다.

「이래서는 안 돼! 이러지 않겠다고 약속했는데……」

대번포트의 눈이 금방 붉게 충혈되었다. 그는 마치 제정신을 찾으려는 듯 양손으로 얼굴을 비비며 메마른 목소리로 말했다.

「미안하오, 앨리즈. 당신에게 이건…… 온당치 않아.」

휙 돌아선 대번포트는 성큼성큼 걸어 방을 가로질러가더니 뜰로 이어진 프렌치 도어를 열어젖혔다.

「어딜 가시려구요?」

앨리즈가 다급하게 물었다. 그는 뒤도 돌아다보지 않고 대답했다.

「밖에. 어디든. 술이 깨면 돌아오겠소.」

그 말을 남기고 그는 어둠 속으로 사라졌다.

앨리즈는 무너지듯 의자에 주저앉았다. 무릎이 후들거려 서 있을 수가 없었다. 온당치 않다니…… 아침에 눈을 뜨면 가장 먼저 후회할 일은 하지 않겠다는 말일까?

'세어보지 않아 모르겠소. 사실은 너무 많아서 셀 수가 없었지.' 그것은 한 탕아의 회한 섞인 한탄이었다. 그러나 나이 많고 겉모습만 근엄한, 생김새는 못났어도 어떤 창녀 못지않은 욕정을 가진 노처녀는 사냥의 대상이 아니었던 것이다.

두 손으로 얼굴을 가린 그녀의 양쪽 어깨가 주체할 수 없이 들먹거렸다. 아무리 좋게 생각해도 오늘밤의 일은 랜달프가 그녀에게 한 짓보다 훨씬 더 고통스러웠다. 지금 그녀가 바랄 수 있는 유일한 희망은, 아침에 대번포트가 잠에서 깨더라도 간밤에 두 사람 사이에 있었던 일을 완전히 기억하지 못했으면 하는 것뿐이었다.

14

레저널드는 밤새 말을 타고 달렸다. 어디론가 가고 있는 한, 산길이든 들길이든 말이 가는 대로 두었다. 마구간에 말을 꺼내러 갔을 때 그는 거의 쓰러지기 직전의 만취상태였다. 그런 상태에서 말에서 떨어지지 않고 견딜 수 있게 해준 것은 오랜 동안 숙달된 승마 경험이었다.

평상시와는 비교할 수 없을 정도로 몸과 정신이 모두 엉망이라는 것을 알기 때문에, 그는 거친 성격의 종마인 부스팔러스를 두고 조용한 성격의 사냥말을 타고 나왔다. 이런 상태로 종마를 타고 밤길을 쏘다니다간 낙마해 목이 부러지기 십상이었다.

하지만 한참을 달리다보니 그는 차라리 그 거친 종마를 타고 달리다 떨어져 죽어버렸으면 하는 끔찍한 생각까지 들었다. 술기운과 분노로 엉망인 상태에서도 그의 머릿속에는 한가지 또렷하게 남아 있는 생각이 있었다. 삶을 새출발하겠다는 그의 각오는 실패로 돌아가고 있다는 것이었다.

숲길도 산길도 은은한 달빛 아래 키 작은 관목의 호위를 받으며 조용히 누워 있었다. 내리막길 아래쪽에는 축축한 안개가 부옇게 들어차 있었다. 코트도 입지 않고 나온 그의 얇은 셔츠는 금방 축축하게 젖기 시작했다.

따각거리는 말발굽소리가 계속될수록 정신은 맑아졌고 머리는 지독하게 지끈거려왔다. 몸도 마음도 싸늘하게 식어버렸다. 앨리즈와 스펜서 삼 남매를 저택으로 불러들이는 게 아니었어. 시끄러운 도시 생활에 젖었던 한 독신자가 사는 텅 빈 저택의 일부를 갈 곳 없는 가족들에게 빌려주겠다는 생각은 누가 보아도 신사다운 생각이었다. 그 식구들이 하인까지 모두 이끌고 들어온다 해도 대번포트의 사생활이 방해받지 않을 만큼 스트릭런드 저택은 넓고 황량했었다.

어떻게 보면 그의 생각은 아주 잘 맞아떨어진 것 같기도 했다. 어린 스펜서 삼 남매는 영리하고 활기에 넘쳤으며 예의도 바르고 늘 그를 즐겁게 했다. 유일한 문제는 앨리즈였다. 처음 보는 순간부터 그녀에게 마음이 끌렸던 그는, 한 지붕 아래 살면서 줄기차게 유혹을 참고 지내기에는 앨리즈의 육체가 너무나 근사하다는 것을 누구보다 잘 알고 있었다. 하지만 그는, 탕아라는 오명을 가진 사람들에 대한 일반적인 생각과는 달리, 술에 취하지만 않으면 어떤 유혹에도 흔들리지 않을 자신이 있는 사람이었다.

자신의 약점이 어디에 있는지 잘 아는 만큼, 술을 조심해야 한다는 것도 알고 있었다. 자제력과 판단력은 첫 모금의 술이 목을 타고 넘어가는 순간 사라지는 것이나 마찬가지였다. 앨리즈가 곁에 있을 때마다 그녀에게 그토록 마음을 빼앗기게 되리라고는 생각도 하지 못했었다.

앨리즈에게 가정교사 같은 옷이 아닌, 정말 아름다운 몇 벌의 옷을 사주고 싶은 충동을 도저히 자제할 수 없었다. 그녀가 멋진 몸매를 가졌다는 것은 충분히 짐작하고 있었지만, 새로 맞춘 옷을 입고 저녁 식사를 하러 나타났을 때 그녀의 모습은 그가 기대했던 것 이상이었다.

이상한 것은 앨리즈가 자신의 아름다움을 전혀 인식하지 못하고 있다는 것이었다. 어쩌면 오랜 세월 스스로 독립하기 위해 일에만 파묻혀 있어야 했던 생활과 남의 이목을 중시하는 근엄한 생활 태도 때문이었는지도 모를 일이었다. 아니면 어린 시절의 엄격한 교육 덕분에 자신이 얼마나 아름다운 여성으로 성장하고 있는지 마음을 쓸 겨를조차 없었는지도 몰랐다.

이런저런 문제가 있음에도 불구하고 대번포트는 앨리즈와 한 지붕 아래 사는 것이 별다른 문제를 가져오리라고는 생각지 못했었다. 술에 취해 있지만 않으면 언제나 스스로를 잘 통제할 수 있다고 믿었기 때문에 저녁 식사가 끝날 무렵까지만 술에 입을 대지 않으면 되리라는 것이 그의 계산이었다. 처음 며칠 동안은 교활한 늑대처럼, 맥을 제외한 다른 사람들의 눈을 잘 속일 수 있었다. 그러다가 오늘에 이르러 갑자기 그 계산이 빗나가버린 것이었다.

좀더 이기적인 남자였다면 앨리즈가 그 늦은 밤에 서재에 모습을 드러낸 것을 그녀의 계획적인 행동이었다고 생각했겠지만 레저널드는 이기적인 행동이나 생각을 할 줄 모르는 남자였다. 앨리즈가 그렇게 늦은 시간에 서재에 나타난 것은 순전히 우연이었고, 그 집에서 살다보면 언제든 있을 수 있는 일이었다. 매일 밤마다 저녁 식사만 끝나면 침실에 가둬두는 게 아닌 다음에야, 언제든 같은 일이 일어날 수도 있었다. 또다시 같은 일이 벌어진다면 레저널드는 조금 전과 같은 행동을 자제할 수 있을지는 자신이 없었다.

앨리즈를 밀쳐냈을 때 그녀의 놀라던 얼굴이 생각났다. 단순히 놀라기만 한 것이 아니라 큰 상처를 받은 것이 분명했다. 앨리즈는 지성과 지혜를 가진 여자였지만, 다른 어떤 여자 못지않게 연약한 여자였다. 대번포트는 앨리즈와의 솔직한 대화가 즐거웠다는 것을 부인할 수 없었다. 앨리즈의 호기심과 솔직하고도 개방적인 태도, 그리고 쓸데없이 새침하게 굴지 않는 성격이 좋았다. 체시와의 대화도 즐거웠지만 그것과는 달랐다. 체시를 상대로 이야기할 때도 말을 가리지는 않는 편이었지만, 그녀는 은밀한 지적 유희를 이해하거나 즐길 수 있을 만한 수준의 교육을 받은 적도 없었고 그럴 만한 성격도 되지 못했다.

오늘밤, 그는 앨리즈가 여러 면에서 자신과 닮았다는 사실을 깨달았다. 본인이 선택하지 않았음에도 불구하고 어쩔 수 없이 고립된 존재, 관습이 받아들이기 어려운 열정적인 성격. 그러나 두 사람 사이에는 커다란 차이도 두 가지 있었다. 첫째, 여자로서 그녀는 적절하고도 자제된 행동에 길들여져 있기 때문에 자신의 열정적인 성격을 스스로 부인하고 있다는 것이었다.

둘째는, 이것이 보다 중요한 차이였는데, 엘리즈는 자신의 재능과 지성을 건설적으로 활용하고 있는데 반해서 레저널드는 계속해서 낭비만 하며 살아왔다는 것이었다. 사람들은 그를 탕아라고 손가락질했지만, 보다 정확하게 말하자면 그는 타락한 건달이었다. 그는 너무 오랜 세월을 돈과 기회를 낭비하며 살아왔던 것이다. 그 무엇보다도 소중한 것은 시간, 그가 낭비한 시간이었다. 그 시간들은 영원히 돌이킬 수 없는 것이었다.

레저널드는 드디어 말을 멈추고 가까운 나무에 말을 매어둔 후, 이슬에 젖은 잔디 위에 드러누웠다. 너무나 피곤해서 그렇게라도 눈을 붙이지 않으면 견딜 수 없을 것만 같았다. 그러나 눈을 감자마자 갑자기 세상이 모두 곤두박질치며 가라앉는 것 같더니 욕지기가 치밀었다. 벌겋게 충혈된 눈을 다시 부릅뜨고 그는 생각에 잠겼다. 스트릭런드에 의지해서 새로운 인생을 출발하고자 했던 계획, 그러나 그 계획은 지금 실패를 향해 치닫고 있었다.

새들이 한 마리, 두 마리 창공을 향해 날아오르기 시작하더니 동쪽 하늘이 희미하게 밝아왔다. 이렇게 눈을 뜨고 정신이 말똥말똥한 상태에서 술이 깨는 과정을 느끼고 있으려니 묘한 감정이 움텄다. 잠을 자지 않고 깬 상태에서 술기운에서 벗어나기는 처음이었다.

하늘이 웬만큼 밝아지자, 그는 일어나 말에 다시 올라탔다. 피로와 우울이 겹쳐 뼛속까지 아팠다. 말이 가는 대로 한참을 가다가 길이 네 갈래로 갈라진 곳에 이르렀다. 방향마다 가까운 마을이 표시된 이정표가 서 있었고, 그는 왼쪽으로 접어들어 스트릭런드로 향했다. 엘리즈를 머릿속에서 지워버리려고 애썼지만, 마음대로 되지 않았다. 엘리즈와 하룻밤 정사를 갖는 것은 어려운 일이 아니었다. 그녀 역시 경험하지 못했던 새롭고 은밀한 세계를 동경하고 있는 것이 분명했다. 지난밤의 일로 그는 확신할 수 있었다.

그러나 남들이 신경 쓰지 않는 정의를 지키는 것이 자신의 명예를 지키는 것이라고 생각해왔던 그로서는 순결한 한 여인을 짓밟는 짓은 할 수 없었다. 앨리즈는 순결한 여인일 뿐만 아니라 좋은 여자였다. 좋은 여자라. 그 표현은 그처럼 생동감 넘치고 활기찬 여자를 말하는 데는 너무나 밋밋한 표현이었다.

어쨌든 가장 확실한 방법은 앨리즈를 저택에서 내보내는 것이었다. 스트릭런드의 발전을 위해 쓰려던 돈 중의 일부라도 빼내어서 로즈홀을 다시 지어야 했다. 빨리 공사를 시작하면 가을이 오기 전에 그녀의 집을 되찾아줄 수 있었다.

그러면 스트릭런드는 다시 텅 비겠지만……

하지가 가까운 탓인지 해는 점점 빨리 떴다. 해가 뜬 지도 벌써 한참이 지났건만, 시간은 아직도 농부들이 밭에 나오려면 먼 시간이었다. 집에 가까워올수록 들판의 표정이 낯익어 보였다. 저만치에 스탠턴 부부가 사는 펜턴 홀이 보였다.

들판의 모퉁이 길을 돌자 제러미 스탠턴이 맞은편에서 말을 타고 천천히 다가오고 있었다. 두 사람은 이렇게 이른 시간에 그런 곳에서 마주친 것에 서로 놀랐다. 하지만 놀라움도 잠시, 두 사람은 웃는 낯으로 아침인사를 나누었다.

「좋은 아침이군. 이렇게 일찍 어딜 갔다오나?」

힐끗 대번포트의 행색을 일별한 스탠턴이 그에게 물었다.

「가서 아침 식사나 함께 하겠나?」

레저널드는 주춤거리며 대답을 하지 못했다. 대부의 초대를 함부로 거절하는 것은 예의에 어긋나는 일이기 때문이었다. 하지만 면도도 하지 않고, 코트도 입지 않은데다 잔디에 드러누웠던 탓에 옷은 여기저기 풀물이 들어 얼룩덜룩했다. 이런 행색으로 첫새벽부터 남의 집에 들이닥친다는 것도 예의는 아니었다. 레저널드의 곤란한 처지를 이해했던지, 스탠턴이 슬며시 웃으며 말했다.

「난 젊은이가 하룻밤쯤 거나하게 취하고 즐긴 걸 탓할 만큼 미련한 노인네는 아닐세. 엘리자베스와 마주칠까봐 걱정이라면 그건 걱정 말게. 아내는 아직 몇 시간 더 자야 일어나니까. 보아하니 지금 제대로 식사를 할 만한 입맛은 없을 것 같으니 커피는 어떤가?」

레저널드는 잠시 망설이다가 마지못해 대답했다.

「좋습니다.」

스탠턴은 말머리를 돌려 레저널드와 나란히 집으로 향했다. 펜턴 홀에 도착해 김이 모락모락 나는 커피잔을 앞에 놓고 마주앉을 때까지 두 사람은 서로 말이 없었다. 레저널드는 커피가 담긴 머그잔을 두 손으로 꼭 쥐고 차가운 손을 녹였다.

빵을 잘라 한쪽 면에 버터를 바르며 스탠턴이 물었다.

「지금 자네 모습이 얼마나 부친과 닮아 있는지 아는가?」

「아버지의 아들이니 닮을 만큼은 닮았겠지요. 하지만 장례식 이후에는 아버지 얼굴을 생각해본 적이 별로 없어서 아버지 얼굴과 제 얼굴이 얼마나 닮았는지는 기억이 나지 않습니다.」

「자네는 아버지를 기억해내기에는 너무 어린 나이에 아버지를 잃었지만, 나는 기억하고 있네. 바로 지금 자네와 똑같은 모습으로 부친이 내 집을 찾은 게 한두 번이 아니었지.」

목소리는 무심한 것 같았지만, 노신사의 회색 눈동자는 마주앉은 젊은이의 모습을 샅샅이 뜯어보고 있었다. 노신사의 시선에 불쾌감을 느낀 레저널드가 불편한 목소리로 물었다.

「저를 책망하시는 겁니까, 아니면 제 아버지를 책망하시는 겁니까?」

「둘 다 아닐세.」

따지듯 묻는 다소 무례한 질문에도 불구하고 스탠턴은 전혀 언짢은 기색이 없었다.

「술은 모든 영국 남자들이 타고난 운명적인 저주라네. 진짜 남자라는 걸 증명하는 방법이라고는 오직 술밖에 모르던 혈기왕성한 나이일 때부터 술을 인생의 동반자라고 생각하다보니 결국에 가서는 스스로를 망각할 지경에 이를 때까지 마셔대지. 물론 그와 함께 성질은 점점 더 난폭하고 성급해지고. 차츰 인격적으로 성숙해지고 져야 할 책임도 늘게 되면 대부분의 남자들은 술이 인생 행로를 복잡하게 방해한다는 걸 깨닫고 조금씩 자제하게 되지. 그러나 어떤 남자들은 그런 모든 것에 아랑곳하지 않고 점점 더 술에 매달리게 되기도 한다네.」

스탠턴은 버터를 바른 빵에 다시 산딸기 잼을 듬뿍 떠 얹었다.

「자네 부친과 나는 자주 술자리에서 어울렸지. 자네 부친은 내가 아는 한 가장 기지가 넘치는 사람이었어. 술을 아무리 많이 마셔도 즐거운 기분을 망친 적이 없다네.」

스탠턴은 버터와 잼을 바른 빵을 한입 베어 삼키고 다시 말을 이었다.

「그렇게 술에 빠져 지내다가 부친과 나는 결국 가정을 망가뜨릴 지경까지 갔었다네.」

레저널드가 냉소를 머금으며 대꾸했다.

「망가뜨릴 가정도 없으니 저는 얼마나 다행입니까. 제게 하시고 싶으신 말씀이 있으시거든 단도직입적으로 말씀해주십시오. 저를 애송이 취급하시는 건 참을 수 있지만 할말을 빙빙 돌리며 설교를 하시는 건 참고 듣기 힘듭니다.」

「자네에게 설교까지 할 마음은 없네. 다만 자네가 모르고 있을지도 모르는 역사를 들려주고 싶을 뿐이야.」

노신사의 목소리는 변함없이 평화로웠다.

「제가 모르는 역사라는 말씀이 맞습니다. 아버지가 그렇게 술을 자주 하셨다는 건 금시초문이니까요.」

「자네가 모르는 것도 당연하지. 자네가 아주 어릴 때 술을 끊었으니까. 아마 네 살 때쯤이었을 거야.」

레저널드는 자기 잔에 커피를 더 따르다가 중간에 멈추어 의아한 눈초리로 대부를 올려다보았다.

「언젠가 말씀드렸지만, 전 네 살 이전의 일은 기억나는 것이 없습니다. 우연의 일치일까요?」

「아마도 우연은 아닐 걸세. 필시 곡절이 있을 거야.」

레저널드는 아버지의 일을 따지고 들어가기에는 용기가 없었던지 스탠턴의 과거에 먼저 관심을 보였다.

「아저씨도 가정을 망가뜨릴 지경까지 가셨다니, 어떻게 된 거였습니까?」

스탠턴이 어깨를 들썩였다.

「어느 날 아침, 사실은 아침인지 오후인지도 분간하지 못했다네. 일어나보니 아내와 아이들이 한꺼번에 사라졌더군. 아내가 아이들을 데리고 친정으로 가버린 거야. 부랴부랴 처가로 달려갔지만, 아내는 보름이 넘도록 날 만나주지도 않았지. 그렇게 며칠이 지나고 장인의 변호사가 나타나 법적인 별거 절차를 요구하더군.」

레저널드는 어리둥절하니 놀란 얼굴로 스탠턴을 바라보았다.

「하지만 아주머니와 아저씨는 지금껏 금슬 좋은 부부로 잘 지내오셨잖습니까?」

「말하기 쑥스럽지만, 항상 그랬던 건 아닐세.」

스탠턴의 얼굴에서 가슴 아픈 후회가 느껴졌다.

「겨우겨우 아내와 얼굴을 마주하고 이야기할 수 있게 되었지. 아내가 말하더군. 남편이라는 자는 인사불성이 되어 술병을 끼고 아무 데서나 뒹굴다 자는 동안 혼자서 침실을 지키는 것도 지겹고, 농장과 집을 혼자 관리하는 것도 더 이상 감당할 수 없고, 무엇보다도 아이들이 눈치를 보며 술에 취한 아버지를 슬슬 피해 다니는 꼴을 더 이상 봐줄 수 없다고.」

통통하니 동그란 얼굴에 항상 미소가 떠나지 않던 엘리자베스 아주머니가 그렇게 준열하게 남편을 꾸짖는 장면이 대번포트는 도저히 상상이 되지 않았다. 또 자신과는 허물없는 친구로 자랐던 스탠턴 집안의 아이들이 아버지를 그렇게 무서워하며 피해 다녔다는 것도 믿을 수 없는 일이었다.

「그래서 생각해봤지. 내 결론은, 술병보다는 내 아내가 긴 밤을 함께 보낼 친구로 백 배 천 배 나은 친구라는 거였어. 그래서 아내에게 달려가 이제 술을 끊겠다고 다짐했네. 하지만 말이 쉽지, 그게 행동으로 옮기기는 결코 쉬운 게 아니었다네. 아내는 내가 최소한 6개월 동안 술을 입에 대지 않고 지내야 집으로 다시 돌아오겠다고 고집을 부리더군. 나는 6개월쯤이야 하고 생각했네. 그러나 그게 아니었어. 자그마치 일년이 걸렸네. 하지만 일년을 고생하고 나니 그후로는 단 한 방울의 알코올도 입에 대지 않을 수 있더군.」

레저널드는 자신의 대부가 스트릭런드 장원의 저택에 왔을 때 한사코 술을 마다했던 것이며, 펜턴 홀에서 저녁을 먹을 때도 냉수만 마셨던 것이 기억났다. 그때는 별난 식성이라고 생각했지만 그게 아니라 강철같은 의지의 표시였던 것이다.

「그럼 제 부모님은요? 그분들도 비슷한 문제를 겪으셨던 건가요?」

「비슷한 상황이었지. 내가 내 문제로 코가 석 자나 빠져 있을 때 자네 부친도 비슷한 문제로 허우적거리고 있었기 때문에 사실 자세한 건 나도 잘 모르네. 하지만 자네는 그 과정을 죽 지켜보았으니 열심히 생각해보면 무슨 일이 있었는지 기억날지도 모르지.」

「꼭 그래야 할 필요가 있을까요?」

레저널드의 목소리는 사뭇 방어적이었다. 그러나 스탠턴은 방어적인 젊은이들과의 대화에 이미 익숙한 듯, 역정을 내거나 자기 주장을 강요하지도 않았다.

「그게 자네의 지금 모습과 관련이 있을지도 모른다는 생각이 들어서 일세.」

「그렇다면 아저씨는, 제가 스스로 술을 끊지 못할 거라고 생각하시는 겁니까?」

「자네가 부친을 닮았다면, 아마도 그럴 걸세.」

스탠턴의 목소리에는 짙은 우려가 배어 있었다.

「자네가 아마도 나보다 더 잘 알겠지만……」

레저널드는 슬며시 화가 치밀기 시작했다. 이렇게 자신의 자존심을 건드리는 사람 앞에서 가만히 입을 다물고 있기는 처음이었다. 당장이라도 자리를 박차고 일어나 한마디 쏘아 붙여주고 싶은 마음은 굴뚝같았지만, 알 수 없는 어떤 것이 그의 발목을 붙들고 놓아주지 않았다. 일주일 사이에 벌써 세 사람이 그에게 술을 끊으라고 충고했다는 사실이 떠올랐던 때문이었다. 그리고 그 세 사람은 그의 인생에 있어서 진정으로 그를 염려해주는 몇 안 되는 사람들이었다.

지난밤의 피로와 절망이 다시 밀려오는 것을 느끼며 대번포트는 테이블 위에 팔꿈치를 괴고 두 손에 얼굴을 파묻었다.

「물론 술을 줄이긴 해야겠지요. 하지만 전 아내도 없고 딸린 가족도 없습니다. 제가 해를 줄 사람이 누가 있겠습니까?」

「바로 자네.」

스탠턴이 부드러운 목소리로 말했다.

침묵이 길어졌다. 레저널드는 대부의 말을 골똘히 생각해보았다. 정말 술 때문에 자기 자신을 파괴하는 지경에 이르게 될까. 아내도 가족도 없었지만, 그에겐 스트릭런드가 있었다. 런던에서 보냈던 마지막 밤을 생각해보았다. 어디서, 어떻게, 누구에게 땄는지도 기억나지 않는 천 파운드가 넘는 돈. 계속 그렇게 산다면 언젠가는 스트릭런드도 잃지 않는다는 보장이 없었다.

기억마저 잘려버린 만취 상태에서 스트릭런드를 걸고 허망한 도박을 벌이는 자신의 모습을 상상하니 레저널드는 소름이 끼쳤다.

「아저씨 말씀이 옳습니다. 술을 줄여야겠어요.」

「아마 그게 마음대로 되진 않을 걸세.」

스탠턴은 전혀 흔들림 없는 목소리로 단언했다. 레저널드는 얼굴을 가렸던 손을 내려놓고 날카로운 눈매를 빛내며 물었다.

「그게 무슨 말씀입니까?」

「어떤 사람들은 마시는 양을 줄여서 문제를 해결하지. 나도 시도해 보았었네. 하지만 먹혀들지 않았어. 몇 주씩 술을 마시지 않고 지냈지만 어느 날 시험 삼아 한모금 넘기기 시작하니 술병을 통째로 비우는 건 금방이더군. 그렇게 굳었던 내 결심도 첫 한모금과 함께 눈 녹듯이 사라져버렸어. 결국 의식을 잃을 때까지 마셨지. 다음날 아침 눈을 떴을 때 내가 생각한 것은 나는 술을 줄일 수 없다는 거였어. 완전히, 단호하게 끊어야 한다는 걸 깨달은 거지. 중간에서 적당히 타협하는 건 불가능했네.」

「전 의지력이라면 남 못지않은 사람입니다.」

「나도 그 점은 의심하지 않네. 하지만 강한 의지로는 부족하다는 걸 알려주고 싶네. 적어도 내 경우에는 그랬어.」

「강한 의지로도 안 되는 거였다면 어떻게 술을 끊으셨습니까?」

레저널드가 말도 안 된다는 듯이 물었다. 그의 말투는 무시한 채 스탠턴이 대답했다.

「아직 아무에게도 말하지 않은 비결이 있지. 아내가 집을 떠난 지 7개월이 되었을 때였네. 그 얼마 전까지도 술을 적당히 줄여보려고 노력하고 있었지. 하지만 그런 식으론 되지 않는다는 걸 깨닫고 일거에 끊어버리려고 작심한 직후였어. 두 주일 정도는 술을 한 방울도 입에 대지 않고 지냈네. 그랬더니 슬그머니 다시 한 번 시험해보고 싶은 마음이 생기더군. 이제는 술을 내 맘대로 조절할 수 있다는 자신감이 생겼던 거야. 그래서 딱 한잔만 마셔보자고 생각했지. 하지만 그 다음에 기억나는 건 다음날 아침 지독한 두통 속에서 잠에서 깼다는 것과 전날 밤의 일은 아무 것도 기억하지 못했다는 사실일세.」

기억이 조각조각 사라져버리는 건 레저널드만의 문제는 아니었던 것 같았다.

「그래서, 그 다음에는 어떻게 하셨습니까?」

「정신을 차려보니 거실이었네. 내가 토해놓은 토사물들이 사방에 흉측하게 널려 있더군. 그 난장판 한가운데 드러누운 채 나는 다시 생각했지. 어쩌면 나는 영영 술을 끊을 수 없을지도 모른다고. 그렇게 열심히 노력했는데도 아무 것도 나아진 게 없었으니 말일세. 결국 아내와 아이들마저 잃게 될 거라는 걸 깨달았지. 하지만 아내와 아이들이 없는 내 인생은 더 이상 살 가치가 없었네.」

노신사의 입가에 자글자글 자리잡은 잔주름을 보면서 레저널드는 자신도 듣고 있기 힘든 고백이지만 스탠턴으로서는 더욱 털어놓기 힘든 이야기라는 것을 깨달았다.

「그래서 그렇게 누운 채, 일어나 앉을 수도 없을 만큼 머리가 아파 나도 모르게 기도를 했지. 뭐, 사제 앞에서 하는 그런 정식 기도는 아니었고, 그냥 하늘을 향해 내 신세한탄을 좀 한 걸세. 거기 누구 내 말이 들리는 신이 계시다면, 나를 좀 도와달라고. 도저히 나 혼자 힘으로는 할 수 없다고.」

스탠턴이 앞에 놓인 빵접시를 한켠으로 밀어내며 말을 이었다.

「그때 기분이나 심정은 어떻게 표현해야 할지 잘 모르겠어. 얼마나 오래 그렇게 누워 있었는지도 모르겠고. 그런데 갑자기 내 마음이 아주 평온해지는 느낌이 들더군. 이게 적당한 표현인지는 모르겠지만. 그 후로는 모든 게 달라졌지. 술생각이 전혀 나지 않는 거야. 물론 때때로 유혹이 전혀 없었다고 말할 수는 없지만, 그런 때라도 거절할 수 있게 된 걸세.」

스탠턴은 등받이에 편히 기대앉으며 다시 목소리를 다듬고 말을 이어갔다.

「그렇게 몇 달을 지내고 나니 정말 수십 년만에 내 몸이 개운해지고 머리가 완전히 맑아지는 기분이 들더군. 술 마시고 싶다는 생각도 없어지고. 그후에야 아내가 집으로 돌아왔네. 아내나 아이들은 내가 변했다는 사실을 선뜻 믿지 않았지만, 결국은 다시 행복을 찾았지. 자네도 보다시피…….」

그랬다. 스탠턴의 노력이 어떤 결과를 가져왔는지는 누구보다도 레저널드가 잘 알고 있었다. 그는 의자에서 일어나 창가로 걸어가 창을 등지고 섰다.

「아저씨의 경험이 제 경우와 같다고 할 수는 없겠지만, 어쨌든 걱정 해주셔서 감사합니다. 그런 속 이야기까지 털어놓기는 쉽지 않으셨을 텐데요.」

「그래. 하지만 언젠가는 자네도 내 경험으로부터 좋은 교훈을 얻게 될 걸세.」

레저널드는 펜턴 홀에서 나와 다시 말을 타고 집으로 향했다. 스트릭런드로 돌아가는 길에 그는 내내 대부가 들려준 이야기에 대해 곰곰이 생각했다. 대부의 말이 옳았다. 이삼 년 전까지만 해도 레저널드는 얼마든지 술을 통제할 자신이 있었고, 실제로 그랬다. 그러나 백부의 재산이 정리되어 자신에게 돌아오기를 기다리는 세월은 결코 행복하고 즐거운 시간일 수 없었다. 최근 이삼 년간의 도박과 술은 경제적으로도 그를 괴롭히는 문제가 되었다.

더구나 조카가 나타나 백부의 모든 재산과 작위를 물려받게 되자 레저널드는 거의 자포자기 상태에 빠질 수밖에 없었다. 아이러니컬하게도 그때부터 도박운은 오히려 좋아져서 경제적인 사정은 나아지기도 했다. 그러나 어찌됐든 지금까지 레저널드의 생활 방식이 건전하고 옳은 것이었다고 할 수는 없었다.

백부에 대한 불만과 분노만 아니었더라면, 그가 이토록 술에 매달릴 이유가 없었다. 이제 방법은 하나뿐이었다. 당분간 일체 술을 끊어서 술을 끊을 수 있다는 것을 보여주는 것과 동시에 술에 탐닉하는 생활 습관을 고치는 것이었다. 일단 그것을 증명하고 나면 조금씩 즐기는 것은 스스로 허용할 수도 있는 일이었다. 제러미 스탠턴은 적당히 통제할 만한 의지력이 없을지 몰라도 레저널드는 충분히 할 수 있었다.

기도의 힘으로 술을 끊을 수 있었다는 대부의 말도 그는 어느 정도 수긍할 수 있었다. 한 남자가 인생의 막다른 골목에 이르렀을 때 초자

연적인 종교의 힘에 의지하려 하는 마음은 충분히 있을 수 있는 일이었다. 그러나 레저널드는 그런 힘에 의지할 필요가 없었다.

스트릭런드에 도착했을 때는 훨씬 기분이 가벼워져 있었다. 하지만 말을 매어두러 마구간에 들어서자마자 그의 마음은 어느새 흔들리고 말았다. 하루의 일과를 시작하기 위해 말을 꺼내러온 앨리즈와 마주쳤던 것이다. 밝은 갈색의 승마복을 입은 그녀는 더욱 늘씬하고 당당한 모습이었다.

앨리즈는 레저널드의 모습을 발견하자마자 얼굴이 굳어지며 정중하게 머리를 숙여 아침인사를 건넸다.

「안녕하세요. 소작인들의 경작지를 둘러보러 나가려던 참인데, 혹시 하실 말씀이 있으시다면 잠깐 시간을 내겠습니다.」

대번포트는 머리를 저으며 말에서 내려 지친 말에게서 안장을 풀었다.

「아니오, 그럴 필요 없소. 당신이 제안한 사항들에 대해서 할말이 있지만, 그건 나중에 의논해도 되니까.」

앨리즈의 눈썹이 치켜 올라갔다.

「그 문제는 이미 다 논의가 끝난 걸로 아는데요.」

「여름까지 로즈 홀을 다시 지어야겠다는 결정을 내렸소. 그러자면 다른 일에 필요한 비용을 돌려서 써야 하니까, 비용을 빼도 되는 일이 어떤 건지 알고 싶소.」

앨리즈의 얼굴이 갑자기 긴장되는 것이 금방 드러났다.

「알겠습니다.」

자신과 가족들을 저택에서 내보내려는 속셈이라고 생각하는 게 분명했다. 그건 맞는 말이었지만 레저널드의 근본적인 의도는 결코 불순한 것이 아니었다. 오히려 가장 순수한 의도였다. 레저널드는 복잡한 심정을 감추며 조용하게 말했다.

「여러 사람들을 위해 그것이 최선의 방법이라는 결론을 내렸소.」

「어젯밤 일 때문에 죄의식을 가지실 건 없습니다. 강제로 벌어진 일이 아니었으니까요.」

앨리즈는 냉정한 목소리로 말했다. 그녀가 얼마나 부드럽고 달콤하게 반응했었는지를 기억하며 레저널드는 더욱 무뚝뚝하게 대답했다.

「일부러 상기시켜줄 것까진 없소. 나도 이미 알고 있으니까. 다시는 그런 일이 없기를 바랄 뿐이오.」

앨리즈의 얼굴이 창백해졌다.

「저도 같은 생각입니다.」

앨리즈의 목소리는 싸늘하고 딱딱했다. 앨리즈는 말을 끌고 마구간 밖으로 나갔다. 등을 꼿꼿하게 세운 그녀의 뒷모습은 마치 여왕처럼 당당했다.

술을 끊는 것은 생각보다 훨씬 힘든 일이었다. 둘째 날에 이르자 술 생각은 거의 편집증적으로 그에게 달라붙어 떨어지지 않았다. 점점 더 자주 술병을 꺼내들고 잔 가득 따라 마시는 자신의 모습을 상상하기 시작했다. 그 짜릿한 갈색의 액체가 혀끝에 와 닿는 감촉이 현실처럼 생생하게 느껴지기까지 했다. 술을 넘긴 후 입안에 남는 그 후끈한 열과 향긋한 향기까지 그대로 느껴졌다. 하지만 레저널드는 단호하게 고개를 돌렸다.

때는 바야흐로 건초를 말리는 계절이었다. 레저널드는 일꾼들과 나란히 서서 낫을 휘두르며 무심하고 반복적인 육체노동에 집중했다. 빵과 치즈, 그리고 맥주가 점심으로 날라져오자 그는 유혹에서 벗어나기 위해 홀로 따로 떨어져 점심을 먹었다. '그저 맥준데 어때…….' 그의 마음속에서 능글맞은 목소리가 들려왔다. '포도주도 아니고 위스키나 브랜디도 아닌데. 한두 잔 마셔도 아무 일 없을 거야.'

그러나 레저널드는 맥주도 다른 어떤 술과 다름없이 사람을 취하게 만들고 인사불성에 이르게 할 수 있다는 걸 잘 알고 있었다. 양이 문제일 뿐이었다. 술을 끊기로 마음먹었으면 종류를 막론하고 단 한 방울도 입에 대지 않는 것이 옳았다. 맥주 정도야, 하는 생각으로 입에 댄다면 그건 자신을 속이는 짓이었다.

오후에는 도체스터의 말시장에 가서 좋은 사냥말이 될 조짐이 보이는 망아지 네 마리를 샀다. 다음날 오후에는 새로 산 망아지들을 조련하기 시작했다. 말을 조련시키는 것은 인내와 집중력이 필요한 작업이었다. 따라서 레저널드는 점점 간절해지는 술생각을 잊고 말을 조련하는 일에만 몰두할 수 있었다.

레저널드는 피터를 데리고 나가 마차 모는 법도 가르치기 시작했다. 피터는 윌리엄처럼 말에 대한 모든 것에 관심을 보이지는 않았지만, 뭐든 배우는 일에는 열심이었다. 피터에게 마차 모는 법을 가르치는 것은 레저널드가 술생각을 잊게 만드는 또 하나의 일과였다.

낮에는 열심히 이 일 저 일에 몰두하며 술생각을 잊을 수 있었지만 밤이 문제였다. 혼자 시간을 보내는 밤이 되면 그는 안절부절못했다. 책을 읽자니 정신이 집중되지 않고, 누군가와 이야기라도 나누자니 신경이 있는 대로 날카로워져 대화가 될 것 같지 않았다. 밤마다 술을 마시던 시간에 그는 산책을 하기로 했다.

자정이 가까울 때까지 산책을 해도 기분은 나아지지 않았다. 결국 그는 호숫가 비밀의 장소에 가서야 걸음을 멈추었다. 옷을 벗어 던지고 호수에 뛰어든 그는 베개에 머리만 갖다대면 곯아떨어질 것 같을 정도로 완전히 지칠 때까지 헤엄을 쳤다.

나흘째 되던 날은 너무나 마음이 불안하고 조급한 나머지 피터의 마차 몰기 수업을 취소하기에 이르렀다. 그런 정서 상태로는 필시 좋지 않은 장면을 연출할 것 같기 때문이었다. 저녁 식사도 혼자 따로 할까 생각하다가 결국은 저녁 식사만은 다 함께 모이는 유일한 자리이니만큼 피하지 않기로 했다. 레저널드는 여럿이 함께 식사를 하면서도 말을 조심하느라 애썼다. 자칫 자기 기분에 휩쓸려 누군가에게 가혹한 말을 하지나 않을까 두려워서였다. 두 어린 형제들은 레저널드의 침묵을 의아하게 생각하면서도 점잖게 외면하고 있었다. 세 아이들은 서로 의아한 눈길을 주고받으며 조심하는 눈치였다.

앨리즈는 레저널드에게 눈길 한번 주지 않았다. 맥마저도 레저널드가 폭발하기 일보직전의 화산 같다는 것을 눈치채고 조심, 또 조심하며 몸을 사렸다. 오직 눈치 없는 네메시스만이 변함없이 주인의 발치에 엎드려 능청을 떨 뿐이었다.

다섯째 날, 그는 드디어 언제까지 참아야 좀 수월해질까 짜증이 나기 시작했다. 날이 가면 갈수록 더욱 힘들어지기만 하는 것 같았다. 그는 거의 무의식적으로 건초를 베고, 말을 조련시키고, 집 근처를 산책하고, 호수를 헤엄쳤다. 저택으로 돌아가면서 그는 제발 잠에 푹 빠져들었으면 바랐지만 사실 별로 가망이 없는 바람일 뿐이라는 것을 스스로 잘 알고 있었다.

침실에 도착했을 때는 이미 자정을 훨씬 넘긴 시간이었고, 물에 젖은 솜처럼 몸이 피곤했지만 술생각은 또렷하게 머릿속을 맴돌았다. 딱 한 잔만. 위스키 한 잔이면 잠들기도 훨씬 수월할 거야. '딱 한 잔만 마시자. 꼭 이렇게까지 할 필요는 없잖아?' 마음속의 사악한 목소리가 다시 속삭였다. 안 돼. 머릿속에서 술생각이 떠나지 않을 정도로 술을 마시고픈 마음이 간절하면 할수록 그 유혹에 굴복할 수 없었다.

레저널드가 다른 사람들에 비해 넘치게 가진 것이 있다면 그 대표적인 것이 의지력이었다. 물론 그를 싫어하는 사람들은 그것을 황소고집이라고 폄하했다. 당분간 술을 끊겠다고 작심했으면 술에 대한 아쉬움이 사라질 때까지 그 결심에서 벗어날 수 없었다. 이제 술에 지배당하는 것이 아니라 술을 통제할 수 있다는 것을 증명할 때까지는 계속 그래야 했다.

마음속에서 술과의 전쟁에 몰두하느라 그는 침대에 올라앉을 때까지도 바로 자신의 침대 안에 누군가 누워 있다는 사실을 깨닫지 못했다. 담요 아래 동그랗게 웅크린 통통한 여자가 누워 있다는 것을 깨달은 순간 그는 기절할 듯이 놀랐다. 만약 앨리즈 웨스턴이 이렇게까지 적극적으로 나온다면, 이 정도 선에서 그녀의 유혹에 넘어간들 그를 손가락질할 사람은 아무도 없었다. 앨리즈와의 열정적인 정사라면 술에 대한 간절한 유혹을 이기는 데 또 하나의 무기가 되어줄 수도 있었다.

그러나 그는 담요 아래 누운 여인이 앨리즈가 아니라는 것을 금방 깨달았다. 키도 훨씬 작고 몸집도 통통했다. 담요 끝을 살짝 잡아당기니 부드러운 갈색 머리칼을 늘어뜨린 채 잠들어 있는 하녀의 얼굴이 나타났다. 언뜻 봐서는 이름이 미처 기억나지 않아 열심히 기억을 더듬고 있는데 여자가 눈을 떴다. 그 작고 귀여운 얼굴에 놀라움이 가득했다. 실망감이 잔뜩 배인 목소리로 대번포트가 물었다.

「다른 하녀들이 침대를 빼앗던가?」

하녀는 마른침을 꿀꺽 삼키며 모기만한 목소리로 더듬거리며 겨우 대답했다.

「잠……, 잠자리에 친……, 친구가 필요하실 것 같아서요…….」

이렇게라도 하면 주인의 기분이 좋아질 거라고 맥이 꾀를 쓴 걸까? 하인이라지만 주인 못지않게 콧대가 높은 맥은 지금까지 단 한번도 주인의 여자 시중을 들어준 적이 없었다. 하지만 이제 그의 생각이 바뀌었을지도 모르는 일이었다.

「누가 시켰지?」

하녀는 더욱 경계하는 표정으로 대답했다.

「아, 아닙니다, 주인님. 전 주인님이 처음 오셨을 때부터……, 마음속으로 사모하고 있었습니다……. 그리고, 주인님도 싫어하시진 않을 거라고…….」

레저널드도 전혀 아무렇지도 않다고는 할 수 없었다. 귀엽고 붙임성 있게 생긴 하녀였다. 만약 그가 세상이란 속고 속이는 거라는 이기적인 생각을 가진 남자였다면 하녀의 마음을 받아들였을지도 몰랐다.

그러나 주인을 유혹하러 들어온 하녀의 표정은 기대감이나 욕정에 불타고 있다기보다는 오히려 횃불을 높이 들고 결전을 준비하고 있는 잔다르크 같은 얼굴이었다. 아무래도 이상하다는 생각이 들었다.

「이런다고 높은 자리로 보내주거나 월급을 더 주지는 않아. 어서 방으로 돌아가. 다시는 이런 짓을 하지 마.」

물론 부드러운 어투라고는 할 수 없는 거절이었지만, 하녀가 울음까지 터뜨리리라고는 미처 생각지 못했던 터였다. 놀라기도 하고 화도 난 레저널드는 얼른 귀찮은 하녀를 쫓아낼 생각으로 담요를 휙 잡아 제쳤다.

하녀는 알몸이었다. 이제 막 피어오르는 꽃봉오리 같은 처녀의 몸이 눈앞에 드러나고 나니 다시 한 번 마음이 흔들리기 시작했다. 여자를 품어본 지도 벌써 수 주일이 지난 일이었다. 앨리즈 웨스턴이 계속 눈앞에서 왔다갔다하는 나날 속에서 눈치 없는 동물적 본능은 날이 갈수록 강렬하게 꿈틀거리고 있었다. 레저널드는 갑자기 눈을 가늘게 뜨고 하녀의 몸을 살펴보았다. 아직 눈에 띄게 드러나지는 않았지만, 그 정도를 눈치채지 못할 레저널드가 아니었다.

「배가 많이 불렀군.」

담담한 어조로 그가 말했다. 하녀는 주인의 말이 진짜 사정을 알고 하는 말인지 넘겨짚고 하는 말인지 분간을 하지 못하고 다만 놀란 표정으로 그를 바라볼 뿐이었다. 담요자락을 끌어당겨 앞을 가린 하녀의 어깨는 더욱 심하게 떨렸다.

레저널드는 한숨을 내쉬었다. 길리, 그제야 하녀의 이름이 생각났다. 하녀가 울음을 그치기 전에는 방에서 내쫓을 수도 없었다. 그는 다시 가운을 걸치고 침대 주변을 두리번거리며 하녀가 벗어두었을 옷가지를 찾았다. 그녀의 옷은 의자 위에 단정하게 개켜져 있었다. 그는 옷을 집어서 하녀에게 던져주었다.

「어서 입어.」

레저널드는 천천히 서랍을 뒤져 손수건을 찾았다. 손수건을 전해주러 돌아서니 하녀는 침대 모서리에 일어나 앉아 서둘러 옷을 입는 중이었다. 하녀는 레저널드가 건네주는 손수건을 조심스럽게 받더니 금방 수심이 가득한 얼굴을 그 손수건에 파묻었다. 레저널드는 의자에 앉아 하녀가 얼굴을 들 때까지 기다렸다. 도대체 무엇이 이 순진한 얼굴의 소녀를 이곳까지 이르게 했는지 궁금했다.

길리의 흐느낌이 거의 잦아들자 레저널드는 할 수 있는 한 점잖고 조용한 목소리로 물었다.

「나와 동침하기만 하면 그 아이를 내 아이로 둔갑시킬 수 있을 거라고 생각했나?」

길리의 커다란 눈이 두려움과 죄스러움으로 가득 차는 것을 보면서 레저널드는 자신의 추측이 옳다는 것을 확인할 수 있었다.

「내가 임신 기간도 셀 줄 모르는 바본 줄 알았나보지?」

자신의 추측이 옳았다는 것을 확인하고 나니 레저널드는 오히려 그 곡절에 흥미가 생겼다. 길리는 침대 가장자리에 겨우 엉덩이만 붙이고 엉거주춤하게 앉아 있었다. 아이를 가질 만큼 성숙한 몸을 가지기는 했으나 임신이나 출산에 대해서는 아직 아는 것이 별로 없는 순진한 아가씨가 분명했다. 레저널드가 다시 한 번 조용한 목소리로 물었다.

「아이 아버지가 결혼하길 거부하던가?」

길리는 차마 눈길을 들지 못한 채 손수건단 비틀었다.

「오랫동안 사귄 사이였어요. 언젠가는 저하고 결혼하겠다고 했구요……. 하지만 제가 임…… 임신했다고 하니까, 그 아이가 자기 아이라는 걸 어떻게 증명하느냐고 했어요.」

길리가 다시금 서럽게 흐느꼈다.

「그러더니 그 다음날 자기 아버지한테 뱃사람이 되겠다고 한마디 남기고는 브리스틀로 떠나버렸어요. 저한테는 인사 한마디 없이요…….」

레저널드는 입을 꽉 다물었다. 남자라는 동물이 경멸스러워지는 순간이었다. 물론 자신도 도덕적인 삶을 사는 표본적인 인물은 아니었지만, 최소한 전국 방방곡곡에 사생아를 만들고 다니지는 않았다. 그는 길리의 옆에 다가가 앉아 어깨를 두들겨주었다.

길리는 축축하게 젖은 손수건으로 눈가를 닦으며 자세를 똑바로 했다. 얼굴은 눈물로 얼룩지고 코끝은 빨갛게 변해 있었지만, 조용한 목소리로 담담하게 말하는 그녀의 자세는 어딘가 위엄이 있었다.

「죄송합니다, 주인님. 이런 계략을 꾸미다니, 정말 죄를 받을 짓이었어요. 하지만 저는 너무나 절망적이어서, 다른 방법이 없었어요.」

「부모님께 도움을 청할 수는 없었나?」

길리가 고개를 저었다.

「부모님들은 엄격한 감리교도세요. 만약 제가 결혼도 하지 않은 몸으로 아이를 가진 걸 아시면 아버지는 집에 발도 들여놓지 못하게 하실 거예요. 어머니도 마찬가지구요…….」

「헤럴드 부인도 알고 있나?」

「아뇨, 아뇨! 메이 언니도 만약 이 사실을 알았다면 저를 이 집에 들여놓지 않았을 거예요. 지금이라도 알게 된다면 당장 저를 해고할 텐데요.」

「그럼, 어디로 갈 생각이지?」

「모…… 모르겠어요. 걸어서 가는 한이 있더라도 런던으로 가서 일자리를 찾아야지요.」

레저널드는 이맛살을 찌푸렸다. 이런 아가씨가 런던으로 간들 얻을 수 있는 일이란 뻔했다. 어떤 대안이 있을지 잠깐 궁리한 끝에 레저널드가 입을 열었다.

「내 집에 계속 있어도 좋아. 헤럴드 부인에게 널 해고하지 못하도록 말해두겠다.」

길리가 깜짝 놀라며 레저널드를 바라보았다. 그녀의 커다란 눈망울이 금세 희망으로 가득 찼다.

「정말 제가 아이를 낳을 때까지 있게 해주실 건가요, 주인님? 월급은 주지 않으셔도 좋습니다. 먹여주시고 재워만 주신다면 정말 열심히 일하겠습니다. 맹세할게요.」

「맹세까지 할 필요는 없어. 월급은 너의 노동에 대한 정당한 대가야.」

길리의 눈망울에 눈물이 그렁그렁 차올랐다.

「하느님께서 축복을 내리실 겁니다, 주인님. 어떻게 감사를 드려야 할지 모르겠어요. 이게 저한테 얼마나 중요한 건지 모르실 거예요.」

길리가 레저널드의 팔을 살짝 붙들었다.

「혹시…… 제가 주인님을 위해 해드릴 수 있는 게 있다면…….」

그녀가 하지 않은 말의 의미는 분명했다. 레저널드는 다시 한 번 유혹을 느꼈으나 위기에 처한 하녀를 구해주는 대가로 몸을 탐하고 싶지는 않았다.

「이런 짓이나 다시 하지 말도록 해. 육체적인 욕망은 산 사람의 당연한 감정이지만, 그걸 채우고 싶더라도 아기가 태어난 다음부터는 조심해야 해. 어머니나 나이든 부인들에게도 도움을 청할 수가 없거든 내게 와서 말해. 뭐든 도와줄 테니.」

길리는 빨갛게 달아오른 얼굴로 고개를 끄덕였다. 예쁘기도 하지만 머리도 꽤 있어 뵈는 아가씨였다. 머지 않아 그녀에게도 남편이 생길 터였다. 요즘 같은 세상에 사생아의 출생은 비밀도, 드문 일도 아니었다.

갑자기 피곤이 밀려와 레저널드는 자리에서 일어서며 그녀의 손을 잡아 일으켰다.

「이제 그만 잠 좀 자야겠어. 헤럴드 부인에게는 내일 아침에 이야기 해주지.」

그는 길리에게 무서운 표정을 지어 보였다.

「다른 하녀들에게 이 무서운 계략을 전수하지는 말아. 다음에 또 이런 일이 생기면 나도 참지 못할 테니까.」

레저널드의 협박에 겁을 먹기는커녕, 길리는 수줍게 웃으며 방문을 열고 조용히 밖으로 나갔다. 레저널드는 가운을 벗고 침대로 기어 들어가 촛불을 훅 불어 껐다. 오늘밤은 하녀의 일을 걱정하느라 술생각을 잠시 잊을 수 있어 기뻤다.

앨리즈의 침실은 밤에 복도를 오가는 사람들을 감시하기에 딱 좋은 위치였다. 밤마다 잠을 제대로 자지 못하고 뒤척이던 그녀는 벌써 며칠째 레저널드가 자정이 넘어서야 집으로 돌아오는 것을 알고 있었다.

오늘밤은 30분쯤 전에 그가 돌아오는 발자국소리를 들었다. 그런데 이번에는 그의 발자국소리와는 다른 소리가 가만가만 들려왔다. 이상한 느낌이 들어 그녀는 침대에서 내려와 문을 빠끔히 열고 복도를 내다보았다. 아담한 체구의 여자가 레저널드의 방 쪽에서 걸어오고 있었다. 앨리즈는 갑자기 속이 메스꺼워지는 것을 느끼며 얼어붙은 듯 가만히 서 있었다. 달빛이 그다지 밝지 않아 확실히 분간할 수는 없었지만, 레저널드의 방에서 나온 여자는 키나 체구로 보아 길리 아니면 제이니 같았다.

여자는 복도에서 잠시 멈칫거리더니 손수건으로 눈물을 닦았다. 그리고는 조용히 다락을 향해 올라갔다. 앨리즈는 소리나지 않게 문을 닫고 차가운 문짝에 이마를 기대었다. 저 하녀와 얼마나 오래 전부터 관계를 가져온 것일까. 하녀는 강제로 몸을 빼앗긴 처녀처럼 울고 있었다.

레저널드 대번포트가 누구와 잠자리를 함께 하든 앨리즈가 상관할 바는 아니었다. 그녀는 비참한 심정으로 침대로 돌아와 담요를 뒤집어쓰고 누웠다. 앨리즈는 이제 겨우 레저널드와 서로를 이해하기 시작했다고 믿었다. 함께 이야기를 나누면 즐겁게 웃을 수도 있었고, 서로 닮은 점이 있다고 생각하기도 했다. 그러나 그 모든 것은 그녀만의 상상이었던 것이다. 설사 두 사람이 서로를 이해하기 시작했다고 해도, 레저널드는 그녀를 여자로서 이해한 것은 아니었음이 틀림없었다. 만약 그렇게 생각했다면 그것은 앨리즈의 치명적인 실수였다. 앨리즈는 짧은 기간이었지만 자신이 그토록 바보 같은 상상을 했다는 것이 미치도록 싫었다.

15

　다음날 아침, 레저널드는 아기를 가진 하녀에 대해 하녀장인 헤럴드 부인과 의논했다. 부인은 그 하녀의 행실이 마음에 들지 않는다는 듯이 혀를 끌끌 찼지만, 갈 곳도 없는 임산부를 한길로 내쫓을 수는 없다는 주인의 말에는 동의했다. 자신도 아이를 낳고 길러본 경험이 있는 어미인만큼, 하녀의 상태를 봐가면서 일을 적당히 조절해주겠다고 약속했다.

　하녀장 이외에 레저널드로부터 길리의 이야기를 들은 사람은 맥 쿠퍼뿐이었다. 맥도 그 이야기에는 꽤 놀란 모양이었다.

　「갈색 머리카락에 얼굴이 귀엽게 생긴 그 아가씨 말씀인가요? 참, 애인이 그렇게 떠나버렸다니, 벼락맞아 죽을 놈이군요.」

　「그러게 말이야.」

　레저널드는 저녁 식사를 하러 가기 위해 옷을 갈아입는 중이었다.

　「아마 배를 타고 고생 좀 해보면 제 놈이 육지에서 저지른 일 때문에 벌을 받고 있다는 걸 알게 될 거야.」

　고개를 끄덕이던 맥은 갑자기 정색을 하며 화제를 바꾸었다.

「벌써 며칠째 술을 입에 안 대고 지내시는군요.」

「관찰력이 뛰어나군.」

레저널드가 넥타이의 매듭을 묶으며 말했다.

「술을 끊는 것도 나쁘지는 않죠.」

레저널드는 조끼를 걸쳤다.

「알아주니 고맙군.」

맥은 늘 그렇듯이 거만한 표정을 지으며 주인의 말에 응수했다.

「저야 주인님이 하시는 일을 알아드리고 말고 할 입장이 아니지요.」

레저널드가 피식 웃으며 우습다는 듯이 받았다.

「자네가 언제부터 그렇게 아무 주장도 없는 사람이 되었나?」

「제 주장이 없다고는 하지 않았습니다.」

레저널드는 그러면 그렇지 하는 표정으로 하인을 쏘아보며 재킷을 걸쳐 입었다. 맥은 언제나 기지가 넘치는 사람으로 보이기 위해 안간힘을 쓰는 사내였다. 레저널드는 그런 맥이 때로는 아니꼽기도 했지만 대부분의 경우 즐거운 말상대였다.

레저널드는 저녁 식사를 하러 내려가면서 내일이면 당도할 줄리언 마크엄 생각에 문득 마음이 들뜨는 것을 느꼈다. 방문을 나서는 레저널드의 뒷모습을 보면서, 맥은 거의 무의식적인 동작으로 방을 정리하기 시작했다. 그 귀여운 아가씨 길리가 그렇게 무거운 짐을 지고 있었다니. 저녁 식사가 끝나고 나면 잠시 산책이라도 청해야겠다고 그는 생각했다. 하인들의 식당으로 향하는 그의 얼굴엔 가벼운 미소가 떠올랐다.

집사의 일이란 사방을 돌아다니며 일꾼들의 작업을 감독하고 일의 진척 상황을 점검하는 것도 큰 부분을 차지했다. 앨리즈는 다음날 아침을 대부분 그렇게 보냈다. 방목지에 들러 게이브리얼 밋포드와 양털을 깎기에 적당한 시기가 언제일지 의논한 후, 그녀는 건초 작업장에 잠깐 들렀다.

목초는 거의 베어진 상태였고, 싱싱한 풀내음이 가득한 목초더미들이 시원하고 바람이 잘 통하는 들판에서 말려지고 있었다. 앨리즈는 말에서 내려 잠시 건초 작업장 관리인과 이야기를 나누었다. 관리인은 모든 것이 다 잘 되어가고 있으며 날씨만 좋다면 내일이면 모든 일이 끝날 것 같다고 말했다.

다음 일터로 가기 위해 말에 올라타던 앨리즈는 일꾼들 사이에 끼어서 낫질을 하고 있는 레저널드의 모습을 발견했다. 그가 요즈음 건초 작업장에서 일하고 있다는 건 알고 있었지만, 일하는 모습을 직접 보는 것은 처음이었다.

앨리즈는 잠시 멍하니 그가 일하는 모습을 바라보았다. 그가 그렇게 눈에 띄는 것은 다른 작업 인부들보다 머리 하나만큼 더 큰 키 때문이기도 했으려니와 바람결에 나부끼는 땀에 젖은 검은 머리카락, 마구잡이로 걷어올린 소맷부리, 열어젖힌 앞섶 사이로 들여다보이는 거뭇하게 그을린 가슴팍이 남성적인 매력을 물씬 풍겼기 때문이었다. 들판에서 일하는 남자의 모습이 그토록 아름다울 수 있다는 사실에 앨리즈는 알 수 없는 충격을 받았다. 그를 볼 때마다 느껴지곤 하던 그 긴장감이 여지없이 그 들판에서도 느껴졌다.

일에 몰두해 있던 레저널드는 앨리즈가 자신을 뚫어져라 바라보고 있다는 것도 눈치채지 못하고 있었다. 그의 늘씬한 몸은 천천히, 안정감 있으면서도 우아하게, 그리고 리드미컬하게 움직였다. 강한 힘이 느껴지는 팔과 어깨가 꿈틀거리며 움직일 때마다 낫이 오른쪽에서 왼쪽으로 움직였고, 그 한켠에는 베어진 목초가 차곡차곡 쌓여갔다.

그의 모습을 바라보면서 앨리즈는 가슴속에 맺혔던 응어리가 스르르 풀리는 것을 느꼈다. 남자들은 누구나 자신이 주인공인 연극을 펼치면서 산다고 했다. 하지만 그것은 여자도 마찬가지였다. 앨리즈는 자기 인생에 있어서 유일한 주인공이었다. 그러나 레저널드 대번포트가 스트릭런드에 모습을 드러낸 순간부터 그녀의 연극에는 또 한 명의 주인공이 등장했다. 강인한 힘과 자석 같은 흡인력을 가진 그는 마치 당연하다는 듯이 그녀만의 연극에서 그녀보다 더 강력한 힘을 가진 주인공이 되어버렸던 것이다. 그는 앨리즈의 생계를 이을 수도 끊을 수도 있는 절대적인 힘을 가졌을 뿐만 아니라, 이글거리는 화마 속에서 그녀의 생명을 구해냈으며, 또한 비밀스러운 꿈과 낯뜨거운 몽상의 주인공이기도 했다.

그를 만난 후 처음으로, 앨리즈는 그를 바라보는 시각을 바꾸기 시작했다. 그를 둘러싼 세상을 그의 시각에서 보기 시작한 것이었다. 레저널드가 직접 그렇게 말한 적은 없었지만, 그가 지금 몰두하고 있는 연극의 핵심은 새로운 삶을 찾는 것, 뭔가 의미 있고 생명력 있는 어떤 것을 해보고자 하는 것이었다. 레저널드는 스트릭런드를 출발점으로 해서 자신의 인생을 바꿔보려고 분투하고 있는 중이었다. 요즈음 그가 술을 끊으려고 애쓰고 있는 것도 새롭게 출발하는 삶의 바탕을 보다 튼튼히 다지기 위한 것이었다.

레저널드 외에도 너무나 많은 남자들이 거의 몰지각할 정도로 술을 마신다는 것을 앨리즈도 알고 있었다. 그리고 그들은 대부분 자신이 술에 의지해서 살고 있다는 사실을 극구 부인했다. 또한 술을 적게 마시는 사람이든 많이 마시는 사람이든, 술을 끊어보겠다고 노력하는 사람들은 극소수에 불과했다. 그렇지만 레저널드는 스스로 자신이 술 때문에 인생을 망치고 있다는 것을 인정하고 그것을 돌이켜보려고 노력하는 중이었다.

앨리즈는 레저널드 대번포트의 세계에서 보자면 아주 작은 단역에 불과했다. 그의 행복이나 불행, 술을 마시거나 안 마시거나 그녀가 상관할 일이 아니었다. 레저널드가 내면의 악마와 어떤 싸움을 어떻게 하고 있는지는 더욱 더 그녀와는 거리가 먼일이었다.

그런 생각을 하자 왠지 마음이 가벼워졌다. 대번포트는 아주 복잡한 인간형이었다. 영웅도 아니고 악당도 아니면서 어느 순간에는 영웅적인 행동을 하다가, 또 어느 순간에는 악당 같은 행동도 서슴지 않고 하지 않는가. 늙지도 않았지만 그렇다고 젊지도 않은 사람이면서 스스로 어떤 문제를 일으키게 되든 두려움이 없고, 또한 자신이 저지른 문제에 대해서는 주저없이 자기 짓임을 인정하는 남자였다. 앨리즈가 지금껏 보아온 것을 토대로 판단하자면, 레저널드 대번포트는 자신을 둘러싼 주변에 대해 지극히 공평하고 동정적인 사람이었다.

그리고 그는 몹시 외로운 사람이었다.

레저널드가 지금 필요로 하는 사람은 유능한 집사나 잠자리를 함께 할 여자가 아니었다. 또는 공허한 말로 가득한 위로나 격려도 아니었다. 이렇게 중요하고 어려운 시기에 그에게 진정으로 필요한 것은 우정과 포용, 그리고 이해였다. 그런 거라면 앨리즈는 얼마든지 그에게 줄 수 있었다. 레저널드 대번포트라는 인간을 좋아하기 때문이었다.

앨리즈는 말을 천천히 몰아 앞으로 나가면서 레저널드가 아무리 무뚝뚝하고 성마르게 굴더라도 좋은 친구가 되기 위해 더 열심히 노력하자고 자신을 타일렀다. 비록 그가 하녀를 잠자리에 끌어들이는 못된 짓을 저지르고 있더라도.

저택에서 늦은 점심을 먹고 마구간으로 향하던 앨리즈는 말을 조련하는 작은 목장에서 레저널드가 큰 회색 거세마를 조련하고 있는 것을 보았다. 친구가 되기로 마음먹은 마당에 굳이 피해갈 것 없이 잠시 들러 인사도 하고 구경도 할 생각으로 그녀는 목장 쪽으로 발길을 돌렸다. 윌리엄은 오늘도 빠지지 않고 벌써 나와 있었다. 작은 체구였지만 목장 울타리에 조심스럽게 올라앉은 아이는 거의 경탄의 눈길로 자신의 영웅과 그 영웅의 손길 속에 점점 기술이 늘고 있는 말을 하염없이 바라보고 있었다. 윌리엄은 앨리즈가 다가가 인사를 해도 본 체 만 체였다.

레저널드의 말 타는 솜씨가 뛰어나다는 것은 이미 알고 있었지만 말을 조련하는 솜씨까지 이렇게 뛰어나리라고는 앨리즈도 미처 몰랐던 일이었다. 그는 말에게 어떤 것도 억지로 강요하지 않았다. 다만 거의 눈에 보이지 않을 정도로 조금씩 체중을 옮겨주거나 때때로 어루만져 주면서 인내심을 가지고 녀석의 부족한 부분을 고쳐주고 자세를 교정시키고 있었다.

조련 과정이 끝나면 틀림없이 훌륭한 사냥말이 탄생할 것 같았다. 윌리엄이 열심히 고개를 끄덕이며 말했다.

「대번포트 씨는 스모키를 고삐 없이 몰 수도 있어요.」

말을 원형으로 몰고 운동을 시키던 레저널드는 힐끗 앨리즈가 서 있는 것을 발견하고 잠시 주춤하더니, 말을 천천히 몰고 앨리즈와 윌리엄이 앉아 있는 곳으로 다가왔다. 거기서 앨리즈를 만난 것은 반가운 눈치였으나 표정은 어딘지 모르게 방어적이었고, 환하던 미소도 온데간데없었다. 앨리즈가 어떤 얼굴로 인사를 할지 자신이 없는 것도 같았다. 지난주 내내 두 사람이 나눈 이야기는 겨우 서너 마디 정도에 불과했다.

앨리즈가 밝게 웃으며 먼저 인사를 건넸다.

「뒷다리와 엉덩이가 잘생긴 것을 보니 스모키는 훌륭한 사냥말이 될 것 같군요.」

앨리즈의 밝은 표정과 시원시원한 인사말에 굳었던 레저널드의 표정도 조금 풀렸다.

「맞소. 아직은 좀 거칠지만 장애물도 잘 넘고 무엇보다 힘이 넘치지. 중부 지방에서는 따라올 말이 없는 사냥말이 될 거요.」

「나중에 조련이 끝나면 파실 생각이신가요, 아니면 직접 사냥말로 쓰실 건가요?」

「팔 생각이오. 아마 일년 후면 샀던 값보다 열 배는 비싸게 팔 수 있을 거요. 도체스터에서 사온 다른 두 마리도 이 녀석 못지않게 좋은 말들이지.」

「나머지 한 마리는요?」

「지형이 평탄한 중부 지방에서 사냥말로 쓰기에는 체구가 좀 작은 편이지만, 데번(Devon, 잉글랜드 남서부의 주)처럼 거칠고 산이 많은 지역에서는 아마 사냥말로 쓸 만할 거요. 그런 지형에서는 속도보다 장애물을 넘는 기술이 더 중요하니까.」

네메시스가 울타리 아래로 기어 들어가는 바람에 말이 놀라서 옆걸음으로 주춤거리며 흥분하자 레저널드는 금방 녀석을 토닥거리며 마음을 진정시켰다.

「경주마로 태어났으면서도 발이 빠르지 못한 놈은 운명을 잘못 타고난 불쌍한 놈이지. 하지만 사냥말은 저마다 특징에 따라서 다른 운명을 살 수 있으니 훨씬 낫지 않소? 발이 빠른 놈은 장애물 경주를 하고, 그렇지 못한 놈들은 다른 종류의 사냥을 시키거나 아예 승마용으로 길들이면 되니까.」

「경마용 말보다는 사냥말이 철학적으로 훨씬 만족스럽다는 말씀인가요?」

「그렇소. 또 나 같은 사람에겐 돈벌이도 훨씬 괜찮고.」

레저널드의 눈꼬리가 장난스럽게 치켜 올라갔다. 대번포트가 탕아라기에는 놀랍도록 뛰어난 사업가다운 감각을 가졌다는 걸 앨리즈는 이미 깊이 느낀 바 있어 더 이상 놀랍지도 않았다.

「말을 조련하는 일로 사업을 벌이실 생각이라면, 마구간에 일손이 더 필요하실 텐데요?」

윌리엄은 귀가 번쩍 뜨인 듯, 두 어른의 대화에 끼어들었다.

「저도 마구간에서 심부름꾼으로 일할 수 있어요!」

레저널드가 깜찍한 꼬마를 내려다보며 싱긋이 미소를 지었다.

「레이디 앨리즈는 아마 네가 학교나 열심히 다니길 바라실 거라는 게 내 생각이다.」

그리고는 앨리즈를 돌아보며 말을 이었다.

「당신 말이 맞아요. 조만간 일손이 더 필요하게 될 거요. 말 조련에 경험이 있는 사람을 추천해줄 수 있겠소?」

앨리즈는 아랫입술을 살짝 깨물며 생각에 잠겼다.

「그런 사람이 필요하시다면 제이미 파머가 적격이겠군요. 도자기 공장의 공장장 말입니다. 지금은 거기서 일하고 있지만 마구간에서 일한 경력도 꽤 길거든요. 특히 어린 말을 잘 다루죠.」

「그 사람이 없어도 도자기 공장에는 무리가 없겠소?」

「물론 아쉽기는 하겠지만 조수 중에 일을 잘 하는 사람이 있으니까 큰 문제는 없을 거예요. 제가 한번 의향을 알아볼까요?」

레저널드는 고개를 저었다.

「내가 직접 만나서 물어보겠소. 조련사로 부르기 전에 먼저 그 사람에 대해 좀더 알아보고 싶으니까. 참, 오늘 내 친구가 하나 올 거요. 이름은 줄리언 마크엄인데, 늦어도 오늘 저녁 안으로 도착할 거고, 아마 며칠 머무르게 될 거요. 내가 벌써 얘기했던가?」

「아뇨, 안 하셨습니다.」

앨리즈의 얼굴에 떠오른 경계의 시선을 눈치챘는지, 레저널드가 씩 웃으며 말했다.

「걱정할 것 없소. 줄리언은 점잖은 친구니까. 어떤 말썽도 일으키지 않고 조용히 있다 갈 거요.」

앨리즈가 적당한 할말을 찾기도 전에 어디선가 말발굽소리와 마구가 부딪치며 내는 소리가 들려왔다. 두 마리 구렁말이 끄는 세련된 모양의 사륜마차가 마구간과 말 조련장 사이의 마당에 와서 멈추었다. 앨리즈는 한 손을 들어 햇빛을 가리고 마차를 바라보면서 말했다.

「손님이 벌써 도착하셨나보군요.」

「그렇군. 시간은 기가 막히게 지키는 친구라니까.」

레저널드도 반가운 목소리로 미소를 지으며 말했다. 마구며 장식까지 완벽하게 갖춘 호화로운 사륜마차를 본 윌리엄은 거의 두 눈이 튀어나올 지경이었다. 아이는 자기도 모르는 사이에 벌써 울타리에서 뛰어내려 마차를 향해 다가가고 있었다. 앨리즈는 레저널드가 조련하던 말을 매어두는 동안 조용히 기다렸다가 그와 함께 손님을 맞으러 갔다.

마차를 몰고 온 신사는 자기 하인에게 고삐를 넘겨주고 성큼 뛰어내려 레저널드에게 다가갔다. 앨리즈는 자못 흥미로운 시선으로, 손님으로 온 젊은 남자를 훑어보았다. 레저널드의 친구라기에 비슷한 연배일 거라고 생각했었는데, 줄리언 마크엄이라는 이 남자는 레저널드보다 훨씬 젊은 청년이었다.

또한 집을 나온 이후 처음 본다 싶을 정도로 잘생긴 미남형이었다. 꽤 여러 시간을 달려왔을 텐데도 몸에 잘 맞은 양복이나 깨끗하게 닦아 신은 구두나 할 것 없이 방금 의상실에서 새 옷을 사 입고 나온 사람처럼 흠 하나 없었다.

반가운 재회의 악수를 나눈 후, 레저널드는 앨리즈와 윌리엄에게 자기 친구를 소개했다. 마크엄은 앨리즈의 손등에 정중하게 입을 맞추어 첫 만남의 예의를 표시했다. 허리를 편 줄리언은 거의 자신만큼 큰 그녀의 키에 슬그머니 놀랐다. 어쩌면 서로 색깔이 다른 그녀의 두 눈동자 때문일지도 몰랐다.

그의 생각이 무엇이었든, 그의 표정으로 보아 앨리즈에게 나쁜 감정을 가진 건 아닌 것 같았다. 줄리언이 미소를 지으며 말했다.

「말씀 많이 들었습니다, 웨스턴 양. 스트릭런드를 꾸려가시는 집사시라구요.」

앨리즈는 그의 말에 혹시 조롱이 섞인 것은 아닐까 잠시 생각해보았지만 줄리언의 미소는 그저 멋지고 아름다울 뿐이었다. 볼수록 호감이 가는 얼굴이었다. 앨리즈는 피터와 메리디스도 이 남자를 보면 같은 생각을 하지 않을까 궁금했다. 피터는 아마도 줄리언을 가장 완벽한 런던 신사의 표본으로 떠받들 것이 분명하지만, 콧대높은 메리디스는 줄리언도 남편감으로는 부족하다고 생각할지도 몰랐다. 그러나 앨리즈가 보기에는 메리디스의 남편감으로 이보다 더 적당한 청년은 없을 것 같았다.

앨리즈가 줄리언과 인사말을 주고받는 사이에 이쪽의 소란스러움이 궁금했던지 메리디스가 모습을 드러냈다. 불이 난 후 하녀에게서 빌려 입은 헐렁한 옷, 게다가 여기저기 진흙이 묻어 있었고, 탐스러운 금발은 검은색 끈으로 질끈 동여맨 채였다. 아마도 도자기 공장에서 새로운 그릇을 디자인하다 온 모양이었다. 대번포트가 그녀에게 손님을 소개했다.

「메리디스, 이쪽은 내 친구.」

메리디스는 손님에게 인사를 하러 다가섰다. 그러나 그 순간 그녀의 얼굴이 보기 민망할 정도로 일그러졌다. 이런 단정하지 못한 얼굴로 초면의 손님을 마주하다니! 그러나 누가 보아도 메리디스의 얼굴은 아름답기 그지없었다.

앨리즈와 레저널드의 시선이 마주쳤다. 두 사람은 말없이 자신들을 빗겨간 청춘의 순간들을 아쉬워했다. 레저널드가 메리디스에게 줄리언을 소개했고, 두 사람은 첫인사를 나누자마자 한창 나이의 청춘남녀답게 어느새 친해졌다.

윌리엄이 줄리언의 마차와 말을 구경하러 간 사이 앨리즈는 레저널드에게 조용한 목소리로 물었다.

「메리디스의 장래를 걱정하는 보호자로서 말씀인데, 친구분이 아주 마음에 드는군요.」

「그럴 거요. 언젠가는 자작의 작위를 물려받을 사람이고, 재산도 꽤 많은 집안의 외아들이라오. 물론 타고난 신사지.」

「언행도 아주 반듯한 것 같군요. 어떻게 저런 분과 친구가 되셨어요?」

그 말이 자칫 실례일 수도 있다는 것을 깨닫고 앨리즈가 얼른 변명을 하려 하자 레저널드가 장난스럽게 미소를 지으며 대답했다.

「여러 가지 이유가 있지. 우선 저 친구와 내가 사귀는 걸 저 친구의 부친이 쌍지팡이를 짚고 방해했거든.」

「이제야 알겠군요.」

앨리즈도 유쾌하게 웃었다.

「그런데, 혹시 메리디스와 다리를 놓아주실 생각으로 초대하신 건 아닌지…….」

「뭐, 꼭 그런 건 아니었지만, 메리디스와 잘 어울리는 한 쌍이 될 거라는 생각이 들었소. 메리디스에게 좋은 남편감을 찾아준다면 당신에게서 큰 부담 하나를 덜어줄 수 있을 텐데, 줄리언이라면 내가 아는 남자들 중에서 가장 적당한 인물이었거든. 아니, 그게 아니라 메리디스와 인연이 된다면 그건 줄리언의 행운이지. 메리디스는 런던의 중매쟁이들도 찾아내기 힘든 아가씨요.」

앨리즈는 레저널드가 메리디스의 장래까지 염려하고 있다는 사실에 큰 감동을 받았다. 메리디스와 줄리언은 즐겁게 웃으며 벌써 대화에 열중하고 있었다. 메리디스의 초라하고 단정하지 못한 행색에도 불구하고 두 사람 사이에는 벌써 좋은 감정이 오가고 있는 것이 틀림없었다. 두 사람이 어울리는 모습이 보기 좋은 것은 반드시 그들이 잘생겼기 때문은 아니었다. 두 사람이 서로 교감하고 있는 지적인 매력과 선한 본바탕이 그 아름다움의 원천이었다.

그러나 좀더 현실적인 눈으로 보자면, 결혼이 그런 것만으로 다 이루어지는 것은 아니었다. 남녀의 결혼이 성사되기까지는 더 많은 조건들이 갖추어져야 했다.

「줄리언의 부모님도 메리디스를 좋게 받아들이실까요? 출신이나 재산으로 보자면 그분들의 기준에는 턱없이 모자랄 텐데⋯⋯.」

「걱정하지 마시오. 물론 메리디스를 두 팔 벌려 반기지는 않겠지만, 줄리언은 무슨 수를 써서든 허락을 받아내고 말 거요.」

그 말을 들으니 앨리즈는 조금이나마 안심이 되는 것 같았다. 메리디스와 줄리언이 만난 지 얼마나 되었다고 벌써 거기까지 걱정한다는 것이 우습기도 했지만, 부모의 입장이 된 후로 만사를 앞질러 걱정하는 게 앨리즈의 버릇이 된 터였다.

메리디스와 줄리언이 다가오는 바람에 앨리즈와 레저널드의 대화는 거기서 끊겼다. 집사로서의 임무도 중요하지만, 방금 도착한 손님맞이에 신경을 쓰는 것도 자신의 할 일이다 싶었던 앨리즈는 줄리언에게 물었다.

「먼길에 피곤하실 텐데, 어서 들어가셔서 차라도 드시겠어요?」

「고맙습니다, 미스 웨스턴. 제 마음을 훤히 꿰뚫어보시는군요.」

줄리언은 기분 좋은 미소를 지으며 대답했다.

앨리즈는 메리디스와 윌리엄을 앞세우고 저택으로 향했다. 메리디스는 기꺼이 앞장서서 집으로 향했지만, 런던에서 온 말과 마차에 온통 마음을 빼앗겨버린 윌리엄을 집으로 들어가게 하는 데는 다소 시간이 걸렸다.

앨리즈가 두 아이들을 데리고 먼저 들어가자 줄리언이 목소리를 낮춰 레저널드에게 물었다.

「미스 스펜서가 저렇게 눈부신 여자라는 걸 왜 미리 말해주지 않았죠? 미리 귀띔만 해주었더라면 열 일을 제쳐놓고 먼저 달려왔을 텐데.」

싱글벙글 웃으며 투덜거리던 줄리언의 표정이 갑자기 굳어졌다.

「혹시……, 저, 형님이…….」

입에 담기조차 쑥스럽다는 듯이 줄리언이 머쓱한 표정으로 말꼬리를 흘렸다.

「내 꼬마 여자친구냐고? 말도 안 돼! 메리디스가 그 정도밖에 안 돼 보이나?」

그제야 줄리언이 표정을 풀며 안도하는 얼굴을 보였다.

「미안해요, 형님. 물론 미스 스펜서가 그럴 여자는 아니겠죠.」

네메시스가 꼬리를 흔들어대며 타박타박 두 사람의 뒤를 따라왔다. 개가 줄리언의 바짓가랑이를 물어 당기려고 하자 레저널드가 날카롭게 소리를 질렀다.

「네메시스!」

개는 움찔하며 뒤로 물러섰지만, 꼬리를 치켜세우고 흔들어대는 폼이 아직 완전히 포기하지는 않은 것 같았다.

「내가 기르는 개야. 머리는 우둔하지만 그저 곁에 둘 만은 해. 하지만 버르장머리가 없는 놈이니 자네가 알아서 조심하도록 해.」

「이젠 전원 생활에 완전히 흠뻑 빠지셨군요. 여우 사냥개 몇 마리만 있으면 완벽하겠어요.」

줄리언이 네메시스의 귀를 어루만지며 말했다.

「미스 스펜서와 남동생은 미스 웨스턴과 친척사이인가요?」

레저널드는 느릿느릿한 걸음으로 말 조련장으로 다시 들어섰다.

「중간에 남자아이가 하나 더 있지.」

그는 조련하던 회색 말을 끌고 마구간으로 향하면서 앨리즈와 스펜서 삼 남매가 한 가족이 된 경위를 설명해주었다. 그리고 얼마 전의 화재로 갈 곳이 없는 신세가 되었다는 이야기도 덧붙였다. 그 이야기에 호기심이 느껴졌는지, 상기된 얼굴로 줄리언이 대꾸했다.

「도싯은 아주 조용한 시골이라고 생각했는데! 듣고 보니 이곳에서도 재미있는 일이 전혀 없는 건 아니군요. 하긴, 여자를 집사로 둔 장원 주인은 영국을 샅샅이 다 뒤져도 아마 형님밖에 없을 거예요. 그것도 그냥 평범한 여자인가요, 영광스러운 아마존의 여왕이시던데!」

레저널드가 성가시다는 듯한 표정으로 되받았다.

「레이디 앨리즈는 너한테 어울리는 타입은 아니야.」

그러자 줄리언도 지지 않았다.

「그럼 형님 타입인가요?」

「런던으로 오는 동안 머리에 든 건 다 흘리고 왔나?」

레저널드는 마구간지기에게 회색 말의 고삐를 넘겨주고 돌아서며 말을 이었다.

「모든 여자가 다 내 타입이지. 아니면 아무도 아니던가. 그게 그거지만.」

두 사람은 유쾌하게 웃으며 어깨를 나란히 하고 저택으로 향했다. 줄리언은 레저널드를 잘 알고 있었다. 근엄하고 딱딱한 노처녀에게 관심을 둘 사람이 아니었다. 아무리 영광스러운 아마존의 여왕일지라도.

줄리언이 도착한 후로 스트릭런드는 훨씬 활기찬 곳이 되었다. 하루도 못 가서 줄리언은 저택의 모든 식구들과 이름을 부르는 사이가 되었다. 윌리엄은 네메시스와 똑같이 레저널드의 뒤를 졸졸 따라다니느라 바빴고, 피터는 어느새 줄리언을 새로운 영웅으로 떠받들면서 그의 일거수일투족을 흉내내느라 열심이었다.

다행히 줄리언이 사람 좋은 성격이기에 망정이지, 앨리즈는 두 사내아이가 자칫 손님을 성가시게 하는 것은 아닐까 걱정스럽기도 했다. 그런 면만 보아도 줄리언은 메리디스에게 더없이 좋은 신랑감이었다.

하지만 그렇다고 앨리즈의 마음이 즐겁고 편안하기만 한 것은 아니었다. 메리디스와 줄리언이 서로에게 호감을 느끼고 있는 것만은 틀림없는 것 같았지만, 마크엄의 가족들도 메리디스를 환영해줄까 늘 걱정이 앞섰기 때문이었다.

앨리즈는 메리디스에게 너무 큰 기대를 갖지는 말라고 조심스럽게 타일렀다. 메리디스는 생글생글 웃으며 줄리언은 완벽하게 신사적인 사람이지만, 자신도 허망한 유리성을 짓고 싶지는 않다고 또렷하게 말했다. 그래도 앨리즈는 완전히 마음이 놓이지 않았다. 비록 메리디스는 줄리언에게 단순한 호기심 이상의 감정은 없노라고 주장하고 있었지만, 앨리즈가 보기에 줄리언을 바라보는 메리디스의 시선에는 분명히 호감 이상의 감정이 들어 있었다.

줄리언이 찾아온 후로 분명히 좋아진 점은, 레저널드가 술 없이 보내는 시간을 덜 고통스러워한다는 것이었다. 최근 일주일에 비해 훨씬 더 말수도 많아졌고 웃기도 잘 했다. 늘 그를 휩싸고 있던 불안한 긴장감도 사라진 것 같았다. 레저널드는 여전히 인부들 속에 섞여 육체노동에 열중하고 있었지만, 줄리언은 그 시간에 기꺼이 집에 혼자 남아 다른 식구들과 어울려 지내고자 했다. 스트릭런드 주변의 가볼 만한 곳은 차례차례 그들의 소풍지가 되었다.

앨리즈도 처음에는 줄리언과 세 아이들이 가는 곳마다 따라다녔지만, 한창 일손이 달리는 계절에 다른 일로 시간을 빼앗기는 것도 마음에 걸렸고, 몇 번 따라 다녀보니 자신이 없어도 두 남동생의 눈이 있으니 별문제는 없을 것 같다는 마음도 생겼다.

줄리언이 스트릭런드에서 머문 지 일주일째 되던 날 저녁 식사 도중에 도체스터의 사교계 모임이 화제가 되었다. 메리디스는 눈망울을 반짝이며 이번 기회에 도싯의 사교계도 유행에 뒤떨어지지 않는다는 것을 줄리언에게 보여주자고 제의했다. 줄리언은 그녀의 말에 유쾌하게 웃었다.

「그럼 이 지방에서도 왈츠를 즐긴단 말입니까?」

「무슨 말씀을! 영국 땅에 왈츠를 처음 선브인 고장이 바로 도싯이라는 소문도 있는데요! 하지만 왈츠가 연주된다고 해도 막상 나서서 춤을 출 만한 사람이 있을지는 저도 잘 모르겠어요.」

「그렇다면 그건 매우 애석한 일입니다. 제가 왈츠를 가르쳐드리죠. 물론 레이디 앨리즈가 허락하신다면요.」

줄리언이 테이블 건너편의 앨리즈를 바라보았다.

「저도 배워보고 싶군요. 고상한 귀족양반들이 그렇게 비난하는 춤곡이라니, 더욱 흥미가 가는데요?」

식사를 마치자 모두들 기대에 찬 얼굴로 거실에 모였다. 아직 잘 시간은 아닌데다 마땅히 할 일이 없던 윌리엄까지 어른들 틈에 묻어 들어왔다. 앨리즈가 악보를 꺼내들고 피아노 앞에 앉으려 하자 레저널드가 만류했다.

「피터도 왈츠를 배우고 싶어하는데 당신이 피아노를 치면 파트너가 모자라지 않소? 연주는 내가 하겠소.」

앨리즈는 그의 말에 깜짝 놀랐다.

「피아노를 칠 줄 아신다는 이야기는 처음인데요?」

「그럼 이 기회에 내 실력을 한번 보면 되겠군.」

레저널드는 이번에도 묘한 미소를 흘리며 피아노 의자에 앉았다.

레저널드는 믿어지지 않을 정도로 뛰어난 피아니스트였다. 앨리즈는 그의 길고 아름다운 손가락이 건반 위로 춤추듯 움직이는 것을 보았다. 처음에는 고요한 잔물결처럼 움직이더니 차차 강하고 힘있는 움직임으로 이어졌다. 앨리즈는 도대체 저 남자가 언제 저렇게 피아노를 연습

할 시간이 있었을까 의아해지기까지 했다.

앨리즈도 줄리언이 선보이는 왈츠 스텝을 열심히 따라해 보았다. 물론 그의 첫 연습 상대는 메리디스였다. 메리디스 다음으로 앨리즈가 그의 상대가 되었고, 피터는 줄리언과의 연습 차례를 기다리는 두 여자 중 한 여자와 춤을 추었다. 연습을 시작한 지 반시간만에 두 쌍의 남녀가 멋지게 왈츠를 추면서 거실을 누볐고, 윌리엄은 지루한 얼굴로 눈을 비벼댔다.

사교계 모임에 가기로 한 날, 앨리즈는 오후 일과를 마치고 돌아오는 길에 마구간에서 레저널드와 마주쳤다. 그날은 양털 깎기 행사가 시작된 날이기도 했다. 장원에서 하는 일은 어떤 것이든 직접 참여해 보고 싶어하던 레저널드가 빠질 리 없었다. 앨리즈는 다른 일에 바빠 그날 양털 깎는 작업장에 미처 가보지 못했던 참이었다.

「양털 깎기는 어떠셨어요?」

레저널드는 그날 타고 나갔던 암말에게서 안장을 벗겨내며 대답했다.

「그 바보 같은 짐승을 목욕시키는 것보다 훨씬 어렵더군. 게이브리얼이 기본적인 기술을 가르쳐주긴 했는데, 내가 가위질을 할 때마다 울상을 짓는 걸 보니 내 솜씨가 별로 탐탁치는 않았던 것 같소. 하지만 초보자치고는 그럭저럭 괜찮았다고 합디다.」

「양털은 우리 장원의 중요한 생산품인데. 몇 마리나 망쳐놓으셨어요?」

「한, 두 마리쯤? 그 정도면 봐줄 만하지 않소?」

앨리즈는 싱긋 웃기만 할 뿐 대답을 하지 않았다. 레저널드가 암말의 땀을 닦아주고 털을 빗겨주는 모습을 지켜보다가 앨리즈는 생각난 듯 물었다.

「술 없이 지내시기는 좀 수월해지셨나요?」

아픈 데를 찔린 듯, 레저널드의 표정이 차가워졌다.

「그건 당신이 상관할 일이 아니라고 생각하는데.」

앨리즈는 갑자기 얼굴이 화끈거렸다.

「죄송합니다. 저는 상전이 하라는 일이나 하고, 괴팍한 성질도 참아주어야 하는 일꾼에 불과하다는 걸 잠시 잊었습니다.」

앨리즈는 찬바람을 쌩 일으키며 돌아서 마구간 문으로 향했다. 그녀의 등뒤에서 나지막한 목소리가 들려왔다.

「앨리즈, 미안하오. 내가 말을 잘못했소.」

기분이 풀리지 않아 씩씩대면서 앨리즈는 걸음을 멈추고 천천히 돌아섰다. 레저널드의 얼굴이 어두웠다.

「최근 들어 내가 여러 사람들에게 괴팍스러운 행동을 보였다는 건 나도 잘 알고 있소. 하지만 나도 가능한 한 참아보려고 노력하고 있는 중이오. 용서해주겠소?」

앨리즈는 누구나 자신의 잘못을 사과한다는 게 쉽지는 않은 일이라는 걸 잘 알고 있었다. 자신도 때로는 잘못했다는 것을 알면서도 사과하는 데 주저하지 않았던가.

「용서하고 다 잊어드리죠. 저도 때로는 피곤하거나 짜증이 나면 무례하게 굴 때가 있으니까요.」

「그럼 무례했던 내 행동은 이제 면죄부를 받은 걸로 알겠소.」

그제야 레저널드의 얼굴에 희미하게 미소가 떠올랐다.

「그건 그렇고, 오늘은 가정교사 같은 옷 말고, 새로 맞춘 황금색 드레스를 입도록 하시오.」

앨리즈의 눈꼬리가 치켜 올라갔다.

「정말 도저히 참을 수 없을 만큼 무례하시군요!」

「난 양털 깎기보다는 무례한 행동에 훨씬 더 자신이 있거든!」

레저널드가 그 특유의 유들유들한 미소를 지으며 대꾸했다.

「어련하시겠어요!」

앨리즈는 코방귀를 뀌면서 마구간을 나섰다. 하지만 레저널드의 말이 그렇게 나쁘게만 들리지는 않았다.

16

　무도회에 얼굴을 내민 사람들은 주로 지역 유지들과 돈 아니면 명예를 거머쥔 전문직업인들, 큰돈을 굴리는 상인들 등이었다. 앨리즈는 이미 서너 번 메리디스를 대동하고 이런 무도회에 참석한 적이 있었지만, 오늘밤은 아주 특별한 밤이었다. 오늘밤이 특별한 이유는 아무래도 줄리언 마크엄에게서 찾을 수 있었다. 방에 들어서는 순간 방안에 있던 모든 여성들의 시선이 일제히 그에게 쏠렸을 정도였다. 어쩌면 그 여자들의 시선이 발견한 남자는 큰 키에 건강한 구릿빛 피부, 그리고 빈틈없는 악마 같은 검은 정장을 입은 레저널드였는지도 몰랐다. 물론 눈동자 색깔과 완벽하게 어울리는 푸른색 리본이 장식된 심플한 모슬린 드레스를 입은 메리디스는 단연 뭇 청년들의 시선을 끌었다.

　오늘밤이 특별한 이유는 어쩌면 앨리즈 자신 때문일 수도 있었다. 레저널드가 입고 나오라던, 가슴 부분이 깊이 파인 황금색 드레스는 앨리즈의 옷장을 차지하고 있는 몇 벌의 드레스 중에서 가장 화려하고 대담한 것이었다. 메리디스는 앨리즈의 윤기나는 머리카락을 느슨하게 뒤로 틀어올리고, 몇 가닥의 머리카락을 맨살이 드러난 어깨 위에 드

리워놓았다. 몰라보게 변한 모습을 거울 속에서 발견하고 앨리즈 자신
도 깜짝 놀랐을 정도였다. 한창 나이의 처녀를 보호하기 위해 무도회
에 참석하는 보호자가 아니라 그녀가 바로 사교계에 데뷔하는 어린 아
가씨 같았다.

단장을 마치고 위층에서 내려왔을 때, 피터와 줄리언이 입을 떡 벌
리며 칭찬하는 소리를 듣고 앨리즈는 민망하고 어색해 어쩔 줄을 몰라
했다. 그러나 레저널드가 머리끝부터 발끝까지 천천히 훑어보고 나서
슬며시 만족스러운 미소를 짓는 것을 보고서야 앨리즈는 마음이 놓였
다. 그랬다. 오늘밤은 앨리즈에게 특별한 밤이었다.

앨리즈와 메리디스는 모임에 나온 사람들과 대부분 구면이었다. 메
리디스는 모임이 열린 방안에 들어서자마자 금방 청년들에게 둘러싸였
다. 앨리즈는 딸을 가진 어떤 부모도 자기 딸이 닮기를 바랄 만한 여
성은 아니었지만, 그래도 대부분의 사람들이 그녀를 정중히 반겼다.

그러나 오늘밤은 그 어떤 때보다도 그녀에게 관심을 보이거나 환대
하는 사람이 많았다. 혼기에 찬 딸을 둔 어머니들은 앞다투어 앨리즈
에게 다가와 인사를 한다, 지난번 화재를 위로한다 하며 법석을 떨었
다. 그리고는 잔뜩 기대에 차서 앨리즈가 줄리언과 레저널드를 자신들
에게 정식으로 소개시켜주기를 기다렸다. 그 두 남자는 오늘 참석한
남자들 중에서 가장 장래성 있는 신랑감들이었다.

사람들의 갑작스런 관심에 레저널드의 눈에는 금방 냉소가 가득 찼
다. 한 무리의 여자들이 소란을 피우고 돌아간 뒤 잠시 조용해진 틈을
타서 레저널드가 중얼거리듯 말했다.

「몇 달 전 같았으면 내가 딸에게 접근할까봐 보초라도 세웠을 사람
들이 웬 수선인지…….」

「인생에 있어서 타이밍이란 게 그만큼 중요한 거죠. 지금은 저 부인
들이 하나같이 선망하는 사윗감이 되셨잖아요?」

그때 한 부인이 앨리즈에게 다가왔다.

「이렇게 뵙다니, 정말 반갑습니다, 베어드 부인. 대번포트 씨와는 초

면이시죠?」

앨리즈가 레저널드를 소개시켜주자 베어드 부인이라는 여자는 이맛살을 잔뜩 찌푸린 채 못마땅한 얼굴로 그를 훑어보았다. 마치 레저널드가 당장 자신을 덮쳐 겁탈이라도 할까 두렵다는 듯한 얼굴이었다. 반면에 줄리언 마크엄의 배경이나 재산 등에 대해서는 꼬치꼬치 캐물었다. 앨리즈는 요리조리 대답을 피하면서 정작 그녀가 알고 싶어하는 것은 하나도 알려주지 않았다. 결국 쓸 만한 얘기는 한마디도 못 듣고 베어드 부인이 저만치 물러가자 레저널드는 혀를 끌끌 차더니 최근에 스트릭런드로 돌아와 알게 된 남자들이 모여 있는 곳으로 갔다. 그 남자들이 레저널드를 반가이 맞이하는 것으로 보아 이곳에서 자리를 잡겠다는 그의 뜻은 순조롭게 이루어지고 있는 것 같았다.

앨리즈는 딸을 데리고 온 다른 부인들과 섞여 이야기를 나누면서도 사뭇 메리디스에게서 눈을 떼지 못했다. 줄리언은 메리디스와 첫 춤을 추고 난 후 꿈도 많고 부끄럼도 많은 다른 처녀들에게도 런던의 신사와 춤을 출 수 있는 영광을 선사했다.

어린 시절, 자신도 부끄러움이 많았던 앨리즈는 줄리언 같은 남자와 춤을 춘다는 것이 얼마나 황홀한 일인지 누구보다 잘 알았다. 잘생긴 외모와 깨끗한 매너 외에도 그는 어떤 여자든 자신만이 오직 그와 함께 있다고 느끼게 만드는 특별한 재주가 있었다. 오늘밤 줄리언은 그 처녀들에게 평생 간직할 만한 멋진 추억을 선물한 셈이었다.

춤은 정확히 여덟 시에 시작해서 자정에 끝나기로 되어 있었다. 열시 정각, 잠시 휴식 시간이 지난 후 악사들이 왈츠를 연주하기 시작했다. 이렇게 공개적인 장소에서 왈츠가 연주되는 것은 도체스터에서는 처음 있는 일이었다. 방안에 모인 사람들은 일순 얼어붙은 듯이 조용했고, 무대는 텅 빈 채 음악만 흘렀다.

그때, 근방에서는 대지주로 통하는데다 런던에도 자주 드나드는 리처즈와 그의 아내가 무대에 제일 먼저 올라서 춤을 추기 시작했다. 그러자 곧이어 한두 쌍의 남녀도 뒤를 따랐고 줄리언은 메리디스를 이끌고 무대로 올라가 그녀와 두 번째 춤을 추었다. 두 사람이 빙글빙글 원을 그리며 춤을 추는 모습은 방안의 모든 사람들이 넋을 잃고 바라볼 정도로 아름다웠다. 파트너를 바라보며 함박웃음을 짓고 있는 메리디스의 하늘하늘한 드레스 위로 금발이 흘러내렸다.

앨리즈가 흡족한 미소를 지으며 메리디스를 바라보고 있는데 레저널드가 다가와 그녀의 팔꿈치를 잡아당겼다.

「우리도 뭔가 보여주어야 하지 않겠소?」

미처 다른 핑계를 대고 거절할 여유도 주지 않고 레저널드는 벌써 앨리즈를 무대로 끌고 올라갔다. 사람들의 조롱거리가 될 것을 생각하니 앨리즈는 벌써 오금이 저리는 기분이었다. 어린 시절에 사교계에 데뷔해 첫 춤을 춘 이후로 그녀는 자신의 키가 무대에서 서면 얼마나 더 크게 보이는지 잘 알고 있었다. 그러나 레저널드와 함께 서니 그건 별로 문제가 되지 않는 것 같았다. 레저널드는 앨리즈도 올려보아야 할 정도로 키가 컸기 때문이었다. 앨리즈는 그와 시선을 맞추기 위해 올려다보면서 남몰래 안도의 한숨을 내쉬었다.

레저널드는 한 손으로는 앨리즈의 허리를 받치고 다른 한 손으로는 그녀의 장갑 낀 손을 꽉 잡으며 자세를 잡았다. 두 사람은 다른 어떤 커플에 못지않게 부드러운 동작으로 왈츠를 추기 시작했다.

레저널드를 처음 만났을 때부터 앨리즈는 그가 무척 잘생겼다고 생각했었다. 그러나 지금 보니 그는 단순히 잘 생기기만 한 것이 아니었다. 거의 여자의 넋을 빼놓을 정도였다. 줄리언과 춤춘 짧은 시간을 평생 추억할 처녀들처럼, 앨리즈는 그 마법의 순간을 조심조심 음미했다.

비록 두 사람은 열정적인 키스를 나눈 사이였지만 왈츠는 키스와는 다른 묘한 성적인 흥분을 일으키는 것 같았다. 무대에서 춤을 추고 있는 커플은 많지 않았기 때문에 레저널드와 앨리즈는 비교적 자유롭게 움직일 수 있었다. 등을 받친 레저널드의 손을 편안하게 느끼면서 앨리즈는 왈츠가 왜 음란한 춤으로 치부되는지 이해할 것 같았다. 레저널드의 손에서부터 서서히 뜨거운 불길이 퍼지며 온몸을 달구는 것 같은 은근한 열기와 은밀한 즐거움이 그 증거였다.

한 곡의 음악은 너무도 빨리 끝났다. 빠른 움직임으로 인해 가빠진 숨을 몰아쉬며, 앨리즈는 환한 웃음과 함께 레저널드에게 궁중에서나 볼 수 있는 정중하고도 우아한 인사를 했다. 너무나 즐겁고 흥겨운 탓에 자신과 같은 신분의 여자가 그토록 익숙하게 그런 기품 있는 인사를 한다는 것이 기이하게 느껴질 수도 있다는 것은 미처 생각지 못했던 것이다. 레저널드도 유쾌한 웃음을 지으며 허리를 깊이 숙여 인사를 하고 앨리즈의 한 손을 가볍게 잡은 채 무대에서 내려왔다.

「나도 춤을 출 수 있다는 것을 사방에 공표한 셈이 되었으니 숙녀분들께 한두 곡 더 청하지 않으면 무례하단 소리를 듣겠군.」

「맞는 말씀이에요」

레저널드는 퀴드릴(quadrille, 2인 내지 4인이 짝지어 추는 춤)이 새로 연주되기 시작하자 메리디스에게 춤을 청했다. 앨리즈는 이제 치기 어린 처녀들 흉내를 내는 건 끝이로구나 생각했지만 줄리언이 다가와 춤을 청하는 바람에 다시금 무대로 나갔다. 줄리언 역시 레저널드 못지않게 멋진 파트너였다. 비록 레저널드와의 왈츠만큼 즐겁지는 않았지만 줄리언과의 퀴드릴 역시 십 수년만에 추어보는 흥겨운 춤이었다. 퀴드릴이 끝나자 악사들은 다시 한 번 왈츠를 연주했다. 앨리즈는 레저널드도 이번에는 다른 숙녀에게 춤을 청하리라는 걸 알고 있으면서도 내심 다시 한 번 그와 춤을 추고 싶은 은근한 마음이 고개를 들었다. 하지만 역시 레저널드는 리처즈 부인에게 춤을 청했고, 대신 리처즈가 다가와 앨리즈에게 손을 내밀었다.

이번에는 좀전보다 많은 커플들이 몰래 배운 춤 솜씨를 드러내며 무대에 올랐고, 무대는 금방 가득 찼다. 비록 파트너가 레저널드는 아니었지만, 앨리즈는 리처즈의 정수리가 코밑에 닿을락 말락 하는 것도 아랑곳하지 않고 이번에도 아주 즐겁게 춤을 추었다. 리처즈는 완고하게 생긴 외모에 비해 놀랍도록 춤을 잘 추었고, 앨리즈의 가볍고 경쾌한 스텝에 찬사를 보냈다. 무도회에서 이토록 즐거운 시간을 보낸 것이 도대체 얼마만인지 앨리즈는 기억해낼 수조차 없었다.

열 한 시가 조금 지났을 무렵, 근사하게 차려입은 한 무리의 일행들이 무도회장에 도착했다. 여자 셋, 그리고 남자 둘이 문턱을 넘어서자마자 거드름이 뚝뚝 흐르는 얼굴로 실내를 한바퀴 둘러보는 것이었다. 마침 악사들이 잠시 연주를 쉬고 있었기 때문에 새로 도착한 일행들이 떠드는 소리가 제법 멀리까지 똑똑히 들려왔다. 모두들 한창 유행하는 옷차림이었고 특히 여자들은 옷차림이나 화장, 장신구 할 것 없이 야하기 그지없었다. 아마도 런던에서 이 근방의 친척집을 방문하러 온 누군가가 무료함을 달래기 위해 나들이를 하는가보다고 앨리즈는 생각했다.

앨리즈는 낯선 일행들을 바라보던 시선을 거두어 레저널드와 나누던 이야기를 계속했다. 양털을 저장하는 방법이나 선적하는 과정에 대한 그의 질문에 대답하던 중이었다. 그때 낯선 일행 중에 섞여 있던 한 여자가 레저널드의 모습을 발견하고 다가오는 것이 보였다. 빨강머리의 그 여자는 앨리즈의 황금색 드레스마저 청교도적으로 보이게 할 정도로 앞가슴이 깊게 팬 드레스를 입은 것도 모자란 듯이 교태가 흐르는 미소를 흘리고 있었다.

여자는 앨리즈는 완전히 무시한 채 레저널드의 옷소매를 잡아당기며 코맹맹이 소리로 말을 걸었다.

「레저널드, 자기! 자기가 여기까지 와 있는 줄은 미처 몰랐어…….무슨 일로 이런 촌구석까지 온 거야?」

레저널드는 무뚝뚝하다 못해 쌀쌀맞은 목소리로 대답했다.

「내 집이 여기 있으니까.」

「여기? 이 촌구석에?」

그제야 앨리즈를 발견했다는 듯한 얼굴로, 빨강머리 여자는 마치 앨리즈의 머리가 구름에 가려져 있기라도 한 듯이 고개까지 갸웃거리며 아래위를 훑어보았다.

「어머나, 레저널드! 이런 멋대가리 없이 길기만 한 장작은 어디서 구했어요? 게다가 눈까지 짝짝이네?」

빨강머리가 노골적으로 킬킬거렸다. 그녀의 관능적인 아름다움 앞에
서 저녁 내내 즐거웠던 앨리즈의 기분은 대번에 만신창이가 되어버렸
다. 게다가 레저널드에게 추근대는 빨강머리의 작태는 앨리즈에게는
거의 살인적이었다.

레저널드는 마치 성가신 잡티를 떼어내는 것처럼 빨강머리의 손을
소맷부리에서 떨쳐냈다.

「당신이야말로 이런 촌구석에는 웬일이지, 스텔라? 참, 이름이 스텔
라 맞던가?」

스텔라라고 불린 빨강머리의 얼굴에서는 미소가 한꺼번에 싹 가셔버
리고 방금 전까지 교태가 흐르던 갈색 눈동자에서는 불길이 이글거리
기 시작했다. 하지만 여자는 거기서 물러나지 않고 앨리즈를 곁눈질로
슬쩍 흘겨보면서 레저널드에게 더욱 바짝 다가들었다.

「레저널드, 당신이 원한다면…… 지난번 우리가 함께 있었을 때 당
신이 속삭이던 그 말들을 다시 듣고 싶어요.」

이 경우에 두 사람이 '함께 있었다'는 것이 무슨 뜻인지 앨리즈도 모
를 리 없었다. 이 빨강머리 매춘부가 자신을 경쟁상대로 생각하고 있
다니, 앨리즈는 기분 좋게 받아들여야 할지 화를 내야 할지 알 수가
없었다. 하지만 왠지 마음 한구석에서 울화가 치밀어오르는 것은 분명
했다. 당혹스러움과 질투가 밴 호기심 때문에 앨리즈는 그 자리에 마
치 못이라도 박힌 듯 꼼짝도 할 수 없었다.

레저널드가 은근한 추태마저 무시하려 하자 스텔라는 더욱 앵돌아진
목소리로 다가들었다.

「나도 여기 오고 싶지는 않았지만, 조지가 이 근처에 집을 얻었어
요. 무슨 친척 아주머니가 죽어가고 있대나 어쨌대나……. 하여튼 유
언장에 자기 이름이 빠질까봐 잔뜩 긴장해서는 그 늙은이가 죽기 전에
얼굴이나 자주 선보일 생각이래요. 따분하기 짝이 없는 동네지만, 아마
곧 브라이튼으로 돌아갈 수 있을 거라니까 뭐…….」

「조지는 어디 있지?」

더 이상 징징거리는 소리는 듣기도 싫다는 듯이 레저널드가 퉁명스러운 목소리로 물었다.

「마차를 세워두고 들어오겠죠. 금방 나타날 거예요.」

스텔라와 함께 들어왔던 일행들이 두리번거리며 그녀를 찾고 있었다. 그 중 한 남자가 그녀가 레저널드와 함께 있는 것을 보고 다가와 그의 어깨를 쳤다.

「이런, 대번포트! 요즈음 코빼기도 안 보이더니…….」

사내의 입에서 술냄새가 확 풍겼다.

「아, 와일던! 내가 런던에 없었으니까…….」

레저널드는 여전히 귀찮다는 표정으로 무성의하게 대답했다. 와일던은 그저 안면이나 익힌 사이일 뿐 친구라고 할 수 없었다. 그런 자가 마치 친한 친구처럼 다가와 너스레를 떠는 것이 레저널드는 마음에 들지 않았다. 앨리즈를 데리고 그 자리를 빨리 비키는 것이 상책일 듯싶었다. 한참 기분 좋은 밤에 런던에서 나타난 쓸데없는 작자들과 마주치다니, 운도 없다 생각하며 레저널드는 앨리즈의 팔꿈치에 살짝 팔짱을 끼었다.

「모두들, 만나서 반가웠네. 블레이크포드에게도 안부 전해주게. 만나지 못하고 떠나 미안하이. 우리는 곧 떠나야 하거든.」

그 말이 끝나기도 전에 앨리즈의 온몸은 갑자기 경련이라도 일으킬 듯이 긴장하기 시작했다. 레저널드는 아마도 런던에서 도착한 눈치 없는 친구들 탓일 거라고 생각했다. 게다가 다른 사람들의 시선도 대부분 그들에게 쏠려 있었다. 그러나 레저널드가 미처 걸음을 옮기기도 전에 스텔라가 다시 한 번 달라붙었다.

「한가지 대답 좀 해봐요, 레저널드. 이리로 오면서 우리끼리 한 얘긴데, 기사도가 아직도 살아 있기는 하냐 이거예요. 마틴은…….」

스텔라가 잔뜩 거드름을 피우며 가까이 서 있던 한 사내를 손가락으로 쿡 찌르며 말을 이었다.

「숙녀의 정절을 지켜주려고 애쓰는 건 이미 구시대적 발상이라는데…….」

아무리 술이 취했더라도 왜 하필이면 이런 창녀와 간음을 저질렀을까, 레저널드가 자기 발등을 찍는 심정이 되어 그녀를 향해 고개를 돌리자 스텔라는 짙은 속눈썹까지 바르르 떨며 그의 가슴팍에 자기 가슴을 지그시 눌러댔다. 그러더니 허스키한 목소리로 말을 이었다.

「나는 마틴이 틀렸다고 생각해요. 당신은 신사니까……, 내 정절을 지켜주기 위해 싸워주겠죠?」

그러나 레저널드는 차갑고도 분명한 목소리로 대답했다.

「내가 왜? 당신에게 지켜야 할 정절이 어디 있다구?」

방안은 일시에 얼음물을 끼얹은 듯이 조용해졌다. 도싯의 유지를 자처하는 남녀노소는 모두 입을 떡 벌린 채 레저널드와 빨강머리를 번갈아 쳐다보았다. 스텔라는 이를 악물고 레저널드가 뱉은 말의 충격을 삭이느라 씩씩거렸다. 빨강머리의 표정은 교태스러운 암코양이에서 살인귀 같은 악녀로 싹 변해버렸다.

세 치 혀를 날카로운 칼처럼 휘둘러 스텔라의 자존심을 완전히 짓뭉개버린 레저널드는 잠시 자신도 난처한 입장에 빠져버렸다는 것을 깨달았다.

앨리즈의 팔이 바르르 떨리는 것을 느끼면서 레저널드는 유유히 사람들을 둘러보았다. 웃음을 참느라 그런 건지, 화를 참느라 그런 건지 앨리즈의 얼굴은 뭔가를 눌러 참느라고 잔뜩 일그러져 있었다. 아마 둘 다일 거라고 레저널드는 생각했다.

조지 블레이크포드가 다가오는 것을 보고도 레저널드는 방금 그의 정부에게 무슨 짓을 했는지 벌써 다 잊었다는 듯 유들유들하게 말했다.

「저기 조지가 오는군. 혹시 우리 사냥말에 관심이 있지 않을까? 와일던, 조지가 올해 사냥 시즌도 놓치지 않겠지?」

술에 취한 와일던이 뭐라고 대답을 하려는 찰나에 악사들이 연주를 시작했다. 그들을 둘러싸고 구경하던 사람들은 마치 아무 일도 없었다는 듯 일시에 흩어져버렸다. 하지만 앞으로 적어도 일이 년간은 이 일이 두고두고 이야깃거리가 되리라는 걸 레저널드는 잘 알고 있었다.

사람들이 제자리고 돌아가거나 춤을 추러 무대로 올라가는 사이를 이용해서 앨리즈는 슬쩍 레저널드의 손을 뿌리친 뒤 뒤도 돌아보지 않고 옆문으로 빠져나갔다. 앨리즈가 바쁜 걸음으로 빠져나가는 것을 보면서 레저널드도 뒤를 따랐으나 미처 서너 걸음을 옮기기도 전에 블레이크포드가 곁에 와서 아는 척을 했다. 다른 일행들에 비해서는 그가 가장 술을 적게 마신 듯했다. 레저널드를 보자마자 그의 눈은 날카롭게 빛났다.

이글거리는 눈으로 쏘아보고 있는 스텔라를 완전히 무시한 채 레저널드는 블레이크포드와 몇 마디 의례적인 인사를 주고받았다. 대답도 듣는 둥 마는 둥 하면서 레저널드는 적당한 핑계를 둘러대고 앨리즈가 나간 문으로 따라나갔다.

그 문과 연결된 통로를 따라나가니 정원이 나타났다. 여기저기 켜진 야외 등불 아래 양편으로 꽃이 심어진 산책로들이 나 있었다. 정원을 가로질러 저편 끝으로 돌 벤치에 앉아 있는 앨리즈의 모습이 보였다. 앨리즈는 고개를 숙인 채 장미 한 송이를 만지작거리고 있었다.

「머리가 어지러워서 찬바람 좀 쐬고 싶었어요…….」

「당신이, 머리가 어질어질했단 말이오? 한여름 뙤약볕 아래서 온 종일 일을 하고도 피곤한 줄을 모르는 여자가?」

앨리즈는 레저널드가 따라온 연유가 무엇일까 궁금해하며 어둠 속에서 그의 표정을 살펴보았다.

「들켰네요. 맞아요, 머리가 어지러웠던 게 아니라 그냥……., 좀 기분이 언짢았어요.」

「이제야 레이디 앨리즈답군. 이제 도덕과 예절과 친구를 고르는 방법에 대해서 한 말씀하실 차롄가?」

앨리즈는 언짢은 기분에도 불구하고 웃지 않을 수 없었다.

「물론 그러고 싶은 마음이야 굴뚝같지만……., 그 여자분의 행동 때문에 엉뚱한 사람을 탓할 수는 없죠.」

「뭐, 그래도 당신을 원망할 수는 없겠지만 안 해준다면야 고맙지.」

두 사람 사이에 편안한 침묵이 흘렀다. 레저널드가 바로 옆에 있었다. 그의 몸에서 뿜어져나오는 열기까지 그대로 느껴질 만큼 가까운 거리에.

「아름다운 분이지만 어딘지 모르게 경박해 보이더군요. 남자들이야 동물적인 본능을 충족시키는 데 스스럼이 없으니, 왜 그런 여자들에게 매력을 느끼는지 이해할 것 같아요. 비록 함께 쓰는 건 침대뿐일지라도 말이에요.」

「그 여자와는 침대까지 갈 것도 없었소.」

레저널드의 목소리에는 장난기가 가득 배어 있었다.

「아직도 놀라지 않았소?」

「놀라긴요. 그 근처도 못 갔어요. 오히려 그 여자분께서 하신 말씀이 정말 놀라웠어요. 하지만 웃음이 터져나오려는 걸 참느라고 어찌나 애를 썼던지…… 숨이 넘어가는 줄 알았어요.」

앨리즈가 희미하게 미소를 지으며 고개를 절레절레 흔들었다.

「물론 그 여자분의 행동도 옳았다고 할 수는 없지만, 어떻게 그렇게 사람들이 많은 장소에서 그런 심한 말을 하실 수가 있어요?」

「못할 게 뭐 있소? 사람 모욕 주는 것도 나한테는 재주라면 재준데. 하지만 스텔라가 당신에게 모욕적인 말만 하지 않았어도 나도 그렇게까지 하진 않았을 거요.」

장미 향기가 두 사람 주위에 은은하게 퍼졌다.

「아까 그런 여자분 같은 사람들을 전 이해할 수가 없어요.」

「나도 마찬가지요. 오늘밤 일은 내가 대신 사과하겠소, 앨리즈. 내 친구들이야 다 저런 부류지만 하필이면 오늘 같은 날 내 앞에 나타나리라고는 생각하지 못했소.」

앨리즈는 아까부터 정말로 궁금했던 것을 물었다.

「아까 말씀하셨던 조지 블레이크포드라는 친구분, 스텔라의 정부인가요?」

「스텔라의 정부이긴 한데, 내 친구라고 말하기는 좀 곤란하오. 물론 오래 전부터 안면은 익힌 사이요만. 하긴, 우리 사이가 친구였다고 해도 스텔라가 오늘 내 말을 전하는 순간부터 절교라고 해야지.」

「혹시 결투를 신청해오거나 하지는 않을까요?」

앨리즈가 갑자기 생각난 듯 걱정스러운 목소리로 말했다.

「그러지는 못할 거요. 그 친구도 바보는 아니거든. 내 등뒤에 서서 모략질이야 좀 하겠지만, 그 정도야 푸른 바다에 맹물 한 방울 더 떨어뜨리는 거나 뭐가 다르겠소.」

앨리즈는 블레이크포드에 대해 더 묻고 싶은 것이 많았으나 눈치 빠른 레저널드가 행여 의심이라도 할까 두려워 그만 입을 다물고 말았다. 하긴 지금까지 집안 식구들이나 친척들 중에 누구도 그녀가 있는 곳을 찾아내지 못한 게 기적이라면 기적이었다.

조용한 밤하늘에 무도장에서 흘러나온 음악소리와 사람들의 말소리가 울려퍼졌다. 침묵이 조금 길어지자 레저널드가 물었다.

「다시 들어가겠소?」

「아뇨!」

앨리즈는 자신도 모르게 큰 소리로 대답해놓고 스스로 겸연쩍었다.

「죄송해요. 하지만 오늘밤은 그만큼 즐겼으면 충분했다고 생각되는데요. 메리와 줄리언도 조금 일찍 돌아가는 게 낫지 않을까요?」

「아마 두 사람도 돌아가고 싶을 거요. 어차피 춤출 시간도 얼마 남지 않았으니까. 내가 가서 두 사람을 불러오겠소.」

레저널드가 손을 내밀어 앨리즈가 벤치에서 일어서도록 도와주었다.

「저는 마차를 끌어다 놓겠어요.」

「그것도 내가 하리다. 당신은 오늘밤 완벽한 숙녀였소. 그러니 숙녀에 대한 나의 정중한 매너를 거절하지 마시오.」

그의 손을 붙잡은 채 앨리즈는 희미한 등불에 의지해 그의 표정을 살피려 애썼다. 두 사람 사이에 감도는 공기는 자못 무게가 느껴졌다.

마치 왈츠가 느끼게 하던 그 묘한 흥분이 아직도 공기 속에 떠도는 것 같았다.

레저널드는 손을 들어 아주 가볍게 앨리즈의 얼굴을 스치듯 어루만졌다. 이마와 뺨, 그리고 머리카락을 지난 그의 손끝이 민감한 목덜미에 이르렀다. 앨리즈는 숨을 멈추었다. 도저히 거부할 수 없는 레저널드의 당당한 남성미와 친근함이 너무나 생생하게 느껴졌다. 갈망으로 아득해지는 정신 속에서 그녀는 레저널드가 다시 키스를 해오기를 기다렸다.

그러나 오늘밤 레저널드는 한 잔도 술을 마시지 않았다는 것을 앨리즈는 기억해냈다. 그러므로 키스도 하지 않을 것이라는 사실을 깨달았다. 자신에게 여자로서의 매력을 느끼려면 술의 힘이 필요하리라는 것을 앨리즈는 알고 있었다. 그 비참함이 오늘밤의 기쁨과 달콤한 추억을 망가뜨리지 못하게 하기 위해 앨리즈는 얼른 그 생각을 떨쳐버렸다. 레저널드가 손을 내리더니 한걸음 물러섰다.

「메리디스와 줄리언을 데리러 가기 전에 당신을 먼저 마차로 안내하겠소.」

레저널드의 목소리가 유난히 크게 들렸다. 앨리즈는 말없이 그의 뒤를 따라 정원 밖으로 나갔다. 그가 자신을 원치 않으니 다른 도리가 없었다.

집으로 돌아가는 마차 안에서 다른 두 커플은 그날 밤의 무도회를 안주 삼아 열심히 히히덕거리고 있었다. 그러나 조지 블레이크포드가 마부석에서 고삐를 잡고 있으니 스텔라는 분이 풀리지 않은 채 이를 바득바득 갈고 있을 뿐이었다.

레저널드를 발견한 순간 정말로 뛸 듯이 반가웠던 게 더 분하고 억울했다. 조지가 평소에는 아는 척도 않던 아주머니 곁에서 알랑거리며 보내는 시간에 자신은 레저널드와 즐기며 보낼 수 있기를 바랐던 것이다. 먼젓번의 만남도 아직 잊지 않았지만, 그보다 훨씬 더 쾌락적인 시간을 만들 수 있다는 생각에 그녀는 짜릿하기까지 했었다.

스텔라는 수많은 사람들이 지켜보는 앞에서 레저널드에게 받은 수모를 떠올리며 어깨를 감싸고 있던 숄을 더욱 단단히 움켜쥐었다. 대번포트는 그 마른 장작 같이 생긴 꺽다리 계집에게 마음을 두고 있는 것이 분명했다. 그렇지 않고서야 자신에게 그토록 모욕을 줄 이유가 없었다. 어떻게든 복수를 하고야 말리라고 그녀는 이를 갈았다.

블레이크포드는 매우 위험한 성격의 소유자였기 때문에 잘 요리하지 않으면 오히려 그녀가 피를 볼 수도 있었다. 그의 불같은 성미가 대번포트를 향해 폭발하도록 방향을 잘 조종해야만 했다. 집으로 돌아가는 길 내내 스텔라의 머릿속을 채우고 있는 것은 오로지 그 생각뿐이었다.

둘만 있게 되면 언제나 암컷에게 굶주린 수컷처럼 달려들던 조지였건만, 오늘따라 이상하게 멍한 표정이었다. 그가 넥타이를 풀어헤치며 물었다.

「내가 무도장에 들어설 때 금빛 드레스를 입은 키 큰 여자가 대번포트와 서 있는 것 같던데, 왜 그렇게 서둘러 나가버렸을까?」

스텔라는 등 쪽에 달린 단추와 끈을 풀어달라는 듯이 그에게 등을 내밀며 돌아섰다.

「당신까지 그 여자에게 눈을 팔려는 건 아니죠? 참 웃기게 생긴 여자였어. 키는 장대같이 큰데다 눈알까지 짝짝이지 뭐야. 대번포트가 어쩌다 그런 여자한테 빠졌나 몰라. 아마 목발 짚은 여자는 더 좋다고 쫓아다닐 거야.」

빠른 속도로 단추를 풀며 내려가던 조지의 손이 문득 멈추었다가 다시 움직이기 시작했다.

「사람마다 취향이 다르니까. 날 봐……. 난 빨강머리를 좋아하잖아?」

그는 단추가 풀린 드레스를 스텔라의 어깨에서 벗겨내리고 두 손으로 풍만한 젖가슴을 움켜쥐었다. 지금이 계획을 시작하기엔 적기였다. 조지의 욕정과 성급한 성질이 슬슬 발동하고 있었다. 스텔라는 짐짓 바르르 떨리는 목소리로 말했다.

「오늘밤에 대번포트를 보고 얼마나 놀랐는지 알아요? 난 다시는 그 사람을 안 보게 되길 바랐었는데……. 지난번 그일 이후로…….」

블레이크포드가 스텔라의 몸을 휙 돌려세우더니 어깨를 꽉 움켜쥐며 물었다. 가늘게 뜬 눈 사이로 눈동자가 위험하게 빛났다.

「그게 무슨 소리지?」

마치 순진하고 연약한 시골 처녀 같은 표정으로 눈망울을 굴리며 스텔라가 말했다. 여기서 연극을 제대로 하지 않으면 오늘이 바로 그녀의 제삿날이었다.

「지난번에 당신이 그 남자한테 오백 파운드 잃었던 날 생각나죠?」

「그래. 그날 밤 당신이 그자에게 꼬리를 쳤던 것도 기억하지.」

블레이크포드의 입술이 비아냥조로 비틀렸다.

「조지, 자기……, 절대로 그게 아니에요! 전 그저 당신 손님이니까 친절하게 대해주려고 했을 뿐이라구요. 하지만 그 사람이 아무래도 내 뜻을 오해한 것 같았어요. 게다가 너무 취해 있었으니까……. 어쩌다 복도에서 단 둘이 마주쳤는데…….」

스텔라는 도저히 더 이상은 자기 입으로 말할 수 없다는 듯이 고개를 푹 숙이고 어깨를 들먹이기 시작했다. 블레이크포드의 손이 스텔라의 어깨를 아프도록 파고들었다.

「그래서?」

스텔라는 그의 손 때문에 어깨가 아파서 진짜 눈물이 났다.

「날 강제로……, 조지, 난 정말…… 어떻게 해야 할지 알 수가 없었어요. 비명이라도 지르려고 했지만 손으로 내 입을 틀어막는 바람에…….」

블레이크포드의 눈이 더욱 가늘어졌다.

「왜 그때 바로 내게 말하지 않았지?」

스텔라의 목소리가 더욱 처량해졌다.

「당신이 알면 무슨 일이 벌어질지 두려웠어요. 당신도 그 사람이 얼마나 사악하고 막되어 먹은 인간인지 잘 알잖아요. 그 사람이 당신마저 해칠까봐 겁이 나서 말을 할 수 없었어요.」

이윽고 스텔라의 손이 정부의 셔츠 단추를 풀기 시작했다.

「그저 잊어버리는 게 상책이다 마음먹었는데, 오늘 그 사람의 모습을 보니 너무나 놀랍고 두려웠어요. 게다가 오늘도 내게 얼마나 끔찍한 모욕을 주었다구요. 난 아무 잘못도 안 했는데……. 나를 보는 그 눈길! 그 사람이 또 내게 추근대면 어쩌죠? 키도 그렇게 큰데다, 힘도 엄청 세던데…….」

스텔라의 말 한마디 한마디는 대번포트에 대한 블레이크포드의 적개심을 자극하기 위해 신중히 선택한 말들이었다. 더 크다, 더 힘세다……. 그 말속엔 '그러므로 더 정력적이고 더 위험하다'라는 뜻이 내포되어 있었다. 스텔라는 정부의 자존심과 소유욕을 십분 이용하고 있는 셈이었다. 일단 눈에 불이 붙으면 명예고 체면이고 가리는 것이 없는 성격이었다. 블레이크포드가 복수하겠다고 마음만 먹는다면, 제아무리 대번포트라도 십중팔구 등짝에 납탄알이 박혀 세상 뜨기가 십상이었다. 물론 누구의 소행인지는 밝혀지지 않은 채. 스텔라는 생각만으로도 짜릿한 쾌감이 온몸을 간지르는 것 같았다. 스텔라의 손이 점점 더 아래를 향하며 애무를 계속하자 블레이크포드의 신음은 이제 분노를 지나 불같은 정욕으로 얼룩지기 시작했다.

「내 꼭 그놈이 대가를 치르게 하겠어. 스텔라 너뿐 아니라 그놈은 나한테도 치욕스런 짓을 한 거야.」

그의 입술이 우악스럽게 스텔라를 덮쳤다. 대번포트에게 겁탈을 당했다고 주장하지만 과연 그게 순전히 대번포트 혼자의 뜻으로 가능했을까 그는 의심이 들었다. 십중팔구 이 창녀가 먼저 꼬리를 쳤거나 그게 아니라도 그 겁탈을 오히려 즐겼을 것이 틀림없었다. 그렇더라도 스텔라는 자신만이 즐길 수 있는 창녀였다. 다른 어떤 남자도 그녀의 몸에 손을 대는 것을 용납할 수 없었다. 대번포트는 넘어서는 안 될 선을 넘은 것이었다.

그 일이 아니라도 대번포트는 반드시 없애야 할 장애물이었다. 감히 스텔라의 몸에 손을 댄 것도 괘씸하지만 그놈이 바로 앨리즈 웨스턴의 생명을 구해내지 않았던가. 그날 밤 그 시간에 그 작자만 화재 현장에 나타나지 않았어도 그 계집은 이미 이 세상 사람이 아니었다. 그 화재가 방화로 밝혀질 리도 없었지만 그랬다 하더라도 누구의 짓인지는 그와 하느님만이 알 일이었다.

그 계집이 아직도 살아 있다는 소문을 들었을 때의 그 처참한 심정이란 이루 말로 표현하기 힘들 정도였다. 어제까지만 해도 대번포트가 죽거나 살거나는 상관이 없었지만 스텔라의 고백을 듣고 보니 그자도 더 이상 살려둘 수 없었다.

적당한 시기를 기다리자면 며칠, 아니면 몇 주일까지 기다려야 할지 알 수 없었지만, 빚은 반드시 갚아야 했다. 블레이크포드는 스텔라를 침대에 쓰러뜨렸다. 다른 남자의 손길이 닿았다는 기억마저 잊을 정도로 거칠고 강렬하게 그녀를 유린하고 싶었다. 그 남자가 자신보다 더크고, 더 위험하고, 더 강한 남자였다니 더욱더 참을 수 없었다.

17

진흙이 얼룩덜룩 묻은 헐렁한 드레스를 입은 메리디스 스펜서를 처음 보았을 때도 줄리언 마크엄은 그녀가 상당히 귀여운 아가씨라는 것을 한눈에 알아보았다. 그러나 몇 시간 후, 저녁 식사를 위해 옷을 갈아입고 나타난 그녀를 보았을 때는 거의 혼이 빠질 정도였다. 그리고 사흘이 지나자 줄리언은 메리디스를 사랑하게 되었다는 것을 깨달았다.

메리디스에게 혼을 빼앗긴 상태에서도 줄리언은 자신이 사랑하는 것은 비단 메리디스의 빛나는 아름다움만이 아니라 지성, 낙천적이고 발랄한 성품, 그리고 침착하고도 분명한 사리분별이라는 것을 강하게 느끼고 있었다. 사랑이란 매우 독특하고 감미로운 감정이었다. 줄리언은 메리디스에게 아무 말도 하지 않고 자기 마음속에 그 감정을 감추어놓음으로써 그 감정을 음미하고 싶었다. 다행히도 스트릭런드는 런던과는 다른 시골이라서 줄리언과 메리디스 같은 한창 나이의 젊은 남녀가 밝은 대낮에 함께 어울려 다녀도 불미스러운 소문에 시달릴 염려는 없었다. 두 사람은 몇 시간이고 함께 걷거나 말도 타고, 근방의 경치 좋은 곳에 소풍을 다녔다. 만약 런던에서 두 남녀가 그렇게 붙어다녔다면 두 시간도 못 되어 별별 소문이 다 나돌았을 터였다. 하지만 비록 시골이라도 두 사람이 그렇게 함께 시간을 보낼 수 있었던 것은 레이디 앨리즈가 메리디스와 줄리언을 신뢰했기 때문이었다.

그 신뢰는 헛된 것이 아니어서 두 사람 사이에는 부적절하거나 불미스러운 어떠한 일도 일어나지 않았다. 그러나 서로 웃고 떠들면서 모든 것을 말하는 것과 동시에 또한 아무 것도 말하지 않으면서 보내는 동안, 줄리언의 마음속에는 메리디스도 자신에 대해 호감을 가지고 있다는 확신이 자라났다. 드디어 가족끼리의 모임을 위해 집으로 떠나기로 약속된 전 날, 그는 메리디스에게 자신의 마음을 고백하기로 마음먹었다. 메리디스가 자신에게 호감을 가졌다는 것은 확신할 수 있었지만, 사랑을 고백해도 좋을지는 아직 자신이 없었다.

그날 오후에는 도자기 공장을 돌아보는 중이었다. 메리디스와 함께라면 어딜 간들 즐겁지 않으리요만, 줄리언은 점토를 준비하고 도자기를 만드는 모든 과정을 실제로 보는 것이 신기하기도 하고 재미있기도 했다.

「얼마 전까지만 해도 전국에 규모가 작은 도자기 공장들이 산재해 있었죠.」

주물로 도자기를 만드는 곳을 돌아보며 메리디스가 설명했다.

「하지만 지금은 도로가 잘 정비되어 있기 때문에 도자기도 얼마든지 먼 거리까지 운반할 수 있게 되었어요. 그래서 도자기 공장들은 원료를 구하기 쉬운 지역에 집중적으로 모여들기 시작한 거예요. 스태퍼드셔 같은 곳 말이죠.」

「별 걸 다 알고 있군요.」

줄리언이 선반에서 거푸집을 꺼내는 메리디스의 옆모습을 지켜보면서 감탄스럽다는 듯이 말했다. 메리디스는 배시시 미소를 지었다.

「숙녀답지 못하다는 뜻이겠죠?」

메리디스가 들고 있던 거푸집의 뚜껑을 열어 보였다.

「보이시죠? 점토를 묽게 갠 것을 이장이라고 하는데, 그걸 이 틀 안에 붓는 거예요. 그러면 여분의 수분은 이 안의 석고가 다 빨아들이고 점토만 남게 되죠. 충분한 시간이 흐른 후에 거푸집을 열면, 짠! 꽃병에서부터 찻잔에 이르기까지, 뭐든 만들 수 있어요. 아무리 정교한 물건이라도 이 방법으로 다 만들 수 있거든요.」

줄리언이 거푸집을 들고 있는 메리디스의 손을 살짝 잡았다.

「메리디스, 당신이 이토록 특별하게 여겨지는 건, 아마도 다른 숙녀들처럼 쓸데없이 얌전이나 빼고 있지 않기 때문일 거예요.」

메리디스는 머뭇거리는 시선으로 줄리언을 슬쩍 돌아보고는 얼른 거푸집을 선반에 도로 올려놓았다.

「앨리즈 선생님도 그렇지만, 돌아가신 숙모님도 제가 얌전이나 빼며 가만히 앉아 있게 두지 않으셨어요. 이제 그만 나가서 가마를 보실래요?」

줄리언은 잠자코 메리디스를 따라나섰다. 가마는 장정 열 두엇이 들어가도 넉넉할 만큼 넓었다. 마침 재벌구이를 기다리는 도자기들이 반정도 차 있었다. 메리디스가 그 안에서 몇 개의 도자기들을 가리키며 말했다.

「저것들은 제가 샘플로 만들어본 것들이에요. 새로 생산할 상품으로 적당할지 보려구요.」

줄리언은 여전히 메리디스의 얼굴에서 시선을 떼지 않은 채 중얼거렸다.

「참 예쁘군요.」

그 순간 줄리언은 메리디스의 눈이 왠지 슬프게 느껴졌다. 메리디스는 얼른 표정을 바꾸며 장난스럽게 미소를 지어 보이고는 가마 밖으로 줄리언을 안내했다.

「아마 내일이면 가마가 가득 찰 거예요. 재벌구이가 끝나면 샘플에 그림을 그려요. 어떤 물건이 나올지 벌써부터 기다려져요. 형태는 제법 잘 만들어진 것 같은데.」

「당신도 그래요.」

가마 입구에 선 메리디스의 실루엣을 넋이 나간 듯 바라보며 줄리언이 중얼거렸다. 메리디스는 깔깔거리며 웃기만 했다. 저택에서 도자기 공장으로 나올 때 말을 타지 않고 왔기 때문에 가는 길도 나란히 걸어서 가야 했다. 저택을 향하며 줄리언이 먼저 이야기를 꺼냈다.

「메리디스, 잠깐 할말이 있어요.」

　두 사람은 산울타리를 이룬 낮은 관목길을 따라 걸었다. 메리디스는 줄리언의 말을 못 들었다는 듯, 산사나무 사이에 고개를 살짝 내밀고 있던 분홍색 꽃을 꺾어들었다.

「이건 발레리안이에요. 이 꽃의 뿌리를 다려서 차로 마시면 잠이 잘 온다는 거 아세요?」

　메리디스가 분홍색 꽃다발에 코를 갖다대고 향기에 취하는 척 하자 줄리언이 물었다.

「왜 내 말을 못 들은 척 하는 거죠?」

　여전히 꽃다발을 내려다보며 줄리언과는 시선을 맞추지 않으면서 메리디스가 말했다.

「벌써 여름이 끝나간다는 게 서운해요.」

　줄리언은 한 손으로 메리디스의 턱을 받치고 사파이어처럼 푸른 두 눈을 가만히 들여다보았다. 뜻밖에도 눈망울에 그렁그렁 눈물이 맺혀 있는 것을 보고 놀란 줄리언이 다급히 물었다.

「메리디스, 왜 그래요? 내가 당신을 사랑한다고 말하는 게 듣기 싫은 건가요? 당신 마음은 그게 아니기 때문에?」

　메리디스가 눈을 감자 눈물 방울이 또르르 굴러 떨어졌다.

「아니, 아니요! 그게 아니에요.」

　줄리언은 메리디스를 살포시 끌어안으며 부드럽게 달랬다.

「그만, 그만 울어요, 메리디스. 내가 당신을 사랑하고 당신도 날 사랑한다면, 울 일이 뭐가 있죠?」

　메리디스는 줄리언의 포옹을 풀며 말했다.

「사랑이 이렇게 가슴 아픈 것일 줄은 미처 몰랐어요. 앨리즈 선생님

은 제가 항상 인생 계획을 너무나 잘 세운다고 놀리곤 하셨죠. 전 그
저 웬만한 정도의 재산을 가진 마음씨 좋은 남자, 나를 사랑하고 아껴
줄 남자를 찾아 결혼하고 싶었어요. 대신 그 남자가 절 선택한 걸 후
회하지 않도록 해주고 싶었어요.」

어디든 앉아 천천히, 신중하게 해야 할 이야기라는 생각에 줄리언은
시원한 그늘이 드리워진 나무 아래로 메리디스를 데리고 가서 조용히
풀밭에 앉았다.

「왜 사랑이 그토록 가슴 아프다는 거죠? 난 요즘처럼 행복했던 때
가 없었는데…….」

메리디스는 무표정한 얼굴로 구겨진 손수건을 내려다보았다.

「우리 사이는 옛날이야기처럼 '오래오래 행복하게 살았답니다'로 끝
날 수 없을 것 같으니까요. 우린 타고난 신분이나 가진 재산이나 차이
가 너무나 커요. 아버님께서 저 같은 며느리를 반기실 이유가 없잖아
요? 저는 자작부인이 되기에는 너무나 모자라는 게 많아요.」

「메리디스, 그런 생각을 하고 있는 줄은 미처 몰랐어요. 하지만 영
국 땅을 다 뒤져도 당신보다 훌륭한 자작부인감은 없을 거예요. 물론
우리 아버지는 아직 정정하시기 때문에 메리디스가 자작부인이 되려면
아직 멀었지만요.」

「줄리언, 우리 어머니는 시골의 작은 지주셨고, 아버지는 그럭저럭
자수성가했다고 할 수 있는 소도시의 상인이셨어요. 하지만 당신과 나
사이의 신분의 격차까지 초월할 수 있을 만큼 큰 재산을 모으지는 못
하셨어요. 제가 물려받은 유산은 오천 파운드가 고작이에요. 물론 도싯
에서 그 정도 지참금이면 크게 무시당할 정도는 아니지만, 마크엄 자
작께서 유일한 아들이자 상속자인 당신의 신부감으로 흔쾌히 허락하시
리라고 확신할 정도는 아니에요.」

메리디스에 대한 줄리언의 존경심은 더욱 커졌다. 메리디스가 이토
록 분명한 생각을 가지고 있는 줄은 미처 몰랐던 일이었다.

「저도 아버지가 흔쾌히 받아들이지는 않으시리라는 걸 잘 알아요.

하지만 아버지에겐 제 결혼을 막거나 상속권을 박탈할 권리가 없어요. 어찌됐든, 제가 드디어 신부감을 찾았다는 소식을 들으시면 기뻐하실 거예요. 벌써 몇 년 전부터 저에게 빨리 결혼하라고 성화셨거든요. 아마 빨리 대를 이어야 한다는 생각이 급하신가봐요. 이거, 제가 너무 앞서가고 있죠? 메리디스, 결혼해주겠어요?」

「줄리언, 기꺼이, 기꺼이 당신과 결혼하겠어요.」

줄리언의 얼굴에 환한 미소가 피어오르려는 순간, 메리디스가 말을 이었다.

「하지만 그 대가로 당신이 가족들과 헤어져야 한다면, 청혼을 받아들일 수 없어요.」

메리디스가 눈물을 참느라 시선을 먼 곳으로 돌렸다.

「사랑이 가슴 아프다는 건 바로 그 때문이었어요. 당신과 함께 있으면 있을수록 나 자신의 행복보다는 당신의 행복이 더 중요하다는 걸 깨닫게 되었어요. 전……, 전 부모를 잃는다는 게 어떤 건지 너무나 잘 알아요. 나 때문에 당신마저 그런 일을 당하게 할 수는 없어요.」

줄리언은 다시 한 번 사랑의 감정이 파도처럼 몰려오는 것을 느꼈다. 메리디스의 사랑은 그가 생각했던 것보다 훨씬 더 깊고 숭고한 것이었다. 메리디스와 평생을 함께 한다면 지금은 상상도 할 수 없는 깊고 순수한 사랑을 경험하게 될 것 같았다.

관목 숲 아래로 잠겨드는 석양이 메리디스의 머리에 황금색 후광을 이루었다. 그녀의 사랑스러움과 아름다움은 비할 데가 없는 것이었지만, 그녀의 표정을 덮고 있는 슬픔과 갈망의 그림자는 줄리언으로 하여금 더 이상 자신을 자제할 수 없게 만들었다. 그는 메리디스에게 다가가 살짝 입을 맞추었다.

「어서 일어나야겠어요. 조금 더 있다간 레이디 앨리즈의 믿음을 배신할 것 같아 두려워요.」

메리디스 역시 달콤함과 당황스러움이 뒤섞인 표정으로 급하게 일어서서 드레스 자락에 붙은 풀잎을 떼어냈다. 옷매무새를 가다듬은 그녀는 평소보다 훨씬 가깝고 힘있게 줄리언의 팔짱을 끼고 오솔길을 따라 걷기 시작했다.

「왜 우리 가족들이 당신을 받아들이지 않을 거라고만 생각하죠? 당신이 오페라의 무희도 아닌데.」

「당연히 예상할 수 있는 일이죠. 이미 아시겠지만 전 로맨틱한 공상을 즐기는 편이 못 돼요. 당신은 훨씬 더 나은 신부감을 찾을 수 있는 사람이에요.」

줄리언은 걸음을 멈추고 메리디스를 향해 돌아서며 한 손으로 가볍게 그녀의 어깨를 붙들었다.

「아뇨, 절대로 그렇지 않아요. 내게 당신보다 더 좋은 신부감은 없어요. 그걸 잊지 말아줘요.」

어린 나이에 부모를 잃고, 양어머니에게서 레이디 앨리즈에게 맡겨지기까지 여러 가정을 전전하며 성장하다보니 비관적인 상상을 먼저 하는 것도 당연한 일이라고 줄리언은 그녀를 이해했다. 중요한 것은 메리디스도 그를 사랑한다는 사실이었다. 이제 남은 일은 영국을 다 뒤진다 해도 자신에겐 메리디스보다 좋은 신부감이 없다고 아버지를 설득시키는 것뿐이었다. 결코 쉬운 일은 아니라는 걸 모르는 바 아니었으나 결국은 자신이 이기리라는 것은 의심할 여지가 없었다.

마음속의 두려움을 이겨보려고 메리디스는 한 손을 들어 줄리언의 뺨을 가볍게 어루만졌다. 어떻게 보자면 줄리언은 그녀보다 훨씬 더 순진했다. 비록 비극으로 끝날 공산이 더 크지만, 이 여름에 한 조각의 아름다운 추억을 간직할 수 있게 된 것을 메리디스는 감사할 따름이었다. 평정을 되찾은 목소리로 메리디스가 물었다.

「레저널드 아저씨는 어떻게 만나셨어요? 가장 친한 친구분이시라지만 두 분이 너무나 다르다보니 전 가끔씩 그게 궁금했어요.」

줄리언은 메리디스의 어깨를 잡았던 손을 놓고 다시 걷기 시작했다.

「도박판에서 처음 만났죠. 옥스포드를 졸업한 직후였는데, 그땐 제가 세상에서 제일 잘난 놈인 줄 알았지 뭡니까. 잘난 체 하느라고 진짜 도박꾼들이 모인 판에 끼어들었어요. 하지만 그날 밤도 넘기기 전에 수중에 가진 돈은 고사하고 그 몇 해 전에 대고모님으로부터 물려받은 얼마 되지 않는 유산까지 다 날려버렸죠. 그래도 정신을 못 차린 나는 장래에 유산을 물려받으면 갚겠다고 약속어음까지 쓰기 시작했어요.」

「어머나, 세상에! 그걸 다 레저널드 아저씨한테 잃으신 거예요?」

「아뇨. 하지만 그 도박판에 함께 있긴 했죠. 레저널드 형님은 그다지 많이 따지도 않고 많이 잃지도 않은 상태에서 자기 밑천을 관리하고 있었어요. 내가 멋모르고 달려들어서 점점 더 많은 돈을 잃자 형님은 마치 성난 독수리처럼 날 노려보기 시작했어요. 그래도 난 물정 모르고 눈치 없이 자꾸 판돈을 올리며 달려들었던 거예요. 아버지께 달려가 사실을 고백하는 것보다 차라리 템즈 강에 몸을 던지는 걸 택하는 게 낫겠다 싶을 정도로 잃은 것도 순식간이었어요. 나는 그날 밤이 내 생의 마지막 밤이구나 싶었어요. 술도 많이 취해 있었지만 가진 건 물론 앞으로 가질 것까지 몽땅 날려버리고는 아마 꽤 울상이었나봐요. 결국 손을 털고 일어서려는데 레저널드 형님이 다시 앉으라고 소리를 지르더군요. 아실지 모르겠지만, 형님이 그렇게 말하면 아무도 거역하는 사람을 못 봤어요.」

메리는 이해한다는 듯이 고개를 끄덕거렸다.

「엉겁결에 다시 주저앉았더니 도박을 어떻게 하는 건지 보여주겠다고 하더군요. 그리고 몇 시간 동안, 난 그렇게 한가지 일에 몰두하는 사람을 생전 처음 보았어요. 보는 사람의 가슴이 서늘할 정도로 집중력이 대단했어요. 네 시간 만에 형은 제가 잃었던 걸 모두 되찾았어요. 거기다 7백 파운드나 더 얹어서. 그러더니 혼자서 집에 보내기엔 위험할 정도로 취했으니 자기 집으로 가자고 그러더군요. 그렇게 무서운 사람의 집에선 하룻밤이 아니라 한 시간도 함께 보내고 싶지 않았지만, 거기 아니면 아버지가 기다리고 계신 집밖에 없으니 그냥 털레털레 따라갔죠. 다음날 아침 지독한 숙취로 정신이 몽롱한 가운데 레저널드의 인생 강연을 들어야 했어요.」

줄리언이 마치 그때가 생각난다는 듯이 빙그레 웃었다.

「아버지도 인생 철학에 대해서는 한가닥 하시는 분이었지만, 레저널드 형님의 인생 강연은 차원이 달랐어요. 형님은 나를 허우대만 그럴듯할 뿐 비린내가 풀풀 나는 애송이라고 나무라면서 전날 밤에 내가 저지른 잘못들을 낱낱이 열거하더군요. 마지막에는, 내가 도박을 제대로 배우기 전에는 두 번 다시 도박판에 끼지 않겠다고 약속을 해야만 제 돈을 돌려주겠다고 하더라구요. 그 말에 동의하자 형님은 제 손으로 쓴 약속어음들을 모두 불태웠어요.」

크게 감동을 받은 얼굴로 메리디스가 물었다.

「그럼 레저널드 아저씨한테 뭘로 보답하셨어요?」

「그날 아침 식사를 내라고 하더군요.」

메리디스가 큰 소리를 내며 웃었다.

「정말 감동적인 이야기네요. 레저널드 아저씨다운 일화예요. 아저씨를 겪어보면 겪어볼수록 사람들이 아저씨를 잘못 알고 있다는 생각이 들어요.」

「맞아요. 그후로 레저널드 형님은 저에게 도박판에서 머리를 쓰는 법을 가르쳐줬죠. 그후로는 내가 잃을 수 있는 한도를 정해놓고 그 안에서만 도박을 할 수 있었어요. 런던은 순진한 사람들에게는 정말 위험한 곳이에요. 눈만 감으면 순식간에 코를 베어가는 세상이죠. 그런 곳에서 모든 계략이나 잔수를 훤히 꿰뚫고 있는 사람을 친구로 뒀다는 건 정말 행운이었어요. 우스운 건, 정작 우리 아버지는 나를 파멸로 이끌고 있는 장본인이 바로 레저널드 형님이라고 생각한다는 거예요. 그건 아버지의 오해라고 아무리 설명을 해도 들은 척도 안 하세요.」

「아버님이 그렇게 독선적이신가요?」

메리디스가 굳은 목소리로 물었다. 줄리언은 메리디스에게 아버지에 대해 부정적인 생각을 심어주는 것은 좋지 않다는 판단을 내렸다. 그는 얼른 메리디스의 손을 잡아 다시 자기 팔에 팔짱을 끼었다.

「전혀 그렇지 않다고는 할 수 없겠지만……, 최소한 당신한테는 그러지 않으실 거예요.」

메리디스는 줄리언의 말을 완전히 믿어야 한다고 생각하긴 했지만 이성적으로 생각한다면 그건 불가능했다. 내일 그가 떠난다면 아마 앞으로 다시는 그를 만날 수 없을 거라는 슬픈 생각이 자꾸만 그녀의 마음을 짓눌렀다.

줄리언은 앨리즈가 하루의 일을 끝내고 돌아와 목욕을 하고 저녁 식사를 위해 옷을 갈아입은 직후에 잠시 이야기할 시간을 청했다. 앨리즈도 줄리언이 메리디스에게 청혼했다는 사실에 매우 기뻐했다. 다만 줄리언이 아버지에게 허락을 받기 전까지는 정식으로 약혼을 발표할 수 없다는 데에는 서로 동의했다. 줄리언은 앨리즈 역시 메리디스와 같은 이유로 마크엄 자작이 쉽게 이 결혼을 허락하지 않으리라 생각하고 있다는 것을 깨달았다.

식구들이 저녁 식사를 끝내고 거실에 모여 잠시 한가로운 시간을 보내는 틈을 타 줄리언은 레저널드에게 그날 있었던 일을 이야기했다. 서재에 마주앉아 줄리언은 포도주를 마시고 레저널드는 담배를 피우고 있었다. 네메시스는 활짝 열린 프렌치 도어 앞에서 코를 골며 졸고 있었다. 메리디스에게 청혼했다는 이야기를 들은 레저널드는 단번에 환한 미소를 지었다.

「정말 잘했어. 이렇게 될 거라고 짐작은 하고 있었지. 아마 장님이라도 두 사람 사이가 어떻게 되어가고 있는지 알 수 있었을 거야.」

「이번만은 제가 잘 선택한 거죠? 메리디스는 정말 사랑스러운 아가씨예요. 게다가 그 발랄한 성품까지…….」

그후로도 30분 이상을, 레저널드는 줄리언이 주절주절 늘어놓는 메리디스의 자랑을 참을성 있게 들어주었다. 때때로 고개를 끄덕이거나 맞장구까지 쳐주면서. 그러다가 갑자기 정신을 차린 듯 줄리언이 껄껄 웃으며 멋쩍은 표정으로 물었다.

「팔불출이 따로 없죠?」

「알면 다행이고. 하지만 메리디스 같은 아가씨를 두고 팔불출이 되지 않으면 그게 진짜 팔불출이지.」

레저널드가 담뱃재를 털며 말했다.

「메리디스는 물론이고 레이디 앨리즈도 아버지가 반대하실 거라고 생각하고 있어요. 형님 생각은 어때요?」

「나도 당연히 그럴 거라고 생각해. 하지만 인내심을 가지고 지혜롭게 대처한다면 결국은 자네가 이길 싸움이야. 아버지를 설득시키기가 정 힘들게 되거든, 직접 메리디스를 만나시게 해봐.」

「정말 좋은 생각이에요. 메리디스를 직접 보고서도 거절할 사람이 어디 있겠어요?」

금방 들뜬 얼굴을 하며 줄리언이 말했다. 포도주 잔을 채우기 위해 술병들이 놓여 있는 선반 앞으로 다가간 줄리언이 레저널드가 즐겨 마시던 브랜디 병을 가지고 돌아왔다.

「아버지를 성공적으로 설득시키기를 기원하는 의미로 한잔 같이 하지 않을래요?」

레저널드는 잠시 머뭇거렸다.

「나 요즈음에 술 끊었다는 거 알면서 왜 이러시나.」

「그건 알지만, 오늘은 특별한 날이잖아요.」

줄리언은 막무가내로 커다란 술잔 두 개에 브랜디를 가득 따라 하나를 레저널드에게 쥐어주었다. 레저널드는 다지못해 술잔을 받아들고 투명한 갈색의 액체를 그윽한 시선으로 들여다보았다. 벌써 입안 가득 군침이 고이고 심장박동이 빨라졌다. 간절하던 술생각이 사라질 때까지 다시는 술을 입에 대지 않겠다고 스스로에게 약속했던 그였다. 지난 보름 동안은 거의 술생각 없이 지낼 수 있었다. 그러나 손닿을 곳에 술이 눈에 뜨일 때마다 유혹을 느끼지 않았던 것은 아니었다.

그때 한가지 생각이 떠올랐다. 그는 항상 술을 즐기면서 살아왔으므로 술생각이 사라지기를 기다린다는 것은 비현실적인 바람이었다. 금주는 곧 금욕과 같았다. 그러나 무엇이든 금지된 것일수록 더 하고 싶은 것이 사람의 마음이었고 욕망이었다. 벌써 그것을 깨달았어야 했었다. 술을 마셔서는 안 된다는 생각 자체가 술을 마시고 싶다는 생각을 더 부채질하고 있었던 것이다.

안도의 물결이 온몸을 타고 흘렀다. 술을 끊겠다고 마음만 먹으면 마시지 않고도 지낼 수 있다는 것은 이미 증명한 셈이었다. 이제 조금씩 마시는 건 얼마든지 해도 되지 않을까 싶었다. 레저널드는 술잔을 쳐들었다.

「자네 말이 맞아. 오늘은 특별한 날이지. 메리디스와 자네의 행복한 결혼을 축하하는 첫 친구가 될 기회를 놓치고 싶지는 않아.」

줄리언이 환하게 웃는 동안 레저널드는 단숨에 술잔을 비워버렸다. 그리고는 줄리언과 메리디스의 사랑을 축복하는 의미에서 빈 술잔을 벽난로에 집어던졌다. 크리스털 파편들이 사방으로 튀며 반짝거렸고, 그의 입안에서는 브랜디 향기가 은은하게 퍼졌다. 혀끝에서 감돌던 달콤한 열기가 목 안 깊은 곳까지 천천히 퍼져나가며 온몸이 나른하게 풀어지기 시작했다.

이렇게 좋은 것을 그 동안 자신을 고문하듯이 참아왔던 것이 바보스럽게만 여겨질 뿐이었다. 무엇 때문에 이 좋은 술을 끊겠다고 작정했던 것인지 갑자기 의심스러워지기까지 했다. 술병이 놓인 선반으로 성큼성큼 걸어간 레저널드는 다른 술잔을 꺼내 브랜디를 가득 따르며 줄리언을 보고 미소를 지었다.

「이런 날 술이 빠지면 안 되지.」

다른 날보다 일찍 침실로 올라온 앨리즈와 메리디스는 메리디스의 방에서 잠시 이야기를 나누었다. 앨리즈는, 메리디스가 결국 줄리언의 사랑을 얻고 청혼까지 받았다는 것에 크게 들떠 있을 거라고 생각했다. 그러나 메리디스는 다음날 줄리언이 집으로 돌아가고 나면 결국은 아버지의 승낙도 얻지 못한 채 다시는 스트릭런드에도 돌아오지 못할 것이란 생각에 오히려 더 우울하고 슬픈 모습이었다. 앨리즈가 어떤 말로 위로를 해도 메리디스의 슬픈 마음은 바뀌지 않았다.

하루 종일 피곤한 일에 시달렸건만, 앨리즈는 잠자리에 들어서도 통잠이 오지 않았다. 줄리언은 믿음직한 청년이었다. 결혼의 성사 여부가 불투명했다면 결혼할 여자의 후견인에게 쉽게 말을 꺼내지는 않았을 사람이었다. 그럼에도 불구하고 불행한 결말을 확신하고 있는 메리디스의 생각과 앨리즈 자신의 우려가 겹쳐 그녀는 전전반측이었다.

잠은 오지 않고 시간은 자꾸 흘러 온몸은 피곤하다 못해 아플 지경이었다. 그저 후견인인 자신도 이렇게 마음 편히 잠들 수 있는 날이 적은데 진짜 부모들은 자식을 어떻게 기를까 생각하니 앨리즈는 세상의 모든 부모들이 감탄스럽기까지 했다.

누군가 침실로 들어가는 발자국소리가 들려왔다. 레저널드는 아니었다. 레저널드의 발자국소리는 언제나 분명히 알아들을 수 있었다. 결국 잠들기를 포기한 앨리즈는 담요를 들추고 일어나면서 아래층 서재로 가 레저널드와 이야기라도 나누어야겠다고 마음먹었다. 레저널드라면 줄리언의 아버지에 대해서도 잘 알 테니 마크엄 자작이 메리디스를 며느리감으로 받아들일 만한 사람인지 알 수 있을 것 같아서였다.

어둠 속을 더듬어 가운을 집어 입고 슬리퍼를 찾아 신은 앨리즈는 조용히 서재로 내려갔다. 예상했던 대로 서재 문틈에서는 아직 불빛이 새어나오고 있었다. 그러나 그 문을 열었을 때 그녀의 눈앞에 펼쳐진 광경은 전혀 예상하지 못했던 것이었다. 놀란 눈으로 방안의 풍경을 둘러보는 앨리즈의 마음은 혐오감과 착잡함으로 엉망이 되었다.

레저널드는 늘 즐겨 앉던 의자에 느른하게 퍼진 채 앉아 있었다. 깔끔한 복장으로 그의 정신 상태를 가늠할 수 있다면, 지금은 만취 상태가 틀림없었다. 재킷이며 넥타이는 아무렇게나 구겨진 채 서재 바닥 여기저기에 던져져 있었고, 흰색 셔츠와 잘 다려 입은 바지는 곳곳에 흘린 술로 얼룩이 져 있었다. 독한 브랜디 냄새가 코를 찔렀다. 술병이 놓인 선반에는 이미 다 비어버린 술병이 하나 뒹굴고 있었으며, 레저널드의 옆에는 벌써 반이 넘게 비워진 술병이 또 하나 놓여 있었다.

밤 공기가 더웠는지 프렌치 도어는 활짝 열려 있고, 네메시스는 문틀 위에 납작 엎드려 있었다. 네메시스는 앨리즈를 보더니 벌떡 일어나 타박타박 걸으며 다가왔다. 마치 제 주인을 좀 도와달라는 듯 애처로운 목소리로 끼깅거리기까지 했다.

네메시스의 움직임을 알아챈 레저널드는 안개가 잔뜩 낀 것 같은 눈을 들어 앨리즈를 바라보았다.

「이런, 이런……. 어서 오시오, 앨리즈. 줄리언은 벌써 제 방으로 가버렸어. 난 아직 반도 안 취했는데……. 날이 새려면 아직도 멀었는데 우리 같이 한잔하실까? 여기…….」

잔뜩 꼬부라진 소리로 중얼거리던 레저널드는 주춤거리며 일어나 병에 남은 브랜디를 새 술잔에 따르기 시작했다. 손이 흔들려 잔 밖으로 쏟아진 브랜디가 잔 속에 따라진 브랜디보다 훨씬 더 많았다.

앨리즈는 과거에도 그가 술에 취한 모습을 여러 번 보았지만 오늘처럼 엉망진창으로 몸을 가누지 못하는 모습은 처음 보는 일이었다. 앨리즈에게 잔을 건네주러 다가오는 레저널드는 운동으로 다져진 그 단단한 거구의 몸을 제대로 가누지 못해 쓰러질 듯이 비틀거렸다.

「전 지금 술 마시러 온 게 아니에요. 중요한 일을 상의하고 싶었는데 지금은 때가 아닌 것 같군요.」

앨리즈가 차가운 목소리로 내뱉듯이 말했다. 그러자 레저널드는 그 잔을 들어 마셔버렸다. 그의 입가에 묻은 브랜디 한 방울이 반짝 빛나며 흘러내렸다.

「술을 마시러 온 게 아니라니 더 반갑군. 그럼 더 재미있는 일을 해볼까?」

레저널드의 목소리는 느끼하고 징그러웠다. 방금 전 몸을 가누지 못하고 비틀거렸다는 것이 믿어지지 않을 만큼 빠른 동작으로 그는 앨리즈와의 간격을 단숨에 좁혀버렸다. 그의 길고 강한 팔이 앨리즈를 휘감아 안았다. 레저널드가 덮쳐오는 힘에 못 이겨 앨리즈는 뒷걸음질을 치다가 서재에 부딪치며 겨우 중심을 잡을 수 있었다. 독한 브랜디 향을 풍기는 키스는 그의 손길이 닿을 때면 언제나 그랬듯이 앨리즈의 몸에 뜨거운 불길을 지폈다. 자기도 모르는 사이에 앨리즈는 레저널드의 키스를 받아들였다. 고개를 든 레저널드가 앨리즈의 귓가에 대고 속삭이듯 말했다.

「이 멋진 당신의 몸에 손을 대지 않고 참는 게 얼마나 힘든지 알기나 해? 당신은 남자를 미치게 만드는 재주가 있어.」

레저널드의 말에 앨리즈는 퍼뜩 제정신을 차렸다.

「놔주세요. 너무 취하셨어요.」

앨리즈는 두 손으로 레저널드의 가슴팍을 사정없이 밀어냈다.

「이 멋진 몸을 알아보시는 때는 언제나 자기가 상대하고 있는 여자가 어떤 여자인지도 분간할 수 없을 정도로 술에 취해 있을 때뿐이더군요. 그렇게 막무가내로 여자가 필요하시거든 차라리 하녀나 불러들이세요.」

앨리즈의 밀쳐내는 힘에 레저널드는 잠시 중심을 잃고 흔들렸으나 이내 다시 몸을 가누며 앨리즈의 왼쪽 팔을 낚아챘다.

「수줍은 거절은 당신한테는 안 어울려, 앨리즈. 당신이 내게서 원하는 게 뭔지 나도 잘 알아. 기꺼이 당신한테 그걸 주겠어.」

레저널드는 무도회장의 정원에서 그랬던 것처럼 부드러운 손길로 앨리즈의 뒷머리에 손을 갖다 대고 그녀의 얼굴을 천천히 앞으로 끌어당겼다.

앨리즈는 놀라지 않았다. 아직은 두려워할 단계가 아니었다. 두 사람의 얼굴이 점점 가까워지자 앨리즈는 고개를 옆으로 돌렸다.

「취하셨어요. 그만 돌아가 주무세요.」

앨리즈가 입술을 거부하자 레저널드는 그녀의 입술 대신 자신의 입술이 닿을 수 있는 곳에 키스를 퍼붓기 시작했다. 뺨에서부터 귀에 이르기까지 그의 축축하고 뜨거운 입술이 더듬으며 지나갔다. 앨리즈는 레저널드의 억센 손이 한쪽 젖가슴을 모아쥐고 은근히 힘을 주며 애무를 해오자 숨이 막힐 것만 같았다. 위험한 열기가 그녀의 몸을 훑으며 지나갔고, 사지육신은 물론 몸 안의 뼈마디 마디가 모두 녹아나는 것 같았다.

갑작스러운 공포와 함께 앨리즈는 자신이 지금 무엇을 하고 있는지, 무엇을 당하고 있는지 깨달았다. 품에 안긴 여자가 누구인지도 분간할 수 없을 정도로 취한 한 남자에게 자신을 허락하려 하고 있지 않은가. 소름이 끼칠 듯 분명한 기시감을 느끼며 앨리즈는 온힘을 다해 레저널드를 밀쳐냈다.

「비켜! 어서 비키란 말이야!」

의외의 격렬한 저항에 놀란 레저널드는 주춤거리며 물러나다가 술잔들이 놓인 작은 테이블에 부딪쳤다. 그의 체중을 견디지 못한 테이블이 넘어지면서 그 위에 놓여 있던 크리스털 술잔들이 한꺼번에 쏟아져 내렸다. 쨍그랑거리는 소리와 불빛에 반짝이며 사방으로 튀어나가는 크리스털 조각들이 싸늘한 침묵이 감도는 서재 안을 가득 채웠다. 레저널드는 넘어지지 않으려고 한참이나 버둥거리다가 겨우 중심을 되잡고 그 자리에 섰다. 그의 표정은 험악하게 일그러졌다. 술 취한 사람이 늘 그렇듯이 일이 자기 뜻대로 되지 않자 앞뒤를 가리지 않고 분노에 휩싸인 것이다.

「나를 갖고 놀 생각은 하지 마, 레이디 앨리즈. 네가 벌써부터 내 앞에서 꼬리를 치고 있었다는 걸 내가 모를 줄 아나? 그 고결한 가면 뒤에 얼마나 뜨거운 것이 숨어 있는지 너도 알고, 나도 알지. 그렇지 않아?」

레저널드가 모든 것을 눈치채고 있다는 것도 참을 수 없었다. 앨리즈는 그만 주저앉아 울고 싶은 심정이었다. 동시에 차라리 그를 죽이고 싶었다. 그녀에 대해 너무 많은 것을 알아버린 남자, 너무 많은 것을 보아버린 남자, 너무나 쉽게 그녀의 마음과 영혼을 훔쳐가버린 남자……

그러나 마치 사냥감을 겨냥하고 달려드는 맹수처럼 정확한 발걸음으로 다가서는 레저널드를 보면서 앨리즈의 분노는 차츰 공포로 바뀌어 갔다. 함께 있으면 즐겁고 가슴이 설레던 그 남자는 이미 어디론가 사라지고 없었다. 분노로 차갑게 빛나는 푸른 눈동자를 가진 한 낯선 남자가 거기 있을 뿐이었다.

복도쪽 문을 향해 뛰든 프렌치 도어를 겨냥해 뛰든 레저널드를 지나치지 않으면 빠져나갈 수 없는 상황이었다. 양쪽이 모두 막다른 골목이라는 생각을 하면서도 앨리즈는 열심히 거리를 가늠해보았다. 한걸음 한걸음 뒤로 물러서는 앨리즈의 심장은 터질 것처럼 방망이질쳤다. 여자로서는 보기 드문 체구에 힘도 만만하지 않았지만 레저널드가 마음먹고 덮친다면 그녀로서도 도저히 이겨내기 힘든 상대였다.

양쪽이 서가로 이어진 모서리에 이르자 앨리즈는 더 이상 도망칠 공간도 없었다. 이제는 싸우는 수밖에 없었다. 일전을 대비하며 앨리즈는 숨을 몰아쉬었다. 바로 그때 두 사람 사이를 불안하게 오가며 꼬리를 흔들던 네메시스가 잔뜩 독기 어린 소리로 짖어대며 제 주인을 향해 달려들었다. 그 바람에 레저널드는 쓰러질 듯 비틀거렸다.

「망할 놈의 개새끼!」

레저널드는 사정없이 네메시스를 걷어찼고, 갈비뼈를 심하게 얻어맞은 불쌍한 양몰이 개는 저 멀리 쿵 하고 나가떨어졌다. 아프기도 아팠겠지만 평소와는 완전히 달라진 주인의 모습에 놀란 네메시스는 프렌치 도어 밖으로 줄행랑을 놓았다.

레저널드가 잠깐 한눈을 판 사이를 앨리즈는 놓치지 않았다. 두툼하고 무거운 프랑스 희곡집을 서가에서 빼든 앨리즈는 레저널드의 눈앞에 대고 흔들며 위협했다.

「가까이 오지 마!」

그러나 레저널드는 유유히 앨리즈를 향해 다가왔다. 앨리즈는 들고 있던 책을 냅다 레저널드에게 던져버렸다. 그리고는 셰익스피어라는 제목이 금박으로 찍혀 있는 두꺼운 가죽 장정본을 또 집어들었다. 이제 앨리즈는 눈앞에 보이는 게 없었다. 그 무거운 책이 옆머리를 강타

하자·레저널드의 무릎이 푹 꺾였다.

「악! 이게!」

바닥으로 쓰러진 레저널드는 아픔을 이기지 못하고 상소리를 내뱉었다. 레저널드에게 얼마나 상처를 입혔는지는 돌아볼 새도 없이 앨리즈는 그를 타넘고 문을 향해 뛰었다. 막 문을 열고 복도로 나서려는 찰나, 서재에서 들리는 심상치 않은 소음에 잠을 설치다 달려나온 맥 쿠퍼와 마주 부딪쳤다. 부딪치는 순간 앨리즈는 거의 정신을 잃고 쓰러질 뻔했지만 다행히도 맥이 침착하게 그녀를 일으켜 세웠다.

앨리즈는 한 집에 살면서도 맥을 자세히 눈여겨본 적이 없었다. 하인치고는 상당히 건방지고 유식한 체 한다는 것을 알고 있었기 때문에 늘 먼발치에서만 그를 보았을 따름이었다. 그러나 가까이서 바라본 그의 얼굴에는 진정한 근심이 담겨 있었다.

「괜찮으십니까, 레이디 앨리즈?」

당신 눈에는 내가 괜찮게 보여? 앨리즈는 소리라도 꽥 지르고 싶었다. 그러나 하인에게까지 추한 꼴을 보일 수는 없었다.

「난 괜찮아요. 당신 주인에게나 가봐요.」

숨을 몰아쉬며 앨리즈가 차갑게 말했다. 맥은 앨리즈를 놓아주고 레저널드의 곁에 가서 한쪽 무릎을 구부리고 앉았다. 레저널드는 정신없이 토하고 있는 중이었다. 앨리즈는 얼른 자리를 피하려고 했지만 맥의 목소리가 그녀를 붙들었다.

「가지 마세요. 주인님을 침실로 모시게 도와주세요.」

「그냥 여기 두지 뭐 하러 침실까지 데려다줘요? 자기가 뱉어놓은 구토물 속에서 하룻밤쯤 뒹굴어보면 정신차리는 데 도움이 될 텐데.」

앨리즈의 입에서는 사정없이 가시 돋친 말이 튀어나왔다. 맥 쿠퍼가 안쓰러운 표정을 지었다.

「그러면 뭘 합니까. 간밤에 무슨 일이 있었는지, 자기가 토했는지 남이 토해놓았는지도 기억 못하실 텐데요.」

간밤의 일을 기억하지 못하리라는 게 다행인지 불행인지 앨리즈는 종잡을 수가 없었다. 앨리즈가 머뭇거리는 동안 맥은 말없이 주인의 구토가 멈출 때까지 기다렸다. 드디어 레저널드가 축 늘어지며 잠잠해지자 맥이 말했다.

「주무실 시간이에요, 주인님. 어서 올라갑시다. 제가 도와드릴게요.」

해쓱해진 얼굴에 푸르스름하니 납빛이 된 몰골을 쳐들며 레저널드가 호통을 쳤다.

「도와주긴 뭘 도와줘? 여기가 내 집인데…….」

맥은 대꾸도 않고 레저널드를 껴안아 일으켰다. 맥이 거구의 레저널드를 이기지 못해 비치적거리자 할 수 없이 앨리즈도 한쪽에서 거들었다. 두 사람이 달라붙었어도 레저널드를 이층으로 옮기는 건 수월치 않은 고역이었다.

지루하게 한 발 한 발 옮기며 겨우 계단을 절반이나 올랐을 즈음에 레저널드가 갑자기 버둥거리며 두 사람을 밀쳐내는 바람에 세 사람이 한꺼번에 계단 아래로 뒹굴 뻔하기도 했다. 다행히 나뒹굴지는 않았지만 헛발을 짚으며 앞으로 넘어진 앨리즈는 멍이 들어도 단단히 들었을 정강이를 움켜쥐고 신음을 삼켜야 했다.

두어 걸음만 가면 침대에 누일 수 있는 거리에 이르렀을 때 레저널드는 다시 한 번 발작을 일으켰다. 이번에는 앞뒤를 돌아보지도 않고 자기 하인에게 주먹질을 해대는 것이었다. 만약 레저널드가 맨 정신일 때 그렇게 주먹을 날렸다면 맥의 목숨은 끝장난 거나 다름없었다. 하지만 다행히도 인사불성으로 취한 그의 주먹은 단 한번도 목표에 명중하지 못했다. 맥은 주인의 발작이 끝날 때를 기다렸다가 그의 턱을 향해 가볍게 주먹을 날렸다. 레저널드는 맥없이 픽 쓰러지며 침대 위에 드러누웠다.

침대 옆의 등불 빛을 받은 레저널드의 푸르스름한 얼굴은 거의 죽은 사람의 얼굴이나 다름이 없었다.

「자주 이러시나요, 쿠퍼?」

「네. 하지만 이렇게 심하게 취하신 건 드문 일입니다.」

맥이 레저널드를 돌려 눕히며 대답했다.

「오래 전부터 술을 과하게 드셨어요. 그러더니 이렇게……」

맥이 말을 잇지 못했다.

「왜 이런 사람 밑에서 참고 지내는 거죠?」

대답을 기대하지 않았지만 맥은 침착한 목소리로 대답을 해주었다.

「주인님이 아니었다면 전 오래 전에 감옥에 갔혔거나 지금도 감옥에서 썩고 있을 겁니다. 전 런던 홍등가 뒷골목에서 좀도둑질로 연명하던 놈이었습니다. 살기 위해서는 못할 일이 없었죠. 주인님을 만나기 전에도 벌써 두 번이나 감옥을 다녀왔구요. 만약 한번만 더 판사 앞에 끌려갔었더라면 청춘을 고스란히 감옥 울타리 안에서 보내야 했을 겁니다.」

앨리즈는 점점 호기심이 생겼다.

「어떻게 대번포트 씨를 만나게 된 거죠?」

「저는 술에 취해서 인사불성이 된 취객들의 주머니를 터는 게 특기였는데 그만 실수를 한 거죠. 주인님의 주머니를 털려고 했으니까요. 주머니에는 손을 대보지도 못하고 들켜서 제 팔이 부러졌습니다. 저는 팔 부러진 아픔은 느껴볼 새도 없이 무릎을 꿇고 자비를 구걸했습니다. 제발 순경에게 넘기지 말아달라구요. 주인님이 그러시더군요. 그런 솜씨로 도둑질하다가는 누구한테 맞아죽을지 모르겠으니 진작에 다른 직업을 찾으라구요. 그거야 저도 원하는 일이었지만, 누가 저 같은 놈에게 일자리를 주겠습니까? 주인님은 호탕하게 웃으시더니 하인이 한 놈 필요하다, 그러시더군요. 성실하게 배울 의지만 있다면 저를 하인으로 쓰시겠다고 하셨어요. 하지만 만약에 다시 한 번만 더 주인님 물건에 손을 댄다면, 그때는 팔이 아니라 아예 모가지를 꺾어놓겠다고 으름장을 놓으시더군요.」

쿠퍼의 입술이 묘하게 일그러졌다.

「처음 몇 달은 그럭저럭 즐겁게 지나갔습니다. 하지만 얼마쯤 시간이 흐르자 다시 뒷골목으로 돌아가는 게 먹고살기에는 더 낫겠다는 생각이 들기도 했어요. 주인님의 상황이 아주 심각했던 때도 심심찮게 있었으니까요. 어쨌든 아무리 어려운 상황이라도 주인님과 저는 서로 잘 지내왔습니다.」

앨리즈는 쿠퍼의 얼굴을 빤히 올려다보았다.

「왜 이런 얘기를 구구절절이 나한테 들려주는 거죠?」

「주인님께도 인간적인 면이 있다는 걸 알려드리고 싶어서요.」

「그렇군요. 맞아요. 제가 자주 잊어버리는 거죠.」

「하지만 아직까지는 별문제 없었잖아요, 그렇죠?」

맥이 앨리즈를 위로하듯 미소지으며 말했다.

「레이디 앨리즈, 이제 그만 돌아가서 주무세요. 전 서재나 치워야겠습니다.」

한참 동안이나 앨리즈는 꼼짝도 않고 축 늘어져 있는 레저널드를 내려다보았다. 앨리즈의 입에서 긴 한숨이 새어나왔다.

왜 이 남자는 마음 편하게 악당이면 악당, 영웅이면 영웅이 되지 못하는 걸까?

18

아무래도 목사의 말이 맞긴 맞는 모양이었다. 분명히 지옥이 있었던 것이다. 지옥의 불길은 겁나지 않았지만 이 지독한 구토증과 두통, 그리고 기억의 상실과 영혼까지 몽땅 집어삼킬 것 같은 우울증은 중세 종교가들이 예상했던 어떤 지옥의 고통보다도 무서운 고문이었다.

레저널드는 천천히, 조심스럽게 몸을 움직여보았다. 그래도 머리는 금방이라도 깨질 것처럼 아파왔다. 살아 있다는 것의 유일한 낙은, 그래도 시간을 보내다 보면 언젠가는 기분이 나아지곤 한다는 것이었다.

다시금 눈앞에 자욱한 안개가 끼는 듯한 기분이 들었다. 마치 꼼꼼한 바느질로 꿰매버린 듯한 눈꺼풀을 억지로 들어올리자 날카로운 송곳 같은 햇살이 눈동자를 찌를 것처럼 쏟아져 들어왔다. 그리고 텅 빈 위장은 다시 한 번 뒤집어지고 있었다.

'이렇게 살다간 죽고 말 거야.'

자기도 모르는 사이에 무슨 소리를 냈는지, 맥의 조용한 목소리가 깨질 듯이 아픈 머릿속을 울렸다.

「이것 좀 마셔보시겠어요?」

등을 받쳐주는 맥의 손길을 느끼며 레저널드는 몸을 반쯤 일으켜 천천히 그가 주는 것을 받아 마셨다. 이런 날 아침이면 늘 사과 주스가 마법의 액체의 주원료였지만 오늘은 다른 과일향에 약간의 브랜디 맛이 느껴졌다. 마구 뒤집어지던 위장이 차츰 가라앉는 것이 느껴졌다.

아직도 햇살이 너무 따가워 똑바로 뜨지 못한 눈을 반쯤 감은 채 레저널드가 축 처진 목소리로 물었다.

「지금 몇 시지? 혹시 어젯밤에 있었던 일 중에 내가 꼭 알아야 할 일이라도 있나?」

「정오가 다 되었습니다. 마크엄 씨는 아침 일찍 떠나셨습니다. 인사드리지 못하고 떠나 죄송하다는 말씀을 남기셨습니다.」

이윽고 잔뜩 비꼬는 듯한 목소리로 맥이 말을 이었다.

「그리고 윌리엄 도련님께서 오늘 말을 타고 외출하기로 약속하셨다면서 몇 번 다녀가셨습니다. 오늘은 주인님께서 약속을 못 지키실 것 같다고 말씀드렸습니다.」

레저널드는 끄응 하고 한숨을 내뱉었다. 윌리엄에게 말을 타고 나가 목초지를 둘러보자고 약속했던 일이 생각났다. 어쩔 수 없이 다음날로 약속을 미루어야 할 것만 같았다.

「그 밖의 다른 일은?」

「그 밖의 다른 일에 대해서는 레이디 앨리즈에게 직접 물어보시는 것이 좋겠습니다.」

맥의 목소리가 퉁명스럽게 들렸다. 레저널드는 갑자기 속이 다시 울렁거리는 것을 느끼면서 간밤에 앨리즈와 무슨 일이 있었는지 기억해보려고 애를 썼다. 저녁을 먹고……, 줄리언과 서재에서……, 줄리언이 먼저 자러 갔고……. 앨리즈가 서재로 내려왔나? 오, 하느님! 설마 앨리즈를 침실로 끌고 들어간 건 아니겠지? 불길한 예감이 든 레저널드는 하인에게 다급하게 물었다.

「레이디 앨리즈는 지금 어디 계시지?」

「아마 어디선가 일을 하고 계시겠지요. 오늘 아침에는 빵과 치즈까지 챙겨서 말을 타고 나가셨으니, 하루 종일 안 들어오실 겁니다.」

온몸의 힘을 쥐어 짜내 레저널드는 가까스로 일어나 앉았다. 하지만 세상의 아래위가 제대로 보일 때까지는 한동안 기다려야 했다.

「위스키 좀 가져와.」

「커피를 드시는 게 낫지 않을까요? 방금 끓여온 커피가 있는데.」

「그럼 커피에 위스키를 조금만 타.」

「별로 좋은 생각이 아니신 것 같은데요?」

맥이 걱정스럽다는 듯이 되물었다.

「제기랄! 시키면 시키는 대로 좀 해!」

레저널드의 입에서 이런 호령이 나오는 일은 극히 드물었다. 이럴 때는 더 이상 토를 달지 않는 게 현명하다는 것을 맥은 잘 알고 있었다. 위스키 향기가 감도는 뜨거운 커피 잔이 금방 레저널드의 손에 쥐어졌다. 혓바닥이며 입천장이 벗겨질 정도로 뜨거운 것도 아랑곳하지 않고 레저널드는 커피를 벌컥벌컥 들이켰다.

위스키가 효과가 있었던지, 레저널드는 기분이 훨씬 나아지는 것 같았다. 커피를 두 잔이나 더 마시고서야 레저널드는 정신이 맑아졌다. 맥의 걱정스러운 얼굴을 무시하고, 레저널드는 깨끗한 승마복으로 갈아입었다. 마구간으로 향하면서 그는 앨리즈가 지금쯤 어디 있을까 골똘하게 생각했다. 양털 깎기가 아직 끝나지 않았다면 거기 있을지도 몰랐다. 간밤에 무슨 일이 있었는지는 정확히 기억이 나지 않았지만 어쨌든 예감이 불길했다. 게다가 레이디 앨리즈에게 직접 물어보라는 맥의 대답은 무언가 암시하고 있는 것이 분명했다.

앨리즈의 감정을 상하게 한 어떤 짓을 한 게 틀림없었다. 하지만 앨리즈가 몸을 다치지는 않은 것 같았다. 다쳤다면 말을 타고 나가지 못했을 테니까. 하지만 육체적인 상처보다 더 무섭고 치료하기 힘든 상처는 따로 있었다.

레저널드는 고개를 내저으며 그 생각을 뿌리치고 마구간의 문을 열었다. 마부장이며 마부들도 모두 점심을 먹으러 갔는지 마구간 안은 텅 비어 있었다. 어둠침침한 실내에 눈이 적응하기를 기다리며 허공을 바라보고 있는데 갑자기 한쪽 구석에서 성난 말의 울음소리가 들려왔다.

레저널드는 온몸이 뻣뻣하게 굳어버리는 것 같았다. 부스팔러스의 울음소리였다. 도대체 누가 저 종마를 저토록 성나게 만든 것일까? 뒤이어 어린아이의 높은 비명소리가 들려왔다.

윌리엄, 윌리엄이다! 윌리엄은 부스팔러스에게 완전히 넋이 나가 있었다. 부스팔러스의 고약한 성질을 자극하지 않도록 항상 멀찍이 떨어져 있으라고 누누이 일러주었건만, 이 꼬마가 그의 경고를 무시한 것이 틀림없었다.

몸이 불편한 것도 잊고 레저널드는 부스팔러스가 서 있는 칸으로 달려갔다. 말의 울음소리에 꼬마의 비명소리까지 겹쳐 마구간 안이 온통 쩌렁쩌렁 울리는 것 같았다. 이리저리 불안하게 날뛰는 말발굽소리는 한층 더 위협적이었다.

한쪽 구석에 몸을 잔뜩 웅크리고 주저앉은 채 말의 발길질로부터 머리를 보호하려고 팔을 내젓는 가냘픈 아이의 모습이 보였다. 짚단이 헝클어져 뒤덮인 바닥에 아이가 말에게 주려고 가져온 것으로 보이는 당근이 나뒹굴었다. 아이의 비명소리에 더욱 놀란 부스팔러스는 시끄러운 소리를 내는 꼬마를 걷어차버리려는 듯이 뒷발을 높이 쳐들었다. 녀석의 두툼한 말발굽이 공중에서 멈추었다.

녀석의 한쪽 발은 윌리엄이 몸을 기대고 있는 벽을 때렸고, 다른 한쪽 발은 아이의 팔을 내리쳤다. 목표물에 명중시키지 못한 것이 더욱 화가 난 듯이 부스팔러스는 다시금 두 뒷다리를 치켜들며 공격자세를 취했다. 레저널드는 급한 마음에 벽에 기대어 세워져 있던 갈퀴를 끌어내려 말머리 앞에 대고 흔들었다. 성난 말의 관심을 다른 곳으로 유도하기 위해서였다.

그러나 제 주인도 알아보지 못할 정도로 성이 난 종마는 주인마저 공격하려고 덤벼들었다. 말을 해치고 싶지는 않았지만 레저널드도 자신을 보호하기 위해서는 갈퀴로 말을 찌를 수밖에 없었다. 가능한 한 상처를 주고 싶지 않았지만, 갈퀴에 찔린 흉터는 이제 영원히 녀석의 매끄러운 가죽에서 사라지지 않을 것이다.

갈퀴를 움켜쥔 레저널드의 손이 부르르 떨리는 사이, 부스팔러스의 아름다운 어깨에 날카로운 갈퀴가 박혔고, 갈큇살을 타고 붉은 피가 흘러내렸다. 부스팔러스가 잠시 머뭇거리는 사이를 놓칠세라 레저널드는 윌리엄을 향해 소리쳤다.

「윌리엄, 어서 나와!」

아이는 네 발로 엉금엉금 기어서 밖으로 나왔다. 레저널드는 윌리엄이 안전한 곳으로 피할 때까지 기다렸다가 자신도 말에게 짓밟히는 꼴을 당하기 전에 서둘러 밖으로 몸을 날렸다. 상처 입은 종마의 비명소리가 들려왔다. 녀석이 쿵쾅거리며 내리찍는 말발굽이 마구간 벽을 사정없이 두들겼다. 레저널드는 갈퀴에 찔린 상처가 아니라 부스팔러스 자신이 스스로에게 어떤 상처를 입힐지 몰라 걱정스러웠다.

갈퀴를 벽에 기대어 세워놓은 레저널드는 윌리엄을 향해 돌아섰다. 아이는 다행히 아무 상처도 입지 않았지만 크게 놀란 탓에 심하게 떨고 있었다. 아이가 옷소매로 눈물을 훔쳤다. 자칫 했으면 아이가 큰 사고를 당할 뻔했다는 놀라움과 간밤의 술로 인한 두통, 게다가 이제 아끼던 말에게 영원히 사라지지 않을 흉터를 남겼다는 생각이 한꺼번에 몰려들었다. 갑자기 자제력을 잃은 레저널드는 아이의 어깨를 그러쥐고 격하게 흔들었다.

「이 멍청한 놈! 너 때문에 무슨 일이 벌어졌는지 알아? 저 말은 이제 죽을지도 몰라. 차라리 네놈 머리통을 박살내게 둘 걸 그랬다!」

스스로 분을 참지 못하고 주먹을 움켜쥔 레저널드의 눈앞에 마치 요지경이 돌아가는 것처럼 어떤 그림이 조각조각 맞추어지기 시작했다. 지금 그의 눈앞에는 백짓장처럼 하얗게 질린 얼굴을 하고 두려움에 벌벌 떨고 있는 윌리엄이 있었다. 말에게 일어난 일보다 사실 더 걱정되는 것은 바로 이 아이였다. 그 아이의 얼굴 위로 그보다 더 작은 아이의 모습이 겹쳐졌다. 검은 머리칼의 그 아이는, 지금의 윌리엄보다도 훨씬 더 겁에 질려 있었다. 그리고 왠지 그 아이는 바로 레저널드 자신 같이 여겨졌다. 끊이지 않고 울려 퍼지는 말의 비명은 곧 한 여인의 비명으로 변했다. 주먹을 쥐고 버텨서 있는 사내는 레저널드가 아니라 키와 체구가 비슷한 다른 사내였다. 그리고 그는 심하게 취해 있었다.

어지러움과 공포, 두려움이 레저널드를 후감았다. 어떤 기억이 칼날처럼 날카롭게 그의 뇌리를 파고들었다. 자신이 방금 머리끝까지 화가 난 상태에서 윌리엄을 때릴 뻔했다는 사실에 레저널드는 소름이 끼쳤다. 아이를 놓아주면서 레저널드는 어깨를 쭉 펴고 눈을 감았다. 아니, 눈이 부셔서 앞을 바로 볼 수가 없었다. 눈앞에 어떤 방이 보였다. 어머니의 거실이었다. 이유는 알 수 없지만 어린 시절 레저널드는 그 방에 들어가기를 몹시 꺼려했다. 어머니와 아버지가 다투고 있었다. 아버지의 주벽 때문에 두 분이 다툰 것은 아주 오래 전부터 있었던 일이었다. 어머니는 아버지에게 당장 스트릭런드를 떠나라고 소리를 질렀다. 그리고 다시는 돌아오지 말라고…….. 아버지가 아이들을 해칠까봐 두렵다고 말했다. 취한데다 아내의 울부짖음에 화가 난 아버지는 어머니에게 맞고함을 치며 윽박질렀다. 그러더니 곧 폭력을 쓰기 시작했다.

레저널드는 누군가 싸우는 소리를 듣고 아래층으로 달려 내려왔다. 창문 앞에 마주서 싸우고 있는 어머니와 아버지의 모습이 실루엣처럼 보였다. 아버지의 우직스러운 팔이 어머니의 옆머리를 내리쳤다. 이토록 생생하게 남아 있는 기억을 어떻게 지금까지 잊고 있었던 걸까?

그때 레저널드는 서너 살밖에 되지 않은 어린아이였지만, 아버지의 폭력 앞에 홀로 서 있는 어머니를 보고 망설이지 않았다. 어머니의 비명소리가 들리더니 마치 뼈가 부러지는 듯이 우지끈하는 소리가 들려왔다. 레저널드는 비명을 지르면서 달려들어 아버지의 바짓가랑이를 붙들고 늘어졌다. 발로 차고, 물어뜯고, 아버지가 어머니를 더 이상 때리지 못하도록 할 수 있는 모든 것을 다했다.

인사불성으로 취해 아무 것도 분별하지 못하던 아버지는 어린 아들의 멱살을 잡고 번쩍 들어올리더니 허공으로 집어던졌다. 그때 그의 눈앞에 보였던 장면들이 마치 정지된 그림처럼 세세하게 다시 펼쳐졌다. 벽에 부딪치는 순간 레저널드는 거의 기절할 정도로 아픔을 느꼈다. 무기력하게 바닥으로 떨어진 아이는 꼼짝도 하지 못했다. 눈은 뜨고 있었지만 그때는 이미 아무런 감각도 느끼지 못했던 것이다.

마치 영혼이 몸에서 빠져나가 공중을 붕붕 떠다니는 것 같았다. 어머니가 울부짖으며 달려와 무릎을 꿇고 앉아 사지가 축 늘어진 아들을 안아 올렸다. 어머니는 아버지를 향해 당신이 아이를 죽였다고 울며불며 소리를 질렀다. 레저널드 역시 자신이 죽은 줄 알았다. 아무 것도 느껴지지 않고 어머니의 울부짖음도 차차 들리지 않았다. 그리고 온몸은 축 늘어져 손가락 하나도 움직일 수 없었다.

그러다가 갑자기 온몸의 감각이 되살아났다. 자신을 부여안은 어머니의 가슴속에서부터 심장이 고동치는 소리가 그의 가슴으로 그대로 전해졌다. 어머니가 즐겨 뿌리던 향수 냄새도 느껴졌다. 어머니의 울음소리 사이사이로 아버지의 절규가 들려왔다. '오, 애니. 일부러 그런 게 아니야. 이건 사고였어. 내 아들을 죽이려 하다니, 아니야, 절대로 그게 아니었어.'

방안 가득 고여 있던 분노와 적개심이 생생하게 다시 되살아났다. 차츰 사라져가는 의식 속에 오로지 어머니와 아버지의 공포에 찬 얼굴들만 또렷이 각인되고 있었다.

차츰 정신이 되돌아오면서 레저널드는 마구간의 벽만 뚫어져라 응시하고 서 있는 자신을 발견했다. 그는 꽉 쥐었던 주먹을 벽에다 짓찧었다. 온힘을 다해 치고 또 쳤다. 잠재의식 속에 꽁꽁 감추어졌다 이제야 되살아난 그 기억을 모두 부셔버리고 싶었다.

벽을 칠 때마다 날카로운 통증이 주먹을 타고 팔뚝까지 전달되었지만 그는 차라리 그 통증이 달콤했다. 주먹에서 피가 나 손가락 사이를 타고 흘러내렸다. 레저널드는 피로 범벅이 된 주먹을 멍하니 내려다보며 정신을 가다듬느라 숨을 몰아쉬었다.

곁에 윌리엄이 있었다는 것을 기억해 낸 레저널드는 아이를 향해 돌아섰다. 눈물로 얼룩진 동그란 얼굴의 아이는, 마치 처음 보는 사람을 대하듯 머뭇거리며 레저널드를 올려다보았다. 어른의 갑작스럽고 평소와는 다른 이상한 행동을 이해하기에는 아직 너무 어린아이였다.

레저널드는 일단 숨을 깊게 들이쉰 다음, 윌리엄을 이해시킬 만한 적당한 말을 찾아보았다. 그는 윌리엄 앞에 무릎을 꿇고 주저앉아 눈높이를 맞추고 조용히 말했다.

「이리 와봐.」

아이는 겁에 질려 한동안 꼼짝도 하지 않았다. 겨우겨우 한 발짝씩 떼며 윌리엄이 다가오자 레저널드는 한 손을 아이의 어깨에 얹고 부드러운 목소리로 물었다.

「다친 데는 없니?」

윌리엄이 고개를 끄덕였다. 아이의 눈을 마주보며 레저널드가 말을 이었다.

「화내서 미안하구나. 네가 다치는 줄 알고 너무 놀랐단다. 너를 안전하게 피신시키자마자 놀란 마음이 변해서 화가 났던 거야. 바보 같지? 하지만 어른들은 다 조금씩 바보 같단다.」

이번에는 윌리엄이 조금 더 크게 고개를 끄덕였다.

「이제 내가 너한테 왜 부스팔러스에게 가까이 가지 말라고 그렇게 여러 번 일렀는지 알 수 있겠지?」

기어 들어갈 듯한 목소리로 윌리엄이 대답했다.

「네……. 말, 말썽피워서…… 죄, 죄송해요. 전 그냥……, 친해지려고……. 이제 부스팔러스를 죽여야 하나요?」

「그렇게 되지 않길 바란다. 가서 마부장을 좀 불러오너라. 부스팔러스를 어떻게 해야 할지 살펴보자꾸나.」

윌리엄이 마구간 밖으로 달려나가자 레저널드는 조심스럽게 부스팔러스가 들어 있는 칸을 들여다보았다. 녀석은 이제 소리를 지르지도 않고, 발을 구르지도 않았다. 하지만 아직도 불안한지 그 큰 눈동자를 사방으로 굴리면서 땀과 피를 흘리고 있었다. 레저널드는 속삭이는 목소리로 말을 달래며 진정시켰다.

마부장이 윌리엄의 말을 듣고 헐레벌떡 달려왔을 때 레저널드는 부스팔러스의 목을 쓰다듬으며 상처의 깊이를 가늠하는 중이었다. 상처는 깊지 않았지만 흑단같이 매끄럽던 녀석의 가죽에 남을 흉터를 생각하니 안타깝기 짝이 없었다.

레저널드는 종마를 마부장의 손에 맡기고 집으로 돌아갔다. 곧장 서재로 들어가 의자에 파묻힌 그는 마음을 가다듬기가 힘들었다. 네 살 이전의 기억이 그 동안 전혀 떠오르지 않았던 것이 이제야 이해가 갔다. 그 사실을 말했을 때 스탠턴이 전혀 놀라지 않았던 것도 이해가 갔다. 언제든 알아야 할 필요가 생기면 기억하게 될 거라던 수수께끼 같은 말도 이제야 이해가 갔다.

그에게서 네 살 이전의 기억이 떠오르는 것을 가로막고 있었던 것은 술 취한 아버지에 대한 두려움과 그때마다 들려오던 말다툼소리였다. 어머니는 희망과 절망, 분노와 용서 사이를 시계추처럼 왕복했고, 레저널드는 어린 나이임에도 불구하고 뭔가가 잘못 되어가고 있다는 것을 느끼고 있었다.

아버지를 사랑하긴 했지만, 아버지의 기분이 언제 어떻게 변할지 몰라 레저널드는 늘 불안했었다. 지금도 사람을 만나면 상대방의 행동을 유심히 관찰하고 방어해야 할 때를 대비해 약점을 파악하려고 하는데, 그 버릇은 어쩌면 그때부터 생긴 것인지도 몰랐다.

그 사고가 일어난 것은 남동생 줄리어스가 태어난 직후였다. 그 사고의 충격으로 아버지는 완전히 술을 끊었다. 그때의 부상으로 레저널드는 오래도록 병상에 누워 있어야 했다. 뇌진탕에 갈비뼈와 어깨뼈가 부러진 중상이었다. 아버지가 처음으로 병상에 다가왔을 때 그는 질급(窒急)하고 놀랐었다. 아들의 마음을 다시 얻기 위해 아버지는 레저널드에게 공부를 가르치고 책도 읽어주고 놀이도 함께 하며 오랫동안 끈질기게 노력했다.

레저널드가 병상에서 일어섰을 때 아버지는 술을 깨끗하게 끊고 있었다. 어머니도 더 이상 아버지에게 스트릭런드를 떠나라고 하지 않았고, 비로소 집안에 평화가 감돌기 시작했다. 그때가 레저널드의 가족에겐 가장 달콤한 황금기였다. 집안에는 항상 웃음과 행복이 넘쳐흘렀다. 곧이어 빨강머리 여동생 에이미가 태어났다. 그때 레저널드는 아버지가 가는 곳이면 스트릭런드 안의 어디든 따라다녔다. 두 동생들과도 열심히 놀아주었다. 그리고 어두운 시절의 기억은 모두 파묻어버렸다.

그렇게 파묻힌 기억은 그후로도 계속 그렇게 파묻힌 채 표면으로 떠오르지 않고 있었다. 그러다가 오늘, 그때의 자신처럼 어린 윌리엄을 향해 주먹을 쳐든 순간, 판도라의 상자가 열리고 만 것이었다.

착잡한 마음으로 고개를 이리저리 돌리던 그의 눈에 책상 위에 놓인 자그만 소책자 하나가 들어왔다. '과음이 인체에 미치는 영향'이라는 제목이었다. 제목 아래에는 '1784년, 필라델피아. 내과의사 벤자민 러시'라고 적혀 있었다. 누가 그 책자를 거기에 올려놓았을까 의아해하던 그는 천천히 책장을 넘겨보았다.

그의 가슴이 갑자기 서늘해졌다. 굵고 남성적인 필체로 쓰인 '레저널드 대번포트'라는 이름이 눈에 들어왔기 때문이었다. 처음에는 자신이 사놓고 그 동안 잊고 있었던 게 아닐까 하는 생각도 들었다. 내 기억력이 이 정도로 나빠졌나, 하고 생각하며 그는 그 서명을 찬찬히 들여다보았다. 이윽고 그의 입에서 안도의 한숨소리가 새어나왔다. 그건 아버지의 필체였다. 레저널드는 내용을 읽기 시작했다.

천천히 한번을 다 읽고 다시 또 읽었다. 몇 천 단어 정도로 이루어진 짧은 논문이었다. 그러나 과도한 음주가 사람의 몸과 마음에 어떤 영향을 미치는지, 벤자민 러시는 꼼꼼하게 지적하고 있었다. '말이 많아진다, 변덕이 심해진다, 싸움이 잦아진다, 무례한 행동을 서슴지 않는다, 순간적인 발작을 일으킨다……'

그 모든 현상들이 일어났다 사라지고, 다시 나타나기를 반복하게 된다고 쓰여 있었다.

저자는 주벽을 '불쾌한 질병'으로 규정하고 단기적으로나 장기적으로 나타날 수 있는 신체적 증상에 대해서도 자세하게 설명했다. '주벽은 일종의 유전병이나 전염병과 매우 비슷하다.' 다시 말하면 부전자전으로 대물림을 한다는 뜻이었다. '과도한 음주는 기억력을 감퇴시키며 이해력을 둔화시키고 도덕적 판단력을 마비시킨다.' 모든 것이 레저널드의 상황을 묘사하고 있었다.

주벽 환자들이 스스로의 삶을 파괴해가는 양상에 대해 다룬 마지막 페이지에서 그의 눈길은 한참 동안 머물렀다. 심한 음주의 결과는 죽음으로 이어진다는 것을 저자는 강력하게 경고했다. '그러나 주벽 환자들의 죽음은 신의 뜻에 의해서가 아니라 대부분 자신의 뜻에 의해 찾아온다.' 그것은 자살을 의미하는 말이었다.

레저널드는 눈을 감았다. 그 목소리가 다시 들려왔다. '이렇게 살다 간 곧 죽을 거야.' 그 목소리는 바로 아버지의 목소리였다. 술 때문에 자신의 인생과 가족, 그리고 아들의 목숨까지 잃을 뻔했던 아버지의 목소리였다.

야릇한 감정을 느끼며 레저널드는 생각해보았다. 세상에 남은 유일한 혈육인 아들이 자신과 똑같이 파괴적인 인생을 살지 않도록 지키기 위해 아버지는 지금껏 그의 곁에 있었던 게 아닐까. 터무니없는 공상으로 여겨질 수도 있었지만, 그 생각을 하니 레저널드는 왠지 마음이 따뜻해지는 기분이었다.

하지만 한편으로는 자신이 아버지가 걸었던 그 길을 똑같이 따라가고 있다는 생각에 마음이 어두워지기도 했다. 주량을 줄이겠다는 생각보다는 차라리 완전히 술을 끊는 것이 더 나을지도 모른다던 스탠턴의 말이 생각났다. 지혜로운 노인의 충고는 정확했다. 지난밤, 첫잔을 마시자마자 판단력은 단숨에 창 너머로 달아났고, 그 뒤에 남은 것은 엄청난 폭음과 그로 인한 후유증뿐이었다.

몇 주간에 걸친 단주의 노력도 주량을 줄이는 데에는 아무런 효과를 나타내지 못했던 것이다. 주량을 줄이는 데 실패한 것보다도 결과는 사실 더 처참한 것이었다. 러시 박사가 말한 대로 주벽도 일종의 질병이라면 그 질병을 물리치는 유일한 약은 완전한 금주뿐이었다.

양볼을 지그시 누르며 의자에 머리를 기댄 레저널드는 이 두통과 음습한 우울증이 어서 가시기를 빌었다. 지금 같은 상황에서도 술을 마시고 싶다는 간절한 생각은 마치 바다를 떠가는 뱃사람들을 유혹하는 사이렌의 노랫소리처럼 간절하고 끈질겼다. 신경세포 하나하나가 술을 달라고 아우성치는 것 같았다. 자신이 정말 자살을 할 운명이라면 입에 총구를 물고 방아쇠를 당기는 것이 훨씬 더 깨끗하고 덜 고통스러울 것 같았다.

앨리즈는 인사불성으로 취한 모습의 레저널드와 그의 분별없는 행동을 잊기 위해 하루 종일 일에만 매달렸다. 그의 주벽은 점점 더 고약해져가고 있었다. 그녀에게 맡겨진 세 아이들은 고사하고 자기 자신을 위해서라도 한시바삐 저택에서 나오리라 마음을 먹기에 이르렀다. 저 주정꾼 바람둥이가 메리디스에게도 달려든다면 어쩐단 말인가? 생각만 해도 아찔한 일이었다.

레저널드가 자신에게 한 행동도 참을 수 없었지만, 그 모든 허점과 단점에도 불구하고 그를 향한 연민을 지울 수 없는 자신은 더욱 참을 수 없었다.

앨리즈는 다른 식구들과 마주치는 것도 꺼림칙해 저녁 식사 시간이 훨씬 지나서야 먼지와 땀으로 뒤범벅이 된 몸을 이끌고 터덜터덜 저택으로 돌아왔다. 세 사람이 그녀를 맞아주었다. 메리디스의 사파이어 빛 눈가에는 아직도 줄리언과의 이별이 남기고 간 흔적이 남아 있었고, 윌리엄은 평소와는 다르게 당황해하고 있는 빛이 역력했다. 맥 쿠퍼마저도 수수께끼 같은 표정을 하고 있었다. 친구의 가족들과 여행을 떠난 피터만이 있어야 할 자리에 없었다.

앨리즈는 분명 뭔가 잘못되었다는 생각에 금방 걱정스러운 얼굴을 하고 물었다.

「무슨 일이지? 왜들 이래?」

「큰일은 아니고……, 아무래도 레저널드 아저씨가 걱정이 되어서요.」

「또 집을 나가셨니? 여기저기 떠도는 버릇은 원래 유명하시니까.」

앨리즈는 짐짓 무관심한 어조로 물었다. 쿠퍼가 끼어들었다.

「주인님은 하루 종일 서재에서 꼼짝도 안 하셨습니다. 아끼시던 종마에게 상처를 입히신 후론 말입니다.」

윌리엄으로부터 자초지종을 들은 앨리즈는 결국 놀란 표정을 감추지 못했다. 위험을 무릅쓰고 윌리엄의 생명을 구해놓고, 그 다음 순간에는 자기 손으로 어린아이의 목을 비틀 듯이 달려들었다는 것도 앨리즈는 이해할 것 같았다. 때로는 자기 자신도 그런 충동을 느낄 때가 있었으니까. 하지만 피가 뚝뚝 흐르도록 맨주먹으로 벽을 짓찧었다는 대목에 가서는 이맛살을 찌푸리지 않을 수가 없었다. 이 남자가 정말 미쳐가고 있는 게 아닐까?

앨리즈가 맥을 올려다보며 물었다.

「이렇게 걱정들만 하고 있지 말고 누구든 들어가서 말이라도 좀 붙여보지 그랬어요?」

「제가 지금 막 들어가보려던 참이었는데 레이디 앨리즈가 들어오신 겁니다. 저보다 레이디 앨리즈가 직접 가보시는 게 어떻습니까?」

「내가 왜요?」

앨리즈는 펄쩍 뛰었다. 그러나 두 눈을 똑바로 들여다보는 맥의 시선에 앨리즈는 슬그머니 그의 제안을 받아들였다. 따지고 보면, 스트릭런드를 관리하는 집사로서 주인의 안위를 돌보는 것도 그녀의 중요한 임무 중의 하나일 수 있었다.

「오늘 뭘 좀 드시긴 했나요?」

쿠퍼와 메리디스가 서로 시선을 주고받았다.

「저희가 아는 한, 전혀…….」

맥이 대답했다.

「그럼 주방장에게 두 사람 분 저녁 식사를 준비하고 뜨거운 차도 한 주전자 가득 끓여서 내오라고 이르세요. 우선 씻고 나서 제가 직접 가지고 들어갈게요.」

목욕을 하고 옷까지 갈아입을 시간은 없었지만, 앨리즈는 우선 간단하게 세수를 하고 하루 종일 꼭꼭 땋아 올려 두통까지 일으켰던 머리카락을 풀어내렸다. 머리카락을 리본으로 느슨하게 묶은 그녀는 아래층으로 내려갔다. 서성거리며 뒤를 따르려는 세 사람을 멀찍이 물리치고 쟁반을 들고 서재로 향했다.

문을 열고 서재에 들어서니 레저널드는 두 다리를 쭉 뻗고 눕듯이 의자에 앉아 앨리즈와는 반대편 쪽을 바라보고 있었다. 방안이 너무 어두워 표정까지 낱낱이 읽을 수는 없었지만, 최소한 옷차림만은 단정한 것 같았다. 앨리즈는 조심조심 쟁반을 테이블 위에 내려놓고 조용히 문을 닫았다.

「아직 살아 계신가요?」

이윽고 레저널드가 앨리즈를 돌아다보았다. 긴 침묵이 흐른 뒤에야 느릿하고 거친 목소리로 그가 대답했다.

「바다로 뛰어들지 않으면 부빙(浮氷)을 타고 떠내려갈 위기에 처한 펭귄 떼들이 있었소. 물 속에 뛰어들기 전에 먼저 상어가 있는지 알아보기 위해 꾀를 내서 제 동족 중의 하나를 바닷물 속에 빠뜨렸지. 그 펭귄이 한참 동안이나 죽지 않고 살아 있자 나머지도 덩달아 바닷물로 뛰어들었다더군. 당신이 바로 재수 없는 펭귄인 모양이군.」

앨리즈는 슬며시 미소를 지었다. 레저널드의 유머감각이 돌아온 것 같아 반가웠다.

「이 나이가 되도록 살면서 여러 가지 악담도 들었지만 '재수 없는 펭귄'이란 소리는 처음이로군요. 지금 밖에서 당신을 어떻게 처리할지를 놓고 위원회가 열렸다는 건 어떻게 아셨죠?」

「문이 빠끔히 열렸다 조용히 닫히고, 조금 있다가 또 열렸다 닫히고……. 그래서 알았소.」

앨리즈는 레저널드에게 묻지도 않고 차를 두 잔 가득 따라 한 잔을 그의 손에 쥐어주었다. 가까이서 보니 그의 얼굴은 마치 병자처럼 꺼칠하고 어두웠다.

「이건 차라고 하는 건데, 사람들은 이걸 마셔요. 특히 영국 사람들에겐 만병통치약이죠.」

희미한 미소를 지으며 찻잔을 들어올린 레저널드는 천천히 뜨거운 차를 목으로 넘겼다.

「그렇다면 더 큰 주전자에 하나 가득 끓여오라고 해야겠군.」

엉망으로 짓이겨진 그의 주먹에는 아직도 피가 말라붙어 있었다. 앨리즈는 미간을 찌푸렸다. 그 상처도 돌봐주어야 했지만, 지금은 육체적인 상처를 돌보는 것보다 정신적인 고통을 먼저 치료하는 것이 순서였다. 쟁반을 그의 옆으로 밀어놓고 테이블 반대편에 자리를 잡은 앨리즈는 천천히 저녁 식사를 할 준비를 했다.

「소문에 의하면, 종일 아무 것도 안 드셨다고 하더군요. 음식이라는 것도 때론 사람에게 도움이 되죠. 오늘 저녁은 닭고기구이와 버섯식초절임이 주방장이 추천한 특별 메뉴예요.」

레저널드는 천천히 자기 접시에 음식을 덜어다 먹기 시작했고, 앨리즈는 부지런히 그의 찻잔에 차를 따랐다. 식사를 거의 마치고 후식으로 푸딩을 먹고 있는데, 레저널드가 갑자기 물었다.

「내가 어떻게 용서를 빌면 좋겠소?」

앨리즈는 입에 들었던 푸딩을 꿀꺽 삼켰다.

「어젯밤에 무슨 일이 있었는지 기억은 하시나요?」

「아니오. 하지만 맥이 하는 말이 아무래도 내가 당신에게 사과를 해야할 만한 짓을 저지른 것 같아서.」

앨리즈는 차를 한모금 마시며 잠시 뜸을 들였다. 하루 종일 그녀의 심기를 불편하게 했던 분노는 레저널드의 초췌한 얼굴을 보는 순간 모두 사라져버린 터였다. 레저널드 역시 괴로운 하루를 보낸 것이 분명했다. 그리고 앨리즈가 보기엔 그가 정신적으로 어떤 새로운 경지에 도달한 듯 보이기도 했다.

「영락없이 술 취한 바람둥이였어요.」

앨리즈는 신중하게 표현을 자제하면서도 가능한 한 진실에 가깝게 대답했다.

「내가 걱정했던 대로군. 혹시 당신을 위협하거나 하지는 않았소?」

「거의 쫓고 쫓기는 신세가 될 뻔했죠. 안 된다는 대답을 안 되는 걸로 받아들이지 않고 저를 구석으로 몰아붙이시는 바람에, 제가 어쩔 수 없이 책을 몇 권 집어던질 수밖에 없었습니다.」

「그랬군. 당신이 남자 못지않은 힘을 가진 여자였으니 다행이지, 자칫 했으면 나도 평생 후회할 짓을 저지를 뻔했소. 어떻게 사과를 해야 할지 모르겠소, 앨리즈.」

「이제 피차 비긴 건데요, 뭘. 제가 집어던진 프랑스 희곡 책은 꽤 두꺼웠는데, 끄덕도 안 하시더군요.」

레저널드가 고개를 들자 황혼빛 속에서 희미하게 미소짓는 얼굴이 나타났다.

「프랑스 희곡은 사람들의 배를 아프게 하는 경우가 종종 있지.」

레저널드의 목소리에서 조금이나마 생기가 돌기 시작하는 것 같아 앨리즈는 크게 한시름이 놓였다. 유머감각이 없는 레저널드란, 생각만 해도 앨리즈의 가슴이 서늘해졌다.

레저널드는 옆 테이블 위에 놓여 있던 작은 책자를 하나 들어서 그녀에게 보여주었다.

「당신이 찾아서 일부러 내 눈에 잘 뜨이는 곳에 놓아둔 거요?」

희미한 어스름 속에서 앨리즈는 겨우 책자의 제목을 읽을 수 있었다. '과음이 인체에 미치는 영향' 어디선가 본 듯한 책이었다. 앨리즈가 미간을 찌푸렸다.

「아마 제가 어젯밤에 책을 집어던질 때 다른 책들에 섞여서 나온 것 같아요. 맥이 방을 치우다가 일부러 잘 보이는 곳에 놓아두었나보군요.」

레저널드가 다시 책을 집어들었다.

「미국의 한 내과의사가 쓴 논문인데 음주벽을 마치 질병처럼 다루고 있더군.」

재미있는 생각이군. 앨리즈는 시간이 나는 대로 한번 읽어봐야겠다고 생각했다.

「당신도 이미 눈치챘겠지만, 난 지난 몇 주간 술을 입에 대지 않고 지냈소. 그렇게 하면 술을 통제할 자제력이 생길 거라고 믿었거든.」

레저널드가 다시 한숨을 내쉬었다.

「하지만 어젯밤에야 비로소 그게 다 헛수고라는 걸 똑똑히 깨달았소. 술을 통제하려고 들 것이 아니라 깨끗이 끊어버려야 한다는 결론을 내렸지.」

「그게 쉽지는 않을 텐데요.」

「물론 그렇겠지. 하지만 다른 대안이 없소.」

레저널드의 말투는 어려운 결정에 대해 설명하는 것이 아니라 마치 날씨에 대해서 말하는 것 같은 평범한 목소리였다.

「혹시 제가 도울 일이라도 있다면……」

「고맙소. 다른 사람으로부터 도움을 받아서 해결할 일이 아니라는 건 알고 있지만, 어쨌든 말만이라도 고맙소.」

앨리즈가 자리에서 벌떡 일어나며 말했다.

「저녁 공기가 제법 선선해요. 잠깐 나가보시겠어요?」

두더지처럼 하루 종일 어두운 서재에 틀어박혀 있는 것보다 잠시라도 바깥 공기를 마시게 하는 것이 나을 듯싶었다. 레저널드는 잠시 머뭇거리다가 대답했다.

「그럽시다.」

앨리즈가 먼저 프렌치 도어를 열고 밖으로 나섰다. 깎은 지 며칠 되지 않은 잔디밭에서 초록색의 신선한 풀 향기가 번져와 코끝을 간질였다. 서쪽 하늘에는 아름다운 저녁 노을이 장관을 이루고 있었다. 허연

뭉게구름은 붉은색과 주황색, 황금색이 어우러진 저녁 노을 속에서 부드럽게 헤엄을 쳤다. 밖이 오히려 서재보다 더 훤했고, 그제야 앨리즈는 레저널드의 얼굴을 선명하게 볼 수 있었다. 그의 얼굴은 무표정했고, 움직임은 평소보다 훨씬 느렸다. 그러나 마음만은 편안해 보였다.

두 사람은 호수 쪽으로 걸어갔다. 점점 어두워지는 하늘빛에 잠겨드는 호숫가 한 벤치에 두 사람은 나란히 걸터앉았다. 두 사람 다 말이 없었지만 앨리즈는 자신이 함께 있다는 것이 레저널드로 하여금 어느 정도 편안하게 침묵에 잠길 수 있게 해주고 있다고 느꼈다. 그리고 그게 사실이기를 바랐다.

태양의 황금색 테두리만이 겨우 지상에 걸쳐 있을 때쯤에야 레저널드가 입을 열었다.

「늦었군. 하루 종일 피곤하게 보냈을 텐데, 먼저 들어가서 쉬어요.」

「가끔씩 침묵에 잠겨보는 것도 좋은 일인 것 같아요. 자주 그럴 여유는 없지만.」

앨리즈가 먼저 일어섰다.

「돌아가는 길에 한가지 보여드리고 싶은 게 있어요. 생명의 작은 신비 중의 하나죠.」

레저널드는 조용히 앨리즈의 뒤를 따라 양털 저장 창고에 들어섰다. 굉장히 크고 깨끗한 방이었고 갓 깎은 양털이 가득 차 있었다. 앨리즈가 문을 열고 양털을 한 줌 집어서 레저널드에게 보여주었다.

햇살은 모두 사위고, 흰 양털 위에 감도는 희미한 안개 같은 것은 보일 듯 말 듯했다.

「보이세요? 양털은 아직도 따뜻하고, 살아 있어요. 해가 지면 양털도 온도가 내려가죠.」

레저널드가 앨리즈의 손에 쥐어져 있던 양털을 건네받아 살짝 움켜쥐어 보았다.

「재미있군. 양털이 스스로 이슬을 머금고 있으리라고는 생각도 못했소.」

「그것만이 아니에요. 자, 들어보세요.」

두 사람이 이야기를 멈추자 사방이 조용해졌다. 그런데 창고 안에서 마치 아기 숨소리 같은 부드럽고 조용한 소리가 들리기 시작했다. 레저널드가 궁금하다는 듯한 표정을 짓자 앨리즈가 그 답은 아주 간단하다는 듯한 표정으로 미소를 지으며 대답했다.

「양털은 밤새 이렇게 숨을 쉬며 버스럭거린답니다. 양털섬유들은 서로 단단하게 얽혀 있어요. 마치 서로 의지하려는 사람들처럼요.」

「생명이란 정말 작은 신비로 가득 차 있군. 내게 이런 걸 보여줘서 고맙소.」

레저널드의 맑은 눈동자가 앨리즈의 시선을 마주 바라보았다. 앨리즈는 레저널드가 고마워하고 있는 것은 비단 양털 창고를 보여준 것 때문만이 아니라는 것을 알고 있었다. 그의 고마움은 겉으로 드러나지 않는 친밀감, 이따금씩 절실히 필요할 때 두 사람을 이어주는 그 친밀감에 대한 것임을 그녀는 알고 있었다. 그 순간 앨리즈는 앞으로도 언제까지나 스트릭런드의 집사 자리를 버리지 않겠다고 결심했다. 레저널드가 술을 끊고 지내는 이상, 스트릭런드를 떠나고 싶지 않았다. 그에게도 가까이에서 보살펴줄 사람이 필요했다.

레저널드가 손에 쥐고 있던 양털을 제자리에 돌려놓자 두 사람은 다시 천천히 걸어서 저택으로 돌아왔다. 먼발치서 두 사람을 가장 먼저 발견한 네메시스가 허연 얼굴을 흔들어대며 달려왔다. 흐뭇한 표정으로 꼬리를 흔들던 양몰이 개는 마치 쓰다듬어 달라는 듯이 주인을 향해 앞발을 내밀었다.

「지금껏 어디 숨었다 이제 나타난 거냐?」

레저널드가 네메시스의 앞발을 만지작거리며 중얼거리다가 문득 앨리즈를 돌아보며 물었다.

「혹시 네메시스에게 어젯밤 무슨 일이라도 있었소?」

앨리즈는 마지못해 그의 질문에 대답했다.

「걷어차셨어요. 하지만 다치지는 않았고, 좀 놀랐을 거예요.」

레저널드는 미간을 찌푸리며 양몰이 개의 앞발을 내려놓았다.

「개까지 걷어차다니, 참 한심한 인간이군.」

「걱정하지 마세요. 네메시스는 벌써 다 용서한 것 같은데요.」

「용서받았다고 모든 죄가 다 없는 일로 된다면야 얼마나 좋겠소. 앨리즈, 나는 아직도 자신이 없소. 단 몇 주 동안 술을 마시지 않고 지내는 것도 지옥 같았는데, 앞으로 평생 그래야 할 것을 생각하면…….」

아직 싸움을 시작하기도 전인데 레저널드의 목소리에는 벌써 짙은 절망과 패배감이 깃들여 있었다. 앨리즈는 자신이 레저널드의 입장이라면 이럴 때 어떻게 해야 할까 곰곰이 생각해보았다. 만약 그녀가 아침마다 꼭 마셔야만 잠을 깰 수 있는 커피를 더 이상 마시지 말라고 한다면 어떤 기분일까? 평생토록 모닝 커피를 마실 수 없다는 건 생각만 해도 끔찍한 일이었다. 하지만 모닝 커피는 그녀에게 있어서 그저 아침마다 즐겨 마시는 것일 뿐, 모닝 커피가 없으면 못 살 거라고 생각해본 적도 없었고, 그녀에게 그것이 그 정도로 간절한 것도 아니었다. 하물며 20년이 넘도록 주벽이라는 이름의 질병으로 고통받아온 레저널드가 술을 끊는다는 건…….

레저널드의 입장을 이해하려고 노력하다보니 한가지 떠오르는 생각이 있었다.

「평생이라는 기간은 너무 길어요. 그러니까 오늘밤만 술을 마시지 않겠다고 생각하는 건 어떨까요?」

피곤한 표정 속에서도 레저널드의 눈이 반짝거렸다.

「그거 괜찮군.」

「그리고 내일 아침에는 오전만 참아보자고 생각하는 거예요. 영원이라는 시간도 결국은 일 분, 한 시간, 하루가 모여서 되는 것 아니겠어요? 오 분만 참아보는 것도 가능하죠. 그것도 힘들면 일 분만.」

이미 날은 완전히 어두워져 있었다. 앨리즈를 돌아다보는 레저널드의 얼굴은 창백한 가운데서도 붉게 달아올라 있었다.

「그렇게 하면……. 그렇게 하면 아마도 결국은 해낼 수 있겠지.」

레저널드가 앨리즈의 뺨을 가볍게 스치듯 어루만졌다.

「고맙소, 앨리즈. 모든 것에 대해서.」

앨리즈는 조용한 약속의 의미로 그의 손을 잠시 힘있게 잡아주었다. 그리고는 돌아서 집으로 들어갔다. 안으로 들어가면서 앨리즈는 자신의 이중성을 자책하지 않을 수 없었다. 레저널드가 이제는 술을 마시지 않겠다고 하는 말이 기쁘게 들리면서도 한편으로는 그가 다시는 술에 취하지 않는다면 자신을 여자로 보아주거나 키스를 해줄 일도 없으리라는 생각에 마음 한구석이 허전해졌던 것이다.

19

워그레이브 백작은 애쉬버튼 하우스에 들어서자마자 주인인 마이클 케넌 경의 영접을 받았다.

「리처드, 자네를 런던에서 만나다니, 정말 반갑네. 내 친구 레이프를 제외하면 왕년의 95소총 연대 장교들이 다시 만났구만.」

새신랑이자 킴벌 자작으로 알려져 있는 케니스 와일딩이 앞으로 나서서 악수를 청했다.

「워털루 전쟁 이후 처음이군.」

리처드가 고개를 끄덕였다.

「그렇군. 나는 다리에 부상을 입어 런던으로 후송되었고, 자네는 점령군을 이끌고 파리로 갔었지. 임무를 훌륭히 완수했다고 들었네.」

오랜만에 만난 세 사람은 유쾌하게 웃으며 인사를 나누었다. 리처드는 마이클의 친구이자 캔도버 공작인 레이프와도 인사를 나누었다. 공작과는 의회에서 만난 적이 있었다. 네 사람은 식당으로 들어가 자리를 잡았다. 유쾌한 대화와 함께 저녁 식사가 진행되었고, 식후에 포도주를 마시며 마이클이 말했다.

「말수가 적어졌군, 리처드. 곧 아버지가 된다는 게 그렇게 부담이 되던가?」

「미안하네, 마이클. 아버지가 된다는 건 부담이 아니라 축복이지. 난 지금 잠깐 레저널드 아저씨에 대해서 생각하고 있었어.」

마이클의 눈썹이 치켜 올라갔다.

「도싯셔에서 폭동이 일어나거나 그 땅이 통째로 바다에 가라앉았다는 소식은 없으니 아마 레저널드도 잘 지내고 있겠지.」

리처드가 빙긋이 웃었다.

「레저널드 아저씨를 알고 있는 줄은 몰랐네.」

「레저널드는 이튼 고교의 전설적인 인물일세. 레저널드와 비슷한 시기에 이튼을 다닌 사람이라면 그를 모를 리가 없지.」

마이클은 뚜껑을 닫은 와인 병을 탁자 위로 밀어 레이프에게 전해주며 마지막으로 한마디 더 보탰다.

「슬프게도 말일세.」

캔도버 공작도 희미하게 미소를 지었다.

「레저널드도 소문처럼 나쁜 사람은 아니라네.」

마이클의 얼굴에 냉소가 번졌다.

「나도 편견이 있었다는 건 인정하겠어. 레저널드를 알게 된 지도 벌써 30년이 지났건만, 웬일인지 레저널드와 나는 사사건건 부딪치거나 문제를 일으키기만 했어. 하지만 레이프는 그나마 레저널드와 무리 없이 지낸 편이지.」

케니스 와일딩이 호기심 어린 눈초리로 물었다.

「자네가 편지로 레저널드에 대해서 쓴 것도 기억이 나네만, 그가 자네의 상속자이고 얼마간의 재산을 그의 앞으로 내주었다는 것 외에는 다른 내용이 없었던 것 같은데. 또 말썽을 일으켰나? 그 사람이 정말 사기꾼이던가?」

리처드는 이게 무슨 소리냐는 듯한 표정을 지으며 마이클을 바라보았다. 그러자 마이클이 입을 열었다.

「레저널드 대번포트는 항상 자신을 어떤 범주의 인간으로 고착시키기를 거부했지. 하지만 어떤 잣대로 잰다고 해도 그는 절대로 사기꾼은 아니었어. 오히려 그 반대였지. 황소고집에 다소 호전적이기는 했어도 명예를 소중히 아는 사람이었어. 하지만 일단 화가 났다 하면 아무도 말릴 수 없을 정도로 무시무시했지.」

예술가 기질이 농후해 항상 사람에게 관심이 많은 케니스가 물었다.

「어떤 식으로?」

이번에는 캔도버 공작, 레이프가 대답했다.

「레저널드의 문제는 항상 너무 멀리까지 간다는 거였어. 세상은 어디나 보이지 않는 울타리로 둘러싸여 있지. 나는 언제나 그 한계를 무너뜨리지 않고 갈 수 있는 곳이 어디까지인지를 잘 알아. 하지만 레저널드는 항상 그 울타리 밖으로 한걸음 더 나가는 방법을 택했지. 그게 그를 위험한 인물로 만든 거야.」

「항상 그랬습니까?」

리처드가 물었다. 이번에는 마이클이 대답했다.

「꼭 그런 건 아니었어. 내가 레저널드를 처음 만났던 건 그가 백부의 보호를 받게 된 직후였네. 우리 아버지와 레저널드의 백부가 친구 사이였고, 워그레이브 저택은 애쉬버튼에서 이튼으로 가는 길목에 있었기 때문에 학교에 갈 때 함께 가게 되었지. 학교로 떠나던 날은 날씨가 무척 나빴어. 마차들이 서로 얽히고 설키고, 길이 엉망진창이라 우리는 꼬박 사흘을 마차 속에 갇혀 지내야 했네. 덕분에 레저널드와 나는 여러 가지 이야기를 나누면서 서로에 대해 알게 되었지.」

마이클이 포도주를 한모금 마시고 이야기를 계속해나갔다.

「레저널드는 가족을 한꺼번에 잃은 충격이 채 가시기도 전에 또 삭막한 환경으로 내던져질 참이었어. 백부에게서 환영받지 못했던 건 당연했고. 레저널드는…….」

마이클은 적당한 말을 찾으려는 듯 잠시 뜸을 들였다가 말을 이었다.

「마치 미쳐 날뛰는 개 같았어. 사방을 향해서 짖고, 아무 거나 물어 뜯고 할퀴어대는……. 내가 한두 살이라도 나이를 더 먹었더라면 레저널드를 조금이라도 더 이해해줄 수 있었을 텐데, 그땐 나도 어려서 똑같이 화를 내는 것밖엔 다른 방법을 몰랐지.」

레이프가 이야기를 이어받았다.

「레저널드는 왕실 장학생이었어. 이튼 칼리지 장학생이라고도 불렀지. 영국의 공립학교 제도가 얼마나 야만적인지는 자네들도 알지 않나. 정규 학생들에게도 끔찍한 학교 생활이지만, 왕실 장학생들의 생활은 처참했지. 아무리 자식을 돌보기 싫어하는 부모라도 차마 할 수 없는 게 아들을 왕실 장학생으로 학교에 보내는 것일 거야. 그래서 왕실 장학 기금은 항상 남아돌지 않나.」

마이클이 레이프의 말에 덧붙였다.

「왕실 장학생은 이튼의 전과정을 장학금으로 공부하고, 캠브리지 대학의 킹즈 칼리지에는 자동적으로 진학하게 되어 있을 뿐만 아니라, 본인이 원하고 부적절한 이력만 없다면 대학의 특별 연구원으로 채용될 수 있다는 모든 특혜에도 불구하고 말일세.」

리처드가 미간을 찌푸리며 말했다.

「이제야 알겠어. 할아버지는 가장 값싸고 편리한 방법으로 아저씨가 나름대로 삶의 방편을 찾게 만들려는 거였어.」

레이프가 냉소적으로 그 말을 받았다.

「편리하긴 하지만 매우 잔인한 방법이지. 왕실 장학생들은 마치 우리에 갇힌 동물 같은 대우를 받았어. 식사도 하루에 한 끼가 고작이었고, 그나마 구운 양고기 한 조각에 찐 감자 한 알이 전부였지. 지은 지 300년이 넘는 대리석 건물에서 외풍이 가장 심한 널찍한 다락방이 그들이 사는 방이었어. 모두 한꺼번에. 저녁 여덟 시면 그나마 방문을 잠가버려서 다음날 일곱 시까지는 나오지도, 들어가지도 못하게 했어. 오륙십 명이나 되는 아이들이, 질서를 유지하거나 보호해줄 어른 하나 없이 긴 밤을 보내야 했던 걸세. 화재가 없었으니 망정이지, 만약 불이라도 났었다면 살아남을 사람은 하나도 없었을 거야.」

케니스도 인상을 찡그렸다.

「난 해로우 스쿨이 가장 끔찍한 학교인 줄 알았더니, 이튼은 한술 더 떴군.」

레이프가 포도주를 한모금 들이마시고 이야기를 이어갔다.

「처음 입학한 수년간은 레저널드가 왕실 장학생 중에서 가장 어린 학생이었어. 게다가 상황을 더욱 어렵게 만든 건, 레저널드가 무척 잘생긴 미소년이었다는 점이었지.」

그 말의 의미를 이해한 듯이, 리처드의 눈이 한층 가늘어졌다.

「상급생들에게 추행을 당했다는 뜻입니까?」

「꼭 그런 건 아냐. 레저널드의 전설이 시작된 것도 바로 거기에서부터지.」

마이클이 하인에게 포도주를 한 병 더 가져오라고 손짓을 하면서 리처드의 질문에 답했다.

「레저널드는 사나운 사냥개처럼 싸웠어. 절대로 굴복하지 않았지. 어떤 일을 당해도 말이야. 기억을 잃을 정도로 구타를 당한 것도 한두 번이 아니었어. 하지만 정신을 차리면 마치 아무 일도 없었던 것처럼 활기차게 돌아다니곤 했지. 학교에서 가장 주먹을 잘 쓴다고 이름난 학생들도 레저널드만은 상대하기 싫어했어.」

다시 생각해보아도 감탄스럽다는 듯이, 마이클은 고개를 절레절레 흔들며 말을 이었다.

「한번 생각해보게. 열 예닐곱이나 먹은 덩치 큰 사내녀석들이 몸집이나 나이나 모두 절반 밖에 안 되는 꼬마를 둘러싸고 추태를 부리는 꼴을……. 하지만 레저널드를 상대하기 껄끄러워했던 건 선생들도 마찬가지였어. 아무리 매질을 해도 절대로 수그러들 줄 모르는 학생이었으니까.」

이번에는 케니스가 동정이 가득한 목소리로 말을 받았다.

「레저널드가 군에 입대하지 못한 건 정말 비극이었어. 군인이 되었더라면 꼭 큰인물이 되었을 거야.」

마이클도 케니스의 생각에 동의했다.

「레저널드도 군에 입대하고 싶어했지만, 백부께서 결사적으로 반대하셨다더군. 지금에 와서 하는 말이지만, 난 레저널드에게 얼마나 크게 감동을 받았는지 몰라. 이스트 엔드의 막노동꾼들보다도 억센 기질을 가졌지만, 동시에 공부도 무척 잘 했고 운동이라면 종목을 막론하고 이튼에서는 따라갈 학생이 없었지. 하지만 레저널드와 나는 처음부터 잘못 끼워진 단추를 영영 바로 끼우지 못하고 헤어졌어.」

「레저널드 아저씨의 과거 이야기를 듣고 나니 그분을 좀더 이해할 수 있을 것 같군. 고맙네.」

리처드가 갈색 눈동자를 빛내며 말했다. 케니스가 그의 말에 빙긋이 미소를 지었다.

「언제든 레저널드를 다시 한 번 보고 싶군.」

「올 여름이 가기 전에 스트릭런드에 한번 가볼 생각이네. 근처에 볼일이 있거든.」

마이클은 리처드가 대번포트 가문의 새로운 수장으로서 책임을 막중하게 느끼고 있다는 느낌을 받았다. 하지만 레저널드가 조카뻘밖에 안되는 이 리처드를 두 팔 벌려 환영해줄지는 의심스러웠다.

남자의 인생은 때때로 좋은 방향으로 변화를 겪기도 하는 법이었다. 마이클 자신이 바로 그 표본이었다. 각자 집으로 돌아가기 위해 자리에서 일어서면서 마이클은 생각했다. 레저널드 대번포트도 너무 늦어버리기 전에 새로운 인생을 계획하고 있다니 그보다 다행스러운 일은 없다고.

레저널드는 자신이 실패하고 있다는 것을 점점 확실하게 느꼈다. 마치 자기 혼자 백척간두에 서서 몰아치는 비바람과 맞서고 있는 기분이었다. 언제 거기서 추락할지 알 수 없었다. 지난번에 술을 잠시 끊어보겠다고 생각했을 때도 무척 힘들었지만, 그래도 그때는 얼마간 시간이

지나면 다시 술을 마실 수 있다는 희망이라도 있었다.

앨리즈의 충고에 따라 하루만, 한 시간만, 아니 몇 분만 참자고 생각하며 버텨보아도 그는 결국 자신의 의지가 허물어질 시점이 시시각각 다가오는 것만 같았다. 암울하고 처참한 시간들이 계속되었다.

레저널드는 하루 중 대부분의 시간을 말을 조련하는데 보냈다. 육체적인 활동보다도 정신을 다른 데 집중하는 것이 술생각을 잊는 데는 더 효과적이라는 생각 때문이었다. 저녁때는 다른 식구들과 함께 시간을 보냈다. 되도록 말은 적게 하고 주로 스펜서 삼 남매들의 이야기를 들으면서 소일하고 있었다.

앨리즈의 제안에 따라 메리디스와 피터는 저택의 실내장식을 바꾸는 계획을 실행에 옮기기 시작했다. 이 일은 메리디스에게는 줄리언에 대한 생각에서 벗어날 수 있는 기회를 주었고 피터에게는 무엇이든 시각적인 것에 대해서는 타고난 재주가 돋보이는 취향을 보여줄 기회를 주었다. 두 남매가 어떤 아이디어를 내든 결국 최종적인 선택은 레저널드의 몫이었으므로 그들은 모든 일을 레저널드와 의논했다. 레저널드는 세 사람에게 한꺼번에 훌륭한 소일거리를 만들어준 앨리즈의 수완에 감탄했다.

레저널드는 이제껏 쓰지 않던 담배 파이프를 하나 장만했다. 파이프로 담배를 피우는 맛도 좋았지만, 그걸 만지작거리는 것도 지긋지긋한 술생각을 떨쳐버리는 데에는 좋은 동무가 되어주었다. 그리고 밤에는 억지로라도 수영을 했다. 레저널드가 무엇을 위해 투쟁하고 있는지 아는 사람은 오직 앨리즈와 맥 쿠퍼뿐이었다. 그러면서도 두 사람은 주제넘게 나서지 않으려고 서로 조심하고 있었다.

레저널드가 너무나 견디기 힘들어 차라리 패배를 인정하고 싶다는 충동을 느낄 때마다 그의 곁에는 앨리즈가 있었다. 앨리즈는 가끔씩 터져나오는 그의 짜증을 조용히 무시하면서 그가 이성을 잃지 않도록 든든히 지탱해주는 닻과 같았다. 레저널드는 자신이 앨리즈에게는 또 하나의 개조 프로젝트가 아닐까 하는 의심까지 들었다. 비록 지금은 자산가치가 형편없지만 조금씩 손질하고 개조하면 그 값어치가 빛날 물건을 다듬어 나가는 프로젝트.

앨리즈의 동기가 무엇이었건 레저널드는 그녀에게 고마운 마음뿐이었다. 남매들이 잠자리에 들고나면 레저널드와 앨리즈는 늦도록 마주 앉아 이야기를 나누었다. 농사짓는 일에서부터 정치, 문학 등 대화의 주제는 다양했다. 두 사람이 건드리지 않는 두 가지 주제가 있다면 그것은 앨리즈의 과거와 레저널드의 미래였다. 레저널드는 가정교사가 되기 이전의 앨리즈의 삶이 점점 더 궁금해졌다. 그러나 앨리즈가 먼저 말하기 전까지는 함부로 물어볼 수도 없는 일이었다.

언제 끝날지 알 수 없는 투쟁이 지루하게 이어지는 도중에 폭발할 듯 부글거리고 있는 레저널드의 성정을 건드린 사건이 두어 가지 있었다. 그 중 한가지는 메리디스와 피터를 데리고 벽지와 커튼감을 고르기 위해 도체스터 시장에 나갔을 때 벌어진 일이었다. 그날의 마부는 피터였다. 피터는 그 동안 갈고 닦은 실력을 유감없이 보여주었다.

메리디스의 아리따운 얼굴은 평온했지만 너무나 말이 없었다. 앨리즈가 귀뜸해준 바에 의하면 줄리언이 자주 편지를 써보내고 있긴 하지만, 한 달 안에 스트릭런드로 돌아오겠다는 계획은 있어도 이번 청혼 소식을 들은 아버지의 반응에 대해서는 일언반구도 없었다고 했다.

도체스터에서 레저널드는 피터와 메리디스를 상점에 내려놓고 마차를 마차 보관소에 맡기러 갔다. 말을 맡겨놓고 돌아서 나오다가 그는 운 나쁘게도 조지 블레이크포드와 딱 마주치고 말았다. 속으로는 불만스러운 한숨을 내쉬면서도 불필요한 이목을 사고 싶지 않아 겉으로는 조용하게 인사를 건넸다.

「안녕하신가, 블레이크포드.」

그러나 상대편은 불똥이 튈 것 같은 눈을 하고 그를 잡아먹을 듯이 노려보기만 했다.

「네 놈이 스텔라에게 한 짓만으로도 충분히 결투를 신청할 수 있어.」

「자네의 애첩께서 또 뭐라고 하셨길래?」

레저널드는 금시초문이라는 듯한 표정으로 그를 마주보았다.

「런던에서는 스텔라를 겁탈하더니, 그것도 모자라 지난번 무도회에서는 그 많은 사람들 앞에서 공개적으로 모욕을 주었다고?」

블레이크포드가 이를 부득부득 갈았다.

「한가지 죄목에 대해서는 유죄를 인정하겠네만, 나머지 한가지에 대해서는 무죄를 주장할 수밖에 없군. 그런 요조숙녀를 만인들 앞에서 모욕했던 건 내가 생각해도 좀 지나친 감이 없지 않았네. 하지만 그걸로 자네와 내가 결투를 할 수야 있겠나? 그럼, 난 이만…….」

블레이크포드의 피둥피둥 살찐 손이 레저널드의 한쪽 팔을 움켜잡았다.

「어딜 도망가? 이렇게 구렁이 담 넘어가듯이 넘길 생각은 하지 말아. 다시 한 번만 스텔라에게 집적거리면, 넌 그날로 죽은목숨이다, 레저널드.」

그러나 레저널드의 전광석화와 같은 날쌘 움직임은 순식간에 공격자와 방어자를 뒤바꿔놓았다. 블레이크포드의 손목이 레저널드의 손에 잡혔는가 싶더니 어느새 그 손은 등뒤로 비틀려 거의 관절이 박살이 날 지경이었다.

「날 협박할 생각 같은 건 꿈도 꾸지 마, 블레이크포드. 이런 불같은 정력은 그 창녀에게나 쏟지 그러나. 그러면 그 예쁜 애첩께서도 다른 남자의 품을 넘보지는 않을 텐데.」

「이 개자식!」

블레이크포드의 얼굴은 분노와 당황스러움으로 붉으락푸르락했다.

「고작해야 창녀의 정절을 지켜주자고 이런 망신살을 자초해서야 쓰나. 정말 내가 그 창녀를 겁탈했다고 믿었다면 진작에 칼을 들고 나를 찾아왔어야지, 안 그래?」

레저널드가 슬며시 블레이크포드의 손목을 놓아주었다. 그의 말에 할말을 잃은 블레이크포드는 분을 참느라 어쩔 줄을 모르고 씩씩댔다.

「언젠가는 반드시 후회할 거다, 대번포트. 지금까지는 지은 죄에 대한 대가를 치르지 않고 용케도 피해왔지만, 곧 저승사자를 만나게 해주마.」

「저승사자를 보내준다면 기꺼이 만나드리지. 하지만 지금은 다른 약속이 있어서 이만 실례.」

블레이크포드를 세워두고 옆으로 돌아서 상점가를 향하는 레저널드는 등골이 근질거리는 느낌을 지울 수 없었다. 하지만 만약 블레이크포드가 권총을 가지고 있었다면 그를 지금까지 살려두었을 리가 만무했다.

씁쓸한 마음으로, 레저널드는 블레이크포드의 정부에게 그런 식으로 모욕을 주었던 자신의 참을성 없는 행동이 치명적인 실수였다는 것을 다시 한 번 깨달았다. 여자가 개입되기만 하면 어떤 남자도 성급해지고 잔인해지기 십상이었다.

피터와 메리디스가 기다리고 있는 상점에 들어서니 두 남매는 마침 크림색 능직 새틴과 비둘기색 줄무늬 천을 들고 서로 의견이 엇갈려 티격태격하고 있는 중이었다. 두 사람이 그의 의견을 묻자 레저널드는 철학적인 표정을 지으며 어깨를 들썩하고 말았다. 블레이크포드가 무슨 짓을 한다 해도 더 이상 레저널드의 체면은 망가지고 자시고할 것도 없었다. 이미 망가질 대로 망가진 체면이니까.

조지 블레이크포드는 맨손으로 대번포트의 목을 분질러버리고 싶은 심정이었다. 그 싸늘하고 유들거리는 면상을 피범벅이 되도록 맨주먹으로 짓이겨주고 싶은 심정이었다. 이런 피끓는 분노를 가라앉힐 수 있었던 것은 오로지 그가 품고 있는 더 큰 계획 때문이었다. 레저널드 대번포트에게 복수하는 것도 중요했지만, 앨리즈 웨스턴을 제거하는 일이 더 다급한 숙제였다.

방화 사건이 불발로 끝난 것은 정말 아쉬운 일이었다. 아무리 머리를 쥐어짜도 우연한 사고처럼 보이기에 화재보다 더 좋은 조작극은 없었다. 하지만 한번 실패한 이상, 다시 화재를 조작한다는 것은 남의 의심을 사기에 충분했다. 게다가 사람 하나를 죽이기 위해 불을 내는 것은 무척 비효율적인 방법이기도 했다.

스트릭런드의 사람들은 거의 누구나가 앨리즈 웨스턴의 얼굴을 아는데다가 폐쇄적인 시골 마을이고 보니 낯선 사람이 돌아다니는 것은 마치 빨간 깃발을 모자에 꽂고 돌아다니는 것이나 다름이 없었다. 더욱 일을 어렵게 만드는 것은 앨리즈 웨스턴과 함께 레저널드 대번포트도 저 세상으로 보내야겠다는 그의 욕심이었다.

결국 블레이크포드가 생각해낸 제2의 계획은 매복이었다. 매복은 강도나 도적 떼들이 길손의 주머니를 털기 위해 흔히 하는 짓이기도 했다. 사실 전쟁이 끝난 후 갈 곳이 없어진 병사들이 굶주림에 내몰리자 살길을 도모하기 위해 어쩔 수 없이 강도가 된 경우도 적지 않았다. 하지만 그의 요구 조건에 들어맞는 인물을 찾는 데는 시간이 걸렸다. 도싯 근처에는 발을 들여놓은 적이 없는 자라야 했고, 털끝만치라도 블레이크포드 자신과 연관되어 있지 않은 사람이어야 했다.

돈을 준다면야 목숨만 빼고 무엇이든 내놓을 수 있을 만큼 사정이 절박한 사내 둘을 이미 구해놓기는 했지만 아직 손이 더 필요했다. 그가 구해놓은 사내 중 하나는 전쟁 중에 저격수로 참전했던 병사였다. 두세 사람만 더 구하면 이제 남은 일은 연놈을 집구석에서 끌어내 매복지까지 유인하는 것뿐이었다. 몇 주가 걸릴지 몇 달이 걸릴지 알 수 없는 일이었지만, 반드시 성공할 수 있도록 상황이 무르익을 때까지 기다려야 했다.

지금으로서는 승리와 복수의 달콤함을 꿈꾸며 시간을 보내는 수밖에 없었다.

방에 들어서던 앨리즈는 그만 엎드려서 일을 하고 있는 하녀에게 걸려 넘어질 뻔했다. 길리가 방을 닦고 있는 중이었다. 길리는 그녀를 보고 벌떡 일어나 꾸벅 인사를 했다.

「죄송합니다, 집사님. 지금 나가겠습니다.」

「아냐, 그럴 필요 없어, 길리. 셔츠만 갈아입고 다시 나갈 거야. 생각했던 것보다 날씨가 훨씬 후텁지근해. 비가 오려나봐.」

앨리즈는 서랍에서 새 셔츠를 꺼내다가 마침 길리를 돌아다보았는데, 길리는 도자기로 만든 세숫대야를 들어올리다가 비틀거리더니 세숫대야를 떨어뜨리고 말았다. 길리의 얼굴은 하얗다 못해 납빛으로 질려 있었다. 깜짝 놀란 앨리즈는 얼른 달려가 하녀의 팔을 부축했다.

「어서 앉아서 고개를 숙여봐.」

길리는 조용히 그녀가 시키는 대로 했다. 다행히 세숫대야 옆에 놓였던 물병에 물이 남아 있어 앨리즈는 수건을 집어다가 물에 적시면서 한편으로는 초인종을 흔들어 하녀장을 불렀다. 앨리즈가 얼굴과 목을 차가운 물에 적신 수건으로 닦아주자 길리의 안색이 차츰 돌아오기 시작했다.

「감사합니다, 레이디 앨리즈. 정말 죄송해요. 제가 깨끗이 치워놓겠습니다.」

길리는 비척거리며 의자에서 일어나려고 했다.

「그러지 말고 좀더 앉아 있어. 이렇게 더운 날씨에 과로하면 안 되지.」

그러자 길리는 수줍게 웃으며 말했다.

「날씨 탓이 아니에요.」

바로 그때 하녀장인 메이 헤럴드가 들어왔다. 한눈에 상황을 파악한 그녀가 미간을 찌푸리며 길리에게 말했다.

「오늘 오후는 일 그만하고 올라가서 쉬어라, 길리. 몸조심해야지.」

「아니에요, 일할 수 있어요.」

길리가 쉬지 않겠다고 고집스럽게 나섰다.

「네가 일을 할 수 없어서 이러는 게냐? 운 좋은 줄이나 알고 그만 올라가서 쉬어.」

헤럴드 부인이 어린 하녀를 나무랐다. 죄스러운 표정을 감추지 못한 채 길리는 앨리즈에게 고개를 숙여 인사를 하고 방을 나섰다. 앨리즈는 길리가 문을 닫는 것을 보며 놀란 얼굴로 물었다.

「길리가 아이를 가진 거 아니에요, 헤럴드 부인?」

「아직 모르셨어요? 그렇답니다, 글쎄.」

하녀장이 혀를 차며 바닥에 무릎을 대고 앉아 깨진 도자기 조각을 줍기 시작했다.

「하지만 대번포트 씨가 절대로 저 아이를 내쫓아선 안 된다고 하시니 저 아이에겐 그보다 다행한 일이 없습죠. 세상에 어떤 주인이 저렇게 제 앞가림도 못하는 하녀에게 마음을 써주겠습니까?」

헤럴드 부인은 치우기를 포기한 듯 허리를 펴고 일어서며 말했다.

「아이고……, 조금 있다가 다른 하녀를 보내서 치우도록 이르겠습니다.」

몸집 좋은 하녀장은 다른 바쁜 일이라도 있는지 치맛자락을 버스럭거리며 방에서 나갔다.

앨리즈는 마치 주먹으로 한 대 얻어맞은 듯 멍한 표정으로 서 있었다. 지난번에 대번포트의 방에서 몰래 나가던 그 하녀가 그럼 길리였단 말인가? 저 하녀가 결국은 주인의 아이를 잉태했단 말인가? 길리가 임신한 것에 놀란 자신이 사실은 더 우스웠다. 남자와 여자가 잠자리를 같이 하다보면 아이가 생기는 것은 당연한 결과였다. 그리고 그로 인해 앨리즈가 배신감을 느껴야 할 하등의 이유도 없었다.

하지만 지금 그녀의 심정은 어떠한 논리적인 이유도 받아들일 수 없는 상태였다. 머릿속이 그저 멍한 상태로 앨리즈는 땀에 젖은 셔츠를 벗고 새 셔츠로 갈아입었다. 잠시 앉아 정신을 가다듬고 나가지 않으면 안될 것 같았다.

앨리즈는 침대 귀퉁이에 주저앉아 자신이 왜 이렇게 큰 충격을 받아야하는지 곰곰이 생각해보았다. 차츰 그 이유가 명확해져왔다. 도저히 일어설 기력이 없어 앨리즈는 침대에 벌렁 드러눕고 말았다. 눈을 뜨고 있는 것도 힘들었다. 이제 보니 그녀는 레저널드 대번포트를 사랑하고 있음이 분명했다. 지금까지 그 오랜 시간 동안 그 사실을 자신에 게조차 숨겨온 것이 오히려 신기했다.

레저널드를 단순히 몽롱한 환상 속의 존재로만 생각해버렸던 것이 부끄러웠다. 그는 다른 어떤 남자도 일깨워주지 못했던, 아니 그녀 자신도 모르고 있었던 내면의 감정들을 일깨워 준 남자였다. 그러면서도 그는 그녀를 동등한 인격체로 대우해주었다. 그녀의 판단을 존중해주고, 그녀의 생각을 귀기울여 들어주었으며, 오랜 세월 마음속 깊은 곳에 파묻어두었던 그녀의 밝고 재치 넘치는 기질을 되살려준 남자였다. 그리고 늘 친구로서 다정한 칭찬의 말을 들려준 남자였다.

우정으로 만족하지 못하고 있는 추한 노처녀의 꼴이 바로 지금 자신의 모습이었다. 그녀가 원했던 것은 냉소적이고 결점투성이였던 한 남자가 백마를 탄 왕자로 변해 자신에게 다가오는 모습이었다. 그녀는 레저널드 대번포트가 영원한 사랑을 약속하며, 절대로 다른 여자를 넘보지 않겠다는 약속과 함께 몸과 마음을 다 바쳐 청혼해오기를 바라고 있었던 것이다.

그러나 그는 지금껏 한 지붕 아래서 하녀를 정부로 삼고 있었던 것이다. 그러면서 그녀를 여자로 보아주는 때라고는 오로지 술에 취해 있을 때뿐이었다. 앨리즈는 꼬리에 꼬리를 물며 이어지는 생각의 고리를 끊으며 벌떡 일어나 앉았다.

자존심을 지켜야 했다. 그것만이 스스로 무너지지 않고 버틸 수 있는 길이었다. 특이한 여자, 남자 같은 여자로 비쳐지는 것은 얼마든지 용납할 수 있었다. 그러나 누구로부터도 동정받는 것은 용납할 수 없었다. 더구나 그 사람이 레저널드라면! 지금 레저널드에게 정부보다도 더 간절히 필요한 사람은 친구였다. 그리고 그를 사랑하므로 앨리즈는 계속해서 우정을 나누어줄 수 있었다.

우정이라도 없는 것보다는 나았다. 다만 사랑보다 더 힘들 뿐이었다.

길리에 대한 소문이 무성했지만, 맥 쿠퍼는 오늘 그녀의 몸이 좋지 않았다는 말에만 신경이 쓰일 뿐이었다. 당장 꼭 해야 할 바쁜 일도 없었기 때문에 그는 정원으로 나가 꽃을 한아름 꺾어서 꽃병에 꽂아 들고 길리의 다락방으로 향했다.

길리의 방은 작고 비좁았지만 작은 창이 하나 나 있어 시원한 바람이 드나들었다. 길리는 눈을 감은 채 좁은 침대에 누워 있었다. 맥은 그녀의 얼굴을 조용히 들여다보고 꽃병을 서랍장 위에 살그머니 내려 놓았다. 그리고는 발소리를 죽여 돌아섰다.

그러나 맥이 방에서 나서기 직전에 길리가 눈을 떴다. 맥은 그녀의 초췌한 얼굴을 어루만져주고 싶은 마음이 간절했다. 그러나 아직은 시기상조였다.

「신경 쓰지 말아요. 그냥 꽃을 좀 꺾어왔어요. 더 자요.」

「자고 있었던 건 아니었어요.」

길리가 서랍장 위에 놓인 꽃병을 바라보더니 기쁨의 미소를 지었다.

「꽃을 선물로 받아 보긴 처음이에요, 쿠퍼 씨. 고마워요.」

고맙다는 인사에 맥은 어쩔 줄을 모르고 발을 꼼지락거렸다.

「별것도 아닌데요, 뭘.」

「별것 아니라뇨. 저한텐 큰 선물인 걸요.」

길리의 표정이 진지해졌다.

「처음에 함께 산책하러 나가자고 하시고, 또 작은 선물들을 주시고 그러실 땐 쿠퍼 씨도 다른 남자들처럼 제게 흑심을 품고 있는 건 아닌 가 의심하기도 했어요. 하지만 전혀 그런 눈치는 없으시더군요. 다른 남자들은 다 제가 어떤 여잔지 알고 흉을 보는데…….」

쿠퍼가 기다리던 바로 그 기회가 찾아온 것이었다. 그는 방안에 하나뿐인 의자를 끌어다 걸터앉았다.

「틀렸어요. 그 사람들은 길리가 어떤 여잔지 모르고 있는 거예요. 하지만 전 알아요. 그래서 길리에게 어떤 나쁜 짓도 할 수가 없는 거라구요.」

「전 이해할 수 없어요.」

「한번 실수를 했다고 평생 손가락질을 받으며 살아야 하는 건 아니에요. 길리가 떠나버린 그 남자를 사랑했었다는 거 알아요. 애석하게도 그 남자가 그걸 깨닫지 못한 거죠.」

길리는 눈을 감았다. 조그만 눈물방울이 또르르 굴러 떨어졌다.

「죄송해요. 요즘엔 왜 이렇게 툭하면 눈물이 나는지 모르겠어요.」

길리가 눈을 뜨자 짙은 속눈썹이 눈물로 흥건히 젖어 있었다.

「저한테 왜 이렇게 잘해주시는 거죠?」

어떻게 대답해야 할지 맥은 잠시 망설였다.

「당신을 좋아해요. 그리고…….」

이 부분이 가장 말하기 힘든 부분이었다.

「저도 이젠 아내를 얻을 때가 된 것 같아요.」

길리의 갈색 눈이 동그랗게 떠졌다.

「저……, 저한테 청혼하시는 건가요?」

길리가 너무나 놀란 듯한 반응을 보이자 맥은 오히려 서운했다. 맥이 굳은 목소리로 대답했다.

「바보 같은 소리죠? 제 주제에 무슨…….」

맥의 목소리가 갑자기 굳어지자 길리는 얼른 말을 막았다.

「아니, 아니에요. 그게 무슨 말씀이세요. 제 말뜻은 그런 게 아니라……. 쿠퍼 씨는 런던에서 오신 분이고 저는 시골 계집아이일 뿐이에요. 게다가 쿠퍼 씨는 주인님의 일만 전담하시는 분이지만 저는 허드렛일이나 하는 하녀에 불과한 걸요. 게다가 사생아까지 가진. 이런 저에게 청혼을 하시다니……. 오히려 제게 분에 넘치는 일이죠.」

맥은 자신이 실없는 오해를 했다는 생각에 갑자기 얼굴이 뜨거워졌다. 이번에는 말을 조심해서 골라가며 대답했다.

「당신은 아름다운 아가씨예요. 마음씨도 곱고, 천성이 착한 분이죠. 여기 온 첫 날부터 길리는 제 가슴속에 있었어요. 그리고……, 길리에게도 어쨌든 남편이 필요하잖아요.」

걱정이 가득한 길리의 눈동자가 그를 마주보았다.

「하지만 나도 당신에게 남편이 필요하다는 것만으로 당신과 결혼하고 싶지는 않아요.」

맥의 여린 마음이 길리를 감동시켰다. 지금까지 길리는 맥을 콧대높은 런던 출신 하인이라고만 생각했었다. 자신 같이 미천한 시골 하녀로서는 감히 넘볼 수도 없는 상대라고 여겼다. 또 그가 자신에게 따뜻하게 대해주는 것도 다 다른 뜻이 있기 때문인 줄 알았다. 그러나 지금 그녀의 눈앞에 앉아 있는 맥 쿠퍼는 순수한 남자였고, 지금 그의 모습이 길리는 너무나 사랑스러웠다. 맥은 나이가 많은 노총각도 아니었다. 다부진 체격은 아니었지만 허약해 보이지도 않았다. 아니 다른 어떤 것보다 중요한 것은 그가 길리를 좋아한다는 것이었다. 수줍게 웃으며 길리가 말했다.

「저도 남편을 구할 생각만으로 결혼하고 싶지는 않아요.」

더 이상의 말은 필요 없었다. 맥은 이제 두 사람이 완벽하게 서로의 마음을 이해했다고 생각했다. 맥이 가볍게 그녀의 입술에 입을 맞추자 길리도 그의 입술에 입을 맞추었다.

20

    그날 밤도 레저널드는 다른 날과 다름없이 보냈다. 윌리엄이 특히 좋아하는 백가몬(backgammon, 서양 주사위 놀이의 일종) 게임으로 잠시 시간을 보내기도 하고, 새롭게 실내장식을 바꾼 후의 거실 모습을 그린 메리디스의 수채화도 보았다. 메리디스의 수채화 솜씨는 레저널드가 생각했던 것보다 훨씬 수준급이어서 내심 감탄하기도 했다. 그러나 왠지 저녁 내내 그는 보이지 않는 유리벽으로 다른 식구들과 격리된 것 같은 기분이었다. 다른 사람들이 하는 말이나 행동에서 자신은 제외되어 있는 느낌이었다.

    어떤 괴물이 그의 어깨에 올라타 짓누르면서 그가 지금 하고 있는 노력은 결국 물거품으로 끝날 헛수고라고 속삭이는 것만 같았다. '모든 남자들이 술을 마실 뿐 아니라 너도 지금까지 술을 마셔왔는데 이제 와서 왜? 술을 마셨다고 해서 네가 심각하거나 중한 죄를 저지른 적이라도 있었나?'

    레저널드는 그 괴물의 속삭임을 무시했다. 그러나 곧이어 또 다른 속삭임이 들려왔다. '결국 실패로 끝날 일을 왜 지루하게 끄는 거지?

어떻게 네가 성공할 거라고 생각할 수가 있었지? 도박이나 경마에서 이긴다고 이 싸움에서도 이길 수 있을 거라고 생각하나? 설사 이겨서 술을 끊는다고 해도 그게 무슨 의미가 있는데?'

하루 종일 레저널드는 그 괴물과 싸웠다. 그러나 시간이 지날수록 괴물의 힘은 점점 더 거세져갔다. 자신이 지금 서 있는 백척간두에서 떨어져 허공 속에 산산조각으로 흩어지는 것은 오직 시간문제라는 비참한 생각까지 들었다. 그러나 아직 그는 거기에서 떨어진 것이 아니었다.

식사 후 차를 마시고 모두 잠자리를 준비할 시간이었다. 자기가 들어도 너무나 기운 없는 목소리로 레저널드가 물었다.

「앨리즈, 아직 시간도 이른데 체스 게임이나 하지 않겠소?」

그는 앨리즈가 당연히 그 제안에 응할 줄 알았다. 그러나 앨리즈는 잠시 머뭇거리더니 뜻밖의 대답을 내놓았다.

「오늘밤은 내키지 않네요. 머리가 좀 아파서요.」

안 돼, 거절하면 안 돼. 그러나 앨리즈는 이미 거절한 후였다. 앨리즈가 여왕처럼 우아한 걸음걸이로 거실을 나가는 모습을 지켜보던 레저널드는 백척간두에서 떨어져 커다란 아가리를 벌리고 있는 암흑 속으로 빨려 들어가는 느낌이었다.

갑자기 억누를 수 없는 격렬한 분노를 느끼면서 그는 서재로 달려들어가 음주에 관한 그 소책자를 다시 읽었다. 얼마나 여러 번 읽었던지 책장이 귀퉁이마다 너덜너덜해져 있었다.

아버지도, 제러미 스텐턴도 술을 끊었다. 그들이 할 수 있었다면 레저널드도 할 수 있는 일이었다. 지금까지 그는 끊임없이 자신의 의지력을 과시했다. 백부와의 끝없는 싸움에서 이기기 위해 새로운 기술을 하나씩 연마할 때마다 여지없이 발휘하곤 하던 의지력이 있지 않던가.

프렌치 도어를 열고 밖으로 나가려던 그의 눈에 술병 선반이 들어왔다. 술병 하나하나가 마치 강렬한 불꽃처럼 보였고, 그 불꽃들은 그에게 어서 달려와 네 몸을 이 불 속에 던지라고 속삭였다. 그는 문손잡이를 쥔 채 멈춰섰다. 이마에서는 땀이 흐르고 온몸은 그의 의지력에 반항하며 아우성이었다. 이제까지 선반에 술병들을 그대로 둔 것은 평생 술과 술을 마시는 사람들 속에서 살아야 한다는 생각 때문이었다. 그러나 저 술병을 저 자리에 그냥 두고 이 처절한 싸움을 계속해나간다는 것은 너무나 가혹한 고문일 수도 있었다.

지금 이 방에서 나가야 했다. 너무 늦기 전에 몸 안에서 꿈틀거리는, 채울 수 없는 그 맹렬한 허기가 승전가를 울리기 전에. 한 시간만 더 참을 수 없어? 그게 너무 길다면 단 일 분이라도……

문손잡이를 쥔 그의 손에 바짝 힘이 들어가며 부들부들 떨렸다. 손가락에 아무런 감각도 느껴지지 않았다. 못 참겠다면? 도대체 뭘 증명하겠다는 거지? 누구한테?

그의 의지력은 드디어 부서지고 말았다. 단 두세 걸음에 그는 벌써 선반 앞에 서서 술병을 집어들고 마개를 열었다. 그로 하여금 무릎을 꿇게 만든 그 악마들의 승리감에 찬 합창소리를 들으면서 그는 다시는 마시지 않겠다던 그 술을 힘껏 들이켰다

앨리즈는 천천히 잠자리에 들 준비를 했다. 땋아 올렸던 머리를 풀어헤치는 그녀의 손은 때때로 허공에 멈추었다. 아무리 생각해도 레저널드와 체스를 두었어야 했다. 거의 보름 가까운 기간 동안 그가 얼마나 힘든 시간들을 보냈는지 누구보다 잘 아는 그녀였다. 그에게 좋은 친구가 되어주겠다고 스스로에게 약속했음에도 불구하고 그의 사생아를 잉태한 길리의 얼굴은 참기 힘들 정도로 생생하게 그녀의 눈앞에서 어른거렸다. 만약 레저널드의 말대로 지금 거실에서 체스를 두고 있다면, 십중팔구 요즘에도 길리와 동침을 하는지, 그녀가 가진 아이 말고도 다른 사생아는 또 얼마나 있는지 물었을 것이 틀림없었다. 내일 아침이면 이런 섣부른 충동을 모두 잊을 수 있겠지. 그러나 지금은 그 충동을 참을 수 없을 만큼 상처가 컸다.

인상을 잔뜩 찌푸린 채 앨리즈는 풀어헤친 머리카락을 느슨하게 잡

고 한 가닥으로 다시 땋아 내렸다. 그녀가 있을 자리는 지금 여기가 아니라 아래층 거실이었다. 레저널드의 기분이 어떨지 알면서 혼자 둔다는 건 옳지 못했다.

피곤한 몸과 불안한 마음으로 그녀는 잠자리에 들었다. 하지만 왠지 자꾸만 불길한 예감이 들었다. 무시하기엔 너무나 강한 예감이었다. 논리적인 이유 같은 건 찾을 생각도 없이 앨리즈는 벌떡 일어나서 빠른 걸음으로 서재를 향했다.

서재문을 열고 레저널드를 발견한 순간 앨리즈는 하려던 말을 삼켜버렸다. 그는 방 건너편의 술병이 놓인 선반 앞에 서 있었다. 한 손에는 반쯤 빈 술병이 들려 있었고 표정에는 짙은 패배감과 고통이 얼룩져 있었다.

문이 열리는 소리를 듣고 레저널드가 고개를 확 돌렸다. 그의 얼굴은 금방 창백해졌고, 앨리즈의 얼굴은 고통으로 일그러졌다. 아무 말도 할 수 없었고, 할말도 없었다.

앨리즈는 울고 싶었다. 비명을 지르며 절규하고 싶었다. 포기하지 말라고 그를 격려하고, 술 때문에 당신을 잃고 싶지 않다고 말하고 싶었다. 그러나 아무 말도 하지 못했다. 영원과도 같은 고통스러운 침묵이 흐른 뒤에 앨리즈는 도망치듯 돌아섰다. 더 이상 레저널드가 스스로를 파괴하는 모습을 볼 수가 없었다.

레저널드는 앨리즈의 모습을 물끄러미 바라보기만 했다. 그녀의 얼굴에 드러난 표정이 그에겐 큰 충격을 주었다. 앨리즈는 그를 믿어주었고, 할 수 있는 한 최선을 다해 그를 도와주었다. 그런데 지금, 그녀도 결국은 레저널드 대번포트의 가장 추한 모습을 보아버린 것이다.

차라리 앨리즈의 표정이 무엇을 의미하는지 알아보지 못할 정도로 취한 상태라면 좋으련만. 그래서 레저널드는 다시 술병을 들어 숨도 쉬지 않고 병을 비워버렸다. 그는 비겁한 패배자였고 연약한 바보였다. 그것을 인정하는 것보다 더 솔직한 일이 무엇이란 말인가?

그러나 술은 그를 위안하기보다 오히려 잠재되어 있던 분노를 폭발시키는 기폭제였다. 그는 빈 술병을 노려보며 속삭였다.

「안 돼.」

절망과 분노에 휩싸인 그는 술병을 벽난로를 향해 던져버렸다. 요란한 소리와 함께 크리스털 조각들이 사방으로 튀었다.

「안 돼!」

자신이 겪은 고통과 그가 남에게 전가했던 고통을 다시는 되풀이할 수 없다는 절규였다. 어느덧 그의 손에는 또 하나의 술병이 들려 있었다. 있는 힘껏 또 집어던졌다. 선반 위에 세워져 있던 술병들이 차례차례 벽난로를 향해 날아갔고 이윽고 술잔까지 모조리 깨진 유리조각이 되어 벽난로 앞에 나뒹굴었다. 서재 안은 독한 술냄새가 진동을 했고, 양탄자는 여러 가지 색깔의 술로 흥건히 젖어 있었다.

레저널드는 한순간 저 크리스털 조각이 온몸을 찌르고 할퀴도록 바닥을 마구 뒹굴고 싶다는 충동을 느꼈다. 더 이상 슬퍼할 여유와 고통스러운 삶마저 끝나버릴 때까지. 그는 충혈된 눈으로 크리스털 조각들을 노려보다가 프렌치 도어를 왈칵 밀어젖히고 밖으로 나갔다.

어두운 하늘은 벨벳처럼 부드럽게 세상을 덮고 있었다. 초승달이 뜬 밤이었다. 세상의 모든 작은 동물들이 맹수의 이빨과 손톱에 살점을 뜯기지 않기 위해 제 집에 숨어 나오지 않는 밤이었다. 레저널드는 어디로 향하는지도 알지 못하면서 무작정 달리기 시작했다.

언덕을 넘고 들을 건너, 넘어지고 부딪치는 것도 아랑곳 않고 그는 내쳐 달려나갔다. 더 이상 달릴 수 없을 정도로 숨이 차 발길을 늦추면서 그는 차츰 정신이 맑아지는 것을 느꼈다. 정신이 들자 그는 다시 달리기 시작했다. 자신이 도망치고자 하는 대상은 바로 죽음 그 자체였다는 것을 그는 산산조각이 난 절망적인 가슴으로 느끼고 있었다.

십수 년만에 처음으로 앨리즈는 목놓아 울었다. 마치 레저널드가 죽기라도 한 것처럼 슬프고 서러운 울음이었다. 이제 다시 술을 마시기 시작한다면 레저널드가 고통스럽고 아름답지 못한 모습으로 죽음의 문턱에 이르는 것은 시간문제라는 것을 그녀도 알고 있었다. 그 생각이 그녀를 더욱 가슴 아프고 슬프게 만들었다.

그와 함께 있어주지 못한 것을 그녀는 뼈저리게 후회했다. 우정은 결혼 못지않게 소중하고 아름다운 감정이었고, 우정이란 이름으로 해줄 수 있는 것은 결혼이 해줄 수 있는 것만큼이나 많았다. 조금만 더 일찍 서재로 내려갔더라면 레저널드가 술을 입에 대지 않을 수도 있었다. 아니, 좀전에도 도망치듯 빠져나오지 않고 그대로 서재에 머물렀더라면 마시던 술이라도 중지했을 수 있었다.

레저널드에게 아무 도움도 될 수 없는 거라면 우정도 아무런 소용없는 것이다. 앨리즈는 벌떡 일어나 다시 서재로 달려 내려갔다.

그러나 문을 연 앨리즈는 그 자리에 우뚝 서버리고 말았다. 벽난로 앞에는 깨진 유리조각이 가득 널려 있었고 방안은 술냄새가 진동했다. 그 광경만으로도 레저널드가 얼마나 깊은 절망의 구덩이 속에서 신음했을지 앨리즈는 가슴이 저렸다.

그러나 레저널드의 모습은 어디에도 보이지 않았다. 열린 프렌치 도어 사이로 잔잔한 바람만 드나들며 커튼 자락을 흔들고 있었다.

레저널드가 비록 이 싸움에서 이기고 있지는 못했지만, 아직 완전히 진 것은 아니었다. 앨리즈는 방으로 돌아가서 서둘러 바지로 갈아입었다. 레저널드를 찾으려면 오랜 시간 밖에서 헤맬 것을 각오해야 했다. 옷을 갈아입은 그녀는 어두운 밤 공기 속으로 내달렸다.

짙은 어둠 속에서 레저널드는 넘어지고 또 넘어졌다. 사방에 멍이 들고 할퀸 상처가 생겼고 얇은 셔츠는 여기저기 찢어졌다. 언덕을 넘고 작은 계곡을 건너 숲 사이로 난 작은 오솔길을 따라 그는 손발로 더듬으며 계속 앞으로만 나아갔다.

이토록 심하게 자기 몸을 혹사하기는 처음이었다. 드디어 더 이상 한 발짝도 움직일 수 없을 만큼 지쳤을 때에야 그는 비로소 몸을 눕혔다. 정신을 차려보니 호숫가 그 비밀의 장소였다. 밤하늘의 별빛이 잔잔히 부서져내릴 뿐, 호수는 어둡고 조용했다. 어쩌면 여기서는 마지막 평화를 얻을 수도 있을 것 같았다. 저 조용한 물 속으로 조용히 걸어 들어가기만 한다면…….

하지만 그 간단한 움직임마저 시도할 수 없을 정도로 그는 지쳐 있었다. 부드러운 잔디 위에 누워 나뭇잎이 바람에 흔들리는 소리를 들었다. 스트릭런드의 흙이 그를 부르고 있었다. 마치 여기가 바로 너의 마지막 안식처라는 듯이.

그때 제러미 스탠턴의 목소리가 또렷하게 울려왔다. '그렇게 열심히 노력을 했는데도 아무 것도 나아진 게 없었어. 결국 아내와 아이들마저 잃게 될 거라는 걸 깨달았지. 나도 모르게 기도를 했지. 거기 누구 내 말이 들리는 신이 계시다면, 나를 좀 도와달라고. 도저히 나 혼자 힘으로는 할 수 없다고.'

레저널드는 자신이 대부와는 다른 사람이라고 생각해왔다. 제러미 스탠턴보다 훨씬 강하고 끈질긴 사람이라고 말이다. 그러나 돌이켜보니 그와 똑같이 연약한 사람이었다. 도저히 혼자 힘으로는 술을 이겨낼 수 없는. 애초부터 이 싸움은 의지력만으로는 이길 수 없는 싸움이었다.

마음속으로 그는 패배를 시인했다. 두서없는 말로 그는 자신보다 훨씬 더 큰 힘을 가진 신적인 존재를 향해 서투른 기도를 올렸다.

마치 썰물처럼 그의 번뇌는 밀려가고 그 자리에 새로운 치유의 희망이 움트는 듯했다. 그러나 그 희망은 격랑처럼 힘찬 것도 아니었고, 불꽃처럼 강렬하지도 않았다. 그저 손등을 적시는 잔잔한 시냇물처럼 조용하게 그의 마음 한구석을 적시며 다가오는 약속이었다. 혼자가 아니라는 생각만으로도 그는 그 약속을 믿을 수 있었다. 사실 지금까지도 그는 혼자가 아니었다. 혼자만의 아집과 독선으로 이제껏 그것을 깨닫지 못한 것뿐이었다. 말없이 전해진 그 약속이 그의 지친 영혼을 어루만져주었다.

레저널드는 그저 그렇게 하늘의 별을 올려다보며 누워 있었다. 아직

전투는 끝나지 않았다는 것을 그는 조용히 되새겼다. 아직 오래도록 더 투쟁해야 했다. 그러나 그가 도움을 요청할 때면 언제나 손을 내밀 어줄 사람이 있었다.

레저널드가 그것을 깨달은 지 몇 분도 지나지 않아 앨리즈가 그를 발견해냈다.

거의 아무 것도 분간할 수 없는 어둠 속에서도 그는 다가오는 사람을 알아볼 수 있었다. 앨리즈의 발자국소리나 향기뿐만이 아니라, 말로는 표현할 수 없는 따뜻한 정이 느껴졌다. 아무 말 없이 앨리즈는 그의 곁에 앉았다.

레저널드가 손을 내밀자 그녀는 조용히 그 손을 마주잡았다. 앨리즈의 손은 아주 따뜻했다. 가볍게 마주잡은 손에서 큰 힘이 느껴졌다. 레저널드는 마주잡은 손을 끌어다 자신의 심장 고동이 느껴지도록 가슴 위에 올려놓았다. 그곳에선 희망의 물결이 더욱 세차게 흐르고 있었다.

앨리즈의 목소리가 부드럽게 밤 공기를 흔들었다.

「좀 나아졌어요?」

「훨씬.」

레저널드의 목소리는 잔뜩 잠겨 있었다.

「뭐든 좋으니까 얘기 좀 해봐요.」

앨리즈는 조용조용히 이야기를 해나갔다. 스트릭런드에 대해서, 세 아이들의 장래에 대해서, 도자기 공장을 위한 계획에 대해서, 그녀가 세운 학교에서 공부하는 꼬마들에 대해서. 레저널드는 그녀의 이야기를 열심히 들으면서 정상적인 사람들의 삶을 상상했다.

「이제 얘깃거리가 바닥났네요.」

아직도 레저널드는 그녀의 손을 꼭 쥐고 있었고, 앨리즈는 그가 자신의 이야기를 귀담아 듣고 있다는 것을 알 수 있었다.

「재미있는 이야기였소. 이제 내 차롄가?」

레저널드의 목소리는 이제 평소의 목소리에 가까워져 있었다. 그가 이야기를 시작했다. 스트릭런드에서의 어린 시절, 아버지의 음주벽이 일으켰던 크고 작은 불행한 사건들. 짧지만 자신에겐 유일하게 행복했던 어린 시절의 그때를 그는 간단하게 이야기했다.

앨리즈가 부드럽게 물었다.

「가족들은 어떻게 잃으신 거죠?」

「천연두 때문이었소.」

앨리즈는 깜짝 놀랐다. 천연두 예방접종에 그토록 집착하던 것이 이해가 갔다. 레저널드가 길게 한숨을 내쉬었다.

「천연두 때문이긴 하지만 그게 다는 아니었소. 스트릭런드에 천연두가 돌기 시작했을 때 아버지는 마침 다른 지방에 계셨거든. 마을도 온통 천연두 때문에 사람들이 죽어나가고 있었지만, 우리 영지는 한층 더 심했지. 누이동생 에이미가 가장 먼저 죽었고, 그 다음엔 남동생 줄리어스가 죽었소.」

「그럼 당신도 걸렸었겠군요.」

앨리즈는 레저널드도 그 병마를 비껴가지는 못했으리라고 생각했다.

「나도 걸렸었지. 아마 내가 병으로 앓아 누웠던 것은 그때가 처음이자 마지막이었을 거요. 우습지 않소? 모두들 그 병에 걸려 죽어갔는데, 나는 작은 상처 하나 없이 이겨냈거든. 아마도 난 대단한 면역력을 타고났던 모양이오. 그렇지 않았다면 그때 나도 죽었을 거요. 차츰 몸이 회복되는 기미를 보이자 나는 어머니에게 가야겠다고 생각했지. 아직 몹시 어지러워서 제대로 걷기조차 힘들었는데. 정신을 차려보니 밤이었소. 집안은 무시무시할 정도로 적막했지. 어린 시절에 천연두를 앓고 살아남은 한 나이든 하녀만이 병에 걸리지 않고 견디고 있었지. 그나마 여러 사람들의 병수발을 하느라고 기진맥진해서 쓰러져 있더군. 내가 어머니에게 다가갔을 때 어머니는 이미 거의 죽은 사람이나 다름없었소. 하지만 내가 부르니 어머니가 눈을 뜨시더군. 날 보고는 웃으셨어.」

레저널드가 앨리즈의 손을 더욱 바짝 힘주어 잡았다.

「자식들 중에서 하나라도 살아남을 수 있게 해주셔서 고맙다고 기도를 하시더군. 그리고는 다시는 말이 없으셨지. 아버지는 식구들이 모두 죽거나 죽어가고 있다는 전보를 받고 서둘러 집으로 돌아오던 중이셨소. 돌아오시다가 마차 사고로 돌아가셨지. 난…… 가끔씩 생각했소. 혹시 내가 그 병을 이기고 살아남았다는 소식까지 들으셨다면 조금이라도 더 조심해서 돌아오시지 않았을까. 그래서 다치지 않고 살아서 돌아오시지 않았을까.」

앨리즈는 너무나 슬픈 한 가족의 죽음에 눈물이 솟아났다. 레저널드가 슬픈 목소리로 말을 이었다.

「그렇게 살아남은 인생을 난 지금까지 엉망으로 낭비했소.」

「자책하지 마세요. 인간에겐 사람의 생을 평가할 자격이 없어요.」

「당신은 신을 믿소, 앨리즈?」

레저널드가 이런 질문을 하리라고는 전혀 예상치 못했다. 하지만 사실 그는 언제나 예측을 불허하는 인물이었다.

「네. 하지만 하퍼 목사님이 말씀하시는 그런 의미의 신앙은 아니에요. 천지 만물의 모든 현상에는 일정한 패턴이나 질서가 있다고 생각해요. 저의 행동들도 모두 어떤 결과를 불러온다고 믿어요. 그게 아무리 작은 것일지라도 말이죠. 만약 제게 어떤 야망이 있다면, 그건 이세상을 제가 태어나기 전보다 조금이라도 살기 좋은 곳으로 만들었으면 하는 것뿐이에요.」

「당신은 정말 현명하고 지혜로운 여자요, 앨리즈. 나는 풍차를 향해 달려든 돈키호테처럼, 있지도 않은 적을 상대로 싸워왔소. 절대로 변화시킬 수 없는 것을 변화시키려고 기를 쓰면서 말이오. 이기적이고 고집 센 한 노인으로부터 인정을 받겠다고 헛된 욕심을 부렸던 거지. 결국 아무 의미도 없는 경쟁에 내 모든 것을 허송했던 거요.」

「큰아버님을 상대로 해서 말인가요?」

「그렇소. 가족들의 장례식이 끝나자마자 백부는 나를 데리러 비서를 보냈더군. 난 아직 병이 완전히 낫지도 않은 상태였소. 워그레이브 파크에 도착해서 처음으로 백부를 만났을 때, 난 아버지가 살아 돌아오신 줄 알았소. 대번포트 가문 남자들은 모두 비슷비슷하게 생겼거든. 큰 키에 보통보다 가무잡잡한 피부, 게다가 이 빌어먹을 파란 눈까지. 난 백부를 향해 다가갔지. 그랬더니 백부는 마치 내가 병균을 덕지덕지 묻혀 온 더러운 물건인 것처럼 피하더군. 그러면서 그 아버지에 그 아들이니 기대할 것은 눈곱만치도 없겠지만, 더 이상 가문의 명예를 더럽히는 우둔한 짓은 하지 않기를 바란다고 하더군.」

이미 감당하기 힘든 비극과 고통을 겪은, 누구보다 감수성이 예민한 소년에게 큰아버지의 냉대가 얼마나 큰 상처를 주었을까 생각하니 앨리즈는 가슴이 미어지는 것 같았다. 그때의 레저널드는 지금의 윌리엄보다 겨우 한 살이 많은 나이였다.

「그래서 그때부터 대번포트 가문의 절망이라는 별명을 갖게 되신 건가요?」

「이해가 빠르시군. 백부한테 나는 결코 인정받을 수 없는 존재라는 걸 나는 금방 알게 되었지. 하지만 인정받을 수는 없어도 주목을 받을 수는 있다는 것도 나는 금방 깨달았소. 모든 사람들이 내 행동을 간섭하고 구속하려 하면 할수록 나는 점점 더 거칠게 나갔지.」

레저널드는 껄껄대며 홀로 웃었다.

「이튼에 입학한 후에 나는 아주 대단한 발견을 했소. 왕실 장학생들은 급식이 형편없기 때문에 따로 끼니를 사먹을 수 있도록 부모들이 용돈을 보내주곤 했지. 하지만 백부는 내게 한푼도 보내주지 않았기 때문에 나는 궁여지책으로 한 여인숙에서 외상으로 음식을 사먹기 시작했소. 캠퍼스 안에 있는 여인숙이었는데, 크리스토퍼라는 사람이 주인이었지. 그 여인숙 덕분에 많은 학생들이 굶어죽는 신세를 면했지. 결국 나는, 백부가 내게 직접 돈을 주기는 싫어했지만 내가 진 외상값은 갚을 수밖에 없다는 걸 간파하게 되었소. 처음에는 굶주림을 해결하기 위해 외상으로 음식을 사먹었지만, 난 차츰 대담해졌다. 외상으로 옷을 사입거나 맞춰입고, 책도 사고……. 덕분에 캠브리지에 진학했을 때쯤에는 아주 여유 있게 살 수 있었지. 그래서 나는 뭐든 외상으로 쓰고 다니고 백부는 그 외상을 갚는 게 일상이 되어버렸소. 나를 보기를 마치 벌레 보듯 하긴 했지만 그래도 가문의 명예를 위해 내 외상값은 떼어먹을 수 없었으니까.」

레저널드가 왕실 장학생이었다니, 놀라운 일이었다.

「그럼 킹즈 칼리지를 졸업하고 특별 연구원까지 되셨나요?」

「그랬소. 뭐, 아는 사람도 별로 없고 그나마 대부분 믿지도 않지만. 하지만 일년쯤 후에 난 특별 연구원 자리를 포기했소. 가르치는 데는 재주도 없고 흥미도 없어서. 나는 장교로 군대에 입대하고 싶었지만 백부는 한사코 반대했소. 친아들 셋 중에서 둘은 독신이었고, 막내는 아버지와 의절하고 외국에 나가 소식이 끊겼으니 워그레이브의 대를 이을 상속자가 있어야 한다는 거였지. 난 결국 백부의 미래를 위한 인질이었던 셈이오. 런던에서 산다면 얼마간 생활비는 대주겠다고 하더군. 물론 쥐꼬리만한 돈이었지만 말이오. 비록 백부와는 견원지간이었지만, 나를 워그레이브의 상속자로 세우겠다는 말에는 나도 욕심이 생기더군.」

「바람직한 생각은 아니었지만, 이해할 수는 있군요.」

「바람직하지 않은 정도가 아니라 바보 같은 생각이었소. 내게 아직 순수한 야망이 있었을 때 백부와의 인연을 끊고 군인이 되었어야 했소.」

레저널드의 목소리에는 깊은 회한이 묻어 있었다.

「왜 그렇게 안 하셨죠?」

「백부는 주변의 모든 사람들을 손아귀에 넣고 흔들어야만 만족하는 사람이었소. 경제적으로 보자면 내가 런던에서 백부의 우산 밑에 빌붙어 사는 것보다 군에 입대하는 것이 백부에겐 훨씬 이득이었겠지만, 그 이득을 포기하고 대신 내 야망을 꺾어놓는 길을 택하셨던 거요. 대신 나는 점점 다루기 힘들고 불명예스러운 자식으로 행동하는 것으로 복수를 하려 했지. 그리고 결국은 내가 이길 거라고 믿었소. 내가 그 늙은 악당보다 오래 살 수만 있다면 말이오.」

그는 잠시 말을 멈추었다.

「하지만 결국 승자는 백부였소. 아무도 모르게 변호사를 동원해서 막내아들의 흔적을 뒤졌던 거요. 결국 사촌이 남긴 유일한 혈육인 리처드를 찾아냈지.」

「충격이 크셨겠군요.」

「그거야 비할 데가 없었지. 난 그 동안 워그레이브의 재산을 물려받으면 모두들 입을 떡 벌리고 놀랄 정도로 훌륭하게 경영하는 것으로 수치스러웠던 세월을 되갚아주겠다고 벼르고 있었거든.」

「지금 스트릭런드에서 하시는 걸 보면, 아마 충분히 그러실 수 있었을 거예요.」

레저널드가 앨리즈의 손을 다시 꼭 잡았다.

「아마 그랬을 거요. 수중에 가진 것 없이 상류사회의 변방에서만 떠돌며 살다보니 백작이라는 작위와 지위에 탐이 났던 건 나도 인정하오. 하지만 그보다 더 중요했던 건……, 내가 진실로 원했던 것은 나 자신의 가치를 증명하고 인정받고 싶다는 거였소. 백부와의 싸움으로 보냈던 내 청춘이 전혀 의미 없는 낭비가 아니었다는 걸 증명하고 싶었던 거요.」

레저널드의 목소리가 다시 푹 가라앉았다.

「하지만 세상은 그렇게 호락호락하지 않았지. 하려고 마음만 먹었다면 얼마든지 더 건설적으로 살 수 있었소. 하지만 자존심과 고집 때문에 나는 악마 같은 늙은이와의 승산 없는 싸움에 내 아까운 청춘을 다 버렸던 거요.」

앨리즈는 레저널드의 옆에 다리를 뻗고 옆으로 누워 그를 마주보았다. 레저널드의 어깨에 머리를 기댄 앨리즈는 한 손을 그의 가슴에 얹었고, 그는 아주 자연스럽게 한쪽 팔로 팔베개를 해주었다.

「자존심과 고집이라면 저도 남에게 뒤지지 않아요, 레저널드. 저도 당신과 비슷한 이유로 제 인생을 거의 망칠 뻔했어요. 하지만 폐허에서도 건질 것은 있기 마련이라고 마음을 다잡아먹었죠. 그래서 지금 이렇게 살고 있는 거구요.」

레저널드의 뺨이 앨리즈의 머리에 와 닿았다.

「하지만 당신이 나보다 현명한 사람인 것은 분명하오, 앨리즈.」

레저널드가 갑자기 킬킬거리며 웃었다.

「하긴, 현명하지 못하다는 게 내 인생을 이 모양으로 만든 원인의 전부는 아니지. 이제 돌아오는 할로윈 데이면 내 나이도 만 서른 여덟인데, 그 나이에 순진하고 무식해서 인생이 어긋났다고 변명하는 건 말도 안 되지. 인생을 망친 것은 머리가 나쁘거나 사악해서 죄를 많이 저지른 탓이지.」

앨리즈가 슬며시 미소를 지었다. 이제 웃음이 그에게 돌아왔으니 큰 위기는 넘긴 셈이었다. 앨리즈는 레저널드의 곁에 조금 더 가까이 다가들었다. 두 사람의 몸이 거의 닿을 정도로 가까이 누워 있었지만 에로틱한 감정은 전혀 느껴지지 않았다. 그저 편안하고 자연스러울 뿐이었다.

「할로윈 데이에 태어나셨어요?」

「그렇소. 귀신 들린 아이라는 둥 그런 소리는 하지 마시오. 어린 시절에 귀가 닳도록 들은 이야기니까.」

앨리즈가 점잖은 목소리로 대꾸했다.

「그런 뜻이 아니에요. 할로윈 데이가 어때서요? 생일로 삼기에 얼마나 좋은 날인데요. 저도 할로윈 데이에 태어났거든요.」

「정말이오? 그럼 우리 사이에 그렇게 기막힌 공통점이 있었단 말이오?」

앨리즈가 한쪽 팔로 레저널드의 허리를 껴안으며 웃었다.

「그러게 말이에요.」

앨리즈가 그의 팔베개를 베고 조용히 누워 있는 동안 레저널드는 그녀가 그 동안 자신과 육체적인 관계를 맺었던 어떤 정열적인 여자들보다도 훨씬 더 가깝게 느껴졌다. 가끔씩 놀리듯이 하던 말이었지만 레저널드는 앨리즈와 자신이 여러 면에서 닮은 점이 많다는 것을 느끼고 있었다. 그러나 두 사람 사이의 차이점도 그에 못지않게 컸다. 앨리즈는 자신의 정열을 보다 생산적인 일에 쏟고 있다는 점이 무엇보다 큰 차이였다. 어떻게 보면 두 사람은 마치 동전의 양면 같았다. 한 사람은 모든 것을 파괴해온 탓이였고, 한 사람은 폐허에서 모든 것을 다시 일군 개척자였다. 두 사람 모두 고집 세고 자존심도 강했지만, 한 사람은 계속해서 모든 것을 허물어왔고, 한 사람은 계속해서 새로운 것을 지어왔다. 한 사람은 냉소적이었지만 한 사람은 몽상적이었다. 그리고 한 사람은 남자, 또 한 사람은 여자였다.

앨리즈의 머리카락에서 풍기는 산뜻한 꽃향기를 들이마시면서 레저널드는 크게 깨달았다. 앨리즈에 대한 자신의 감정은 존경과 호감, 성적 매력을 훨씬 뛰어넘는 것이었다. 그녀가 없었어도 이 밤을 넘길 수는 있었겠지만, 그녀와 그녀의 따뜻한 영혼이 함께 있음으로 해서 그에게는 이 밤이 희망과 치유의 시간이 될 수 있는 것이었다. 그는 이제 과거 어떤 때보다 현명하고 자비로운 마음을 가지고 자신의 삶을 대할 수 있을 것 같았다.

자신의 이런 감정을 뭐라고 불러야 할지 아직은 판단이 서지 않았지만, 언젠가는 완전히 술과 깨끗하게 결별하고 나면 분명한 생각이 떠오를지도 몰랐다. 그리고 만약 앨리즈도 그 감정을 받아들인다면…….

이윽고 두 사람은 나란히 졸기 시작했다. 밤 공기가 차가워지고 땀에 젖은 옷이 축축해지자 두 사람은 체온을 나누며 그렇게 누워 있었다. 동녘 하늘에 몇 줄기 빛이 뿌려지기 시작할 때에서야 레저널드가 먼저 정신을 차렸다. 레저널드가 꿈틀거리자 앨리즈도 덩달아 선잠에서 깼다. 두 사람은 누가 먼저랄 것도 없이 일어나서 앉았다.

「이젠 한데서 새우잠을 자기엔 나이가 너무 많이 든 것 같소.」

레저널드는 간밤에 혹사당한 육체가 이곳 저곳 통증을 호소하며 반발하는 것을 느꼈다. 그가 먼저 일어서서 앨리즈에게 손을 내밀었고, 앨리즈는 그의 손을 붙들고 부드럽게 일어섰다. 두 사람은 어깨를 나란히 하고 저택을 향해 걸었다. 레저널드의 손이 가볍게 앨리즈의 등을 받쳐주었다.

두 사람은 서재의 프렌치 도어를 통해 집안으로 들어갔다. 간밤에 레저널드가 박살냈던 술병과 술잔은 모두 흔적도 없이 치워져 있었다. 맥이 벌써 다녀간 모양이었다. 아직도 희미하게 남아 있는 술냄새만이 간밤에 있었던 일을 조용히 암시하고 있었다.

아무 생각도 할 수 없을 정도로 피곤하고 지친 레저널드는 앨리즈를 따라 위층으로 올라갔다. 앨리즈의 침실 문 앞에서 레저널드는 그녀를 부드럽게 포옹했다. 육체적인 욕망이 완전히 잠들어버린 것은 결코 아니었지만, 지금은 시간이나 장소나 모두 부적절했다.

레저널드는 앨리즈의 등을 부드럽게 쓰다듬었다. 얼굴에 와 닿는 그녀의 머리카락이 마치 비단결 같았다.

「고맙소, 앨리즈. 이제 큰 고비를 넘긴 것 같소.」

「알고 있어요. 당신의 내면에 뭔가 큰 변화가 생겼다는 게 이제 느껴져요.」

앨리즈도 부드러운 목소리로 대답했다.

앨리즈는 영리하고 따뜻할 뿐만 아니라 성적으로도 매력이 충만한 여인이었다. 레저널드는 키스하고 싶은 마음을 꾹 눌러 참았다. 그는 앨리즈가 침실로 들어간 후에야 자기 방으로 들어갔다.

오늘은 현명한 삶을 시작하는 첫날이었다.

21

    1817년 여름은 앨리즈의 삶에서 가장 행복한 시간들이었다. 어두운 영혼의 동굴을 빠져나온 레저널드는 이제 완전히 다른 사람이 되어 있었다. 전보다 훨씬 자주 웃고 말수도 많아졌고 술은 입에 대지도 않았고 전혀 탐내지도 않았다. 앨리즈와 늦도록 마주앉아 이야기를 나누는 밤도 많아졌다. 그러나 이제는 단순히 술생각을 잊기 위한 방편이 아니었다. 두 사람은 이제 친구였고, 서로 하지 못할 이야기가 없었다.

    앨리즈가 걱정했던 것처럼, 레저널드는 그녀에게 연인으로서 다가오는 남자는 아니었다. 그러나 그는 다른 누구도 흉내낼 수 없을 만큼 좋은 친구였다. 다양한 분야에 관심을 가지고 있을 뿐만 아니라 앨리즈의 생각을 귀기울여 들어주고 때로는 정확한 비판을 서슴지 않으면서도 칭찬을 아끼지 않았다.

    레저널드는 요즈음에도 오랜 시간을 일하면서 보냈다. 밭에서 일꾼들과 일을 하기도 했고 말조련장에서 어린 말들을 연습시키며 시간을 보내기도 했다. 달라진 것이 있다면 그 모든 일들을 즐겁고 기쁜 마음으로 한다는 것이었다. 혈색도 한층 건강해졌고, 파란 눈동자는 더욱 투명하게 빛났다.

한여름도 기울고 어느덧 수확의 계절이 다가올 즈음의 어느 날 밤이었다. 체스를 두고 있던 레저널드가 말했다.

「조카 워그레이브 백작이 아마 이삼 일 안에 다니러올 거요.」

앨리즈는 뜻밖의 말에 깜짝 놀랐다.

「정말이세요? 초대하신 건가요?」

「초대한 건 아니고……, 근방에 볼일이 있어 지나는 길에 찾아와도 되겠냐고 편지를 보내왔더군.」

레저널드가 고개를 들고 씩 웃었다.

「아마 돌아온 탕아가 진정으로 회개하고 잘 살고 있는지 확인하고 싶은 거겠지. 뭐, 그렇더라도 비난할 수는 없지만 말이오.」

「그래서 마음에 걸리시나요?」

「전혀. 리처드는 내겐 언제나 정중하고 아량 있게 대해주었소. 처음 만났을 때 몇 주간은 한 지붕 아래서 살았지. 아마 그때는 내가 맨 정신이었던 날이 하루도 없었을 거요. 리처드가 나타났을 때 내 기분은 엉망진창이었거든.」

레저널드는 조용히 파이프에 담배를 다져넣었다.

「지금껏 사람들과의 다리를 끊기만 해왔으니, 이제는 그 다리를 다시 놓을 때도 됐소.」

앨리즈는 테이블 위에 팔을 괴고 턱을 받치며 그를 올려다보았다.

「내가 바로 그 앨리즈 웨스턴이라는 걸 알면 백작이 어떤 얼굴을 할지 궁금하네요.」

레저널드도 음흉한 눈빛을 빛내며 장난스럽게 웃었다.

「나도 그 얼굴이 보고 싶어 좀이 쑤실 지경이오.」

막상 도착한 워그레이브 백작의 모습은 앨리즈가 기대했던 것과는 완전히 딴판이었다. 대번포트 가문의 남자들은 모두 비슷비슷하게 생겼다던 레저널드의 말에 따라 키 크고 가무잡잡한 피부에, 시리도록 파란 눈동자를 가진 남자가 찾아올 거라고 생각했던 것이다. 하루 일을 끝내고 저택으로 돌아오던 앨리즈는 혼자서 말을 타고 천천히 다가오는 한 남자와 마주쳤다. 남자가 저택의 현관 앞에서 말에서 내리자 그녀가 먼저 말을 걸었다.

「누굴 찾아 오셨나요?」

앨리즈와 비슷한 키에 잘생긴 젊은 남자였다. 웬만한 남자만큼 큰 키에 남자들이나 입는 옷을 입고, 부츠까지 신은 작업복 차림의 꺽다리 여자를 보고도 놀란 표정을 짓지 않는 그에게 앨리즈는 우선 후한 점수를 주었다.

「레저널드 대번포트 씨를 찾아왔습니다. 아마 제가 오기를 기다리고 계실 겁니다.」

부드럽고 그윽한 바리톤 음성이었다. 그가 누군지 알아보는 데는 약간 시간이 걸렸다. 드디어 이 사나이가 누군지를 알아차린 앨리즈가 깜짝 놀란 목소리로 말했다.

「어머, 이런! 워그레이브 백작님이시로군요!」

리처드는 짐짓 굳은 표정을 하고 정중하게 말을 받았다.

「그렇게 놀라시며 맞이하실 정도로 대단한 사람은 못 됩니다. 굳이 원하신다면 노력은 해보겠습니다만.」

앨리즈는 그의 유쾌한 대꾸에 웃음을 터뜨렸다. 그녀는 레저널드의 조카가 벌써부터 마음에 들었다. 앨리즈가 먼저 악수를 청하며 말했다.

「저는 앨리즈 웨스턴입니다. 스트릭런드의 집사죠.」

옅은 갈색의 눈동자가 순간 놀라움으로 반짝거렸다. 그러더니 곧 장난기 가득한 즐거움으로 빛났다.

「이 영지를 깊은 적자의 수렁에서 구해내신 마법사가 바로 당신이었군요. 지난번에 제가 여길 왔을 때 병문안 가셨다는 그 친지분은 틀림없이 건강하게 잘 지내고 계시겠지요?」

「눈치가 빠르시군요. 이제 제 정체가 탄로났으니 여쭙겠는데, 제가 여자라는 걸 아셨어도 제게 워그레이브 파크를 맡기셨을까요?」

「당신의 기록을 참고한다면, 당신 같은 집사를 구할 수만 있다면 저의 행운이죠. 아직 생각 있으십니까?」

리처드는 마치 정말 기대한다는 듯한 표정으로 물었다.

「죄송합니다. 그저 호기심이었습니다.」

「오, 이런! 제가 아까운 기회를 놓쳤군요.」

리처드의 입에서 안타깝다는 듯한 한숨이 새어나왔다. 앨리즈는 백작과 레저널드가 외모는 판이하게 다르지만 기질은 서로 비슷하다는 것을 느낄 수 있었다.

「아마 대번포트 씨는 지금쯤 말 조련장에 계실 거예요. 함께 가시겠어요?」

워그레이브 백작은 앨리즈를 따라 나섰다. 백작이 타고 온 말을 마구간에 매어두고 두 사람은 말 조련장으로 걸어갔다. 레저널드가 아직 두 사람이 온 것을 눈치채지 못한 사이에 그들은 말을 훈련시키는 그의 뛰어난 기술을 감상했다.

「듣던 대로 훌륭한 솜씨로군요.」

워그레이브 백작이 나지막한 목소리로 감탄했다. 앨리즈도 고개를 끄덕였다. 한참 후에야 두 사람이 기다리고 있다는 것을 깨달은 레저널드는 그날의 연습을 중단하고 울타리로 다가왔다. 앨리즈는 백작이 잠시 긴장하고 있다는 것을 눈치챘다. 레저널드와는 그다지 원만한 사이가 아니었으니 그럴 수도 있겠다 싶었다.

그러나 두 사람 사이에 언제 불협화음이 있었느냐는 듯이 레저널드는 말에서 펄쩍 뛰어내려 반가운 미소를 지으며 다가와 손을 내밀었다.

「스트릭런드에 온 것을 환영하네, 조카.」

그제서야 백작의 표정도 풀렸고 두 사람은 진정한 반가움의 악수를 나누었다. 앨리즈는 슬며시 숨을 내쉬며 남몰래 가슴을 쓸어내렸다.

블레이크포드는 기쁨에 겨워 덩실덩실 춤이라도 추고픈 심정이었다. 한여름 내내 기회를 노린 보람이 있어 드디어 때가 온 것이다. 그 동안 은밀히 풀어놓았던 정보원을 통해, 이틀 후 도체스터에서 열리는 농작물 경진대회에 앨리즈 웨스턴과 레저널드 대번포트가 구경을 하러 간다는 소식을 들었다.

그 길목에는 매복에 안성맞춤인 숲길이 있었다. 길은 앞뒤로 언덕 사이에 가려 푹 꺼져 있는데다 양편으로는 빽빽하게 나무가 들어차 있었다. 매복하는 입장에서는 완벽하게 은신한 채 목표물을 조준하기에 딱 좋았다. 이번에는 대번포트나 앨리즈 웨스턴이나 결코 살아남을 기회를 주지 않을 참이었다. 블레이크포드 자신도 매복에 동참해서 둘 중 하나는 직접 자기 손으로 처치하리라 마음먹었다. 둘 중 어느 쪽을 자기 손으로 해치울지 그는 행복한 고민에 빠져들었다.

워그레이브 백작은 훌륭한 손님이었다. 특이한 내력을 가진 가족들에게도 눈썹 한번 찡그리는 일이 없었고, 심지어는 일곱 살 짜리 꼬마 아이와 한 식탁에서 저녁 식사를 하는 것도 전혀 꺼려하지 않았다.

피터는 백작이 하인 하나 없이, 마차도 아닌 단지 말 한 마리만 타고 단출하게 여행을 했다는 사실에 무척 실망한 눈치였다. 그 아이에게 워그레이브 백작은 아무래도 줄리언 마크엄의 자리를 대신할 만한 신사로 보이지는 못한 것 같았다.

임신한 몸인 아내에게 한시라도 빨리 돌아가고픈 마음도 없지 않았지만, 근방에서 열리는 농작물 경진대회나 둘러보고 가라는 레저널드의 청을 백작은 거절하지 못했다. 그 사이 하루이틀을 백작은 영지를 돌보는 앨리즈와 동행하며 여러 가지 일을 배웠다. 워그레이브 백작은 주로 구경하고 듣는 편이었으나 때때로 날카로운 질문으로 앨리즈를 놀라게 하기도 했다.

늦은 오후 앨리즈와 함께 젖소를 방목하는 목초지를 향해 가며 앨리즈가 백작에게 말했다.

「작년까지만 해도 농사라고는 전혀 경험해보시지 못한 분치고는 상당히 많이 알고 계시는군요.」

「최선을 다하고 있을 뿐입니다. 하지만 제가 관리하고 있는 토지 중에서 스트릭런드만큼 잘 경영되고 있는 곳은 없어요. 올바른 사람을 고용하려면 제가 먼저 제대로 알아야죠.」

「아마 잘 하실 겁니다, 백작님께서는.」

언덕을 내려가며 백작이 그녀를 돌아다보았다.

「제가 꿈을 꾸고 있는 건지, 환상을 보고 있는 건지……. 레저널드 아저씨는 제가 알던 분이 전혀 아니더군요. 사람이 이렇게 변할 수도 있는 겁니까?」

눈길이 예민한 백작이었다.

「꿈도 아니고 환상도 아니랍니다. 현실이에요.」

「제가 이런 말을 할 처지는 아닙니다만, 미스 웨스턴의 노력에 감사드리고 싶습니다. 아저씨의 삶이 이렇게 건실해진 건 모두 미스 웨스턴이 음으로 양으로 애쓰신 덕분이라는 거 잘 알고 있습니다.」

앨리즈는 얼굴이 뜨거워지는 것을 느꼈다.

「제가 뭘 했는지 모르겠지만, 뭘 했다 하더라도 그건 우연이었을 뿐입니다.」

「그럴까요?」

백작은 믿을 수 없다는 듯한 과장된 목소리로 되물었다.

레저널드에 대한 앨리즈의 감정을 눈치챈 것일까? 사람의 마음을 읽어내는 날카로운 눈은 가문의 내력인 것 같았다. 너무 깊은 마음까지 속속들이 들키기 전에 앨리즈는 얼른 화제를 바꾸었다.

「저희가 기르는 젖소는 건지 종입니다. 다른 종류의 젖소에 비해서 젖이 훨씬 진하고 양도 많답니다. 워그레이브 파크에서도 젖소를 기르신다면 건지 종을 한번 사육해보세요.」

젖소는 언제나 가장 안전한 화제였다.

앨리즈와 레저널드, 그리고 워그레이브 백작에게 농작물 경진대회를 둘러보러 가는 길은 마치 소풍길 같았다. 아침 공기는 크리스털처럼 맑았고 앨리즈는 두 남자 사이에서 말을 타는 기분이 더없이 유쾌했다. 영지를 벗어나 외출하는 길인 만큼, 오늘은 그녀도 화려한 적갈색의 여자용 승마복을 입고 말 등에 곁안장(두 발을 한쪽으로 모아 앉게 되어 있는 여성용 안장)을 얹었다. 그러나 아무리 숙녀 같은 차림을 해도 유쾌하고 들뜬 기분은 차분하게 가라앉을 줄 몰랐다.

스트릭런드를 출발한 후 8킬로미터쯤 갔을 때였다. 길이 갑자기 계곡처럼 움푹 내려가고 양편에는 나무가 빼곡이 들어찬 곳에 이르렀다. 워그레이브 백작이 먼저 말을 멈추며 중얼거렸다.

「뭔가 예감이 좋지 않아…….」

레저널드가 그를 돌아다보았다.

「뭐 잘못된 거라도 있나?」

워그레이브 백작이 머뭇거리더니 어깨를 들썩였다.

「꼭 잘못된 게 있다기보다는 이 길이 왠지 스페인에서 경험했던 매복지와 너무 닮아 있어서요. 그때 일이 생각나 그런지 머리카락이 곤두서는 것 같군요.」

백작은 조용한 목소리로 말했지만 그의 눈빛만은 번득이며 주변을 샅샅이 살피고 있었다.

「이 길에 도적이 출몰하지는 않습니까?」

마찬가지로 조용한 목소리로 레저널드가 대답했다.

「그런 소문을 들은 적은 없었는데.」

그렇지만 레저널드 역시 긴장하고 있다는 것을 앨리즈는 느낄 수 있었다. 어떤 길도 완벽하게 안전한 길은 없었고, 누구와 동행을 하든 조심해서 나쁠 것은 없었다. 앨리즈도 곁안장 밑에 권총을 한 자루 숨겨 두고 있었다. 스트릭런드의 경계를 벗어날 때는 언제나 무기를 휴대하는 그녀였다. 그러나 무의식적으로 권총을 찾아 손을 더듬거리면서도 설마 그 권총을 정말 쓰게 되리라고는 생각지 못하고 있었다.

숲 속의 유리한 위치에 자리잡은 블레이크포드는 미간에 주름을 잔뜩 잡은 채 세 사람이 다가오는 것을 노려보았다. 앨리즈 웨스턴과 레저널드 대번포트에게 제3의 동행인이 있으리라고는 예상치 못했던 일이었다. 그러나 언뜻 보기에 그자는 별 위협거리가 되지 못할 것 같았다. 그자가 누구든 오늘 이 길을 살아서 빠져나갈 수 없기는 마찬가지였다. 친구를 잘못 고른 벌이었다.

온몸을 옥죄는 듯한 흥분을 느끼면서 그는 눈을 가리는 검은 색 마스크를 썼다. 그리고는 소총을 들고 신중히 목표를 조준했다. 그의 사주를 받은 네 명의 저격수들도 길 양편에서 퇴로를 막으면서 각자 목표를 조준하고 있었다.

전직 저격수였다는 한 사람도 땅에 배를 대고 엎드려 블레이크포드가 구해준 소총으로 다가오는 세 사람을 향해 겨누었다. 그가 들고 있는 소총은 특별히 명중률이 높은 최신 베이커 소총이었다. 그가 훌륭한 저격수였다는 말에 블레이크포드가 각별한 신임을 표시한 것이었다. 오늘 거사의 제1의 표적은 앨리즈 웨스턴이었다. 블레이크포드는 전직 저격수라는 자에게 그녀를 맡기고 자신은 대번포트를 해치울 작정이었다. 그리고 나머지 세 저격수 중 하나가 제3의 인물을 제거해주기만 하면 만사 해결이었다.

세 사람이 사정거리 안으로 들어오자 블레이크포드는 전직 저격수에게 나직하게 일렀다.

「가운데 있는 사람을 없애.」

저격수의 총구가 목표를 향해 겨누어지다가 멈추었다. 사내가 고개를 치켜들었다.

「여자를 쏠 수는 없소.」

블레이크포드는 기가 막혀 입이 떡 벌어졌다. 그는 이게 무슨 귀신 씻나락 까먹는 소리냐는 듯한 표정으로 콧김을 내뿜기 시작했다.

「이제서 그게 무슨 허튼 수작이야? 내 돈을 받아 챙길 땐 그런 소리 없었잖아? 저 여자가 가장 중요한 인물이란 말이야!」

남자는 고집스럽게 고개를 가로저었다.

「어쨌든 여자를 쏠 수는 없어.」

블레이크포드는 피가 거꾸로 솟는 것 같았지만 지금은 한심한 건달을 상대로 말싸움이나 하고 있을 한가한 상황이 아니었다.

「시끄러! 그럼 여자는 내가 맡을 테니 넌 저 키 큰 놈을 해치워.」

저격수가 다시 총을 들고 두 남자 중에 키 큰 남자에게 총구를 겨누었다. 그러다가 그의 가늠자가 다시 키 작은 남자에게 가서 멈추었다.

「아니! 달튼 대위님!」

저격수는 벌떡 일어서더니 아무 것도 모른 채 사지를 향해 저벅저벅 다가오고 있는 세 행인을 향해 목청이 터져라 소리쳤다.

「매복이다!」

소스라칠 듯이 놀란 블레이크포드는 모든 계획이 수포로 돌아가고 말 것 같은 절박함을 직감했다. 그는 소총의 개머리판을 들고 자신을 배반한 저격수의 뒤통수를 사정없이 내리쳤다. 저격수의 몸은 힘없이 무너지면서 길 쪽으로 비탈진 사면을 굴러 길 가장자리에 떨어졌다. 이제 더 낭비할 시간이 없었다. 블레이크포드가 나머지 세 저격수를 향해 다급하게 소리쳤다.

「쏴!」

그의 총구는 앨리즈 웨스턴의 머리를 겨냥했다.

앞에 놓인 길이 위험하게 느껴진다는 워그레이브의 말은 지나친 감이 없지 않았지만, 일행들은 각별히 경계를 하기 시작했다. 그렇지만 '매복이다' 하는 낯선 목소리가 숲 속에서 울려나오자 그들도 깜짝 놀랐다. 그 순간 앨리즈는 온몸이 얼어붙는 것 같았다. 레저널드가 그녀를 향해 소리쳤다.

「자세를 낮추고 전속력으로 달려요!」

세 사람은 거의 동시에 상체를 낮추고 말에 박차를 가했다. 바로 그 때 사지가 축 늘어진 남자 하나가 길 한쪽의 둔덕에서 굴러떨어져 길 가에 멈추었다. 그리고 동시에 고막을 찢을 듯한 총성이 울렸다.

누군지는 모르지만 매복이라고 소리쳐준 그 사내 덕분에 세 사람은 총알받이 신세를 가까스로 면할 수 있었지만 앞뒤 양쪽에서 달려나온 흉한 몰골의 사내들 덕분에 진퇴양난의 지경에 빠지게 되었다. 총을 내던진 악당들이 맨주먹으로 육박전을 벌이려고 달려들었다.

앨리즈는 칼을 들고 마주 달려오는 악당과 부딪치지 않으려고 말고삐를 한껏 잡아당겼다. 삽시간에 우묵한 숲길은 총소리와 부산한 말발굽소리, 사람들이 내지르는 고함소리에 아수라장이 되고 말았다. 매캐한 화약 연기가 코를 찔렀다. 그녀의 뇌리에 번개처럼 스쳐가는 생각이 있었다. 이 악당들은 소소한 길도둑이 아니었다. 그들은 사람의 목숨을 해치려고 작정하고 덤벼든 살인자들이었다.

레저널드는 부스팔러스를 몇 걸음 뒤로 돌렸다가 앨리즈에게 칼을 겨누고 있는 악당에게 일시에 달려들어 그의 칼을 쳐서 떨어뜨렸다.

「앨리즈, 어서 피해요!」

앨리즈는 그 순간을 이용해 안장 밑에서 권총을 꺼내려고 버둥거렸지만, 검은 마스크를 쓴 제5의 사내가 나타나 그녀의 앞을 가로막았다. 앨리즈가 그를 피해 달아나려고 말머리를 요리조리 움직여보았지만 그는 앨리즈가 가는 길목을 속속 차단했다. 그러더니 어디선가 소총을 꺼내들고 그녀의 머리를 겨냥하는 것이었다. 마스크를 쓴 악당과 앨리즈의 거리는 불과 일이 미터였다.

그 정도라면 장님이라도 표적을 놓치지 않을 거리였다. 눈앞에 겨누어진 총구가 유난히도 크고 위협적으로 보였다. 거의 반사적으로, 앨리즈는 말고삐를 잡아당겨 말이 앞발을 쳐들게 만들었다. 그와 동시에 그녀는 안장 밑에 숨겨져 있던 권총을 꺼냈다.

마스크의 사나이가 방아쇠를 당겼다. 총알은 지독한 화약 냄새를 남기며 앨리즈의 코앞을 스쳐 아슬아슬하게 빗나갔다. 그의 소총에는 이제 총알이 없었다. 사내가 잠시 무력해진 틈에 앨리즈는 재빨리 말머리를 돌려 뒤에서 벌어지고 있는 일을 돌아보았다. 자신을 빗나간 총알이 다른 일행에게 해를 입히지나 않았을까 걱정이 된 탓이었다.

그녀의 등뒤에서는 치열한 육박전이 벌어지고 있는 중이었다. 수적으로 우세했을 뿐만 아니라 세 행인들이 갖지 못한 무기까지 가졌음에도 불구하고 악당들은 아무런 소득을 얻지 못하고 있었다. 그들이 상대하고 있는 두 사나이는 운동으로 잘 훈련된 몸을 가졌을 뿐만 아니라 목숨을 걸고 싸움에 나선 탓이었다. 워그레이브 백작은 한 악당의 칼을 아슬아슬하게 피하고 그에게 몸을 날려 말에서 떨어뜨렸다. 레저널드는 말에 탄 채로 한 악당의 얼굴에 된주먹을 날려 기절시켜버렸다.

세 번째 사나이가 레저널드의 등에 권총을 겨누자 앨리즈가 그를 부르며 악당을 향해 방아쇠를 당겼다. 총알이 악당의 옆구리를 관통한 듯, 사내는 비명을 지르며 들고 있던 권총을 떨어뜨렸다.

마스크의 사나이가 다시 앨리즈를 향해 달려들었다. 그의 손에는 권총이 들려 있었다. 소총에 총알을 다시 장전할 틈이 없었던 모양이었다. 그 와중에서도 앨리즈는 그 사나이가 유독 자신의 목숨만을 노리고 있다는 사실이 의아스러웠다. 달리 어쩔 방도가 없었던 앨리즈는 사내가 가까이 오자 총알도 없는 빈 권총을 사내의 면상을 향해 있는 힘껏 휘둘렀다. 사내는 비틀거리면서 허공에 대고 총을 쏘았다.

「이 망할 년이!」

사내는 거침없이 상소리를 내뱉었다. 앨리즈가 탄 말의 굴레를 움켜쥐고 말이 꼼짝못하도록 제압한 그는 부츠 속에서 긴 칼을 꺼내들었다. 바로 그때 급한 적을 물리친 레저널드가 앨리즈를 돌아다보았다. 곁안장에 앉은 탓에 마스크의 사내로부터 몸을 빼낼 수 없는 지경에 처한 앨리즈의 생명이 위급했다. 그 칼이 앨리즈의 몸에 꽂히기 전에 마스크의 사내를 제거해야 한다는 다급한 생각에, 레저널드는 몸을 날려 길바닥에 떨어져 있는 베이커 소총을 집어들었다.

앨리즈는 마스크의 사내에게 남은 힘을 다해 저항하고 있었다. 칼을 완전히 피할 수는 없다 하더라도 목숨만은 건져야 했다. 그러나 사내는 덩치도 만만치 않게 큰데다 힘 또한 장사였다. 사내가 칼을 높이 치켜들었고, 아침 햇살이 칼날에 반사되어 눈이 부시게 반짝였다.

기도 같은 것을 할 사이도 없이 레저널드는 반무릎을 꿇어 사격자세를 취하고 칼날이 아래를 향해 꽂히는 순간 사내를 향해 방아쇠를 당겼다. 총알은 사내의 가슴 한가운데를 관통하며 그를 말에서 떨어뜨렸다. 소총에서 총알이 발사될 때의 총성이 멎자 사방이 갑자기 쥐죽은 듯 조용해지며 모든 것이 정지했다. 우두머리를 잃은 잔당들은 이제 제 살길을 궁리해야 했다. 말에서 떨어졌던 둘은 누가 먼저랄 것도 없이 허겁지겁 말에 올라탄 후 줄행랑을 쳤다. 나머지 하나는 그들이 말 고삐를 당기기도 전에 벌써 어디론가 사라지고 없었다.

그 모든 소동이 일어났던 시간은 불과 2분 남짓이었다. 도망치는 잔당들의 말발굽소리가 점점 멀어져가자 사방은 다시 조용해졌다. 새들마저도 총성에 놀랐던지 울음을 멈추어버렸다. 마스크의 사내는 꼼짝도 없이 길바닥에 큰 대자로 널브러져 있었다. 흙길 위에 붉은 피가 흥건히 고였다. 길가로 굴러 떨어졌던 사내는 아직도 의식을 찾지 못하고 있었다.

레저널드는 허겁지겁 앨리즈에게 달려가 손을 내밀었다. 마스크의 사내를 상대로 한치의 양보도 없이 격투를 벌였던 앨리즈였지만, 모든 사태가 진정되고 나자 온몸이 격렬하게 떨려왔다. 레저널드는 덜덜 떨면서 말에서 내린 앨리즈를 힘껏 포옹하면서 모두를 무사하게 해주신 하느님께 마음속으로 감사의 기도를 올렸다.

워그레이브 백작이 말을 탄 채 다가왔다.

「두 분 모두 괜찮으십니까?」

깔끔했던 갈색 재킷의 한쪽 어깨에 총알이 스치고 지나간 검은 자국이 남았을 뿐, 백작은 마치 공원을 산책하다 온 신사처럼 침착한 모습이었다.

워그레이브 백작은 얼마든지 침착할 수 있었다. 목숨이 경각에 처했던 앨리즈는 그의 여자가 아니었으니까. 레저널드가 앨리즈를 여자로서 원하는지 스스로에게 묻고 싶었다면 지금 그 대답을 얻은 셈이었다.

「나는 괜찮은 것 같네. 앨리즈, 당신은?」

「저도 괜찮아요. 죄송해요, 너무 떨려서······.」

앨리즈가 레저널드의 포옹을 풀며 떨리는 목소리로 대답했다. 백작이 말에서 내리며 말했다.

「그 정도면 훌륭합니다, 미스 웨스턴. 다른 숙녀분들 같았으면 벌써 기절했을 겁니다.」

「자네가 함께 있지 않았더라면 정말 큰일날 뻔했네, 리처드. 동행하길 천만 다행이야. 고맙네.」

아무리 운동으로 단련된 그였더라도 혼자서 한꺼번에 네 명을 상대했다면 도저히 당할 재간이 없었을 것이었다. 군인으로서 싸움에 단련된 리처드가 없었다면 그는 이미 죽은목숨이었다.

「아저씨 같은 분이 군에 입대하지 못하셨다니, 영국군의 큰 손실입니다.」

언뜻 들으면 입에 발린 칭찬일 수도 있었지만, 두 사나이는 서로의 마음으로 전달되는 바가 있었다. 두 사람의 시선이 마주쳐 한동안 머물렀고, 레저널드는 이제 조카와 더없이 좋은 친구가 될 수 있겠다는 흐뭇한 생각을 했다.

레저널드가 앨리즈를 한 팔로 부축하며 진정시키는 동안 백작이 마스크의 사나이에게 다가가 마스크를 벗겼다. 이마에 깊은 주름이 패인 사내의 얼굴이 드러나자 앨리즈는 기절할 듯이 놀랐다. 그러나 그녀보다 먼저 레저널드가 소리쳤다.

「블레이크포드!」

백작이 그를 올려다보았다.

「아는 사람입니까?」

「알다마다. 나와는 사소한 문제가 있는 사이였네만······, 큰 문제도 아니었고 날 죽이겠다고 마음먹을 정도로 큰일도 아니었는데.」

「아저씨께는 사소한 일이었는지 몰라도 이자에게는 그렇지 않았나 봅니다. 어쨌든 자책하실 필요 없습니다. 총잡이를 고용해서 비겁하게 매복을 시도하지 않았습니까. 게다가 동행했던 무고한 두 사람까지 죽일 작정이었던 자입니다. 동정할 가치가 없습니다.」

백작의 말에도 불구하고 앨리즈는 새삼 온몸에 소름이 돋는 것을 어쩔 수가 없었다. 레저널드는 블레이크포드가 자기 때문에 흉한 일을 꾸몄다고 생각하겠지만, 앨리즈는 일의 전말이 훤히 눈에 들어왔다. 그녀가 바로 블레이크포드가 죽이고자 하는 대상이었으며 그 이유가 무엇인지도 뚜렷했다.

그녀의 감추어진 과거가 오늘에 와서 이런 불상사까지 불러올 줄이야 누가 꿈이라도 꾸었을까? 오늘 그녀는 그의 손에 죽음을 당할 뻔했고, 다른 두 남자는 그녀와 함께 있었다는 이유만으로 억울한 죽음을 당할 뻔하지 않았는가. 앨리즈는 갑자기 욕지기가 올라오는 것을 가까스로 눌러 참았다.

아까부터 의식을 잃고 있던 그 사내가 정신을 차리는 것 같았다. 그는 겨우겨우 버둥거리며 일어나 앉았다. 원래 색깔이 무엇이었는지 알아볼 수 없을 정도로 낡은 옷이었지만 그가 입고 있는 옷은 분명 군복이었다. 세 사람의 시선이 일제히 자신을 향하고 있음을 알아차린 사내의 눈에는 공포가 가득 들어차 있었다. 백작이 그의 곁에 다가가 양손을 허리에 대고 버텨서 물었다.

「자네가 우리에게 매복이라고 경고해준 사람인가?」

사내가 고개를 끄덕였다.

「그렇습니다. 도저히 숙녀분을 쏠 수는 없었습니다. 키 큰 남자분을 겨냥하다가 달튼 대위님을 알아보았습니다.」

「전에는 달튼 대위였지만, 나도 일년 전에야 내 진짜 성이 대번포트라는 걸 알았네. 지금은 워그레이브 백작일서. 그러고 보니 낯이 익군. 혹시 케니스 와일딩 휘하의 95 소총연대 소속이 아니었나?」

「그렇습니다, 대위님. 윌릿 상사입니다. 연대의 병사들은 모두 대위님을 잘 알고 있었습니다. 병사들에게 얼마나 친절하신 분이었는지도 잘 알고 있습니다. 그래서 대위님과 가까운 분들이시라면 제가 분명 나쁜 음모에 가담하고 있다는 생각이 들었습니다.」

「소총연대 소속 상사가 어쩌다 이런 살인극에 가담한 거지?」

「식솔들을 연명시키자니 다른 도리가 없었습니다. 제대 후 고향으로 돌아갔지만 아무도 일자리를 주지 않았습니다. 아내와 어린 자식을 데리고 몇 달째 숲 속에서 한뎃잠을 자고 있었는데, 저 사람이 나타나 돈을 주면서 시키는 대로만 하면 한밑천 챙겨주겠다고 했습니다. 얼굴은 야비한 인상이었지만, 제가 가진 재주를 비싼 값에 사주겠다니 다른 생각은 미처 해보지도 못하고…….」

블레이크포드를 가리키던 사내는 미처 말을 끝내지 못했다.

「잘 했다고 할 수는 없지만 자네의 형편은 이해하겠네.」

백작이 이맛살을 찌푸리더니 한참 있다가 말을 이었다.

「혹시 가족들을 이끌고 글로스터셔로 옮겨올 생각이 있다면 내 땅에서 적당한 일자리를 찾아주겠네.」

그러자 윌릿은 비틀거리며 일어서서 간절한 표정으로 백작을 바라보았다.

「정말이십니까? 저를 순경에게 넘기지 않으시구요?」

「자네는 이미 충분히 죄값을 치렀네. 자네가 앞서서 경고해주지 않았다면 우리는 벌써 황천객이 되었을 거야. 세 사람의 목숨을 살린 셈이니, 그만하면 충분하네. 앞으로나 소총연대 소속 병사로서의 자존심을 지키도록 하게.」

윌릿은 자세를 똑바로 하며 백작을 향해 척 경례를 붙였다.

「넷, 대위님!」

사륜마차를 끌고 스트릭런드의 마구간으로 들어서면서 줄리언 마크엄은 마치 집으로 돌아온 듯한 기분을 느꼈다. 말을 넘겨받은 마부는 오랫동안 집을 떠나 있던 아들이 돌아온 것처럼 반가워했다. 마부는 주인님과 집사님은 근처에 나가셨고, 메리디스 아가씨는 저택에 계시다며 한쪽 눈을 꿈적이기까지 했다. 줄리언과 그녀 사이의 혼담을 이미 다 아는 모양이었다.

줄리언은 한번에 두 계단씩 성큼성큼 올라가 현관문을 두드렸다. 하녀가 밝은 미소로 그를 맞아주었다. 그가 메리디스 아가씨는 어디 계시냐고 묻기도 전에 정원을 향해 난 문으로 그녀가 들어서고 있었다. 메리디스의 품안에는 갓 꺾은 꽃들이 가득한 바구니가 안겨 있었다. 줄리언의 모습을 발견한 메리디스는 왠지 슬픈 표정을 지었다. 잠시 침묵 속에 눈을 깜빡이던 그녀의 표정이 드디어 충격으로 바뀌었다. 아마 자신이 헛것을 보았다고 생각했던 모양이었다. 눈앞에 서 있는 줄리언이 꿈에도 그리던 바로 그 사람이라는 것을 깨달은 그녀는 바구니를 떨어뜨리고 그의 품으로 달려들었다. 바구니 속의 꽃송이들이 사방으로 흩어졌다.

메리디스는 아무 말도 하지 못하고 기쁨의 눈물을 흘렸다. 줄리언은 그녀를 한쪽 팔로 부축하며 거실로 들어갔다. 한참 후에야 메리디스가 눈물을 그쳤다.

「메리디스, 왜 그래요? 무슨 안 좋은 일이라도 있었어요?」

메리디스가 고개를 흔들며 억지로 미소를 지어 보였다.

「죄송해요. 쓸데없이 눈물을 흘려서. 전 정말로 다시는 줄리언을 못 볼 줄 알았어요.」

줄리언은 메리디스가 그렇게 생각했다는 것이 서운하다기보다는 안쓰럽고 가여웠다.

「좀 늦은 감이 있지만, 이렇게 돌아왔잖아요.」

메리디스의 눈물 고인 눈동자를 들여다보며 그가 말을 이었다.

「아버지가 우리 결혼을 반대하실 거라던 당신 말은 옳았어요. 아버지와 몇 주일간 줄다리기를 했지만 별 소득이 없었어요.」

아버지가 했던 심한 말들을 생각하니 줄리언은 저도 모르게 얼굴이 굳어졌다. 마크엄 자작이 이 결혼을 반대하는 가장 큰 이유는, 신부감이 레저널드 대번포트의 보호를 받고 있다는 것이었다. 잠깐만이라도 메리디스를 초대해서 아버지가 직접 신부감을 보시라는 말에도 그는 신분 상승이나 꿈꾸는 바람난 계집 따위를 집안에 들여놓을 수는 없다고 호통이었다. 줄리언의 우울한 표정을 읽은 메리디스가 자세를 가다듬으며 단호하게 말했다.

「줄리언, 내가 차라리 당신을 잃더라도 당신이 가족들에게서 버림받게 할 수는 없어요.」

줄리언은 조용히 한 손가락을 세워 메리디스의 입술을 눌렀다.

「그건 내가 결정할 일이에요. 날 믿어요, 메리디스. 나도 내가 무슨 일을 하고 있는지는 잘 알아요. 아버지가 내 생활비를 끊으실 수는 있지만 결혼을 막으실 수는 없어요. 작위를 상속할 자격을 박탈할 수도 없으실 뿐더러 내 마음을 돌려놓으실 수는 더더욱 없죠.」

그는 숨을 깊이 들이쉬었다. 지금부터가 가장 중요한 소식이었다.

「내가 이렇게 늦게 돌아온 이유는, 일자리를 찾느라 바빴기 때문이에요. 아버지에게 신세를 진 일이 없는 사촌의 소개로 시청에 일자리를 얻었어요. 거기서 나오는 수입과 얼마 전에 숙모로부터 받은 유산을 합하면 당신을 충분히 부양할 수 있어요. 뭐, 큰 부자로 살 수는 없겠지만 사는 게 불편해지는 않을 거예요. 물론, 당신이 내 청혼을 받아들여준다면 말이지만…….」

그 순간 메리디스는 자신이 그를 원하는 것 못지않게 줄리언도 그녀를 원하고 있다는 것을 절실히 깨달았다. 메리디스는 두 손을 들어 그의 얼굴을 감싸며 부드럽게 입을 맞추었다.

「내가 어떻게 당신을 거절할 수 있겠어요?」

줄리언은 그녀를 힘껏 끌어안았다. 다른 모든 것을 포기한다 해도 메리디스를 얻을 수만 있다면 세상에 어떤 것도 아까울 것이 없었다.

엄청난 사건을 겪고 지친 몸으로 집에 돌아온 앨리즈는 줄리언과 메리디스가 다정하게 거실에 앉아 있는 것을 보자 그날의 피로와 공포가 한꺼번에 가시는 기분이었다. 앨리즈와 레저널드, 그리고 리처드는 도체스터에서 오랜 시간을 지체해야만 했다. 레저널드는 불평 가득한 얼굴로 시종 인상을 찡그렸고, 워그레이브 백작은 원래 전투는 실제로 공방을 하는 것보다 뒷정리를 하는 게 더 힘들고 지치는 법이라고 자못 철학적인 얼굴로 말하며 두 사람을 위로했다.

백작은 윌릿 상사가 단출한 가족을 이끌고 글로스터셔로 갈 수 있도록 교통편을 수소문해주었다. 윌릿은 그 동안 도체스터의 한 여인숙에서 가족들과 오붓하게 둘러앉아 오랜만에 식사다운 식사를 했다. 그는 아직도 자신에게 찾아온 행운을 믿을 수 없다는 듯 어리벙벙한 표정이었다.

자신과 앨리즈의 생명을 구해준 은인이니 최소한 글로스터셔까지의 교통비라도 지불하겠다는 레저널드의 말에도 불구하고 백작은 소총연대 병사의 일은 소총연대 장교가 감당하는 법이라며 단호하게 거절했다. 앨리즈는 두 사람이 옥신각신하는 것을 지켜보며 그 아저씨에 그 조카라는 생각에 빙긋이 미소를 지었다.

메리디스의 후견인으로서, 앨리즈는 줄리언과 마주 앉아 전과는 달라진 상황에 대해 의논했다. 시청에서 관리로 일한다면 그 수입으로도 두 사람은 호화롭지는 못해도 그럭저럭 살 만했다. 또 언젠가는 메리디스도 자작부인으로 불리게 되겠지만 그런 것은 전혀 중요하지 않았다. 중요한 것은 메리디스와 결혼하기 위해 모든 것을 버릴 수 있을 만큼 그녀를 사랑하는 한 남자와 결혼하게 되었다는 사실이었다.

메리디스의 행복에 자신도 눈물이 겹도록 행복해하면서도 앨리즈의 가슴 한켠에서는 우울한 마음이 떠나지 않았다. 자신에게는 그런 행복한 결말이 결코 찾아오지 않으리라는 생각 때문이었다. 앨리즈는 자신은 그런 아름다운 사랑 이야기의 여주인공이 될 수 없다는 사실이 못내 슬펐다.

22

그날 밤의 저녁 식사는 메리디스와 줄리언의 약혼을 공식적으로 발표하고, 길을 떠났던 세 사람이 매복 공격을 물리치고 생환한 것을 축하하는 즐거운 자리가 되었다. 샴페인이 창고에서 날라져왔고 어린 윌리엄까지도 누이의 행복을 기원하는 의미에서 술잔을 받았다.

하지만 레저널드의 술잔에는 술이 아니라 물이 채워졌다. 앨리즈는 지금 그의 기분이 어떨까 생각해보았다. 생이 길다 해도 이렇게 경사스러운 날은 흔치 않은 법인데, 이런 날마저 남들은 술로써 축배를 드는데 혼자 맹물을 마셔야 하다니. 레저널드는 자신의 기분을 전혀 표정으로 드러내지 않고 있었다. 그의 모습은 다정한 친구들, 사랑하는 가족들에 둘러싸인 편안하고 행복한 가장의 모습이었다.

서로 즐겁게 웃고 떠드느라고 그들은 청하지도 않은 손님이 불쑥 당도한 것을 미처 눈치채지 못하고 있었다. 만류하는 하녀를 뿌리치고 식당 문 앞까지 불청객이 당도했을 때에야 예상치 못했던 손님이 온 것을 알게 된 것이다.

앨리즈는 손님이 정면으로 보이는 자리에 앉아 있었다. 옹골진 인상의 중년 신사는 잘생긴 미남형이었다. 그러나 잔뜩 인상을 쓴 얼굴에 망토 달린 코트에서는 빗물이 뚝뚝 흐르고 있었다. 바로 옆에 앉았던 줄리언이 '아버지!' 하며 일어서기 전부터 앨리즈는 그 신사가 누구인지 충분히 짐작할 수 있었다.

방안은 일시에 조용해졌고, 식탁에 앉았던 사람들의 시선이 일제히 낯선 신사에게 향했다. 지긋지긋하다는 표정을 지으며 마크엄 자작이 호통을 쳤다.

「이 결혼을 허락할 수 없다는 의사를 분명히 밝히고 너를 데려가려고 왔다.」

얼굴은 비록 창백해졌지만, 목소리만은 단호하게 줄리언이 말했다.

「그 문제는 벌써 여러 날 의논했으니 더 이상 드릴 말씀이 없습니다. 저도 아버지의 축복 속에서 결혼하고 싶은 마음 간절하지만, 설사 축복해주시지 않는다 해도 포기할 생각은 없습니다.」

「한심한 놈! 고작해서 레저널드 대번포트가 데리고 놀다 버린 계집과 결혼할 만큼 자존심도 없는 놈이었더냐?」

자작이 마치 더럽고 흉한 벌레를 보는 듯한 얼굴로 레저널드를 쏘아보았다. 레저널드는 식탁의 상석에 앉아 눈을 가늘게 뜨고 돌아가는 사정을 주시하고 있는 중이었다.

다시금 소름끼치는 침묵이 이어졌다. 그러나 줄리언이 아버지의 모욕적인 언사에 저항할 틈도 없이 피터가 벌떡 일어섰다. 소년의 표정은 엄숙했다.

「존경하는 자작님, 당신은 지금 제 누이를 심히 모욕하셨습니다. 제 나이를 상관치 않고 결투를 받아주신다면, 내일 새벽 권총으로 결투할 것을 신청합니다.」

자못 신파조의 대사였지만, 그 속에 담긴 소년의 진심과 분노는 누구도 의심할 수 없었다. 예상에 없던 애송이로부터 일격을 당해 어안이 벙벙한 표정으로 서 있는 자작을 향해 레저널드가 입을 열었다.

「보시오, 마크엄 자작. 내가 아무리 여자라면 가리지 않는 사내기로,

어린 남동생들까지 딸려온 여자를 한 지붕 아래서 정부로 거느릴 파렴치한으로 보이시오? 아니면 나를 그만큼 인정 있는 인간으로 보신 건가?」

윌리엄이 함께 있었다는 것이 갑자기 기억난 앨리즈가 막내를 향해서 나가라고 눈짓을 했다. 꼬마는 한동안 미적거리며 반항을 했지만 마지못해 자리에서 일어났다. 식당 밖으로 나간다 한들 다른 하녀들과 죽이 맞아 문짝에 귀를 갖다 대고 엿들을 것이 뻔하지만, 다른 도리가 없었다.

서로 마주보고 있는 두 남자가 위태로운 지경에 처한 것처럼 보이자 앨리즈가 나서서 차갑게 말했다.

「자작님께서는 지금 제가 보호하고 있는 피후견인인 스펜서 양을 심하게 모욕하셨습니다. 저와 제 피후견인들이 대번포트 씨의 호의를 받아들여 이 집에서 잠시 기거하고 있는 까닭은 얼마 전 불의의 화재로 저희가 살던 집이 소실되었기 때문입니다.」

마크엄이 앨리즈를 향해 휙 돌아섰다.

「당신은 또 누구요?」

「저는 레이디 앨리즈 웨스턴입니다.」

마치 여왕처럼 당당하고 기품 있는 태도였다. 극히 드문 경우이긴 했지만, 앨리즈는 필요한 경우라면 얼마든지 여왕처럼 모든 사람들 위에 군림할 수 있는 재주를 가진 여자였다. 앨리즈의 섬뜩한 위엄에 압도당한 마크엄 자작은 흠칫 놀라며, 이번에는 레저널드의 조카를 향해 시비를 걸었다.

「저 여자분께서 레이디 앨리즈 웨스턴이시라니, 그럼 당신은 웰링턴 공작이시오?」

리처드가 조용히 자리에서 일어나 정중하게 허리를 굽혀 절했다.

「물론 저는 그분의 발치에도 따라가지 못하는 인물입니다. 저는 고작해야 워그레이브 백작이라고 불릴 뿐이니까요. 하지만 자작님께서 마크엄스테드에서 진행 중이신 흥미로운 가축 사육 실험에 대해서는 종종 듣고 있습니다.」

자작은 자신이 심혈을 기울이고 있는 양돈 사업에 대해 언급하는 젊은 백작에게 잠시 마음을 빼앗길 뻔했다.

「그런데 여기서 대체 뭘 하고 있소? 내 듣기로 당신은 저 싹수없는 친척 나부랭이가 더 이상 가문을 더럽히지 못하도록 일전 한 푼 없이 런던에서 내몰았다고 하던데.」

리처드가 미간을 찌푸렸다.

「어디서 그런 악의적이고 흉측한 헛소문을 들으셨는지 궁금하군요. 지금 보시고 계시듯이 저와 레저널드 아저씨는 지극히 원만한 관계를 유지하고 있습니다.」

앨리즈는 웃음을 삼키느라 너무나 힘들었다. 저 성질 좋은 백작도 당당하고 기품 있는 태도로 말을 비트는 데는 타고난 사람인 것 같았다. 사방에서 은근한 공격을 받은 마크엄 자작은 안절부절못하는 표정으로 잠시 입을 다물었다. 지금이 바로 자신의 운명을 구제해야 할 때라고 생각한 메리디스가 조용히 자리에서 일어나 자작에게 다가가며 식탁에 앉은 사람들을 향해 말했다.

「모두들 마크엄 자작님께 지나치시군요. 이 빗속을 달려오시느라 얼마나 피곤하시겠어요. 아들의 장래를 걱정하는 아버지의 마음을 이해하셔야죠. 어떤 아버지가 아들을 걱정하는 마음이 이분 같지 않겠어요?」

이번에는 자작을 돌아다보며 부드러운 목소리로 말했다.

「몹시 피곤하고 추우시죠? 뭘 좀 드시겠어요? 아니면 포도주라도 드릴까요?」

자작은 마음이 흔들렸다. 갑자기 음식과 포도주 생각이 간절해졌다. 금발의 이 아가씨는, 결코 용납할 수 없는 결혼으로부터 아들을 구하고자 하는 한 아버지의 마음을 이해해주는 유일한 사람이었다.

「아가씨가 바로 줄리언이 목을 매고 있는 그 아가씨인가?」

자작의 목소리는 한껏 경멸조였다. 예쁜 얼굴에 수심이 가득한 채

아가씨가 고개를 끄덕였다.

「네, 그렇습니다. 하지만 저 때문에 줄리언이 가족들과 소원해지는 것은 원치 않습니다. 아버님이나 줄리언에게 그것이 얼마나 비극적인 일인지 잘 알고 있으니까요.」

메리디스는 목이 메었다.

「하지만 줄리언과 저는 서로를 너무도 사랑하고 있습니다.」

궁지에 몰린 마크엄 자작은 커다란 사파이어 빛 눈동자를 들여다보았다. 눈물이 가득 고여 있었다. 이 결혼을 포기하라는 아버지의 추상 같은 명령에도 불구하고 줄리언이 한술 더 떠서 일자리까지 마련해놓고 여자에게 달려갔다는 소리를 듣자마자 달려오는 길이었다. 자작은 한판 대결을 벌일 각오를 하고 왔는데 상황은 그가 예상했던 것과는 영 다른 방향으로 흘러가고 있었다. 게다가 자신은 이 아름다운 젊은 아가씨의 눈에서 눈물이 흐르게 만든 잔인하고 고약한 늙은이로 보이게 된 이상한 형국이었다. 마크엄 자작은 이러지도 저러지도 못하고 주춤거렸다.

앨리즈는 레저널드의 눈치를 살폈다. 그가 자기 집에 난입한 불청객의 모욕적인 언사를 어떻게 받아들일지 궁금했다. 그의 눈이 묘하게 반짝이는 것을 보면서 그녀는 그가 뭔가 야릇한 일을 꾸미고 있다는 것을 직감했다.

「이런, 이런…… 마크엄 자작, 그 예쁜 푸른 눈동자에 마음이 흔들려서야 되겠소? 줄리언의 재능이나 재산, 지위를 생각하면 저 친구는 영국에서 손꼽히는 상속녀와 결혼해야 격이 맞을 텐데. 가진 거라곤 반반한 얼굴밖에 없는 바람난 시골 처녀에게 마음을 빼앗기지 마시오.」

모두들 경악에 가까운 표정으로 레저널드를 돌아다보았다. 마크엄 자작은 성난 수코양이처럼 얼굴을 일그러뜨리기 시작했고, 피터와 메리디스는 깊이 상심한 표정이었으며, 워그레이브 백작은 가만히 사태를 지켜보자는 얼굴이었다. 줄리언은 믿었던 친구의 배신에 거의 제정신을 잃은 형상이었다.

레저널드의 악마적인 표정을 보면서 앨리즈는 그가 꾸미고 있는 계략을 단번에 눈치챘다. 줄리언이 뭐라고 항변하려고 꿈틀거리자 앨리즈는 식탁 밑으로 그의 정강이를 호되게 걷어찼다. 깜짝 놀란 줄리언이 그녀를 돌아다보자 앨리즈는 짧게 고개를 저으며 조용히 있으라는 신호를 보냈다.

줄리언이 앨리즈가 보내는 신호의 의미를 파악하느라 분주한 사이, 마크엄 자작이 드디어 레저널드를 향해 분통을 터뜨렸다.

「아무리 세상 무서운 줄 모르는 파렴치기로, 결혼을 결정하는 조건으로 돈이 다가 아니라는 것도 모른단 말인가?」

레저널드는 싸늘한 표정으로 눈썹을 치켜세우며 받아쳤다.

「물론 그게 전부는 아니지. 토지도 있고, 작위도 있고, 권력도 있으니까.」

「그런 건 모두 너처럼 쓰레기 같은 인간이나 쫓아다니는 게지. 격이 있고 상식이 있는 사람이라면 서로에 대한 애정과 존경이야말로 성공적인 결혼의 열쇠라는 걸 모를까!」

메리디스를 돌아다본 자작의 표정이 금세 누그러졌다.

「돈을 가진 여자보다는 착한 마음씨에 온화한 품성을 가진 여자를 신부로 맞이하는 게 훨씬 중요한 법이지. 솔직히 말해 가진 게 너무 많은 여자보다는 절제하면서 살 줄 아는 여자가 남편의 돈도 귀중한 줄 아는 법이야.」

레저널드는 말도 안 되는 소리하지도 말라는 듯한 표정으로 유들유들 비꼬았다.

「가난한 여자와 사랑에 빠지나, 돈 많은 여자와 사랑에 빠지나 사랑에 빠지는 건 어려운 일이 아니오. 젊은 남자들의 마음이란 바람 앞의 갈대와 같은 거니까. 저 애송이도 아마 몇 달이 못 가서 메리디스가 어떻게 생긴 여자였는지도 까맣게 잊을 거요.」

레저널드의 말이 이 정도에 이르러서는 메리디스도 뭔가 이상하다는 낌새를 채기 시작했다. 잔뜩 찌푸려졌던 이마가 슬슬 풀린 것도 그 순간부터였다. 오히려 입가에는 잔잔한 미소가 번지려 하고 있었다.

「내 아들의 나이가 벌써 스물 다섯인데, 어디다 대고 감히 애송이라 부르는가? 내 아들은 너처럼 여자라면 미추를 가리지 않고 쫓아다니는 속물이 아니야. 내 아들은 어떤 아버지라 해도 자랑스러워하지 않을 수 없는 훌륭한 청년이야. 줄리언이 스펜서 양에게 청혼을 했다면 반드시 두 사람의 사랑이 그럴 만큼 심각했기 때문일 게야!」

「그렇게 아들이 자랑스럽다면 어째서 작은 땅 한 조각도 손수 운영해볼 기회를 주지 않았소? 이해할 수 없는 일이군.」

이제 줄리언의 표정도 서서히 풀리기 시작했다. 배신감이나 굴욕감은 온데간데없이 사라지고 흥미진진한 연극을 보는 듯한 표정이었다.

「대번포트, 부도덕할 뿐만 아니라 무지하기 그지없는 인간이로군. 모어튼의 토지를 운영하겠다는 줄리언의 계획은 나도 깜짝 놀랄 만큼 훌륭한 것이었어. 하지만 난 그 토지를 아들의 결혼 선물로 주고 싶었을 뿐이야.」

줄리언의 눈이 휘둥그레졌고, 아버지의 표정은 다소 어색해졌다.

「얘야, 네게 미처 말하지 못해 미안하다만, 모어튼을 경영하겠다는 네 계획에 이 아비는 큰 감동을 받았다. 하지만 그 토지와 네가 꾸릴 가족을 책임지기 전에 한두 해 정도 씨 뿌리고 가꾸어서 거두는 일을 직접 해보는 게 더 도움이 될 거라고 생각했다. 하지만 이제 너도 가족을 거느리게 되었으니 당장이라도 그 토지를 너에게 주마.」

자작은 레저널드를 다시 한 번 독기 어린 시선으로 쏘아보고 말을 이었다.

「하지만 그 전에, 한시라도 빨리 이 사악한 자의 집에서 나와 런던으로 돌아가는 게 좋겠다.」

「그까짓 몇 평 되지도 않는 토지 한 조각이야 애송이 아들 손에 맡겨서 날려버려도 당신 재산이 크게 축나지는 않겠지만, 그렇게 귀한 아드님의 인생에 저런 한심한 신부로 족쇄를 채우려 하다니 당신답지 않은 짓이오, 자작.」

더 이상 참을 수 없는 분노로 부들부들 떨면서 자작이 레저널드를 향해 다가가다가 멈추었다. 그의 두 손은 불끈 주먹이 쥐어졌다.

「내 아들을 함부로 말하지 마! 내 아들에게 어떤 신부가 적당한지, 그건 너와는 상관없는 일이야! 너 같은 쓰레기가 정숙한 여자에 대해 뭘 안다는 거지?」

자작이 다시 메리디스를 돌아다보았다.

「스펜서 양은 어디로 보나 빠질 데 없는 숙녀요. 출신이나 재산이나 모두 믿을 만하고, 또 무엇보다 중요한 것은 내 아들이 선택한 사람이라는 거요. 두 사람이 한시라도 빨리 결혼해서 저 사악한 인간과 멀어지는 게 좋겠소!」

아버지가 아들을 향해 돌아섰다.

「나는 저 불한당의 집에 한시도 더 머무르지 않겠다. 마을 여인숙에 방을 잡아놓았으니 내일 아침 10시 정각에 약혼녀와 함께 찾아오너라. 하고 싶은 이야기가 많다.」

자작은 메리디스를 향해 마지막으로 따뜻한 미소를 보여주었다.

「내 며느리감과 빨리 친해지고 싶구나.」

자작은 망토를 휘날리며 돌아서서 식당을 나섰다. 문을 얼마나 세게 닫았는지, 식탁 위의 접시들이 달그락거릴 정도였다. 자작이 나간 후 식당에는 잠시 침묵이 흘렀다. 그러나 워그레이브 백작이 자기 자리에 도로 앉으며 레저널드를 향해 말했다.

「레저널드 아저씨, 정말 우리끼리 보기 아까운 광경이었습니다.」

마치 그 말이 신호인 것처럼 모든 사람들이 일제히 웃음을 토해내기 시작했다. 긴장과 고민, 걱정과 우려가 일시에 다 날아가버리는 순간이었다. 줄리언은 테이블을 빙 돌아 메리디스에게 다가가 힘껏 끌어안았다. 앨리즈도 바다처럼 투명하고 푸른 눈동자를 빛내며 등받이에 한껏 몸을 젖힌 채 앉아 있는 레저널드를 힘껏 포옹해주고 싶었다. 줄리언이 몇 주 동안 열띤 논쟁을 하고도 얻지 못했던 것을 그는 단 5분간의 독설로써 얻어냈던 것이다.

악마의 소행도 때로는 인간에게 행복을 가져다준다는 것을 그들은 그날 밤 처음으로 깨달았다.

마크엄 자작이 다녀갔다는 소식은 입에서 입으로 스트릭런드 저택의 모든 사람들에게 전해졌고, 그 일화는 주인의 재치와 박력을 보여주는 자랑스러운 이야깃거리가 되었다. 길리도 식당 문틈으로 그 극적인 장면들을 모두 엿보았음은 물론이었다. 그녀는 일과가 끝난 후 맥 쿠퍼를 찾아가 식당에서 있었던 일을 들려줄 생각을 하니 절로 신이 났다. 요즈음 들어서는 무엇이든 나눌 게 있으면 으레 맥을 찾는 것이 그녀의 일상이 되어버린 터였다. 즐거운 이야기를 함께 나눌 수 있는 날은 더욱 행복했다.

밖에는 비가 내려 날씨도 찬데다 요즈음 들어 부쩍 피로를 자주 느낄 정도로 길리의 몸이 불어 있었기 때문에 두 사람은 헛간으로 들어갔다. 길리는 건초더미를 깔고 비스듬히 누워 그날 저녁 엿본 일들을 하나도 남김없이, 적절한 표정 연기와 제스처까지 섞어가며 맥에게 들려주었다. 맥은 그녀의 옆에 누워 이야기를 들으며 쉴새없이 웃어댔다. 레저널드에 대해 그가 아는 여러 가지 일화 중에서도 오늘의 사건은 단연 백미였다. 길리의 이야기를 다 들은 맥은 오늘 일 말고도 그 동안 레저널드의 다소 난폭한 돌출행동을 보여주었던 몇 가지 사건들을 재미 삼아 들려주었다.

기운이 다 빠질 정도로 한참이나 웃고 떠들고 나자 맥은 길리의 콧잔등에 살짝 입을 맞추었다.

「곧 혼사가 있겠군요. 길리, 우리도 곧 결혼해야 하지 않겠어요?」

길리의 얼굴에서 미소가 싹 가시고 진지한 표정이 되었다. 그녀는 어두워서 잘 보이지 않는 맥의 얼굴을 열심히 들여다보았다. 처음으로 다락방에 꽃병을 들고 올라왔던 날 이후 두 사람 사이에는 더 깊고 따뜻한 정이 오간 것이 사실이지만, 맥이 정식으로 결혼 이야기를 한 적은 한번도 없었기 때문이었다. 길리는 갑자기 자신의 처지가 너무나도 부끄럽게 느껴졌다. 자기도 모르게 한 손으로 불룩하니 솟아오른 배를 문지르며 말했다.

「저도 당신과 결혼하고 싶어요, 맥. 빌리와 결혼하고 싶었던 때보다 훨씬 간절한 마음으로요. 하지만……. 이 아이는 당신 아이가 아닌데……, 당신이 이 아이에게 친아버지처럼 대해줄 수 있을지 걱정이 돼요.」

맥이 길리의 손을 잡았다. 아무 생각 없이 그저 자기 마음을 표현하고자 한 행동이었지만 바로 그 순간 맥은 깜짝 놀랐다.

「아기가 발길질을 하는군요. 이렇게 힘차게 움직이는 걸 보니, 아마 아들이겠어요.」

그리고는 맥의 표정도 진지해졌다.

「제 어머니도 당신처럼 귀족 집안의 하녀였어요. 어머니 말씀으로는 제 아버지도 런던에 살던 어떤 귀족이었다더군요. 어떤 귀족!」

맥의 얼굴에 씁쓸한 미소가 번졌다.

「여러 번 잠자리를 같이 하고도 막상 어머니가 아이를 가졌다는 걸 알게 되자 10파운드를 손에 쥐어주면서 내쫓았대요. 그때……, 그때 누군가 우리 어머니와 나를 돌보아줄 남자가 주변에 한 사람만 있었더라면 얼마나 좋았을까요. 어떤 아이든, 아이이겐 아버지가 필요해요.」

맥의 말이 잠시 끊겼다가 다시 이어졌다.

「어머니는 저를 제대로 기르려고 최선을 다하셨어요. 하지만 굶주림과 고단한 거리에서의 생활에 지쳐서 어머니는 내가 여섯 살 되던 해에 돌아가셨죠.」

그 불쌍한 여인과, 코흘리개 시절에 이 차가운 세상에 홀로 남겨졌을 어린 아들을 생각하니 길리는 마치 자기 일인 양 가슴이 아팠다. 자신이 낳을 아이를 맥이 구박하면 어쩌나 하는 걱정은 흔적도 없이 사라져버렸다. 사랑으로 충만한 행복한 가정을 꾸리고 싶어하는 맥의 간절한 소망을 읽은 것 같았다. 또한 가족들에게 사랑받고 싶어하는 한 남자의 마음도 느껴졌다. 그에게 있어서는 길리와 결혼하는 것이 아픈 과거를 치유하는 길일 수도 있었다.

이제 완전히 맥을 믿게 된 그녀가 한 손을 들어 그의 볼을 어루만졌다.

「당신이 정말 저와 결혼하길 원하신다면, 그 청혼을 자랑스럽고 영광스러운 마음으로, 행복하게 받아들이겠어요, 맥.」

맥은 길리에게 사랑이 가득한 키스를 했다. 두 사람 주변에는 물기를 머금어 더욱 향긋한 건초 냄새가 떠돌았다.

워그레이브 백작이 떠나자 일상은 다시 제 궤도로 돌아왔다. 줄리언과 메리디스는 보름 정도 일정으로 마크엄 가문의 행사에 참석하러 런던으로 함께 떠났다. 마크엄 자작은 메리디스의 매력에 금방 굴복하고 말았고, 자신이 언제 두 사람의 결혼을 반대했는지 까맣게 잊을 정도로 메리디스를 어여삐 여겼다. 결혼식은 앨리즈가 수확을 모두 마친 후 신부의 어머니로서 해야 할 일을 준비할 수 있도록 배려해 늦은 가을로 날짜가 잡혔다.

스트릭런드에는 또 한가지의 경사스러운 소식이 있었다. 길리가 맥 쿠퍼와 결혼한다는 소식이었다. 자신이 왈가왈부할 일이 아니라고 이미 결심했으면서도, 앨리즈는 그 소식을 듣자마자 레저널드도 별 수 없는 속물이라는 생각을 지울 수가 없었다. 레저널드가 술을 마신 후 벌여놓은 지저분한 일들의 뒷감당을 해왔듯이, 주인의 아이를 임신한 하녀의 뒷감당까지 충실한 하인의 몫으로 떨어진 것이었다.

줄리언과 메리디스가 떠난 다음날, 앨리즈와 레저널드는 두 아이들마저 일찍 잠자리로 보내고 느긋한 밤을 보냈다. 앨리즈는 황금색 실내복을 입고 머리는 길게 풀어 역시 황금색 리본으로 느슨하게 묶은 모습이었다. 그녀에게는 바로 그런 시간이 가장 즐거운 시간이었다. 레저널드의 감춰진 사생활에 대한 불만도 그의 모습만 대면하면 언제 그랬느냐는 듯이 스르르 사라지는 것이 그녀는 늘 신기했다.

두 사람은 서재에 마주 앉아 있었다. 서재는 레저널드가 저택 안에서 담배를 피우는 유일한 장소였다. 레저널드의 입과 코에서는 짙은 담배연기가 뿜어져 나왔고, 네메시스와 어틸러는 각자 주인의 발치에서 졸고 있었다. 두 애완동물은 이제 어느 정도 서로에게 익숙해진 것 같았다. 그렇게 된 연유는 아무래도, 네메시스는 함부로 대들기에는 감당할 수 없을 정도로 위협적인 존재가 되기도 한다는 것을 어틸러가 깨닫게 된 때문인 것 같았다.

「브랜디라도 한잔하지 그러시오? 리처드가 와 있는 동안에 술병들을 다시 채워놓았소.」

레저널드가 담배연기를 내뿜으며 말했다.

잠시 망설이던 앨리즈는 술병이 놓인 선반으로 다가가 술잔에 술을 조금 따랐다.

「곁에 술병들이 이렇게 있어도 괜찮으세요?」

「안 믿을지도 모르지만, 처음 이삼 주는 힘들었지만, 이제는 괜찮소. 돌이켜보면, 지난 몇 년간은 술을 즐긴 게 아니라 안 마실 수 있는 방법을 몰라서 계속 마셨던 것 같소. 술을 끊어보니까 이제 다시 술에 의지하면서 휘청거리는 삶으로 돌아가고 싶은 마음도 사라지는군.」

레저널드의 시선이 앨리즈에게로 옮겨졌다.

「지금은 사는 게 훨씬 즐겁소.」

그 시선의 따뜻함은 앨리즈의 얼굴마저 붉게 만들 정도였다. 이런 때는 스트릭런드에 처음 나타났던 날의 그 무뚝뚝하고 거칠고 빈정거리던 레저널드의 모습과는 전혀 딴판이었다. 물론 그때도 유머와 지성, 그리고 깊은 곳에 감추어진 진실성이 언뜻언뜻 느껴지곤 했었지만 그런 좋은 점들을 좀체 겉으로 드러내지 않던 그였다. 그러나 요즈음은 리처드도 말했듯이 레저널드는 완전히 다른 사람이 되어 있었다. 편안하고, 정신적으로나 육체적으로 훨씬 건강해졌으며 거부할 수 없는 매력을 풍기고 있었다.

생각을 다른 데로 돌리기 위해 앨리즈가 물었다.

「마크엄 자작이 당신의 교묘한 연극을 끝까지 눈치채지 못했다는 게 전 아직도 믿어지지 않아요. 대체 자작과의 사이에 무슨 일이 있었던 거죠?」

레저널드가 씩 웃으며 입을 열었다. 어느덧 진지하던 표정이 사라지고 장난기가 다시 돌아와 있었다.

「몇 년 전에 여자 하나를 사이에 두고 경쟁을 한 적이 있었소. 문제의 여자는 나를 더 좋아했는데, 자작은 그 일을 용서하지도 않았고, 잊지도 않았던 모양이오. 그래서 아직도 나를 철천지원수 보듯 하고 있으니, 내가 하는 말이면 무조건 반대하리라고 생각했지.」

「항상 여자 문제가 빠지지 않는군요.」

앨리즈의 목소리는 본인이 생각했던 것보다 훨씬 날카로웠다. 레저널드의 장난기 어린 표정도 거두어졌다.

「불행하지만, 어쩔 수 없는 일이지. 블레이크포드의 애첩과 가까이 하지 않았더라면, 그 불쌍한 인간도 아직 살아 있었을 거요.」

「모든 남자가 여자 문제 때문에 살인자로 둔갑하지는 않아요.」

앨리즈가 술잔을 만지작거리며 말했다. 남몰래 비밀을 간직하고 있기가 쉽지 않았다.

「블레이크포드의 죽음에 대해서 너무 자책하실 필요 없단 말씀이에요.」

「자책할 필요가 없다구?」

레저널드의 짙은 눈썹이 냉소적으로 꿈틀거렸다.

「블레이크포드가 항상 충동적이고 포악했다는 점은 나도 알지만, 그 기질이 한계를 넘어서 폭발하게 자극한 건 바로 나였소.」

앨리즈는 완전한 진실을 털어놓지 않으면서도 레저널드의 죄책감을 벗겨줄 방법은 없을지 답답한 마음으로 조심스럽게 말을 꺼냈다.

「매복까지 심어두면서 당신을 해치려 했던 건, 꼭 그 정부 때문이 아닐 수도 있어요.」

「그게 아니라면, 다른 이유가 뭐가 있단 말이오? 당신이나 리처드를 죽이려들 사람은 없어도, 내 무덤 위에서 춤출 사람은 셀 수도 없이 많아요. 블레이크포드도 거기에 절대로 빠지지 않을 인물이지.」

앨리즈는 레저널드가 겨우 자신의 삶을 다시 추스르고 있는 마당에 블레이크포드의 죽음으로 인해 죄책감을 안고 살아가야 한다는 사실이 괴로웠다. 더구나 그의 죽음에 레저널드가 책임을 져야 할 일은 전혀 없다는 것을 그녀는 알고 있었다. 모두는 아니라도 일부나마 진실을 털어놓을 생각으로 앨리즈가 입을 열었다.

「당신의 죽음은 블레이크포드에겐 일종의 보너스였을 거예요. 그 사람이 진짜 목표로 삼았던 건 바로 저였을 테니까요. 그 사람과 저 사이엔……, 복잡한 과거가 있었어요.」

앨리즈가 다음 말을 또 어떻게 꾸며댈까 머리를 굴리고 있는데, 레저널드가 깜짝 놀란 목소리로 말했다.

「당신과 블레이크포드가?」

놀라다 못해 격렬하게 흥분하는 것 같은 레저널드의 목소리며 말투는 앨리즈가 할말을 잊게 만들었다. 그렇게 둘러댄 것은 레저널드를 편하게 만들어주기 위해서였는데, 날벼락을 맞은 사람보다 오히려 더 놀란 듯한 그의 반응은 앨리즈의 계산과는 완전히 빗나간 반응이었던 것이다.

지난 몇 달간 앨리즈는 레저널드와 가까이 살면서 그와의 사랑을 꿈꾸어 왔다. 그랬기 때문에 레저널드가 아무렇지도 않게 과거의 여자들이나 여자 때문에 곤경을 겪은 일들을 이야기할 때마다 마음속으로는 한숨을 지었고, 한 지붕 아래 사는 하녀가 그의 아이를 가졌다는 사실을 알았을 때에는 가슴속에서 피가 흐르는 아픔까지 느꼈던 그녀였다.

오래도록 가슴속에 묻혀 있던, 랜달프로 인한 상처가 다시 되살아나면서 앨리즈는 온몸에 다시 소름이 끼쳤다. 그리고 레저널드에 대한 혼자만의 희망 없는 열정에 대해 화가 나기도 했다. 부들부들 떨리는 손으로 술잔을 테이블에 내려놓고 앨리즈는 벌떡 일어섰다. 사랑하는 남자로부터 영영 사랑받을 수 없는 여자라는 사실이 참을 수 없었다.

「놀라셨나요? 하긴, 술이나 취하지 않으면 어떤 남자도 거들떠보지 않는 여자라고 생각하셨으니 놀라셨을 만도 하네요. 아내로 삼아주는 희생을 감수할 남자가 없다면 평생 독신으로 늙을 여자에게 과거가 있었다니 웃음을 참을 수 없으시겠죠? 내가 얼마나 추하고 여자답지 못한 여자인지 하마터면 잊을 뻔했는데 이렇게 되살려주시니 정말 고맙군요. 이 땅에 사는 여자의 절반을 품에 안았던 당신마저도 취했을 때 말고는 여자로 봐주지 않는 여자가 바로 저였는데 말이에요.」

단숨에 몰아치듯 그렇게 말해놓고 앨리즈는 스스로 놀랐다. 레저널드에게 속마음을 완전히 들켜버리다니, 수치스럽기 짝이 없는 일이었다. 눈물이 앞을 가렸다. 앨리즈는 레저널드의 동정 어린 표정을 마주 볼 용기가 없어 방문을 향해 뛰기 시작했다.

방문을 향해 반쯤 갔을 즈음, 네메시스가 그녀의 앞을 가로막았다. 다가오는 개를 미처 보지 못한 앨리즈는 양탄자 위에 그대로 넘어졌다.

「이 망할 놈의 개!」

앨리즈가 거의 우는 목소리로 소리를 질렀다.

레저널드는 멍한 표정으로 그녀를 내려다보았다. 방금 그녀에게서 들은 말에 따르면, 앨리즈는 한때 블레이크포드의 정부였고 과거의 관계에서 시작된 질투심 때문에 블레이크포드가 목숨까지 담보로 한 우매한 짓을 저질렀다는 것이었다. 앨리즈의 행동으로 보아 레저널드의 놀란 반응을 빈정거림으로 받아들인 것 같았다. 그리고 그것이 그녀에겐 존재의 뿌리까지 위협하는, 아직 치유되지 않은 어떤 상처를 건드린 것이 분명했다.

레저널드는 언제나 스스로를 조금씩 파괴해왔지만, 앨리즈는 언제나 강인하고 흐트러짐이 없는 여자였다. 그녀에게도 여자로서의 예민함과 연약함이 감춰져 있으리라는 건 미처 예상치 못했던 것이 실수였다. 앨리즈가 한 말을 되새겨보면, 스스로 어떤 남자도 자신을 여자로서 바라보지 않으리라고 생각하는 게 분명했다. 그녀의 열정적인 기질을 생각한다면, 자신이 여자로서 아무런 쓸모가 없는 존재라는 생각이 얼마나 큰 비극이었을지 충분히 짐작되는 일이었다.

다른 사람의 마음을 읽는 데 그토록 뛰어난 재주를 가졌던 자신이 앨리즈에 대해서는 이렇게 무감각했었다는 사실이 레저널드는 스스로 용납되지 않았다. 그는 앨리즈에게 다가가 무릎을 꿇고 앉았다. 드레스 자락이 다리에 휘감겨 아직 일어서지 못한 채 버둥거리고 있는 그녀의 어깨에 한 손을 얹고 말했다.

「앨리즈, 블레이크포드가 당신을 원할 수도 있었다는 사실 때문에 놀란 게 아니었소. 그건 놀란 게 아니라 질투심이었소.」

앨리즈는 믿을 수 없다는 표정으로 그를 올려다보았다.

「내가 블레이크포드와 연애라도 한 줄 아세요? 생각보다 훨씬 못난 사람이군요!」

앨리즈의 얼굴에 드러난 극도의 혐오감에 레저널드는 오히려 알 수 없는 안도감을 느꼈다. 그녀의 시선을 마주보며 레저널드는 진지한 목소리로 말했다.

「스스로를 전혀 매력적이지 못한 여자로 생각한다면 당신이야말로 정말 못난 사람이오. 당신을 만난 첫 순간부터 내가 당신을 얼마나 원하고 있었는지는 아마 하느님만이 아실 거요.」

「거짓말 집어치워요!」

앨리즈는 그의 손을 뿌리치고 일어서려 했지만, 레저널드는 그녀의 어깨를 움켜쥐고 자신을 정면으로 바라보게 했다. 느슨하게 풀어진 머리카락이 그녀의 얼굴에 황금색 그림자를 드리웠다. 분노로 이글거리는 그녀의 얼굴은 비너스보다 더 아름다웠다.

「거짓말이 아니야. 당신은 사랑스러운 여인이오. 당신에게 손대지 않기 위해 내가 얼마나 애를 쓰고 있었는지 아시오?」

앨리즈는 레저널드에게서 고개를 돌리고 눈을 감아버렸다. 그러나 떨리는 목소리까지 감출 수는 없었다.

「정말 훌륭한 기사도 정신이로군요. 그렇게 애써 자제하고 계신 줄은 미처 몰랐습니다.」

앨리즈는 레저널드에게서 빠져나가려고 다시 한 번 몸을 비틀었다. 그러나 레저널드의 억센 손은 그녀를 놓아주지 않았다.

「내가 술에 취했을 때만 당신에게 키스하고 싶은 마음이 동했는 줄 아오? 그게 아니오. 오히려 그 반대였소. 언제나 당신에게 키스하고 싶었지만, 내가 욕망을 자제할 수 있을 만큼 정신이 온전하지 못할 때에만 행동으로 보여졌을 뿐이오.」

「취중 진실이다, 이건가요?」

앨리즈는 와락 레저널드를 밀어붙였다.

「아무리 탓이라지만 그래도 한가지 규칙은 지키신 셈이군요. 나한테 키스하고 싶은 마음을 참아주셔서 정말 감사합니다. 이만 가보겠어요.」

레저널드는 앨리즈가 그를 믿지 못할 만큼 절망에 빠져 있다는 것을 깨달았다. 그 감정의 폭풍은 이미 오래 전부터 그녀의 마음속에서 자라고 있다가 이제야 평소에는 냉정하고 조용했던 그녀의 얼굴을 뚫고 평생을 감추어왔던 고통과 함께 폭발한 것이었다. 그로서는 평생 처음으로 신사답게 자제했던 행동들이 그녀에겐 이토록 깊은 상처를 주었을 줄은 미처 몰랐다. 왜 자신은 하는 일마다 이렇게 어긋나기만 하는지, 레저널드는 화가 나기 시작했다.

그녀에게만은 명예롭고 신사답게 행동하고 싶었다. 그러나 그것을 설득하기엔 말로는 부족했다. 이제는 행동으로써 자신이 앨리즈를 얼마나 갈망하고 있는지 보여주는 방법밖에 없었다.

벌써 저만큼 가고 있는 앨리즈를 레저널드는 단 두 걸음에 따라잡고 그녀의 눈언저리에 입을 맞추었다. 혀끝에서 눈물의 짭짤한 맛이 느껴졌다. 깜짝 놀란 앨리즈는 눈을 동그랗게 뜬 채 꼼짝도 하지 못했다. 너무나 놀라 동공이 크게 열린 탓에 짝짝이었던 두 눈동자의 색깔이 거의 똑같은 검은 색으로 보였다.

가까스로 앨리즈의 관심을 사로잡은 레저널드는 허겁지겁 그녀의 입술을 덮쳤다. 벌써 오래 전부터 갈구하던 키스였다. 앨리즈의 반응도 격렬했다. 그녀의 팔이 목을 휘감으며 매달리자 레저널드는 그녀를 바닥에 눕혔다. 길고 날씬한 그녀의 몸은 어떤 술보다도 몽롱한 취기를 돌게 했다.

레저널드는 그녀가 입고 있는 드레스의 끈을 풀었다. 섬세한 모슬린 섬유 한 겹 안에 감추어진 앨리즈의 아름다운 몸매가 드러났다. 얇은 모슬린 아래 봉긋이 솟은 그녀의 가슴에 레저널드는 길고 뜨거운 입맞춤을 했다. 온몸의 세포가 모두 살아나 탄성을 지르는 것을 느끼면서 앨리즈는 몸을 비틀었다.

앨리즈의 신음소리에 갑자기 정신이 든 레저널드는 두 사람이 있는 곳이 사랑을 나누기에는 적합하지 않다는 것을 깨달았다. 레저널드가 내키지 않는 동작으로 먼저 일어섰다.

「멈추지 말아요, 이번만은…….」

앨리즈가 속삭였다.

「멈추려는 게 아니야.」

레저널드는 손을 뻗어 앨리즈를 안아 일으켰다.

「여기서 이러는 건 당신에게 맞는 예우가 아니야. 당신을 보다 그럴듯하게 대접해주고 싶소.」

레저널드가 그녀를 잡아당겨 다시 한 번 깊고 그윽하게 입을 맞추었다. 물론 그로서는 어디서 그녀를 가지든 상관없었고, 앨리즈도 상관할 리 없었다. 앨리즈는 눈을 감은 채 자신에게 있었는지조차 몰랐던 감각들이 고개를 드는 것을 음미하면서 촉촉하고 비단결처럼 부드러운 열기에 몸을 맡겼다.

잠시 앨리즈를 세워두고 양초를 찾아온 레저널드는 촛불을 밝혀 들고 한 손으로는 그녀의 허리를 두른 채 계단을 오르기 시작했다. 움직일 때마다 서로 스치는 두 사람의 몸은 마치 살갗이 데일 것처럼 뜨거웠다.

두 사람은 앨리즈의 방에 들어섰다. 레저널드는 문을 단단히 닫아걸고 돌아섰다.

「당신의 아름다움을 한 조각도 놓치지 않고 내 눈으로 감상하겠소. 우린 이 순간을 너무 오래 기다려왔소. 이제는 서두르지도 말고 어둠 속에 숨기지도 맙시다.」

침대 옆에 놓인 촛대에 불을 밝히자 따뜻한 불빛이 부드러운 원을 그리며 퍼졌다. 레저널드가 그녀를 향해 돌아섰다.

레저널드의 손이 그녀의 어깨에 걸쳐져 있던 가느다란 속옷 끈을 풀었다. 속옷은 스르르 미끄러져 바닥에 떨어졌다. 큰 키, 메마른 몸매가 이렇게 환하게 밝혀진 불 빛 속에 노출되는 것이 부끄럽기도 하련만, 이글거리는 레저널드의 눈동자 앞에서 앨리즈는 오히려 행복을 느꼈다.

굳은살이 박인 그의 손이 마치 불꽃처럼 긴 흔적을 남기며 지나갔다. 그의 숨소리, 그의 눈빛에서 앨리즈는 자신이 얼마나 그를 사로잡고 있는지 느낄 수 있었다. 두 사람 사이에 오랜 침묵이 흘렀다. 드디어 앨리즈가 레저널드의 셔츠 단추를 풀기 시작했다.

그는 아름다웠다. 너른 어깨, 늘씬한 허리, 힘이 느껴지는 하체. 조각가가 다듬어 놓은 몸매라도 이보다 아름다울 수는 없을 것 같았다. 운동으로 다져진데다 지난 몇 달간의 격심한 육체노동으로 인해 그의 근육은 더욱더 강인하게 다져져 있었다. 머뭇거리던 그녀의 손이 그의 가슴을 덮고 있는 짙은 털을 어루만졌다.

앨리즈의 손이 발기한 자신의 남성을 살짝 스쳐가자 레저널드는 숨을 멈추었다. 그리고는 천천히 그녀를 침대에 눕혔다. 조금 전에 말한 대로, 그는 서두르지 않았다. 숱한 여자들을 상대했던 노련한 손길과 입술로 그는 앨리즈의 몸 속에 숨어 있는 비밀스런 꽃들을 한 송이 한 송이 피워내기 시작했다. 오랫동안 가슴속에 묻혀 있던 의심과 불신의 그림자가 걷히고 뜨거운 열정이 봇물 터지듯 터져나왔다.

레저널드는 차츰 앨리즈로 하여금 자신의 몸을 탐색하게 했다. 앨리즈의 손길이 닿을 때마다 그는 그녀를 갖고 싶었던 욕망이 그 동안 얼마나 강렬했는지, 그것을 눌러 참느라 얼마나 고통스러웠는지 여실히 보여주었다.

앨리즈가 더 이상 참을 수 없는 욕망을 한숨으로 내뱉자 레저널드는 부드럽고 따뜻한 손길로 두 사람이 하나가 되기 위한 마지막 준비를 마쳤다. 그러나 그는 여전히 서두르지 않았다. 정신이 아득한 속에서도 앨리즈는 레저널드가 자신을 처녀라고 생각하고 극도로 세심하게 배려하고 있다는 것을 깨달았다. 더 이상 기다릴 수 없다는 다급함에 앨리즈는 다른 설명은 접어둔 채 레저널드에게 속삭였다.

「지금, 어서요…….」

마치 살점을 태울 듯이 뜨거운 남자의 육신이 그녀의 몸 안으로 밀려들어왔다. 긴 신음소리와 함께 레저널드는 남김 없이 그녀를 가졌다. 앨리즈는 두 사람이 생각보다 쉽게 하나가 되었다는 사실에 레저널드가 멈칫 놀랐다는 것을 깨달았다.

그러나 레저널드는 곧 열정적으로 그녀를 탐색하기 시작했고, 그녀역시 그를 탐색했다. 열정과 인내, 맹렬한 불꽃같은 애정이 한꺼번에 분출되는 것 같았다. 수많은 여자들을 희롱하고 쾌락을 탐하던 레저널드였건만, 이토록 관능적이고 긴 여운을 남기는 정사는 처음이었다.

드디어 그는 자제력을 잃었다. 그리고 두 사람은 서로에게서 끝없는 환희를 맛보았다.

23

　서로의 열정을 나누어 갖는다는 것은 앨리즈에겐 기대 이상의 만족
감을 안겨주었다. 사랑의 행위가 끝난 후 아직 서로 엉킨 몸을 풀지
않은 채 나란히 누워 있는 두 사람을 덮쳐오는 나른함은 달콤하기 그
지없었다. 레저널드가 움직이자 앨리즈는 그가 그대로 떠나려는 게 아
닌가 두려운 마음이 앞섰다. 그러나 레저널드는 앨리즈를 더욱 바짝
끌어당겨 자기 몸에 편안히 기댈 수 있게 해주었다. 레저널드의 따뜻
한 손이 앨리즈의 목덜미를 부드럽게 쓰다듬었다.

　「당신이 전혀 매력이 없는 여자라는 생각을 완전히, 깨끗하게 잊게
해주고 싶소.」

　앨리즈는 그 이야기가 나오자마자 몸이 굳어졌다. 레저널드는 엄지
손가락으로 그녀의 귓불을 살살 어루만져주었다.

　「내 추측이지만, 아마 어떤 남자도 당신을 원치 않을 거라는 바보
같은 생각을 갖게 된 데에는 필시 어떤 연유가 있을 거요. 그게 대체
무슨 일이었지?」

　레저널드의 사람 마음 꿰뚫어보는 솜씨에 새삼 감탄하며 앨리즈는

불편한 듯 몸을 뒤척였다.

「키는 장대같이 크고, 남자 같은 몸매에다 눈동자도 짝짝이라면 충분한 이유가 되지 않나요?」

앨리즈는 가벼운 목소리로 말하고 싶었지만, 자기가 들어도 그 목소리는 공허하고 방어적이었다.

「그렇지, 당신은 장대같이 크지. 하지만 스코틀랜드의 메리 여왕은 당신보다 한 뼘은 더 컸어도 미인이라는 칭송이 자자했소 아마 당신이 조금이라도 더 작은 키였다면 이렇게 아름답고 우아한 각선미를 가지지 못했을 거야. 당신은 완벽하게 균형 잡힌 몸매를 가졌소 나와 키스를 하기에는 딱 알맞은 키지. 아마 엄지손가락만큼만 작았어도 내가 크게 불편했을걸?」

레저널드가 그녀의 엉덩이로 손을 옮겼다.

「어쩌다 당신이 바지를 입고 나타나는 날이면 나는 속으로 이렇게 외쳤지. '아이쿠, 오늘은 도저히 무사히 넘기지 못하겠는걸?'」

「정말이세요? 난 그저 작업복으로 입었을 뿐인데…….」

앨리즈는 놀란 얼굴로 그를 바라보았다. 그녀의 표정은 전혀 싫지 않은 기색이었다.

「당신 생각이야 물론 그랬겠지. 하지만 스트릭런드의 모든 남자들이 당신을 우러러보는 그 눈길을 눈치챘어야지._

「전 스트릭런드의 관리인이에요. 당연히 우러러봐야죠.」

「난 이 영지의 주인이고, 그 사람들의 품삯을 지불하는 사람이지만 나를 볼 때는 그렇게 우러러보지 않던걸?」

레저널드의 목소리에는 장난기가 다분했다.

「당신은 자신의 몸매가 남자 같다고 말하지만, 그 말이 어떤 의미인지는 잘 모르겠지만, 난 아마 누구도 당신을 남자 같다고 생각하지 않을 거라고 확신하오. 당신의 몸은 어느 구석 하나 지극히 여성답지 않은 곳이 없소.」

레저널드의 두 손이 그녀의 젖가슴을 살포시 움켜쥐었다. 그의 얼굴이 그 계곡 사이에 파묻히자 턱수염의 깔깔한 감촉이 앨리즈의 온몸을 간질이는 것 같았다. 앨리즈는 레저널드의 말이 진심이라고 믿어지지가 않았다. 아무래도 자신을 조롱하는 것 같다는 생각에 그녀는 한껏 인상을 쓰고 그가 얼굴을 들기를 기다렸다. 그래도 마음은 더할 나위 없이 즐거웠다.

「칭찬도 지나치면 욕이 되는 거예요. 듣고 보니 당신 말은 믿을 구석이 하나도 없군요.」

「믿는 게 좋을 거요. 내 말은 복음과도 같은 진실뿐이니까.」

레저널드는 팔꿈치로 몸을 지탱하며 고개를 들더니 그녀의 콧등에 살짝 입을 맞추었다.

「길고 짙은 속눈썹도 아름답지만 당신의 그 눈은 더 걸작이야. 한 쪽은 수줍은 듯 아름다운 갈색 눈동자, 다른 한 쪽은 변덕이 가득한 듯 요염한 회색 눈동자. 이보다 더 환상적인 한 쌍의 눈동자가 어디 있겠소?」

앨리즈는 레저널드의 그럴 듯한 궤변에 그만 웃음을 터뜨리고 말았다. 한 여자와 사랑에 빠진 어떤 남자에게서 이런 유머를 기대할 수 있을까? 앨리즈로서는 상상도 할 수 없었다. 레저널드가 의기양양한 목소리로 마무리를 지었다.

「당신의 그 보조개는 나를 거의 미치게 만들지.」

그리고는 그녀의 보조개에도 입을 맞추었다. 앨리즈의 목과 가슴까지 때로는 가볍게, 때로는 놀리듯 키스를 퍼부은 레저널드가 진지한 목소리로 말했다.

「이제 곁가지는 그만 치고, 어서 하던 말을 계속합시다.」

앨리즈를 향해 모로 누워서 한 팔로 머리를 받친 그는 이제 표정까지 심각해져 있었다.

「앨리즈, 성은 인간에게 있어서도 아주 원초적인 본능이오. 인간 역시 동물이니까. 남자든 여자든 그것을 드러내놓고 말하지 못한다는 건 인간만이 가진 비극일 거요. 정숙한 여자들은 성에 대해서 무시하거나

성을 혐오하는 것이 정숙의 상징인 것처럼 배우면서 자라지. 아마도
성이란 남녀, 미추를 불문하고 누구나 약한 면을 보이는 인간의 본성
일 거요. 여자는 자신의 성적인 매력에 대해 걱정하고, 남자는 자신의
성적인 능력에 대해 고민하지.」

자신만이 그런 고민을 안고 살아간다고 생각했던 앨리즈는 레저널드
의 말을 듣고 놀라지 않을 수 없었다.

「정말 그럴까요?」

「당신의 경우는 보통 여자들보다 정도가 조금 심할 뿐이오. 나도 그
이유가 궁금해. 하지만 내 경험으로 본다면, 아무리 예쁜 여자라도 남
자들의 시선을 끌지 못하면 어쩌나 전전긍긍하지 않는 여자가 없었소.
사실 스스로 아름답다고 생각하면 할수록 성적인 매력에 집착하는 정
도도 더 심한 것 같아. 그것만큼 세월 앞에 약한 것도 없는 법이거든.
실질적으로 성적인 접촉은 혐오하면서도 거의 모든 여자들이 성적인
매력에 집착하는 이유는 그것만이 여자가 남자에게 영향력을 행사할
수 있는 유일한 길이라고 믿기 때문이지.」

앨리즈는 어두운 그림자가 진 천장을 응시하며 그의 말을 골똘히 생
각해보았다. 자신은 여자와 남자에 대해 너무나 아는 것이 없었다는
생각이 들었다.

「당신도 자신의 성적인 능력에 대해서 고민한 적이 있나요?」

레저널드가 싱긋이 웃었다.

「자주는 아니지만 가끔씩은……. 믿어지지 않나본데, 그것 때문에
고민하지 않는 남자는 세상에 없소. 내 말을 믿어도 좋아요.」

그의 표정이 다시금 진지해졌다.

「앨리즈, 거울에 비친 당신 모습에 대해 그토록 자신을 잃게 된 연
유가 무엇인지 말해줄 수 없겠소?」

앨리즈는 어깨를 한번 들썩이더니 그다지 밝지 못한 표정으로 말했
다.

「제가 이상형으로 생각하는 여인상은 바로 메리디스예요. 제 모습이

거기서 얼마나 거리가 먼지는 말씀드리지 않아도 되겠죠?」

「메리디스가 아름답고 상냥한 아가씨임에는 틀림없지. 아마 줄리언에겐 세상에서 가장 아름다운 여인일 거요. 하지만 아름다움의 기준은 사람마다 다른 법이오. 단순히 예쁜 것과 아름다운 건 크게 다르지. 당신에게는 깊은 곳에서부터 우러나오는 아름다움이 있소. 세월이 흘러도 결코 빛이 바래지 않을 아름다움.」

레저널드의 손이 그녀의 볼과 턱을 쓰다듬었다. 앨리즈는 그의 손길에서 푸근함을 느끼며 눈을 감았다.

「이유가 뭐요, 앨리즈? 빨리 대답하는 게 좋을걸? 대답할 때까지 조를 테니까.」

생전 처음 맛보는 행복 속에서도 앨리즈는 그 기억을 떠올리자 눈물이 차올랐다.

「말하자면 이야기가 길어져요.」

「그럼 지금부터 시작해요. 다 들을 때까진 여기서 안 나갈 거니까.」

레저널드의 목소리는 따뜻하고 푸근했다.

여자의 마음을 헤아릴 줄 아는 남자가 몇이나 될까? 갑자기 앨리즈는 모든 것을 털어놓고 싶었다. 자신의 감춰진 신분은 어쩔 수 없이 감춘다 하더라도 어쩌다가 지금 이렇게 살게 되었는지 할 수 있는 한 진실에 가깝게 털어놓고 싶었다.

「전 꽤 이름 있는 집안의 외동딸이었어요. 어머니가 일찍 돌아가셨지만 아버지는 재혼을 하지 않으셨어요. 대신 저를 아들처럼 훈련시키셨죠. 제가 농업에 대해 많은 관심과 지식을 가지게 된 건 그 때문이었어요. 아버지와 저는 통하는 게 많았어요. 아버지는 뭐든 잔인할 정도로 몰입하시는 분이셨고, 누구든 지배하려고 하셨어요. 하지만 아버지와 제가 서로를 정말 확실하게 이해하게 된 건, 우리 집이 떠나갈 정도로 크게 다툰 후였어요. 제가 열 여덟 살 되던 해에 약혼을 했었는데, 누가 봐도 완벽한 혼사였어요. 저는 랜달프를 좋아했고, 아버지도 그 사람을 사윗감으로 흡족하게 인정하셨죠. 그리고 랜달프도 저를 끔찍이 사랑하는 척 했었으니까요.」

앨리즈는 목이 메어 더 이상 말을 잇지 못했다.

「척 하다니?」

「…… 저를 사랑한다는 말은 모두 거짓말이었어요. 결혼식을 몇 주 앞둔 어느 날, 우연히 진실을 알게 되었죠. 말을 타고 잠시 산책을 나갔었는데, 랜달프가 친구로 보이는 다른 남자와 함께 우리 집 앞에 당도한 것이 멀리서 보이더군요. 반가운 마음에 서둘러 말을 달렸죠. 아마 거실에서 나를 기다릴 거라 생각하고, 말을 마부에게 맡겨놓고 정원을 가로질러 거실 쪽으로 갔어요. 활짝 열려 있던 프렌치 도어, 바람결에 살랑거리던 파란색 커튼이 눈앞에 생생해요. 그 커튼 때문에 안에서는 제가 보이지 않았지만 전 두 남자가 안에서 주고받는 말을 다 들을 수 있었어요. 한걸음만 더 가면 문안으로 발을 들여놓을 수 있을 만큼 가까이 갔는데, 안에서 하는 말이 들리더군요. 랜달프의 친구가 묻는 말이었어요. 저처럼 키만 껑충하니 크고 선머슴처럼 생긴 볼품없는 여자와 어떻게 결혼까지 할 생각을 하게 되었느냐구요. 밤에는 남자의 몸을 덥혀주지도 못할 여자일 뿐 아니라 낮에는 남자를 손아귀에 쥐고 흔들려고 할 거라나요. 그 말만으로도 저는 죽고 싶을 만큼 모욕적이었어요.」

앨리즈가 몸을 부르르 떨었다.

「하지만 랜달프가 저를 변호해줄 거라는 어리석은 믿음이 깨어졌을 때는 세상에 태어난 것마저 치욕이었죠……. 그의 입에서 나오는 사랑이라는 말을 믿은 제가 어리석었던 거죠. 랜달프는 친구보다도 오히려 한술 더 뜨더군요. '물론 돈 때문이지.' 그 다음에 들려온 말은 재앙에 가까웠어요. 일단 결혼에 성공해서 제가 가진 재산에 대한 권리를 수중에 넣고 나면, 누가 남편이고 누가 아내인지 똑똑히 가르쳐줄 테니 염려 놓으라고 하더군요.」

아직도 때때로 찾아오는 악몽을 이렇게 생생하게 다시 기억하는 것도 고통스러운데, 그것을 말로 털어놓자니 앨리즈의 가슴은 마치 날카로운 칼로 살점을 도려내는 것 같았다. 놀랍게도 레저널드는 마치 그녀의 아픈 곳을 다 안다는 듯이 따뜻한 손으로 그녀의 가슴 한복판을 조용히 어루만졌다. 그의 손에서 퍼져나온 온기는 앨리즈의 격한 감정을 조용히 잠재워주었다.

마음을 가다듬은 앨리즈가 눈을 뜨고 한결 가라앉은 목소리로 물었다.

「듣고 보니 너무 시시하죠? 당신은 이보다 훨씬 더 끔찍한 경험도 견뎌냈을 텐데.」

「당신의 고통을 너무 과소평가하지 말아요. 중요한 것은 상처의 크기보다는 깊이니까. 당신이 진심으로 믿고 따랐고, 또 당신을 사랑한다고 믿었던 남자에게서 배신당한 것은 당연히 견디기 힘든 상처였을 거요. 게다가 여자로서의 당신 매력까지 완전히 짓밟아버렸으니.」

앨리즈는 몸을 옆으로 세워 레저널드의 어깨에 얼굴을 기댔다. 가슴속의 응어리가 천천히 풀리는 것을 느끼면서, 그 상처는 그대로 가슴속에 흉터가 되어 남을지 몰라도 이제 더 이상 아프지는 않으리라는 것을 깨달았다.

레저널드도 아무 말 없이 앨리즈를 껴안으며 따뜻함과 평온함을 나누어주었다. 레저널드가 자신 이외의 다른 사람의 상처와 고통까지 이렇게 깊이 이해해주리라고는 앨리즈도 미처 생각하지 못했다. 하지만 그가 견뎌내야 했던 지옥 같은 학창 시절을 생각하면, 인간이 겪는 고통에 대해서는 누구보다 많은 것을 이해하고 있는 남자임에는 틀림없었다.

십여 년만에 처음으로 마음이 홀가분해지는 것을 느끼며 앨리즈는 다시 등을 대고 누워 살짝 미소지은 얼굴로 그를 올려다보았다.

「고마워요.」

「이제 기분이 좀 나아졌소?」

레저널드가 부드러운 목소리, 따뜻한 눈길로 물었다. 앨리즈가 고개를 끄덕이자 그가 다시 물었다.

「두 저능아가 나눈 이야기를 들은 후에 어떻게 했소?」

앨리즈는 일껏 따뜻하게 녹아가던 마음이 다시 싸늘하게 식어버리는 듯했다.

「다시 말을 타고 멀리멀리 달렸죠. 밤이 깊은 후에야 돌아왔어요. 랜달프와 친구는 벌써 돌아가고 없더군요. 곧바로 아버지에게 달려가서 랜달프와 파혼하겠다고 선언했어요. 그가 유일한 아담이고, 그가 아니면 뱀에게 시집가야 한다고 해도 결코 그와는 결혼할 수 없다고 말했죠.」

앨리즈의 몸이 다시 싸늘해지자 레저널드는 담요를 끌어당겨 어깨까지 덮어주었다. 앨리즈가 깊은 한숨을 내쉬었다.

「아버지와 크게 다투었어요. 파혼하겠다는 이유를 밝힐 수 없다고 하자 아버지는 제 변덕이나 심술을 탓하시더군요. 하지만 랜달프가 한 말, 파혼할 수밖에 없는 진짜 이유를 차마 아버지에게는 털어놓을 수가 없었어요.」

「이해할 수 있는 일이오.」

레저널드의 말은 다시 한 번 앨리즈의 마음을 편안하게 다독여주었다.

「아버지는 그야말로 노발대발이셨어요. 기어코 파혼하겠다면 당신 딸로 인정할 수 없다, 모든 상속권을 박탈하겠다고까지 하셨죠. 그리고는 저를 제 방에 가두시더군요.」

「그 다음엔 빵과 물만 주셨겠군.」

앨리즈가 희미하게 웃었다.

「그러셨을지도 모르죠. 하지만 빵이든 물이든 주실 때까지 기다리지도 않았어요. 바지로 갈아입고, 가지고 있던 현금과 챙기기 쉬운 옷가지들을 꾸려서 그날 밤에 집에서 나왔으니까요. 침대 시트를 찢어서 밧줄처럼 엮어 가지고 창을 넘어 도망쳤어요. 제법 로맨틱한 행동이었죠? 한 남자를 찾아서 떠난 게 아니라 한 남자로부터 도망가기 위해서였다는 것만 빼고 말이에요.」

「한 남자가 아니라 두 남자지. 당신 아버지가 당신 입장을 조금만 더 이해해주었더라도 당신이 그렇게 도망쳤을까?」

「그렇지는 않았겠죠. 많은 여자들이 가슴에 상처를 안고도 그럭저럭 살아가요. 하지만 아버지에게서 배신당한 건 그저 남자에게서 버림받은 것보다 훨씬 더 큰 상처였어요. 아버지는 제 삶의 중심이었고 반석이었으니까요. 하지만 집에서 나와보니 세상은 제가 각오했던 것보다 훨씬 더 험하고 더러운 곳이더군요. 제가 처녀가 아니라는 걸 알고 계시죠?」

「앨리즈, 당신은 내게 어떤 것도 설명할 의무가 없소. 지금 당신의 모습이 과거에 당신이 했던 선택과 실수의 결과니까. 과거 때문에 내게 사죄할 필요는 없어요.」

「하지만 털어놓고 싶어요. 그땐 제가 왜 그런 행동을 했는지 아직도 이해할 수가 없어요. 당신이라면 이해할 수 있을지도 모르죠.」

앨리즈가 눈을 감았다. 그녀의 표정이 굳어졌다.

「집에서 나온 후 이틀이 지나서 다시 여자 옷으로 갈아입고 한 여인숙으로 들어갔죠. 방을 잡아 짐을 들여놓고 잠깐 산책이라도 할까하고 나오다가 홀에서 술을 마시고 있는 한 상인과 마주쳤어요. 인사불성으로 취한 남자였는데, 제게 추파를 던지더군요. 눈을 딱 감고 그 남자를 받아들였어요.」

술 취한 상인에게서는 역한 냄새가 났고, 거북의 등딱지처럼 거친 손은 주인의 말도 제대로 듣지 않고 제멋대로 흐느적거렸다. 그는 앨리즈가 처녀라는 것도 염두에 두지 않았다. 그래도 그녀는 그가 유린하는 대로 그저 가만히 누워서 모든 일이 끝나기를 기다렸다.

앨리즈의 입에는 쓴 침이 고였다.

「아마 제정신이 아니었나봐요. 너무나 빨리 일이 끝나버렸어요. 그 상인은 너무나 취해서 자기가 누구와 무슨 짓을 하고 있는지도 모르는 것 같았어요.」

「지금이라도 그자를 찾아내서 목을 꺾어버릴까?」

레저널드가 짐짓 진심 어린 목소리로 물었다.

「아서요!」

앨리즈가 깜짝 놀란 듯 부드러운 미소를 지으며 만류했다. 하지만 그의 말이 단순한 농담이 아니라는 걸 그녀는 알고 있었다.

「그 사람이 강제로 한 짓도 아닌데요, 뭘. 제 잘못이었어요.」

레저널드가 그녀를 더욱 바짝 끌어당겨 안았다. 앨리즈의 피부는 따뜻하고 부드러웠다.

「육체의 즐거움에 대해서는 전혀 느끼지 못했겠군.」

「그보다 훨씬 심했죠. 그 일로 인해 제 자신이 혐오스러워졌으니까요. 제가 왜 그런 짓을 했는지 이해할 수 있으시겠어요?」

「자신의 여성다움이 무시당하고 보니 그걸 증명하고 싶었겠지. 봐라, 나도 얼마든지 남자들의 시선을 끌 수 있다……. 그리고 랜달프와 아버지에 대한 복수심도 있었을 테고. 그런 일이 있었다는 걸 알면 두 사람 모두 분노하겠지만 동시에 후회도 했을 테니까. 하지만 부작용도 만만치 않았지. 술이라도 취하지 않으면 어떤 남자도 당신을 원하지 않을 거라는 비관적인 생각을 갖게 되었잖소?」

한동안 말이 없던 앨리즈가 입을 열었다.

「레저널드, 당신은 어떻게 그렇게 사람들의 속내를 잘 알죠?」

「아주 어릴 적부터 인간이라는 존재에 대해서 열심히 생각했거든. 내 생각이지만, 당신은 그 상인과의 일이 있은 후부터는 남자를 멀리하고 사랑을 스스로 차단함으로써 자신에게 벌을 주었던 거야. 하지만 아무리 그래도 당신에게 숨어 있는 열정까지 어쩌지는 못한 거지.」

앨리즈가 피식 웃었다.

「그 말도 맞아요. 그 일이 있기 전까지는 남자들을 참 좋아했었는데, 그날 밤부터 독신주의자가 된 거예요. 내가 사랑했던 남자는 내 사랑을 거부했고, 내가 지은 죄가 있으니 앞으로는 어떤 남자도 날 거들떠보지 않을 것 같았어요. 상인과 헤어진 후 몇 시간 동안은 차라리 죽어버릴까 하는 생각도 했었어요. 영혼이야 불지옥에서 벌을 받든 말든 거기까지 생각할 여유도 없었죠.」

「그 생각을 실행에 옮기지 않은 게 천만다행이군.」

「그럴 수가 없었어요. 다음날 새벽에 제 말을 돌보던 마부가 절 찾아냈거든요. 제가 랜달프와 친구의 말을 엿듣고 있는 장면을 봤대요. 그후의 제 행동으로 미루어 뭔가 크게 잘못되어 가고 있다는 걸 눈치채고 있었는데, 다음날 새벽에 제 말이 없어진 걸 발견하고 곧장 절 찾아나섰던 거죠. 나를 만나기만 하면 어떻게든 설득을 해서 불미스러운 소문이 퍼지기 전에 집으로 도로 데려갈 생각이었던 거예요. 하지만 저를 찾기까지도 생각보다 시간이 많이 걸렸을 뿐만 아니라, 막상 찾고 나니 제가 돌아가길 거부했던 거죠. 내가 가지 않겠다면 강제로 끌고 가지는 않겠지만, 곁에 보호해줄 사람 하나 없이 허허벌판에 혼자 헤매도록 둘 수는 없다고 하더군요.」

그때 레저널드의 뇌리에 떠오르는 사람이 있었다.

「누군지 알겠군. 제이미 파머 아니오?」

「맞아요. 우린 그 전부터 친구처럼 지냈어요. 제이미에겐 가족도 없었기 때문에 굳이 아버지 집으로 돌아갈 필요도 없었죠. 제이미가 제 곁에 있어준다는 게 얼마나 고마웠는지 몰라요. 제이미는 아무런 욕심 없이 그저 제 안전만을 걱정하는 사람이었거든요. 제가 처음 얻은 일자리는 여기서 가까운 학교에서 역사와 라틴어를 가르치는 교사 자리였어요. 제이미는 근처의 마구간에서 일자리를 얻었죠. 나중에 스펜서 부인 댁의 가정교사로 옮기자 제이미도 근처의 또 다른 마구간으로 일자리를 옮겼어요. 도자기 공장을 시작하게 되었을 때 정말 믿고 일을 맡길 사람이 필요했는데, 제가 부탁하자 제이미는 말을 돌보는 일을 더 좋아하면서도 기꺼이 부탁을 들어주었어요. 정말 좋은 친구예요.」

「제이미가 당신을 사랑했던 건 아니었소?」

레저널드는 행여 질투심이 드러날까 조심하며 앨리즈를 떠보았다. 앨리즈는 고개를 저었다.

「제이미는 저에 대해서 그런 생각을 가져본 적이 없었어요. 제이미한테 저는 감히 손도 댈 수 없는 상전이었을 뿐이에요. 비록 집에서 뛰쳐나와 내 손으로 벌어서 생계를 꾸려가야 할 형편이 되었지만, 그래도 제이미는 다른 생각은 일절 품지 않았어요. 헤럴드 집안의 딸과 결혼한 게 몇 년 전이에요.」

앨리즈가 길게 한숨을 내쉬었다.

「그 다음 일은 이미 다 아시는 대로예요.」

「아버지에게 돌아갈 생각은 안 해봤소?」

「한번도.」

앨리즈의 말투는 담담하고 간결했다.

「만약 당신이 아버지를 정말로 미워했다면 그럴 수도 있었겠지만, 내 느낌엔 그게 아닌 것 같군. 아버지와 화해할 생각은 전혀 없소? 당신 아버지도 영원히 사실 수는 없을 텐데. 어쩌면 이미 돌아가셨을지도 모르고.」

「돌아가시지 않았어요.」

「어떻게 알지?」

「돌아가셨다면 제게도 소식이 들렸을 거예요.」

앨리즈의 표정과 말투는 바닷속의 조개까지 입을 다물게 만들 수 있을 것 같았다. 그러나 레저널드는 까딱도 하지 않았다. 다른 사람의 기분과 상관없이 자신의 주장을 관철하는 것은 그가 가진 뛰어난 재주 중의 하나였다.

「앨리즈, 경험자로서 충고하겠는데……, 분노를 안고 살아가는 건 정신 건강에 무척 해로워요.」

「솔직히 어느 쪽에 관심이 있으신 거죠? 제 정신인가요, 아니면 제가 버리고 온 재산인가요?」

앨리즈가 톡 쏘았다. 하지만 레저널드는 그 함정에 걸려들지 않았다.

「내 말을 믿어요. 마크엄 자작은 나더러 남의 재산이나 쫓아다니는 파렴치한이라고 했지만, 만약 내가 정말로 돈 많은 상속녀를 탐했다면,

아마 벌써 그 욕심을 채웠을 거요.」

앨리즈는 미소로써 미안함을 대신했다.

「미안해요. 지난 일을 괜히 떠벌렸나봐요. 어차피 엎질러진 물인데. 도로 주워담을 수도 없지만 주워담고 싶지도 않아요.」

「어째서? 아버지가 당신을 용서하지 않을 거라는 생각 때문이오?」

「그게 다는 아니죠. 제가 아버지를 용서할 수 없다는 게 더 큰 이유예요. 내가 아버지의 사랑과 이해와 위로를 가장 필요로 할 때 아버지는 제게 등을 돌리셨어요.」

앨리즈는 목이 메었다.

「자존심 때문이었든, 고집 때문이었든, 아니면 아버지가 원래 무정한 분이셨기 때문이었든 상관없어요. 아버지께 용서를 구하러 돌아가진 않을 거예요. 지금도, 앞으로도. 설령 아버지가 상속권을 다시 돌려주신다 해도 마찬가지예요. 아버지가 돌아가신다 해도 집으로 돌아가진 않을 거예요.」

인간의 무정함이 얼마나 큰 상처를 주는지에 대해서는 레저널드가 누구보다 잘 알고 있었다. 그러나 앨리즈가 계속해서 아버지와 등지고 지내도록 둘 수는 없었다.

「아버지가 당신에게 돌아오라고 요구하신다 해도?」

앨리즈의 목소리는 더 이상 같은 이야기를 하고 싶지 않다는 듯 피곤하고 슬프게 들렸다.

「아버지는 평생토록 단 한번도 실수를 인정하거나 누구에게 사과를 해보신 일이 없는 분이었어요. 제게 돌아오란 말씀을 결코 하시지 않을 거예요.」

앨리즈의 목소리에는 짙은 아픔이 배어 있었다.

「당신이 아버지를 증오하지 못한다는 게 오히려 가슴 아프군. 그랬다면 차라리 덜 고통스러울 텐데.」

레저널드는 부드러운 손길로 앨리즈의 얼굴에 흘러내린 머리카락을 쓸어올렸다.

지금이 그녀에게 청혼할 좋은 기회가 아닐까? 벌써 몇 주째 그녀에게 청혼하고 싶다는 마음이 레저널드의 가슴속에 자라나고 있었다. 그는 앨리즈에게, 그리고 자신에게 이제는 술 없이 맑은 정신으로 지낼 수 있다는 것을, 앞으로도 그렇게 살 수 있다는 것을 보여주고 싶었다. 이제 두 사람이 한 지붕 아래서 연인이 아닌 주인과 집사의 관계로만 지낼 수는 없다는 것이 명확해진 터였다.

레저널드는 앨리즈도 기꺼이 청혼을 받아들이리라는 자신감이 생겼다. 앨리즈는 그와 스트릭런드에 애정을 가지고 있었고, 또한 자기 자신의 아이를 가지고 싶어했다.

그리고 레저널드도 그녀를 사랑했다. 왜 지금에야 그것을 깨달았는지 그는 자신이 바보스러웠다. 지난주에야 그녀를 향한 욕망과 존경심, 그리고 동지애, 감사하는 마음이 한꺼번에 녹아 그 모든 것을 뛰어넘는 새로운 감정으로 확실하게 자리잡은 것 같았다. 지극히 인간적이고 관습적인 의미에서 그는 그녀가 자신의 여자가 되길 원했다. 죽음이 그들을 갈라놓을 때까지.

아직 한번도 앨리즈에게 이런 이야기를 해본 적이 없었지만, 이제는 하고 싶었다. 비록 로맨틱한 사랑의 고백은 될 수 없을지라도 그녀에게 솔직한 자신의 감정을 털어놓고 싶었다. 그가 막 입을 떼려는 찰나, 갑자기 그의 머릿속에서 여기저기 흩어져 있던 그림의 조각들이 모여들며 완전히 새로운 한 편의 그림이 그려지기 시작했다. 그리고 그 그림은 상상을 초월할 정도로 놀라운 것이었다.

앨리즈의 풍만한 젖가슴을 더듬던 그의 손길이 우뚝 멈추어버렸다. 줄리언은 행방불명 된 더웨스턴 공작의 상속녀가 킨로스 후작의 둘째 아들과 약혼한 사이였다고 했다. 후작의 둘째 아들의 이름은 랜달프 레녹스였다. 레저널드도 그와 안면이 있었다. 랜달프 레녹스는 레저널드보다 서너 살 아래로, 전형적인 런던의 신사로 칭송받는 인물이었다. 어느 모로 보나 미래에 여공작이 될 귀족 처녀와 결혼하기에 손색이 없는 청년이었다. 더웨스턴의 딸은 12년 전, 열 여덟 살의 나이로 마부와 야반도주를 했다고 했다.

레저널드의 가슴속에서는 갑자기 차가운 바람이 불기 시작했다. 그의 앨리즈가 바로 더웨스턴 공작의 상속녀였던 것이다. 앨리즈가 들려준 이야기와 줄리언이 들려준 이야기는 아귀가 꼭 맞아 떨어졌다. 오, 하느님! 앨리즈가 더웨스턴 공작의 무남독녀였다니…….

그리고 블레이크포드. 그는 앨리즈의 바로 뒷자리에서 데웨스턴 공작의 작위와 재산을 기다리고 있던 인물이었다. 앨리즈도 블레이크포드가 그녀를 죽이려 할 만한 이유가 따로 있었다고 말했다. 레저널드의 분별없는 말실수 때문에 그가 그토록 두려워하던, 사라진 상속녀의 존재가 알려졌던 것이다. 이제와서 증명할 방도는 없지만, 로즈 홀의 화재가 바로 그의 짓이었다는 데에 레저널드는 전재산을 걸고 내기라도 할 수 있었다.

앨리즈의 허스키한 목소리가 그의 생각을 자르고 들었다.

「왜 그런 얼굴이죠?」

레저널드는 얼른 앨리즈에게 관심을 옮겼다. 대번포트 가문의 수치라고 조롱받던 자신이 영국에서 가장 명망 있는 상속녀와 한 침대에 누워 있다니. 만약 런던의 사교계에서였다면 한 지붕 아래 발을 들여놓을 수도 없을 정도로 두 사람의 신분의 차이는 큰 것이었다.

앨리즈가 그토록 자연스럽게 사람들을 부릴 수 있었던 것이 이제야 이해가 갔다. 더웨스턴이라는 작은 왕국의 통치자로서 자란 그녀가 아닌가. 레이디 앨리즈라는 별명은 사람들의 조롱과 원망이 담긴 별명이라고 그녀는 둘러댔었다. 그러나 제이미 파머가 얼결에 옛날 버릇대로 상전의 호칭을 불렀던 것이 시초가 됐음이 틀림없었다.

아버지에 대한 증오 때문에 부녀 사이의 반목이 시작되었던 거라면 모를까, 앨리즈는 아직도 아버지를 사랑하고 염려하는 것이 틀림없었다. 앨리즈가 아무리 공작이 그녀를 다시 딸로 인정하지 않을 거라고 생각하고 있어도, 레저널드의 생각은 달랐다.

일 분도 안 되는 짧은 시간 동안 모든 것이 변해버렸다. 피할 수 없는 운명의 갈림길 앞에서 레저널드는 가슴 아프지만 자신이 가야 할 길이 어느 쪽인지를 순순히 인정했다. 그는 억지로 미소를 지어 보이며 말했다.

「새벽이 오기 전까지 내가 당신과 몇 번이나 사랑을 나눌 수 있을지 생각해봤어. 다른 사람들이 깨기 전에 말이야.」

앨리즈는 아무 것도 모른 채 짓궂게 웃었다.

「그건 계산만 해가지고는 알 수 없죠.」

「맞아. 계산만 가지고는 안 되지.」

레저널드는 앨리즈에게 뜨거운 키스를 퍼부었다. 이제 운명을 피할 수 없다는 조급함이 그의 가슴을 더욱 뜨겁게 했다. 잠시나마 자신의 행복을 꿈꾸었던 것이 어리석게 느껴졌다.

그러나 오늘밤만은, 오늘밤만은 누가 뭐래도 앨리즈는 그의 여자였다. 레저널드는 자신과 앨리즈에게 오늘밤이 영원히 기억되도록 만들고 싶었다.

어둠은 점점 깊어갔고, 두 사람은 수천 가지의 작은 발견의 즐거움에 감탄하기도 하고 고즈넉한 숨결을 함께 나누기도 하면서 행복에 잠겼다. 레저널드가 주면 줄수록 앨리즈는 더 많은 것을 돌려주었다. 만약 내일 죽는다 해도 사랑으로 충만한 삶을 살았노라 만족하며 죽을 수 있을 것 같다고 앨리즈는 생각했다.

그러한 만족감은 단순히 육체의 결합에서 기인한 것은 아니었다. 앨리즈는 레저널드 대번포트를 사랑한다고, 세상의 어떤 남자도, 과거에도 미래에도, 그처럼 그녀의 마음과 영혼을 사로잡을 수는 없노라고 소리치고 싶은 심정이었다.

이제 두 사람은 어떤 비밀도 공유할 수 있다는 생각에 앨리즈는 아무렇지도 않게 레저널드에게 물었다.

「길리가 가진 아이 말고 사생아는 몇이나 두었어요?」

레저널드가 그녀를 향해 고개를 치켜들었다.

「그게 무슨 소리요?」

앨리즈는 시치미 떼지 말라는 듯이 다시 물었다.

「사생아 말이에요, 사생아. 길리가 곧 낳을 아기처럼. 설마 없다고 하지는 않겠죠?」

「왜 그 아이가 내 아이일 거라고 생각했지?」

레저널드는 화가 난다기보다는 정말 궁금했다. 앨리즈는 당황스러웠다.

「언젠가 한밤중에 길리가 당신 방에서 울며 나가는 걸 봤어요. 그리고 헤럴드 부인은 당신이 그 아이를 쫓아내지 않은 게 다행이라고 하기에…….」

「그랬군.」

레저널드는 마치 남의 일인 양 재미있다는 듯이 웃었다.

「안타깝게도 그 아이는 내 아이가 아니오. 나중에 보면 알겠지만, 그 아이는 내가 스트릭런드에 온 지 아홉 달이 되기 전에 태어날 거요.」

레저널드는 길리의 아이에 얽힌 이야기를 소상하게 들려주었다. 앨리즈는 놀랍기도 했지만 한편으로는 무거운 마음의 짐이 벗겨지는 것 같아 기쁘기도 했다.

「그럼, 맥 쿠퍼한테 길리와 결혼하는 조건으로 돈을 주지 않았단 말인가요?」

「이런, 이런……. 행여 맥 앞에서 그런 소리는 입밖에 내지도 마시오. 그랬다간 앞으로 맥한테서 평생 숙녀 대접은 못 받을 테니까. 길리와 결혼하겠다는 건 순전히 맥이 결정한 일이었어요. 맥은 길리를 정말 사랑하고 있거든.」

「그랬군요.」

그제야 앨리즈는 자신의 성급하고 편견에 물든 생각이 부끄러워졌다.

「오랜 세월 여러 여자들과 관계를 가져왔지만, 사생아를 만들지 않으려고 애썼지. 하지만 어쩌면 하나쯤은 있을지도 몰라.」

앨리즈가 눈을 반짝였다.

「당신 아이인지 확실하지 않다는 건가요?」

「휘그 당원인 귀족 부인과 한때 관계를 가졌던 적이 있었소. 정치적 신조에 못지않게 생활 신조 역시 자유분방한 여인이었지. 첫 두 아들은 남편 소생이었지만, 그 이후에 태어난 아이들은 아버지가 각각 다르다는 걸 오히려 자랑스럽게 여기는 여자였소. 한때의 사랑이 지나간 후 몇 년이 지나서 아이들을 데리고 공원을 산책하고 있는 그 여자를 보았는데, 그 중 딸아이 하나가 나와 무척 닮았더군. 세월을 계산해보니, 내 아이일 수도 있다는 생각이 들었소」

「왜 그 부인한테 직접 확인해보지 않으셨어요?」

「그 여자도 모를지도 모르니까. 그리고 그 아인……, 그 아인 그대로도 행복해 보였소. 나보다 훨씬 양식 있고 지위도 확실한 부모 밑에서 훌륭한 교육을 받으면서 자라고 있었으니까. 내가 아버지라고 주장하면서 나타난들, 그 아이한테 해줄 수 있는 게 뭐가 있었겠소? 행복하게 잘 크고 있는 아이의 인생만 망칠 뿐이지.」

앨리즈는 레저널드의 목소리에서 스스로 자신의 딸이라고 말하지 못한 어린아이에 대해 그가 얼마나 커다란 애정을 가졌을지 느낄 수 있었다.

그녀도 언제나 자신의 아이를 갖고 싶었다. 그러나 이제는 그의 아이를 갖고 싶어졌다는 사실을 앨리즈는 놀라움과 함께 깨달았다. 스트릭런드에서 평생을 보내며 땅을 가꾸고 그의 아이들을 기르고 싶었다. 함께 웃고, 사랑을 나누면서.

그것은 이제 꿈이 아니었다. 그녀가 그를 사랑하고 그가 그녀를 원하고 있으니까.

24

레저널드는 다른 식구들이 깨기 전에 앨리즈에게 키스를 남기고 떠났다. 앨리즈는 하녀가 커피잔을 들고 들어오기 전까지 행복감에 푹 젖은 채 몇 분간의 시간을 보냈다. 세상에 이런 행복이 있을 줄은 미처 몰랐던 그녀였다. 그토록 뜨겁고 열정적인 밤을 보냈음에도 불구하고, 앨리즈는 태산이라도 한 손으로 거뜬히 들어 옮길 것 같은 기운이 느껴졌다.

커피를 마신 앨리즈는 일어나 옷을 입었다. 거울 앞에 선 그녀는 한순간 깜짝 놀랐다. 레저널드가 말했던 바로 그 아름다운 여인이 거울 속에 있었기 때문이었다.

앨리즈는 휘파람을 불며 밖으로 나갔다. 오늘은 하루 종일 영지의 동쪽 끝에서 일해야 한다는 게 불만스러웠다. 저녁 식사 때까지 레저널드를 볼 수 없기 때문이었다. 하지만 일에 몰두하다가도 앨리즈는 문득문득 미소를 머금고 허공을 바라보곤 했다.

오후 늦게야 앨리즈는 집사의 사무실로 돌아왔다. 하지만 레저널드의 굵직굵직한 글씨체로 쓰여진 편지가 책상 위에 놓여있는 것을 보고 그녀는 가슴이 덜컹 내려앉는 것 같았다. 혹시 어젯밤의 일들에 대해 후회하는 마음을 전하려는 건 아닐까?

입술을 굳게 다물고 앨리즈는 봉투를 뜯었다. 간결하지만 무뚝뚝하지는 않은 인사말이 우선 그녀를 안심시켰다. 갑작스러운 볼일이 생겨 한 보름간 집을 떠나있게 되었다는 내용이었다. 인사도 없이 떠나게 되어 미안하다는 말과 함께 '당신의 다정한 …… R'이라고 서명이 되어 있었다.

앨리즈는 편지를 뚫어지게 들여다보았다. 당신의 다정한? 그건 애정의 표현일까, 아니면 이쪽도 저쪽도 아닌 중립적인 입장의 표현일까? 앨리즈는 몇 번이고 그 편지를 다시 읽으며 그 속에 감추어진 의미를 읽어내려 애썼지만 끝내 아무 것도 읽어내지 못했다.

앨리즈는 조심스럽게 편지를 다시 접었다. 방안을 빙 둘러보았지만 눈에 들어오는 것은 아무 것도 없었다. 돌이켜보면 두 사람 사이가 조금이라도 가까워졌나 싶으면 그는 항상 어디론가 도망치듯 사라졌었다. 그러나 언제나 그는 다시 자기 자리로 돌아와주었다.

레저널드가 언제나 제자리로 돌아와주곤 했다는 것을 앨리즈는 꼭 기억해야 했다.

런던에서 레저널드는 줄리언의 대고모를 찾아갔다. 그녀는 당당한 기품이 느껴지는 귀부인으로, 런던 사교계의 온갖 뒷소문이나 겉만 번드르르한 날건달들의 약점을 찾아내는 데에는 남다른 재주를 가진 여인이었다. 차 한 잔을 마시는 동안 레저널드는 오래 전 행방불명된 더 웨스턴의 상속녀가 바로 레이디 앨리슨 엘리자베스 소프로니아 웨스턴 블레이크포드, 간단히 말해 레이디 앨리즈라 불리는 여인이었다는 것을 알게 되었다. 레이디 앨리즈는 여자로서는 보기 드물게 키가 크고 약간 수줍은 성격이었으나 매우 기품 있는 숙녀였다는 이야기도 들었다. 아버지가 정해준 약혼자 랜달프 레넉스는 그녀에게 매우 합당한 정혼자로서, 돈 때문에 마음에도 없는 결혼을 해야 할 청년은 아니었다고 부인은 말했다.

그리고 마지막으로, 레이디 앨리슨 블레이크포드는 양쪽 눈동자의 색깔이 달랐다는 것을 알려주었다.

칼레온 성에 도착하기까지는 사흘이 걸렸다. 칼레온 성은 더웨스턴 공작의 영지로, 체셔 지방의 상당 부분을 차지하고 있었다. 영지를 경계지은 성문을 통과해 느릅나무가 늘어선 길을 따라 영주가 기거하고 있는 성에 도착하기까지도 말을 달려 30분이 걸렸다. 스트릭런드를 통째로 떠다 놓는다 해도 어느 한 구석에 걸칠까 말까할 정도로 큰 영지였다. 칼레온은 애초부터 작지 않은 성으로 출발했으나 누대에 걸쳐 영지가 확장되고 새로운 건물이 들어서면서 막강한 주인의 권력과 부를 유감없이 드러내게 되었다. 잉글랜드의 왕과 왕비들조차도 칼레온 성을 방문하는 것을 큰 즐거움으로 여겼다.

그러나 영지의 중심부에 다가가면 다가갈수록, 레저널드는 더욱 화가 났다. 앨리즈가 이 막대한 성을 버리고 아무 것도 확실한 것이 없는 가난한 삶을 선택했다는 것이 바로 그녀가 얼마나 크고 깊은 상처를 받았는지를 반증해주는 것이었다. 할 수만 있다면 기꺼이 랜달프 레넉스의 심장이라도 도려내고 싶었다. 그리고 잉글랜드 최고의 귀족이라는 더웨스턴 공작과 이름을 알 수 없는 그 술 취한 상인까지도 모두 한 줄로 묶어 어디든 매달고 싶었다. 크든 작든 앨리즈에게 상처를 준 다른 사람들도 모두 마찬가지였다. 바로 자기 손으로 조지 블레이크포드의 목숨을 결딴낸 것이 그나마 그에게 작은 만족을 주었다.

현관 홀은 천장 높이가 십 미터는 족히 될 만큼 높아 안에 서 있는 사람을 처음부터 주눅들게 만들었다. 캔터베리 대주교보다 오히려 근엄한 표정을 짓고 있는 집사가 나와서 그를 맞았다. 예고도 없이 들이닥친, 꾀죄죄한 행색의 행인 앞에서 그의 차가운 눈이 거만하게 빛났다.

「더웨스턴 공작께서는 지금 손님을 맞으실 수 없습니다.」

레저널드는 주머니에서 명함을 한 장 꺼내 뒷면에 '따님이 계신 곳을 알고 있습니다'라고 적은 후 집사에게 건네주었다.

「이걸 전해주게.」

공작은 분명 성 안에 있었다. 소문에 의하면 공작은 지난 10년 간 단 한번도 자신의 영지를 벗어난 적이 없었다. 집사는 방문객을 잔뜩 얕잡아보는 시선으로 명함을 흘끗 내려다보더니 말없이 돌아서 어디론가 사라졌다. 그러나 5분도 못 되어 그는 다시 나타났다.

「공작님께서 기다리고 계십니다.」

집사는 이리저리 구부러진 복도를 한참이나 앞서 걸으며 레저널드를 안내했다. 집사의 뒤를 따르며 레저널드는 혹여 길을 잃지나 않을까 걱정스러웠다. 드디어 두 사람은 공작의 개인 접견실 앞에 당도했다. 방을 장식하고 있는 가구며 예술품이며 한결같이 왕실의 소장품과 견줄 만큼 화려한 것들이었다.

더웨스턴 공작은 금빛으로 치장된 책상 앞에 앉아 있었다. 공작의 위풍당당한 모습을 보자마자, 앨리즈가 더웨스턴 공작의 상속녀가 아니었으면 하던 레저널드의 실낱같은 희망도 여지없이 무너져버렸다. 틀림없는 앨리즈의 아버지였다. 공작은 60대 후반의 키가 크고 풍채가 좋은 사나이였다. 백발이 희끗희끗 드러난 더리와 얼굴에 드러난 표정은 평생토록 단 한번도 자신의 의견에 반대하는 사람을 만나본 적이 없는 사람의 표정이었다. 공작은 자리에서 일어서지도 않았을 뿐 아니라 인사말조차 건네지 않은 채, 앨리즈의 오른쪽 눈동자와 똑같은 회녹색 눈동자를 날카롭게 빛내며 믿을 수 없는 소식을 가지고 등장한 낯선 사내를 훑어보았다.

사람을 압도하는 듯한 공작의 위엄 앞에서도 레저널드는 전혀 두려운 빛을 보이지 않았다. 그는 고개를 한번 숙여 인사를 한 후 공작을 똑바로 마주보았다. 공작이 먼저 입을 뗄 때까지 기다리겠다는 자세였다. 공작이 책상 위에 놓인 명함을 내려다보았다.

「레저널드 대번포트. 이야기는 들어서 알고 있소. 천하의 탕아, 무법자, 건달, 명망 있는 가문의 명예에 먹칠을 하고 있는 불명예스러운 존재. 내 상속자 조지 블레이크포드가 죽었다는 소문을 듣고 뭔가 얻어낼 것이 있다고 믿는 모양인데……?」

마치 얼음을 깎아 만든 화살을 쏘는 것처럼 차가운 공작의 시선이 다시 한 번 레저널드에게 와서 꽂혔다.

「내 딸의 옛추문을 들춰서 어떻게 해볼 생각이라면, 미리 말해두겠는데 난 그렇게 순진한 늙은이가 아니오. 내 딸은 죽었소. 이제 그만 나가보시오.」

레저널드의 분노는 연민으로 바뀌었다. 지난 십 수년 세월 동안 흔적을 찾을 길 없는 상속녀를 들먹거리며 찾아와 제 잇속만 차리고 간 인간들이 수도 없이 많았으리라는 것을 깨달은 탓이었다. 공작은 그런 사람들이 오갈 때마다 희망을 가졌다가 더 큰 절망을 안고 시름했으리라. 그렇지만 공작은 아직도 딸이 살아 있다는 희망을 잃지 않고 있는 것이 분명했다. 그렇지 않다면 낯선 방문객을 성 안 깊은 곳에 있는 접견실까지 불러들였을 리 없었다.

공작과 똑같이 냉담한 표정으로 레저널드가 말했다.

「조지 블레이크포드가 죽었다는 소식은 저도 알고 있습니다. 사실 그자를 죽인 것은 바로 저였으니까요. 단 한 발의 총탄으로 심장을 꿰뚫었습니다.」

「하느님 맙소사! 네 놈이 바로 조지를 죽인 놈이라구?」

공작은 믿을 수 없다는 듯한 표정으로 말했다.

「조지가 백주대로에서 총질을 하다가 죽었다는 것도 못마땅한 마당에, 너 같은 자가 내 면전에 나타나 살인을 자랑하다니 기가 막힐 노릇이군. 대번포트, 네놈은 살인자거나 미친놈이거나 둘 중 하나가 분명하다.」

그러더니 초인종에 매달린 굵은 끈에 손을 가져가며 공작이 냉소적으로 내뱉었다.

「아마 둘 다겠지.」

「저는 조지 블레이크포드를 죽일 수밖에 없었습니다. 그자가 앨리즈 웨스턴이라는 여인의 심장을 향해 비수를 겨누고 있었으니까요. 조지는 아마도 그 앨리즈가 공작님의 따님이라고 생각하는 것 같았습니다.」

공작의 손이 공중에서 멈추었다. 긴 손가락이 바르르 떨리는 듯하더니 조용히 책상 위에 얹혔다.

「앨리즈 웨스턴이라는 여인에 대해 말해보게.」

「앨리즈는 제 영지인 스트릭런드의 집사입니다. 스트릭런드는 도체스터와 샤프츠버리 사이에 있습니다. 키는 174센티미터 정도로 큰 편이고, 머리카락은 밝은 갈색입니다. 뺨에는 보조개가 있고, 나이는 30세, 할로윈 데이에 태어났고 루시퍼 못지않은 고집을 가지고 있습니다.」

레저널드는 공작의 표정이 점점 굳어지는 것을 보면서 마지막 한마디를 덧붙였다.

「그 여자의 눈동자는 양쪽의 색깔이 다릅니다. 왼쪽은 갈색이고 오른쪽은 회녹색입니다.」

「내 딸은 죽었어.」

주먹을 움켜쥔 공작은 손등에 파란 힘줄이 돋아났다.

「널 사기죄로 잡아넣을 수도 있다. 네 말의 진위는 금방 알아볼 수 있어.」

「영국 땅은 174센티미터 가까이 되는 큰 키에 양쪽 눈동자의 색깔이 다른 여자들로 넘쳐나는 곳이니 어렵하겠습니까. 좋습니다. 공작께서 앨리즈를 모른 체 하신다면 저는 기꺼이 제 여자로 삼겠습니다.」

레저널드는 휙 돌아서서 문을 향해 뚜벅뚜벅 걷기 시작했다.

「기다려!」

레저널드는 잠시 망설이다 돌아섰다. 여기까지 왔으니 결판을 내야 했다. 공작이 자리에서 일어섰다. 얼굴은 붉으락푸르락했다.

「그 여자가 진정 앨리슨이라면 그렇게 오래 집을 떠나 있었을 리가 없어.」

「그렇다면 따님을 잘못 알고 계셨습니다. 앨리즈가 약혼자와 파혼을 결심했을 때 공작께서는 따님 편에 서주지 않으셨습니다. 앨리즈에게 더 이상 공작의 딸도 아니라고 윽박지르시고 방에 가두셨으니, 앨리즈가 아버지로부터 배신당했다고 느꼈던 것도 당연하지 않습니까. 그리고 아버지는 자신이 돌아오는 걸 원치 않을 거라고 생각했던 것도 당연합니다.」

이제 백짓장처럼 하얗게 질린 얼굴이 된 공작은 자리에 풀썩 주저앉았다.

「그날 밤 있었던 일을 아는 사람은 그 아이와 나뿐이야.」

공작이 모기만한 소리로 중얼거렸다. 그의 손이 심하게 떨렸다.

「게 앉게나.」

공작의 안색이 너무나 창백해 레저널드는 하인이라도 불러야 하지 않을까 걱정스러웠다. 그러나 잠시 후 노인의 혈색은 차츰 돌아오기 시작했다.

「앨리즈가 랜달프와 파혼하겠다고 결심한 연유는 알고 있다.」

「알고 있습니다. 하지만 그 이유가 알고 싶으시다면 앨리즈에게 직접 물어보십시오.」

공작은 고개를 끄덕이며 동의를 표시했다.

「앨리즈가 자네의 집사라니, 어떻게 그런 일이 있을 수 있지? 내 딸은 마부와 도망쳤는데.」

「앨리즈는 혼자서 떠났습니다. 마부였던 제이미 파머는 나중에 주인이 집을 떠난 것을 알고 할 수 있다면 도로 데려오려고 뒤를 따른 것입니다. 그러나 집으로 데려올 수 없다는 것을 알고는 주인에게 불상사라도 생길까 걱정스러운 마음에 주인을 지키려는 생각으로 앨리즈의 곁에 남았던 겁니다.」

레저널드는 앨리즈가 가정교사로 일했던 것과 스트릭런드의 집사로 일하게 되기까지의 경위를 간략하게 설명했다. 또 앨리즈의 과감한 개혁적 조치들이 스트릭런드를 번창하는 영지로 탈바꿈시켜놓았다는 것과 그리고 세 아이의 후견인으로서 부모의 역할까지 하고 있다는 것도 알려주었다.

레저널드의 이야기가 계속되는 동안, 공작의 표정은 차츰 누그러졌다. 온 영국 땅을 뒤진다 해도 그런 일을 할 수 있는 여자라면 오직 자기 딸뿐이라는 것을 공작도 알고 있었다.

레저널드의 이야기가 끝나고 긴 침묵이 이어졌다. 이윽고 공작이 먼저 입을 열었다.

「그 아이가 집사로서 쓸 만하던가?」

「최고였습니다.」

공작의 얼굴에 희미한 미소가 번졌다.

「왜 그 아이는 함께 오지 않은 거지? 옛날에 내가 그애에게 했던 말은 모두 홧김에 한 말이었는데.」

공작의 얼굴에 여느 노인이나 다름없는 나약함이 드러났다.

「앨리즈는 큰 충격과 상처를 받았습니다. 그 다음에는 자존심이 발동한 겁니다.」

공작이 보일 듯 말 듯 고개를 끄덕였다.

「그애가……, 그애가 집으로 돌아와줄까?」

「그럴 거라고 생각합니다. 하지만 공작께서 직접 가셔서 앨리즈를 데리고 오셔야 합니다. 앨리즈가 제 발로 걸어서 오지는 않을 겁니다.」

갑자기 공작의 표정이 굳어졌다.

「그럼 그애가 지금 내가 용서를 구하기를 기다리고 있단 말인가?」

이런 순간에조차 자신의 자존심을 앞세우는 노인에게 레저널드는 부아가 끓었다.

「앨리즈는 아무 것도 기다리고 있지 않습니다. 지금 제가 여기 있는 것도 모르고 있습니다. 앨리즈는, 공작께서는 평생 누구에게도 사죄를 하거나 실수를 인정치 않았던 분이라고 하더군요. 오늘 보니 앨리즈는 아버지를 제대로 알고 있었던 것 같습니다. 여기까지 온 제가 실수였습니다.」

「대번포트!」

공작이 레저널드의 말에 담긴 진실을 혐오하는 듯한 거친 목소리로 그의 말을 막았다.

「영지가 스트릭런드라고? 도체스터에 있는?」

레저널드가 고개를 끄덕이자 공작이 말을 계속했다.

「나흘 안에 도착할 수 있겠구먼. 내가 얼마나 보답하면 되겠는가?」

레저널드의 눈빛이 차갑게 빛났다.

「필요 없습니다. 제게 보답할 생각은 마시고 앞으로 앨리즈에게나 잘해주십시오.」

공작은 그 순간 레저널드 대번포트에게 증오심을 느꼈다. 그토록 강인하고 젊다는 것이, 인생의 가장 화려한 정점에 서 있다는 것이, 공작 자신은 이 거대한 석조 건물에 갇혀 쓸쓸히 지내고 있을 때 이 젊은 한량은 앨리즈와 함께 있었다는 것이 가증스러웠다.

하지만 다른 어떤 것보다도 자기 딸을 집에서 떠나게 만들었던 공작 자신이 가장 혐오스러웠다.

「내 딸은 자네에게 어떤 존재인가, 대번포트. 정부인가? 이제 내 딸에게 싫증이 난 건가?」

이쯤 이르자 레저널드는 분노를 가슴에만 담아둘 수 없게 되었다. 자기 딸을 그렇게 밖에 생각하지 않다니. 앨리즈의 아버지만 아니라면 당장이라도 맨손으로 숨통을 끊어놓고 싶은 심정이었다.

「공작의 따님인 레이디 앨리즈는 언제나 한결같은 사람입니다.」

그러고 나서 그는 돌아서서 방에서 나갔다.

일에 몰두하고 있었던데다 아직 레저널드가 돌아오리라는 기대를 하지 않았기 때문에 앨리즈는 앞마당을 울리는 말 한 마리의 발굽소리를 듣지 못했다. 몇 시간 후 여러 마리의 말이 끄는 마차가 앞마당에 와서 멈춰서는 소리가 어렴풋이 들려왔지만, 얼마 전 시작된 오두막 짓기에 소용될 목재 마차가 오늘 도착할 예정이었기 때문에 별다른 생각을 갖지 않았다.

따라서 사무실 문을 노크하고 들어선 사람이 레저널드라는 것을 발견했을 때 앨리즈는 깜짝 놀랄 수밖에 없었다. 처음에는 뛸 듯이 반가웠으나 왠지 레저널드는 전혀 반가운 기색이 아니라는 것을 알아차리고 앨리즈는 잠시 주춤거렸다.

레저널드의 표정을 살피느라 바쁜 나머지, 앨리즈는 그의 등뒤에 선 키 큰 노신사의 얼굴을 미처 알아보지 못했다.

「손님이 오셨소」

앨리즈는 그제야 그의 등뒤를 바라보고 그대로 그 자리에 얼어붙어 버렸다. 목이 콱 메인 듯한 목소리로 겨우 그녀가 한마디 내뱉었다.

「아버지……?」

자신의 눈을 믿을 수 없었다. 아버지의 머리카락은 거의 백발에 가까웠고, 이마에는 새로운 주름살이 늘어 있었다. 그러나 그 큰 키와 꽂꽂한 자세는 옛날이나 똑같았다. 아버지 역시 살아 있는 딸의 모습이 믿기 어렵다는 눈빛으로 겨우 말했다.

「애야, 이제 집에 갈 때가 되지 않았니?」

앨리즈는 의자가 뒤로 넘어지는 것도 아랑곳하지 않고 쓰러질 듯 달려가 아버지의 품에 안겼다. 그 와중에 레저널드는 두 부녀가 십 수년 만의 재회의 기쁨을 충분히 주고받을 수 있도록 슬며시 자리를 떴다.

꿈에 그리던 딸이 품에 안겨 우는 것을 보면서 공작 역시 끝이 갈라진 음성으로 나직나직 말했다.

「미안하다, 애야. 정말 미안하다.」

이제 두 사람 모두에게 더 이상 사과의 말이나 용서의 말은 필요치 않았다. 그후로 한 삼십 분간 십 년 넘게 미루었던 안부의 인사말을 주고받느라 정신없이 보낸 후 공작이 정신을 차리고 말했다.

「한 시간 후쯤에는 출발할 수 있겠니? 서두르면 내일 아침에는 런던에 도착할 수 있을 게다.」

「런던이요?」

앨리즈가 어리둥절해서 물었다.

「칼레온 성으로 돌아가기 전에 런던에 먼저 들르자꾸나.」

공작은 앨리즈가 통상적인 근무 시간에 입는 갈색의 수수한 드레스를 보고 가슴이 아팠던 모양이었다.

「네게 걸맞는 의상을 주문해야지. 그리고 나도 이제 내 딸을 거느리고 자랑삼아 산책도 하고 사람들도 만나고 싶구나. 아직 여름이라는 게 좀 안타깝기는 하다만. 요즈음에는 사교계의 모임이 뜸해서 말이다. 하지만 나중에 사교계 시즌이 오면 다시 런던으로 가면 되는 거니까.」

앨리즈가 아버지의 얼굴을 빤히 올려다보았다.

「하지만 스트릭런드가 제 집인데요. 여기서 해야 할 일도 있구요.」

「이런, 이런! 더웨스턴 공작령을 물려받을 상속녀가 이런 시골 구석 영지의 집사로 일한다는 게 말이나 되느냐? 정 영지를 경영하고 싶다면 칼레온 성이 통째로 네 손안에 있다. 네가 내리는 명령이라면 어떤 것도 반대하지 않겠다고 맹세하마.」

공작의 얼굴에 희미한 미소가 번졌다.

「그러니까……, 그렇게 하도록 노력하겠다는 뜻이다.」

만약 앨리즈가 마음속에 딴 생각만 없었다면, 금방 말을 바꾸는 아버지의 태도에 함께 소리내어 웃었겠지만 지금 그녀의 머릿속은 너무나 복잡했다. 스트릭런드와 지금까지 손수 일으켜 세워온 생을 포기한다고? 레저널드를 떠나서?

「하지만 아이들도 있어요. 제가 맺은 계약도 있구요. 지금 당장 훌쩍 떠날 수는 없어요.」

「모두 알아서 처리하마.」

공작은 한시가 급했다.

「네가 책임져야 할 아이들도 물론 함께 가는 거다. 여자아이는 지금 마크엄 자작을 만나러 런던으로 떠났다고 들었다. 그럼 우선 두 남자 아이만 데려가면 되는 거냐? 애야, 앨리슨, 넌 여기서 너 자신을 낭비하고 있었어. 보다 큰일에 네 시간과 에너지를 써야 하지 않겠니?」

그래도 공작은 딸이 대견스럽다는 듯이 고개를 끄덕였다.

「그리고 계약에 대해서는, 대번포트와 이미 이야기를 끝냈다. 계약에 따른 모든 의무를 면제해주겠다고 했어.」

공작은 잠시 말을 멈추었다가 인정하기 싫은 사실이지만 어쩔 수 없다는 듯이 털어놓았다.

「인정하기는 싫지만, 내가 그 사람을 잘못 알고 있었던 것 같더구나. 대번포트가 처음 칼레온 성에 왔을 때까지만 하더라도, 난 그 사람이 사기극을 벌이고 있거나 돈을 바라고 네 거처를 알려주려는 거라고 생각했다. 하지만 내가 아무리 권해도 내 돈은 한푼도 받지 않더구나. 예절과 체면을 아는 사람이었어.」

앨리즈는 레저널드가 칼레온 성에 갔었다는 아버지의 말에 깜짝 놀랐다.

「레저널드가 칼레온에요? 그래서 제가 여기 있는 걸 아시게 된 건가요?」

공작이 고개를 끄덕이자 앨리즈는 당황스러운 표정으로 다시 물었다.

「제가 누군지 어떻게 알았을까요?」

「그거야 나도 모르지.」

공작은 눈을 가늘게 뜨고 딸의 표정을 살피며 더욱 조급한 마음이 들었다. 혹시나 대번포트가 딸의 마음을 다시 흔들어 집으로 돌아가지 못하게 할지도 모른다는 걱정이 생겼던 것이다.

「어서 짐이나 꾸리려무나.」

「우선 레저널드와 직접 얘길 해야겠어요.」

밖에 나서니 피터와 윌리엄이 더웨스턴 공작의 화려한 마차를 홀린 듯 구경을 하고 서 있었다. 두 아이가 앨리즈를 발견하고 마당을 가로

질러 달려왔다.

「선생님이 정말 저 공작의 딸이었어요?」

피터는 도저히 믿어지지 않는다는 표정이었다. 소식은 정말 바람보다 빨랐다.

「그래. 하지만 난 변한 게 없어. 난 아직 너희들 후견인이야. 그러니까 넌 어서 가서 숙제 마저 하고…….」

앨리즈가 윌리엄의 얼굴을 흘끗 살펴보며 말을 이었다.

「넌 어서 가서 세수 좀 깨끗이 하거라. 귀 뒤까지 말끔하게 씻는 것 잊지 말고.」

윌리엄은 싱긋 웃었다. 앨리즈가 레이디 앨리슨 블레이크포드였다는 사실이 무엇을 의미하는지 그 꼬마는 아직 잘 알지 못했다. 그러나 피터는 달랐다. 창백해진 얼굴로 소년이 물었다.

「그럼, 우리와 헤어지시는 건가요?」

앨리즈는 갑자기 가슴이 아파왔다. 아직 어린 나이에 너무 많은 사랑하는 사람들과 이별을 경험한 아이들이었다. 피터는 벌써 앨리즈와 헤어진 듯한 얼굴이었다.

「절대로 헤어지지 않아. 지금 당장은 어떻게 될지 말할 수 없지만, 만약 내가 떠난다면 너희들도 함께 간다는 걸 약속하마.」

만약 간다면……. 하지만 앨리즈는 떠나고 싶지 않았다. 갑자기 가슴이 울컥해지는 것을 참으며 얼른 말을 바꾸었다.

「너희들도 런던을 보고 싶어했지? 런던에 가보고 싶지 않니?」

앨리즈와 헤어지지 않는다는 것에만 안심을 하며 피터는 그제서야 미소를 지었다.

「너무너무 좋을 거예요!」

윌리엄도 뭐라고 거들 표정이었지만, 그 전에 앨리즈가 먼저 물었다.

「난 레저널드 아저씨와 할 얘기가 좀 있거든.」

그때 공작이 마당으로 나섰다. 앨리즈는 공작에게 두 소년을 소개시키고 세 사람이 서로 인사를 나누는 것을 보면서 서둘러 저택으로 향했다.

헤럴드 부인이 나와서 그녀를 맞이했다. 부인도 어안이 벙벙한 얼굴로 앨리즈에게 물었다.

「정말입니까? 정말 레이디 앨리즈셨어요? 그러니까, 그게, 저……, 진짜 레이디 앨리즈였나요?」

「그래요. 대번포트 씨는 어디 계시죠?」

앨리즈는 헤럴드의 물음에 친절하게 답할 여유가 없었다.

「서재에 계십니다, 아가씨.」

헤럴드 부인은 그저 놀란 정도가 아니라 완전히 얼이 빠져 있었다. 결혼에 의해서도 아니고 태생이 공작 작위를 물려받을 운명이었던 상속녀였다니! 스트릭런드에서는 영원히 잊혀지지 않을 전설이 만들어진 셈이었다. 그리고 하녀장 헤럴드 부인에게 레이디 앨리슨 블레이크포드는 이미 전설이 되어 있었다.

레저널드는 늘 앉던 의자에 앉아 파이프를 청소하는 중이었다. 네메시스가 앨리즈를 향해 타박타박 걸어왔다. 두 사람은 오래도록 말없이 서로를 마주보았다. 앨리즈는 그의 표정에서 자신이 떠나지 않기를 바라는 마음을 읽어보려 애썼다. 그날 밤의 일들이 모두 헛된 꿈이 아니었음을 확인하고 싶었다. 그러나 레저널드의 얼굴은 무표정 그 자체였다.

「내가 누구라는 걸 어떻게 알았죠?」

「당신이 과거에 대해서 털어놓았을 때, 내가 전에 들은 더웨스턴 공작의 상속녀 이야기와 딱 들어맞는다는 걸 깨달았소.」

결국 앨리즈가 스스로 자신이 누구인지를 밝힌 셈이었다. 앨리즈는 발등을 찧고 싶을 정도로 후회했으나 이미 다 엎질러진 물이었다.

「정말 내가 떠나도 좋다는 건가요?」

「여기는 당신이 있을 곳이 아니오.」

목소리도 표정도 아무 감정 없이 무뚝뚝했다. 앨리즈는 지금 레저널드의 태도나 말투를 도저히 이해할 수 없었다. 그날 밤 두 사람 사이에 있었던 것이 순전히 육체적인 것이었다고는 믿을 수 없었다.

그러나 그녀가 레저널드의 속마음을 어떻게 알겠는가? 이미 남자의 마음을 잘못 짚어 커다란 대가를 치른 자신이 아니었던가. 사랑을 꿈꾼 무모하고 어리석은 자신을 탓할 수밖에 없었다.

분노와 절망, 혼돈이 마구 뒤엉켜 아무 말도 하지 못하고 서 있는 앨리즈를 뒤로 한 채, 레저널드는 프렌치 도어 앞으로 다가갔다. 한 손으로 손잡이를 잡은 그는 앨리즈를 돌아다보며 말했다.

「잘 가시오, 앨리즈. 절대로 자신을 부끄럽게 생각하지 마시오. 당신은 그럴 만한 일을 한 적이 없소.」

「레저널드!」

그것은 앨리즈의 가슴속으로부터 울려나온 절규였다. 그러나 레저널드는 뒤도 돌아다보지 않고 사라졌다. 그를 잡으려고 따라나오니 레저널드는 피터와 악수를 하며 인사를 하고 있었다. 그러나 윌리엄은 아쉬움을 삼키지 못하고 그를 껴안은 채 좀처럼 놓아주지 않았다. 레저널드가 먼저 포옹을 풀고 뚜벅뚜벅 어디론가 걸어갔다.

'여기는 당신이 있을 곳이 아니오.' 레저널드가 그녀를 원치 않는다면 더 이상 스트릭런드에 머물 이유가 없었다. 아니, 머물 수가 없었다. 하지만 마치 칼끝으로 찌르는 것처럼 가슴이 아픈데, 어떻게 떠날 수 있을까? 앨리즈는 자꾸만 터져나오려는 울음을 삼키느라 가쁜 숨을 몰아쉬었다.

평생토록 그녀가 쓰러지지 않고 버틸 수 있었던 힘은 자존심이었다. 그녀는 레이디 앨리슨 블레이크포드, 언젠가는 제5대 더웨스턴 공작이 될 사람이었다. 그러므로 그녀는 자신을 원치 않는 곳에 머물 수도 없었고, 울 수도 없었다.

서재 밖에 헤럴드 부인이 기다리고 있었다. 앨리즈는 자신과 메리디스, 그리고 두 소년의 물건을 모두 짐으로 꾸리라고 일렀다. 피터와 윌리엄에게는 당장 런던으로 떠나리라는 것을 알렸다.

화재가 있은 후로는 사들인 물건도 거의 없기 때문에 짐은 생각보다 단출했다. 사무실에 벌여놓은 일들이 걱정스러웠지만, 이미 레저널드도 집사로서 그녀가 일하던 방식을 익히 알고 있으므로 알아서 하도록 두고 싶었다.

마지막으로 꼭 인사를 해야 할 사람이 있었다. 제이미 파머였다. 그는 헛간에서 쟁기를 수리하는 중이었다. 앨리즈의 얼굴을 보고 그는 놀라운 표정 대신 따뜻한 미소를 지어 보였다.

「이제야 집으로 돌아가시는군요, 레이디 앨리즈. 이제 그럴 때도 됐죠.」

제이미의 얼굴을 보자마자 앨리즈는 그의 너른 어깨에 기대어 펑펑 울고 싶다는 충동을 느꼈다. 그는 앨리즈가 믿고 의지했던 유일한 친구였다.

「함께 돌아가지 않겠어, 제이미?」

제이미는 고개를 저었다.

「애니가 싫어할 거예요. 처가 식구들이 모두 여기 있으니까요. 그리고 이젠 여기가 제 집인걸요, 아가씨. 이젠 아가씨도 제가 더 이상 필요 없으시잖아요?」

앨리즈는 터져나오려는 울음을 가까스로 참았다. 모진 세월 속에서도 앨리즈는 제이미 앞에서 한번도 눈물을 보인 적이 없었다. 만약 여기서 눈물을 보인다면, 제이미는 또 마음을 놓지 못하고 그녀를 따라올 것이 분명했다. 그것은 제이미의 인생을 또 한번 빼앗는 짓이었다.

「고마워, 제이미. 진정이야. 네가 해준 모든 것에 대해서 너무나 고마워. 너보다 좋은 친구는 세상에 다신 없을 거야.」

앨리즈가 손을 내밀었다.

「도자기 공장도 가끔 들여다봐 줄 거지? 그리고 무슨 일이든 생기면 나한테 지체 말고 연락해주고. 그렇게 해줄 거지?」

「그럼요, 레이디 앨리즈.」

제이미는 고개를 끄덕이며 앨리즈가 내민 손을 마주잡았다.

「가끔씩 다니러 오시지도 않을 건가요?」

「아니, 아마 안 그럴 거야.」

앨리즈는 이를 악물었다.

30분 후, 화려한 마차의 행렬이 스트릭런드를 떠났다. 그 사이에 앨리즈에게 인사를 하러 꽤 많은 사람들이 모여 있었다. 마차 행렬은 북쪽으로 방향을 잡아 샤프츠버리로 향했다. 앨리즈는 단 한번도 뒤를 돌아다보지 않았다.

레저널드는 도로가 길게 내려다보이는 산 중턱 느릅나무 아래 기대서 있었다. 가로수가 양쪽으로 늘어선 도로 위로 뿌얀 먼지를 일으키며 마차의 행렬이 나타났다. 윌리엄의 망아지와 앨리즈가 타던 암말이 행렬의 맨 끝에 졸졸 따라가고 있었다. 소용없는 짓이라는 것을 알면서도, 마지막으로 앨리즈의 얼굴이나 한번 더 볼 수 있을까 싶어 레저널드는 목을 길게 뺐다.

마차가 모퉁이를 지나더니 시야에서 사라졌다. 레저널드는 문득 나뭇가지를 헤치며 온힘을 다해 달리기 시작했다. 도로의 다음 번 모퉁이가 나타나기 전에 마차가 지나는 모습을 볼 수 있는 곳에 이르러서야 그는 달리기를 멈추고 가쁜 숨을 몰아쉬었다. 심장이 당장이라도 타들어갈 것만 같았다. 그러나 무정한 마차는 금방 모퉁이를 돌아 다시 시야에서 사라졌다.

그녀가 드디어 영영 떠난 것이다.

막막한 가슴을 안은 채 돌아선 레저널드는 어디를 가는지도 모르고 걷기 시작했다. 텅 비어 있을 저택으로 돌아가고 싶지 않았다. 떠난 사람은 앨리즈였지만, 그녀가 떠나도록 선택한 것은 바로 레저널드였다. 자신이 아는 것을 가슴에만 묻어두고 앨리즈를 곁에 그냥 둘 수도 있었다. 그러나 그것은 앨리즈를 아버지와 유산으로부터 떼어놓는 짓이었다.

술을 끊었더니 이번에는 도덕과 양심이 그의 인생을 구겨놓은 꼴이었다.

완전히 어두워진 후에야 그는 피곤한 얼굴로 집에 돌아왔다. 불안한 동작으로 서성이던 어틸러가 현관 홀에서 그를 맞아주었다. 헤럴드 부인이 인기척을 듣고 그를 맞으러 나왔다.

「레이디 앨리즈가 떠나실 때 어디로 갔었는지 보이지 않아 두고 가셨습니다. 주인님께서 잘 보살펴주실 거라구요」

「물론이오.」

레저널드의 목소리는 마치 나뭇등걸처럼 거칠고 딱딱했다.

그가 위층으로 올라가자 어틸러가 냉큼 뒤를 따랐다. 고양이는 앨리즈가 쓰던 방문 앞에 먼저 가서 기다렸다. 리저널드가 문을 열어주자 어틸러는 코를 쿵쿵거리며 주인의 흔적을 찾았다. 종내 주인이 나타나지 않자 녀석은 텅 빈 침대 위로 텀석 올라가 너부죽이 엎드렸다.

「지금 네 기분이 어떨지 나도 다 안다.」

레저널드는 힘 빠진 목소리로 중얼거리며 자기 방으로 향했다. 이제 앨리즈가 없이 사는 법을 배워야 했다.

무슨 방법이 있겠지.

25

레이디 앨리슨 블레이크포드가 잘못한 일이란 있을 수 없었다. 얼굴을 당당히 들고 어깨를 쭉 편 채 그녀는 사람들의 시선에 조금도 주저하거나 주눅들지 않았다. 앨리즈는 갑작스러운 지위의 변화에서 묘한 즐거움을 느꼈다. 도싯에서도 그녀는 존경의 대상이었다. 런던에서 그녀는 거의 숭배의 대상이었다.

런던 전체가 너무나 조용했다. 사교계의 젊은 청년들은 모두들 브라이튼이나 그와 비슷한 휴양지로 몰려간 탓이었다. 그렇지만 오랜 세월 행방이 묘연했던 더웨스턴 공작의 상속녀는 어딜 가나 관심의 대상이었다. 심지어는 그녀가 돌아왔다는 소문을 듣고 휴양지에서 서둘러 돌아온 사람도 있었다. 더웨스턴의 상속녀를 관심 있는 사람들에게 다시 소개하기 위한 크고 작은 규모의 행사들이 장소를 옮겨가며 하루가 멀다하고 계속 열렸다.

화려한 의상들이 한꺼번에 여러 벌씩 새로 주문되었지만 그 이튿날이면 완성된 의상들이 모두 배달되었다. 런던의 사교계가 썰렁한 비수기였기 때문이었다. 사돈의 팔촌보다도 훨씬 더 먼 친척들이 앞을 다투어 달려와 인사치레를 하며 레이디 앨리슨을 다시 만나 일생에 다시 없는 영광이자 다행이라고 반가움을 표시했다. 그러나 앨리즈는 그들의 머릿속에서 바쁘게 돌아가고 있는 바퀴소리를 훤히 들을 수 있었다. 앨리즈가 그간 뭘 하며 어떻게 지냈을까 추측하는 한편, 과연 누가 이 대단한 상속녀의 남편이 될까 점치는 것이었다. 십이 년간의 공백이 있기는 했어도 그녀는 여전히 영국에서 첫손가락에 꼽히는 상속녀였던 것이다.

런던에서도 다섯 손가락 안에 꼽히는 대저택 더웨스턴 하우스도 십년만에 처음으로 문을 활짝 열고 방문객들을 맞아들였다. 앨리즈가 런던의 사교계에 데뷔했던 장소도 바로 그 저택이었고, 꼭 십이 년 전의 일이었다. 저택은 그때나 지금이나 아무 것도 변한 것이 없었다.

그러나 앨리즈는 너무나 많이 변해 있었다. 이제 더 이상 어떤 사람들의 모임도 즐겁지 않았다. 누가 어떤 옷을 입었고, 누가 누구와 혼담이 오가는지도 관심이 없었다. 어느 곳이나 그녀가 들어서면 모든 사람들의 시선이 그녀에게로 모아졌다. 하지만 그녀는 어디서 누구를 만나도 지루하기 짝이 없었다.

유일하게 즐거웠던 나들이는 피터과 윌리엄을 데리고 런던 타워에 갔을 때나 서커스를 구경갔을 때처럼 유치한 나들이뿐이었다. 그러나 놀랍게도 공작은 몸소 그 유치한 나들이에 동참했을 뿐만 아니라 스스로도 무척 흥겨워했다.

공작과 앨리즈는 차츰 옛날처럼 가까운 관계를 되찾아갔다. 그러나 그러면 그럴수록 앨리즈의 가슴 한 구석에서는 감당하기 힘든 아픔이 자라났다. 레저널드가 없다면 그 모든 부귀영화도 한낱 쓸데없는 것들이었다.

스트릭런드는 마치 폐가 같았다. 레저널드가 처음 도착했을 때보다 열 배는 더 공허했다. 앨리즈와 스펜서 삼 남매가 함께 하는 생활에 이렇게 완전히 동화되어 있었다는 것이 레저널드는 믿어지지가 않았다.

귀여운 삼 남매와 그들의 웃음소리, 재잘거리는 소리가 모두 그리웠다. 그러나 가장 그리운 사람은 역시 앨리즈였다.

다행히도 곧 추수가 시작되는 계절이었다. 솜씨 좋은 관리인이 따로 있었지만 레저널드는 직접 추수하는 현장에 나가 일하면서 자신을 바쁘게 했다. 극적으로 드러난 앨리즈의 신분에 대해 레저널드로부터 직접 듣고 싶은 지방 유지들의 초대가 잇달았다. 그들에게 앨리즈의 이야기는 성서에 버금가는 황홀한 드라마였다.

레저널드는 일부의 초대만 받아들였다. 앨리즈 없이 지내야 하는 밤을 보충하기 위해서였다. 때때로 간절해지는 술생각을 그는 단호히 뿌리쳤다. 아무리 절망스럽더라도, 아무리 외롭더라도 다시 과거처럼 술에 찌든 삶으로 되돌아가고 싶지는 않았다.

초대를 받아 나가는 일이 없는 날들은 대부분의 저녁시간을 피아노 연주로 보냈다. 어린 시절의 솜씨가 완전히 되살아났을 뿐만 아니라 이제는 거기서 진일보한 느낌이 들어 레저널드에겐 큰 낙이 되어주었다. 피아노 연주에 몰두하는 것은 마치 마약에 빠진 것과 같이 그의 머릿속에서 다른 생각들을 모두 밀어내주었다.

어틸러와 네메시스는 이제 나란히 레저널드의 침대 위에서 잠을 잤다. 짐승들과 한 침대에서 잠을 자다니, 이젠 나도 늙었나보다 하고 레저널드는 생각했다. 가끔씩 앨리즈가 없다는 것 때문에 성이 날 때가 아니면 어틸러도 네메시스를 괴롭히지 않았다. 또 어틸러가 날카로운 발톱을 세워 할퀴고 들어도 네메시스는 끙하는 신음소리 한 번 내뱉고 돌아누우면 그뿐이었다. 아무리 성깔이 돋아도 레저널드를 물거나 할퀴어서는 안 된다는 걸 어틸러도 아는 모양이었다.

런던에 도착한 지 일주일쯤 후, 공작은 두 사내아이들을 데리고 말시장에 나갔다. 말시장에서는 여성들의 출입을 엄격히 금지하고 있었기 때문에 앨리즈는 집에서 밀린 편지나 쓸 생각이었다.

집사가 은쟁반에 명함 한 장을 받쳐들고 들어왔다. 정식으로 방문객을 접견하기에는 이른 시간이었다. 이상하다는 느낌을 받으며 앨리즈는 명함을 집어들었다. 랜달프 레넉스.

심장에서 덜컹하는 소리가 들려왔다. 그와 동시에 불안과 공포, 그리고 고통의 파도가 밀려왔다. 언젠가는 랜달프를 만나게 되리라고 생각했지만 이렇게 빨리 찾아오다니.

아직은 그를 마주할 준비가 되어 있지 않았다. 앨리즈는 오늘은 그냥 돌려보낼까 생각도 해보았다. 그러나 생각을 바꾸었다. 그의 배신이 그녀에겐 아무런 상처도 주지 못했다는 걸 당당하게 보여주어야 한다는 생각이 들었기 때문이었다. 정말 아무런 상처도 입지 않은 건 아니었지만, 어쨌든 그렇게 보여야 했다.

앨리즈는 서둘러 거울 앞에 섰다. 황금색 드레스와 최신 유행 스타일로 멋을 낸 헤어스타일은 그녀에게 썩 잘 어울렸다. 그만하면 어떤 남자라도 한번쯤 시선을 던질 만하다고 앨리즈는 자신했다. 그러나 레저널드와 함께 밤을 보낸 다음날 아침, 거울 속에 나타났던 그 여인은 영영 다시 나타나지 않았다. 오늘의 모습도 그 여인의 모습에 비하면 보잘것없었다. 아름답던 그 여인을 만들어낸 것은 바로 레저널드였다는 것을 앨리즈는 가슴 아프게 다시 깨달았다.

랜달프는 대접견실에서 기다리고 있었다. 문을 열고 들어서자마자 앨리즈는 잠시 멈춰섰고, 두 사람은 서로의 표정을 살피느라 잠시 침묵이 이어졌다. 앨리즈보다 손가락 두세 마디 정도 더 큰 키였던 랜달프는 옛날이나 다름없이 잘생긴 얼굴을 하고 있었다. 오히려 옛날에는 느낄 수 없었던 중후한 멋까지 풍겼다.

자신이 기억하고 있는 랜달프는 스물 한 살의 어린애나 다름없는 청년이었다는 것을 깨닫고 앨리즈는 잠깐 충격을 받았다. 그때 그의 나이가 그렇게 어렸다는 것을 앨리즈는 생각지 못했던 것이다.

「앨리슨?」

「안녕하세요, 랜달프.」

앨리즈는 희미하게 미소를 지으며 손을 내밀었다.

「내가 그렇게 못 알아볼 정도로 변했나요?」

랜달프는 앨리즈의 손등에 가볍게 입을 맞추었다.

「앨리슨, 다시 만나 반가워요. 정말 아름다워요.」

앨리즈는 얼른 손을 거두어들였다.

「멋대가리 없는 키다리, 온몸에 뼈다귀만 삐걱거리는 사내 같은 계집애가요? 아, 물론 매력적인 재산이 있군요.」

말을 뱉어놓고 앨리즈는 금방 후회를 했다. 성급한 화풀이였다. 랜달프는 눈을 질끈 감았다. 크게 놀란 것이 분명했다.

「오, 하느님. 결국 그게 이유였군.」

앨리즈에게 하는 말이라기보다는 자신에게 속삭이는 것 같았다. 그는 숨을 크게 들이쉬고 다시 눈을 떴다.

「십이 년 동안 나는 머리를 쥐어짜면서 생각했소. 도대체 당신이 왜 사라졌는지. 공작님께서 당신이 사라지기 직전, 나와의 약혼을 파하겠다고 선언했다는 이야기를 듣고 혹시 그 이야기를 들은 것은 아닐까 의심하기도 했지만, 그건 아니길 바랐소.」

그가 머리를 쥐어짜던 십이 년 동안 앨리즈의 가슴속에서 그는 비열한 배신자로 남아 있었다.

「우선 앉으세요. 이야기가 길어질 것 같으니.」

두 사람은 서로 마주보고 앉았다. 앨리즈가 먼저 그날 랜달프의 이야기를 엿듣게 된 사정을 설명했다. 그 이야기를 하면서도 앨리즈는 더 이상 고통스럽지 않았다. 다만 고통스러웠던 기억이 떠올랐을 뿐이었다. 랜달프의 얼굴이 대리석 조각상처럼 굳어졌다.

「당신이 내가 한 말을 곧이곧대로 믿은 것도 무리는 아니지.」

「믿지 않을 이유가 있나요? 내 귀로 직접 들은 당신의 대답이었는데. 영원한 사랑을 약속하던 당신의 입으로…… 나보다는 내 재산이 더 탐나더라는 말은 단순히 불쾌했다는 말로 표현하기엔 모자랐죠.」

「그건 그렇지 않았소. 내가 당신을 사랑했다는 건 진심이었소. 오히려 내가 한 말로는 표현이 모자랄 만큼 당신을 사랑했소.」

「그렇겠죠. 아름다운 돈을 사랑하지 않을 남자가 어디 있겠어요?」

앨리즈는 목이 메어왔다. 물론 랜달프도 막대한 유산을 상속받을 사람이었다. 그러나 그가 상속받을 유산이란 앨리즈의 유산에 비하면 몇 분의 일도 안 되는 규모였을 뿐 아니라, 원래 가진 사람이 더 탐욕스러운 법이었다.

「앨리즈, 재산이라면 나도 남부럽지 않게 가진 사람이오. 물론 더 많은 돈을 가지길 싫어하는 사람은 없겠지. 그러나 마음에도 없는 여자와 결혼을 결심할 만큼 돈에 눈먼 사내는 아니오. 당신은 내겐 특별한 사람이었소. 여자로서는 보기 드물게 지적이고, 열정적이고, 자신보다 불행한 사람들에게 자상하게 배려할 줄 아는. 때때로 오히려 내가 위압당할 만큼 당당한 기품까지 느껴지는 사람이었소. 당신에게 정중하게만 대하는 것이 힘들 만큼 난 당신을 사랑했소.」

앨리즈의 얼굴이 벌겋게 달아올랐다.

「놀리지 마세요, 랜달프. 거짓 칭찬은 정직한 비난보다 더 모욕적인 법이죠.」

「앨리즈, 난 당신을 속인 적이 없소. 그날 포가티의 바보 같은 질문에 대한 내 대답이 오히려 거짓말이었소.」

앨리즈는 천천히 심호흡을 했다. 왠지 자꾸만 랜달프의 말을 믿고 싶어졌다.

「당신이 이해하기 힘들 거라는 건 알지만, 젊은 남자들이란 때때로 자기 본심을 드러내지 못하는 법이라오. 특히 여자에 관해서는. 욕정을 느낀다는 것은 털어놓을 수 있어도 사랑을 느낀다는 건……. 내 친구들은 내가 정식으로 결혼하는 것보다는 오페라 무희들과 놀아나는 게 더 어울린다고 생각했던 것 같소. 혹시 당신이 도자기 인형 같이 예쁘기만 하고 생명력 없는 여자였다면 문제가 달랐을지도 모르지. 하지만 당신은 그들의 기준으로 보기에 내게는 넘치는 상대였던 거요.」

앨리즈의 입술이 경멸하듯 비틀렸다.

「열 자가 넘는 키에 온몸에 뼈다귀만 삐걱거리고, 절대로 잠자리에서 남자를 뜨겁게 녹여주지는 못할 여자였기 때문인가요?」

「당신이 암망아지처럼 활동적이고 웬만한 남자들보다 키가 크고, 보통사람들과는 다른 눈을 가졌다는 건 사실이오. 그러나······.」

랜달프는 가능한 한 조심스럽게 단어를 선택해야 했다.

「내 눈에 비친 당신은 아름다웠소. 세월이 흐르면 흐를수록 당신은 점점 더 아름다워질 거라고 나는 확신했지. 지금 내 믿음이 옳았다는 걸 나는 다시 깨닫고 있소.」

앨리즈는 갑자기 눈물이 솟구쳤다. 그녀는 얼른 눈을 감아버렸다.

「괜찮소, 앨리슨?」

「괜찮아요. 사람의 마음을 흔들어놓는 재주는 변함이 없군요.」

랜달프는 멋쩍은 미소를 지었다.

「이걸 비극이라 해야 하나요, 희극이라 해야 하나요. 마음에도 없는 당신의 말 한마디 때문에 내 인생이 완전히 바뀌어버렸어요.」

「내 실언 한마디 때문에 당신이 십이 년간이나 방랑 생활이나 다름없는 고난을 겪었다는 데 대해서 나 자신을 용서할 수가 없소. 당신의 용서를 기대하지도 않소. 그게 아니길 바랐지만, 차라리 알고 나니 속이라도 시원하군.」

잠시 숨을 돌릴 겸, 앨리즈는 초인종을 흔들어 차와 다과를 내오라고 시켰다. 하인이 쟁반을 들고 다시 나타날 때까지 두 사람은 조용히 침묵에 잠겼다.

「제가 집을 떠난 건 꼭 당신 때문만은 아니었어요. 오히려 아버지 때문이었을 거예요. 지금 생각해보면 참 유치한 짓이었어요. 처음 집을 나설 땐 배신감이 가장 큰 힘이었는데, 집밖으로 나가니 그 다음에는 자존심이 저를 지켜주더군요. 블레이크포드 가문의 딸답죠? 집으로 돌아온다거나 내 잘못을 인정한다는 건 상상도 할 수 없었어요. 한······ 친구가 아니었다면, 저는 오늘도 여기 있지 못했을 거예요.」

조용히 차를 한모금 마신 후 앨리즈가 말을 이었다.

「당신이 내 인생을 망쳤다고 자책할 필요는 없어요. 나름대로 소득이 없지는 않았으니까. 집 떠나 살면서 얻은 경험들이 칼레온 성을 경영하는 데 오히려 큰 도움이 될 거예요. 제 자신도 많이 성숙했구요.」

「나를 위로하는 거요?」

「그렇지 않아요. 당신 눈에는 내가 정말 인생을 망친 것처럼 보여요?」

랜달프가 슬며시 미소를 지었다.

「결코. 당신은 전보다 훨씬 더 기품 있는 숙녀로 보이오.」

랜달프의 찻잔과 자신의 찻잔에 차를 더 따르면서 앨리즈는 화제를 돌렸다.

「이제 제 이야기는 그만해요. 당신 이야기를 듣고 싶어요, 랜달프. 당연히 결혼은 했을 거고, 가족은 몇이나 있어요?」

「없소. 처음 몇 년 동안은 당신이 혹시나 돌아와주지 않을까 기다리며 살았소. 그러다가 사 년 전에야 결혼을 했지. 하지만 아내는 첫아이를 낳다가 죽었소.」

「정말 안됐군요.」

앨리즈는 정말로 가슴이 아팠다. 자신보다 오히려 랜달프의 인생이 더 비극적인 것 같았다. 두 사람은 화제를 바꾸어 보다 편한 이야기를 나누었다. 앨리즈가 스트릭런드의 집사로서 겪은 일이 화제에 오르자 랜달프는 감탄한 듯 보였다.

드디어 일어설 시간이 되자 랜달프는 잠시 머뭇거리다가 겨우 입을 열었다.

「우리가 다시 시작할 수는 없겠지?」

앨리즈는 랜달프를 물끄러미 바라보다가 고개를 저었다.

「옛날 같았으면 몰라도 지금은 아닌 것 같아요.」

랜달프가 고개를 끄덕이며 그녀의 손등에 입을 맞추고 발길을 돌렸다.

잔잔한 추억에 잠긴 채 앨리즈도 자기 방으로 올라갔다. 랜달프는 어떤 여자와 결혼한다 해도 좋은 남편이 되어줄 신사다운 남자였다.

그의 삶이 앞으로는 더욱 행복해지기를 앨리즈는 진심으로 빌었다.

　한가지 분명한 사실은, 신사보다는 탕아를 더 좋아하게 된 여자에게 랜달프는 어울리지 않는 남편감이라는 것이었다.

　잠자리에 들기 전에 머리를 빗고 있는데 방문을 두드리는 소리가 들렸다. 아마도 마크엄 자작의 집에서 오늘 돌아온 메리디스일 거라고 추측하면서 앨리즈는 들어오라고 말했다. 파란색 벨벳 드레스를 입은 메리디스가 들어와 의자에 앉았다.

　「마크엄 자작 댁에서도 즐거웠지만, 집에 돌아오니 정말 좋아요.」

　메리디스는 싱긋 웃으며 말을 이었다.

　「제가 말하는 집이란 선생님이 계신 곳을 뜻하는 거예요. 더웨스턴 하우스에는 발을 들여놓는 것도 처음이지만, 어쨌든 좋아요.」

　앨리즈는 메리디스가 말하는 '집'의 의미에 만족하며 미소를 지었다.

　「결혼식을 여기서 할 생각은 없니? 줄리언의 집에서도 반대하지는 않을 텐데.」

　「생각해볼게요. 하지만 지금 당장은 선생님과 이야기를 좀 하고 싶어요.」

　그것은 앨리즈도 마찬가지였다. 갑작스러운 변화가 너무 많았던 터라 하고 싶은 이야기도, 듣고 싶은 이야기도 많았다. 앨리즈는 침대 위로 올라가 앉아 머리를 한 가닥으로 땋으며 말했다.

　「자, 마크엄 자작 댁에서 있었던 일부터 말해보렴.」

　메리디스는 신이 나서 이야기를 하기 시작했다. 줄리언과 결혼하면 살게 될 모어튼의 농장이며, 거기서 무슨 일을 하고 싶은지 쉬지 않고 이야기했다. 앨리즈는 이따금씩 고개를 끄덕이며 메리디스의 이야기를 경청했다. 한참 후에야 생각난 듯이 메리디스가 물었다.

　「그런데, 스트릭런드에는 언제 돌아가실 거예요?」

　앨리즈는 무릎을 세워 두 팔로 감싸 안으면서 대답했다.

　「돌아가지 않을 거야.」

「그게 무슨 말씀이세요? 레저널드 아저씨는 어쩌구요?」

「레저널드한테는 내가 더 이상 필요 없어. 본인이 그렇게 말했으니까.」

아무렇지도 않은 듯 말하기가 너무 힘들었다. 메리디스는 놀랍다는 표정으로 앨리즈를 바라보았다.

「그 말을 믿으신단 말씀이세요?」

「믿지 않으면? 처음부터 레저널드는 여자 집사를 달가워하지도 않았어. 얼마든지 직접 영지를 운영할 능력도 있는 분이야.」

메리디스는 참 가엽다는 표정으로 앨리즈를 바라보았다.

「그게 무슨 상관이에요? 아저씨는 집사로서의 선생님이 아니라 선생님 자체에 관심이 있는 거라구요. 집사로서의 선생님은 필요 없을지 몰라도 여자로서 선생님이 필요하실 텐데.」

앨리즈는 자기 감정을 숨기기가 힘들었다. 눈물이 솟아오를 것 같아 앨리즈는 얼른 고개를 숙였다. 메리디스는 그녀의 곁으로 다가와 꼭 끌어안았다. 모처럼 역할이 뒤바뀐 셈이었다.

「내가 그렇게 필요했다면, 왜 나한테 스트릭런드는 내가 있을 곳이 아니라고 말했겠니?」

「그건 선생님의 신분에 어울리지 않는다는 뜻이죠.」

앨리즈가 놀란 눈을 하고 고개를 들자 메리디스가 차근차근 말을 이어갔다.

「선생님, 선생님은 내가 만난 여자들 중에서 가장 명석하고 능력 있는 분이었어요. 하지만 남자에 관한 한 선생님의 판단력은 정말 한심할 정도예요. 레저널드 아저씨는 선생님을 사랑했기 때문에 선생님이 제 자리를 찾을 수 있도록 스스로 물러서신 거라구요. 아저씨의 끔찍한 평판에 비해 선생님의 출신은 너무나 높았기 때문에 선생님이 신분에 맞는 남자를 찾을 수 있도록 말이에요.」

「말도 안 돼.」

「왜요? 한번 생각해보세요.」

앨리즈는 뭐라고 반박하려다말고 입을 다물었다. 사실은 그녀도 본능적으로 레저널드와 자신은 뭔가 마술적인 교감을 갖고 있다고 느끼고 있었다. 그랬기 때문에 자신도 감춰진 신분이 탄로날 정도로 속마음을 털어놓았던 게 아니었던가. 자신이 남자의 마음을 끌 만한 존재가 못 된다는 열등감 때문에 그 본능을 믿지 않았던 것이다.

앨리즈는 메리디스를 돌아다보았다.

「정말 레저널드가…… 나를 친구 이상으로 생각했을까?」

「제 명예를 걸고 장담해요. 남자에 대해서는 선생님보다 제가 좀더 잘 아는데요, 아저씨가 선생님을 바라볼 때마다……, 마치 아저씨에겐 선생님이 하늘에서 내려준 마지막 희망이라는 듯한 눈길이었다구요.」

「정말?」

「그게 아니라면 제가 성을 갈아요.」

메리디스가 단호하게 말했다.

「솔직하게 말씀드리면요, 난 아저씨가 선생님을 바라볼 때마다 혹시 선생님을 번쩍 안고 방으로 들어가서 며칠이고 두문불출하는 게 아닐까 은근히 걱정스러웠다구요.」

앨리즈는 얼굴이 뜨거워졌다.

「메리디스! 그런 말을 하면 못 써!」

「저도 이제 결혼을 코앞에 둔 여자예요. 푼수 같은 아낙네 연습 미리 좀 하면 어때요?」

앨리즈는 웃지 않을 수 없었다. 그러나 그녀의 미소는 오래 가지 않았다. 메리디스의 걱정이 옳았다. 레저널드가 다시 술에 손을 대면 어쩌지? 너무나 외롭고 쓸쓸한 나머지 다시 옛날의 생활로 돌아간다면? 생각만 해도 가슴이 오그라드는 열이었다. 앨리즈는 벌떡 일어나 옷장으로 달려갔다. 그녀가 옷장을 열자 메리디스가 깜짝 놀라 물었다.

「선생님, 뭐 하시는 거예요?」

「스트릭런드로 돌아가려면 짐을 꾸려야지!」

메리디스가 깔깔대고 웃으며 대꾸했다.

「이런 한밤중에 어딜 가신다구 그러세요?」

앨리즈는 분주하던 손을 멈추고 말했다.

「갈 수 있어. 하지만 그건 안 되겠다. 먼저 아버지와 얘길 해야 하거든. 내일 아침에 떠나도 충분해.」

앨리즈는 정말로 아직 늦지 않았기를 빌었다. 메리디스는 주인이 빠져나간 침대에 배를 깔고 엎드려 바람난 처녀같이 허둥대는 앨리즈를 흐뭇한 표정으로 바라보았다.

「레저널드 아저씨를 어떻게 하면 설득시킬 수 있는지 비결을 가르쳐드릴까요?」

「아니, 그럴 필요 없어. 레저널드가 정말로 나를 원하고 있다면, 나도 나름대로 설득할 방법이 몇 가지 있으니까.」

메리디스는 고개를 끄덕였다. 이제 앨리즈가 스트릭런드로 돌아갈 생각을 굳혔다면, 레저널드에게도 희망은 있는 셈이었다.

스트릭런드로 돌아가겠다는 딸의 말이 더웨스턴 공작은 별로 반갑지 않았다.

「대번포트 때문이로구나, 그렇지?」

아버지와 딸은 서재에서 서로를 마주하고 앉았다.

「네, 아버지. 너무 급하게 떠나왔어요. 레저널드와 마무리지어야 할 일이 있어요.」

「앨리슨, 어떻게 자신을 그런 탕아에게 함부로 던지려고 하느냐. 자존심도 없니?」

「자존심이라면 저도 누구에게 지지 않아요. 하지만 레저널드와 관련해서라면, 그런 걸 따지고 싶지 않아요.」

공작의 표정이 굳어졌다.

「그자가 너와 결혼이라도 하겠다든?」

「장담할 수는 없지만, 그러길 바라요.」

「나는 언제든 네게서 상속권을 다시 박탈할 수 있다. 너도 알고 있지? 네가 아니어도 그걸 원하는 친척들은 많아.」

「상속자를 선택하는 건 아버지가 하실 일이에요. 하지만 저도 언제
든 모든 걸 버릴 수 있어요. 이미 한번 그랬지만요. 제가 열 여덟 살
때도 안 통했던 경고가 서른이 된 지금 와서 통할 것 같으세요?」

공작의 표정에는 복잡한 감정이 얽혀 있었다. 아버지가 가엾다는 생
각에 앨리즈는 그에게 다가가 이마에 입을 맞추었다.

「아버지, 또 서로 등을 돌리지는 말자구요. 너무 오랜 세월 아버지
가 그리웠어요.」

공작이 눈을 깜빡거렸다.

「나도 네가 그리웠다, 앨리슨. 하지만 왜 꼭 대번포트냐? 랜달프 같
은 청년도 있질 않니? 네가 원하기만 한다면 내일 당장이라도 결혼할
수 있다.」

「알아요, 아버지. 하지만 랜달프는 제겐 과분할 정도로 좋은 남자예
요. 아마 제게 꽉 쥐어서 살 거라구요.」

「랜달프는 그래도 널 마다하지 않을 게다.」

「아뇨, 제가 싫어요. 제가 남편을 좌우하면서 살기보다는 저를 좌우
할 수 있는 남편과 살고 싶어요.」

앨리즈는 신중한 표정으로 아버지를 다시 바라보았다.

「아버지가 왜 레저널드를 싫어하시는지 알아요. 아버지의 젊은 날을
보는 것 같아서죠? 아버지가 젊은 시절, 지금의 레저널드와 똑같았다
는 이야기를 여러 번 들었어요. 물론 아버지는 그때도 이미 수백만 파
운드의 재산을 가졌었다는 게 다르지만요.」

「늙은 애빌 놀릴 참이냐.」

공작은 코방귀를 뀌며 대꾸했다.

「그리고 수백만 파운드의 재산은 대단히 큰 차이다.」

「맞아요. 대단히 큰 차이죠. 하지만 대단히 큰 의미가 있는 건 아니
에요.」

앨리즈는 아버지에게 작별의 키스를 하고 서둘러 걸어나갔다.

26

앨리즈 없이 지내는 것은 술을 끊는 것보다 더하면 더했지 결코 덜하지 않은 고통이었다. 술이 주는 쾌락은 그저 취한다는 것뿐이었지만, 앨리즈가 주는 즐거움은 셀 수 없이 많았다. 술을 끊었을 때의 고통은 즉각적인 것이었지만 앨리즈가 없는 고통은 서서히 커져갔다.

레저널드는 혼자서 저녁을 먹었다. 아무리 힘든 노동으로 육체를 지치게 한 날이라도 식욕이 당기질 않았다. 닭가슴살 구이가 담긴 접시를 슬쩍 밀쳐놓으면서 산딸기 파이가 담긴 후식 접시를 잡아당겼다. 이것마저 먹어치우지 않는다면 주방장이 안절부절못하고 죄책감을 가질까봐 미안해서였다. 뭐든 맛있게 먹어치우던 두 사내아이들의 식탁을 차리다보니 주방장도 어느새 음식이 깨끗이 비워지지 않으면 불안해하게 된 탓이었다.

아이들 생각을 하니 레저널드는 잠시 미소가 떠올랐다. 그러나 그 뒤에는 훨씬 더 무거운 마음이 되었다. 앨리즈를 아버지의 곁으로 돌려보낸 것은 그가 지금까지 해온 몇 안 되는 희생적인 행동 중의 하나였다.

결국 저녁 식사를 포기하고 레저널드는 피아노 앞에 앉았다. 피아노를 치는 것으로도 그의 정신은 집중되지 않았다. 술을 끊기로 작정했을 때 처음 몇 주간이 힘들었을 뿐 그 뒤로는 수월해졌던 것을 떠올리며, 그는 이제 앨리즈 없이 사는 것도 곧 수월해지리라고 자신을 위안하는 수밖에 없었다.

덜컹거리는 마차에서 이틀을 보낸 후에야 앨리즈는 목적지에 도착했다. 마을의 여인숙에서 가장 좋은 방을 골라 잠잘 곳을 정한 다음 앨리즈는 자신을 알아보는 사람들과 반가운 인사를 나누었다. 갑자기 신분이 변하더니 사람마저 달라졌다는 비아냥거림을 듣지 않기 위해서라도 옛날과 다름없이 격의 없는 인사를 나누어야 했다.

잠깐 낮잠을 자고 간단하게 저녁을 먹은 후, 앨리즈는 일부러 데리고 온 프랑스인 하녀에게 머리를 치장해달라고 부탁했다. 해가 완전히 기울어 밖은 깜깜한 어둠이었지만 레저널드가 가까운 거리에 있다는 것만으로도 앨리즈는 마음이 급했다. 정숙한 숙녀라면 밤을 보내고 이튿날 날이 밝은 후에 움직이는 게 도리겠지만 앨리즈는 레저널드를 지척에 두고 숙녀놀음은 더 이상 하지 않기로 했다. 차라리 창녀 취급을 받는 게 나았다.

기왕 창녀 취급을 받기로 작정한 이상, 드레스 역시 정숙한 숙녀와는 거리가 먼 것을 골랐다. 화재가 있은 후 레저널드가 주문했던 가슴이 깊이 파인 붉은색 드레스였다. 게다가 양쪽 다리 옆으로 깊은 절개선을 넣어 걸을 때마다 그녀의 긴 다리가 늘씬하게 드러나는 드레스였다.

머리 치장을 마치고 드레스를 갈아입은 앨리즈는 최종 점검을 위해 거울 앞에 섰다.

「화려하십니다, 아가씨.」

하녀가 감탄스러운 어조로 말했다.

「매춘부 같이 보입니다, 아가씨.」

앨리즈는 거울에 비친 자기 모습을 보며 하녀의 말투를 흉내내 비아냥거렸다. 아무리 공작의 외동딸이라도 이런 드레스를 입고 대중들 앞에 선다는 것은 대단한 용기가 필요한 일이었다. 그러나 당당하게 거울 앞에 선 앨리즈의 선정적인 자태는 오히려 그녀의 매력을 더욱 위압적으로 발산해주었다.

앨리즈는 숨을 깊이 들이쉬고 몸을 이리저리 움직여보았다. 그리고는 만족한 듯 고개를 끄덕였다. 만약 레저널드가 스스로 말했던 것의 반만큼만 그녀에게 매력을 느낀다면 이 붉은색 드레스의 도전을 뿌리치진 못할 것이었다. 설사 뿌리친다 해도…… 앨리즈에겐 더 강력하게 자신의 메시지를 전달할 방법이 있었다.

모짜르트를 한 시간이 넘도록 연주한 끝에 레저널드는 결국 피아노 뚜껑을 덮고 서재로 향했다. 추수가 끝날 무렵의 저녁은 공기가 쌀쌀했다. 그래도 11월 이전에 벽난로에 불을 때는 집은 흔치 않았지만, 레저널드는 저녁 공기보다 가슴속의 한기를 이기지 못해 벽난로에 장작을 넣고 불을 피웠다.

즐겨 읽던 책을 집어들었지만 그마저 눈에 들어오지 않았다. 공허하고 외로운 시간만이 마치 괴수처럼 커다란 아가리를 벌리고 그의 앞에 버티고 서 있었다. 내일은 더 나아지려나? 그러나 더 나빠지면 나빠질 뿐, 더 좋아질 가능성은 거의 없었다.

내가 무엇 때문에 이러지? 무엇 때문에? 레저널드는 머리칼을 몇 번 쓸어넘기다가 코트를 벗어 의자 옆에 던져놓았다. 브랜디라도 한 잔 마셨으면. 이런 날 밤에 브랜디 한두 잔은 정말 좋은 벗이 되어줄 것 같았다. 문제는 그게 한두 잔으로 끝나지 않을 것 같다는 데 있었다.

한두 잔으로 끝나지 않은들 어떠랴. 곁에는 상처를 입을 앨리즈도 없는데. 하녀 데이지라도 품에 안아볼까. 데이지는 앨리즈만큼 크지는 않아도 꽤 큰 키에 갈색 머리를 가진 아가씨였다. 어느 정도 술기운을 빌린다면, 그저 두세 번은 앨리즈라고 착각하고 즐거운 시간을 보낼 수 있을 것 같기도 했다.

오, 앨리즈……

갑자기 온몸이 부르르 떨렸다. 뼛속까지 떨리는 기분이었다. 벌떡 일어선 레저널드는 술병들이 나란히 놓인 선반으로 다가갔다. 술잔을 들어 브랜디를 반쯤 따랐다. 술잔 속에 담긴 갈색의 액체는 마치 보석처럼 반짝였다. 달콤한 독약. 달콤한 포기. 네메시스가 다가와 주인의 발등에 코를 비볐다.

「왜? 마시지 말라고?」

레저널드는 네메시스를 향해 축배를 하듯 술잔을 까딱 기울였다.

「모든 똑똑한 여자들을 위해! 그리고 그들에게 어울리지 않는 모든 바보 같은 남자들을 위해!」

그리고는 술잔을 입술로 가져갔다.

하녀는 여인숙에 남겨두고 마차와 마부는 스트릭런드의 마구간에 남겨둔 채, 앨리즈는 홀로 저택을 향해 걸어갔다. 어쩐지 현관으로 들어가고 싶지 않았다. 여기까지 오는 동안에는 뭐든 거리낄 것이 없다 싶었는데 막상 도착하고 보니 자신이 없었다.

우선 레저널드가 무얼 하고 있는지를 알아보는 게 순서일 것 같았다. 불이 켜진 방은 서재뿐이었다. 어쩌면 레저널드는 다른 여자와 함께 있을지도 몰랐다. 죽은 조지의 정부, 빨강머리 스텔라도 결국은 새 기둥서방이 필요할 테고, 어쩌면 외지에서 여자들을 한 무리 끌고 들어왔을 수도 있었다. 설령 레저널드가 그녀를 그리워했다 하더라도, 그가 상사병에 시름할 만큼 섬세한 남자는 아니라는 것이 앨리즈의 생각이었다.

발소리를 죽여가며 저택을 빙 돌아간 그녀는 서재의 프렌치 도어 앞에 섰다. 다행히 커튼이 쳐져 있지 않아 서재 안의 풍경이 훤히 보였다. 레저널드가 거기 있었다. 혼자서. 벽난로에 비스듬히 기대선 모습만 보아도 앨리즈는 가슴이 뛰었다. 그때 레저널드가 팔을 쳐들었다.

앨리즈는 그 순간 온몸이 얼어붙는 것만 같았다. 그의 손에 들린 것은 분명 술잔이었고, 그 술잔에는 브랜디가 담겨 있었다.

차가운 술잔이 입술에 닿자 레저널드는 정신이 번쩍 들었다. 오, 하느님! 내가 무얼 하고 있는 거지?

레저널드는 술잔을 내리고 물끄러미 내려다보았다. 외로움에 지쳐 술을 마신다는 건 평계에 불과했다. 앨리즈를 위해서 술을 끊었던 것도 아니요, 부모님이 바라셨을 희망을 위해 술을 끊었던 것도 아니었다. 다른 누구도 아닌 바로 자기 자신을 위해 시도했던 일이었다. 자신의 자존심과 위엄을 되찾기 위해서.

아니, 이건 자존심을 위한 싸움이 아니었다. 자존심이란 다른 사람들이 지켜볼 때 자신의 행동을 단속하기 위한 것이었다. 아무도 보는 사람이 없어도 자신의 행동을 단속하게 해주는 것은 명예였다. 내일 당장 죽음이 찾아올 운명이라 해도 술의 힘을 빌어 두려움을 잊을 수는 없었다. 앞으로 어떤 미래가 펼쳐져 있다 하더라도 눈을 크게 뜨고, 맨정신으로 모든 것을 지켜보는 것이 바로 경예를 지키는 행동이었다. 아무리 앨리즈가 그립다 하더라도 그는 이제 혼자가 아니었다. 완전히 산산조각이 났다가 다시 태어났던 그날 밤 이후로 그는 더 이상 혼자가 아니었다.

레저널드는 술잔에 담긴 브랜디를 벽난로의 불꽃 속으로 던져버렸다. 벽난로의 불꽃은 일순간 파란 불꽃을 일으키며 파르르 일어섰다 가라앉았다. 그는 술잔을 벽난로 위에 조용히 내려놓았다. 벽난로의 불꽃을 조용히 내려다보고 있는데 프렌치 도어 쪽에서 인기척이 느껴졌다. 무심결에 뒤를 돌아다본 레저널드는 입을 떡 벌리고 할말을 잃었다. 레이디 앨리슨 블레이크포드!

창백한 얼굴이지만 얼굴에는 미소가 피어 있었다.

「그 술을 쏟아버리는 것을 보고 기뻤어요. 당신은 취하지 않았을 때 훨씬 좋은 말상대가 되거든요.」

어틸러가 대뜸 주인을 알아보고 앨리즈에게 달려들었다. 앨리즈는 오랜만에 만난 고양이의 머리를 쓰다듬어주었다.

「너라도 날 반겨주니 고맙구나.」

앨리즈는 다시 일어나 검은 벨벳 외투를 벗어 의자에 걸쳐놓았다. 붉은색으로 빛나는 드레스는 그녀의 가장 아름다운 부분을 더욱 돋보이게 했다. 레저널드는 온몸이 터질 듯이 팽팽하게 부풀어오르는 것을 느꼈다.

「대체 여기서 뭘 하고 있는 거요?」

앨리즈는 천천히 그에게 다가가 그를 마주보며 벽난로에 기대섰다. 화려한 의상에 기품이 서린 그녀의 모습은 이제 정말로 집사가 아닌 여공작 같았다. 레저널드는 머리카락에 건초 부스러기를 묻히고 있는 그녀가 훨씬 편했다는 생각이 들었다. 자꾸만 아래로 내려가려는 시선을 레저널드는 억지로 끌어올려 그녀를 마주보았다.

「전 아직 스트릭런드와 계약이 남아 있잖아요. 가장 바쁜 추수철에 휴가를 다녀와서 정말 죄송해요.」

앨리즈는 벽난로 위에 놓인 레저널드의 손에 슬며시 자신의 손을 가져다 얹었다.

「그건 이미 해지했다고 했지 않소. 여기서는 더 이상 당신이 필요 없으니 당장 당신이 있을 곳으로 돌아가시오.」

레저널드는 더 이상 참기 힘들었다.

「제 동의도 없이, 명분도 없이 일방적으로 계약을 해지하는 건 명백한 위법입니다.」

「그럼 당신을 해고하겠소. 남은 계약 기간 동안의 월급은 틀림없이 계산해서 보내주겠소. 됐소?」

옅은 화장을 한 그녀의 입술은 오늘따라 한층 더 유혹적이었다.

「내가 원하는 건 그게 아니라는 걸 알잖아요, 레저널드! 내가 원하는 건 스트릭런드에서 사는 거예요. 그리고 그것보다 더 원하는 건 바로 당신이에요, 레저널드 대번포트 당신!」

레저널드는 휙 돌아서서 몇 걸음 떨어졌다. 그렇게 거리라도 떨어뜨리지 않으면 도저히 자신을 통제할 수 없을 것 같았다. 안전할 만큼 거리를 떼어놓은 후에야 레저널드는 다시 앨리즈를 향해 돌아섰다.

「앨리즈, 이제 당신은 뭐든 마음대로 할 수 있는 힘을 가진 여자요. 당신이 원한다면 어떤 남자, 아니 하나가 아니라 여럿이라도 얼마든지 가질 수 있소. 우리가 하룻밤을 쾌락 속에서 지냈다고 해서 평생을 나와 함께 지내야 하는 건 아니잖소. 이제 당신은 마음만 먹으면 스트릭런드에서 했던 것보다 훨씬 더 막강한 영향력을 행사하면서 몇 곱절 더 의미 있는 일들을 할 수 있소. 원한다면 왕실의 왕자를 택할 수도 있고, 당신이 선택하는 시인에게 월계관을 씌워줄 수도 있소.」

「그런 건 어디서든 내가 원하는 곳에서도 할 수 있어요. 내가 있는 곳을 아버지한테 고자질한 게 겨우 그 때문이었나요?」

앨리즈가 다리를 움직이자 드레스 자락 사이로 그녀의 길고 매혹적인 다리가 드러났다. 얼마 전까지만 해도 스스로를 미운 오리새끼 취급하더니, 이제는 데릴라나 클레오파트라가 왔다가 울고 갈 것 같았다. 숨을 고르면서 레저널드는 가능한 한 조용한 목소리로 대답했다.

「당신이 아버지에 대해 이야기할 때, 난 동병상련의 정을 느꼈소. 내가 증오했던 한 노인과 아무 의미도 없는 싸움을 하느라 허송한 세월이 되살아나 당신만은 그렇게 살지 않기를 바랐던 거요. 게다가 당신이 반목하고 있는 사람은 당신이 사랑하는 아버지였소.」

앨리즈는 레저널드의 말에 가슴이 아팠다. 메리디스의 말이 옳았다. 그녀를 사랑했기 때문에 스스로 고통스러운 희생을 택한 것이었다.

「당신 말이 맞아요. 분노와 자존심으로 두장하고 산다는 게 얼마나 어리석은 건지 아버지와의 갈등이 풀어진 후에야 까달았어요. 인생이란 사랑으로 채우기에도 아까운 거라는 것도. 그래서 여기 다시 올 수밖에 없었어요. 레저널드 당신을 사랑하니까요.」

레저널드는 아직도 멀찍이 떨어진 채 앨리즈의 말에 굴복하지 않았다.

「사랑과 욕망을 혼돈하지 말아요, 앨리즈. 당신은 보기 드문 열정을 가진 여자요. 그 동안 그걸 부인하면서 살았을 뿐이오. 나는 당신이 스스로를 발견할 수 있도록 도운 것뿐이오. 지키고 싶지 않을 약속으로 스스로를 속박하려 하지 마시오.」

앨리즈는 서서히 레저널드의 마음이 흔들리고 있는 것을 느낄 수 있었다. 그녀는 아주 천천히, 한층 더 선정적인 모습으로 그를 향해 다가갔다.

「어린애 취급 말아요, 레저널드. 누가 뭐래도 난 여전히 앨리즈 웨스턴일 뿐이에요. 모르겠어요?」

레저널드는 한동안 아무 말도 하지 않고 그저 그녀를 바라만 보았다.

「나도 앨리즈 웨스턴에게 청혼할 생각이었소. 그런데 청혼하려는 바로 그 순간, 당신이 앨리즈 웨스턴이 아니라는 걸 깨달았던 거요. '대번포트 부부'라고 불리는 것과 '더웨스턴 여공작과 평민출신 남편 대번포트'라고 불리는 것이 얼마나 큰 차이인지 당신도 알지 않소? 레이디 앨리슨, 또다시 당신의 유산을 포기하지 마시오.」

앨리즈는 레저널드가 본심으로는 그녀와 결혼하기를 원한다는 것을 확실하게 느꼈다. 이제 어떻게 그것을 인정하게 만든다?

「당신보다 돈 많은 아내를 얻는다는 건 자존심이 허락하지 않는다는 건가요?」

「그것도 전혀 부인할 수는 없소. 하지만 더 중요한 다른 이유가 있소. 세상 사람들이 뭐라고 비웃을지 한번 생각해보시오. 아마 세상 사람들이 모두 탕아와 공작 상속녀의 격에 맞지 않는 결혼을 손가락질할 거요.」

「아마 그렇겠죠. 하지만 당신은 내가 진심으로 마음놓고 믿을 수 있는 유일한 남자예요. 내가 공작의 상속녀라는 것을 알기 이전부터 내게 관심을 가져주었으니까요. 그리고, 세상 사람들의 손가락질이 뭐가 두렵죠? 당신의 명예 때문에? 나의 명예 때문에?」

「제기랄! 둘 다.」

마지막으로 한걸음 더 다가들면서 앨리즈는 고개를 가로저었다.

「실망스럽군요, 레저널드. 당신 같은 유명한 탕아가 사람들의 손가락질을 두려워하다니.」

앨리즈는 레저널드의 푸른 눈동자를 똑바로 들여다보며 말했다.

「아버지가 다시 내 상속권을 박탈한다면 좀더 홀가분하게 나와 결혼해주겠어요? 내가 이리로 돌아가겠다니까 아버지가 그렇게 할지도 모른다고 다시 경고하시던데.」

「당신은 그렇게 되어도 견딜 수 있겠소?」

「견딜 수 있어요. 당신은 그렇게 안 되더라도 견딜 수 있겠어요?」

레저널드는 길게 한숨을 내쉬었다.

「모르겠소.」

이제 마무리를 해야 했다.

「레저널드, 바보같이 난 당신과 사랑에 빠졌어요. 물론 매력적이긴 하지만 꼭 당신의 육체만을 사랑하는 건 아니에요. 난 당신의 정직함과, 당신은 아닌 척 하지만 유쾌하고 통렬한 유머감각도 마음에 들었어요.」

은근한 눈빛으로 그를 바라보며 앨리즈가 물었다.

「날 사랑하나요?」

레저널드는 숨이 탁 막히는 것 같았다.

「물론이오. 그러니까 당신이 스스로 후회할 결정은 하지 않기를 바라는 거요.」

레저널드는 움직이지 않았다. 그러나 온몸에서 뜨거운 열기가 뿜어져나오고 있었다. 그리고 그의 눈빛 속에는 그녀의 마음 못지않은 강렬한 사랑과 애정이 담겨 있었다. 레저널드는 언제나 외로운 길을 걸어왔다. 오직 자신이 정해놓은 판단의 기준에 따라서, 자신의 자존심이 허락하는 삶을 살아왔던 것이다. 어른들의 뜻에 따라 모든 것이 결정되고 자신의 의견은 조금도 대접받지 못한 어린 시절을 보낸 그가 누군가로부터 사랑받고 있다는 것을 인정하기는 쉽지 않았을 것이다.

앨리즈는 갑자기 레저널드가 가여워졌다. 이제는 두 사람 모두를 위해서 그 사랑을 인정해야 했다. 자존심과 자기부정의 벽을 허물기 위해서라도 앨리즈는 그가 자신에게 주었던 열정과 밝은 기질을 되돌려주고 싶었다. 사랑과 함께.

앨리즈는 손을 뻗어 그의 셔츠 단추를 풀기 시작했다. 레저널드는 깜짝 놀라며 앨리즈의 손을 잡아챘다.

「앨리즈, 뭐 하는 거요?」

「당신과 타협하려구요. 나와 결혼할 수밖에 없도록.」

잠시 앨리즈를 뚫어져라 바라보던 레저널드는 이윽고 크게 웃음을 터뜨렸다. 그의 파란 눈동자에 드디어 온기가 돌기 시작했다.

「당신은 정말 구제불능이오.」

레저널드가 손을 놓아주자 앨리즈는 서둘러 나머지 단추들을 풀고 눈앞에 드러난 그의 가슴을 더듬었다. 그녀의 손길이 닿는 곳마다 레저널드는 마치 불꽃이 닿는 것 같은 기분이 들었다.

「마지막으로 경고하겠소. 앞으로 10초 안에 이 방에서 나가지 않는다면, 다시는 이 방에서 나가지 못할 줄 아시오.」

「그게 바로 제가 바라는 거예요.」

드디어 레저널드는 굴복하고 말았다. 두 사람의 입술은 오래도록 포개진 채 떨어질 줄 몰랐다.

이제 아무 것도 두 사람을 가로막을 것은 없었다. 활활 타오르기 시작한 불꽃을 끌 수 있는 것은 아무 것도 없었다. 옷가지들이 여기저기 흩어졌고, 두 사람은 장작불이 이글거리는 벽난로 앞에 나란히 누웠다. 앨리즈는 사랑을 나눈다는 것의 즐거움이 어디까지 갈 수 있는지 새로운 차원을 경험했다. 불꽃과 달콤함, 주고 싶은 것과 받고 싶은 것, 그리고 파도처럼 출렁거리면서도 한치도 어긋나지 않는 두 사람의 정서적 교감. 거기서 앨리즈는 사랑의 차원에 대한 새로운 지평을 발견했다.

레저널드가 거의 쉬어가는 목소리로 사랑을 고백했을 때 앨리즈는 드디어 두 사람이 편안하게 쉴 보금자리를 발견했다는 것을 깨달았다.

한참 시간이 흐른 후에야 두 사람은 검은 벨벳 코트를 덮은 채 벽난로 앞에서 단잠에 빠져들었다. 몽롱함 속에서도 앨리즈는 행복한 미소를 지었다. 두 사람이 처음 사랑을 나누었을 때 레저널드는 그녀에게 서재가 아닌 제대로 된 곳에서 그녀를 갖고 싶다고 말했었다. 그러나 알고 보니 서재야말로 두 사람이 사랑을 나누기에 가장 좋은 장소였다. 어틸러는 그녀의 옆에 웅크린 채 잠들어 있었고, 네메시스는 들려오는 숨소리로 보아 레저널드의 옆에 엎드려 있는 것 같았다. 정말로 행복한 한 가정의 그림이 앨리즈의 눈앞에 펼쳐져 있었다.

처음으로 앨리즈는 회개한 탕아야말로 가장 좋은 남편이 된다는 옛 속담이 맞는 말이라는 생각이 들었다. 레저널드가 바로 그 산 증거였다. 그는 더웨스턴 공작의 모든 재산을 합친 것보다도 더 값진 선물을 그녀에게 준 셈이었다. 앨리즈는 기쁨의 눈물이 차오르는 것을 참을 수 없었다.

에필로그

영국에서 가장 유명한 상속녀가 '대번포트 가문의 수치'와 결혼한다는 소식은 영국 전역을 발칵 뒤집어놓았다. 그리고 사람마다 각기 다른 반응을 보였다. 스텔라라는 이름을 가진 빨강머리의 매춘부는 머리를 빗다말고 빗을 집어던져 거울을 박살내놓았다. 체시라는 중년 여성은 레저널드의 편지를 받고 함박 웃으며 드디어 그를 길들인 한 여성의 앞날을 위해 기꺼이 축배를 들었다.

주니어스 하퍼 목사는 탄식했다. 앨리즈 웨스턴이 더웨스턴 공작의 외동딸이었다는 것을 먼저 알았더라면 남몰래 메리디스 스펜서를 짝사랑하지 말고 좀더 적극적으로 앨리즈에게 청혼할 것을, 하며 때늦은 후회를 곱씹었다. 그는 침울한 마음으로 연줄이 닿는 모든 친척들에게 새로운 교구로 옮겨갈 수 있도록 도와달라는 편지를 썼다. 그것도 빠르면 빠를수록 좋다는 말을 덧붙여서.

워그레이브 백작부인 케럴라인은 기적이란 정말 있는 것 같다며 남편을 향해 행복한 미소를 지었다. 리처드 역시 아내 못지않게 기뻤다.

어린 시절 레저널드 대번포트에 대해 남모르는 존경심을 가지고 있었던 마이클 케넌 경은 그 소식을 듣고 빙그레 미소를 지었다. 그리고 언젠가는 다시 만나 좋은 친구가 될 수 있었으면 하는 바람을 가졌다.

제러미 스탠턴과 엘리자베스 스탠턴은 기쁨의 눈물을 흘렸다. 앤의 아들이 이제야 제자리로 돌아온 것이었다. 그들은 안심하면서 대부모로서의 역할을 끝낼 수 있었다.

맥 쿠퍼는 미래의 여공작께서 자기 주인의 본성을 꿰뚫어본 것을 당연하게 생각했다. 조용하고 아담한 오두막집에서 길리를 품에 안은 채 맥은 아내에게 말했다. 남자란 모름지기 때가 되면 누구나 아내가 필요한 거라고.

피터와 윌리엄은 스트릭런드와 런던 양쪽에서 가장 행복한 세월을 보내고 있었다. 지금은 스트릭런드의 친구들 곁으로 돌아와 있지만, 휴가철에는 칼레온 성에서 보냈다. 윌리엄이 말하듯이 더웨스턴 공작은 좋은 할아버지였다. 하지만 공작은 그 사실을 절대로 인정하지 않으리라는 것을 윌리엄도 알고 있었다.

메리디스는 자신의 결혼식에서 레저널드가 신부를 인도해주기를 바랐다. 모어튼에 꾸밀 신혼부부의 새 보금자리에는 누가 뭐라고 해도 앨리즈와 레저널드가 첫 손님으로 초대되어야 했다.

더웨스턴 공작은 자신의 외동딸이 떠들썩한 스캔들을 일으키며 결혼하게 된 것이 못마땅했다. 이미 할 짓은 다 했으면서 이제 와서 청혼하는 대번포트도 얄미웠다. 남들 앞에서 인정할 수는 없었지만, 공작도 차츰 자신의 사위가 마음에 드는 것을 어쩔 수 없었다.

주인의 침대에서 쫓겨난 네메시스와 어틸러는 한데 엉켜 잠을 잤다. 때때로 고양이가 개의 코를 할퀴곤 했지만, 개는 그저 크르릉거리며 고개를 다른 쪽으로 돌리면 그뿐이었다.

레저널드는 네메시스가 타고난 악골이라고 웃어댔지만, 앨리즈는 그렇게 생각하지 않았다. 절대로 서로 동화될 수 없을 것 같은 짐승들 사이에서도 때로는 사랑이 싹트는 법이었다. 그런 사랑에 대해서는 누구보다 그녀가 잘 알고 있었으니까.

역자후기

『오디세이의 노래』는 소설로는 여섯 번째 번역 작품이고, 장르를 불문하고 내 이름을 걸고 인쇄되어 나온 번역 작품으로는 열 한 번째가 된다. 번역 경력으로 치자면 아직 오래되었다고 말할 수 없을 것이다. 그러나 그 짧은 경력 중에서도 매번 새로운 작품을 대할 때마다 느끼는 것은 '어렵다'는 것이다.

작년 겨울, 이름난 한 여성 CEO를 만난 자리에서 번역작가라고 소개했더니 '번역일은 어떠세요, 재미있으세요?'하고 물었다. 나는 '처음 시작할 때는 그저 재미있었는데, 요즈음엔 할수록 어렵다는 느낌이 드네요'하고 대답했다. 그분 말씀이 '그렇다면 이제 경지에 오르셨군요'였다.

그분 말씀을 들었을 때 나는 망치로 뒤통수를 한 대 얻어맞은 기분이었다. 내가 얼마나 경솔하고 건방졌었는지 단박에 깨달았다. 어떤 일이든 할수록 어려워진다는 것이 진지하게 자기 일에 임하는 사람의 자세라는 것을 나는 새까맣게 모르고 있었던 것이다. 내가 사십을 바라보는 나이에 아직 출세는커녕, 이름 석자조차 제대로 세상에 알리지 못하고 사는 이유가 바로 거기에 있었던 것 같았다.

그러나……. 그 깨달음은 『오디세이의 노래』를 접하면서 더욱 절실해짐과 동시에 차라리 내던지고 싶어졌다. 『오디세이의 노래』를 번역하는 동안의 내 심정은 '계속 이렇게 어려워야하는 게 경지라면 차라리 나를 하산시켜다오'였다.

번역하기 까다로운 문장에 나의 무식을 여실히 드러내게 만드는 저자의 해박한 지식. 단행본을 마감일을 두 번이나 어긴 것은 이번이 처음이었다.

옛날, 소싯적(정확히 말하면 중학교 1학년 때)에 용감무쌍하게 원전을 전혀 빠뜨리지 않고 자자구구 번역한 단테의 『신곡』에 도전한 적이 있었다. 그러나 열 페이지도 못 넘기고 나는 책읽기를 포기했다. 도저히 이해가 가지 않는 본문에 아무리 읽어도 오히려 더 어려운 각주에 진저리가 났던 탓이었다.

부끄럽지만, 그 후유증으로 나는 아직도 『신곡』의 원전 번역판을 읽을 용기를 내지 못하고 있다. 또한 가장 감명 깊었던 책으로 『신곡』을 꼽는 사람을 만나면 나는 속으로 '거짓말하지마'라고 말한다. 심하면 '웃기고 있네'하고 조소를 보낸다.

그런데 『오디세이의 노래』도 원문을 그대로 번역하자면 각주 작업이 만만치 않은 작품이었다. 우선 영국을 무대로 하는 작품인데다 사건의 95% 이상이 우리에게 잘 알려진 런던이 아닌 다른 지역에서 벌어진다. 그러므로 제대로 하자면 그 지역에 대한 설명이 붙었어야 했다. 지역적 특색을 논하는 대사나 지문이 더러 있었기 때문이었다. 또 별로 중요하지는 않지만, 주인공들이 나누는 대화 속에 등장하는 역사적 사건이나 역사적 인물이 실존인 경우도 있었다. 내용을 완벽히 이해하자면 그 이름이 등장한 역사적 기원에 대해 세세히 밝혀야 했으나 이 책을 내가 소싯적에 손댔던 『신곡』처럼 만들고 싶지 않아 최소한으로 줄였다.

각주가 많은 책은 번역자나 편집자의 정성에 큰 점수를 줄 수도 있겠지만, 지나치면 독자의 책 읽고 싶은 마음을 상하게 만든다는 것이 핑계라면 핑계일 것이다. 그러나 만약 번역문을 읽고 도저히 이해가 가지 않는 부분이 있어 번역자에게 항의하고 싶은 마음이 든다면, 언제든 번역자의 이메일 주소로 항의메일을 보내주시기 바란다. 할 수 있는 한 성심껏 답하겠다고 약속한다.

2001년 4월

김은영(archeleo@hananet.net)

ELIZABETH LOWELL

LOVER IN THE ROUGH

레바 파렐은 자신을 친딸처럼 그리고 친손녀처럼 사랑해준 제레미 싱클레어의 죽음을 아직 감당해내지 못하고 있었다. 나이 차이가 많이 나는 남편과의 이혼 후, 모친에게까지 버림을 받고 헤매던 그녀를 거두어준 제레미는 그녀에게 조건 없는 사랑을 퍼부었고, 그녀 또한 그만큼 제레미를 사랑하고 있었다.

그런 제레미의 죽음 후, 그를 기리기 위해 레바는 그의 손자 토드가 모든 보석들을 팔아 넘기기 전에 그의 소장품들을 하나의 책자로 남기려 한다.

책자를 만들 사진을 찍기 위해 야외에서 촬영하던 중, 그녀를 제레미의 창녀라고 생각하는 그리고 제레미의 보석을 매매하게 되면 이득을 차지하게 되는 그녀를 못마땅하게 생각하는 토드의 공격을 받지만, 낯선 남자의 도움으로 그의 마수에서 빠져나온다.

그후, 보석들의 경매를 준비하고 있던 레바의 앞에 다시 나타난 남자, 챈스 워커. 그리고 이상하게도 그의 앞에만 서면 약해지는 레바는 챈스에게 유산이 남겨지게 된 차이나 퀸으로 가서 수정을 캐고, 그곳에 집을 짓고 살고 싶은 자신의 꿈에 대해 이야기를 하고, 챈스는 그녀를 그곳으로 이끈다.

레바는 그가 차이나 퀸 때문에 자신에게 접근했고, 또한 소유권을 위해 결혼을 신청했음을 확신하게 된다. 결국 자신 아니면 차이나 퀸 둘 중 하나를 선택하라는 최후의 통첩을 하지만, 챈스는 그런 그녀의 행동을 이해하지 못한다. 결국 그녀는 그런 그의 곁을 떠나버리고……

5월 둘째주 출간예정입니다.

옮긴이 · 김 은 영

이화여자대학교 사범대학 졸업.
현재 프리랜서로 활동 중.
번역서로는
『신부』『마지막 약속』『여백의 사랑』『사랑을 부르는 천사』『사랑의 표적』 등이 있다.

오디세이의 노래

지은이/메리 조 푸트니
옮긴이/김은영
펴낸이/양장목
펴낸곳/현대문화센타
주소/서울시 은평구 대조동 191-1(122-030)
전화/384-0690~1 팩스/384-0692
E-mail/HDbook@netsgo.com 천리안 ID/hdpub
Homepage : http://HDbook.co.kr

출판등록일/1992년 11월 19일(제3-448호)
초판 1쇄 인쇄일/2001년 4월 30일
초판 1쇄 발행일/2001년 5월 3일

값/9,000원

ISBN 89 - 7428 - 163 - 5

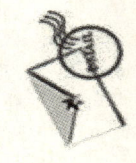

여러분의 의견을 듣고 싶어요.

설문에 응해주신 분들 중, 열 분을 추첨하여 메리 조 푸트니의 친필사인이 들어간

언국 독자에게 드리는 글과 *Bookplate* 그리고 메리 조 푸트니의 신간 한 권을 선물로 드립니다.

설문지는 아래 주소나 이메일로 보내주세요. 응모기간은 5월 10일부터 5월 30일까지입니다.

이름　　　　나이　　　　성별(남 · 여)　전화번호　　　　직업　　　　주소

E-Mail

구입도서명/구입한 곳

구입동기

제목이　□좋다　□그저 그렇다　□별로다 / 표지가　□좋다　□그저 그렇다　□별로다 / 가격이　□적절하다　□저렴하다　□비싸다

로맨스 소설을 처음 접한 시기와 동기

좋아하는 로맨스 작가와 좋아하는 이유

그 외에 좋아하는 작가와 작품(로맨스 제외)

이번 작품에 대한 의견

소재가 □좋다 □그저 그렇다 □별로다 / 구성이 □좋다 □그저 그렇다 □별로다 / 인물이 □좋다 □그저 그렇다 □별로다
스토리 □좋다 □그저 그렇다 □별로다 / 번역이 □좋다 □그저 그렇다 □별로다

남자 주인공이
□마음에 드는 이유
□마음에 들지 않는 이유

여자 주인공이
□마음에 드는 이유
□마음에 들지 않는 이유

로맨스 소설에 있어서의 성적인 묘사에 대한 의견
□스토리가 좋고 캐릭터 설정이 잘 되어 있다면 성적인 묘사가 다소 가벼워도 재미는 충분
□스토리가 좋고 캐릭터 설정이 잘 되어 있어도 성적인 묘사가 야하면 재미는 반감

메리 조 푸트니의 다음 작품도 읽고 싶은 마음이 있는가
□그렇다 □읽고 싶지 않다 □아직 잘 모르겠다

20자 코멘트

보내실 곳
서울 은평구 대조동 191-1(122-030)
현대문화센타 편집부
TEL 384-0691 FAX 384-0692
E-mail/HDbook@netsgo.com 천리안 ID/hdpub
Hpmepage http://Hdbook.co.kr